U0459447

我的母亲

（上）

傅兴宇／著

大连出版社
DALIAN PUBLISHING HOUSE

© 傅兴宇 2025

图书在版编目（CIP）数据

我的母亲：上下册/傅兴宇著. -- 大连：大连出版社，2025.1. -- ISBN 978-7-5505-2328-9

Ⅰ. I251

中国国家版本馆CIP数据核字第2024GR2332号

WO DE MUQIN
我的母亲

出 品 人：王延生
责任编辑：董晓奎
封面设计：林　洋
插图绘制：洪　羽　王天用
责任校对：张海玲　钟晓晨
责任印制：刘正兴

出版发行者：大连出版社
　　　地址：大连市西岗区东北路161号
　　　邮编：116016
　　　电话：0411-83620573 / 83620245
　　　传真：0411-83610391
　　　网址：http：// www.dlmpm.com
　　　邮箱：dlcbs@dlmpm.com
印 刷 者：大连天骄彩色印刷有限公司

幅面尺寸：170 mm × 240 mm
插　　页：6
印　　张：31
字　　数：545千字
出版时间：2025年1月第1版
印刷时间：2025年1月第1次印刷
书　　号：ISBN 978-7-5505-2328-9
定　　价：156.00元（上下册）

版权所有　侵权必究
如有印装质量问题，请与印厂联系调换。电话：0411-86736292

▲ 作者的父母合影　摄影：鞠鹏

▲ 20世纪80年代，作者与妈妈最早拍摄的一张黑白照片，地点是丹东鸭绿江公园

▲ 1993年，作者与父母合影　摄影：鞠鹏

▲ 1972 年作者（前排右一）中学毕业照

◀ 妈妈生活照

▲ 妈妈陪前来看望她的兴同夫妇及儿子大伟一起看街景

▲ 妈妈与二姑、儿子、儿媳夏青合影

▲ 妈妈和儿媳、孙女在公园小憩

▲ 2001年春节，妈妈与儿子、儿媳和孙子、孙女合影

▲ 妈妈回农村女儿家参加外孙王绍刚的婚礼

▲ 妈妈88岁那年在兴芹陪伴下回到自己的出生地——桑皮峪，在老屋前与邻居孙大婶交谈

▲ 妈妈90岁生日，儿媳夏青给妈妈佩戴项链

◀ 妈妈92岁生日时与亲人合影留念

▶ 90岁高龄的妈妈回农村参加晚辈福伟婚礼，与二姑一家人合影留念

◀ 姐姐（右二）和妹妹（右
一）来看望妈妈时的合影

▶ 作者50周岁生日与妈妈一起
拍全家福

◀ 2004年国庆节期间，87岁的妈妈在
几个孩子的搀扶下，登上自家楼后的山顶

▶ 妈妈和重外孙果果合影

◀ 2016年重阳节，作者陪岳父在大连海边

▶ 妈妈和儿媳夏青合影

▲ 2011 年春节，妈妈与儿媳夏青的父亲（中间）等亲戚朋友在家中合影留念

▲ 作者与妈妈的生活照

▲ 妈妈和爹爹在沈阳新华园留下的生活照

▶ 妈妈和儿媳夏青在大连
人民广场

◀ 妈妈生命中的最后一个春节，微
笑着站在家中盛开的杜鹃花旁留影

▶ 妈妈过最后一个生日时，
一群孙女给妈妈献歌。二姑和
玉琴姐分别坐在妈妈两侧

◀ 1989年10月24日，新华社社长穆青（右二）在办公室与作者（右一）及同学辜晓进（左一）、新华社新闻研究所所长成一（左二）合影 摄影：高长富

▶ 作者在黑龙江农村采访

◀ 2007年9月，世界经济论坛首届新领军者年会（夏季达沃斯论坛）在大连举办，作者采访之余与同事合影

▶ 2020年作者在北戴河疗养院休息时留影

序　言

刘欣欣

这不仅是一本写给自己的母亲，也是写给天下母亲的书。"一人之心，千万人之心也。"母爱是人性最美丽的花朵，每一位平凡的女性都可以因母爱而伟大。

我是作者傅兴宇的同事、好朋友，也曾亲眼看见他把父母接到城里一起生活，直到为他们养老送终。一个农村孩子，能以此种方式改变父母命运，让他们安享晚年，这是改革开放的时代进步，是中国传统文化的力量，也是一个人尊贵品格的体现。

作者的母亲寿至94岁高龄。她生于旧社会，一生经历了难以想象的苦难与艰辛。然而，这些人世疾苦并没有击垮这个坚强的女人——一位平凡而伟大的母亲。她用勤劳和善良、智慧和坚韧，创造了家庭幸福和生命奇迹，值得世人赞美。

作为儿子，作者不仅坚持与母亲共进午餐，陪伴她慢慢老去，更是满怀无限深情，用爱、用心、用时间，详细记述了母亲一生那些平凡、琐碎的生活经历和感人故事，其中也包括母爱对他一生的深刻影响。我们都是母亲的儿女。天下歌颂母爱者多矣，但儿女给一位围绕家庭转的普通母亲写传记实属少见。书中的故事，可能在不少母亲和儿女看来平淡无奇，但正是这些平平常常的生活经历和场景，更易使人感同身受。所以，作者将母亲的生活故事记录、整理、归纳乃至成书，可谓"子之爱娘，则为之计深远"——除了母子情深，还是母子情深。

这正是本书的独特之处和出版的意义所在。

亲情是人类最基础的感情。孔子曰："立爱自亲始。"《礼记》言："仁者，人也，亲亲为大。"意思是说，爱从亲情开始，有爱自己亲人的感情，才会推己及人，一层一层扩大为对社会、对祖国的大爱。爱是超越个人主义，萌生集体主义和家国情怀的源泉和动力。人首先要学会爱父母、爱亲人，才能学会爱他人，由爱家到爱国。一切伟大情怀，都是从孝悌起步的，不爱父母、不爱亲人而空谈什么爱祖国爱人类，那就是虚伪的无稽之谈。

作者是改革开放以后最先把父母接到城市生活的那一代儿女。他守着父母干事业，尽忠尽孝，彰显了中国人的孝道文化。孝道是最符合人性的优秀文化，也因此使中国成为最温暖的人情社会。全世界有八十多亿人，西方乃至大多数国家都是宗教社会，只有中国等少数国家是世俗社会。欧洲中世纪哲学家托马斯·阿奎那认为，哲学是"神学的婢女"，情感被认为是动物性的、低级的，是人类本质上的弱点，几近于人之劣根性。片面学习西方哲学，使一些人变得越来越自私，人情冷漠，还美其名曰：独立自由。

我们在为人父母之前，必定先为人子。年幼时，我们认为父母对我们的关爱都是理所应当的；只有等到我们自己也身为父母，才能领会父母对自己的付出是何等深沉和博大——当作者深刻领悟这些道理之时已到不惑之年。心之相通，必自孝始。孝是人与人灵犀相通、相亲相爱之第一步。孝悌文化是中华民族的文化精华之一，也是世界文化的一朵奇葩。从人文科学的视角看，孝悌文化是道德科学，是人性科学。

钱穆说："中国人不必有教堂，而亦必须有一训练人心使其与大群接触相通之场所。此场所便是家庭。中国人乃以家庭培养其良心，如父慈、子孝、兄友、弟恭是也。故中国人的家庭，实即中国人的教堂。中国人并不以家庭教人自私自利，中国人实求以家庭教人大公无我。"儒家思想常常是百姓日用而不知，潜移默化地影响着一代一代人。书中的母亲，正是这样做的典范。她虽是普通的农村妇女，受限于生活环境没有更多文化，然而她深谙中国的传统文化和美德，把家庭当作培养爱的摇篮和苗圃，使爱的种子在家庭里发芽生长，从而将朴实、善良、乐观、坚毅等品格身体力行地传给了她的儿孙后代乃至社会。

人的幸福主要来自人际关系和高尚道德。天不老，情难绝。情感几乎参与人生的一切活动。事以载情，情借事显。没有仁爱，一切无从谈起。没有爱的生活就是一片精神荒漠。所以，让我们通过阅读这本书，去更好地爱自己的父母吧！如果你是作者的同龄人，你将会从这本书中看见自己的母亲，继而感怀她的无私奉献、坚韧不拔和言传身教成就了现在的自己；如果你的父母健在，你也许会从作者尽心陪伴父母的生活实践中学到点儿什么；如果你还年轻，或已有了自己的子女，你可以从这本书中领悟到何为父母，何为儿女，何为孝顺，何为子女教育，何为人生和幸福；如果你也不幸失去了父母，那就跟作者一起去怀念和感恩他们吧！

万物起于性，大道始于情。人情与生命同在，无情不成生命，情是生命活动的主角。在儒家文化里，"情"在人性结构中扮演的角色始终如一，它既是开始又是结束。所谓"道始于情"，是说人道产生于人情，人道就是合理之情，就是人性规律；所谓"道止于情"，是说人性追求的最终目标还是在情感世界。人的生命来自情，最后仍要归于情。

情深必善。做一个深情的人吧！深情方能悟道，悟道者必深情。杨绛在《将饮茶》中说："世态人情，比明月清风更饶有滋味，可作书读，可当戏看。"人生就是一部情书，写满爱恨恩仇、喜怒哀乐。悟透人情才能读懂人生。生在新社会的我们，应该庆幸不会再经历书中母亲所经历的艰难困苦时代。但我相信，书中描写的母子深情可以跨越时光，无视社会变迁，即使在遥远的未来，依然是人类最美好、最崇高的情感。

作者简介：刘欣欣，高级记者，曾历任新华社辽宁分社社长、四川分社社长。

目　录

第一章　有一种爱只争朝夕

　　我要以书写的方式，在内心深处重温和妈妈一起生活的过往，将妈妈对我们的爱记录下来、传承下去，让妈妈的善行与智慧得以延续。读到这本书的人，若能从妈妈平凡朴素、历尽沧桑的经历中感受到生活的美好和人生的意义，那将是我写作这本书的最大收获。

我一直相信自己的判断，包括相信妈妈一定能活到百岁。然而，这是一个天大的误判。从生病到撒手人寰，不过经历了七十多天。所以，我想告诉天下儿女，对于年迈的父母，谁都无法预料哪一天是他们人生的终点。一旦发现大限将至，你会觉得这永别来得比闪电还要迅速，孝敬父母的时光稍纵即逝，永不再来。

第一节　我想为妈妈写本书

那是妈妈离开后的一天夜晚。

我的心情仿佛跟城市上空的月亮一样被蒙上了一层雾霾。沿着有轨电车道往家走，想起二楼的那个窗口，再也没有老妈妈的守望，心头一阵酸楚，脚步踉跄，差点儿滑倒。我停下来，望着眼前两条锃亮的轨道仿佛在无穷远处相交，心想这是不是有点儿像通往天堂的路呢？我使劲儿地走啊望啊，怎么也看不到两条轨道在何处相交，就像我再也看不到妈妈的眼神，再也摸不到她的手一样。而那个"无穷远处"，仿佛就是天堂，就是未来我与妈妈最后相见的地方。在妈妈临终之前，我们曾多次讨论过死亡的话题，我告诉妈妈："您先走吧，再过一些年，我会过去陪伴您的。"妈妈说："儿子，你要好好活着，这人世间值得多活几年，那面不是什么好地方……"

等电车时，我看见一个十六七岁的男孩跟妈妈耍脾气，我很想走过去告诉他："你应该好好与妈妈说话。"或许是我悲伤的表情惊扰了他们，二人停止了关于学习的争吵。当我回头时，看见这对母子紧紧地拥抱在一起。

他们的拥抱，深深地刺痛着我因为失去母亲而变得脆弱的神经，我像个孩子似的哭了。失去了妈妈，我悲伤得几乎要抑郁。每次来到妈妈坟前，我都恨不能打破这两个世界的残忍隔绝……

我决定做一件事情：写一本关于母爱的书，献给天堂里的妈妈。

我要以书写的方式，在内心深处重温和妈妈一起生活的过往，将妈妈对我们的爱记录下来、传承下去，让妈妈的善行与智慧得以延续。读到这本书的人，若能从妈妈平凡朴素、历尽沧桑的经历中感受到生活的美好和人生的意义，那将是我写作这本书的最大收获。

起笔时，我最想告诉身边的孩子们，还有所有热爱父母的人们，不要以为自己的父母身体尚好，就可以因为工作忙碌而忽略他们。孝敬年迈的父母，就像守护一根燃烧殆尽的蜡烛，稍有忽视，就可能发生意外。许多时候，那本就所剩无几的蜡烛，甚至会被极不经意的、从门缝透进来的微风给吹灭了，给我们留下无尽的遗憾。所以，孝敬父母要只争朝夕，不能来日方长，任何疏忽或等待，都可能遗憾终生。

这是94岁的老妈妈去世以后，我最想与孩子们分享的人生感受。

值得庆幸的是，妈妈在生命最后的日子里，依然头脑清晰，说话字正腔圆，谈论近一个世纪的过往，就像再次展开人生画卷，一切都历历在目。我这个当了三十多年记者的儿子，最后猛然想起去采访妈妈，把妈妈的这一生写出来。可我发现这个行动太迟了，做起来比较困难，因为我从未想过妈妈会成为我的采访、写作对象。

事实上，妈妈不仅高寿，她的人格魅力也在整个家族享有美誉。我对妈妈的前半生知之甚少，她的后半生已足够我学习和思考。然而，妈妈好像懂得我的心思，知晓我要干一件大事，母子同心，如此美妙，令人感激涕零。在生命最后的日子里，她无论是在医院还是家里，无论是坐着还是躺着，总是不忘和我们一起快速地、全面地梳理和追忆往事。

冥冥之中，她好像十分清楚，这将是唯有她才能帮助我完成的一件大事。妈妈花时间最多、谈得最丰富的过往，恰是我记忆最为模糊的童年时期——"妈妈与孩儿"的故事。几乎每一天，我都会把一个袖珍录音机放在妈妈的床头，将她和儿女们所有谈话——确切地说是临终遗言——全部录下来，然后存进电脑里。每当想到这将是我和妈妈最后一次重温母子情深的时光，我就会感到前所未有的紧迫与悲伤。这是我在追溯妈妈人生经历的过程中所做的最具抢救性意义的工作，也算是我最后的孝敬。

那些日子，我的心每天都如同登高山而追落日一样，希望能够让时间凝固，让落日停止，让奇迹发生。可是，日头还是从山的那边落下了，把另一座山的影子投到脚下，然后，那影子慢慢地升起来，就像大海涨潮淹没了岸边一样，直到把我锁在夜幕里。就这样，妈妈没有告别就走了，永远与我们分开了，此痛绵绵无绝期。

妈妈离世后，令我最感安慰的，便是我们母子同心，在最后七十多天里，再现了许多被我遗忘的童年往事，梳理出了妈妈一生平凡而感人的生活故事，以及爹妈养育、教导我们长大成人的艰辛历程。我决心把妈妈的人生写出来，并作为礼物献给天堂里的妈妈，请妈妈感受儿子无限崇高的敬意。

第二节　妈妈最后的生日

每逢农历五月二十六，我和亲人们都会欢聚在一起给妈妈祝寿。在那个幸福的日子里，我总会兴奋地向妈妈表达一个美好的心愿："妈妈活过百岁，我退休回家给您洗衣做饭。"

听到我的祝福和约定，妈妈总是满脸笑容，冲着前来祝寿的亲朋好友信心百倍地说："我看我能活到百岁。"

就在妈妈过 94 岁生日的时候，我依然对妈妈活过百岁充满信心。妈妈除了听力有些下降，精力和体力都比较好，一直负责家里的日常生活。不论是平时，还是过节，妈妈决定着全家人每顿饭吃什么，并精心安排饭菜。她是我们家的"定海神针"，她是亲人之间的爱心大使，她指点我们的生活，她守望着我们的平安幸福。鲐背之年，没有大病，这使我相信妈妈不会突然倒下。

然而，我没有想到，2011 年农历五月二十六——妈妈 94 岁的生日，竟成了她老人家在人世间最后一个生日。

那天中午，我们像往年一样，在饭店里给妈妈举办了一个寻常又热闹的生日庆典。宴会大厅的正面墙上，挂着一幅很大的红色"寿"字画，两边悬挂着对联："福如东海长流水，寿比南山不老松。"妈妈身穿紫红色黑花翻领衬衣，笑容满面，坐在一张大圆桌的主宾位置。她的右边坐着二姑和姐姐玉华，左边坐着玉琴姐姐、我和妻子夏青等。妈妈的生日，多是我和夏青主持。我拿起话筒，向前来参加妈妈生日庆典的亲朋好友致谢。然后，我把话筒交给妈妈，请她老人家说几句话。妈妈握着话筒的手，看着很有力量，她和蔼地说："我的这些亲人，每年都来给我过生日，我很高兴，也有些过意不去。你们工作都忙，要照顾好自己的身体。我得好好活着，我儿子叫我活到百岁呢……"

妈妈头戴生日帽，说话声音响亮，底气很足。她右手握着话筒，伸出左手向大家致谢。妈妈简短朴素的讲话，赢得大家热烈鼓掌。我站在妈妈身旁，控制着激动的情绪，不让眼泪流下来。她的一大群孙子、重孙辈的孩子们轮流上台演唱，给老人家祝寿。他们唱完生日歌，争着与妈妈合影。直到妈妈看上去有些累了，远道而来的亲戚才陆续与妈妈告别，我们随后也带着妈妈回家休息。晚上，仍有二十多人再次与妈妈举杯庆祝，在那个不大的房子里继续说啊，笑啊，唱啊！

妈妈非常享受这种欢快团聚的气氛，她常说："过日子就是过几个人。"是啊，人与人之间，互相走动才能交心，日子才有奔头。妈妈一辈子善待所有的亲人朋友，在晚年赢得了几代人的尊敬和爱戴。所以，每年妈妈的生日，都是凝聚亲戚朋友感情的好日子，像二姑和玉琴姐姐等几十人，都是从三百多公里外的老家特地赶来的。妈妈85岁后，这些亲朋好友，几乎年年来给妈妈过生日。

那年生日过后的第二天早上，我走进妈妈的房间，发现她早已醒来，正与姐妹们唠嗑儿，嗓子都有些哑了。"妈妈，昨天话说多了吧？""昨天高兴啊，我还能有多少说话的时候？"妈妈喜欢与亲人交谈，非常珍惜与亲人在一起的时光。生日这一夜，妈妈与几个姐妹唠到很晚，这是妈妈的"生日惯例"。

原本以为妈妈活到百岁，不过是一个小目标、小愿望——再过六年，妈妈不就冲刺到百岁了吗？但我错了！人生的终点，似乎是最无定数的目标，更何况是年过九旬的老人。关于长命百岁的向往，是世上最难求的奢望。对于年迈的父母，我们所能做的，唯有珍惜当下的陪伴和孝顺。妈妈94岁生日过后，仅仅陪伴我们走过五个月零一天，于2011年11月22日（农历十月二十七），永远离开了我们。

我和妈妈关于生命的约定，瞬间被撕了个粉碎。

第三节　特别的生日礼物

记得在给妈妈过90岁生日的时候，生日宴会一开始，我就激动得泪流不止说不出话来。我坐在妈妈的对面，望着眼前这个生我养我的老妈妈，我想我是多么幸福和幸运！在这个世界上，有多少人能活到妈妈这个年纪且智慧过人？又有几人能吃上90岁老妈妈做的饭菜？更让人感动的，是妈妈生命中发生的那些故事，包括经历贫穷与苦难，对亲人的挚爱与奉献，还有与儿女、丈夫的生死离别。

这些不寻常的人生经历与一生恪守的善行，使妈妈这个农村妇女显得平凡而伟大。妈妈创造了生命的奇迹：90岁没有住过医院，没有得过大病，还能下厨房为家人做饭。她一生的乐观豁达，就像她每年过生日的表现一样，总是把快乐和温暖带给大家，不会让谁因为她老了而伤感或不愿亲近。

就是在妈妈90岁生日那天，我产生了为妈妈写本书的冲动。

那天，我非常仔细地端详着妈妈，这位名叫杨桂芝的女性在农村生活了七十年，她个子矮小，身高一米五，体重保持在九十斤左右，瘦弱的身板总是笔直。妈妈有一双被捆绑过的小脚，除了晚上睡觉，始终在劳作中吧嗒吧嗒地走动。妈妈那双眼睛很有神采，尽管年近八旬的时候患了一次面瘫，左眼皮有些耷拉，但从妈妈的眼神里，能看出她刚强、乐观的性格。没有人会想象得到，就是这样一个瘦弱的老人，有一次牙疼难忍，居然自己用钳子把牙拔掉。

妈妈还是一个和蔼温柔、优雅淡定的女人，对丈夫、孩子以及所有的亲朋好友，从不大声说话，很少发火。从青年到老年，妈妈都不唠叨。90岁的妈妈仍是全家生活的大总管。让每个家人吃好穿暖，成为妈妈一辈子的责任和使命。妈妈那种精力充沛、记忆非凡的状态，在她临终前住院的一次脑CT检查中得到验证，我的医生朋友、脑科专家邓东风告诉我："她有着一个六七十岁老人的健康头脑。"

妈妈90岁生日过后，为妈妈写书的念头和冲动，很快被忙忙碌碌的工作所冲淡。也许，这就是儿女与父母之间爱的差别。当父母想到儿女的事情和需求时，他们会暂停手中的一切，哪怕是日夜不眠、豁出命来也会去为儿女做；而儿女对父母却没有那样全心全意。直到四年后的2011年春节，眼前的妈妈重新唤起了我的写作冲动，我要立即把对妈妈那种深厚的爱表达出来，不论我写得好不好，那一定是我献给妈妈最特别的生日礼物。

2011年春节，我的好友送来一大盆盛开的杜鹃花，妈妈一边赏花一边跟我说："儿子，这花儿真好看啊，人家怎么侍弄得这么好呢？"那天是农历正月初七，春节假日的最后一天。下午四点多，我扶着妈妈站在那盆火红的杜鹃花的旁边，给她拍了许多张照片，包括妈妈的单人照，还有妈妈与夏青、夏华和孙女夏夏等许多亲人的合影。就在给妈妈拍摄照片的瞬间，我透过镜头，看着妈妈慈祥的微笑、瘦弱的身板、灰白的头发，心中百感交集，一种紧迫感再次涌上心头。这一次，我告诫自己：为妈妈写本书，决不能再拖延。而且，一定要赶在妈妈94岁生日的时候，把写好的文章当作特别的生日礼物，献给她老人家和所有前来给妈妈祝寿的亲友们。

春节过后，我在电脑里写下了文章开头，标题就是《家有老娘》。文章大约有五千字，利用零零碎碎的时间，写了两个多月。我用心梳理妈妈的过去和现在，请妈妈回忆和讲述她的一些经历。我还与妈妈一起讨论家庭、婚姻、亲情、婆媳关系、生与死等人生话题。我把写妈妈的文章和几张照片，送到了大连晚报社。专业的编辑把文中的一句话特别引出来做导读："这种感动，经常让我这个年过半百的人，感觉比许多人幸运和幸福。"编辑用"献给妈妈93岁的生日礼物"作为副标题，将我这篇文章发表出来。

妈妈94岁生日午宴上，我把这份报纸分发给了妈妈及在场的所有亲友。尽管这篇记述妈妈一生的文章字数有限，文字和语言较为朴实，但这依然是一份很特别的礼物，因为它倾注了我这个儿子对妈妈的无限深情和敬爱。当几个孩子围绕着奶奶，给她看上面的照片和文字时，我看到妈妈在流泪，"我儿子写的都是真事儿。过去的那些事儿，几天几夜也说不完啊。"看着报纸上的全家福照片，妈妈十分欢喜，她对重外孙果果说："你看，我的果果和太姥都上报纸了，多了不起啊！"

我没有想到，这篇文章竟然成了今生我送给妈妈的最后一份生日礼物。

第四节　发表在《大连晚报》上的文章

为了让我的亲人、朋友和天下所有热爱父母的人，能够分享我与妈妈的那份深情与幸福，我把《家有老娘》这篇文章放在这本书里，权当是对妈妈一生的概括和素描。这种安排，也许会增加读者对这位老人的了解和兴趣。

下面的文字，就是发表在2011年5月28日《大连晚报》上的文章。需要说明的是，关于年龄，妈妈从来都是按照农历的传统习惯，说她自己是94岁，而报纸向来强调写周岁，所以，编辑把妈妈的年龄改成93岁。

家有老娘
——献给妈妈93岁的生日礼物

到今年农历五月，妈妈93岁。十分难得，除听力差些，偶尔会忘记关闭水龙头外，她仍在执掌管家大权。处处为别人着想，尽量不连累家人——

对于一个 93 岁的老人来说，没有什么比这生命的刚强更令人感动。

这种感动，经常让我这个年过半百的人，感觉比许多人幸运和幸福。因为无论你多老，只要有妈在身边，你就是孩子，你就年轻。所以，我万分珍惜有妈的日子。每天回家陪妈妈吃饭，让我享受了更多的健康与快乐。作为生日礼物，我把妈妈的故事写出来，与所有热爱父母的人们分享。

守望的窗口 温馨的对话

每个傍晚，妈妈都会站在二楼房间的窗口，守望着我们回家的那条路，然后为我们开门、准备晚饭。看见窗口里头发灰白的妈妈，望着她慈祥、期待的目光，我时常会跑着上楼回家。

妈妈是个小脚女人。脚的大小，与她 3 岁的重外孙差不多。脚趾几乎被裹弯在脚背下面。就是这样一双脚，走过了近一个世纪的人生路程。我拍了几张她与重外孙比脚的照片，那仿佛记录着跨越四代人的社会变迁。妈妈看了笑着说："还是共产党好，脚可以随便地长啊！"

妈妈这辈子，除了为亲人操劳，没有任何爱好，不看电视、不听广播。无论住在农村还是城市，妈妈都属于那种三门不出四户的家庭主妇。80 岁以后，妈妈很少下楼。那个一百多平方米的家，几乎是她全部的活动空间。妈妈的名言是："心宽不怕房屋窄。"她每天坚持打扫房间和做饭，掌管着家务大权，决定家人每顿吃什么，用勤劳保持健康。孩子早上六点吃饭上学，她早起做饭。看见儿媳妇悠闲自在，她高兴，说："过去的媳妇多苦啊，我不能让我儿媳妇像我那样受累。"

妈妈 87 岁的时候，我们试图通过保姆的参与，让她"退休"养老。还是我爱人比我更了解老人，她发现妈妈被削弱家务权之后，不像过去那么高兴。于是，我们又让妈妈重掌家务大权并领导保姆。儿媳妇的体贴和关爱，是妈妈最在意的幸福因素。当权力、责任重新还给妈妈的时候，她的精神头又回来了。

这件事对我们的启发是，假如我们用保姆、亲人来过分保护年迈的父母，或者以保护的名义剥夺他们的家事权和劳动权，至少对那些以厨房为乐的老妈妈来说，会造成某种精神和身体的伤害。我爱人得出这样的结论：孝敬老人最好的做法是尊重和信任，放手让他们做自己高兴的事。

今年正月在我过生日的前一天，妈妈对我说："你明天过生日，来家里吃饭的人多，你打算怎么办啊？""妈，让我妹妹她们做吧！""妈还能给你过几个生日啊？"听了妈妈的话，我不禁想要流泪。妈妈一直是我们全家每个人生日宴会的总指挥。93岁高龄，她仍为每个家人的生日操心。

我们真的担心来自妈妈的爱和感动，在某一天会突然消失。所以，每天早晨上班离开家之前，我和爱人都会来到妈妈的床边把她叫醒，与她道别。尚未起床的妈妈一定会问我："中午回来吃饭吧？""回来。"这是妈妈最爱听到的回答。这段不断重复而温馨的对话，是我们全家每天平安、幸福的一个标志。

多难的妈妈 山村的嫂娘

"我生了八个孩子，死了五个，当妈的还有什么比这更难过……"妈妈每当讲起孩子的事，就忍不住悲伤。

1948年春天，父母到海城赵家堡子给富人家种地。那年夏天，当地流行麻疹，一个多月里，村子里死了五十多个孩子。妈妈7岁的儿子和5岁的女儿，在一夜之间全部夭折。哭孩子，给妈妈留下了满眼泪的毛病。

作为农村父母，爹妈从不打骂孩子，从不强迫我们劳动。妈妈说："我都被孩子死怕了、吓怕了，哪还舍得打骂啊？"1949年，妈妈生了哥哥；后来又有了姐姐、我和妹妹。父母恩爱勤劳，我们的童年很快乐。

哥哥中学毕业，赶上"文革"回乡劳动。当时，家里十口人住在两间半破草房里，哥哥不得不住在无儿无女的西院大婶家。1968年，一群大连知青下乡到我们生产队，几个女知青住进了西院大婶家的里屋。这改变了我家的生活。哥哥与一个名叫朱秀贞的女孩子谈恋爱了。哥哥有文化，性情浪漫，总是拉着恋人的手一起走。不少邻居担心我家娶了城里知青，将来过不好日子。妈妈说："现在恋爱自由，只要我儿子喜欢，谁愿意说什么就说什么。"为了帮哥哥结婚成家，妈妈决定与我的小叔叔分家，在全村第一个盖起了四间瓦房。哥哥把秀贞娶到新房里，妈妈当了婆婆，她感到从未有过的幸福。

哥哥聪明勤奋，家里盖房子就学会了木瓦工。劳动归来，会操起二胡，拉上一曲《地道战》里的配乐。我与哥哥形影不离，4岁起就风雪无阻，每天走五公里路，跟着哥哥去上学，站在教室门外，边玩边等他放学一起回家，这导致我6岁就上学了。姐姐不爱念书，14岁就和哥哥一起在生产队劳动挣工分，帮助父母偿还盖房子欠下的债务。

生活的不幸，令人难以置信。哥哥结婚不到一年，突然得了中毒性痢疾，全家人都忽视了严重脱水的致命性。那天早上，当父亲赶着马车把他送到公社医院时，他的血压几乎为零。那天夜里，我和父亲、嫂子守在哥哥身边，看着他死去。妈妈受到的打击太大了。在那个多雨的夏天，妈妈经常拎着一块塑料布，往山上哥哥的坟墓跑去，边跑边哭诉："可怜我的儿子，妈不能让雨浇了你啊……"那场景，让我刻骨铭心，明白了什么是母爱，什么是心碎。15 岁的我仿佛突然长大，开始懂得对父母的感恩与责任。

事实上，妈妈为孩子付出的艰辛还有许多，这就是她作为山村嫂娘的故事。

爹爹是兄妹六人中的老大。爷爷去世早，留下五个未成年孩子，其中最小的才 5 岁。奶奶与妈妈是"姨做婆"，奶奶有封建老太的架势，能说会道，但不会干活儿。长嫂如母，妈妈对这五个孩子，像对自己的孩子一样，与父亲齐心协力，让他们吃饱穿暖，读完中学，直到每个人结婚成家。

我上小学时，我小叔叔中学毕业，父母为他张罗结婚。尽管家里很穷，我小婶子的娘家还是要了四百元钱、四百尺布作彩礼。爹爹起早贪黑上山砍木头，偷偷地拿去卖，慢慢地把彩礼钱攒够。小叔叔结婚，按照当地风俗，我成为迎亲的"压车男孩"。结婚那天，小婶因为一副银手镯没给，拒绝上车。我赶忙跑回家告诉妈妈。正在厨房里干活儿的妈妈，用围裙擦了擦手，将手镯取了下来，说："把我这副送给你老婶，快去，别丢了。"这是她结婚时姥姥送的陪嫁品。妈妈的这个举动，让我终生回味不已，这就是嫂娘的美德。直到小叔叔的第二个孩子要出生，我们才分家。

奶奶 83 岁去世，妈妈孝敬她一辈子。奶奶多次带着感激告诉我："没有你妈，奶奶早就死了。我这帮孩子，多亏了你妈。你妈这辈子积德，功劳比房后这山还高。"在家族的十几个家庭中，父母赢得了很好的人缘和声望。78 岁的二姑对我说："你妈对我们是'老嫂比母'，从来不会对我们横眉竖眼。我们穷，没给她什么回报，她没有怨言。"

向老娘学生活、学健康

我出生在玉石之乡一个背靠青山的四合院里。每到雨季，我家那两间半西厢房里，总会有清清的泉水从柜子底下哗啦啦地流淌一个多月。我和爹爹从屋子的地中央，越过几道门槛，挖出一条"水渠"，把泉水引到院子里。门前小河发大水的时候，偶尔会有小鱼儿沿着"水渠"游进屋子里。雨季来临之前收获的土豆，就放在流经泉水的柜子底下。在那个粮食短缺的年代，土豆被叫作"救命蛋"。每到青黄不接的时候，多数家庭要靠吃土豆来度日。所以，妈妈必须保护好柜子下面的土豆，确保它们不被水淹。

妈妈在这个小山村生活了五十年，无论经历多少苦难，妈妈总是乐观、坚韧，相信"日子总能过下去"。在妈妈70岁之前，我没有看见过一次她比我们早睡晚起。每天晚上，妈妈在煤油灯下为家人做鞋、缝补衣服；每天早上，我们还没从炕上爬起来，妈妈早已把饭菜做好，把家禽喂饱了。爹爹给生产队赶马车，挣工分比较多，家里的日子比多数邻居过得好。父母言传身教，让我懂得爱、孝道和勤奋是多么重要。参加工作第一个月，我把省下的十元钱交给妈妈，心中涌起回报父母的幸福感……

县革委会一领导问我："你参加革命工作为了啥？"我回答："为父母。"他大笑："难怪你还是个18岁的孩子？"他笑我不会说"为革命"三个字。大学毕业工作稳定下来之后，我想把父母接到身边生活，这是我人生最大的愿望。

妈妈73岁那年，才和患病的父亲从农村来到城里跟我一起生活。父母对我充满依赖和信任，无论我把家搬到哪个城市，妈妈随遇而安，一直都是我们最好的管家和厨师。她热爱城市生活，每天为我们操持家务，照顾有病的父亲直到他去世。生活富裕，妈妈仍非常节俭。她把小碎块肥皂集中装进旧袜筒里用来洗手，洗碗水要倒进水桶留着冲厕所。用针线缝补袜子，与她有多少双新袜子没关系。剩饭剩菜，一概不许扔掉。妈妈说："三穷三富过到老，浪费是作孽。"

我们从妈妈的人生中学到太多东西。从小到大，妈妈经常对我们讲的"语录"包括："好汉争气，赖汉争食。""能叫身受苦，不叫脸受热。""多做好事，必有后福。"这些句子讲的都是做人的道理、生存的智慧。作为儿子，我说不清妈妈最喜欢吃什么。她对生活知足而乐观，有饭吃、有衣穿就行。一碗玉米粥、一根地瓜、一块土豆，就是妈妈的一顿饭。以玉米为主食，是妈妈给我们全家人养成的饮食习惯。妈妈相信"干活儿累不死、懒人寿路短"，她总是享受家务劳动的快乐。妈妈善待身边每个人，在晚年收获了亲朋好友及子孙们的爱戴。每到周末或假日，总有一些孩子来看她，晚年生活从不孤独。93岁了，妈妈仍头脑清晰，经常提醒我们干好工作，不要和别人攀比，切莫多吃多占。

　　我相信，善良、仁爱、宽容的道德情操和勤奋、坚韧、乐观的品格，还有简单朴素的生活方式，一定是妈妈健康长寿之根本。妈妈是我们做人、生活和健康的榜样。当我坚持走路上下班，当我与爱人一起登山健身，当我们与妈妈坐在一起的时候，我想我们真的很幸福。我们有着妈妈榜样的力量，时刻学习和分享着妈妈教给我们的人生哲学与健康的生活方式。

第二章　一把米的光芒

　　提笔写妈妈的时候，我有一种感受，无论眼前这世界如何复杂，走过的人生之路有多少坎坷，那一把米的光芒总是闪耀心中，跃然纸上。

　　坐在电脑前，想到我正在为妈妈而写作的时候，感觉自己这一生终于开始做了一件大事。我要写这个世界上最爱我和我最爱的人——写她生我、养我、决定我命运的爱，以及为此所付出的毕生心血；写她为家庭所有成员的无私奉献；写她对人、对社会充满感恩之心的快乐人生与跌宕起伏的生活经历……

　　写妈妈的最大好处，是感觉自己从来没有离开过妈妈。我从每件事的回忆、思考中，仿佛看见妈妈依然行走在自己的生命里……是的，每个写作的时刻，她都陪伴着我，微笑地看着我。我写下她说的每一句话，在我的耳边都是有声有调的，有那种温暖怡人的语境，就像我站在妈妈跟前聆听一样。当妈妈的音容笑貌不断从笔下浮现出来，我真实感受到她从来不曾远去，写作是妈妈从天堂赐予我的另一条脐带，将我们母子俩重新联结在一起。

　　写妈妈的感觉，亲切而温暖，就像投入妈妈怀抱一样，是极其独特、有趣和令人难忘的情感经历，也是我三十多年记者生涯中所没有过的体验。思念到极致，泪水奔流，让我无法提笔，自以为轻车熟路的采访写作本事，在那一刻变得手足无措。冷静下来却发现，写妈妈可使我重做一回儿子，令我重新找回失去的童年。而重拾童年，为我追寻梳理妈妈完整一生创造了条件——它使我看到了年轻时妈妈的样子，还原了妈妈伴我成长的过往。

第一节　谁记得她年轻时的模样

　　提笔写妈妈，闭上双眼，苦思冥想，我怎么都想不出自己出生后睁眼看见的妈妈是什么样子。这听起来有点儿好笑，但我的确为此想了许久。"你出生后，瘦得像个猫崽子，二十多天不睁眼睛……"听妈妈说，我比正常孩子睁眼晚了将近一个月。不过，闭着眼睛趴在妈妈怀里吃奶，我应该同样能感受到妈妈的爱和温暖。尽管无法描述妈妈最初看我的眼神，但我坚信，在我睁开眼睛看妈妈时，我的世界是妈妈，妈妈的世界是我。

这就是我写妈妈初始遇到的问题。我几乎不知道自己小时候是什么样子，长大后常听到妈妈、奶奶和姑姑说我出生多日不睁眼睛，该爬时不会爬、该走时不会走，我却想象不出自己可能死去的险恶。我只记得，9岁时我患上严重的关节炎。一到下雨阴天，膝关节酸疼得睡不着觉，夜里时常跑到门前的小河边，把两条腿放进水里才感觉舒服一点儿。那年冬天，我去大姑家吃了一个多月的中药。大姑怕我喝不下去苦味的中药汤，每次都鼓励我说："闭上眼睛，一口气喝下去，腿就不疼了。"此后多年，我喝药酒、贴膏药、洗温泉，这些治疗方法都没有用，关节疼折磨我二十多年。这应该就是童年缺乏营养留下的疾患。

事实上，每个人对自己的童年都知之甚少，要想记住童年时自己妈妈的样子，那更是相当困难的事情。我想了解妈妈生我时是什么样子，我生来就体弱多病，妈妈是怎样尽心尽力让我活下来的，我对妈妈最早的记忆是哪件事、哪个情节。我急于寻找答案，而这些答案唯有妈妈才知道。好在妈妈活着的时候，对我成长的往事讲过许多，不然，我真的不了解自己的童年，更不要说了解陪伴我的妈妈。

我对妈妈最早的记忆，是因恐惧让妈妈背着我走路。我试图通过这件事还原妈妈当时的模样，然而我发现，妈妈背我的影像，不过是个令人烦恼的暗示，即便我能穿越到童年，也因我趴在妈妈的后背上而看不清妈妈容貌。

那是一个春天的早晨，妈妈带着镐头，领我去头道沟开荒种地。走在无人的山路上，浓浓的大雾迎面扑来，鸟兽的叫声吓人，我扯着妈妈的手说："妈妈，我害怕！"妈妈蹲下身来，两手握着镐把，托起我的屁股蛋，转身背我回家了。这个关于童年的片段是不是太简单无趣了？但这就是我记忆中妈妈第一次背我的情景。

妈妈听我说完就笑了，说："哎呀，我的孩子，这怎么可能是妈妈第一次背你呢？咱家虽说孩子多顾不过来，但是背着、抱着也是常事呀！像你爹，在咱们老院里惯孩子是有名的，去挑水也把你扛在肩膀上，只不过你都忘了。"妈妈补充说："去头道沟开荒，是有这么回事，那时你三四岁。大人孩子在春天就开始挨饿，没有粮吃，到头道沟找找能开荒种地的地方，那都是被生活逼得没办法啊！"春天的头道沟大雾弥漫，她也害怕。我把妈妈脖颈抱得紧紧的，妈妈不停地安慰我："有妈在，别怕，咱们这就回家啊。"妈妈说，那是她一辈子唯一一次想出去尝试开荒种地，所以有印象。

妈妈在世时我问她："妈妈，你那时候年轻漂亮吗？"妈妈笑着说："我也不知道啊，那时候也没有照片……"我好想能有一种计算机软件，根据妈妈老年的照片，在电脑上给我还原出一个年轻时的妈妈，最好能还原出妈妈生我之前多个年龄段的模样。我问二姑对妈妈年轻时的印象，喜欢开玩笑的二姑转身跟妈妈说："你儿子问我你年轻时长什么样子。嫂子，你和我一样小矮个儿，年轻时就是眼睛比我大点儿，显得有神，漂亮什么啊？我哥长得大个儿，能看上你就不错了……"紧接着，二姑给我补上一句："你妈就是勤劳善良，这辈子做啥像啥，一万个女人里也挑不出你妈这么一个，这倒是真的。"

直到妈妈去世，我望着她的遗像想啊想，也没有想出妈妈年轻时的样子。

我无从知晓妈妈年轻时的容貌，妈妈生我时已是 39 岁，由于生活艰苦，之前未曾有过一张照片。当妈妈那张从不化妆却总是带着微笑的脸，被我注意乃至形成记忆的时候，妈妈已年过半百。直到那个时候，妈妈还没有一张能让我们追溯她年轻时模样的照片。我十几岁时才有了第一张照片，而妈妈的第一张照片，大约是在我 18 岁参加工作以后给她拍的，那时的妈妈已接近 60 岁。所以，当我开始动笔写妈妈的故事时，才发现自己不仅对妈妈的前半生知之甚少，甚至对妈妈陪伴我的头二十年也记忆模糊。"不当家不知柴米贵，不养儿不知父母恩。"妈妈常说的这句话也许可以解释，为什么我们小时候难以记住父母爱我们的场景，为什么我们年少时会对父母的爱存在逆反心，为什么我们在谈恋爱时听不进父母的提醒和建议，为什么有些人娶了媳妇忘了娘……

我努力挖掘儿时与父母在一起的情景和故事，这样的记忆既稀少又模糊，尤其对幸福和快乐的记忆，似乎更加难寻。令我感到惊喜的是，妈妈头脑清晰，对她年轻时的生活经历，还有陪伴我们成长的故事，都能娓娓道来。她好像早就打算在离开人世之前，再次带领我们一起回溯她的一生以及与我们一起生活的每个场景，以便让我把那些往事在这本书中从头至尾讲述一遍。亲人们与妈妈的对话，更是澄清和补充了许多事件的细节，帮助我找回不少儿时的记忆。

直到妈妈去世前几天，她还不断给亲人们讲述我小时候的故事。很显然，妈妈不愿意把她和我的这些故事带进坟墓。这些故事多是我没有印象的，也是除了妈妈很少有人知道的。由此我得出一个判断：儿童时期丢失记忆越多的人，他的童年可能得到父母的爱越多。我就有幸属于这一种。而那些在童年经常被父母打骂的孩子，他们对童年记忆也许更深刻，却也和苦难、悲伤联系在一起。幸福的童年记忆，像轻抚大地的春风，使万物复苏，却悄无声息、来去无影；也像河流中细小的沙石，不是被冲进大海，就是沉淀在河床里，不仅别人看不见，就连本人也找不到属于自己的那部分纹理。而不幸的童年记忆，则如同河流中顽固的巨石，虽经岁月的冲刷，却依然屹立在脑海中，难以磨灭。

第二节　懂得回报是人生更高层次的幸福

妈妈走了，我仿佛打开了从未打开过的悲伤模式。我天天把自己关在屋子里，反复看妈妈的照片，听妈妈与我们的谈话录音，我的心里除了悲伤没有别的。我甚至无法工作，忘记了许多重要事情，包括疲劳和饥饿，还有正常的生活起居与人际交往。

妈妈的离去，就像天崩地裂，把我从小到大无限依恋的那个家彻底摧毁了。我的精神世界崩溃了，那是一生中从未有过的感受。我出现了幻觉，我和妈妈被一道万丈深渊隔绝了，我感到绝望和心碎，不能控制悲伤和眼泪，以至于无法把妈妈的故事写下去。

妈妈去世百日之后，我变得冷静一些，再次想把我们母子的故事写下来。我思考了过去许多不曾想过的问题。例如，妈妈为什么对失去孩子最心痛？我从妈妈离去的痛苦体验中找到答案。失去骨肉亲人，就是心死的过程。妈妈为什么看到我就高兴？因为我可以修补她的伤痛。我该感恩我的妈妈，那个年代，有不少孩子夭折，妈妈就曾失去了五个孩子。我出生后二十多天不睁眼睛，是妈妈精心哺育让我活了下来，使我有机会体验生活的美好和孝敬父母的幸福。由此说来，生死离别才是教导人们最终成熟并彻悟人生的最好课堂。原来，年少的时候，不仅不懂得爱情，也不懂得父母恩情。

我的好朋友张毅老大哥，是一个非常成功的企业家，也是一个大孝子。那天，他给我讲述儿时的生活经历："有一天，我非常饿，妈妈给了我一小块玉米面饼子，这就是一顿午饭。我哪知道妈妈那时为了我经常吃不上饭。小时候就知道饿了吃，吃完了玩，玩完了睡。我拿过来那块饼子，就知道自己吃。其实，光是那块饼子，我也吃不饱啊！吃到最后，我把咬不动又难吃的那一点儿煳嘎巴扔了。我没有想到，一直看着我吃饼子的妈妈，举起手就打了我一耳光：'你这混孩子，不吃怎么不给妈妈吃？你还扔了？'妈妈赶紧弯下腰，捡起那块比指甲厚不了多少的煳嘎巴，放进了嘴里……"

张毅大哥说，人到中年后，他才慢慢地记起这件事，并觉得它越来越沉重，越来越像他驾驶的远洋轮船上的螺旋桨，每次想起来都在自己内心世界猛烈地搅动。他追忆起母亲年轻时因为缺吃而失去活力的眼睛，瘦得像木棍一样的双手，还有打过他以后，无力而心疼地搂着他流泪的情景。他看着身边70多岁的母亲，为自己的年幼无知而感到羞愧。更让他难过的是，当他想与母亲说这件往事的时候，母亲已经认不出他是谁了。

讲到这里，张毅大哥深深地叹息着，原来，更伤感的故事还在后边。

有一天，张毅大哥看到自己的老妈妈与他的岳母在家里相对而坐，两位老人有这样一段对话：

妈妈问："你这是来看谁呢？"

"我来看我的姑娘和女婿啊！"岳母答。

"你女婿是谁啊？在哪儿工作？"妈妈又问。

岳母一字一句，贴着耳朵告诉妈妈。妈妈似乎听懂了，然后告诉岳母："哦，我儿子跟你女婿在一个地方工作啊……"

"你知道我当时心里的感受吗？"张毅大哥眼泪汪汪地问我，"太难过了，想到生你养你的人，受苦受难把你拉扯大，等到你学会孝敬，想多陪伴她的时候，她患上了阿尔茨海默病。我们不仅无法交流，而且上天留给我们共处的时间也不多了！"

听到这里，我也情不自禁地流下了泪水。

我们谈论各自的母亲和她们大致相同的人生经历，有着同一种感悟。年少时，我们贪玩儿，忽视了许多本来应当珍视的爱。到了中年才突然发现，父母曾天天守着孩提时的我们，在那艰难困苦的日子里为我们创造出童年的幸福甜蜜，让我们不曾记得童年有苦难。父母没有给我们这代人留下什么物质财富，却在我们心里留下无价的精神宝藏。虽然这些宝藏因为我们的无知和懵懂被遗失许多，但逐渐丰富的人生经历和情感经验却教我们在老去之前，能与年迈的父母去寻找、梳理这些宝藏。

与张毅大哥相比，我很幸运，我的妈妈不曾糊涂。在人生的最后一程，很少有人能像我的妈妈那样，94岁还头脑清醒，能够自理，有足够的时间和精力跟儿女讲述将近一个世纪的生活经历，以此做最后的诀别。所以，我是幸运的人。

我感激张毅大哥生动地讲述了他和母亲的故事，这给我写妈妈带来很多启发。遗憾的是，他在我妈妈去世一个月后也不幸辞世，这令我非常难过。

人到中年以后，才有兴趣和能力对自己的童年进行追溯，才会思量父母为了我们经历了哪些痛苦，给我们带来了哪些幸福，并在内心深深感恩我们的父母，懂得回报是人生更高层次的幸福。

长大后，妈妈数次讲起我出生时的情景。这是我非常乐意听的，像听一个新鲜的故事。"你出生那天，非常冷，正月里，冬天还没过去。那时候，没有钟表，你是晚上点灯以后，六七点钟生下来的。上屋小义子（兴义哥）是烧下晚火的时候，和你是一天生的，比你早几个小时。我去上屋帮你大婶把小义子接生下来，回家做好晚饭，刚吃完收拾好碗筷，你就出生了。"妈妈每次讲起我出生的情景，都有说不尽的回忆。"孩子，妈生你就吃了七个鸡蛋，连苞米糁子粥都吃不上，你瘦得皮包骨。你二姑说，这孩子二十多天不睁眼，烂眼孤瞎的，肯定活不了。活不活也得好好喂，你一顿能喝满满一碗米汤，吃完就不哭了。没想到活下来了，我还得你济了！人，就是命。妈妈积德，该有个好儿子。"

记不清妈妈给多少人讲过我出生时的事情。小时候，我也愿意听妈妈讲我出生的故事，不过，那只是孩子的好奇而已。真正认知出生时刻之重要，在内心铭记妈妈生我养我的艰辛，从中感受母亲对于人生的意义，则是在人到中年以后。

第三节　母爱决定命运，成就人生

妈妈临终前，躺在床上，很有兴致地给我和亲人讲了一些我小时候的故事，有的我只知道点滴，有的我完全不记得。这让我深深感觉到自己关于童年的记忆力，就像老年人记不住新事物一样差劲。

在妈妈眼里，我是个淘气却省心的男孩。妈妈讲，我四五岁时，不记得是因为什么，我朝着爹爹发火喊："你把脑袋低下，我把饭碗扣到你脑袋上。"正在吃饭的爹爹，不仅没有打我，还笑得差点儿把饭碗掉到桌子上。妈妈以此来说明我的脾气不好，而爹爹是多么爱我。我和院子里的孩子打架，欺负别人，有叔叔、婶子们找到妈妈告状，妈妈总是认错，答应他们会好好教训我。妈妈对身边的亲人说："等儿子回家，我心平气和地跟他讲道理。小孩子哪有不打架的？但是当妈的要引导孩子走正道，孩子不懂事，好好给他讲道理，用不着打骂。"

听妈妈讲我的童年，我发现自己不仅记不住年幼时的事情，而且也想不出几个妈妈爱我的场景。妈妈却始终记着我童年的许多趣事。我笔下的童年，绝大多数出自妈妈之口。

童年的记忆的确是模糊的，就像在大雾里开车一样，一路经过的风景，能看清的不多。我敢肯定，大多数人对于童年的记忆是模糊不清的。在儿时那个充满生机、学习能力非凡的成长阶段，我们的记忆是怎样丢失的呢？它对我们热爱和孝敬父母产生了哪些影响？如果我们把父母给予的爱记忆得更多，是不是会更加关爱父母？孝敬在某些儿女心里的弱化，是否与"童年的失忆"有关呢？童年对于母爱的"失忆"，一定与孩提时没有支持情感记忆的成熟身体、没有更多认知情感的能力有关。

写妈妈，唤起我强烈的思念之情，逐渐悟出母爱决定命运、成就人生的道理。

如果说天下妈妈都是好妈妈，那么，我的妈妈则无与伦比。直到人生尽头，她仍能给我关心和启迪；她不连累任何人，只给亲人带来欢笑和寄托；她坚持劳动和服务家人的勤快，让我想起来就崇敬万分。

除此之外，我找到想念妈妈的另一个原因，妈妈不仅生了我，还长期带给我安全感、幸福感和依赖感。生活在有妈的家中，我就像坐在妈妈开动的火车上一样，每天行驶在顺滑平稳的轨道上。妈妈突然离去，这列火车遭遇天崩地裂，脱轨颠覆，使我失去了动能和惯性依赖，被重重地甩出了轨道，遍体鳞伤。

2013年元旦，我和夏青、女儿一起回姐姐家。我和外甥刚子动手做了一个木头雪爬犁，在雪地上玩得开心。妈妈最喜欢的重外孙果果，第一次看到这种冰雪玩具，和夏青抢着坐到雪爬犁上，被我用绳子拉着在雪地上飞奔。5岁的果果坐在舅奶怀里，先是有些害怕，接着发现有人抱着很安全，便忘记了恐惧，呼喊着："舅爷，快点儿，再快点儿！"这就是亲人的爱给他带来安全感，让他无所顾忌。第二天，当我们再次拉起雪爬犁的时候，果果非常自然地说："舅奶过来，我们两个一起坐呀！""你不怕吗？"我问。孩子不假思索地说："有舅奶我不害怕！"

一次雪爬犁游戏的经历，在果果心中留下的是对亲人、对爱的信任和依赖——这就是爱的动能与惯性。如果没有这种爱和信任，孩子就不会有安全感，也不会再次尝试坐上雪爬犁，更不会有快乐的体验被记忆下来。由此我想到，失去妈妈的痛，就是失去母爱的动能与惯性，重回正轨是困难的。

人是被命运主导的。至于命运在人生中的作用或成分有多大，"自助者天助"这句话，也不能给出量化的判断。然而，我们都是妈妈的儿女。妈妈是决定命运的第一人，这是一个真理。想想我们生命的源头吧！如果没有妈妈，我们怎能感受到阳光、空气、水和食物给生命带来的美好？又能去哪里享受母爱的温暖与伟大？所以，妈妈是决定我们生死存亡的第一人。如果说人生可能有几次命运的话，妈妈就是决定我们"最初命运"的那个人。长大后，说起来好像每个人都可以不再依靠父母，自己把握命运，但事实不是这样的。不用说我们成长的每个阶段都凝聚着父母的心血，即便在我们完全独立后，父母的影响力仍然是促使我们成功的重要因素。我们未来的命运，不知有多少事需要从父母那里寻找精神引导。或许，只有在做了足够长时间的父母，甚至在失去父母之后，才能真正理解和体验到母爱决定命运。

我时常回想起那个充满艰难困苦的年代，有那么多孩子死去，而我却活了下来。每当我和妈妈说起此事，我都感叹自己是多么幸运，我的妈妈对我来说是多么重要。工作、成家，直至把父母接到城市来，表面看是父母在依赖我生活，其实不是这么回事。陪伴爹妈安度晚年，即使他们的确得到了我的悉心照顾，但我从父母那里得到的幸福却是无法估量的。如果把幸福感比作一个盛满蜂蜜的盆子，那么，有妈妈的时候，这个盆子里的蜂蜜永远是溢出的；失去了妈妈，这个盆子掺了水，幸福感从心里、手边和脚下，从妈妈望我回家的窗口，从家里的各个角落悄悄地溜走了。

在写妈妈的过程中，我还发现，妈妈的一生充满了传奇，而我们母子之间的故事，是她全部故事中最重要的部分，因为妈妈活这一辈子，都是为了儿女。妈妈从生病到离世这最后七十多天里，她清醒的头脑里装的满是关于她和孩子们的往事，尤其是我和她在一起的故事。她要抓紧时间，把她与孩子们之间的所有故事，尤其是我们不知道的、记不清的那些童年故事，再与我们娓娓道来。她要用这样的方式，重温自己的一生，度过生命的最后时光。

我正是在这段日子里，更加深刻地理解母子之缘，确信母爱决定了我的命运、成就了我的人生。

第四节　骑马回姥姥家

与妈妈一起追忆童年的时候，脑袋里经常浮现出的一个情景，就是跟在妈妈身后，翻山越岭去姥姥家。

回姥姥家，是童年最清晰的记忆之一，也是我最初的亲情交往。

妈妈说："姑娘出嫁有了自己的家，养她的爹妈还是不能忘。姑娘若是不带孩子回娘家，谁去叫姥姥、姥爷？孩子怎么知道这门亲戚？孩子回姥姥家天经地义，老天也挡不住……"妈妈说的没错。姥姥家不仅是我小时候走亲戚的主要去处，也是我认知和建立亲情的重要地方。因为姥姥家是母亲的原生家庭，也是父亲家最重要的亲戚门户。

姥姥家特别穷。舅妈30多岁就去世了，扔下五个孩子，最大的十几岁，最小的才两岁。妈妈每年至少要回姥姥家两次，分别是春天和秋天，去给舅舅和孩子们拆洗、缝补棉衣和被褥。

妈妈说，我四五岁的时候，就跟着她去姥姥家，那时候，姥姥和姥爷还活着。我依稀记得，回姥姥家的情形是这样的：我的小脚妈妈，胳膊上挎着一个约一尺见方的白色包袱，里面包裹着我和妈妈的几件衣物，还有妈妈做针线活儿的工具，外面用别针别住。这就是妈妈和我的行囊。到姥姥家要翻过两座大山岭，约十五公里。清晨，我跟在妈妈身后，迎着太阳出发。起初，我和妈妈的影子在身后拖得很长很长，走过小李家堡子岭，我们俩的影子好像被地皮磨掉了一大半，变得很短很短，甚至踩在脚底下。等到翻过窝棚沟大岭，快到姥姥家的时候，那影子便从身后转到身子右边，再次变得越来越长了。我走累了，妈妈会拉着我的手走一会儿；再累，就坐在草地上休息。妈妈给我拿出个鸡蛋吃，吃完到小河边捧口水喝。山路崎岖不平、林木丛生，妈妈手里拿根棍子，让我走在前面。偶尔踩到树枝的一端，另一端从厚厚的落叶中撅起来，我会吓一大跳，以为是蛇来了。妈妈说："别害怕，什么野兽都怕人！"妈妈回忆说："我领你回姥姥家次数最多。现在的孩子，有几个四五岁能走那么远路？你从来不用妈妈抱，再说，我也抱不动啊。那时候，每个妈妈都好几个孩子，孩子们都是这样长大的。"

那时去姥姥家，我从来没想过山有多高，路有多长。现在开车回老家，望着那两座大山，心里都好打怵。连我自己也说不清，为什么小时候要比现在更有胆量、更勇敢？初生牛犊不怕虎？不，不是这样的，这是因为有妈妈的陪伴。只要妈妈在身边，孩子就会感觉安全，就不怕任何困难和危险。

有一次，我和几个小伙伴到邻村看电影。深夜归来时，突然发现远处雪地上有一个黑影飞速朝我奔来，我以为是狼来了，举起手里的棍子猛打过去，原来是狂风吹卷起来的一团茅草。"狼"被打扁了，我也吓瘫在雪地上。童年的恐惧经历，一定发生在身边没有父母陪伴的时刻。我说不清跟妈妈去姥姥家多少回，也记不得在那两座大山及其草木丛生的山路上遇到过多少回鸟兽出没，但我十分确定，跟妈妈一起翻山越岭，记忆中没有恐惧，也没有疲倦。印象最深的一次，大概是姥爷去世烧周年那回。爹爹牵着马，把我举到马背上坐下，我是骑着马从姥姥家往回走的。在爹妈的陪伴下，我骑着马走过高山峻岭，这令我兴奋和自豪，那种感觉至今难忘。记得爹爹多次提醒我："紧紧抓住马鬃，不要松手，就不会掉下来。"我小心翼翼地回头看，发现妈妈和一群亲戚都在我和爹爹后面跟着。妈妈笑着对大家说："你看我儿子多有胆量，这么小就敢骑马。"

那是我第一次骑马，它加深了我回姥姥家的记忆。而爹爹作为强壮男人驾驭高头大马的威严和力量，也让我感受到什么是男人气概。

第五节　舅舅像"周扒皮"

当我重拾童年记忆时，深感不幸或痛苦的事情远比幸福与快乐的经历更具有持久的影响力。它如同海盐一样，溶解和沉淀在天真无邪的童心里，一旦温度适宜——即我们相对成熟之时——则会再次析出，呈现出一番苦涩的味道。

长大后发现，孩提时感觉有趣的事情，记忆并没那么细致和牢固。倒是舅舅像"周扒皮"一样，深夜里打孩子起来干活儿那一幕，让我难以忘记。我被舅舅暴力强制孩子起床干活儿吓得心惊肉跳，而舅舅的大儿子则对此怀恨在心，难以释怀。

记得那是我八九岁的时候，寒冬凌晨时分，妈妈搂着我与大舅一家人睡在一铺大炕上。天漆黑漆黑的，睡得蒙蒙眬眬的我，忽然听见舅舅喊："起来，快起来！"接着就是"啪啪啪"的打屁股声。兰波与弟弟兰辉合盖的破被子，在黑暗中"呼啦"一下被揭开了，吓得我揉着眼睛坐起来。妈妈赶紧起身把我抱住，在黑暗中说："芝胜啊，孩子这么小，你让他们这么早就起来干什么？""姐，这帮孩子就是懒，不打不起炕……"舅舅连吼带打把五个困倦的孩子从炕上拽起来，两个男孩到外面劈柴、刨粪，三个女孩在外屋地（东北农村厨房）做饭。灶坑的烟，从炕缝、门缝透进来，炕开始热乎了。我有些惊恐，妈妈小声对我说："你舅妈要活着，能让孩子受这份苦吗？你大舅不会教导孩子。你接着睡吧，孩子不睡足哪行啊！"

直到吃早饭，妈妈才叫醒我。舅舅东头邻居李庆国的大儿小彬子来找我去滑冰。这个与我一般大的男孩，在零下二十摄氏度的天气里，只穿一条打了补丁的半截单裤，光脚走到冰上打跐溜滑。我惊呆了。"你的脚会冻坏的！""没事儿，一会儿回家烤火。""不行，咱们不玩了，回家吧！"我赶紧拉着小彬子去舅舅家烤火盆。妈妈见了说："冻脚不能用火烤，要用棉被慢慢暖……"妈妈拿了一个小褥子，让冻得浑身乱抖的小彬子坐在炕头上，将他整个下身都盖上。"孩子，不能这样玩啊，腿脚要是冻坏了生冻疮，会年年犯的。穷点儿不要紧，不能得病，知道吗？"妈妈转过身来，自言自语，"世上怎么会有这样一些父母？好赖给孩子做双鞋啊？没有钱、没有布，还没有手吗？哪怕是用苞米叶子缝，也得给孩子做一双啊！"我看着妈妈说："妈妈，我的棉鞋可暖和呢！打跐溜滑、过大岭走雪窝子都不冻脚。"妈妈说："当爹妈的不能让孩子挨饿受冻……"多年后，我跟妈妈重提小彬子童年赤脚滑冰的往事，才从妈妈口中得知，每次妈妈带我回姥姥家，她都要给我穿上好看、干净、保暖的衣服和鞋子。只是那时我太小，完全不知道别人家妈妈和孩子对我的羡慕。妈妈非常可怜舅舅，还有那五个没有妈的孩子。"人这辈子什么叫苦？小时候没有妈才叫苦。想想你大舅那几个孩子，他们怎么能不苦啊？我当姑姑的不帮他们，还有谁能帮他们呢？"

越是长大，越感觉自己是幸福的。我的父母从没像舅舅那样对待孩子。小学时在课本里读到《半夜鸡叫》的故事，脑子里就一直有一个真实的"周扒皮"，那就是舅舅。长大后，每次看见舅舅，我就会想起他掀被窝、打孩子干活儿的情景。我曾问妈妈："舅舅怎么那么像'周扒皮'呢？"妈妈没有反驳我的说法，淡淡地说一句："谁知道呢？这世上还真的找不到像你舅舅这样的老实人，就是为干活儿经常打孩子。"

妈妈病倒在床，又跟我说起舅舅这一辈子。我问："妈妈，舅舅和你怎么那么不同呢？"妈妈回答："古语说，一母生九子，九子各不同。没有老婆的男人还能什么样？十个爹也赶不上一个妈，没妈的孩子才叫苦呢！"

如果不是小时候亲眼看见舅舅强迫孩子劳动的粗暴行径，我绝对不会把这样可怕的父亲与老实憨厚、沉默寡言的舅舅联系在一起。在农村，有不少十来岁的孩子，在父母的带领下，为家里做些力所能及的活儿。这对培养孩子动手、动脑能力，还有体谅父母的不易大有好处。可是，像兰波和兰辉小时候那样，每天天不亮就被迫从被窝里爬起来干活儿，还是比较少见的。这种经历其实对孩子一生有害无益。

第六节 一把米的光芒

关于童年的记忆，有件事令我始终不忘，这就是妈妈给了乞讨女人一把米。越是长大，对这件小事的记忆就越显清晰。直到我发现，妈妈从门缝里送出的一把米，闪耀着人性善良的光芒。

我，就是那个追光的孩子。这是妈妈留给我最宝贵的精神财富。

提笔写妈妈的时候，我有一种感觉，无论眼前这世界如何复杂，走过的人生之路有多少坎坷，那一把米的光芒总是闪耀心中，跃然纸上。

在一个春夏之交的傍晚，老院里的大黄狗叫起来，我跳下炕跑到外屋地，想看看外面发生了什么。一个破衣烂衫的女人，拄着拐棍，背着一个要饭的破袋子，手扯一个比我大几岁的女孩，慢腾腾地走进院子，朝我家门口走来。这时，老叔从屋子里出来，双手张开，堵住门口，冲着这女人喊："你给我走，我还吃不饱饭呢，哪有米给你？快走！"那女人双手合十不停地哀求："行行好吧，行行好吧……"老叔"咣当"一声，关上了两扇木门回屋了。外屋地一片昏暗，我透过门缝看到，那女人和孩子毫无反应，依然呆呆地站在那里等待。正在做饭的妈妈，不声不响地拿起小瓢，从米袋子里舀了一把苞米碴子，悄悄地打开房门，把那点儿粮食直接倒进那个女人张开的破布袋里。一道光线"唰"的一下穿过门缝，把妈妈的脸照得红亮红亮的。妈妈小声说："快领孩子走吧。"那女人给妈妈又鞠躬又作揖，转身走出了老院。这时，老叔从里屋走出来，冲着妈妈大喊："就你会装好人！"吓了我一大跳。妈妈温和地说："国柱啊，权当嫂子少吃一碗饭，你看她们多可怜啊！""可怜她们？谁来可怜我们？现在满大街都是要饭的，你去帮吧！"老叔生气了，嚷嚷着走出了院子。我以为他要去追那个要饭的女人，妈妈说不会的。

那时老叔十七八岁，在妈妈眼里，他和我一样，还是个孩子，处于没长心的年龄，妈妈不与他争辩是非。妈妈不顾老叔的反对给乞讨者一把米的举动，如春风化雨洒进了心田，又长出了什么。

我与老院里的一群兄弟姐妹，经常在放学后一起到门前的小河里抓鱼。小河里的鱼真是太多了，我们这些十来岁的孩子都能抓到好几饭盒的鱼，包括溜根子、白亮子、瞎眼胖、泥鳅和沙葫芦子等，然后拿到老院的碾盘上平分。可能因为我在同龄的伙伴中上学早、年级高，他们总是选我负责扒堆分鱼，我也很乐意给别人多点儿，自己少点儿。有时候，分到最后鱼没有了，我空手回家也高兴。妈妈表扬我："你是好孩子，这样做就对了。"我告诉妈妈："我不喜欢吃小河鱼，太腥了。"妈妈说："你记着，不管喜欢不喜欢，都不能光想自个儿占便宜。你没有私心，大家才愿意叫你来分鱼。"尽管当时我还不确定，在妈妈给乞讨者一把米与我分鱼这两件事之间有什么关联，但我能感受到，妈妈喜欢我对别人好，赞成我分鱼的方式。

十多年后，在我下乡蹲点的韭菜公社，我们工作队住的那户人家，也是一对相依为命的母女。因为缺粮吃，她们需要救助。当我把腰包里仅有的一点儿钱和粮票掏出来时，我想起了妈妈给乞讨者一把米的情形，我耳边再次响起妈妈的话："孩子，妈妈这一辈子，最忘不了的是挨饿的滋味。但凡能活下去，谁愿意去要饭啊！我不认识那要饭的娘俩，她们也记不住我是谁，给她一把米我心安了。"妈妈从门缝里递出一把米的行为，在我内心光芒四射，我觉得自己最像妈妈的孩子。

妈妈临终前，向陪伴在身边的亲友夸我心眼儿好、为人善良，还说起我小时候分鱼的故事。"我儿子像我，比我还心软。小时候，他跟孩子们上河边抓鱼、分鱼时，总是最后想到自己，宁可吃亏也不占便宜。工作成家了，他还是像我，乐意帮助别人，要不他哪能有今天，我哪能跟着享福啊！"

童年时，我们不懂得分享和友善是什么。我们的言行，都是从父母和身边大人身上学来的。妈妈有善举，孩子就有善行。妈妈对孩子良好行为的激励和奖赏，一定会在心理层面对孩子产生长远的影响。我从小到大，妈妈从来没说过"你们将来要升官发财"这样的话，也不曾指点我们长大要干什么。妈妈说："过去说买猪崽子还得看看圈呢，这爹妈要是好，孩子差不到哪里去，不信你就细品吧！"在妈妈看来，孩子只要懂人情道理，品行端正，勤快肯干，长大了干什么都不会差的。好孩子不是管出来的，好孩子都是从小跟爹妈学来的。

为妈妈写书，回顾往事，只要想起自己做的一点儿好事，我都会在心里认同，这是从妈妈身上学习和模仿来的。前些年，我们母子和一个陌生老人之间，发生过一次不为人知的、小小的共情故事。当我与妈妈的同情心、同理心高度重合产生共鸣时，总是强烈感受到妈妈给乞讨者一把米赋予我的人格力量。

我从来不是"追星族"，很少把现实中的谁和电影里的人物作比较。然而那天清晨，我起早去外地开会，在楼下与一个拉着手推车上坡的老人面对面时却突发奇想：他怎么那么像电影《巴黎圣母院》里那个相貌丑陋的敲钟人卡西莫多？我与他擦肩而过，又驻足回望，发现这个蓬头垢面、个子矮小、腰身如弓的老人，已在垃圾箱旁停下来。他黝黑的手，从满是破洞的黑棉袄袖子里伸出来，像机械抓手一样，把眼前一大堆垃圾一捧一捧地装到手推车上。他看见地上还冻着一块破塑料布，就伸手去使劲儿拽，溅起的脏冰、脏水弄到衣服和脸上，他只是用手一抹眼睛，拉起手推车，踏着被雪水浸透的黑胶棉鞋，朝居民区另一个垃圾箱走去。他的生活可是够艰难的，他的儿女知道吗？他的家和家人在哪里呢？坐上火车，我想打开一本书看，却怎么也忘不了那个老人。如果他是我的父亲，这么大年纪还出来干这么累的活儿，我该有多心疼啊！

新年那天，我站在妈妈房间的窗口，再次看见那个老人在楼下装垃圾。妈妈告诉我，这个老头儿来这里工作一年多了，每天早午晚，把坡下和坡上的垃圾收集起来，用手推车送到三岔路口的垃圾点，装到环卫卡车上。我有些惊讶，对这个老人，妈妈比我了解得多。妈妈说："这老头儿至少有70岁，每天看他上坡拉着车子，装垃圾、卸垃圾，人累得像牲口一样，一步一步地挪啊，都没有我这小脚老太太走得快，太可怜了！"妈妈说他不是本地人，本地人不会干这活儿，又脏又累不说，谁都敢欺负他。有几个捡破烂的，经常来抢他挑出来的纸盒子，还有人用棍子打他，但没人听过这个老人说话，只看见他用手比划。

数日后的一个夜晚，当我在月光下看见那个老人拉着装满垃圾的手推车上坡时，我当即让司机停车，背上双肩包，紧跑几步，伸手去帮老人推车子。老人感觉车子轻快了，回头看了一眼，又继续拉车爬坡。我在后面使劲儿推，老人在前面发出的沉重脚步声和急促呼吸声，令我想起妈妈对凄苦的形容"人累得像牲口一样"。爬过一段上坡路，我俩在三岔路口的垃圾点停下。老人放下手推车，站在原地，转过身来，借着月光和路灯，想努力看清我是谁。

我摘下帽子和围巾，擦了擦汗，让他看个究竟。最后，他举起右手，像摇动扇子一样朝我摆了摆，一声不吭，开始卸垃圾。

我不知道这个老人的姓名和年龄，没和他说过一句话。楼下邻居老徐告诉我，他是环卫部门从山东招来打工的，耳朵聋。第二年夏天的一个傍晚，他身穿一套黑布衣站在我家楼下，见我下班回来，拦住我说："我要走了，来看看你。我干不动了，老伴有病要死了，我要回去了……"他吐字不清，流着泪给我鞠躬。原来，他是来跟我道别的。我一时不知所措，为他的辛勤和真诚而感动，也为他的不幸而难过。回到家才知道妈妈在窗前目睹了老人等我的全过程，"他在楼下站了大半天，我还想他怎么不收垃圾了，大热天儿站在太阳底下等谁呢？"我明白了一切，这个老人真的如卡西莫多一样，虽然外表丑陋，却有一颗真诚的心。我告诉妈妈，这个老人之所以来跟我告别，只因我帮他推了一次车。妈妈感叹说："穷人没钱有心。你帮他一把，他记你一辈子，你不是也高兴？人和人就是处个心。"我说："妈，这都是跟您学的。"妈妈笑着说："母子连心，孩儿不学妈学谁呢？"

妈妈离去不到三年，我当了爷爷和姥爷，多了快乐，少了痛苦。外孙泽儿与我同住一座城市，在陪伴泽儿成长的过程中，我发现模仿大人的言行，是孩子学习和成长的主要方式。这种模仿是本能和自觉的，讲道理、学知识等，都让位于模仿。好的模仿一旦养成习惯，就会成为孩子未来良好行为和道德的一部分，而坏的模仿则反之。孩子模仿的能力，就是他们学习和积累智慧的能力。大人怎样说话和处理问题，甚至怎样走路和吃饭，孩子都看在眼里，都会全力模仿。

泽儿学我打蚊子，是他模仿大人最有趣的一件事。

一天晚上，我们几个大人围着泽儿，看他在客厅开心玩耍。突然，有只蚊子飞过来，大家顿时紧张起来，担心泽儿这"小鲜肉"被蚊子咬了，四处张望寻找这个该死的东西。终于，我发现蚊子落在电视旁边的柜门上。此时，泽儿也刚好站在柜脚边儿。我们制造的紧张气氛，全部被泽儿看在眼里。他瞪大眼睛，神情紧张地看着我，不知道究竟发生了什么，吓得马上就要哭了。我想去安抚泽儿，又怕蚊子飞了，迅即举起右手，"啪"的一声，将蚊子拍死在柜面上，然后急忙抱起惊嘘嘘的泽儿，"别怕，姥爷刚才打蚊子，怕它咬你呢。"那时泽儿还不到一岁，刚学会走路，只会说"爸爸"和"妈妈"。我及时的拥抱和解释使他不再恐惧，"泽儿不怕，不怕，这种小虫叫蚊子，被它咬了，会不舒服的……"泽儿笑了。

幼儿的记忆力和模仿能力很强，谁都没想到，"打蚊子"那个场景，包括我的动作和姿势、打蚊子发出的声响，还有打死蚊子的位置，都被泽儿记住并模仿得惟妙惟肖，这成为我和泽儿之间最有趣的游戏。

第二天早饭后，我和泽儿的姥姥一起来看泽儿，泽儿用鼓掌的方式欢迎我们。姥姥问泽儿："昨天姥爷是怎么打蚊子的？"泽儿转身就跑到那个柜子前面，举起小手，准准地拍在昨晚我打蚊子的地方，从嘴里发出"啪"的声音，配合着自己的动作。他天真生动的模仿，让我们惊叹不已。后来，只要有人提起姥爷打蚊子的事儿，他就会走到"事发现场"，给大家表演怎样打蚊子，真是太有趣了。

更有意思的是，一个月之后，泽儿搬家了，他的姥姥突发奇想：到了新家之后，再问泽儿怎样打蚊子，他会做出怎样的反应？

新家的房间结构和布局，与原来的家没有多少差别。电视机的位置也没变，只是旁边没有了柜子。这会不会成为难倒泽儿的问题呢？让我没想到的是，当姥姥蹲下身来像考官一样问道："泽儿，姥爷怎样打蚊子来的？"泽儿朝电视那边看了一眼，接着很兴奋地走到电视的旁边——他想象的曾经放着柜子的位置，举起右手，"啪"的一下，把手拍在柜子对应的墙壁上。我非常吃惊，泽儿有如此丰富的想象和超强的模仿力。此后，泽儿模仿姥爷打蚊子，变得更加随心所欲。任何一个柜子的侧面、洗衣机的侧面和四周的墙壁，都是他表演打蚊子的好地方。他举手的姿势、发出的声音，还有打蚊子的位置，都非常接近原发的场景。

事实上，泽儿的模仿无处不在。爷爷睡觉打呼噜，他就声情并茂地学起爷爷的样子。当有人问爷爷怎么睡觉，他就摆出一副睡觉的姿势，饶有兴致地模仿起来，让我们笑得前仰后合。当我背着手走路，他就跟在我的后面背着手走。姥姥问他："姥爷怎么走路？"他一定会背起手来走几步给大家看。玩具掉到沙发下面拿不出来，看到我拿一个长把的鞋拔子，趴在地板上往外掏，他便见样学样。从此，只要有玩具掉到沙发下面，他就喊着跑到门口去拿"拔拔"。还有一件事的模仿，后来成了泽儿的一个好习惯。泽儿发现妈妈给他换纸尿裤，都扔到垃圾桶里。会走以后的泽儿，在大人的鼓励下，每次都自己往垃圾桶里扔用过的纸尿裤。他看到家人把房间里的垃圾桶拿到外面的走廊，然后送下楼去。这下可好了，泽儿往垃圾桶里扔掉纸尿裤，会顺手提起垃圾桶，往门外走廊拎去。到了走廊，他就要上电梯，直到把垃圾送到楼下的公共垃圾桶才作罢。这个一岁左右的孩子，完全不知道这样做意味着什么，但是，热爱劳动、讲究卫生的行为习惯已经养成了。"你太棒了！好样的！"当我们这样鼓励泽儿，他一定会咧开小嘴鼓起掌来。泽儿玩耍时会不小心碰疼头或手脚，也会哭，我们就过来给他揉一揉。我陪他从滑梯下面爬过，故意装作碰疼了头，泽儿马上会停下来，伸出小手给我揉一揉。

幼小孩子的本事和智慧、行为和习惯、同情心和道德感，起初大都是从模仿中获得的。大人的日常行为和习性脾气，对孩子的成长具有深刻影响。说得简单形象一点儿，孩子是一面镜子，你笑他就笑，你哭他就哭，你好他就好，你坏他就坏。模仿有着内在的道德属性，必然在孩子心里产生意识与灵魂的指引，关系到孩子行为习惯的养成和道德品质的培养。我们让孩子看见什么、模仿什么、学会什么，对其人性的善恶、人格的高低、品行的优劣、认知的对错等，都有基础性、决定性的意义。

妈妈反复讲："一个人的好品性都是从小跟爹妈学来的。"妈妈的乐善好施对我的影响，还有泽儿生动的模仿故事，无不证明了妈妈的说法。这意味着，孩子模仿父母、亲人良好的品行，是幼年培植良好道德的开端。妈妈去世后，我自然成了身边一群孩子的长者。每当孩子们回家聚会，我都努力效仿妈妈的样子，用心给他们做好吃的，营造温馨快乐的家庭氛围，孩子们感觉我很像他们的奶奶或姥姥。

第三章　在"巴掌大的穷窝"生活七十年

　　桑皮峪这地方不光有苦难，还有苦中求乐的英雄，他们很值得赞美。

谈起九十多年的人生经历，妈妈会告诉亲人："我七十多年没有挪过那个'巴掌大的穷窝'。"

妈妈是个善于用事实说话的人，谈起自己的一生，她从心眼儿里感谢新中国，感谢共产党。"如果没有共产党和新中国，我儿子能上大学吗？我能进城来享福吗？如果旧社会不垮，我恐怕到死也离不开那个穷窝啊！"说这些话的时候，妈妈会得意地笑起来。妈妈充满苦难的人生经历，大都是在那个"巴掌大的穷窝"里发生的。我常想，如果妈妈没有超人的坚强意志，她根本就活不到 94 岁高龄。

第一节 "巴掌大的穷窝"在哪里？

妈妈说的"巴掌大的穷窝"是哪里呢？就是辽宁东部山区一个叫哈达碑的地方。那个地方，有妈妈的娘家、婆家和姥姥家。妈妈人生的前七十多年，都是在那里度过的。

妈妈 1918 年出生的时候，就有哈达碑这个地名。新中国成立后，哈达碑是一个行政公社，现在这里是一个小城镇，人口有两三万人。

在妈妈看来，哈达碑的地形像一个张开的巴掌。当我张开左手，手心对着脸，心里就佩服妈妈用"巴掌大"三个字来描述哈达碑是多么生动形象。"手心"的这个地方，就是公社所在地；从食指到小手指这四个指头，每个指头代表一条山脉，那四条山脉，正好夹成三条山沟和三条河流。自古以来，这里的人们就居住在宽度不足一公里的三条山沟里，山川、土地和民房，都是沿着三条河流的两侧自然而有序地排列。从三条河的源头到"手心"哈达碑公社所在地，大约都是二十公里。水从"指尖"的地方流下来，到"手心"

的部位汇合成一条大河，然后再顺着大拇指的方向，一个急拐弯流经县城，并入大洋河，最后流进黄海。

由此可见妈妈对这片养育之地的熟悉和热爱，还有她与这三条沟、三条河紧密的关系。

妈妈出生在小手指和无名指夹成的最北边的那条山沟里——桑皮峪黄花山下的柳树底。妈妈在那里生活了二十四年，直到结婚嫁给爹爹才离开。妈妈的出生地，至今不通公共汽车。

妈妈的姥姥家，则在食指与中指夹成的最南边的那条沟里——头道赵家堡子的金子坎。那里是妈妈小时候常去的地方，金子坎虽然穷，但是她那个有文化、爱读书的姥爷，对她的教导和指引，让她受益终生。

妈妈24岁出嫁，嫁到中指与无名指中间的那条沟——瓦沟傅家堡子。这里是中国知名的玉石之乡，也是三条沟中条件相对优越的一个地方。妈妈嫁给爹爹，在傅家堡子生活了半个多世纪。

更巧的是，"桑皮峪""瓦沟"和"头道"这三个地方，都在这三条沟的大沟里（"大沟里"是山里人的话，指山沟的尽头）。妈妈说她年轻的时候，去姥姥家要横跨"无名指"和"中指"这两座大山，用她的小脚走上二十多公里崎岖狭窄、荆棘遍布的山路。"在那个用牛拉着木轮轱辘车的年代，我嫁到傅家堡子，实在是太远了。傅家堡子就算是这三条深山沟里最不错的地方了，离玉石矿很近。后来，在傅家堡子能看到汽车从矿山往外面运玉石。那时候没有几个人见过汽车，更不用说火车了。"妈妈说。

第二节　老姐妹的最后相聚

妈妈小时候在学校里只读过几天书，她识的一些字，都是姥爷教的。妈妈认为，做好人，做好事，和念不念书没有太大关系。人只要活着，就得吃饭、过日子，就得天天干活儿，不断学习。随着岁数的增长，经历的事情多了，就什么道理都该懂了，不然就当不好爹妈，教育不好孩子。

妈妈的姥爷姓赵，是头道赵家堡子的大户人家。那个地方之所以叫金子坎，是有传说的。据说，妈妈的姥爷当年在外面做生意，赚了很多金子，不得不用驴驮着回来。谁知路途遥远，金子很重，驴子在家门口不远处的山坡上栽倒了，弄碎了装金子的布口袋，坡坎上撒满了金子，金子坎由此得名。在妈妈的记忆中，姥爷一辈子没干过什么农活儿，整日坐在家里写字、读书，是金子坎最有钱、最有文化的人。妈妈小时候，一年去姥姥家就那么几次，她的姥爷经常给她讲怎样做人做事，教她读书识字，背诵《三字经》《弟子规》等，让妈妈受益一生。

我曾问妈妈："您老人家为什么三门不出四户、读书很少，却懂得很多道理？"妈妈告诉我："那都是我姥爷教的。我姥爷在家里最喜欢的孩子是我，所以给我讲为人处世的道理也最多。他给我讲古文，讲完一段，还叫我背给他听。"

我上小学的时候，也就是 1960 年前后，妈妈大舅的孙子赵青天，从清华大学毕业被分配到四川一家军工厂工作。长大后，和赵青天见面的时候，我心里认真想过，眼前这个从金子坎考出来的高才生，应该就是妈妈的姥爷、赵青天的太爷文化教养带来的家族传奇。

妈妈陪我五十多年，我所了解到的、可称之为"妈妈教育背景"的资料，仅此而已。妈妈去世后，我想更多了解妈妈和她姥爷家的情况，特地请兴洲哥陪我前往金子坎实地考察（兴洲哥也是金子坎老赵家的外甥）。遗憾的是，那里与妈妈同辈的人几乎没有了。至于我的姥姥和姥爷，妈妈说过他们过了一辈子穷日子，忠厚老实，为人善良，勤劳肯干，对她管教严格。我很小的时候，姥姥、姥爷就相继去世。他们给我留下的唯一印象，就是家境贫穷，他们的个儿头比妈妈和舅舅高。

妈妈还提起过她姥姥家有个表妹，我叫她二姨，是妈妈的舅舅家的女儿。妈妈多次说过，她最喜欢的一个小表妹就是我这个二姨。她们小时候就亲近，经常在一起玩儿。"我们一起听姥爷读书、讲故事，那些做人的道理都是从姥爷那里听来的。"妈妈说，那时候，去姥爷家要走整整一天，一年就能去三趟两趟的。长大后，她们姐妹两个先后嫁到瓦沟的老傅家和老李家，两家一河之隔，距离三四里地。然而，因为那时候穷，各过各的日子，见面不多。后来，二姨一家从瓦沟三道沟搬走，妈妈不知道她搬到哪儿去了，音信全无，从此再未见过。

妈妈过 90 岁生日时，表哥李元茂来给妈妈祝寿，妈妈向他问起了二姨。二姨是李元茂的三婶，妈妈从他那里打听到，二姨当年从三道沟搬到了营口农村，现在还生活在营口地区。妈妈让李元茂捎个口信，请二姨有机会过来见一面。妈妈当时很感慨，说："这就是活的寿路长，要是活的寿路短，人早就不在了。"

令人欣慰的是，四年后，妈妈生病住院的时候，二姨的女儿小燕妹妹与我联系，说二姨要来看妈妈。放下小燕的电话，我责怪自己为什么没有在意妈妈的这桩心事，为什么不早点儿安排她们姐妹见面。带着自责，我趴在妈妈耳边说二姨要来看她。妈妈听了，久久没有说话。当我离开病房，妈妈立刻从病床上起身，叫孩子们给她换下病号服，穿上平时的衣服，上了厕所，然后又静静地躺在床上，等待这场半个世纪才到来的重逢。

这次会面，竟成了这对老姐妹的最后诀别。

两位老人在病房里会面的场景令人感动。很难想象，失去联系五十年的姐妹会用怎样的语言，去诉说各自半个世纪的经历与牵挂。她们的重逢，也使我找到了妈妈年少时唯一的、最可信的见证人。

二姨比妈妈小 7 岁，两个人的长相和神态很像，头脑都十分清醒。我仔细端详两位老人，她们的生命长度都接近一个世纪。虽然她俩脸上布满皱纹和老年斑，但两人的眼睛深邃而明亮。透过两人相像的凸出颧骨与半黑半白的头发，可以看出她们有着明显的血缘关联，甚至有点儿像亲姐妹。作为妈妈小时候最亲密的玩伴，二姨在女儿小燕的陪伴下，走到病床边，见到躺在病床上的妈妈，赶紧上前握住手，两人一见面就激动得热泪盈眶。妈妈示意二姨坐到病床上，依偎在她的被褥上。稍后，妈妈让我把她扶起来坐着，感觉这样更亲切、有礼貌，也方便谈话。妈妈与二姨不停地交谈、说笑一个多小时，除了相互问长问短，多是回忆年少时的往事，直到两人的声音都变得沙哑。

妈妈问二姨："你不是我大舅的姑娘吗？咱俩是亲姑舅姐妹啊！"

"老姐啊，我太想你了，想起来就掉眼泪啊。我的老姐心灵手巧，又勤快，同样做大布衫，老姐三天就做一件，别人都没有你做得好。"二姨声音洪亮地说。

妈妈问二姨有几个孩子，他们都过得怎么样，二姨认真回答。我们在场的人，都为两个高寿老人有着如此清醒的记忆而赞叹。

"我三姑就看上你了，非要你做她的儿媳妇不可，你不就是我大姑的姑娘，嫁给了我三姑的儿子，姑舅轧亲嘛……"二姨像讲笑话一样说道。

"还记得咱俩都是包的小脚吗？"二姨笑着问妈妈。

"可不是嘛。"妈妈笑了，两人都指了指自己的小脚。

94 岁的表姐和 87 岁的表妹，就这样一问一答，回忆过往。

"小的时候，我爷爷最稀罕你，你聪明好学，干起活儿来，又快又利索。你在哪里都是拔尖的，我这老姐可不是一般人啊！"二姨满面笑容地说。

"现在老了！我这次感冒，儿子把我从大姑娘家接回来，没回家直接送医院了。如果没有我儿子，姐姐早就没戏喽。"妈妈笑着告诉二姨。

"我爷爷说，一个人能从小看大。我老姐，你从小到大就是威望高，不然，今天谁来看你啊？我小时候最佩服我老姐了，我老姐也最让我爷喜欢。"二姨望着周围一群守望妈妈的亲人，不停地夸赞妈妈。妈妈听了很高兴，向二姨介绍这些陪护她的孩子，包括她喜欢的两个外孙子。

老姐妹会面一个多小时，二姨怕影响妈妈休息，准备与妈妈告别，妈妈说："再坐一会儿吧。以前住傅家堡子，咱们只隔了一条河……"

"我的老姐姐，我还来，指定还来看你。除了儿女，我再没有什么亲人了，你也是我的亲人……"

二姨有些哽咽，含着眼泪，与妈妈握手告别。

我把她们的谈话录了下来。这是两个老姐妹在分离半个世纪后的相聚，也是妈妈一生中与亲朋往来中最令人难忘的一幕之一。她们心里都明白，此次相聚可能也是诀别。她们相互赞扬鼓励，带着浓浓的亲情和满足，没有多少伤感与悲情。

妈妈去世后，我曾去看望二姨，她再次给我讲起妈妈那些美德："小时候，我爷爷常跟我们讲，说我姐这孩子聪明、懂事，要我们好好向我姐学。长大后，我姐说话、办事、干活儿、过日子，就是和别人不一样。嫁到你们老傅家，我姐在少媳妇里面一直是打头的。"妈妈去世第四年，二姨也去世了。

其实，妈妈和二姨本来可以更早一些在家里团聚，而不是在病房里相见。这是我的过错。我们这代人的父母，年轻时的许多梦想都被贫困与饥饿毁灭了，我们想过帮他们圆梦吗？妈妈说出了思念二姨的心思，现代化的通信与交通工具，何以能阻止我们帮她联系和见面？很显然，是我忽视了妈妈的想法。还有，妈妈没去过北京，我和妻子一直承诺带她去看天安门，可是，当妈妈因为腿脚不便而犹豫的时候，我竟然顺水推舟地放弃了。为什么给父母做那么一点儿好事，我都没有坚决的态度和实际行动呢？妈妈与二姨跨越半个世纪才重逢，是我忽视妈妈情感的一个遗憾。她们的会面本来应当更具喜庆色彩，我可能听到更多她们之间以及那个年代的故事。每次听二姨与妈妈在医院里的谈话录音，我都想说，爱父母，就要在意他们心中每一个想法，满足他们每一个小小的心愿，这才是真正的孝顺。

或许每个老人老去的时候，都会像妈妈那样特别想见久别的亲人。

第三节　88岁重回故里

2005年6月，妈妈提出想回桑皮峪看一看。这一年，妈妈88岁了。

早在二十世纪七十年代初，爹妈为帮助贫穷的舅舅，把他家搬到了瓦沟大队八家子小队，离我们家不到一公里。从那时起，妈妈三十多年没有重回娘家这块土地。

车一开进桑皮峪这条沟，妈妈就打起精神，透过车窗朝外看，告诉我和妹妹兴芹，右手边这个村落是满家堡子，左手边是窝棚沟岭下的南台子。很显然，桑皮峪这张地图，一直深深地印在妈妈心里。我把车停在姥姥家院外的小河边，那是我小时候经常玩耍的地方。妈妈下车，站在车门旁，挺起腰身，整理一下身上的西装。那是我爱人带着妈妈到成衣铺定制的一套西装，也是妈妈最喜爱的一套黑色西装，领口处别着一枚银色的花瓣胸针。妈妈坐车久了，走路有些打晃儿，稍微站一会儿，感觉有些舒展，就在我和兴芹的搀扶下，沿着那条几十年没有变化的砂石小路，缓慢地往自己出生的院子里走去。她一边走，一边看，叹息道："这原来的院子，还有院子里的房子怎么都不在了啊？"

妈妈一口气走到院门口停下来，那里站着一个高个子、深眼窝的老太太，她手里拄着一根木棍，用苍老的眼神看着我们。我和妈妈一下子就认出来，那老人是姥姥家对门孙宝祥大叔的媳妇，年轻时很漂亮的。她比妈妈小十岁左右，管妈妈叫大姐。两个老人相互看着，拉着手，感叹多少年没见面了，人都老了。

妈妈把目光慢慢地转向院子，问："你一直在这儿住吗？""是啊，房子都要倒了，我也活不多久了。""你男人呢？""早就不在了。"妈妈与孙大婶一问一答。

我问孙大婶："那个能挑水、会弹三弦的瞎子叔叔呢？""死好多年了。"孙大婶告诉我。

孙大婶家与舅舅家住对门。上屋五间房子，他们各住两间半。舅舅家住东头，孙大婶家住西头。西下屋住着一家姓张的。舅舅家搬走后，整个院子只剩下孙大婶家那孤零零的两间半破房子。院子中间留了一条小道，大部分被种上了土豆和玉米，长得十分茂盛。三十多年过去了，妈妈记忆中的家园已不复存在。妈妈向孙大婶打听的几个同辈人，都已经离世了。

妈妈让我扶着她站到院门外的一个石格子（指土地中间堆石头的地方）上，

她伸出手，指着不远处的一块玉米地告诉我："你姥爷、姥姥的坟墓就在那里。"抬眼望去，虽然杂草丛生，依然能看出坟墓的轮廓。妈妈说："你大舅搬走了，妈不回来了，这祖坟就没有人打理了。"妈妈凝视着那个坟墓好久，然后走下石格子，与孙大婶告别："大妹子，再见吧，我们要走了。"

"那你还多会儿来啊？"孙大婶有些不舍。

"这就没准了，像你我这么大岁数的人，说不行就不行了，看一回少一回啊。"

两个三十多年没见面的老人，对话沉重又平和。在即将告别时，两人都带着微笑，格外仔细地相互打量着，她们亲切又陌生，惊喜又遗憾。妈妈上车后，我慢慢起步，朝沟里二姑家驶去。我摇下车窗，妈妈把半个头探出窗外，久久地回望着那个破旧的院子，不时用手擦着眼泪，直到故乡的一切消失在视野中。

妈妈在我懂事后就跟我讲过，她每次回娘家，都会想起童年裹脚、家里遭劫等苦难经历。旧社会可怕的贫穷、混乱的世道，让妈妈痛恨不已。"穷到什么程度？破锅漏房子，屁股粘炕席，一根烧火棍都是好的。乱到什么地步？穷人被欺负，随便骂、随便打……"妈妈带着气愤这样说。

妈妈的人生，正是从那个破旧的院子开始的。用妈妈自己的话说："小时候的苦难，一出生就来了。"

妈妈生于1918年7月4日，因为那时人们不用公历纪年，所以，妈妈记住的永远是农历五月二十六。"女孩出生不久就要裹脚，我哪知道啊？当时还不会说话，脚就不让长了，现在听起来不是笑话吗？"妈妈时常坐在床上，一边用手揉她的那双小脚，一边跟我们几个孩子讲述她的童年。

"妈妈这双脚疼了一辈子，这让我怎么能不痛恨旧社会？女孩子不让长大脚，说是脚包成'三寸金莲'最好看，不然嫁不出去。正是长身体的时候，脚被裹得又红又肿，火辣辣的，那种疼一辈子也忘不了，现在老了，留下脚疼的病根……"

妈妈讲她裹小脚的故事，不光是生气，也有自豪。"我从小到大，就讲道理，对坏人坏事不能屈服。在家里当姑娘时，我懂事了，就偷偷地去放脚，谁说我也不听。晚上睡觉，脚疼得受不了，我就在被窝里，偷偷地把裹脚布解开。这若是被大人看见，一定会挨骂的。我不管那一套，能不裹就不裹。白天，我经常跑到别人看不见的地方，悄悄地把绷带解开，松快一会儿算一会儿。"

讲到这里，妈妈愉快地拍拍她的脚掌，说："你们现在看到了不是？我的脚总算比'三寸金莲'还大了点儿。那时许多女孩没有我勇敢，脚没有我这么大。现在的社会多好啊，你们得珍惜啊。"

参加工作后挣了钱，我想给妈妈买双鞋，这才知道那双脚是多么小——33码。妈妈大半辈子，都是穿自己做的鞋，商店里买不到合适的。60岁以后，妈妈自己做鞋少了，感觉双脚越来越疼，走路、劳作多了，就会出现肿胀，脚背用手一按就是一个坑。对妈妈受的苦，我十分心疼。我认真端量着妈妈这双小脚：十个脚趾，像两个握紧的拳头，除了大脚趾，其余几个脚趾，都弯曲着被踩在脚掌的下面。妈妈进城后，我和夏青领着妈妈到商店去试鞋，总算买到两双比较合适的小皮鞋。确切地说，那都是童鞋。我和夏青都抱怨，怎么就没有人想过，给这些还活着的小脚女人好好制造一些鞋子穿呢？妈妈穿我们买来的最合适的鞋，是一双褐色的小皮鞋，脚背足够高；另外一双，是我从韩国带回来的小拖鞋，脚背那块儿是空的，所以也算合适。妈妈的脚背，高得像个小馒头，肿胀时像个灯泡，一般的童鞋无法穿进去。

过了85岁后，妈妈经常在夜晚脚疼得难以入睡，有时要吃药来止痛。有一次，妈妈吃完药跟我说："孩子，你买的止痛药是不是假药？怎么一点儿都不顶用？"我判断，妈妈的脚疼越来越重了。我立即给妈妈换了一种新的止痛药。妈妈服用后效果不错。事实上，妈妈和爹爹这一辈子，完全没有去医院看病、吃药治病的想法，这是过穷日子养成的一种习惯。妈妈认为：人的寿命长短是一定的，吃药不长寿。如果说妈妈还体验过现代医药带来的安慰和好处，那就是止痛药带来的一点儿作用。

什么样的创伤会让人从小痛苦到死呢？妈妈那双被裹缠的小脚，就让我见证了这种"终身之苦"。尽管妈妈努力反抗封建传统，并用她惊人的意志，走过94年漫长的人生道路，但是，妈妈临终前备受脚疼的折磨，何时想来都令我痛心不已。

"儿子啊，我的脚火烧火燎地疼，你得给妈妈想点儿办法啊。"我掀起妈妈脚上的小被子，看到妈妈的两只小脚肿得锃亮，左腿生过臁疮，左脚就像被开水烫了一样。封建社会残忍的裹脚陋习，从妈妈幼年开始，一直折磨她到生命的最后时刻。

那次重返故里，妈妈想起了很多往事，把烂在心里的陈年旧账也翻出来了。她说："这一辈子经历了太多苦难，我爹被打断腿、妹妹被整死这'两出戏'，一辈子也忘不了。人老了，再不回娘家那个穷窝看看，就再也看不见了；心里的那些旧事再不说出来，就永远死在里头了。"

是的，那次陪妈妈回桑皮峪，我的心也陪伴妈妈一起跳动在过往的岁月。我开着车，往横山里的二姑家缓慢行驶，脑子里浮现出小时候跟在妈妈身后去姥姥家的场景。

从姥姥家的黄花山，沿着砂石路继续往沟里行驶几公里，就到了二姑家。二姑正在家里等着我们吃午饭。妈妈多少年没回娘家，就有多少年没到过二姑家，但是妈妈依然对二姑家附近的白家大院、刘家大院、梨树沟和大瓦房，都记得很准确。我表扬妈妈的记性太好了，妈妈说："现在脑袋还清楚，只是好事记不住，坏事忘不了啊。唉，记不记得倒也没有什么用，受苦的滋味不好受啊！"

小时候，妈妈是家里三个孩子中的老大，她有一弟一妹。家里人冬天穿不上棉衣，妈妈在姥姥的指教下，把苞米叶子用线穿起来，披在身上保暖。春夏没有粮吃，妈妈到附近的大山上采野菜、摘榆树叶、刮榆树皮，还碾苞米骨子，用来给家人充饥。最让妈妈害怕的，是外面的兵荒马乱。不管白天黑夜，一听说日本鬼子或"胡子"进山了，家里的女人就赶紧躲到山上或庄稼地里。大人小孩天天都是提心吊胆地过日子。妈妈说："24岁那年嫁到老傅家，我的爹妈总算不再担心了，老傅家是个大户人家，一般的'胡子'不敢惹。我嫁到老傅家，爹妈只给了十尺粗布作嫁妆，还有一副银手镯，在当时算是不错的了。咱们老傅家人多，比较安全。"

第四节　穷窝里的励志榜样

那次桑皮峪之行，二姑请妈妈在家里住了两宿。她们一见面，就有唠不完的嗑儿、说不尽的往事。"我嫂子现在跟儿子借光进城了，彻底逃出了这个穷窝。你看我，在这穷窝待了大半辈子，就得死在这里了……"二姑连说带笑，把妈妈推到炕上坐下，然后转过头来跟我说："当年，你妈从桑皮峪嫁到傅家堡子，我却从傅家堡子嫁到这里，我那时小，在家里你妈光让我给她看孩子，也不给我指指路……"二姑和妈妈盘腿坐在炕头开始调侃。

我的两个姑姑都嫁给王姓人家，妈妈管大姑叫大王子、管二姑叫二王子。妈妈笑着说："二王子，你现在也不错嘛，你孙子福伟不是也到大连工作了，咱们每家都有进城的，孩子们都有着落，我们老人就安心了。"

"你能到我这破家来，挺给我面子的。你这小脚老太太，过去就不是凡人，现在更了不起啊。"二姑继续跟妈妈开玩笑。

妈妈说："二王子，你就能忽悠，走进这条沟里，你说我还能去谁家？我还认识谁？除了刚才在黄花山和孙宝祥媳妇见了个面，算是熟人，再就是你了。过去认识的岁数大一点儿的，早都没有了。孙宝祥媳妇还真善良，养活那个瞎眼小叔子那么多年……"

"那个瞎子早就不在了。"二姑打断妈妈的话。

我接过话茬儿告诉二姑："妈妈与孙大婶刚才见面的时候，我就想问问那个瞎子叔叔什么时候去世的。我从小就感觉'瞎子叔叔'很神奇，他什么也看不见，不仅能挑水、垫猪圈，还会弹三弦、唱东北大鼓，真了不起。二姑你也是，这辈子再困难，也有志气过好日子。你和他一样，都是我们后辈的榜样！"

二姑斜着眼睛瞪我，反驳说："就你这有文化的人会说好听的。敬佩什么？那瞎子和我一样，活着就是了。就像我，70多岁还上山打柴，你妈怎么不干？孩子，这就是命啊。他瞎子也得活，我得大病不死，直到老了也得干。"

"那说明你性格刚强、身体好……"我对二姑说。

"老天爷照顾，我40岁时，医院就说我得肝硬化不能好了。我不怕，活着就得天天干活儿，活一天赚一天，谁知道能活到现在？"二姑大笑说。

二姑越老，长相越像奶奶。她对生活和生命的态度，令我敬佩。

我在县里工作的时候，得知二姑得了肝硬化，整天疼痛，就想办法买点儿白糖送去。当时，只有城里的职工得肝病，才能享受到一点儿供应的白糖。二姑生了七个孩子，家里穷得叮当响，哪还有钱治病？她把我买来的白糖当药引子吃，一次吃一点儿，用二姑的话说"也就是舔一舔"，二斤白糖吃半年，像吃灵丹妙药一样。生病数年，她每天照常做家务，春天种地、夏天铲地、秋天往家里扛苞米、冬天上山打柴，什么活儿也没耽误。不知什么时候，她的肝病奇迹般地好了，还陆续给四个儿子娶上媳妇。至于那三个丫头，她说是"随便把她们嫁出去了"。二姑高度评价改革开放政策，说联产承包让她家解决了温饱，大人孩子不再饿肚子，她心情好了，病就好了。

这就是二姑。直到快80岁时，她才停止上山打柴。那是她主动放弃的，因为儿女们从来都无法说服这个个子矮小、声音很大又伶牙俐齿的倔强女人。她86岁时，身体和精神状态好得出奇，直到2021年去世，她活到89岁高龄。

二姑与疾病抗争的经历使我懂得，生命的奇迹都是自己创造的，尤其是劳动的神奇功力。劳动创造了人本身，也是长寿的秘籍。二姑的坚强超越常人，她说她最恨懒人。二姑夫本来不懒，人也聪明，上山打猎都非常在行，但跟她的勤快比起来，就非落得个"懒汉"名声不可。二姑说："如果不是我这个七个孩子的妈比男人还能干，这个家早就完蛋了……"说完，她有点儿歪斜的眼睛再次吊起来，似乎在暗示"看看你们谁敢反驳我"的意思。

二姑和姥姥家对门的瞎子叔叔，是桑皮峪这个穷窝里的两个励志人物。他们的人生故事让我明白，无论在什么年代，遇到什么苦难，乐观、顽强的精神都是照亮生活之路的一缕曙光。桑皮峪这地方不光有苦难，还有苦中求乐的英雄，他们很值得赞美。

小时候去姥姥家，我经常到对门的孙大婶家玩。她家的"瞎子叔叔"，名字叫孙宝章。"瞎子叔叔"会弹三弦，弹得很好听，能给唱东北大鼓的说书先生伴奏。他的那把黑褐色的、比我还高的三弦，还有他仰脸陶醉的演奏神情，常常吸引着我，让我忘记吃饭。妈妈告诉过我："别看人家是瞎子，挑水、劈柴、喂猪，什么都能干。"我问妈妈："是不是他的眼睛还能看见点儿？"妈妈说："傻孩子，他出生时就什么也看不见了。"我觉得奇怪，追问妈妈："那我看他还能到大门口的井里挑水呢！"妈妈耐心给我解释说："老师不是讲过'只要功夫深、铁杵磨成针'嘛，你宝章叔叔不愿意让哥哥嫂子白养活，不想吃闲饭，就学着下地摸索干活儿，靠耳朵、手、脚慢慢'品'，几十年下来，他把好多活儿都学会了，多不简单啊！"

当时，妈妈的话只是让我觉得"瞎子叔叔"很神奇、很厉害。参加工作后，我仔细"品"妈妈的话，才意识到"瞎子叔叔"是个励志的榜样。他在桑皮峪这个无人知晓的穷地方，两眼黑黑却努力活着，是个了不起的人，值得尊重和学习。

我曾带着儿童的好奇心，多次观察"瞎子叔叔"怎样去茅房。那茅房很简陋，对一个盲人来说是很危险的。茅坑上面搭着的几根木头，一旦踩空，人就会掉到粪炕里。然而，"瞎子叔叔"从没在这里出过事儿。

再看"瞎子叔叔"挑水，他的熟练程度，令人惊叹不已。从姥姥家房门口到大门外的那眼水井，有七八十米远。"瞎子叔叔"从炕上下来，穿上鞋子，用左手去摸挂在厨房房梁上的扁担，把它轻轻地摘下来，放到肩膀上，然后握住扁担两头的铁钩子，小心翼翼地走出厨房，去触摸倒扣在磨盘上的两只水桶。他把水桶翻过来，挂到扁担钩上，抬脚正好走在院子中间那条泥泞的小路，他快步走出大门。我注意到，这时候他嘴里嘟囔着，好像在查数；下巴向右倾斜，给耳朵创造更好条件，方便听到周围的一切动静，随后直接奔向水井。如果"瞎子叔叔"不是习惯性地歪着脑袋，两只眼球看上去是蓝白色的，别人绝对不会想到他是个盲人。他把两个水桶准确地放在井台上，轻轻放下扁担，用井绳系好水桶放下去，再用力提上来，接着转过身来拿起扁担，挑着满满一担水往家走。走进房门，靠近水缸，左手一提，右手一提，两桶水就倒进缸里。最危险的是冬天挑水，井台上冻了厚厚的冰，一不小心就会滑到几米深的井里，但是"瞎子叔叔"从不畏惧，也从未失手。他还能从更远一点儿的山坡上挑土垫猪圈，秋天跳进猪圈里，把猪粪一锹一锹地扔出来，挑着粪筐，把粪送到附近自家的地里去。

在一个大雨倾盆的中午，他坐在炕头上弹三弦，居然能从哗哗的雨声中，判断出是我冒雨从院子里跑进了家门。孙家大婶告诉我："你'瞎子叔叔'看不见人，他光听脚步声，就知道是哪个邻居来了，不用听说话。"如果不是亲眼所见，我难以相信，这个一辈子没有结婚，始终跟着哥嫂过日子的"瞎子叔叔"，不仅从十几岁开始就能在自家周围几百米范围内劳动，而且能够通过超人的听觉，精确地分辨出本村上百口人脚步声的不同。我不知道"瞎子叔叔"是何时离开人世的，孙大婶说他已经走了好多年了，然而，"瞎子叔叔"在黑暗中表现出的"超人"行为，还有他内心的强大力量，一直是我心中的榜样。这个生活在贫穷落后的山村里，一辈子活在黑暗中的男人，是我最早遇见的能够勇敢面对命运不幸的英雄，是真真切切的英雄。我从心里赞美"瞎子叔叔"，正是他的坚强和意志鼓舞了我，让我知道人应该怎样活着。

第四章　傅家老院的悲欢

　　按照妈妈的生活体验，人生的幸福感并非来自财富与地位，而是来自内心的强大和善良，来自对生活、对亲人的无私奉献。

　　妈妈 24 岁出嫁，这是她人生的重要转折。妈妈说，她从桑皮峪嫁到傅家堡子，在那里住了整整五十年，其中在老院里住了二十八年。在妈妈看来，傅家堡子虽然也属于哈达碑那个"巴掌大的穷窝"，但是，瓦沟玉石矿这块地方，尤其是老傅家，还是比桑皮峪的日子好多了。起码，妈妈不再担心兵荒马乱的侵扰。"嫁给你爹，开始过着大家口的日子，后来是你爷爷哥俩分家，再后来是你爹和弟兄们分家。老院里的人像韭菜一样，一茬一茬没有了，又一茬一茬长大了。我们家的日子一天比一天好，那个深宅大院，从国斌你大爷第一个出去盖新房开始，一家又一家拆了房子，最后，就剩上屋小兴旺自个儿了……"这是妈妈回忆傅家堡子老院时说的一番话。

　　关于老院的记忆，有社会的变革、家族的分化、家庭的兴衰和个人的悲喜。几十年的沧桑岁月，妈妈从新媳妇变成了老母亲，傅家的几代人也走出了老院。妈妈说起老院，总有讲不完的故事。

第一节　妈妈的婚恋没有故事

　　"妈妈是个一辈子不说闲话的女人。人不能说瞎话、大话、狂话，也不要说闲话。"这是妈妈的做人原则，她一辈子都是这样做的。

　　许多儿女抱怨父母爱唠叨，可我的妈妈即使 90 岁高龄，也从不跟我们儿女唠叨。"好话说三遍，鸡狗不待见"，妈妈很认同这个观点。

　　妈妈是个乐观豁达的女人，有幽默感，爱开玩笑。但是，假如你问她是如何爱上爹爹的，妈妈一定会把这个提问当成闲话来对待的。所以，我们从不曾让妈妈谈她的婚姻，妈妈一辈子也没有说过这个话题。

　　在妈妈即将老去的日子里，我爱人夏青几次逗她："妈妈，你是怎么爱上你的表弟——我们的爹爹，给我们讲讲吧！"

妈妈喜欢夏青，平时也爱跟她唠嗑儿，夏青调侃式的追问，让妈妈打开了话匣子，认真地给我们讲述了她一生"最大的秘密"：为什么嫁给了爹爹。我从中也了解了妈妈嫁到傅家堡子时老院里的一些基本情况。

"那些猴年马月的事儿，没什么好说的。那时候，女人只有结婚才能看到丈夫。我跟你爹虽然是亲戚，也不认识。"也许妈妈想到即将离开我们，才决定在生命的最后阶段，把这个话题完整地讲给我们听。那是 2011 年中秋节期间，妈妈一生中首次住院。住院后，妈妈的状态不错，没有检查出任何大病。夏青为了让妈妈高兴，问她为什么爱上了爹爹。这一次，妈妈躺在床上，神情镇定，讲起了她从未透露过的爱情经历。所有的家人，包括一群孙子辈的孩子，都在认真地听着。

"那天我去姥姥家路过傅家堡子，天很热，我口渴，一个好心的妇女，老傅家的一个婶娘，请我进她屋里喝水。坐下来，那女人问我姓什么、去哪里，我告诉她我姓杨，去岭前老赵家，那是我姥姥家。那女人说，你三姨就嫁给咱们这老傅家了。直到这时候，我才知道这里就是傅家堡子，原来去姥姥家要路过这里。"妈妈坐在病床上回忆，就是在这一天，妈妈第一次看见爹爹。在妈妈印象中，爹爹长得高大强壮、相貌英俊、憨厚勤劳。

妈妈的妈妈和爹爹的妈妈是对亲姐妹，她们都同意了这门婚事。妈妈 24 岁与爹爹结婚，从此，在傅家堡子安居下来。妈妈的爱情故事就这样讲完了，如此简单。

夏青笑着问妈妈："你怎么能爱上自己的表弟呢？那是近亲结婚，不允许啊！"

妈妈用简朴的话语讲述了当年社会和家庭的状况："那时候，人们很少去亲戚家串门，我和你爹是两姨姐弟，那么多年，都没在姥姥姥爷家见过他。那时候穷啊，饭都吃不上，哪能随便串门啊？"

妈妈喝了一口温水，继续说道："那时候，许多亲戚一辈子都不来往几回。姑娘、小子，都是就近找对象，我这就算找得远的了。不近亲结婚怎么办？人都不往外走，大人孩子整天就守着那几间破房子，也不认识几个人。现在说近亲结婚不好，那时谁知道啊？现在社会好了，有条件了，婚姻自由了，年轻人愿意找什么样就找什么样的，就看你有没有本事了。妈妈这辈子就算运气不错。你爹爹从来不打骂我，他聪明又下力，我对他也没有比的。只是他没有福气，活的岁数不够大。不过，人早晚都得死，也没有什么遗憾的。"妈妈语调柔和地将往事讲给亲人们听。

"这回你们知道了吧？我嫁到老傅家就这么简单。爹妈给了我几尺家织布，一副银手镯，便什么也没有了！我自己拎个包袱皮，就算结婚了。"妈妈说完笑起来了。

第二节　母子心中的老院

妈妈结婚，来到傅家堡子，走进了一个近百口人的大家族。

"那都是你爹他爷爷那辈老哥六个留下的后人。我刚当媳妇的时候，你那六个太爷都在，都抽大烟，有的还有小老婆。老傅家很有势力，当地谁都不敢惹。你太爷，是哥六个中的老大，叫傅廷魁。我和你爹结婚之前，老哥六个已经分家了。我们这一支是一大家子，你太爷有两个儿子，你爷爷傅殿阁和他哥哥傅殿升。我进老傅家门，我们这支最多时候有 30 多口人。"

根据国安二叔留下的手抄《傅家谱书》记载，傅家先祖爷傅存敏，于清朝道光年间从山东省福山县移居到哈达碑南瓦沟魏大岭。傅存敏有两个儿子：傅琨和傅珺。其中傅珺一支早年迁移到吉林通化。傅琨生两个儿子永吉和永庆，这哥俩生的也都是儿子，一家四个，一家六个，在魏大岭形成当地人口最多的家族，故得名傅家堡子。其中，老院里住的都是永庆祖太爷留下的子孙。

妈妈回忆，她 1941 年走进傅家大院时，这里是一个威严的、标准的四合大院。老傅家是远近闻名的大户人家，人口多，人气旺。这个四合大院依山向南，是老傅家的中央大院，我们叫它老院；其中正房七间，东西厢房各五间，门房七间——包括一间是出入的大门。国斌大爷和爹爹都记不得，这个四合大院是何年何月动工建造的。除了老院之外，依山并排的，还附带有西院和东院，三个院子总共有五十多间房子。这三个一字排开的大院，都面向正南，错落有致，背靠生长着许多百年老柞树的高山。

东院是个稍小一点儿的四合院，但整个院落的地势，高出老院半个房子左右。五间正房建在台阶上；东西厢房各三间，建在台阶下；门房三间位于东侧，不像老院有个大门洞。

西院仅有五间正房，院子显得空荡。一条清澈的小河，永不歇息地在三个院落的门口流淌。这三个大院的房子虽然年代久远，都是草房，但是站在后山往下看，房子盖得横平竖直，整整齐齐，很有气派。妈妈说，老傅家人勤劳肯干，草房苫得新像新、旧像旧，毫不含糊。殿伍大爷常说，傅家堡子风水好，人丁兴旺，人人长寿。

我记事的时候，老院住着我太爷那辈三个兄弟的子孙。上屋（正房）有七间，带通天柱的，房檩是椴木的，直径至少有一米，非常结实。上屋西屋三间半房子，住着殿伍大爷和儿子国贤大叔、国田三叔；上屋东屋三间半房子，住着殿喜二爷和儿子国常大叔、国胜二叔。

西厢房五间，其中南头两间半是奶奶和爹妈住的，奶奶、爹、妈和我们四个孩子住外屋一间，老叔老婶住里屋一间；北头的两间半，一间外屋和半间厨房属于三叔三婶的，里屋一间属于国斌大爷的。国斌大爷住门房西头三间房子，门房东头三间住着国龙二叔一家人，还有殿勤三爷。三爷一辈子没结婚，我们都叫他"三傻子爷爷"。

东厢房有五间，南头两间半住着六太爷和殿章二爷，北头两间半住着国范大叔一家。地势高高的东院，上屋有五间房子，住着殿恩大爷和他的两个儿子国江大叔、国楼老叔；东厢房三间，是殿荣老爷和儿子国林大叔一家；西厢房住着老贫农徐延伍和儿子徐瑞芝，门房里住着大队干部王恩喜一家——这两个外来户是土改后搬进来的。

西院仅有五间正房，住着五太爷和儿子殿会二爷，还有殿会二爷的两个儿子国海大叔和国财三叔。国海大叔是老大，住西头两间半。

妈妈眼里的老院，直到我上小学还存在。我见过六个太爷中的五太爷和六太爷，五太爷住西院，六太爷住老院，他们两人都是高高的个头，留着长长的白胡子，都活到90多岁。三个院子里密密麻麻地住着百余口傅家人。在老院和西院之间，有一块很古老的菜地。菜地的南边，是一口古井，三个院子的人家吃着同一口井水。

我和妈妈怀念老院那高高的院墙——全是用花岗岩块石砌成的。院墙护家，谁都无法在没有梯子的情况下翻墙入院。院墙的上部有观察口，我们孩子管它叫"枪眼"。还有那令人难忘的"大门洞"——那里有闭户用的两扇厚重的大木门，两个门轴有男人的小腿那么粗，门轴下面是两块方方正正的柱脚石，每个约有一吨重，与东厢房门口的那个石磨差不多大。院子里一代一代的孩子，包括我们这一代，都曾跑到两扇大门后藏猫猫。妈妈说，过去那个年代，因为家族人多、院墙又高，"胡子"不敢进来乱来。夜晚，两扇大门一关，院子里的人就可以安心睡觉了。新中国成立后，这两扇大门很少关闭，院子里很安宁，连那条看门的大黄狗都是安静的。老院正房的东西两侧，各有一盘石磨和一个碾子，它们是傅家上百口人用来加工粮食的工具。其中，石磨用来粉碎苞米等谷物，也用来磨豆腐、磨年糕；而碾子，主要是用来给玉米和高粱、谷子脱皮的。驴和人，包括我们这些孩子，都是推碾子、拉磨的劳动力。

2000年夏天回老家，我特意去老院看望国常大婶——她是妈妈眼里最善良的傅家媳妇。就是在那回我才发现：老院只剩上屋七间老房了，院墙怎么都没有了呢？我记得，老叔结婚的时候，我们傅家的老院还是当地最有历史感的建筑。直到二十世纪八十年代末，老院在我心里还是保存完好的东北民居。可惜的是，在2007年以后，老房子已经一间不剩了。住正房的殿喜二爷的孙子兴旺弟弟，在原地盖起了一幢新房。兴旺成了老院最后的坚守者。我心中的那座老院永远消逝了。

老院，如今只铭刻在我这一代人的脑海里。我们这一代四五十个兄弟姐妹偶尔见面，经常聊起老院，但我们的下一代，对它一无所知。自从国斌大爷和我的爹妈从老院搬出去，老院的原始形态开始逐渐被拆解。家族的分化和迁移，是老院瓦解与消亡的直接原因。上一辈人为了下一代结婚生子、安居乐业，必须到老院以外的地方盖新房。下一代人又长大、结婚、生子，催促老一代衰老、故去。这种自然的循环，更新着代际，更新着住房，也更新着时代。没有人会想到保留老院的好处，我的父辈也没有能力去保存它。这个四合院的过去和现在，无言地记录了中国社会的变迁，铭刻着傅氏家族史和中国农村社会的历史。

如今想起老院，站在后山向下看，会觉得它确实过于落后和脏乱：黑灰色的茅草屋和纸糊的窗户，院里院外布满脏水坑和猪圈，房前房后是碾子磨和臭茅楼。妈妈说，和现在的城市比，那就是不卫生。每家的房门口都有一个脏水坑，它有着猪圈一样的功能——沤农家肥。所有的秽物脏水，都就近倒入这个坑里，臭气熏天，招引蚊蝇。至于房头的旱厕，到了夏天就甭提有多脏多臭了。不过，那可是种地不可缺少的肥料。老院大门外，东西两侧排列着猪圈，每家至少一个猪圈。猪圈除了养猪，大人们还要割一些青蒿子、挑一些黑土垫圈积肥。老院外的后山根下有一排菜窖，是家家户户冬天储存大白菜、萝卜和土豆的地方。在食不果腹的日子里，菜窖的储藏功能帮助人们度过了一个又一个严冬。环境的脏乱差是孩提时期全然不觉的事情。脚踏泥土和脏水，我们这些孩子会在意吗？手扔驴粪蛋打闹，那才最开心呢！整天吃不饱、穿不暖的孩子们，把老院当作一个妙趣无穷的游乐场。老院，让我们所有的孩子疯狂。想想吧，这里住着三四十个年纪相仿的孩子，无论白天还是黑夜，只要我站在窗台上喊一声"兴仁哥、兴军哥出来玩了"，十来个小伙伴立刻就聚到院里疯起来。老院让我们的童年无拘无束，让童心与大自然的泥土融合，碾盘、磨盘、柴草、棍棒、麻绳和鸡鸭猪狗，几乎都是我们的玩具和伙伴。我们用镰刀和斧头，自己制造纸炮枪、水枪、陀螺、冰车和冰鞋等。事实上，那种童年的氛围，可能更有利于将我们几千年的传统风俗文化植入孩子的心里。

第三节　倔强的少媳妇

妈妈告诉我，她结婚时，我爷爷哥俩在一起过日子。国斌大爷和爹爹是父辈中最大、也是最先娶媳妇的两个青年人。

在旧社会，当家的一定是大儿子。所以，在爷爷哥俩没有分家之前，当家的是大爷傅殿升。他有两个儿子，一个叫国斌，一个叫国强，还有两个女儿。我爷爷不当家，有四个儿子、两个姑娘，爹爹是老大。国斌大爷比爹爹大三岁，是太爷的长孙。在傅氏家族"国"字辈的三四十个兄弟中，国斌大爷和爹爹最大，国斌大娘和妈妈这妯娌两人，当然成为家族中最大的两个少媳妇。妈妈说："你殿升大爷非常厉害，说一不二，家族里的晚辈们都怕他。"奶奶告诉我："你妈妈很能干，会裁剪衣服、做绣花鞋子，做饭做菜都好吃，是少媳妇里面'打头的'。"所以，太爷和爷爷等家族里的许多人，都非常喜欢妈妈，但妈妈却因此遭殿升大爷的嫉妒。

"当然，我不理会你殿升大爷那一套不讲理的家长作风。"妈妈痛恨封建社会种种不合理的家法家规。妈妈生下两个孩子以后，感觉大家庭给的那点儿吃的、穿的太少，大人孩子根本没法儿活，于是就和爹爹想办法弄来一些茧壳和棉花，起早贪黑，用木制织布机织一点儿家布，好给大人孩子做衣服。但是，这些做法违反了大家庭管理制度。按规定，私自劳作生产的家布，属于"小份子"，必须上缴给"伙里"（指大家庭公共财产）。太爷和爷爷默许妈妈的做法，唯有殿升大爷不让。他大发脾气，要收回妈妈的"小份子"。妈妈坚决不从，说："那是我自己额外劳动所得，坚决不上缴给'伙里'。

除非你把我杀了！"殿升大爷见妈妈不吃他那一套，就骂爹爹："小国昌，你算是完蛋货，做不了你媳妇的主，你就不能打她？"转过头又对奶奶发火："等你老的时候，不受儿媳妇的气才怪呢！你以为你儿媳妇是你外甥女，她就养你老啊？"

然而，不论殿升大爷怎么骂，爹爹就是不吱声，妈妈就是不执行"伙里"不合理的规定。妈妈说："在旧社会，妇女哪有说话的权利啊，媳妇在老人面前得老老实实，我敢反对你殿升大爷，他们都觉得我胆太大了！"奶奶跟我说："你妈厉害，你殿升大爷拿她没有办法。你妈干活儿没有比的，别人想给她气受，多余了！要不我怎么选她当儿媳妇？我一辈子跟着你妈，算是我有福气。好媳妇不用多，有你妈这一个就够了。"

妈妈说："那时候家里人口多，大人孩子都得靠'伙里'那点儿钱、那点儿布活着，吃不上、穿不上。女人生孩子没有鸡蛋吃，吃顿小米饭，你殿升大爷就斜着眼睛盯着饭盆，满脸铁青，说我们这些媳妇太能吃，养不起。妇女从怀孕到生孩子，连苞米粥都吃不饱，那日子苦得就没法说了。好在你爹和你爷、你太爷他们不委屈我，我有志气，能叫身受苦，不叫脸受热，给他们白天黑夜地做衣服做鞋。你爷爷和你太爷穿了我做的鞋，没有不夸好的。到最后，我和你爹不仅给你太爷、你爷爷、你奶奶养老送终，还把你爷爷扔下的五个孩子养大。妈妈心眼儿好，所以我有好孩子，这才长寿呢。"

直到我记事的时候，殿升大爷还健在。在我的印象中，殿升大爷颧骨很高，脸色黑青，从来没有笑脸，对儿孙声色俱厉。在一个缺粮吃的冬天，他去岭前赵家堡子看亲家，摔死在头道沟的大岭上。按照家族习俗，死在家门以外的人不能进入祖坟，殿升大爷没有被埋进傅家祖坟地。

妈妈回想封建社会过大家口的日子时，经常和改革开放新时期农村施行家庭联产承包责任制联系起来。妈妈跟我说："孩子，大家口过日子，就像生产队集体干活儿拉大帮、办大食堂吃大锅饭一样，那是出工不出力，怎么也过不好啊！这就像你老叔，和我们分家后就自动自觉起早贪黑地干了；生产队把土地分给个人承包，家家户户自己种地，粮食都够吃了，这不都是现成的例子吗？"

第四节　母亲的悲歌

在老院，年轻的妈妈经历了最难忘、最痛苦的变故：一夜之间失去两个心爱的孩子。

"世上还有什么比妈妈失去孩子更悲痛呢？"事实上，这并非妈妈一个人的悲哀，而是那个年代，整个中国社会无数母亲的悲哀。

妈妈 1941 年结婚，第二年生了第一个孩子，小名叫锁子。妈妈时常回忆她的第一个儿子："我那个孩子长得可俊了，比后来你们这些'秋纽子'（瘦小羸弱，没长成的意思）都好看。锁子五六岁的时候，会唱八路军的歌。他蹦蹦跳跳地跟着八路军的队伍往前走，跟着战士们一起唱歌，大家都喜欢这孩子……"说到这里，妈妈停顿下来，控制情绪，不让眼泪流下来。

二姑讲道，她比我锁子哥哥只大 9 岁。锁子出生后，她帮助妈妈照看锁子。大约是 1948 年春天，爹妈带着 7 岁的儿子和 5 岁的女儿，还有十几岁的杨芝庆（妈妈的叔伯兄弟），去海城赵家堡子给一个富人家打长工。国斌大爷也带着两个孩子一同前往。没想到那年春天，当地暴发流行性传染病，孩子出疹子、发烧（这是妈妈的说法，究竟是什么传染病不得而知），许多孩子被夺去了生命。妈妈在那里经历了人生最黑暗的一个夜晚：儿子和女儿相继在头一天晚上和第二天早上死去。国斌大爷的儿子，比锁子哥大 2 岁，也在这场肆虐的传染病中死去，唯有玉琴姐姐死里逃生。妈妈说："那次活下来的孩子，都是命大的少数几个。我和你大娘带去四个孩子，就你玉琴姐逃过一劫……"

在妈妈去世前两周，二姑一边陪着妈妈，一边含着眼泪向我讲述了那年深秋，爹妈和国斌大爷、大娘，还有妈妈的堂弟杨芝庆，从海城赵家堡子落魄归来的悲惨情景。

"海城赵家堡子离咱们傅家堡子有七八十里地，那时候没有公路和汽车，都是翻山越岭。我记得那天，你妈他们从魏大岭上走下来，一个个累得要断气了似的。我那时才 16 岁，正在院外菜地里摘秋豆角，老远看见哥哥嫂子从南坎子朝家里奔来，两手空空，国斌大哥大嫂身后只跟着玉琴，当时我就傻了。我扔下手中的豆角筐，撒腿就往哥嫂跟前跑。我们在老院大门外相遇，还没等我说话，嫂子就放声大哭，告诉我'孩子都死了'。我像疯了一样，扑到嫂子身上乱打，'你怎么把孩子都弄没了？你怎么让我白看了他们那么大呢？'"二姑讲到这里，仿佛回到了从前，悲伤的眼泪再次流了下来，她继续说，"傅家国字辈最先结婚生子的兄弟两个，一年之内夭折三个孩子，得知噩耗，全家人哭成一团，那真是老傅家最悲伤的一天。我那时还是个小姑娘,失去两个侄子、一个侄女,我都几天吃不下饭,更不要说我哥哥嫂子了,他们简直活不了了!"

妈妈接着回忆说:"我为那死去的两个孩子,把眼泪都哭干了。我一边哭,一边干活儿,夜里睡不着觉,就起来织布,给你爷爷奶奶和你爹做鞋,打发时间,少想痛苦的事。"

二姑说,爹爹作为男人,眼泪没有妈妈来得容易。但是,失去一儿一女的爹爹,必定同样压抑难耐,痛在心里。那年入冬后,郁闷的爹爹偶尔出门耍钱,有时深夜不回家。妈妈生气爹爹没有志气混日子,就在夜里守在门后,手里握着一根木棒子,等待爹爹回家进屋的时候,想狠狠地教训他一顿。妈妈告诉我,二姑讲的都是实在事儿。妈妈说:"那时候,妈妈简直没有心活下去,生活那么困难,你爹还出去耍钱,我能让吗?家里的女人要是不能干活儿,不会过日子,男人再能干也吃不上饭。女人必须学会省吃俭用,吃了上顿得想着下顿,给男人出主意,帮助他们安排好家人生活。不然的话,那几十口人,连喝米汤都困难。我看你爹出去耍钱,真恨不能把他的腿给打断了!"

二姑像说笑话一样对我说:"那时没有电灯,我看见你妈在黑灯瞎火的门后藏着,拎着一根棒子等你爹耍钱回来。你爹进屋若是没有防备挨打,那一棒子打在脑袋上,还不把你爹打倒啊?我害怕我那老实的哥哥吃亏,就劝我嫂子别偷袭了,我们大伙儿帮你教育教育我哥哥就得了!""二王子,嫂子一辈子讲理,走正道。你说嫂子做得对不对吧?"妈妈笑着问。"你管得对,我没说你不对,但我也得保护我哥哥啊。你把我哥哥打个好好歹歹,这家里的大梁谁来扛?日子怎么过?我也是为你着想,对不对?"二姑从小就习惯跟妈妈开玩笑,她信任、尊敬妈妈,两个人无话不说,家人都爱听她俩聊天叙旧。

玉琴姐是妈妈看着长大的孩子。玉琴姐因为命大,成为当年四个孩子中唯一的幸存者,自然也是我们这一辈人当中最大的姐姐。妈妈没跟我进城之前,玉琴姐只要回家看望自己的父母,就一定会来探望我的妈妈。玉琴姐说:"咱们老傅家父辈,除了我自己的爹妈外,对我最好的就是我大叔大婶了。"2011年9月妈妈有病后,玉琴姐几次从老家来看妈妈,每次都陪着妈妈住上几天。妈妈让她睡在自己的双人床上,两人趴在耳边唠嗑儿。那一年,玉琴姐快70岁了。妈妈去世前几周,玉琴姐最后一次从数百里外来看望妈妈。妈妈躺在床上小声地告诉她:"玉琴啊,你和大婶都是幸运的、有福气的人。同样是那个年代出生的孩子,你活下来了;咱们老傅家谁像我活得这么舒心享福、这么长寿？生老病死，谁都得走啊，我就是舍不得这些亲人，舍不得这来之不易的好日子啊！"玉琴姐告诉我，妈妈临死都不忘在赵家堡子失去一双儿女的悲剧。妈妈的一生是坚强的，她不仅没有被苦难打倒，而且还活了90多岁，有了让她知足的孩子。

第五节　山坳里的埋葬

小时候，妈妈就给我讲，在咱们老院里，我和上屋的兴义哥是同一天出生的。我出生在老院西下屋的西头，兴义哥出生在上屋的西头。

我听了感觉新奇，就问妈妈："我几点出生的？兴义哥比我早几个小时？"妈妈回答："你们两个都是正月初十那天出生的。兴义是烧下晚火的时候出生的，你是晚上点灯以后出生的。那时候没有钟表，他比你也就早一两个小时吧。"妈妈说她记得清楚："那天烧下晚火的时候，院里你几个奶奶喊我，请我到上屋帮你国贤大婶接生，不一会儿工夫，小义子就出生了。那时候生孩子，接生婆就是我们这些有点儿经验的妇女。忙活完了，我就回家做晚饭。等到我吃完饭、刷完碗，上炕不一会儿，就生了你。你奶奶拿剪子，在煤油灯上燎一燎，帮我把脐带剪断，然后给你洗洗包上，死活就看命了。"

至今，我和兴义哥都不知道自己出生的准确时辰，只知道他是"烧下晚火"，我是"点灯以后"。在妈妈去世之前，我们再次谈起我和兴义哥出生时辰的话题。妈妈握着我的手说："你们两个出生的时辰都不错，不然怎么能活下来呢？凡是能活下来的孩子，都是命大。妈妈一辈子生了八个孩子，最后只活下来三个。那时候死孩子的妈妈多的是，不然，咱们后山怎么会有'小死孩子沟'呢！"

妈妈的话让我想起来，当时我们老院里住着八户人家，几乎每家都有三代、十口八口人。妈妈生了大哥锁子之后，奶奶才生了老叔。东下屋殿章二奶生的两个儿子和两个女儿，都比我小。也就是说，那时家族里的育龄妇女，经常会出现婆媳同时生孩子、叔叔年龄比侄子小的生育繁荣景象。从我记事起，老院就有七八十口人，每家最少四五个孩子，多的有七八个。几乎每两三个月，这里都有新生命诞生。然而，生育繁荣在很大程度上被糟糕的生存状况所抵消。老院和东西两院，不断有新生儿夭折。大人们将死去的婴儿用炕席下面的谷草卷起来，送到老院后山的一个山坳里埋葬，那里因此得名"小死孩子沟"。

因为缺粮少医，孩子生下来不几天就死去是常事。当爹妈的没有办法，掉几滴眼泪再生，似乎习以为常。

记得在一个深秋的下午，我与几个小伙伴到后山窝茧场捞茧（养蚕人摘完大茧后，允许外人到养殖区去寻找遗漏在树上的茧）。没想到，我们这些想吃茧蛹的馋嘴孩子，竟然闯入了"小死孩子沟"。当年的无知与莽撞，如今已凝结成冰冷的记忆。

所谓窝茧场，就是放蚕的把头把长大成熟的蚕捉下来集中放到做茧的那片蚕场。窝茧场的柞树一般不过三米高，伸手摘茧非常方便。浓密繁茂的柞树叶，使裹在树叶里的茧经常成为漏网之鱼，茧里的蛹可以在树上度过寒冬而不死。我们从大人那里学到了捞茧经验，当风吹来的时候，包着茧的柞树叶飘动的样子，因沉重而与其他柞树叶有所不同。那天下午风很大，柞树叶哗哗响个不停，严重影响了我们的寻找与判断。我们在窝茧场里跑来跑去，眼看太阳要落山了，每个人才捞到五六个茧。"这就不少了，放蚕的对咱们够好了。"兴军哥高兴地说。这时，兴仁哥用手指向天空，大喊一声："你们看……"我们大家朝天上望去，发现一群乌鸦正在旁边的一个山坳上空盘旋、起落，还"啊、啊、啊"地发出恼人的叫声。妈妈说过，乌鸦叫不是好兆头。我们对此充满好奇，从窝茧场一溜烟地朝着乌鸦聚集的山坳奔去。窝茧场外的柞树林树叶稀疏，我们老远就能看见十几只乌鸦站在一捆谷草上，用尖尖的嘴叨着里面包裹的东西。兴军哥随口就说出来，那是某某叔叔家刚扔的小死孩子……大家顿时停住脚步，你看看我，我看看你，一时间说不出话来。

不过，我们毕竟是一群不谙世事、不解人间疾苦的孩子，从不解、发愣、惊奇，到睁大眼睛发疯似的朝山坳里跑去。我们一边跑，一边朝山坳里扔石头，吓得乌鸦"啊啊"叫着全部飞走了。我们或许还带着一点儿胜者的兴奋来到那捆谷草跟前，试图看个究竟、弄个明白，结果谁也不敢直视那惨不忍睹的现场。那里有一股刺鼻的臭味，野兽、老鼠和乌鸦的撕咬，再加上雨水冲刷和风吹日晒，包卷死孩子尸体的谷草凌乱不堪，到处都有变黑、变烂的谷草秆子。我明白了，原来小孩子的坟地就是这个样子。那时的我，虽然不懂这是母亲与生命的苦难，但内心却悄然变得恐惧起来。我喊兴军哥、兴仁哥赶紧回家，我说我有点儿害怕，紧接着，大家就像那群被石头轰走的乌鸦一样，逃离了那个山坳。回到老院，我们马上忘记了恐惧，每个人像讲笑话一样，把刚刚在后山上的见闻讲来讲去。妈妈听见了，把我叫到一边，表情严肃地说：

"孩子，这事儿可不是笑话，你不要当笑话讲，以后不要再去那个地方了！"

当我在妈妈和二姑面前回忆那个恐怖场景的时候，二姑眼睛一瞪，抢过话茬，指着我严厉地说："小兴宇啊，你还敢说这事儿？若不是你妈不放弃你，你早就被扔到'小死孩子沟'喂老鸹子了！在五六十年前，那还算什么稀奇事啊？"我出生后20多天不睁眼睛，烂眼孤瞎的，奶也不够吃，眼看就得扔了，但妈妈不放弃，每天都细心照料我。当时二姑直截了当地跟妈妈说："嫂子，我看这孩子不能活了，你就别费劲了。"妈妈说："孩子只要还有一口气，我就不能扔了他，看他自己的命吧！""哈哈，你就是命大，当时差点儿就把你扔了。我看你饿得那样，瘦得像麻秆似的，谁想到你还能活到今天？还这么有出息？"二姑说这些话的时候，妈妈静静地听着，脸上洋溢着慈祥的笑意："我儿子有福啊，这就是命里注定。"我半开玩笑地问妈妈："妈妈，那时候你为什么没有扔我？""人啊，像野草一样脆弱，又像野草一样坚韧。那时候多亏妈妈没扔，若是扔了你，妈妈哪有今天？"妈妈依偎在病床的枕头上，一边说，一边大笑起来。妈妈的幽默与乐观，让我和二姑笑得前仰后合。接下来，妈妈又回忆说："妈生你是正月，正是鸡不下蛋的时候，一共才吃了七个鸡蛋，连苞米糙粥都吃不上。好在春天来了，山上的野菜长出来了，为了你们，妈妈什么没吃过？孩子每天就喝苞米糙粥上面的那层米汤，哪有什么好吃的？即使喝米汤，我也要把孩子喂饱养大。日子一天一天地熬过去，最后我的孩子坚强地活下来了。今天，妈妈总算有儿子养老送终！"说完，妈妈流下泪来，站在旁边的刚子抽出一张面巾纸，去给姥姥擦眼睛。

老院里我的一群奶奶和婶婶，都有失去孩子的经历。因为大半辈子都是在这样的环境下生活，妈妈这一代农村妇女对疾病与生命的看法，是我们很难理解的。失去幼年子女的痛苦，面对疾病与贫穷的无奈，在妈妈内心铸就了"尽人事，听天命"的信念。面对失去孩子的悲剧不断上演，许多父母难以承受痛苦，只能说："这就是命！"

妈妈给孩子们治病的另一种办法，是给孩子开"小灶"，让孩子们在生病的时候吃上一个鸡蛋、一碗面条或者一碗粉籽片汤，更好一点儿的是水果罐头。妈妈说，孩子只要能吃饭，能睡觉，病自然就会好的。即使我长大了，每当感觉不舒服的时候，妈妈不是陪在身边，就是在厨房里给我做好吃的。只要多喝水、多吃饭、多睡觉，比去医院有用。妈妈给孩子治病的方法，带着某些虚无，但本质上又有顺其自然的自我修复。

第六节　老院情

妈妈对老院有着复杂的情感。殿升大爷的封建家长作风，身为女人的劳苦，新生儿童的生存危机，还有一大家子拥挤的茅草房和泥泞的屋地……所有这些，都是老院留给妈妈的挥之不去的伤痛。尽管如此，妈妈对老院的日子也念念不忘。

回望自己的人生，妈妈欣慰地说："这一辈子，无论是对老院里的人，还是对亲戚朋友，妈都对得起自己的良心。我相信好人有好报，凡事不用愁，只要善良，肯出力，日子总会好起来的。"

妈妈过 90 岁生日时，与亲人们谈起老院的日子，"我那两个孩子死了以后，后面这四个孩子都是在老院出生的。虽然后来又死一个，但是，剩下这三个今天都来了，还不错，我很满足啊！住在老院的时候，我们家人口最多，孩子也最多，日子难啊。但我有志气，跟婆婆、小姑、小叔和我的孩子们，在两间半草房里一起过日子，从来都和和气气。兴宇的三个叔叔，是我们两口子供他们读完中学，两个出去工作，就剩老五在家务农。吃的、穿的，保证不比别人家差，年像年，节像节。咱跟老傅家一大群兄弟姐妹、妯娌们，关系没有处不好的。谁家生孩子、做豆腐、办事情，要有困难，我没有不帮忙的。人不就处个心吗？要不怎么我跟儿子进城来，你们都来看我，我也愿意回老家看你们呢？"妈妈还谈到，在老院，咱们家的房子也最特殊，每到夏季连雨天，就会有泉水从屋地里哗哗地流出来，一淌就是一两个月。"要是现在的人看，那日子还有个过吗？但是你得想啊，什么日子都得熬过去，都得活了今儿个想明儿个。人活着就得高高兴兴，说不定哪天好日子就来了。"妈妈说完笑了起来。

妈妈用自己的人生经历告诉亲人们，人生在世，总会遇到困难、痛苦甚至不幸，但坚强、善良与助人等积极向上的人生态度，总能给人生带来与痛苦抗衡的力量。按照妈妈的生活体验，人生的幸福感并非来自财富与地位，而是来自内心的强大和善良，来自对生活、对亲人的无私奉献。

妈妈经常说起，老院里的太爷、爷爷和父辈们，包括我这一代兄弟姐妹们出生后多年，一直过着贫穷、无法解决温饱的日子。因为缺吃少穿，大人孩子有时会为一口吃的发生争执，邻里之间有时也会为你家的鸡鸭吃了我家的野菜而发生摩擦。但是，在妈妈的记忆里，老院里大多数人家都像我的父母一样，极富同情心和善良的本性。家族里祖祖辈辈都传承着孝敬老人、教导子女、勤俭持家、相互帮助的好家风、好传统。记得那年国常大叔从核桃树上掉下来摔伤致死，国斌大爷和爹爹等父辈们，默不作声地去帮助他家苫房子、挖菜窖。老傅家一百多口人很少闹不和，家族团结友好在十里八村很有名。妈妈和我及所有傅家人之所以记着老院的好，除了老院给祖祖辈辈曾经带来的安全、体面之外，最让人难忘的，还是那里的人普遍勤劳、善良、友好，让老院充满了亲情味儿、人情味儿，以及大家族独有的生活气息。

妈妈到了晚年，谈起老院生活，最令她难忘的，是我们家盖房子的时候，老院里那些亲人和邻居们，每天都争着抢着来帮工的情义。妈妈说："咱家盖房子的时候，除了花钱请石匠和瓦匠，其余那些帮工的人不要分文，我就是给他们做点儿饭菜，也没有什么好吃的，这不都是大情大义啊！我没白嫁给老傅家，没白在老院住了二十八年。我对得起老傅家人，老傅家人也对得起我啊！"

妈妈告诉我，她是老傅家的人，死后要和爹爹一起回到老院门前四方地老傅家的祖坟。

第五章　妈妈和"三窝"孩子的故事

　　善良与爱不分大小，醒悟与感恩没有早晚。只要怀揣着爱，终能融化心中的冰霜，实现心与心之间的和解与友爱。

我刚参加工作的时候，奶奶告诉我："你妈就剩你这么一个儿子了，你可要好好孝敬她啊！你妈这一辈子伺候了三窝孩子，自己一窝，奶奶这一窝，还有你舅舅家一窝。我这辈子报答不了你妈，还得靠你妈养活啊……。"

妈妈和"三窝"孩子的故事，大都发生在老院。我记事时听妈妈讲，我的锁子哥，比国柱老叔还大一岁；我的那个姐，比老叔小一岁。这两个孩子，一夜之间被流行病夺去了生命。此后不久，爷爷得病去世，那时老叔才5岁。从那时起，爹妈不仅要照顾我们，还要抚养爷爷留下的五个未成年的孩子，后来还有舅舅家的那几个孩子，妈妈操的心，不比自己的儿女少。

妈妈与孩子们的故事，几乎贯穿她的大半个人生。妈妈把自己大部分生命时光都留给了这些孩子，妈妈去世时，我们这"三窝"孩子——我和姐姐、妹妹、二姑、国柱老叔，还有兰芬二姐、兰波与兰辉兄弟俩，都含泪跪在她的墓前，怀念和追思她的恩情。

只是在年少时，我对奶奶的话无法深入理解。那颗懵懂的心，还没有能力解读妈妈的人生经历，也没有机会去探寻妈妈的内心世界。

直到有一天，我那个有文化、当干部的国安二叔找我谈话，告诉我"你妈是个了不起的女人"，我才开始关注妈妈的人生经历，也慢慢对妈妈敬佩起来。

第一节 "你妈是个了不起的女人"

国安二叔是家族中的传奇，也是妈妈"三窝"孩子里最有出息的一个。

二叔比爹爹小四岁。爷爷早逝扔下的这几个孩子，数国安二叔让她和爹爹操心最少。二叔对爹妈怀有感恩之心。二叔二婶结婚后生了八个孩子，却把我的哥哥兴绵接到家里上中学，一住就是五年，这是多大的情义啊！二叔告诉我，那是他回报哥哥和嫂子的养育之恩。在我的印象里，二叔非常聪明，读书好，字写得漂亮。傅氏家族中流传下来的家谱，就是二叔用毛笔写的，后来兴亚转给了我。读书时，家里没钱交学费，二叔一边到弓长岭打工，一边求学，甚至在春天桃花水泛滥的时候，靠背人蹚水过河挣钱，顽强而神奇地完成了学业，成为父辈里唯一一个读完高中的人。后来，二叔参加了革命，加入了中国共产党，新中国成立后在县机关当了科长。二叔特有性格，正直有原则，说话直来直去，同时也不失真诚善良。二叔是家族中具有传奇色彩的男人，是我们这一代人走出老院、走出大山的榜样。

二叔和爹妈的关系最亲，与我的缘分也最深。二叔下放到哈达碑供销社时，我正好到刚刚复课的哈达碑中学上学，二叔和我住在一个大院里。二叔知道我们学生宿舍其实是马棚，冬天没有任何取暖设施，二叔担心我被冻坏，让我到他接受改造的工厂宿舍里住。二叔小心谨慎，工作认真，他怕别人说我住在公家宿舍是贪占便宜，很快帮我在学校附近找了个更好的住处——公社干部臧喜福大爷家。臧大爷老两口儿是大连下放户，与二叔关系很好。臧大爷家有两间半房子，大爷和大娘特别善良，对我像对自己的孩子一样好。臧大爷在公社工作忙，臧大娘有严重的哮喘。他们见我长得矮小，就让我再找一个同学一起住，以便有个伴儿，我便将同学徐德龙喊来，还可以帮他们干一点儿挑水、劈柴的零活。我在臧大爷家住了将近两年，直到中学毕业。二叔和我，还有我的爹妈，非常感激臧大爷老两口儿。参加工作后，我多次去看望二老。我一辈子都不能忘记，那个心直口快的臧大娘，上气不接下气地用地道的山东话跟我发脾气："小傅子，我叫你晚上回来吃饭，你怎么就是不听呢？你给我记着，凡是我叫你回来吃饭，你就必须回来，不然我就不吃饭，会气死的……"从此，我再也不敢惹臧大娘生气了。每每回忆起臧大娘怕我冷，深夜给我盖被子，怕我饿着了，发脾气命令我必须吃她做好的饭菜，我就感到自己真是有福气，遇上这样两个好心人。

中学毕业一年多，我被选派到团县委工作，二叔正好也因落实政策，回到了县供销社，我们两个人都住在机关集体宿舍，同在县委机关食堂吃饭。那是正月十五过后的一个晚上，在县委机关食堂里，二叔约我晚饭后到他宿舍去一趟，他说要我给奶奶带两斤旱烟回家，顺便和我唠唠家常。我们县委宿舍和二叔所在的供销社宿舍，相距只有千八百米远。吃过晚饭，我就去找二叔。二叔是个对孩子十分严厉的长辈。他的八个孩子，加上兴绵哥九个，没有一个孩子敢主动和他说话。但是，二叔对我与其他孩子有明显不同，不光是严厉，更有亲近与呵护，我也毫不打怵与他见面。这可能是因为我讨他喜欢吧！

在供销社那间灯光昏暗的宿舍里，只有我和二叔两人。他依偎在自己卷起的铺盖上，我坐在炕沿上。二叔叼着一个老烟斗，表情严肃，语气深沉而缓慢地跟我谈起妈妈，与平时说话声音很响、语速较快的他完全判若两人。

"今天我说话，你认真听着，有不对的，你可以提出来。你哥年幼病死，你妈挺过来了，你是她的希望，也是我们家的顶梁柱。现在你成了国家干部，好啊！咱们老傅家后继有人，你妈有盼望了，二叔也高兴啊。"二叔稍作停顿，吸了几口烟，继续说，"你妈是个了不起的女人，了不起啊，你慢慢就会懂了……"这是我长大后，第一次听到有人这样评价我的妈妈，对妈妈既敬重又好奇。"我们都要好好对她，包括我在内。我哥哥嫂子，就你这么一个儿子，你哥哥死的太突然了，二叔心里特别难过，你二婶比我还想你哥，她在家里照顾你哥有五六年，那算是她带大的孩子，有感情啊！你爹你妈都快六十了，你很争气，被选到县委工作，你要好好干革命工作，好好孝顺父母，让他们过上好日子，知道吗？"说到这里，二叔面带笑意看着我，我点了点头。

"我长期在外面工作，伺候你奶奶都是你爹你妈。你爷爷去世早，为了我和你三叔、老叔念书、娶媳妇，你爹和你妈起早贪黑地干活儿，又费心又出力，为这个家吃了太多苦，我是感激不尽啊。你妈把你两个姑姑嫁出去，还容易一些；我们这三个没有爹的小子，你爹你妈都供我们读完中学、娶了媳妇，你想想那有多难啊！在老院里，咱们家最和睦，你妈是头等功臣。尤其是你老叔结婚娶媳妇，好家伙，娶个媳妇要四百块钱、四百尺布，那简直要命啊！可是，你妈你爹一心一意，把这天大的难题解决了。我生了八个孩子，像生猪崽子似的，每个月的工资都不够用，到了秋天，你爹你妈给我送粮食、土豆和柴火。我帮不上你爹你妈，他们太不容易、太不简单啊！"

二叔的眼睛红了，声音哽咽，"你知道什么叫'嫂娘'吗？你妈妈对我们老傅家的贡献很大，很少有哪个嫂子比得上你妈，她就像历史上记载的'包公'的嫂子……"二叔讲完包公的故事，瞪大眼睛，提高声调嘱咐我："你要干好工作，对得起党，对得起社会，对得起爹妈，帮助家里过好日子，让你妈好好活下去。"

我瞅着二叔发亮的脑门、凸起的颧骨、大大的眼睛和厚厚的嘴唇，还有那不容置疑的态度，真切地感受到他讲话极度认真和话语分量。

这次长谈过了十年左右，二叔就因病去世。那时他刚刚离休，本应休养歇息安享晚年，却被病魔夺去了生命。遗憾的是，我在外地工作，没能回家给二叔送终。后来我回家探亲，来到四方地老家祖坟祭奠二叔，怀念他与我最后一次长谈。二叔的那些话犹如空谷足音，吸引我再次回忆和聆听，体会也更加深刻入心。二叔是用心引导和教育我的人。他找我谈话，精心选择了时机。哥哥突然死去，几乎摧毁了妈妈的精神世界。然而，上帝很快给了我善良而苦命的妈妈新的希望——我被选派到县里当了干部。如果不是还有我这个儿子给她带来希望，妈妈如何活下去将成为难题。在二叔看来，妈妈的不幸遭遇，给了我不同寻常的成长体验和内心世界，他应当抓住机会，给我讲一讲家庭、父母、生活和工作的事情，让我早早地明白人生的责任和道理。

二叔的早期启发和引导，让我萌生一种认知：妈妈是世界上最善良、最了不起的人；我，则是妈妈心中最重要的人。从那时起，我开始回忆和观察妈妈的为人处世，包括童年时期，我对妈妈的那些断断续续、忽隐忽现的印象。每一次，当我梳理这些零碎印象的时候，眼前就会浮现出妈妈撸手镯送老婶，帮助老叔娶媳妇的情景。"山村嫂娘"的美好形象，就这样铭刻在我心底。

回忆我们叔侄之间的谈话，我深深领悟到，长辈或老师给孩子一句好话，一次点拨，比给他面包、给他钱重要得多。我不确定自己何时才知晓二叔对妈妈的敬意和感恩，但可以肯定，二叔所传递的亲人之间要团结、友爱、互助的道理，一直在指引我。

这使我想起妈妈教育孩子的一个信念："孩子不用打，从小教他懂道理就好。"有人质疑：给孩子讲道理重要吗？孩子对道理的理解总是有限的吧？我们的确无法量化给年幼的孩子讲道理，会在多大程度上改变他们的想法和行为，但追溯妈妈和二叔对我的教诲和影响，我的结论是教孩子懂道理极其重要。做了父母以后，我的体会更深，哪怕是不会说话的孩子，他们对大人讲的道理也有感知。

写到这里，我特别怀念二叔。他的音容笑貌，他的独特性格，还有他身上的传奇色彩，至今不曾淡忘。

第二节　二叔的故事

二叔是个孝顺的儿子。有一次，他回家看奶奶。奶奶问二叔："国安啊，妈现在胳膊、腰动不动就疼，这是怎么回事？"二叔半真半假地跟奶奶开起玩笑："妈，你都快 80 岁了，人老了，不凑条件怎么能死啊？"奶奶听了，有些生气："你盼我死啊？""妈，不是啊！我是说人老了肯定这疼那疼，等我给你买些止痛片吃就好了，别生气。"

二叔和奶奶对话的时候，妈妈就站在旁边听着。妈妈知道，二叔说话，从来都是这样直来直去，跟自己的老妈妈说话也是如此。妈妈见奶奶不高兴，就赶忙打圆场："母子之间，说什么话没有挑，老二是你儿子，他是什么样的人，你当妈的还不知道啊？他就是跟你开开玩笑呗！本来嘛，人老了哪有筋骨不疼？"妈妈跟二叔一唱一和，奶奶听了又高兴了。

从那以后，奶奶想二叔时，嘴上会说："我才不想那个'二搅杆'呢，说话气死个人。"其实，二叔对奶奶很孝顺。奶奶心里明白，她这一辈子，除了在我家生活，再就是偶尔去二叔家住几个月。

关于二叔的另一个笑谈，是二叔亲口讲给妈妈听的。妈妈讲给我听后，我找二姑做了核实，进而证实了故事的真实性。

二叔从城里下乡到基层供销社检查工作，正好来到哈达碑桑皮峪大队供销社。早些年，二姑嫁到这个"兔子不拉屎"的穷地方，二叔从未来过这里，更没有见过妹妹家是什么样子。二叔是个重情重义的人，这次到桑皮峪，他决定到二姑家走一趟。

二姑见二叔来看她，心里很高兴，她焖了黄米饭、炖了小鸡肉来款待二叔。二叔一边吃饭，一边询问二姑家里的生活情况。二姑说："你不是看到了，一间破房子，一群穿得破破烂烂的孩子……"二叔说："咱们兄妹俩一样，孩子太多了。不管怎么样，都得好好过日子，等孩子长大就好了。"二姑对二叔很敬畏，谈生活、叙情意的话，不敢随便说。她怕被这个当干部的兄长批评。但越紧张越出事，不愉快的事情还是发生了。

二姑跟妈妈说，让她没想到的是，由于她给二叔盛黄米饭盛得太多，二叔说他吃不了，要她倒回去，她没有遵从二叔的意见，二叔的脾气一下子上来了，撂下筷子，下地穿上鞋子走了。妈妈说："你二姑哪能想到，当妹妹的过于热情会惹火哥哥。你二叔说的有道理，符合他的性格。你二叔说，家家都穷，大人孩子一年一年吃不上一顿黄米饭，我吃那么多干什么？这不是浪费吗？"

二姑说："我怕他、怕他，到底没招待好。从那以后，他再也没来过我家。"二叔的二儿子兴亚听了这个故事以后，就笑着给我和妈妈讲起二叔在家吃鸭蛋的故事，这让我更加相信，二叔与二姑的分歧，不在于饭盛得多少，而在于二叔不允许别人挑战他勤俭节约、多为他人着想的生活原则。兴亚说："在黄花甸住的时候，我爸在家里明确要求自己：一天三顿饭，只能吃一个咸鸭蛋。我妈不敢多言，乖乖听从命令。而我爸还自责，说他已经够搞特殊化了。"

这就是二叔——一个高度自律、为他人着想的男人。

在我的印象中，爹妈最感激二叔的，是他把兴绵哥接到他家所在的黄花甸中学读书，一住就是五年。二叔有八个孩子，加上兴绵哥九个。每月五十八块钱的工资，十一口人吃饭，生活很拮据。二叔二婶对兴绵哥视如己出，哥哥还没有回报他们就死了。二叔二婶为哥哥的早逝难过很多年。我曾安慰妈妈："我会替哥哥回报二叔二婶的。"

参加工作后，每次路过县城，我都去看望二婶，给二婶送点儿礼物、塞点儿钱。二婶见我来了，会立刻放下手中的麻将，精神抖擞地给我做好吃的。吃完饭，二婶一定要我上炕陪她唠嗑儿。不管我在她家待多久，临走的时候，二婶总是笑着说："你说你小兴宇，每次来，都像屁股着火似的，说走抬脚就走，你什么时候才能不像你二叔那么急性子？"

如前面写到的，我和二叔有着特殊的缘分：读中学和参加工作，我都与二叔不期而遇。我读中学时，二叔经常会买一斤饼干，放到我的行李上；走进机关工作，与二叔同在机关食堂吃饭，赶上节日，二叔一声不响地给我买一盘好菜。妈妈对我到二叔身边工作，很是放心。妈妈教导我说："像你二叔学习，不管干什么，都要干好。能叫身受苦，不叫脸受热。只要肯学，没有干不好的事情。"

二叔对孩子的严苛是少见的。二叔常年工作在外，兴亚14岁就学会抽烟喝酒，二叔回家发现后，非常气愤，把他吊到房梁上用皮带抽打。二叔去世后，兴亚回忆起自己的爸爸，仍心有余悸："那时候，我一听说我爸回来了，就不愿回家，我太害怕我爸了，他一见到我就发脾气。"包括兴绵哥在内，所有的孩子都怕他。兴艳姐是九个孩子里最大的，30多岁没找对象。二叔着急，想跟女儿聊聊。可是兴艳姐听不惯父亲一贯的批评口吻，把自己关在那间五六平方米的小屋子里，蒙上大被装睡躲避。直到兴艳姐结婚，二叔才肯给她露出笑脸，父女俩关系越来越好。

县委机关食堂能容纳一二百人吃饭，大家都是一伙一伙地坐在一起吃饭。我向来都是从窗口买完饭，独自端着饭碗，背着大伙儿坐到离窗口最远的那张桌子。因为整个食堂里面，没有几个我认识的人，多数人的年龄都比我大十几岁。我是"文革"期间少数几个进县委大院工作的年轻人，并且年龄最小。记得在工作中过第一个元宵节，走进食堂吃饭时天已经黑了，心想妈妈在家会惦记我，埋怨机关今天不放假。我买了一碗米饭、一碗酸菜猪肉汤，独自坐在老地方。饭吃到一半，一盘蒜毫炒肉放在了我面前。我起身回头，看见二叔。他拍拍我的肩膀，一句话没说就转身离开。

望着二叔走出食堂，我后悔没说一声"谢谢"。二叔在食堂吃饭，从来不会给自己买炒菜。一盘蒜毫炒肉五毛钱，是食堂里最贵的菜，相当于二叔一天的菜钱。对二叔这种无言的关怀，我当时的感觉仅仅是高兴，后来才体会到，这一盘蒜毫炒肉，传递着多少骨肉亲情，又有多少父辈的期许。

第三节 "老嫂比母"的功德

妈妈一生的磨难与伤痛、幸福与快乐，大都是围绕着孩子发生的。

妈妈一辈子做了无数善事，却很少显摆。她在临终前回顾自己的人生时，却在我们面前少有地夸奖自己说："妈妈从来不自吹自擂，这世界上有几个女人，能像妈妈这样伺候了那么多孩子？想想我做的这些好事，我可以安心地闭上眼睛了。"一个即将告别人寰的老人，为自己在孩子们身上付出的爱，深感幸福和欣慰。

提起这"三窝"孩子，妈妈有几天几夜也说不完的故事。

爷爷不到50岁就去世了，留下了五个未成年的孩子。爹爹是兄妹六人中的老大，这一大家子人，除了二叔之外，都得靠爹妈起早贪黑干活儿来维持生计。

妈妈在病床上回忆："我不听你殿升大爷那一套，他就对你奶奶说，'我看你早晚得受你大媳妇的气，还不把你从炕头扔到地下去……'我就有志气，你奶奶不好的地方我会说，但我对你奶奶多会儿都是小锅小勺伺候着，炕头让给她睡，直到给她养老送终。对她的这些孩子，我像对自己的孩子一样，让他们吃饱穿暖。一家人就是一家人，做事不能两个样儿。除了你两个姑姑外，你那三个叔叔都读完了中学，都娶上了媳妇。你想想那是什么年代？所有的艰难困苦妈妈都赶上了。我和你爹是一把泪、一把汗地把他们养大的，我们对得起自己的良心。"

爹妈善待兄弟姐妹，尤其是竭尽全力帮老叔娶媳妇，受到乡亲们的称赞。在我的记忆中，当年爹妈给老叔张罗娶媳妇，其操心、费力和认真的程度，远远超过后来给自己儿子操办婚事。我听到二叔、大姑和二姑都跟老叔说过："国柱啊，咱们千万别忘了嫂子，老嫂比母啊！"

老叔比我大13岁。我上小学时，老叔中学毕业，回到生产队劳动。那时候，二叔、三叔和两个姑姑都结婚离开了家。二叔结婚后，一开始把二婶留在家里，妈妈发现二婶经常哭鼻子，就说服二叔把二婶带走了。三叔也结婚了，就剩下老叔没有结婚，爹妈开始着手给他娶媳妇。奶奶在家里，平时帮助妈妈做点儿家务，看管孩子，所有的大事都是爹爹和妈妈做主。妈妈告诉我，我的两个姑姑结婚出嫁都简单，农村重男轻女，娘家没给什么陪嫁，因为贫穷，也没什么给的。二叔和三叔结婚时都工作了，能挣点儿钱，家里花钱不多。二叔是家里唯一一个参加革命工作的人，结婚没花多少钱，也没要家里一分财产。三叔结婚，家里给他分了一间半房，与我们住对门，共用一间外屋地和一个碗柜。说起那个碗柜，我的印象比较深。两扇小门约一尺见方，只能放下家里仅有的几个饭碗、酱碟。碗柜上面放着几个盛饭的泥盆，还有水瓢。当年，妈妈指着碗柜郑重地告诉我："左手这边是我们家的，右手那边是你三婶家的。无论你三婶那边放什么好吃的，哪怕是一块饽饽渣，你都不准去动。要记住，不能拿别人的东西。"记忆中，这是妈妈给我的最早的行为教育。

一个冬天的夜晚，妈妈一边在煤油灯下纳鞋底，一边跟爹爹说："老吕家来人商量小国柱结婚的事儿，彩礼要四百元钱、四百尺布票。不管要多少，咱俩得把这'最后一出戏'唱完。"我和爹爹躺在一个被窝里，挨着睡在炕头的奶奶。对这种交流，奶奶从来不说话。

我翻身抬起头来问妈妈："老叔娶媳妇怎么要花那么多钱啊？"这是我第一次听说娶媳妇要花钱，并对此产生兴趣。

"姑娘结婚跟婆家多要点儿钱，娘家再给点儿，等到分家那天，自己过日子，小份钱不就多了嘛，这个你懂了？"妈妈头也不抬地告诉我。

爹爹搂着我，沉默许久才说："等把那些木梳板都卖了，不够再借点儿。"

"少跟人家借钱，你带小国柱，起点儿早、贪点儿黑，多拉点儿木梳板，到明年秋天结婚，也就缺不多少了。"妈妈说。

爹爹很厚道，对老叔有长兄如父的样子。爹妈从来不强迫孩子劳动，也不曾要求老叔多干活儿。更多的时候，爹爹是自己起早踏雪上山砍伐木头，让老叔在里屋炕上睡懒觉，随便他什么时候起来。爹爹从山上砍回一些直径半米多粗的梨树，把树皮剥光，找来国斌大爷或殿喜二爷，先将梨树锯成一块一块的"烧饼"，每个"烧饼"六七厘米厚，然后将"烧饼"放在一个大木墩上，用绳子、铁钎子固定好，两个人开始用大锯拉木梳板。

这是一个技术活儿。木梳板，就是木梳的毛坯，拉出来就得一边厚、一边薄，很像木梳的形状。梨木很硬，是做木梳的好材料。没有模具，也不划线，全靠爹爹主导下两个人的配合。第一锯是关键，爹爹总是把自己一端的锯柄抬高，然后给对方送力。第一锯拉得不偏不倚，一块木梳毛坯就基本合格了。爹爹教老叔学习拉木梳板，老叔总是不努力，和爹爹配合不好。爹爹有时会沉下脸来批评他，老叔就生气不干了，爹爹不得不找上屋殿喜二爷来帮忙。

拉好的木梳板坯子，一块一块掉到地上，散落成一堆，与锯末一起散发出梨木的香味。爹爹用那双有力的大手，把比大拇指还粗的榆树枝拧成绳，开始给木梳板打捆。然后，爹爹用马车运到岭西去卖。爹爹还教老叔做镰刀把、镐把，拿到集市上去卖。那时候，一个木梳板只卖几分钱，一个镐把只卖一两毛钱。

妈妈回忆为老叔娶媳妇所付出的努力，感觉很荣耀，很享受自己不计回报的付出。妈妈说："我敢说，就是亲生父母，也不一定像我和你爹这样，为给你老叔娶媳妇那么卖力、那么要脸面。那时的四百元钱、四百尺布票，值现在多少钱啊！那都是你爹起早贪黑出大力，一分一角积攒下来的。要是我们不答应，你老叔的这个媳妇就黄了。"她清楚地记得，老叔结婚的日子是1964年农历八月初二，地里的庄稼刚刚收割。按照我们当地的婚俗，在结婚的前一天，新娘被接到离新郎家很近的地方住下来，俗称"打下宿"。也许，这是因为当时交通不便而形成的习俗。老婶的娘家和妈妈的姥姥家住在同一个地方——头道赵家堡子金子坎，从那里到傅家堡子要翻过一道山岭。老婶娘家人在结婚的前一天把她从岭前送过来，嫁妆都是用扁担挑过大岭的，住在我们生产队旁边的南岭老曲家，那里离老院只有四五百米远。

秋天的早上，山村的气温比较低，妈妈让我穿上一件蓝布半截袖新衣服，坐上接新娘的马车，当"压车男孩"，去老曲家把老婶接到家里来。据说，找一个聪明的男孩给新娘"压车"，会给新郎新娘带来早生儿子的福气。妈妈和奶奶前一天叫我去"压车"的时候，我说我不去，因为那会耽误上学。妈妈哄我说："去压车的男孩得好孩子才行，你是妈妈的好孩子，你不去谁去？保准不耽误你上学！"

因为妈妈的鼓励和称赞，我同意了，带着自豪感坐上迎亲马车。然而，车到老曲家门口，老婶一直不出来。等到一群人把老婶领出来要上迎亲马车的时候，老婶突然停下了脚步。她声音很小、脸色沉沉地对周围的一群娘家客说了这样的意思：订婚时老傅家答应给的一副银手镯还没兑现。眼看太阳升起很高了，我上学要晚了，老婶却因为一副手镯不上车……"我才不管老叔娶不娶媳妇，上学要迟到了！"我想着想着，撒腿就跑，回家拿书包上学去。这时，后面有人喊我的小名："二立子，叫你妈快点儿过来吧！"父老乡亲们都知道，解决这个事儿，非得找妈妈才行。

"知道了！"我头也没回，一口气跑回家里，妈妈正在厨房张罗饭菜、安排婚宴。妈妈问："你怎么跑回来了？老婶为什么没接来？"我气喘吁吁地告诉妈妈："老婶要手镯！妈妈，我要上学，快来不及了。"妈妈一把拉住我，用围裙擦了擦手，左一下、右一下，从自己的手腕上撸下了一副银手镯，递给我说："你听话，快把手镯送给你老婶，快去，别丢了！"我紧紧握住那两只银手镯，朝老曲家飞速奔去……

老婶收到手镯，上了马车。我看见小朋友正在上学的路上，心里那个急啊！"我不想当压车男孩了，我要上学，我可从来不迟到的……"拉新娘的马车还没有在老院里停稳，我就从车上跳下来，穿过人群往家跑，背上书包上学去了。

晚上放学回来，在饭桌上，我听到了奶奶的表扬："我二孙子宁肯不坐席（指吃婚宴），也要去上学，这小东西将来肯定行。"妈妈听了，接着奶奶的话夸我："我儿子知道好汉争气、赖汉争食。把你老婶娶家来，有你一份功劳。你又压车，又跑腿，好孩子！"

那副银手镯，是妈妈结婚时姥姥送给她的唯一值钱的东西，妈妈却不在意，她说："东西都有用了的时候，没有什么好心疼的。把你老婶娶回来，了却爹妈一件心事，这比手镯子重要。等你们长大了，有钱给妈妈买一副就是了。"。

二叔、大姑、二姑，多次在亲戚朋友面前称赞妈妈是个好嫂子，"老嫂比母"这份恩情一辈子也忘不了。妈妈对家人热情、关爱、友善的言行举止，我们都深受熏陶影响，在生活中学习和效仿，长大后身上都有父母的影子。但是，这种学习和效仿，在孩子阶段，往往是在贪玩、粗心和过于自我的状态中进行的。比如我，就很少关注与童年乐趣无关的事情，哪怕有些事情在大人看来非常重要。当年，我完全没有在意妈妈把手镯送给老婶这一行为有什么了不起，直到参加工作，我也没有认真想过什么是"老嫂比母"？那究竟是多大的功德？老叔老婶不就是我的家人吗？妈妈给老婶送手镯有什么特别的意义吗？

作为生长在大家庭的孩子，我对爹妈功德的理解，是在二叔跟我谈话之后，尤其是从我做了父亲之后，才对妈妈这一生的努力与付出格外敬重。我渐渐领悟到，那些得到妈妈恩惠的人，他们长大后对妈妈的尊重和敬爱，包括虔诚地跪在爹妈墓前怀念，是对妈妈崇高德行的最高评价。而"嫂娘"的称谓，生动记录了妈妈这个普通家庭主妇的美丽心灵与不朽德行。

第四节　舅舅这一家子

关于舅舅家的"这一窝"，妈妈说："他们是我放不下的牵挂，让我操心到老。"

我记忆中的姥姥家，比我们家更穷。舅妈与舅舅是近亲结婚——姑做婆，即舅妈的婆婆，是她的亲姑姑，舅妈嫁给了自己的姑表哥。这桩近亲婚姻，埋下了生育的隐患。他们的五个孩子，有两个智力低下、身体残疾。舅妈35岁就得病死了，姥姥不久也死去。最小的孩子兰辉只有2岁，最大的兰英姐只有十几岁。舅舅连饭都不会做，要带着几个孩子过日子，该有多么艰难啊。等到女儿们长大了，能够洗衣做饭了，很快都结婚走了，只剩下舅舅和两个儿子。"家里没有女人，就没有家了。"妈妈看到舅舅家"三个光棍"，发愁地跟爹爹说："兰波20多岁了，还没人介绍过对象，住在桑皮峪那地方，谁家的姑娘能嫁他呢？兰辉还没长大，咱们得帮他们想想办法啊！"爹爹因为赶马车，跟公社和大队一些干部比较熟悉，就把舅舅家的情况说了，请求政府批准，把舅舅一家从桑皮峪迁到瓦沟八家子生产队，以便照顾他们的生活。爹妈在当地人缘好，公社很快批准同意舅舅家迁移过来。就这样，舅舅一家在1970年前后，搬到跟我们家只有一河之隔的八家子生产队落户。

这时候，爹妈刚刚与老叔分家，她跟家人笑谈："我呀，这真是刚刚分开了一窝子，又来了一窝子。"

舅舅一家住在河对岸，每逢节日，妈妈一定要请舅舅来家里吃饭。我到县里工作以后，每次回家带好吃的，妈妈总要给舅舅分一点儿。"爹亲叔大，娘亲舅大。我是姐姐，你是外甥，应当多帮助你舅舅。"妈妈这样说。

每年正月初二，妈妈一定叫我去请舅舅来吃晚饭。妈妈在门口迎舅舅，舅舅看见妈妈，叫一声"姐"，然后就缓步走进屋子，坐在炕沿上，半闭着双眼，一直瞅着房梁。我请大舅脱鞋上炕，大舅不肯。我问大舅："有人给兰波哥介绍媳妇没有？""没有。"大舅毫无表情地瞅着房梁，停了一会儿，补充一句："那小子又聋又浑啊！"我趁机问大舅："是不是小时候被你给打浑的？"这时，舅舅开始用手摸脸，从左脸摸到右脸，一遍一遍地在脸上划圈，嘴里重复着一句话："那时太穷了，没有办法啊……"那种尴尬和无奈的表情，透露出一个父亲的无奈和忏悔。

俗话说：姑姑亲，辈辈亲，死了姑姑连根筋；姨姨亲，不算亲，死了姨姨断了亲。妈妈一生对大舅及其子女的牵挂，证实了古人对亲情关系的描述很有道理。作为姐姐，妈妈对舅舅有着母亲一样的牵挂，而对兰波哥这样一个缺少母爱的娘家侄，更是有着恨铁不成钢的情感。妈妈在病床上回忆，自从大舅一家搬到身边，她感觉最紧迫的事情，就是给兰波哥娶媳妇。

在妈妈看来，农村孩子找媳妇，是过好日子的头等大事。"你大舅30多岁死了老婆，我断定他这辈子很难有姻缘了，果然，直到死也没找第二个。可两个孩子得找对象，还得按顺序，先给大的找。那个年代，大的若娶不上媳妇，二小子就没法找啊。"

妈妈不知托了多少人，终于在本村寻找到了一个适合给兰波哥做媳妇的人。妈妈把兰波哥找到家里，跟他说："兰波，你都三十多了，天生耳朵聋，能找一个跟你一心一意过日子的媳妇，这就是你的福气。三道沟老高家有个姑娘，命挺苦的，小时候没有爹，得过小儿麻痹，有一条腿瘸。但那姑娘心灵手巧，不懒不傻，会过日子，人家答应了，你要是同意，大姑马上帮你把她娶家来。彩礼钱，大姑和大姑夫帮你拿。"

"大姑，你就别费心了。我有钱买饼干吃，也不要一个瘸子当媳妇。"兰波哥本来是个反应迟钝的人，但是这次他一口回绝了妈妈，把妈妈气得半天没有说话。

妈妈平复一下自己的情绪，开始苦口婆心地劝导："孩子，你先看看自己的条件，不是大姑贬低你，人家水灵灵、没毛病的大姑娘，凭什么嫁给你呀？你耳朵聋，长得也不精神，能挑个什么好样的媳妇呢？她只要不傻，能给你做口饭吃，给你洗洗涮涮，生个一男半女，你就有个家，你们一家三个光棍也有奔头了。你是长子，得为你爸爸和你弟弟多想想。"

"为我爸着想？他算什么好爸爸？从小到大从没关心过我。除了打我骂我叫我干活儿，他没干什么好事。"兰波哥说话时，气愤得唾沫四溅。

妈妈压住火说："兰波呀，你怎么净说丧良心的话呢？没有你爸养你，你怎么能长大？"

然而，直到兰波哥30多岁，妈妈也没有说服他，最后不得不改变主意，决定先给老二兰辉娶媳妇，不再遵循那些古老的规矩。给兰辉娶媳妇，妈妈也是煞费苦心，不知找了多少人帮忙。和兰辉谈对象的老王家，探访到老杨家人老实厚道，尤其是这个当姑姑的热心助人、口碑极好，很快答应了这桩婚事。

兰辉要成家了，妈妈高兴极了，和爹爹紧锣密鼓，张罗着给兰辉凑足了彩礼，把媳妇娶进门。从此，大舅家终于有了进门做饭的媳妇，三个光棍过日子的历史结束了。

妈妈早有预料，兰辉先结婚，会刺激兰波哥提出分家。兰波哥跟妈妈说，他不愿把自己挣的工分钱全部交给大舅领导的伙里，他提出分家。妈妈告诉他："弟兄间总是要分家的，你若是感觉吃亏、委屈，就自己搬出去过吧。"这回，妈妈的话总算说到他心坎上了。兰波哥请求妈妈主持分家。妈妈一声叹息，那个家有什么可分的？就跟当年爹爹和老叔分家一样，卷个铺盖走人，分灶烧火做饭吃就行了。

妈妈清楚记得，分家那天，兰波哥又是秧歌又是戏，觉得这回挣钱可以自己花了，哥俩在一起吃亏的日子结束了。他高高兴兴搬到隔壁生产队去住了。那时的生产队是大集体，把兰波哥当作无房户来帮助。

舅舅的两个儿子刚分家，妈妈跟我断言："你看吧，分家后，你兰波哥对你大舅的意见会更大。那个笨小子当时可能没想那么多，事后会反悔的。他想，老爹现在还能动弹挣钱，分家后，他挣的钱全都归老二了，没有自己的份儿，这不吃亏了吗？肯定会回过头来找茬儿，不信你就看吧！"

妈妈识人看事十分准确。分家后，大舅和兰波哥的关系变得一天比一天糟糕。分家后的第一个春节，兰波哥就做出了让家人和街坊邻居感觉特别出格的事情。爹爹平时从不说哪个孩子不好，但这次爹爹评价说："过去光知道兰波聋，没想到这小子才浑呢！"爹爹给我讲，春节前几天，爹爹用马车帮大舅拉回来两袋大米，这是大舅在营口于洪连二姨父家打工挣的。兰波哥知道了，早早等在大舅家门口。爹爹的马车还没停稳，他就跳上去抢走一袋。爹爹异常愤怒，大声呵斥了兰波哥，并把那袋大米夺了下来。

妈妈接着给我讲："这事儿还没完呢！"第二天，兰波哥跟大舅找茬儿。在大舅挑水的时候，他追到井沿与大舅吵架，险些把大舅推进结满冰凌的水井里。除夕夜，家家户户放鞭炮、包饺子，兰波却喝得烂醉，在八家子小队门口的黄沙公路上嚎啕大哭，边哭边抱怨："我这辈子没有遇到好爹娘啊，命苦啊！"初一早上，有八家子邻居来告诉妈妈："你侄儿昨晚疯了！"

我记得，那是一个再平常不过的大年初一。外面的雪有两尺深。妈妈平静地跟我说："去把你哥找家里来吧，光棍过年，心里肯定不是滋味啊。"

我把兰波哥叫到家里，他用大舅一样的姿势，坐在炕沿儿。妈妈给他一个苹果，轻声安慰他："孩子，这大过年的，大姑知道你心里不好受。你爸需要你弟弟养老，挣钱不给你是对的。你好好地像个人样，找个媳妇，将来不是好日子吗？看你眼睛都哭红了，叫不叫人笑话？"

"大姑啊，我命苦啊，没有遇到好爹妈……"兰波哥呜呜地哭起来了，眼泪和鼻涕顺着下巴淌。妈妈语重心长地劝他："没有妈的孩子怎能不苦啊？可是，你得想啊，你爸30多岁死了老婆，能把你们拉扯大够不容易了。你都30多岁了，不能埋怨你爸，更不能和你爸动手，那不叫人笑话吗？你要是听大姑的话，早娶上媳妇了。"

我接着妈妈的话，表情严肃地质问兰波哥："你为什么和舅舅动手？"他结结巴巴、大声抽泣着反问我："我大姑、大姑夫从小打过你吗？冬天半夜里叫你起来干活儿吗？我那爸爸就是挂个名儿，他给我们带来什么好处了？我叫他爸都是抬举他了……"

每个字都像从牙缝里挤出来似的，充满了愤怒和委屈。我试着去理解他，年幼时缺失母爱，成长期遭遇爸爸暴力强制劳动……这些不幸，一定是不可自愈的伤痛。

妈妈听了他的哭诉，也感觉心里不是滋味，到外屋地准备饭菜去了。

我沉默下来，想听听他还能说什么。

兰波哥擦了擦眼睛，结结巴巴地说："我大姑夫太有劲儿了,他握住我的手，我都不能动。我第一次看到大姑父和我瞪眼睛，我害怕，真害怕了，不然……不然，我非得拿一袋大米走不可……我爸凭什么挣钱不给我？"

我生气地说："哥，你若是对舅舅不好，谁都不会理你的。你一个大男人，好好劳动，娶媳妇成家还不容易吗？别再说'我有钱买饼干吃，也不要瘸子当媳妇'这类傻话了，听见了吗？"兰波哥点点头，露出笑意，"这世界上对我最好的人，就是我大姑。我从小到大，身上穿的衣服和鞋，都是我大姑一针一线给做的，我将来要报答我大姑……"他微笑的表情，从来都给人一种嘴歪眼斜的感觉。

这种感觉，最初来自童年我对他那次劫后余生的印象。有一年夏天发大水，十几岁的兰波哥来我家串门，他不听妈妈劝告，笨手笨脚地站在老院门口小河的独木桥上玩耍，我和妈妈眼看他从独木桥上掉下去，消失在滚滚的洪水中。爹爹领着一大群人沿着河边去追赶，发现他被河中间的一大捆水柳给挡住了。他露出个脑袋，挣扎着站在水里，紧紧地抓住一棵水柳，直到爹爹和几个叔叔把他救上来。妈妈吓呆了，他却像看不出好赖似的，肚子里灌的水还没吐净，睁开眼睛，就歪歪嘴傻笑着，没有丝毫恐惧。长大后我才明白，兰波哥先天有些耳聋，五官不够端正，走路拖拖拉拉的，可能与舅舅舅妈近亲结婚有关。妈妈说："那年头谁懂这些道理？"

那天，我看着眼前瘦弱的兰波哥，心里有些难过，还有一点儿恨，恨他对大舅不够尊敬。总之，情感极为复杂。我上前拥抱了兰波哥，他当时就落泪了。

兰波哥比我大五岁，从小到大对我一向很好。每次听说我回家，他都会跑过来看我。自从搬到妈妈身边，兰波哥像变了一个人，春种秋收，上山打柴，他都会主动来帮助爹爹干活儿，还经常帮妈妈挑水。进城后，妈妈时常会想起兰波，"这孩子没有坏心眼儿，对我实心实意，给我干了不少活儿，出了不少力。"我对兰波哥也同样心存感激。那年正月初一，我和兰波哥一起上山帮助爹爹砍柴、捞木头，他发现我的饭量居然超过他，就跟我开玩笑："你这老伙计，还是研究生呢，干点活儿，自己就吃光了一斤挂面……"他笑得前仰后合，让我感觉到他对我的深情厚谊。

直到妈妈随我进城，兰波哥已年过不惑，还没娶上媳妇。虽然远离老家三百多公里，但妈妈总能从亲戚朋友那里，得到大舅及兰波哥的消息。有一次，家乡来人跟妈妈讲，兰波哥看上了大魏屯的一个未婚大姑娘，那姑娘跟他来家里住下了，他四处炫耀："我有媳妇了！"有好心人悄悄告诉兰波，她因为有肺结核才一直没结婚。他不信，还骂人家坏他的好事。同居数天后，那女的从窗户逃跑了，偷走兰波哥挣死扒命攒的三千多元钱。兰波哥吃了哑巴亏，要气疯了。听了兰波哥的遭遇，妈妈长叹一声："什么叫心高命不强？兰波就是，命里八尺，难求一丈啊。"妈妈还是不忘拜托家乡人帮助兰波找媳妇。

妈妈进城第三年，舅舅来城里看望妈妈。我险些没有认出他来，他原本身材就不高，晚年更显得矮小了。妈妈很担心："你看你舅脸上就剩下一张皮了，一定是有病了。"当时舅舅想从椅子上站起来和我打招呼，但手脚支撑不动身子，说："我再不来看我姐和我外甥，恐怕就看不到了……"妈妈让我去买羊肉，舅舅喜欢喝羊汤。但舅舅吃什么吐什么，基本咽不下东西。第二天，我带舅舅到医院看病，确诊为胃癌晚期。

这是姐弟俩最后一次见面。舅舅回家不久，妈妈对我说："你舅活不几天了，他这辈子太累。前几年，老于你二姨父给了不少木头、水泥，你舅总算帮兰辉盖了新房，也看到孙子出生了。"说到这里，妈妈流泪了，"唉，我就这么一个兄弟啊，你要有空儿去看看你舅吧，看一次少一次，这辈人不容易啊。"

我遵从妈妈的意愿回去看舅舅，那时他躺在床上已奄奄一息，兰辉和媳妇守在身边，擦屎接尿。我和舅舅告别时，他吃力地睁开眼睛，已经说不出话了。我把一点儿钱留给兰辉。妈妈临行前嘱咐："你舅闭眼那天，我们不一定能回去送他，你留点儿钱帮办理丧事吧！"

离开舅舅家我很难过，我知道这是和舅舅的永别。

舅舅不曾给我买过一块糖。妈妈说："他不是穷嘛，你回姥姥家，还不是住你舅的炕、吃你舅的饭？"

是的，孩子往往很在意那些小恩小惠。比如，小时候，我曾跟老叔要一个几分钱的铅笔刀，老叔不给，我很失落。妈妈教育我说："不要人家的东西，长大后挣钱自己买，要有志气。"这件小事我一直记在心里。妈妈一生很在意对孩子爱的表达，只要有亲戚朋友的孩子来到妈妈身边，妈妈无论以奶奶、姥姥、大娘、婶子、舅妈、姨姨等何种角色出现，都会让孩子们感受到一种温暖和礼遇。妈妈会全心全意给他们做点儿好吃的，如果是第一次来做客或赶上过年来家里串门的孩子，妈妈一定要给"压腰钱"。平时常见的，妈妈要给孩子们带上两个煮鸡蛋，装上几个苹果或几块饼干。这些细微的关爱，最终化作凝聚亲人情感的黏合剂，成为她晚年受到众多晚辈爱戴的理由。多年后，我见到那些已成家立业的孩子，他们依然记得妈妈关爱他们的细节。

那天，我内心深感悲凉的一件事，是在舅舅生命垂危的最后关头，兰波哥没有守在他身边。父亲快要死了，他难道不悲伤吗？我到生产队找兰波哥。他见到我，还是像以前那样嬉皮笑脸："哎呀，我老弟回来了！"我严肃地问他："你去看我舅了吗？"他好像没听见，我又大声地质问他。兰波哥说："我看不看有什么用？你不领他去大医院看了吗？也治不了！"他的口气让我有些吃惊，我劝他："哥，我舅快不行了，去帮着照顾照顾吧。""照顾什么？他没拿我当儿子，我也没把他当爸……"他对舅舅的怨恨，源自小时候挨打，长大后家庭贫穷导致他单身。我忍着悲痛转身快步走了，他在后面追着喊："兄弟，你吃口饭再走呗……"

几天后大舅去世了。几个月后，当我再次见到兰波哥时，他告诉我他给舅舅安葬了。"算对得起他了。我不怕别人笑话，我一滴眼泪都没掉。"他带着一种自以为是的表情。

2005年，我带妈妈回老家。妈妈早就知道兰波哥娶上了媳妇，连生两个男孩。在家出发前，妈妈就给孩子准备了红包。我跟妈妈说："你不用给，我代表你给。"妈妈说："我是姑奶奶，你给是你的，我给是应当的。"妈妈看到兰波哥住在一个低矮的小房子里，家里穷得叮当响，忧心地跟我说："这日子这么苦，还生两个孩子，咱们能帮就帮帮他吧！他那两个孩子连户口都没有啊，前窝还有一个没带来，将来的日子够他难的。"

50多岁得子，兰波哥很高兴。但是，他对死去十多年的父亲依然不能原谅。当我再次和他聊起大舅的话题，他依然重复着自己的老话："我那爸就是个名儿，他带给我们什么福分了？你看我大姑、大姑夫对你什么样？"我反驳他："你尽到儿子的义务了吗？能不能不要抱怨了，都快老死了！"妈妈在一旁说："你大舅做的也不对啊，哪能深更半夜把孩子都打起来干活儿，这不就是父母的错吗？"妈妈的话让兰波哥听得顺耳，他得意地笑了："看，我大姑就是讲理。老弟啊，你说我大姑与你大舅这亲姐弟俩，差别怎么那么大？我的命怎么就没有你好？""看你怎么说话？还'你大舅你大舅'的，说'我爸'不行吗？"我有些气愤了。"我不说了吗，那就是个名儿！"他毫不在意我的态度。

与兰波哥这次对话，让我想起妈妈常说的一句话："有狠心儿女，没有狠心爹娘。"

2013年春节，我和夏青回姐姐家过年，给兰波哥送了年货。他求我找人给两个十来岁的儿子落户口，不然将来上不了中学。喝了酒的他，紧紧地拽住我的衣服，要留我吃饭，"兄弟，你从来没在哥哥家吃口饭呢！"我告诉他"吃过了"，可是，我喊破嗓子，他聋得几乎听不见。他好不容易松开手，让我开车走了。

不承想，这居然是我与兰波哥的最后一次见面。2014年冬，他刚刚六十出头就突然去世了，扔下老婆和两个未成年的孩子，政府将他家列入困难户给予照顾。有人告诉我，兰波哥直到去世，也没放下对舅舅的怨恨。我不禁想，如果大舅没有那么严苛、粗暴地对待年幼的孩子，而是像妈妈那样与孩子相处，即使兰波哥有某种先天的生理障碍，他们父子的关系也肯定会有所不同。

所有这一切，都印证了妈妈的那句话："你舅舅这一窝，注定是妈妈一辈子的操心事儿。"

我在心里为舅舅和兰波哥祈祷：你们在天堂里不要再吵架了。

第五节　"三窝"孩子跪坟前

妈妈常对我们说："多做好事，准有好果。跟人交往，要将心比心，别想从别人身上捞什么好处。就是爹妈养儿子，也别指望将来养你老。养不养，要看爹妈的教导，还得看孩子有没有心。"

妈妈对"三窝"孩子的付出，没想要得到什么，完全出于善心。正因如此，妈妈获得了晚辈们的尊敬。记得妈妈临终前说过："妈妈这辈子积善成德，你送妈妈回祖坟安葬，咱们老傅家的人和老亲近邻，都会帮你出力，这点儿人缘还是有的。为什么说人走到哪里都要善良呢？起码你得想到死的时候，有人能给你挖坟坑、抬棺材杠子，还有人说你好，为你掉眼泪。这就叫没白活一场……"

记得送妈妈回老家安葬的那天，一尺多深的大雪覆盖老家山林和大地，十里八村来了数百人，站在傅家祖坟前的公路两旁，迎接妈妈魂归故里。那天，妈妈的"三窝"孩子全来了。我和我爱人、儿子和女儿，还有我姐姐、妹妹及其家人跪在爹妈的坟前，礼陪给妈妈敬酒、磕头的每一位亲戚朋友和邻居。最先跪在地上给妈妈敬酒、磕头的就是年近八旬的二姑和将近七旬的老叔。二姑老泪纵横，一边哭一边念叨："我的老嫂子，忘不了你对我们的好啊，你一路走好……"轮到国柱老叔敬酒、磕头的时候，我看见他虔诚地跪在妈妈坟前，说："嫂子，你老兄弟来给你送行来了，你走好啊！"接下来就是舅舅家的孩子们。兰波哥哭得泣不成声，他一边哭一边磕头说："大姑啊，我对不起您！您为我操心一辈子，您有病我都没去看您，我对不起您啊……"

那一刻，我想，天堂里的妈妈一定心满意足了。人生最值得欣慰的，莫过于死后还有那么多人爱你、思念你，这些思念你的人，依然生活在你过往留下的恩德之中。妈妈享受了这种荣耀。妈妈去世三年来，每逢祭祀的日子，妈妈抚养和帮助过的那些孩子，都会跪在爹妈坟头的最前面，给爹妈敬酒、烧纸、磕头。大家对妈妈深切的怀念，让我相信妈妈的灵魂不死，也让我深刻地理解什么叫"平凡而伟大"，什么叫"生命有限、美名永恒"。

二姑出嫁后，从不在外住宿。得知妈妈生病，二姑破天荒地把自己的家扔了，来陪妈妈住了七天。妈妈知道，这是二姑对她的大情大义。二姑和妈妈两人坐在床上，每天只要醒着就回顾往事。她们从旧社会在老院共同生活，说到两人先后失去孩子（二姑的大儿子也三十出头因病故去）的悲惨，谈论改革开放给老百姓生活带来的改变，包括我和二姑的孙子福伟在大连工作、安家，等等。两人在相互陪伴和回忆中度过了一段开心的时光，也为我写妈妈提供了许多珍贵、详实的一手资料。妈妈和二姑心里都明白，这是她们两人最后的相聚。二姑对我说："二姑穷，帮不了你妈什么，但二姑有良心，一辈子感谢你妈。"早在妈妈刚病倒的时候，二姑的女儿秀清就主动过来帮助照顾妈妈。秀清和我姐、我妹还有兴芹，她们组成了完美的陪护小组，在妈妈生病的七十多天里，给妈妈全程陪伴、精心照料，让妈妈在最后的日子里感受到温暖，在生命尽头依然保持着尊严。

二叔曾经跟我说，如果没有哥哥嫂子，他和老叔就像没人管的孩子一样；没有家庭的温暖，奶奶也不会长寿。但是，我从没听老叔说过这些暖心的话。爹爹生病直到去世，老叔都不曾前来看望，妈妈觉得他缺少一点儿情义。老叔毕竟与别人不同，他是奶奶"那一窝"里最小的孩子，爹妈为他付出最多。没想到，妈妈去世前住在姐姐家的那些天，老叔来看望妈妈，还给妈妈留下二百元钱。妈妈感到这是老叔前所未有的举动，说这可能是老叔想要我帮助他孙女找工作。不过，妈妈还是感激老叔来看她，说老叔这辈子也不容易，养了四个孩子，或许当年想来看爹爹，却心有余而力不足。

也许是妈妈的宽容和理解，激发了老叔迟来的发自内心的感恩，在安葬妈妈的时候，我和老家的那些叔叔、兄弟姐妹们都看到，老叔像变了个人似的。他和三儿子兴来为妈妈入土为安做了大量事情，包括置办酒席等。老叔还主动把祖坟前自家的土地让出来一块，为我们给爹妈上坟提供方便。老叔对爹妈的好，虽然姗姗来迟，却让我十分感动。我相信，天堂里的妈妈，也会因为老叔的真诚付出与怀念而欣慰。善良与爱不分大小，醒悟与感恩没有早晚。只要怀揣着爱，终能融化心中的冰霜，实现心与心之间的和解与友爱。

第六章 挨饿的往事

　　我的那些爷爷和叔叔们，为了抢在下大雪之前让粮食归仓，他们冒着严寒，借着月光，赤手握着连枷打场，一刻也不肯休息。我被他们在月下劳动的场景深深地吸引，"这哪是打场？分明像在跳舞啊！"

在妈妈的记忆中，挨饿是一生最痛苦、最难忘的经历。女人和孩子是挨饿最严重的群体，尤其令她不能忘怀的是孩子们挨饿的故事。

妈妈说，在旧社会，从小到大，没吃过一顿饱饭。吃不饱、穿不暖，是妈妈那一代女人的共同经历。作为家庭主妇，妈妈每顿饭都吃不饱，每天少吃一顿饭是常事儿。然而，妈妈似乎淡忘了自己六十多年吃不饱饭的痛楚，唯儿子挨饿的苦，妈妈至死不忘。

第一节　碾盘上的恐怖

努力解决家人温饱，几乎是爹妈一辈子为之奋斗的事情。爹爹负责把吃的东西弄回家，妈妈负责管理、搭配，直到做熟端上桌来。从我记事儿起，妈妈就很少与我们一起上桌吃饭。盛得满满的一大盆玉米粥，等爹爹、老叔、奶奶和我们这些孩子吃完，饭盆就见底了。妈妈最后一个吃饭，当她拿起筷子，经常是饭没了。妈妈吃什么呢？吃一个地瓜或者土豆，要不就是青菜团子，有时干脆就没有吃的。"不是我不会多做，是这顿多做了，下顿就没有吃的。"妈妈说。

"吃三年干饭卖一头牛，吃三年稀饭买一头牛"——这是妈妈那一代人常说的一句话。说的是在那个年代，家庭过日子，吃干饭和吃稀饭大不相同。如果女人不会稀稠搭配，就有可能发生更严重的断粮、挨饿的情况。

"在老房那二十多年，妈妈顿顿吃不饱饭，不是也活过来了，还活得不错！"妈妈还乐观地得出这样的结论："人吃得太好、太饱也不好，不容易长寿啊。"妈妈回忆，那时候，家里做饭的女人，最发愁的事情就是吃了上顿没下顿。男人要干活儿，不吃饭哪有力气？孩子要长身体，没有饭吃能不得病吗？咱们老院里的人家，没有谁家没死过孩子的。家家户户的女人，都是最后一个上桌吃饭的。女人怀孕的时候，就别提有多苦了。肚子里怀着孩子，喝米汤、玉米粥填不饱肚子；生了孩子，没有鸡蛋吃，连小米饭都吃不上。新出生的孩子，一个个黄皮蜡瘦，生两个活一个，那就不错了。"生你的时候，我一共吃了七个鸡蛋。孩子没有奶吃，就喂玉米粥上面的那点儿米汤。你倒是能吃，一顿能喝一大碗，把肚子喝得鼓鼓的，喘气都呼哧呼哧的。那时的孩子，活就活，死就死，当妈的已经尽力了，没有办法。我到死，都不能忘记孩子们挨饿的那些事儿，什么时候想起来都难过……"妈妈晚年经常与亲人们聊起那些往事。

如今回老家几乎看不到石磨和碾子，不少农村孩子，居然不知道它们是什么东西。有一年，我和妈妈从城里一起回老家，发现老院的那个大碾子已经被砸碎砌墙了。妈妈深感惋惜，那个大碾子曾经是十里八村年代最久远的物件，见证了一个村落的生存和发展。老院的女人们、孩子们，不知在那个碾子还有旁边的那盘石磨上，留下多少汗水、多少眼泪。妈妈说："你可能都忘了，那一圈碾道、一圈磨道，几十年来怎么用土垫，都是一条沟啊。除了驴拉磨、推碾子用蹄子踩踏之外，女人和孩子也得当驴使，就那么一圈一圈地推、一年一年地过啊。赶上荒年，大人孩子没东西吃，只好吃苞米骨子、榆树皮，这些东西得用碾子压碎啊。大人和孩子吃了拉不出屎来，在碾盘上发生的那些事情，你记得吗？"我回答妈妈："没有多少印象。"

当时，我没有追问妈妈，碾盘上到底发生了什么事情。

年轻时，我们不懂回味人生的意义。一个有兴趣、有能力回头浏览自己人生经历的人，至少应该年过半百。即使年过半百，要回头品味和认知儿时的经历，也必须依靠父母才能重新挖掘。十来岁之前，我们几乎记不住小时候享了多少福、遭了多少罪。尽管我们的种种经历，都会刻在成长的轨迹里，造就不同的性格和品德。就像我小时候，挨饿是常事，可我却想不起那是一种怎样的感觉和困扰。仿佛，只要有父母的爱，饥饿算不了什么。

直到妈妈生病，我才想起请妈妈把这个发生在碾盘上的故事讲出来。

妈妈说："那样的事在当时看起来很平常，不过还是把你吓哭了，你一下子扑进妈妈怀里，喊着说，'妈妈，我不要吃苞米骨子……'我儿子还不傻，他能听明白，大人说吃苞米骨子拉不出屎来是什么意思……"那天，我一边听妈妈讲碾盘上发生的故事，一边在妈妈的回忆和启发下，唤醒了深深沉淀在童年心池里的那片记忆：一个光溜溜的孩子，被大人按在碾盘上，尖声嚎叫，屁股流着血……我像发现了新的故事线索一样兴冲冲地告诉妈妈："是的，妈妈，我有印象，我想起来了……"那个痛苦、恐怖的场景，终于从记忆深处浮现出来了。

兴同是国斌大爷的二儿子，那时有三四岁，每天吃苞米骨、榆树皮，肚子胀得鼓鼓的，排不出大便。国斌大爷让他多喝水，命令他长时间蹲在地上使劲儿排便。国斌大爷性格急躁，见兴同脸色煞白，憋得不行了，就将他从地上一把拎起，放到碾盘上，并喊来两个大人，将兴同脸朝下紧紧按住。国斌大爷用一根细木棍，一点儿一点儿地把他的大便抠出来。兴同本能地乱蹬腿、撅屁股反抗，疼得哇哇乱叫。妈妈回忆说，是兴同的尖叫惊动了她，还有院里的许多人。妈妈几步跑到碾盘跟前，焦急地跟国斌大爷说："哥，你轻点儿，别把孩子弄坏了，你没看到孩子屁股都出血了吗？"我跟随妈妈的回忆，想啊想啊，脑海里浮现出的画面越来越清晰：兴同被国斌大爷死死按住，干瘦的四肢张开，紧紧地贴在碾盘上，就像一只干死了的蛤蟆。是的，他就像我们在门前小河里抓的那些蛤蟆一样悲惨——我们怕蛤蟆跑了，先折断它的两条腿，然后把它们带回家，要么晒蛤蟆干，要么直接扔到火炭上烧着吃。我越看越害怕，一下子从大人们的身后钻到前面去，拽着妈妈的衣襟，带着哭腔恳求："妈妈，妈妈，我再也不吃苞米骨子了，我可不要这样……"妈妈抚摸着我的头，连声说："我孩子不吃，我孩子不吃！"

我和妈妈一起回忆，曾经的老院，上屋七间房子的门口，西边放着一个碾子，东边放着一盘石磨。东西院子里上百口人吃的东西，包括苞米骨子和树皮，都要在碾子和石磨上加工出来。我们这些六七岁的孩子也经常推磨，跟在毛驴后面使劲儿推，还觉得挺有意思。毛驴累得走不动了，我们会猛地打它一棍子，毛驴疼得跳起来。妈妈看见了，立即劝阻："你们不能打它，别看驴是哑巴畜生，也通人性，也知道疼。你们把它打急了，它会踢人的。驴累了，就让它歇歇，给它点儿水喝。"

因为没有粮吃，春草刚刚发芽，妈妈和老院里的女人们就到山上采野菜。一筐筐野菜，拿回家择洗干净，有煮有生，摆在饭桌上。什么车轱辘菜、长虫把、灯笼花、猫爪子、蕨菜、刺嫩芽和猴腿，这些连植物学家都难以区分的山野菜，是妈妈这一辈的农村女人永远都忘不了的。为了活着，大人和孩子必须吃这些山野菜充饥。要知道，吃野菜充饥并不是最坏的日子。春天刚生出的嫩野菜、榆树叶，吃到嘴里香香的、滑滑的，比较容易消化。妈妈给野菜掺上玉米面，做成菜团子，吃了仿佛和面包一样抗饿。

然而，山里的春天很短，有野菜可吃的日子并不长。冰川尚未化尽，映山红却落花吐叶，山野菜嫩去老来，不可牙断。野菜吃多了，大人孩子出现腹泻等不良反应，也很难熬。接下来的一段日子，也就是"救命蛋"（指土豆）还在地里刚刚扎根的时候，大人和孩子不得不吃谷糠、苞米骨子和榆树皮。人们把苞米骨子、榆树皮晒干，在碾子上研磨成粉做干粮。这些干粮没有多少营养，吃到嘴里，会卡在嗓子眼儿，咽不下去。但大人和孩子没有选择，至少可以使胃肠不至于空转。

吃树皮做成的干粮，比吃野菜带来的恶果更严重：从腹泻转为便秘。童年的记忆里，大人们似乎很好地隐瞒了这个难以启齿的痛苦。但是，孩子们哪会遮掩，他们在那个憋死人的时刻，忍不住撕心裂肺地哭喊，四合大院里传递着痛苦的哀鸣，让父母们心急、暴躁和流泪。用什么办法能解决便秘呢？多数家长的做法近乎野蛮。虽然岁月漫长，往事如烟，但在妈妈的讲述中，兴同弟弟在碾盘上拼命挣扎哀嚎的那一幕，突然在我沉静的内心深处强烈曝光，犹如撩开一道厚重的帷幔，昨日苦难赫然呈现，我把它命名为"碾盘上的恐怖"。

妈妈 90 岁前后，开始频繁出现严重的消化问题。她甚至弄不清，自己到底是便秘还是拉肚子。妈妈叹气说："这就是困难时期吃野菜落下的病，现在全找上来了。那野菜吃的，真是无边无沿啊，硬是把胃肠吃伤了。如今，看到你们吃野菜，我也想换个口味，可就是不敢吃呀，一吃保准就坏肚子。"

妈妈描述："成天吃野菜、苞米骨子和榆树皮，孩子们面黄肌瘦，大脑袋、小细脖、大肚子、小细胳膊、小细腿，真可怜人啊！"国常大叔家的小英子妹妹，六七岁还不会走，大叔给她一根棍子，教她学走路。那个年代，孩子出生就缺营养，该坐起来的时候还趴着，该走路时站不起来，我十六七岁还长得那么矮小，就是这个原因。

贫穷与饥饿，尤其是孩子吃不饱饭的痛苦，让妈妈备受煎熬，以至于那些苦难铸就了妈妈永不消逝的记忆。

第二节 "救命蛋"的故事

妈妈是个积极乐观的人，讲到二十世纪七十年代之前，大人孩子吃不饱饭的往事，妈妈还会像讲笑话一样，给我们讲"救命蛋"的故事。

妈妈说："我相信老天爷有眼，它总是想法让大伙活儿下去。夏天来了，地里的庄稼长到齐腰高，但离收成还远着，多数人家没粮吃，正犯愁呢，土豆要下来了，大人和孩子又有救了。土豆可真是好东西，在青黄不接的季节里，土豆不知救了多少孩子的命，要不怎么叫它'救命蛋'呢。"

我们老院里的孩子从小就知道，土豆又叫地蛋、地豆。后来上学读书了，我才知道土豆的学名叫马铃薯。自从妈妈和爹爹给土豆起了新名"救命蛋"以后，我就把"救命蛋"视为土豆的"第五称呼"。

"第五称呼"记录着粮食短缺年代，我们辽东那旮旯，大人与孩子的一种生活现实。

"土豆开花有十几天了，你去菜地刨几个土豆给孩子吃吧。"妈妈跟正在挑水的爹爹说。爹爹放下水桶，拿起镐头走了。不一会儿，爹爹就拎回来一篮子土豆。妈妈用手扒拉一下土豆说："哎呀，这土豆还能长个十天二十天的，现在吃早了点儿。"爹爹说："什么早晚的，能吃就吃。中午把这些土豆全烀了，大伙儿改善一顿。"妈妈一只手拎着篮子，一只手牵着我，快步走向老院门前的小河，把篮子整个放进河里。"儿子，把鞋脱了，我先用石头蹭蹭土豆皮，一会儿你光脚再进篮子里踹一踹……"

在小河里，用小脚丫子踹土豆皮，是老院所有孩子都爱干的一个活儿。那天跟妈妈一起清洗土豆，是我记忆中留痕比较深的一次。"孩子，你轻点儿，不然土豆都踹出来顺水冲跑了。"妈妈提醒我。我不停地踹着，妈妈一直站在水里，把我踹出去的土豆捞上来。有一个和核桃一样大小的土豆顺水漂出很远，妈妈喊道："孩子，快去把它捡回来，眼下这时节青黄不接，一个土豆能救人一条命啊！"我把捡回来的那个小土豆拿在手里，问妈妈："什么叫'青黄不接'？"妈妈想了想说："现在是春天刚过，夏天刚来，这个季节，庄稼都是绿的，苞米、谷子还没成熟，不能吃；去年的粮食，家家户户都吃没了，只有等秋天才能吃到新粮。没有粮吃的这段日子，就叫'青黄不接'。"我似懂非懂，妈妈继续给我解释："每年吃土豆的时候，就是青黄不接的季节。要不哪能土豆还没有长成，就开始吃呢？"妈妈告诉我，旧社会穷人有这样一句顺口溜："种粮的吃米糠，织布的缺衣裳，卖盐的喝淡汤……"我问妈妈："旧社会穷人有土豆吃吗？"妈妈说："那时穷人没有地，都是租地主家的地种，能有多少地种土豆啊？天天挣命地干活儿，地主也不让你吃饱穿暖，所以，毛主席才提出'打土豪、分田地'，让老百姓有田种，解决饥荒，能吃上饭。"

我帮助妈妈把土豆洗得白白净净拎回家，妈妈把灶坑点着火，直接将土豆倒进大铁锅里烀。大约是奶奶抽一袋烟工夫，土豆的香味就从大锅蒸腾的热气传出来，馋得我流口水。妈妈揭开木头锅盖，端来一个大泥盆和一瓢凉水，分别放在锅台的两边，然后顶着蒸气，快速地从锅里往外捡烫手的土豆。妈妈每捡几个土豆，就赶紧把双手放进凉水里，这个场景深深地印在我的脑海里。

妈妈刚把一大盆土豆端上饭桌，老叔立即用两只筷子，将三四个土豆串在一起，像吃糖葫芦一样，把它们快速吃掉，然后再来一串……记忆中，少年时的老叔，是家里吃饭最多、最快的人。在我眼里，老叔喝玉米粥简直就像变戏法。我刚刚喝一小口，老叔的嘴唇在饭碗上左转一下、右转一下，一大碗玉米粥就下肚了。他这喝粥的"功夫"，令我看得目瞪口呆。

每年端午节前后，是开始吃土豆的时候。从这时候起，许多家庭都要吃两个多月的土豆。爹爹赶着生产队的马车，去公社粮库为小队拉返销粮，每人十斤八斤的，若不精打细算，那点儿粮食很快就吃光了。接近秋天的时候，孩子们看到青苞米想烧一棒吃，多数父母是不能答应的，唯有爹爹对我是个例外。但妈妈会告诉我："苞米不熟就掰下来，吃了浪费，一棒老苞米够一家人喝一顿粥……"这些点点滴滴的生存智慧、过日子之道，至今难忘。

虽说每年都遭遇青黄不接，但有土豆吃，孩子们还是感觉很幸福。妈妈烀的土豆，火候得当，干面干面的，吃起来比玉米粥还香。如果再有一点儿芸豆角鼓鼓的豆粒掺和到一起，端到院子里的碾盘上吃，馋得同伴们直流口水。院里的孩子们，对土豆有着特殊的感情，大家在一起吃土豆的情景，至今难忘：一群孩子，中午或者晚上，每人端着满满一大碗土豆，聚集在碾盘周围，比社员们每天上夜校还积极整齐。大家一边吃土豆，一边互相调侃打闹。至于土豆是怎么吃下去的。我们是怎样吃着土豆长大的。土豆在那个年代扮演着怎样的角色。作为一群天真无知的孩子，我们几乎都不记得了。

长大离开家乡以后，我仍保持着爱吃土豆的习惯。女儿说她是"土豆公主"，我说我是"土豆国王"。

由于缺粮，要留下足够的土豆种子并不容易。把土豆种子从夏天保存到第二年春天，家家户户都需要有一个冬暖夏凉的"萝卜窖"。老院里许多人家的"萝卜窖"，都是在房后朝阳的山坡脚下挖的。它不仅能储藏土豆种子，还能把秋天收获的地瓜、白菜和萝卜等食物，一直储藏到来年春天也不坏。生活的艰难，成就了父辈们生存的智慧。春天栽土豆的时候，爹爹从"萝卜窖"里把土豆种子拿出来,妈妈用刀剜下土豆上面的芽儿埋进地里,剩下的被剜得满是伤疤的部分叫"土豆母"。春天里缺粮少菜,能吃一顿"土豆母"炖酸菜,即使没有肉,酸菜也好吃多了。或许是土豆里的淀粉与酸掉牙帮子的酸菜发生某种友好的化学反应,从而改善了味道。"土豆母"炖酸菜的味道,是我童年味蕾记忆的一部分。妈妈进城后,每年冬天都要自己腌上一小缸酸菜,吃几次酸菜炖土豆。与往日不同的是,酸菜里除了土豆,总是有肉。和过去一样,我和妈妈喜欢吃酸菜里的土豆,只是这些土豆是完整的,好像少了某种风味。

光靠吃土豆,甚至吃野菜才能填饱肚子,还乐呵呵地去玩耍、去上学——这在如今城里的孩子看来,根本与幸福无缘。事实上,我们那一代农村孩子的童年大抵如此。至少在当时,我们根本没有感觉这是一种贫困。大人们把土豆称作"救命蛋",我们这些孩子只感到有趣、好玩,谁解其中辛酸与深意呢?童年时,我们对苦难和幸福没有辨别能力,只要有父母的爱,我们会哭着哭着就笑了,迅即忘却一切不悦、恐惧和苦难。我们那时年纪太小,还没有能力了解生活的真相,更不知道人生的意义是什么。所谓的贫困和苦难、快乐与幸福,都是在我们逐渐长大、有了一定的生活经历和体验之后才形成的认知和概念。

比如我出生时,老院里就有了碾子和石磨。在我童年的目光里,它们就是妈妈和婶娘们给家人碾米磨面的玩意儿,除此之外还能是什么呢?进县委学习,我才知晓,这碾子和石磨,居然还是马克思研究社会发展的重要参照物,我从内心感到惊奇和震撼。

当我第一次从马克思的《资本论》里看到"手推磨产生的是封建主为首的社会,蒸汽机产生的是工业资本家为首的社会",我一下子联想到老院里的那盘碾子和手推磨。原来,手推磨不仅是加工粮食的工具,还是封建社会的重要标志。我似懂非懂,强烈的好奇心驱使我向讲课的马魁深老师请教:"马老师,你是说马克思是在用生产工具来划分社会?"马老师回答:"是的!"我又问:"那我们农村现在仍然在使用手推磨,我们还是封建社会吗?"马老师给我解释的大概意思是,新中国是在贫穷落后的半殖民地半封建性质的社会基础上建立起来的,封建社会的残余是有的,但我们现在是社会主义社会,这是不容置疑的。马老师反问我:"你看现在大部分农民,是不是还在用驴推磨、锄头铲地?"我点点头。马老师说:"这就是'小生产方式',也是封建社会的生产方式。在不远的将来,种地有播种机,收割有收割机,加工粮食有磨米机。现在有少数地方已经有这些农业机械了,社会主义就快建成了!"

也许是这样的思想经历和学习收获，使我对老院里的碾子、石磨及其发生的往事，产生了兴趣和追忆，并把它们写出来。我明白了，像爹妈这些普通人，在贫困时，总是最关心碗里的饭如何才能让孩子填饱肚子；而马克思这样的哲人，则用思想和智慧来探究贫困与剥削之间的阶级斗争，努力搞清楚饭碗里的米与人类生存的关系。

第三节　妈妈的愧疚

我和妈妈有个共同的记忆——一个关于吃黄米饭的故事。不过，我记住的，是妈妈在客人面前，举起空空的饭盆；而妈妈记在心的，则是她没能让我吃到那顿黄米饭的歉意。

妈妈生病期间，再次跟我和亲人们表达了她的歉意："那次我孩子没吃上黄米饭，当妈的永远都不忘啊……"

我们那个地方不种水稻，也不种小麦，孩子们想吃大米、白面，唯有等到过春节，政府按人头给每家分配一点儿大米和白面。最少的时候，每人每年二斤白面、三斤大米；最多的时候，也不过每人每年五斤白面、五斤大米。分大米白面的时候，大人们会带着孩子，像赶集一样挤满生产队的大炕和院子，等着爹爹赶马车从公社粮库拉回来大米、白面，连夜分到家家户户。那种渴望，是现在的人难以想象的。

儿时记忆中，我们家是全小队来客人最多的人家，因为妈妈是个热心肠的女人。家里办喜事，来了不少客人，妈妈奉行的最高礼仪标准，就是做黄米饭、小鸡肉炖蘑菇。糜子脱壳后，就是黄米。糜子是最有营养、最好吃的粮食，产量较低，与大米、白面一样高贵。妈妈回忆说，那时候，吃一顿黄米饭就像过年一样。许多人家，一年到头也吃不上一顿黄米饭。

妈妈曾多次和我说起她心中多年不散的歉意，我们母子所记住的故事情节大体一致。只是，年少不知妈妈心。儿时的记忆和感受，不过是表面上的、离心大老远的童趣；长大后，妈妈再提起这件事，我称赞妈妈在"危急时刻"，能保持"沉着冷静""懂幽默、有智慧"。仅此而已。

然而，当我最后一次听妈妈讲这个故事时，我的感受已截然不同。年轻那会儿，听妈妈讲缺吃少穿的日子，我会说："妈妈，那都是过去的事了。"我没有读懂妈妈的歉意，甚至把这件陈年旧事当笑谈。如今，听 94 岁的妈妈，给我一字一板地重讲没有吃上黄米饭的故事，顷刻之间，我对妈妈迟来的感恩之心，波涛汹涌，难以控制，无比后悔当初把妈妈讲的故事当成一件琐事。

"那回，我本来给我儿子许愿，至少给他留一口黄米饭吃，可是……"妈妈长叹一声，我忍不住与她一起流泪了。

我给妈妈擦眼泪，听妈妈继续讲："那时候，当妈的想给孩子吃点儿有营养的东西，哪有啊？再说，我们那么一大家子人，我这当妈的，也不能给自己的孩子搞特殊啊。正好你老婶生孩子满月，咱家要招待来"下奶"的客人，我想我怎么也能让我儿子跟着吃一口黄米饭。但是，我儿子到底没吃着，我心里那个难受啊。我儿子那时小，他哪懂妈妈的心事啊？"

我听得出来，妈妈深知这是她最后一次给我讲这个故事，因此格外动情。

那是老婶生第一个孩子小平子刚满月时，爹妈把前来"下奶"的亲友都请来做客。妈妈做了一锅黄米饭，并告诉爹爹："你陪客时，慢点儿吃、少吃点儿，剩点儿黄米饭留给孩子。"然后，妈妈又贴着我的耳边说："今天客人来吃饭，你不要站在屋里瞅着，叫人家笑话。你先出去玩吧，妈妈会给你留一碗黄米饭吃。"可是，客人们很快就把一泥盆黄米饭全都吃光了。妈妈把我从院子里叫回来，小声说："儿子，黄米饭你可能吃不上了。记住妈妈的话，好汉争气，赖汉争食。我孩子不吃黄米饭，也不会少什么。"我望着妈妈说："妈妈，我一点儿都不馋。你记得我老婶结婚那天，我都没坐席就去上学了。"妈妈回忆说："我儿子从小就要志气，是个懂事的孩子。可是当妈的就怪呢，孩子越是懂事，妈就越心疼，越愧疚。"

小平子出生的时候，我11岁。我清楚地记得，那天妈妈在外屋正和我说黄米饭吃光了的时候，李广学大叔在炕上大喊："大嫂，盛饭喽！"妈妈听了，好像有些紧张，小声地说："儿子，你看，客人把黄米饭吃漏了，妈妈出丑了！"紧接着，妈妈回了一声"来了"，随手端起锅台上的那个泥饭盆，笑呵呵地走进里屋，一边用饭勺刮着盆边的饭粒，一边和他开起了玩笑："广学兄弟，来，嫂子给你盛饭。你可不要以为盆里还有啊，真的就这些了，哈哈！"妈妈笑着把饭盆刮得干干净净，把最后几粒黄米饭放进李广学大叔的碗里，然后举起饭盆给他展示一下，逗得其余几个早已撂下筷子的客人拍手大笑。我站在外屋目睹了这一切。吃不吃黄米饭我都不馋，但那一刻，我有点儿恨李广学，因为他让妈妈紧张和难堪。客人走后，妈妈跟我讲，这事没什么难堪的，所有客人都撂筷了，李广学吃得最多，他还要再盛一碗，也许是跟妈妈开玩笑呢。没想到妈妈将计就计，大大方方用玩笑的方式圆了这个场。

妈妈追忆感叹："孩子，那时候你小，不懂啊，黄米饭不够吃，能怪我这个做饭的吗？生产队前一年秋天分黄米，妈就想着，第二年五月你老婶生孩子，咱们伺候客要吃黄米饭。那年过年的时候，你老叔还问我，嫂子，你怎么不做一顿黄米饭吃呢？我说留着你生儿子的时候伺候客。你老叔没话说了。生产队就分那么一点儿糜子，上碾子磨出来的黄米就那么几斤，多一个粒都没有！那天，我这当妈的把最后一点儿黄米饭盛完，想到我孩子连黄米饭的影儿都没看到，心里那个不是滋味啊！你爹本来也很能吃，但用一碗饭陪完了所有客人。唯有你老婶的那个亲戚李广学，吃了三大碗黄米饭之后，还喊……"

妈妈去世后，我多次想起吃黄米饭的故事，感慨在那个粮食短缺的年代，妈妈为了让我们活下来，费了多少心思，流了多少眼泪。

第四节　傻子三爷

妈妈回忆过去吃不饱、穿不暖的往事，常常会说起门房傻子三爷自残的故事。妈妈感叹说："那年头，挨饿是对大人孩子活命的威胁，是家家户户遇到的大麻烦。"

在妈妈的记忆里，老院里的傅氏家族，无论穷富，都注重家风，讲究传统。家家户户孝敬老人、教导孩子、互相帮助。门房国斌大爷有五个孩子，赡养两个老人，还把国强二叔的孩子兴广抚养到十几岁。门房东头的国龙二叔，一直把他的傻子三叔傅殿勤留在家里，为他腾出一个睡觉的地方，让他在一个锅里吃饭。还有国常大婶，30多岁就守寡，一个人养大五个孩子，把两个老人养老送终。妈妈说："这都是不容易的事。那时候，多一口人，多一张嘴吃饭，简直是天大的事。许多人家就怕来客。光是吃那口饭，都把人给难死了。不然的话，兴洲和兴广小时候怎么老是打架结仇？殿勤你三爷怎么能自己把脑袋砸得像个血葫芦呢？"

妈妈说的后面这两件事，我从小就有印象。记得有一次，我在国斌大爷家玩儿，看见兴洲哥和兴广哥两个人，为争吃半截苞米，动起了火筷子，我害怕极了。国斌大爷气势汹汹地奔过来，打了他们几巴掌，算是平息下来。四十多年后，我与兴广哥见面，他跟我解释，长大后之所以不曾回国斌大爷家来看看，就是因为小时候为吃东西经常打架。我虽不同意他以此为自己的无情无义做开脱，但也能部分理解他儿时的伤痛。

至于殿勤三爷，他是我爷爷辈中，唯一的一个光棍。老院里的大人们都明白三爷有点儿傻，但心眼儿好使，能干活儿。我们老院里的小孩，也感觉三爷不像大人，普遍把他看作是我们孩子一伙的，是玩耍、逗乐的好朋友。三爷给我的印象是，身材矮矮的、胖胖的，说话口齿不清，时常流口水；两腿有点儿弯，走路晃悠、缓慢；大人们很少和他交流，多是我们这些无知的孩子爱与他开玩笑。

关于殿勤三爷的那点儿事儿，包括我在内的老院里的这一代人，都能像讲笑话一样，讲出几个关于三爷的"典故"，其中最著名的就是这段对话：

"三爷，三爷，你说世界上有属驴的吗？"孩子们嬉皮笑脸，七嘴八舌围着他。

"哼，哼……有，有啊！属驴的人不多，也就一个两个吧。"三爷左顾右盼，逗得我们开怀大笑。

我们这些不知人间疾苦的孩子，每天遇到三爷就会追着他，并无恶意地与他调侃逗趣。三爷无论是笑着和我们说话，还是像哭似的呜啦呜啦地应付我们，我们都很开心。这个"不一样的大人"给我们的童年带来了很多快乐。

这些好笑的"典故"，有一天突然戛然而止，被傻子三爷血淋淋的脑袋给吓没了。老院里大人和孩子们都知道，傻子三爷在那天下午，独自跑到长仙龙附近的沼泽地边上，捡起石头砸自己的头……国楼三叔和兴洲哥，还有我们几个孩子，是这起可怕事件的目击证人。我敢说，那是我小时候见到的最血腥的一幕。我从来没有像那天那样可怜和同情傻子三爷，并为他的性命担心。

那是夏天的一个午后，国楼三叔和我们一群小孩，正嬉闹着走在小路上，我们要去长仙龙泡子洗澡。走着走着，我隐隐约约听见前面传来兴洲哥的喊叫声："不好了！快来人啊！我三爷要自杀了！快来人啊……"国楼三叔大步往前跑，我紧跟在他的后面，很快跑到长仙龙泡子附近的一块沼泽地边上。我看到，兴洲哥正跳进沼泽的浅水里，往外拖傻子三爷。三爷右手握着一块石头，不停地往自己的头上砸，血从他的头顶、额头流下来，就像从石磨里磨出的豆腐汁一样，染红了他光亮的头顶，然后又一滴一滴掉入水中，把大半个沼泽里的水都染红了。他拼命挣脱兴洲哥，趔趔趄趄地不肯从水里出来。兴洲哥大喊："你们快点儿来帮我啊！"国楼三叔跳进水里，和兴洲哥一起好不容易把浑身血水的傻子三爷拖到了岸边，夺下他手中的石头，将他按坐在地。

"三爷，你傻了？你不想活了？你这是干什么啊？"兴洲哥累得直喘，大声呵斥他。三爷像个小孩似的呜呜哭道："我不想活了，我想死！他们嫌我，嫌我'死个多'……"三爷说的"死个多"是什么意思呢？兴洲哥问他："三爷，你是说有人嫌弃你？有人骂你？"三爷哭着摇头说："不，不是！是他们嫌我吃得多、吃得多……"我们这才明白了他的话。国楼三叔按着他的肩膀，还是不忘跟他开玩笑说："人家说你吃得多，你不好少吃点儿？你看你现在比谁都胖。你看这些孩子，肚子都饿瘪瘪了，你的肚子怎么那么大？少吃点儿就少吃点儿呗！""不吃饭，饿得肚疼，挑不动水。"我和小伙伴调侃他。兴洲哥着急了，说："你们别开玩笑了，快把破衣服撕下来一块，给三爷擦擦脸上的血。""别擦了，赶紧用水洗吧。"国楼三叔说着，就开始强制给三爷清洗脑袋。三爷从头顶到额头，被石头砸了好多个口子。刚才那会儿本来不大流血了，这一洗，血又哗哗地流出来，整个脑袋像个血葫芦，兴洲哥用衣袖给三爷抹了一把脸，想把他扶起来送回家，但是三爷怎么也不肯，死死地往后坐。我赶紧跑回老院，把消息告诉大人们。

不知过了多久，我和小伙伴们站在大门洞里，看着脸色苍白的三爷被几个大人拖回家来。他脸上仍然血迹斑斑，有气无力地嘟囔着："我'死个多'，我不想活了……"国龙二婶很生气，她站在门口数落三爷又傻又糊涂，说这件事给她家丢人了。妈妈劝她说："二妹子，你别跟有毛病的人生气，他不是傻吗？院里谁都知道你和国龙待他挺好的，都给他做饭吃那么多年了，你别在乎他这傻人做的傻事。"妈妈在妯娌之间人缘很好，国龙二婶听了妈妈的劝说，转身回家给傻子三爷做饭去了。

那时候，乡下没有医院和药品，三爷回家躺在炕上硬挺着。大人们看了都说没事，爹爹弄点儿草木灰抹伤口，血就止住了。当天，三爷就能喝水吃饭，第二天就能挑水了。从此，老院里的孩子们似乎懂事了，对他多了可怜和同情，少了嘲笑和戏耍。

在傻子三爷出事之前，国龙二婶跟我奶奶吵过一架。其实，事儿很小。国龙二婶剁了一盆鸡食喂鸡鸭，鸡鸭不吃，她随口问路过门洞的奶奶："二大娘，你说这鸡鸭怎么不愿吃我剁的鸡食呢？"奶奶带着讽刺的口气说："二媳妇，你的鸡食切得太细了唄！"国龙二婶听得不顺耳，就气呼呼地质问奶奶："你说什么？你以为我听不出来好赖话吗？"妈妈赶紧劝说二婶消消气，然后把奶奶领回家坐到炕头上，小声跟奶奶说："你啊（奶奶是妈妈的姨妈，我从未听过妈妈管奶奶叫妈或婆婆），就愿多管闲事，惹人家不高兴多不好啊！"奶奶说："我看她不够善良，老是说养了一个能吃不能干的傻子，其实那三傻子干活儿很卖力。如果他不傻，还用你们养活吗？她说她家的鸡鸭不愿吃她剁的鸡食，你看她那鸡食粗得连牛都咽不下，鸡鸭能喜欢吃吗？"妈妈听了，没有反驳奶奶，只是跟奶奶说了这样一句话："人哪有十全十美的？国龙他二婶大面上还算过得去，毕竟带着三傻子一起生活了那么多年……"我说不清什么叫"大面上还算过得去"，但我能听懂妈妈说话的大概意思。

妈妈知道我和一些孩子看见三爷用石头砸脑袋，当晚在饭桌上就问我："你们怎么遇到你三爷的？""你们今天没跟三爷胡闹吧？"我如实告诉妈妈。妈妈听完，严肃地跟我说："妈妈跟你说过，不要跟其他孩子一起去嘲笑你三爷，不管他傻不傻，他是爷爷，你是孙子，你要懂道理，要知道老少，不能和三爷什么玩笑都开。大人看小孩子懂不懂事、知不知道好坏，就看这孩子对长辈有没有礼貌。有礼貌的孩子有出息，招人喜欢，你懂了吗？今天你跑回来送信儿，让大伙儿去救你三爷，这是做好事。以后再也不要嘲笑三爷，你说他傻，其实他什么都懂。不然，他怎么能做出那样的事情来呢？他可知道好坏呢！"

我喜欢听妈妈说话、讲道理。即使我做错事、惹她生气，她也不吼不骂。妈妈纠正孩子的错误，一向很严肃坚定，却又充满耐心和爱抚。我向妈妈做出保证："好的，妈妈，我听你的话。"然而，妈妈并没有随口夸我，"小孩哪有不调皮捣乱的？当你看见别的孩子嘲笑三爷时，你能离他们远一点儿，妈就高兴了。"妈妈给我的感觉就是这样，她总是让孩子有一种意想不到的心安。

妈妈还特别告诉我，不要听信别人说门房二叔二婶对傻子三爷不好，那是不对的。妈妈说，我们这些孩子要看懂家长里短的事，至少还得十年二十年的。我问妈妈为什么，妈妈想了一下，说："这一家人在一起，没有舌头不碰牙齿的，只有互相多体谅，这日子才能过下去啊。家家有本难念的经，你二叔二婶能给傻子三爷一口饭吃，已经不容易了。别说他们家还有两个半大小子，吃住都紧张，就是什么都不缺，又有几个愿意养活一个傻子光棍啊？做什么事儿，你得学会将心比心。"我点点头，妈妈又说道："你二婶可能说过你三爷吃得多，谁还没有不顺心的时候啊？埋怨几句怎么了？谁说你二婶不对，让他去伺候伺候试试？嫌他吃得多，那不就是因为穷吗？要是粮食有的是，他们能说这话吗？"

小时候，父母跟我们说的一些话、讲的一些事，我们当时或懵懂，或不在意，或听不进去。然而，当我们长大后，尤其是在父母去世以后，那些往事会在记忆里重现，让你回味、反思和珍惜。若是妈妈现在还活着，我会放弃一切事情，盘腿坐在妈妈的身边，倾听她讲述过去的事情，还有她那和风细雨的教诲。事实上，在过去的五十多年里，妈妈每一天不都是在教我做这些事情吗？只因年少轻狂，错失悉心领教，丢失童年记忆。幸运的是，对于妈妈多年的教诲与引领，我总能在追思中把它们重新整合，使之变成心中冲刷不掉的磐石。比如，妈妈讲傻子三爷这件事的一些观点，就是在我成年之后，才宛如涓涓细流在心底涌现，细细品味，愈发觉得妈妈是多么宽容善良。

多年后，傻子三爷去世，后事都是二叔二婶操办的。那时，我再次想起妈妈对傻子三爷这件事的分析和评论，深感妈妈对生活、对人的观察和理解如此透彻，还有处理大事小情的方式，是多么细致入微、合情合理。妈妈教导我们要善良、懂事，做个好孩子，总是从家庭中发生的事情说起，用质朴、简洁、直白的语言引导我们体会人生的甘苦。

生活是一本无字天书，善良、勤奋的人能从生活中学到书本上没有的知识。妈妈就是在生活中历练的智者。她总是能从生活的细节中感悟智慧、辨明道理，比我这个读书人有教养、有思想、有智慧。所以，我完全认同这样的观点：人的修养与读书多少无关。

第五节　月光下的"场院之舞"

有一年，我带着妈妈回老家参加大伟的婚礼。站在大伟家的院子里，原本能看见当年的生产队，可如今对面空空如也。妈妈惊讶地问："原来的生产队怎么不见了呢？"

我告诉妈妈："生产队早没了，农村现在实行家庭联产承包责任制，不然能有今天的好日子？"

妈妈说："我知道，我是问原来生产队的房子、院子和场院怎么都不见了？"

"早都扒没有了。"我回答。

"都扒了？瞎不瞎了你说。过去，咱们可都是生产队的社员啊，搞了三四十年大集体，对生产队还是有感情的。"

那天，妈妈和父老乡亲说起生产队来，格外动情。尽管原来生产队的房子、场院，还有马圈、牛圈和羊圈都消失了，妈妈还是站在那里久久地凝望着。

妈妈说："那时候，咱们那些老社员、老农民还是挺善良的。虽然吃不饱饭，也想着给国家交鸡蛋、送公粮，还不忘在生产队里穷欢乐。"

如今90后、80后这些孩子，不管是农村还是城市的，对生产队这个概念一无所知，对祖辈的生活经历也不感兴趣。

我出生时就有生产队，中学毕业后，我在生产队劳动过一年，割过草、放过牛、犁过地、挑过粪、砍过柴。所以，关于生产队这个新中国成立后农村最基层的集体劳动组织，我和妈妈有着不少共同的话题。

小时候，我偶尔在晚上跟爹爹去生产队（也叫小队）开会。社员们有的坐在炕上，有的站在地上，听生产队队长传达上面的会议精神，讨论春种秋收，研究分粮分钱，安排社员们的劳动生产。生产队的七八间大房子，就是全体社员聚会、议事和传递信息的场所；也是分粮、分钱，为大家管理土地和财富的地方；马车、牛车、犁杖等生产工具，马匹、牛群、羊群和猪群等大小牲畜，还有存放粮食的仓库和一个大场院，是每家每户共有的集体财产，也是大家生产和生活须臾不可离开的资源。

当年的生产队，就像大家庭一样，队长要求所有人，只要有劳动能力，都要参加集体劳动，尤其是春种秋收的季节，人们都要起早贪黑地到田地里干活儿。不过，妈妈是农村妇女中参加生产队劳动最少的一个。我只记得，秋天扒苞米、溜豆子的时候，妈妈会有几天去小队干活儿。爹爹不让妈妈铲田刨垄，这可能与妈妈的小脚有关。但妈妈说，主要是因为咱们家一直是大家口，总得有人在家里做饭。"你爹干农活儿一个顶俩，根本不用妈妈伸手。"妈妈每每讲到自己不干地里活儿，总有一种被呵护的满足感。

妈妈怀念生产队有个重要原因，就是傅家堡子生产队曾是当地比较富裕的集体单位。在全大队十个生产队中，傅家堡子生产队人口数量最多，有四十多户，二百六十多人，其中傅姓人口占了约一半。傅家堡子作为最富裕的生产队，主要标志有三个：一是生产队有一台很像样的三套马车，那是队里最值钱的一份固定资产。大队供销社从县城运来的所有商品，不论是油盐酱醋还是布匹，多是用这台马车运输。这台马车的存在，好似如今家庭有辆豪华汽车一样，那是生产队富有的象征。爹爹从合作化开始，就在生产队里赶马车，一直赶了三十多年。二是生产队的劳动日值比较高。大多数年景，成人劳动力在生产队干一天活儿，能够挣十分或者更多一点儿。年底决算时，每个壮劳力能挣三千到四千工分，每十分可以得六七毛钱，甚至再多一点儿。爹爹赶马车，起早贪黑很辛苦，一年能挣得五六千工分，比生产队队长的收入还高。三是生产队有一处很大的房子和院落，这里不仅牛羊成群，也是社员们开会学习的场所。此外，傅家堡子的山林和土地，也比其他小队多。妈妈说，在瓦沟大队，傅家堡子的生活条件最好，集体家底最厚，人心最齐，劳动日值最高。

在我的记忆里，生产队有一个用石头墙圈起来的大院，位于全小队的中央位置。上屋有七间房子，东头三间是直通大炕，那是生产队开大会的地方。炕头总是放着一套破旧铺盖，那是饲养员赵大爷住的地方。他孤身一人，白天去姑娘家吃饭，夜晚在生产队看门、喂马。西头三间是生产队的库房，存放粮食和牲口饲料，还有会计和保管员的办公桌。生产队分东西用的大秤也常年保存在那里，秤砣有十多斤重，是孩子们最感稀奇的东西。中间的那间房子，与多数家庭的外屋地一样，砌着两个大锅灶，常年用来给生产队的家禽和牲畜熬饲料。泔水的味道，一年四季充斥着这间房子。前门通向赶牲口、停车的院子，后门通向场院。院子里的西厢房有几间敞开的房子，是马圈和铡马草的地方；院子的东侧，是石头墙围起来的牛圈，养着五六十头牛。牛圈的后面是羊圈，每年春天和秋天，生产队会杀几只羊改善生活。每人分三两羊肉、二两骨头，我们这些孩子手提筐篮，在生产队的院子里从早上等到天黑。

生产队的场院，有两个篮球场那么大，是秋天生产队堆放粮食、脱粒的场所，也是孩子们玩耍的好地方。

秋收一开始，社员们就用石头磙子把场院压实。从田野里收割的苞米、谷子和大豆，不断地用牛车、马车运到场院里来。苞米堆在场院中央，谷子和大豆要分类堆成一个个整整齐齐的大垛，在那里慢慢风干。地里的粮食全都收回到场院里，社员们管这叫"上场"。此后，社员们的活儿多在场院里进行。他们先处理苞米，分给社员的是苞米棒；缴公粮的苞米，需要妇女们坐在生产队的炕上，用苞米锥子来脱粒，然后装到麻袋里，每袋二百斤左右，用马车送到公社粮库。

接下来，社员们要在场院里打场。打场会从深秋一直持续到入冬以后。社员们把一捆捆高粱、豆子、谷子打开，平铺在场院里，牛或马拉着石头磙子进行碾压，社员们则挥动连枷拍打，直到脱粒完成。长辈们将"连枷"说成"连击"，长大后，我越发觉得这个叫法很生动。因为那种古老的脱粒方式，主要是用连枷进行连续的打击完成的。有人考证，连枷这种农用工具，早在周朝就有了。到了唐代，连枷的称谓已广为流传，可见祖先使用连枷有几千年的历史。

铺在场院里的高粱穗、谷穗和豆荚，被连枷击打得粉碎，籽粒才脱离秸秆。然后，社员们要利用大风天扬场——在风力足够大的时候，用木铲子把大豆、高粱或者谷子扬起在半空中，运用风力把籽粒与杂质分离开来。所有的这一切，都是人工利用自然条件完成的，非常有节奏、有秩序。

从上小学起，我就一直在学校文艺队里学唱歌跳舞。初冬的一个晚上，爹爹带我到生产队打场。繁星灿烂，皓月当空，我的那些爷爷和叔叔们，为了抢在下大雪之前让粮食归仓，冒着严寒，借着月光，赤手握着连枷打场，一刻也不肯休息。我被他们在月下劳动的场景深深地吸引，"这哪是打场？分明像在跳舞啊！"你看，他们是在乐呵呵地表演啊，那高高举起的连枷，随着脚步有节奏地移动和拍打，让我这个喜欢唱歌跳舞的小孩，感觉无比新奇和快乐。爹爹说："太冷了，你快进屋暖和暖和吧。"我说："不冷，我想看……"若干年后回忆过去的生活和劳动，对父母这代人心生敬意，内心逐渐生成一个美好的画面：打场，那是一场多么美丽的"场院之舞"啊！以至于后来，每当妈妈和我说起生产队的时候，我的脑海里都会出现"场院之舞"的酷炫。

妈妈告诉我，在场院里借着月光打场，祖祖辈辈都是这个干法。我跟妈妈说，打场很像我们小孩子跳舞。妈妈笑着说："哎呀，像什么跳舞？天寒地冻，吃不饱饭，大家还想着国家和集体，还穷欢乐。我们这辈人，不都是这样活着吗？"

我赞同妈妈的说法。但我还是觉得，打场这种古老的生产方式，很像一种舞蹈艺术。月色与劳动之交织、天与地之默契、人与自然之融合，该是一幅多么值得称颂的美景。他们被夹在冷月与寒地之间，满面风尘，却充满乐观精神；他们衣不保暖、食不果腹，却依旧欢天喜地。世界上难道还有比他们更善良、更勤劳、更美好的人吗？

妈妈去世后，我多次走过老家废弃场院的旧址，那带有原始劳动风情的"场院之舞"就浮现在眼前。我看见，皎洁的月光下，社员们没有手套保暖，每人赤手握着一把连枷。这种北方农民家家必备、世代使用的劳动工具，都是男人们自己动手编制的。人们有节奏地摇动着连枷，那场面真的很壮观，也很优美，像一种说不出名字的舞蹈。几十个社员在场院里围成一个大圆圈，大家几乎一块举起连枷，然后又一起拍下去；当连枷再次举起，所有的人都沿着一个方向移动一步，绕着场院缓慢地、有节奏地转圈……社员们如此不停地转动连枷，我听到的，有他们挪动鞋子摩擦地皮的"沙沙"声；有连枷在空中旋转"吱吱嘎嘎"的"伴奏声"；有连枷拍打谷物发出的"啪啪"声响；有殿恩大爷讲古引发的欢笑声；有东院殿荣老奶咿咿呀呀的民间小调……印象中，上两代人的勤劳与善良、狂歌与低吟，都凝聚在昔日生产队场院的那块土地上。

尽管连枷打场这种丰收之舞和"乡村交响乐"，从未有人写过和欣赏过，尽管传统场院里的善良人性与劳动激情，如同这消逝了的场院一样，早已被历史的风尘所覆盖和风干，然而我却永远记着：在我老家，皓月之下，天地之间，曾有过一群勤劳善良的人们，跳着如此美丽的"场院之舞"。它没有收割机和脱粒机那样的气派和生产效率，却无碍它在我内心成为永恒的风景。

童年时代的一些有意义的经历，是不是有点儿像深埋在土里的绿豆种子呢？比如"场院之舞"，它就像埋在我内心深处的一粒绿豆种子，生长很慢，却从未停歇，到了人生的秋天，它才逐渐呈现出全景，我才发现它的美丽和价值，才有心对它进行一番称赞和描述。

第六节　"五斤豆"的梦想

粮食上场之后，生产队首先给社员们分粮。所谓分粮，在我们那里主要是分苞米棒。这是一年之中，家家户户最期盼的大事。人们奔走相告，大人孩子带着麻袋、挑筐、篮子，来到生产队场院里。生产队队长下达分粮命令，会计记账，保管员把住秤杆子，两个壮劳力抬着柳条筐，一筐一筐地过秤、分到每个社员手里，充分体现了分配公平的原则。社员们围在苞米堆的周围，把眼睛瞪得圆圆的，哪怕分到半夜，也要一气儿分完。剩下来的苞米要脱粒、缴公粮，还要留足牲畜饲料。

每个家庭一年的口粮，基本上就是这些苞米棒。分完苞米棒，社员们开始打场，对大豆、高粱、谷子等小品种进行人工脱粒。这些小品种，每个人分到五斤、十斤不等。其中，大豆是最受家庭期待的粮食。然而，大豆种植面积少，还要先完成国家征收任务，每个家庭能够分到的大豆并不多。妈妈和一群家庭妇女跟生产队领导恳求："最少也应该给我们每人分五斤豆吧！"

当场院里的大豆被社员们用连枷从豆荚里赶出来的时候，妈妈和一些家庭妇女们登场了。生产队队长告诉她们："这个活儿，就指望你们了，男人不会干。你们争取在十天八天之内，快点儿拨簸箕、溜豆子，把大豆选好了。交完了公粮，剩下的，给咱们社员大伙儿分……"

妈妈这些家庭妇女到生产队来上班，每人必须从家里带上一个簸箕。簸箕是用柳条编织的一种传统的筛选粮食的工具，它的形状有点儿像游泳的脚蹼，前面敞口，其余三面像个围栏，最多可容纳七八斤粮食。妈妈用双手握紧簸箕，用力地前后、左右、上下有节奏地扇动，把大豆与泥土、杂物分离开来。大豆是那个年代最奇缺、最值钱的油料作物，也是大人和孩子摄取营养的最重要食物。因此，把大豆挑选好、缴公粮，既是一个技术活儿，也是一个政治任务。

妈妈心灵手巧，是全小队妇女眼中的"技术能手"。当妈妈来到生产队场院里，第一个拿起簸箕，一群婶子们就围过来说："大嫂，你先拨给我们看看。"妈妈一边笑一边拨，说："这有什么难的，一回生两回熟。不会拨的，先少放点儿，慢慢就熟练了。"只见妈妈用双手上下、左右有节奏地扇动着簸箕，几下子就把五六斤大豆拨得干干净净。婶子们七嘴八舌，一边夸奖妈妈，一边操起簸箕，学着妈妈的样子开始干活儿。妈妈和那些婶子们利用在一起劳动的机会，相互交流生活和劳动经验，谈论家长里短，开各种玩笑，再加上有我们这群跟着妈妈来玩的孩子凑热闹，生产队和场院里劳动的场面，比男劳力集体干活儿要热闹得多。

人们常说"三个女人一台戏"，妈妈问生产队保管员王兆勤大叔："你说我们十几个女人是多少台戏呢？"王兆勤大叔赶紧夸奖说："咱们小队是一个女人一台戏。你看，你们几天就把上万斤大豆拨完了，我得跟队长说，多给你们记点儿工分。"还没等妈妈说什么，几个婶子就七嘴八舌开起玩笑："王兆勤，你这么积德，马上就该有媳妇了……"场院里爆发出的笑声惊飞了偷食的鸟儿。

拨簸箕是筛选大豆的第一步。接下来，男劳力上场了，他们把大豆装进麻袋里，扛到生产队的炕上。女人们上炕了，拿起细高粱秆串成的盖帘，坐在炕头上"溜豆子"。"溜豆子"在孩子们看来是很好玩的。跟着妈妈们来生产队玩的一群孩子，被赶在屋外，防止捣乱。我透过窗户看到，妈妈们双手不停地翻动着盖帘，让大豆顺着光滑的盖帘往下滚。好大豆像滚滚车轮一样，纷纷溜下盖帘，而那些碎瓣的、不成熟的豆子，则停滞在盖帘上，被倒进残豆堆里。

　　我清晰地记得，"溜豆子"那天，在妈妈们和"老光棍"保管员王兆勤大叔之间，发生了一些有趣的事情。

　　"我说王兆勤，你就不能给大家多分点儿豆子？多积点儿德？你好早点儿娶一个老婆，不打光棍？"国斌大娘一边"溜豆子"，一边开玩笑。

　　"大嫂啊，那是我能说了算吗？今年交公粮的任务可能完不成了，咱们每人最多能分三斤豆。"王兆勤正经地回答。

　　王兆勤大叔个子矮矮的，四十多岁还没娶媳妇。他一直是生产队的保管员，人老实厚道，经常领着妇女们在生产队里干手头活儿。他有一个又傻又哑的弟弟，天天拎着一个破裤子满街跑，嘴里还不停地嘀咕着什么，所以一直没有女人愿意嫁给他。

　　"这豆子怎么能一年比一年分得少呢？为什么不给大伙儿多分点儿？哪怕一人分五斤呢……"国林大婶说着就撂挑子，其他人见状也甩手不干了。妈妈没有停下手里的活儿，跟王兆勤说："咱们大伙儿别闹了，说点儿正经的。王兆勤，你们当干部的，就不能研究研究明年多种点儿大豆？每人分五斤行不行？这家家户户没有油水吃，多分点儿大豆好做点儿豆腐、换点儿豆油吃啊。"

　　"全小队只有三百多亩地，大豆种多了，苞米就得少种，一口人连三百斤苞米都分不上，你看是种豆还是种苞米吧？"王兆勤瞪着眼睛反问妈妈。

　　妈妈说："生产队就是人多混日子，就像兄弟多了不分家，日子过不好。要是把土地都分给自己单干，产量保证高，大伙儿保证不挨饿。"

　　"大嫂，你糊涂了？你没听广播里说，宁要社会主义的草，也不要资本主义的苗？"

　　"你说那些都是屁话！草和苗都不能顶饱，我们就要求给社员多分点儿大豆、多分点儿粮。"妈妈有点儿生气地说。

　　"老嫂子啊，今天你可终于从大精明变成大老粗了。"国海大婶夸奖妈妈，再次引发了婶子们对王兆勤集体起哄。王兆勤没话说了，看着窗外我们这些孩子，叫着我的小名喊："小二立子，你听听，你妈骂人了，你妈骂人了！"他边说边从屋里溜到外面走了。

　　这是我第一次听见别人说妈妈"骂人"了。

　　妈妈她们一连干了几天，把溜好的大豆装进麻袋里过秤，够装车了，爹爹就赶着马车，把大豆送到公社粮库上缴。那一年，或许是因为妈妈这些妇女们的努力，生产队给每个人分了五斤大豆。豆子分回家第二天，妈妈就做了一顿豆腐，给全家人改善生活。

妈妈回忆，那时候，家庭妇女都积极响应国家号召，给国家上缴大豆，要精挑细选，生怕大豆质量不合格；还要攒鸡蛋，保证完成每人每年上缴一斤"任务蛋"，保障城里人能吃到鸡蛋。当然，你也可以不缴，要罚款，从你挣的工分里扣钱。妈妈说："人都吃不饱，鸡更没粮喂，几天不下一个蛋。孩子们馋鸡蛋，那都把当妈的难死了。那年头，人都傻透腔了，宁肯自己不吃、挨饿，也得保公家。等到分田到户，地还是那些地，人还是那些人，粮食和大豆都不缺了，家家户户都能吃饱饭了……"

妈妈跟我说："那时候你上学带午饭，妈妈想给你晒点儿豆腐干，在萝卜咸菜里放几颗黄豆，可是哪有啊？过年时做一顿豆腐，就把大豆吃没了。那年头，猪都吃不到豆腐渣。做完豆腐，豆腐渣留着做大酱，不然，大人孩子怎么把白菜、萝卜咽到肚子里？等你工作的时候，咱家吃豆腐就不难。你每次回来，妈妈都给你做。豆腐是好东西，要经常吃。你姐姐家现在一年能收好几百斤大豆，天天做豆腐也吃不了，这日子有多好过啊！"

妈妈在生命的最后时光里，有一天突然说，要给我做顿豆腐吃。我万分感慨，跟妈妈说："我工作以后，咱家的日子就好过了。我每次放假回家，不是你做豆腐，就是爹爹买只羊杀，请国斌大爷、兴同、老叔，还有徐瑞芝二姐夫和兰波哥他们来吃。咱们在老家最后的那段日子过得真好啊。"我的话让妈妈想起她在老家生活的时候，邻居家办喜事，经常请她去点豆腐脑。妈妈说："豆腐是那时办事情（妈妈管"办婚宴"叫"办事情"）的主菜，不管凉菜还是热菜，豆腐都是主角，豆腐若做坏了，席就搞砸了，妈妈从来没有丢过手艺……"说到这里，妈妈得意地笑了："现在，妈妈点豆腐也有准，你看今天中午的豆腐脑，保准不老不嫩……"

说话间，妈妈顺手掀开餐桌上的豆腐盆盖，顿时，豆腐脑的香气飘满整个房间。妈妈高兴地喊了一声："开饭了！"

为了吃妈妈做的豆腐脑，我和夏青买过一个袖珍小石磨。小石磨没有磨盘，妈妈就把餐桌擦干净，铺上塑料布，接住从石磨里磨出来的豆浆。后来，我给妈妈买了一个家用豆浆机，妈妈用起来省劲儿、方便。再后来，我又买了一个功率更大的豆浆机，妈妈临终前，用它给我做了最后一顿豆腐。妈妈对厨房里的现代设备从不排斥，只要我买回来，她就努力学着去使用，并且用得得心应手。妈妈做的美味豆腐，给我留下了太多幸福的回忆。

第七章　爱孩子是妈妈的信仰

　　妈妈晚年跟我们谈起管教孩子，颇为自豪的一条经验是："我从来不会让我的孩子带着委屈和眼泪吃饭、睡觉。"在我看来，没有什么样的教育观念，比这个朴素的信条更有利于孩子的成长。

在我的童话世界里，妈妈像"天使"一样宠爱孩子。深爱我这个儿子，简直就是她的一种信仰。

妈妈生病时，我和姐妹们每天都守候在她的身边。妈妈和我们一起回忆最多的往事，就是关于我们每个孩子的童年故事。在妈妈最后的日子里，我时常想，妈妈眼角那些饱含笑意的鱼尾纹，里面藏着的可能都是关于我们这些孩子的故事。妈妈在闭上眼睛之前，把这些故事一个一个地讲述出来，让我们对童年了解更多，对生活也有了更多的感悟。

第一节 "爱是有用的"

果果的出生，让妈妈实现了"四世同堂"的梦想。妈妈的辈分长了一级，晋升为太姥。每次看见果果，妈妈都好像年轻了许多。此前，妈妈每天站在窗口等待和盼望的，主要是我、夏青、夏夏和刚子。有了果果，妈妈的心里又多了一个重量级人物。

爱这个东西，真是不可思议。

"妈妈，你都90多岁了，果果还不到两岁，你亲他有什么用啊？"果果出生后，我曾和妈妈这样开玩笑。妈妈回答说："孩子，妈亲你，也没想过你能出息，能接我进城养老啊。过日子不就过几个人吗？一代一代就这么传下来的。我老了，看见我后面有三辈人，这就是福气。"

说起来，爱还真神奇，至少在妈妈和果果之间发生的一些事，证明了这一点。

2011年农历八月十三那天下午，我开车去姐姐家，打算接妈妈回来，可是妈妈在姐姐家生病了。妈妈说自己感冒了，我看妈妈手上的血管，变得又红又细，颇为担心。中秋节那天一大早，我和家人开车，急切地拉着妈妈住进了大连铁路医院。我的姐姐和妹妹，也一同过来陪伴妈妈。

我的好朋友邓医生为妈妈安排好病房和各项检查，要我放心地去工作，可我不放心，还是陪着妈妈去做完脑 CT 检查。邓医生告诉我，妈妈的大脑影像非常清晰，像 60 多岁人的大脑。的确，妈妈虽然 94 岁，但她的记忆力和动手能力都很好。家里的东西放在什么地方，她记得清清楚楚；提着水壶往暖瓶里倒水，她的手连抖都不抖一下。我把这一检查结果告诉妈妈，想让她高兴高兴。没想到，妈妈的反应像平常一样冷静。妈妈对我说："孩子啊，妈这么大岁数了，是熟透的瓜，你们不用担心，妈活到现在知足了，无论得什么病，我都不在乎了。不要住院了，咱们回家吧。"我笑着对妈妈说："妈妈，你这辈子还没有住过医院呢，咱们就住几天，没事儿就回家。"

那天，我带着一辈子没有过的焦虑不安走进达沃斯会场，完全不记得台上的人物都讲了些什么。我知道这有点儿失职，但是我无法控制自己。下午两点左右，大伟急匆匆地打电话来，说检查结果全部出来了，要我过去商量一下。又过一会儿，夏青的电话来了："兴宇，妈妈的化验结果……"话还没说完，她就哭了。原来，医生怀疑妈妈得了老年白血病。我内心爆发恐惧。我告诉自己不能慌乱，冷静下来对电话那头的夏青说："得什么病可能不重要了，妈妈这么大岁数，我们只能面对……"凭直觉，我知道妈妈这次遇到了人生大限。在慌忙赶往医院的路上，我想起了果果。我打电话告诉刚子，晚上把果果带到医院来。刚子说，果果早就说晚上要来看太姥。"太好了！果果是太姥的开心果。"我为自己的这个主意稍微开心一下。当晚，刚子带着果果看太姥来了。

"太姥，我来了！"果果跑进病房，就扑到太姥的床边，与太姥亲吻。

"你吃饭了吗？"太姥握着果果的手笑着问。

"太姥，你怎么生病了？"果果问。

"太姥老了呗，快要死了！"

"太姥不能死！你吃饭，病就好了。"

"你说太姥不能死？"

"不能！我说不能就不能！"

果果的话让妈妈的神情立刻变得好看起来。妈妈对果果说："谢谢孩子保佑我，看来太姥一时半会儿还死不了，太姥还没活够呢。"在这样的时刻，我深知，果果这几句话，比任何一种药物或医生的安慰都让妈妈开心。

妈妈侧身躺在床上，浑身显得没有力量。她长时间地握着果果的小手，眼角有泪水流出来。妈妈是个对生死早已看透并做好准备的人。然而，当妈妈感觉自己将要离开这些亲人的时候，她还是期待着奇迹的发生。而果果的话，在很大程度上让妈妈安心许多。感谢果果，至少那一天晚上，妈妈是带着不错的心情入睡的。

早上七点，当我带着热饭热菜来到妈妈病房的时候，妈妈已经在几个姐妹的帮助下，洗过脸、梳过头、利利索索、腰板直直地坐在了床头。若不是上身穿的病号服，感觉妈妈就像平常一样。妈妈明显康复，让我好激动。我放下手里拎着的一堆饭盒，赶快去拥抱妈妈。那一刻，我流泪了，我把头搭在妈妈的肩头上问："妈妈，感觉好多了吧？""好多了，你吃饭了吗？"妈妈问我。"吃了。你看还是医院有用吧！你总也不吃药，用点儿就有效果。"说这话的时候，我看着妈妈的脸，妈妈没有说话。

事实上，我知道妈妈的好转，既有药物的作用，也与果果带来的安慰有关。姐妹们打开饭盒，请妈妈吃我做的玉米粥。妈妈说："我儿子做的大玉米粥好吃。"我告诉妈妈："今天果果还会来看你，还有王成和绍政等好多孩子也来看你。"妈妈高兴了，因为妈妈喜爱所有的孩子。

妈妈在医院做了全面检查，除了血检不好，心脏、肝、胆、脾、肾脏等主要器官都很好，仅住院九天就回家了。离开医院的时候，妈妈自己念叨："越老越没出息了，还住了几天医院。"说得我们大家哈哈笑起来，我赶紧说："妈妈，你94岁，第一次住院，只住了九天，多了不起啊！"我开车和一群孩子把妈妈高高兴兴地接回家。妈妈回家第二天，大伟和福伟分别带着多多和玲玲这两个刚满周岁的孩子来看她。这是妈妈看到的最小的重孙子和重孙女。妈妈从床上坐起来，让孩子们围绕在她身边。妈妈微笑着与他们两个握手、贴脸、亲吻，然后仔细观察孩子们的表情。两个孩子虽然不会说话，但他们看着慈祥的太奶，都咧开小嘴笑了，在太奶身边开心地玩耍。妈妈用一种万分疼爱的眼光看着他们，盼咐我们给孩子拿好吃的来，说："你看这两个孩子，他们看见我都乐了，不嫌我，看来我还不会死啊！"妈妈通过这两个孩子的表情，再次得出让我们大家感到欣慰的判断。

果果来到这个世界，太姥是最先进入他视野的人之一。刚子两天不带果果来看太姥，太姥就想得慌。果果刚会爬，只要来我家，就要进太姥的房间。

太姥的房间就是果果的乐园。太姥的床是果果的"蹦蹦床"，床边的几个纸壳箱是他的玩具柜，枕头边的小柜子是给他藏好吃的地方。太姥看见他比看见我还高兴。太姥病倒在床，果果每天早晨去幼儿园之前，都在爸爸的带领下，来跟太姥吻别；晚上从幼儿园归来，他开门就喊："太姥，我来陪你了！"太姥去世，果果是跪拜在太姥坟前最小的孩子。我每次回老家给妈妈上坟，果果都会主动要求参加，无论酷暑严寒，刮风下雨，祭祀的人群中总少不了一个小小的身影。

这验证了妈妈的一句话："爱是有用的。"

妈妈去世后，果果对太姥思念的举动令我感动。我写的两篇日记，记录了果果给太姥遗像献花、鞠躬的情形。

日记一

今天是农历二月二十七，公历 2012 年 3 月 19 日，妈妈离开我们整整一百二十天了。我去花卉店买了二十支红玫瑰和二十支白菊花，晚上回来献给妈妈。我和果果分别跪下给妈妈磕头，果果说："太姥，我想你。"我说："妈妈，我爱你。"我又难过了，强忍着眼泪。

我在吃饭的时候问果果，咱们家谁最亲你？果果像往常一样回答："太姥呗。""其次呢？""舅爷。"孩子是用眼神、话语，还有童心特有的感觉，来测定他与每个人的情感距离，那种感受非常精准。

太姥活着的时候，果果每次开门进来，总是飞快来到太姥跟前。更多的时候，是太姥在门口迎接他。太姥的房间，就是果果的乐园。太姥床头的几个纸壳箱子，装满了果果的玩具和日常用品。果果是妈妈四世同堂的标志性人物，妈妈对孩子爱的重点，已经从我和刚子、佳佳、夏夏的身上，延伸到果果这里。无论太姥的脸上有多少皱纹，在果果的眼里，太姥都是最可爱、最亲他的人。

日记二

时间到了 2012 年 5 月 22 日，这是妈妈离去半年的日子。半年前的 11 月 22 日晚上 8 点 30 分，妈妈停止了心跳，永远地离开了我们。

今天中午，我买了鲜花，放到妈妈遗像前，就像她还活着，欣赏着鲜花和我为她所做的一切。妈妈的样子和声音，是那样的活灵活现，我在心里呼唤着妈妈，一遍又一遍，仿佛又回到了妈妈最后离去的那个晚上。

下午，我带着果果登山。果果看见地上的松果，捡起一个说："舅爷，咱们给太姥带回去。"他的话令我心头一震，我问果果："你知道今天是太姥去世一百八十天的日子吗？"我明白，一个5岁的孩子不懂这些，但我还是告诉他："今天给太姥买了许多鲜花，登山回来我们一起给太姥献花、鞠躬。"

果果在一个半小时的登山过程中，先后采了四朵黄菊花，拾了三个松果。我问他为什么想太姥，他回答："太姥死了呗，我再也看不见了，所以想啊！"

孩童对情感这东西接受很快，但不一定记得。长大后，他也许忘记了太姥，但太姥的爱在他心里留下的印记，将使他成长为一个充满爱心的男孩。事实上，果果已因从小得到祖辈爱的熏陶而与其他孩子不同。

登山后回到家里，我和刚子带着果果来到太姥遗像前，点亮灯，果果把采来的松果和四朵小小的黄菊花小心地放在太姥的遗像前，与我们一起虔诚地、庄重地给太姥鞠躬。

第二节　秋天的悲剧

故事发生在1967年的深秋，核桃成熟的季节。

那天吃早饭的时候，妈妈说："今天我领你们去头道沟打核桃，那里的核桃树又大又多，打几口袋留着吃，中午让你爹去接我们。"我接过话茬儿说："妈，咱们不用去那么远，我知道个地方，前山！那里有两棵核桃树，不太高，我能上去打，结的可多了，肯定能打几口袋。"妈妈说："咱们还是去头道沟把准，那里树多……""妈，头道沟人多，路程还远，咱们去前山，保准能打到核桃。不信你看吧，今天谁去头道沟打核桃，谁得从树上掉下来……"妈妈赶紧说："孩子啊，快别瞎说了，好好吃饭吧，妈妈可不喜欢你说这种诅咒的话。"

妈妈最终听从了我的建议，吃完早饭，我就领着家人上前山打核桃。我在前面引路，不停地喊："妈妈，快点儿！"我想让妈妈早点儿看到那两棵核桃树，根本想不到妈妈三寸小脚登山的困难。

我最先跑到那两棵核桃树下。妈妈和姐妹到达的时候，我已经爬到树上开始摇晃树枝，一串串熟透的核桃噼里啪啦地掉到地上。妈妈不断提醒我："你可把住了，别摔着！"妈妈、姐姐和妹妹蹲在地上，将核桃一个一个捡进筐里，然后再倒进口袋。妈妈嘱咐，口袋不能装得太满，"远路无轻载。你们还小，不能伤力。"爬山、上树，是山里孩子从小就学会的生活本领。有些核桃长得很结实，像灯笼一样悬挂在树上不落地，我就拿一根长棍，用力把它们敲下来。妈妈一边捡核桃，一边说："秋天山上到处都是宝。瓜果梨枣，什么都能顶饿。勤快一点儿，多受点儿累，猫冬的时候就有东西吃。"

那时的核桃不值钱，卖给供销社，一斤才几分钱。食物的金贵，营养的匮乏，逼迫大人和孩子面向大自然寻找一切能填饱肚子的东西。核桃仁油香油香的，对我们这些孩子非常有吸引力。秋天核桃还没熟，我们就在河边的核桃树下开始砸核桃吃。记忆中，核桃仁最好的吃法，是妈妈用它做馅儿包的"糖三角"，皮是玉米淀粉做的。只有在过年的时候，我们才能吃上一顿"糖三角"。

老家秋天的美，最是入心。山上大片大片的黄褐色柞树、落叶松，与山下成熟的庄稼浑然一色，构成一幅金灿灿的油画。站在前山高处远望，那种金黄犹如精心编织的一块块金色地毯，大小不一，深浅有致，从山顶一直铺到山脚。而那些零散的油松树，还有老院房前屋后的白菜地，则用翠绿点缀着金秋，让整个村落披金戴玉。只可惜，在那个男人们饿着肚子劳动、女人们没有米下锅、孩子们穿着破衣烂衫上学的年代，父辈们对秋天的企盼，仿佛与秋色之美毫无关系。秋天对于生活的真正意义，在于它是一个能解决温饱的季节。

所以，秋天是孩子们狂欢的季节。单单是那漫山遍野的果实，就让我们这些十来岁的孩子快乐不已，每天像群小鸟一样，从前山跑到后山，从头道沟跑到二道沟，再从南汪跑到魏大岭。涩涩的山梨，酸酸的山里红，甜甜的圆枣子（野生猕猴桃），伸手可摘的榛子，弯腰就捡的蘑菇，扔块石头能打落一地的核桃，还有柞蚕场里漏网的蚕蛹，是孩子们充饥果腹的好东西。

"妈妈，口袋捡满了没有？"不知过了多久，我在树上问了一句。妈妈抬头告诉我："差不多了，够不着的核桃别硬打，留着落地明年还能长树。摘果要留种。咱们不贪多，够拿就行，累坏了不值。"妈妈没读几天书，却是相当厉害的人生导师。她说的这些话，蕴含着许多人生哲理，很有说服力。可惜我们是孩子，经常把妈妈的话当耳旁风，直到日后才觉得那些话有多么意味深长。

秋天的中午，太阳炽热当头，妈妈称这种天气是"秋傻子"。我从树上下来，妈妈给我擦着脸上的汗珠子，说："你找的这两棵核桃树，结得真不少，妈妈听你的就对了，离家多近啊！"妈妈是那种很少批评孩子、表扬又不过分的母亲，对孩子的表现很容易满足。两个口袋和两只拐筐都装满了核桃，掸一掸身上的灰尘，我们围在妈妈身边，坐在树下的石头上休息。妈妈建议我和姐姐用木棒抬一口袋核桃下山，另一口袋放在核桃树下，等爹爹上来拿。我和姐姐则坚持用"倒短"的方式，把核桃抬到生产队。妈妈仰起头看了看，站起来说："走！太阳到头顶了，咱们下山，回家吃晌饭吧。"就在此时，我们听到山下有人在急促地呼喊："快来人啊……" 我猛地站起来，赶紧爬到核桃树上朝山下张望，只见从头道沟里急速跑下来两个人，一边跑一边喊，进了生产队。接着，生产队院子里又出来一帮人，他们手拿木板和绳子，快速朝头道沟里跑去。

妈妈看着山下这片忙乱、嘈杂的情景，脸色变得紧张而忧虑："孩子，头道沟里肯定出什么事了，快走吧，下山！"说着，妈妈拐起一筐核桃就带我们下山。从前山大汪到生产队，最远不过一千米，坡度很陡。我和姐姐、妹妹连拖带扛，甚至直接把口袋放在坡上往下滚，跟头把式地跟在妈妈后面，总算把核桃扛到生产队。妈妈还没开口问，饲养员赵爷爷就结结巴巴地告诉我们，我家上屋的国常大叔，在头道沟从好几丈高的核桃树上掉下来，摔得不省人事，生产队正组织人往回抬。我们被这个意外惊呆了。妈妈、姐姐和妹妹，几乎同时把眼光投向我。我有点儿害怕，心里想，兴仁哥是我的好伙伴，我怎么会诅咒到他的爹爹呢？我的那些诅咒的话，怎么会变成真事呢？

我们走进老院大门，一群妇女正把满脸泪水的国常大婶围在中间。妈妈放下核桃筐，赶忙去安慰国常大婶不要难过，说国常大叔还年轻，在家里养一段时间就好了。国常大婶是个性格温和的女人，院里的孩子都喜欢她。和妈妈一样，国常大婶在家族中口碑极好，从不打骂孩子。所以，当我第一次看见大婶在众人面前哭，马上想起早饭时我的胡言乱语，心里有种说不出的滋味。老院里的多位奶奶和婶婶一边安慰国常大婶，一边也陪着流泪。那是我第一回看见一群女人在哭泣。老院和东西院子的人，几乎都忘记吃午饭，大家都在焦急地等着国常大叔被抬回家来。不一会儿，七八个男人抬着国常大叔，从老院前面的南坎下来了。那时候，人们有病有灾，很少去医院。回家，只有回家，才是国常大叔的唯一选择。

我心神不安地钻进屋里，害怕看到国常大叔。我爬到炕上，透过木格窗户上书本大小的玻璃偷偷地看着院子里的动静。只见一群男人迈着沉重的脚步，嚷嚷着把国常大叔抬进上屋，院子里不少人也都跟了进去。妈妈帮国常大婶把国常大叔安顿好才回家。那天中午，妈妈没有吃饭。回到家里，她就一声不响地在外屋地烧火，准备晚饭。

吃晚饭的时候，妈妈用沉重的口吻，跟我们几个孩子说起国常大婶的好："国常你大婶孝敬公婆，那在咱们老傅家是第一份。殿喜你二爷耍钱、抽烟、喝酒，她从来不抱怨，每顿饭都是小锅小勺伺候着。你大婶与谁都和和气气的，你说，她怎么就能摊上这么不幸的事呢？"妈妈又看着我说："孩子，谁家发生这样的事儿，那简直比天塌下来还要命啊！虽然你还小，但也不能乱说话。这件事儿别传出去，你听懂了？"我使劲儿地点点头。

在国常大叔出事几天后，我怀着忐忑跟着兴仁哥去他家里玩。妈妈告诉我："没事儿少去兴仁家玩，你大婶够糟心的了。你们去疯，你大叔就没法养病了。"

童年幼稚的表现，是对生命的无知与无畏。走进兴仁哥家里，我小心地看着国常大叔，他躺在炕头上，头肿得像个葫芦，身上盖着一床厚被，一动不动。唯有从嘴和鼻子发出的一声接一声的"哼哼"，让我感知他在喘气。大婶走过来，贴着大叔的耳朵轻声问："你要不要喝点儿水？"见大叔没有反应，大婶双腿跪到炕沿上，掀开被子，"哎呀，又尿了……"大婶长叹一口气，脱了鞋上炕给大叔换尿垫子。那一幕让我吃惊：大叔把屎和尿都排在被窝里。只有很小的孩子，才会把褥弄得那么脏。那刺鼻的味道，令人作呕。一个大人从树上摔下来，怎么会一下子变成这个样子，还需要别人来帮助擦屎接尿？这对国常大叔和他的家人意味着什么，我并不知晓。我问大婶："大叔还能挑水吗？"大婶擦了擦额头的汗珠子，声音低沉地说："傻孩子，能活着就不错。"我心里不停地琢磨着大婶这句话，回到家里，我悄悄地问妈妈，为什么国常大婶说大叔"能活着就不错了"。妈妈小声跟我说："你大叔摔成那个样子，就是瘫痪了。人瘫痪了，就成废人了。但不管怎么样，你大叔还有口气，这就叫活着。没有这口气，人就死了。"我心想，如果我说的话真的会变为现实，现在我就让国常大叔好起来，明天就能下地走路……

第三节　有金山银山，不如有个好孩子

妈妈晚年跟我们谈起管教孩子，颇为自豪的一条经验是："我从来不会让我的孩子带着委屈和眼泪吃饭、睡觉。"在我看来，没有什么样的教育观念，

比这个朴素的信条更有利于孩子的成长。

当了父亲后，我曾花时间在孩子睡觉前给他们讲故事，陪伴孩子入睡。我原以为这样的教育比我的妈妈大大进步，但最后我否定了自己。道理很简单，比较起来，孩子可能更喜欢妈妈那种传统、温馨的体贴与呵护。妈妈是从孩子健康、快乐的细微之处入手，用更加接近孩子心灵的方式，来养育、陪伴和指引孩子，而我不过是用一种陪读的方式来哄孩子。这就像一个很富有的爸爸，他以为用钱给儿子买来各种漂亮的玩具就是父爱，就能培养出一个天真活泼的孩子，其实不然。我的爹爹虽不富有，不能用钱来讨我欢喜，但他会与我一起动手，在冬天里给我做冰车，在夏天里给我做水枪……从而使我的童年收获了意想不到的快乐。

我常想，难怪我大半辈子的睡眠都非常好——因为妈妈从来不会让我带着委屈和眼泪吃饭、睡觉；难怪我和妈妈有着属于我们自己的"母子童话"——因为我有个童话般的妈妈。

什么是人的初心？我认为，人的初心，就是纯真的童心。然而，多数人长大后会忘记童年，做了父母就失去童趣，从而丢失了人类最宝贵的童心。

然而，我的妈妈与众不同。妈妈对自己教育孩子的方式很自信。她说："好孩子不是管出来的，而是父母带出来的。爹妈不要对孩子唠叨太多，爹妈只要仁义、善良、正派、勤劳，孩子就不会差。"爹爹在管教孩子方面与妈妈没有任何分歧，甚至比妈妈更惯孩子。他面对孩子尽兴地玩耍、驰骋的想象力，基本上做到了力所能及地参与、理解和欣赏，放手让我们去学习、去劳动、去生活，即使我们做错了什么，也从不斥责。童年的幸福快乐，让我长大后万分感恩父母。我从父母身上学到的善良、勤奋、包容等品质，足够我享用终生。

老院里没有人不说，我爹我妈惯孩子数第一。我家族里的几十个兄弟姐妹，都是最好的见证人。他们经常当着我的面举例说明，我的童心、童趣，在爹妈面前是怎样地无拘无束；我的任性和调皮，是怎样被爹妈在微笑中给予宽容；我充满想象的翅膀，是怎样在父母的呵护下日渐丰满……"你从小到大，我大爷、大娘从来没打骂过你。你小时候，跟我大爷要一块钱，他能给你十块钱……我那爹呢？我跟他要一毛钱，他能给我十巴掌。"安葬妈妈那天，与我同年同月同日生的兴义哥见我难过不已，说了这番话来安慰我。记得爹爹去世三周年时，兴义哥跟我说了同样的话。我知道，兴义哥的表述有夸张的成分，但是，他说的是心里话，意在强调爹妈给我的爱超出他父母许多。

妈妈对孩子的态度就是两个字：信任。她说："日子穷，会有好的那一天；孩子小，会有长大的那一天。有金山银山，不如有个好孩子。生活的希望，就在孩子身上。"我很幸运，妈妈用这样一种朴素的信仰，把那份宝贵的童心，一直保持到人生的最后时刻。

妈妈临终前，跟孩子们谈起她的一个比喻："孩子就像小鸟一样，你得让他翅膀硬，让他自己飞，才能飞得远。当爹妈的不能像老抱子似的，老是搂着孩子不放手。"她是在嘱咐我们这些做父母的人，怎样教育好孩子。

在妈妈向亲人讲述我的成长往事时，我怀着无比崇敬的心情，一边听，一边打量着妈妈微笑的脸庞。我仿佛看到，岁月在妈妈的每一道皱纹里，都刻下了我们母子的童话故事。不然，经历了那么多苦难的妈妈，怎么会在生命的尽头，脸上还洋溢着如此温暖慈祥的笑容。

和天使一样的妈妈进行心灵对话，总是很快乐。妈妈慈祥的微笑和循循善诱的教诲，如一帧帧电影镜头在脑海里反复出现，满足了我怀念妈妈的强烈情感。有一天夜里，我梦见了妈妈，她温和地跟我说："孩子，你国常大叔出事，不是你的错。你那时还不懂事，但你要记住妈妈的话，对人要善良，要有同情心。有的人，一辈子只对自己的儿女好，这没什么不对，猫养猫亲、狗养狗亲，不养不亲啊。但是，对别人也要有真心诚意。谁家没有生老病死？谁家过日子能灶坑打井、房梁开门？谁死了，都得别人帮助埋。人要不懂这些道理，不知道帮助别人，日子就过死门子了，就算白活一场……"说着说着，妈妈就从梦中消逝了。

一梦醒来，我很感伤。我努力循着梦中的思路，去追忆儿时制造"咒语"的自己，最终想起来，我为国常大叔的祈祷没有产生作用，更加严酷的现实发生了——国常大叔去世了。

送葬那天早上，国常大婶和孩子们痛哭的场面，令我格外伤心。此后不久，我的兴绵哥哥也因得了中毒性痢疾没有及时治疗而离世。他们两人都埋葬在台子沟里，坟墓紧挨着。傅家这两个顶梁柱的离世，给家庭带来了致命打击。

第四节　老傅家这个女人

我们对生命的认知，深受父母的影响，并在成长和经历中日趋成熟。我能体会妈妈对国常大婶上山砍柴所给予的同情与怜悯，还有妈妈对女人之苦所

作的总结，已经是国常大叔去世多年以后。确切地说，我懂得妈妈的慈悲心
与同情心，是我参加工作后的事情。

妈妈说，老傅家的媳妇，从来没有上山砍柴的。这是家族男人们引以为
豪的传统和风气。然而，国常大叔从树上掉下来摔坏后，傅家这个传统就被
打破了。当年冬天，妈妈看见国常大婶不得不拿起斧子，冒着严寒，领着十
几岁的兴仁哥，陪着殿喜二爷一起上山砍柴，心里很不是滋味。她触景生情，
一边纳着鞋底，一边跟我说："孩子，你现在不懂啊，什么叫女人苦？女人
失去孩子最苦；女人年轻时失去丈夫，那就是苦上加苦了。"

长大后我问过妈妈："那时我小，你为什么要和我讲这些大人话呢？"妈
妈告诉我，大人教育孩子要有耐心，不要懒得跟孩子讲道理。总有一天，孩
子会长大的，会想起父母曾跟他们说了些什么。天长日久，孩子就懂爹妈的
心了。妈妈的观点实在、质朴。虽然当初我无法体会国常大婶的艰难，但是，
妈妈在我内心播下的善良的种子，在后来的某一天，终于长了出来。

那年正月的一天，我和爹爹一起去头道沟砍柴，正好看见走在前面的国
常大婶和兴仁哥，还有殿喜二爷。头道沟是国常大婶最伤心的地方。我望着
大婶的背影，内心突然生出从未有过的内疚。大婶与妈妈的身高差不多，一
米五左右，看背影，明显比妈妈还要单薄。她穿着一套青黑色的棉衣棉裤，
系着一条黑围裙，肩上扛着斧头，斧头上挂着一串捆柴的绳子。她每走一步，
仿佛要滑倒在雪地上。直到听见后面有人，她才停下脚步，转过身来。"大
婶！""兴宇！"我和大婶几乎同时打招呼。只见大婶的脸冻得通红，她满
脸笑容地夸我："兴宇有出息，到县里当干部了。你兴仁哥可没有这个命，
他得帮我干活儿啊……""大婶，这天寒地冻的，你不该上山来的……""兴
宇啊，大婶只要能动弹，就得干活儿。从你大叔出事到现在快十年了，我不
是熬过来了？孩子们都快长大了，再过几年，我就不用砍柴了，我也砍不动
了！"兴仁哥上前与我握手。每次见到我，他都一定会笑出声来和我握手。"我
妈每年砍的柴都不比我们少，你不让她上山不行啊。兴宇真行，工作了还不
忘帮我大爷上山砍柴。"我说："咱俩都是大小伙子了，砍柴算什么？我大
婶才叫了不起呢！"没想到，我的这句话，让大婶难过得流下眼泪："孩子，
这不是被生活逼的嘛，你二爷60多岁了，指望他一个人哪行啊？"大婶说完，
擦了擦眼睛笑了。爹爹跟殿喜二爷说："就你们爷俩还砍不完啊？"二爷说：
"我不让大媳妇来，上山摔倒了怎么办？可她非来不可……"

我们一边说笑一边走，然后就去了各自家的山场。头道沟两山夹一沟，兴仁哥家的山场在西边，我家的山场在东边。我们彼此不仅能听到砍树的声响，而且能看到对方斧落树倒。我和兴仁哥偶尔还朝对方喊几声、挥挥手。离兴仁哥不远的大婶，借撩起围裙擦汗的工夫，朝我和爹爹这边看过来。那一刻，我望着她那瘦小的身影，想起了妈妈说的"命"。我有爹，兴仁哥却没有，用妈妈的话说，这就是兴仁哥的"命苦"。而大婶的"命苦"，比她的孩子更深一层。她看到爹爹领着我砍柴，能不想起离去的丈夫吗？一桩本该由男人承担的劳动，却无奈地落到了一个弱女子的身上，这大概就是命运无常吧。

在山上砍柴，我能分辨出从对面山上传来的砍树声哪个是大婶的。爹爹叹了一口气："一听那声，就知道不是老爷们在砍树。你大婶就是要强，上山砍柴有十年八年了……"爹爹的话让我对大婶的同情、怜悯之心，很快被另一种涌动的崇敬之情所超越。看见大婶一斧子一斧子地把高过她的一片柞木树砍倒在脚下，我由衷赞叹，她是一个多么了不起的女人啊！她忘记性别与弱势，不惧严寒与劳累，用坚强和勇敢去支撑起这个家。她的命运本该得到上天的眷顾才对啊！

我若真有"魔法"该多好啊，我要和群山、森林一起呼喊："让国常大叔复活，让大婶不再受苦……"目睹对面山上大婶的辛劳，我打开心灵的窗口，给一个失去丈夫、带着五个孩子和年迈的公婆、在一年又一年吃不饱穿不暖的苦日子里坚强生存的女人，送去了我迟来的敬意与祝福。

那天砍柴回家，我动情地和妈妈聊起国常大婶上山砍柴的事，妈妈说："你长大了，知道体谅你大婶的难处。天下没有你大婶那么好的女人，为了孩子不改嫁，起早贪黑地干活儿，还得赡养两个老人。每年上山砍柴，还给她住在城里的小叔子送一车呢。这样的女人，真不多见啊。"那天，我对国常大婶产生了同情，得到妈妈的认可，内心获得莫大安慰。国常大叔出事后，妈妈和爹爹，还有院里其他家族的亲友，不仅经常安慰国常大婶，还在日常生活中帮她做了不少事情。

多年后，我跟妈妈说，有机会咱娘俩再回去，好好和大婶唠唠，写一写老傅家这个最善良的女人。妈妈表示赞成。妈妈欣赏的女人不多，国常大婶是第一个。她守寡四十多年，把一个传统女性最美的善良和慈悲都献给了那个残缺的家。她把五个子女抚养成人，为两个老人养老送终，自己却从未离开老院。每次回老家，我都会去看看大婶，而大婶总是笑容满面地出来迎我，"你来看大婶，大婶最高兴了。"遗憾的是，每次回乡，我都是匆匆忙忙，没有坐下来与大婶好好聊聊。我盼望着，有一天，我坐在老院那仅存的旧房子里，请国常大婶好好讲一讲她的人生和命运，与她一起回忆老院的时光，把她的故事写出来。但是，我的行动太迟了，一切都晚了。2007年夏天，我回老家时，76岁的国常大婶因病离开人世。

得知国常大婶病逝，妈妈非常难过。国常大婶是最后一个在老院里离世的长辈。因为生活不富裕，也因为她那个最小的儿子兴旺对老院情有独钟，国常大婶住的上屋始终没有搬迁。后来，兴旺就地翻新了房子，想好好孝敬母亲，没想到老人家走得太早了。国常大婶去世四年后，妈妈也回归老家祖坟。多少次我去给爹妈上坟，兴仁和兴旺都会陪着我。清明节给爹妈的坟添土，兴仁开着拖拉机给我拉来一车。兴仁等五个兄弟姐妹，都是那么仁义、善良，很像国常大婶。

我告诉兴仁，我真心祈祷大婶在天之灵，能够听得见我对她的怀念和赞颂。愿妈妈和大婶在天堂里再度成好妯娌、好姐妹。

第五节　快乐的童年

山，是稳固与力量的象征；水，具有温柔与浸润的情怀。父爱如山，母爱似水，许多人认为"严父慈母"才是父母角色的最佳配置。以我做父亲的体会来说，孩子大都不喜欢懒于陪伴却又严厉的父亲。让孩子害怕和恐惧的父亲，一定是个暴力、鲁莽和愚蠢的家伙，他永远培养不出超越自己的孩子。一个懒惰的父亲，宁肯睡懒觉也不陪伴孩子，很难培养出一个勤奋上进的孩子，因为他不会给孩子提供良好的示范，无法赢得孩子的欣赏和崇拜。所以，做父亲的一定不要因为懒惰和严厉而疏远了孩子。一个宽容平和的父亲和一个温柔慈祥的母亲，对孩子的成长具有非凡的意义。

我的童年，大半是看着妈妈在煤油灯下做针线活儿入睡的。学校上课打铃，都是手摇的铜铃。那时的农村孩子，没有佳佳玩过的变形金刚，没有果果玩过的乐高，更没有谁上过幼儿园、亲子班、双语课和艺术早教课，更谈不上外出旅游了。小时候所谓旅游、见世面，就是跟着妈妈去姥姥家、姑姑家、姨姨家等。不过，那真是"归来饱饭黄昏后，不脱蓑衣卧月明"诗一般的童年。

每当我看见佳佳、果果和泽儿等孩子在手机或平板电脑上玩电子游戏的时候，我就会回想起自己多彩的童年，动手制作玩具、到树林里捕鸟、到河里抓鱼、射弹弓、滑冰车、抽陀螺、滚铁圈、跳绳、踢毽、丢手绢、跳方格……我这个山里的孩子真是幸运，从小就在广袤的大地上玩耍，不像现在城里的孩子，整天离不开父母的视野。因为父母无暇照顾和陪伴，少了管束，大地、河流与山川——所有大自然能给予的，都变成了我们的乐园。我们几乎把大部分童年时光挥洒在大自然里。而课堂和作业，从来没有成为负担。我想，如今城里的孩子，对上面这些趣味活动、自造玩具和土法游戏等，能知道几样就不错了。而我们那一代农村孩子，几乎没有人不会自己动手制作玩具。

我的童年总有爹爹的参与和帮助。爹爹帮我制作玩具，从来都是笑着来帮忙和指导。爹爹给我用松木削陀螺，先是将松木锯成一段一段的，然后用镰刀一下一下地切削，直到将松木削成一个圆锥形，陀螺算是成型了。陀螺在冰上旋转，需要在圆锥部分的顶端安装一个铁滚珠才行，那是轴承上的部件，很难弄到。爹爹就到大队铁匠炉去寻找，让铁匠高广跃大叔给浇铸几个。爹爹帮我做了好多陀螺，都是那么完美，一鞭子抽上去，就快速地旋转起来，玩起来非常过瘾。

记得爹爹给我买了双新胶鞋，我突发奇想，想把胶鞋直接钉在冰板上，做成一双漂亮的冰鞋。结果，冰鞋没制成，胶鞋底被钉子穿透了好多个洞洞，胶鞋废了。那时候，花几元钱买的新胶鞋很珍贵，鞋还没穿就损坏了，多数父母会责怪甚至打骂孩子的。但我的爹妈绝对不会。妈妈小声跟我说："快拿来，看看能不能缝一缝？"爹爹看了看，立刻明白了，他告诉妈妈："缝什么？胶鞋底漏了，你用针线是缝不上的。"爹爹在冰板两边钉上几个小钉当挂钩，找来一把麻线用膝盖夹住，在两只大手上吐点儿唾沫，搓了一根又长又结实的细麻绳，然后用一个锥子，顺着胶鞋的漏洞，将麻线在胶鞋底和冰板的挂钩上穿来穿去，就像妈妈纳鞋底一样，把胶鞋和冰板紧紧地连在一起。"来，这回你穿上试试。"爹爹说着，把两只改造好的冰鞋紧紧地穿在我的脚上，又拍拍我的肩膀，"到冰上试试吧！"我踏着爹爹亲手制作的冰鞋，在门前小河的冰面上飞速滑动，小伙伴们一边追我一边喊："给我玩一下，给我玩一下吧！"我停下来跟他们说："那不行，这是我爹爹刚刚给我做好的，不小心会把它弄坏的。你们回家也买双鞋做一个吧。"第二天，有好几个孩子想动手制作我这种冰鞋，但谁也没干成，家长不允许他们破坏鞋子。

我的童年，还有一项很有意义的活动，就是在春种秋收时节，总能跟在父母身边，到田野和山林里去"玩劳动"，包括捻种、浇灌、拉磙子、摘豆角、挖地瓜、采榛子、打核桃，等等。我一边玩，一边帮父母干点活儿。那是一种有收获、有喜悦、让父母高兴的劳动，很轻松，很快乐。不经意中，我从父母身上学会许多劳动本领。多少年后才发现，与父母一起劳动，实际上获得了更多的感情融和，包括传承勤奋和勤俭精神，一家人生活方式的认同，还有沟通和体谅。在我看来，童年融入大自然自由玩耍，跟着父母体验劳动所带来的快乐，还有对儿童心智的磨炼，或许比读书更有意义。这就是我的"金色童年"，虽然也有艰难困苦，追忆起来却感觉丰富多彩、幸福多多。

当我与果果、泽儿一起玩乐高积木的时候，我想，人类发明各种儿童玩具，最终目标是让孩子的身心得到愉悦，使他们在童年时期就对更多未知领域产生兴趣。不同时代的孩子，玩着不同的玩具和游戏。玩具和游戏总是与父母的养育条件和生存环境产生本质联系。从我到我的儿子辈、再到孙子辈这几十年时间，我们的社会经历了从机械化到电器化，再到互联网的飞速发展，孩子们的游戏环境从大自然转到室内，最后集中在方寸之间的电脑屏幕上，孩子们的游戏行为也从群体的直接交流演变成了单独个体的人机互动。看到一岁半的泽儿都会用手指滑动鼠标打电子游戏的时候，我内心感受很复杂。现代的玩具和游戏，可能会让孩子的手指变得更灵巧、思维更开阔，但孩子过早、过多地接受屏幕的刺激，对眼睛一定是有伤害的，长时间待在室内打游戏，肯定不利于身心的成长。他们可能从游戏中获得快乐，但也很容易把自己孤立起来，变得偏执和自闭。我童年的那些"乡巴佬"式的玩具和游戏，包括恶作剧，很少有这些副作用。相反，它们能培养和锻炼孩子的劳动和创造能力，还有适应大自然、融入现实生活的能力，对儿童的心智和身体好处众多。

据说，每个人都有美化童年的倾向；每个失去父母的成年人，都会格外想念父母的好。我想，这种情结不会影响我用事实来回顾童年、怀念父母的基本原则。妈妈去世之前，跟亲人们说："没有我儿子那么淘的孩子了，淘得没法了，6岁我就送他上学去了。"妈妈又说："我儿子就是做了错事，我也从来不打不骂，好好讲道理就行了。小孩子哪有不淘气的？不淘气的就是傻孩子了。"听了妈妈的话，我万分感动。妈妈的宽容，给了我快乐的童年，让我幸福一生。

夏天，迎着朝阳一路轱辘着铁圈走进教室；冬天，披着雪花滑着冰车直达学校后河边，童年的生活快乐无边。一座山，一片林子，一堆松软的沙子，一条小河，一垛谷草，一群蚂蚁或一窝小鸟，都会吸引我们去嬉戏、寻找、捕捉和观察，一直玩到日落西山，甚至满天星斗才肯回家，这都是妈妈给予我的童年自由。

作为一个淘气的孩子，我少不了各种恶作剧，最让妈妈熟悉的是我和伙伴们玩的"撞饭盒"和"弹脑崩"游戏。至今，我仍不能解释为什么要搞那种"恶作剧"，也想不起来"恶作剧"教会了自己什么，只记得太阳总是在我们互相恶搞中落下山去，然后我们带着欢乐回家。长大后，我并不喜欢那些"恶作剧"的孩子，但我还是觉得，这可能就是真正的无知无畏、无拘无束的童年。我感激妈妈对我这个"淘气包"的包容。事实上，无论是撞坏饭盒，还是弄伤了脑门，妈妈都没有斥责过我。尤其是妈妈当了姥姥、奶奶以后，当听到身边的年轻妈妈抱怨孩子顽皮的时候，妈妈经常会笑着告诉她们："什么是孩子的天性？就是一天到晚没完没了地淘气啊。" 由此你能想到，妈妈的宽容是多么令我怀念，我的童年是多么的幸福。

把"撞饭盒"和"弹脑崩"当游戏，这绝对是穷欢乐。这种"恶作剧"的环境和空间，大概唯有在那个贫穷落后的年代，在那种偏远而荒蛮的山村，在父母"放羊式"教育的前提下，才能出现。

大队的小学离家有五里路，中午要带饭。那时的饭盒是铝的，带个手提的铁丝梁。饭盒有两层，下层盛饭，上层装菜。走路上学的孩子总是无聊而顽皮，相互打闹、扒裤子、抢书包，一刻也不肯消停。

"来，咱们撞饭盒，看谁的结实？"老实的兴军哥经常出"馊主意"。我和另外两个孩子立刻停下，凑到兴军哥身边，嘴里喊着"一、二、三"，"咣"的一下，饭盒撞瘪了，盖也掉了，饭食撒了一地，大家手忙脚乱，却还是笑个不停。

至于"弹脑崩"，真是有点儿互虐的意思。夏天，我和兴仁哥、兴国弟弟三人去长仙龙下面的泡子里洗澡，赤条条坐在岸边的石板上晒太阳，有人提议玩"弹脑崩"。这种玩法有点儿残酷，坐着弹不给力，就跳起来弹，不一会儿，我们三人的脑门上都肿起了小红包，谁都嘴硬，不说疼，不肯结束。不知这样玩了多久，反正每个人的食指和中指，还有脑门上红肿的小包都足够疼，才又扎到水泡子里游泳去了，直到把魏大岭上的太阳赶下山才回家。

妈妈发现我脑门有个红肿的小包，就用手摸摸，问："撞了吗？"我告诉妈妈是"弹脑崩"弹的。妈妈没有表现出心疼，只是叮嘱我，玩游戏要知道深浅，说我哥与国胜摔跤，把腿弄折了。我说我们"弹脑崩"，要比一比看谁能抗得住疼，谁是胆小鬼。这可能是男孩子的一种天性吧。妈妈严肃起来，说："你的饭盒瘪了，也是比谁的结实撞的吧？东西可以用坏了，但不能故意破坏，有多少人家买不起饭盒啊？"这算是妈妈针对我淘气所说的最严厉的话。

妈妈把我小时候淘气的故事，当作她人生最精彩的记忆讲出来。"门房他大爷就瞪着眼睛说我，把孩子都惯上天了。你看我那淘气的儿子，如今难道不是老院里最有出息的一个？"妈妈又叹息着对身边的亲人说："我死了以后，最想念我的就是我儿子。"听了这话，我难过极了。从小到大，因为调皮、淘气，我不知让妈妈操了多少心。可妈妈回顾人生，却一直夸儿子的好，担心自己离世儿子会想念她。

还记得小学期间，除了星期三，妈妈每天早上都要为我准备午饭。"妈妈今天给我带了什么菜？"上学路上，我一定会打开饭盒看看。大多数情况下，饭盒下面一层装的是玉米粥，第二层是装菜的，很浅，装的菜很少。妈妈说："吃饭吃饭！菜本来就是就饭吃的，不能大口吃。"偶尔，妈妈会装上半个咸鸭蛋，两块咸豆腐干，或者是一点儿咸菜炒豆。要知道，这几样菜就是那个年代最好的饭菜。孩子的嘴都是馋的，尤其是妈妈给我带好菜的时候，我特别想立即吃掉它。不知有多少次，我在早晨上学途中吃掉了午饭，把空饭盒藏到八家子老席姨奶家房后的一座石庙旁，晚上放学时再把饭盒取出来。妈妈知道了，只跟我说一句："饭盒别弄丢了。饭要留着中午吃，中午不吃饭下午哪有精力学习？"

孩子的自尊心是天生的，需要父母的呵护。吃午饭的时候，同学们都很安静，把饭盒搂在怀里，悄悄地吃。有些女同学，还用手或者书本挡住自己的饭盒，不让别人看到自己吃什么。真实的情况是，不少同学的午饭，根本就没有菜吃，哪怕是咸菜。而个别吃鸭蛋就饭的孩子，一般会希望别人多看自己几眼。所以，那时上学带的午饭关乎尊严，对妈妈和孩子来说是一件很重要的事情。妈妈说："那时候，第二天给孩子带什么饭菜上学，前一天晚上都得想好了，总得让孩子吃饱、吃得体面一些吧。"

如今，在老家的小学已看不到带饭盒上学的孩子了。他们要么在学校买午饭，要么被家长用自行车、摩托车或者汽车接回家吃午饭。三四十年前，几百个孩子拎着饭盒上学的那道风景已不复存在。那些古老的玩具、游戏消失了，父母带孩子从事生产劳动的情景也很少见了。家族里的兄弟姐妹们，努力培养他们的孩子读书，即使考不上高中和大学的孩子，也很少有从事农业生产劳动的，更没有跟着父辈学习上山砍柴、放蚕的。他们学习玉石加工技术、外出打工，或开办商品零售店，为的是少出力、多赚钱。放弃种地，是年轻一代的一致选择。他们宁愿花钱去买粮食、鸡蛋和蔬菜，也不会像父辈那样，把一生精力投入土地。

第八章　往事从未消失

　　在那个年代，爹妈对孩子多有嘱咐，怕孩子在社会乱象中迷失本心、走上歪路。正是爹妈这些底层群众的警觉与克制，还有传续在广大农村家庭的淳朴民风，才保持了社会道德与良心的存续。

　　和大多数农民一样，爹妈不懂政治，从不参与政治活动，但那不等于他们可以逃脱社会的动荡，不等于他们对社会没有自己的看法。恰恰相反，这些生活在社会最底层的小人物，他们总是用千古不变的道德、伦理、人性和自然法则来看待和应对政治的冲击，尤其会从家庭、孩子和生产耕作等现实生活变化，来识别和判断社会发展状况。

　　小时候，妈妈就常跟我们讲："咱穷人永远别忘了共产党，没有共产党，哪有咱们今天的生活？"讲到新社会新国家的好，妈妈一定会列举她切身感受到的变化：没有地主，没有剥削；没有侵略者和土匪胡子；男女平等，女人不裹脚，不受歧视；自由恋爱，婚姻自主；孩子都上学，读书识字，提高素养。日子穷富不要紧，过得安宁才是重要的。

　　哥哥去世后，我和爹妈回忆那个年代，妈妈认为，如果没有政治运动，你哥也许就考上大学了，也不能那么早过世。

第一节　棉裤的故事

　　瓦沟小学不正常上课了，程校长也因为出身富农，当不成校长了，学生们给他起了外号，叫"程大裤裆"，还给他编了一首难听的顺口溜："程大裤裆甩袖汤，出身富农当校长，打倒地富反坏右，看他训话再晃荡。"

　　那位程校长的确不够完美，在操场上讲话时，他总是习惯地把一只手的半个手掌插进肚脐边的裤带里。那个年代，人们的衣着本来就很破旧、不合体。程校长的个子不高，穿着肥大的裤子，再把手插到松弛的裤带里，讲起话来身子还向上一蹿一蹿的，那裤子自然就下垂了，他的外号就是这么来的。但是，他毕竟是校长，应当得到学生们的尊重。但是，风暴来了，他被赶回家了。

长大后，我怎么都想不通，为什么年幼的我，会把校长"程大裤裆"这个外号，和奶奶给我做的一条棉裤联系起来。妈妈说，这事儿不怪我，是奶奶的针线活儿不够好。但我知道，我之所以能记住这件事，与程校长那个极具侮辱性的外号有关。

冬天的一个晚上，我放学回家，奶奶叫我上炕："二孙子，来，奶奶给你做了条新棉裤，快穿上看看啊。"我穿上一试，天啊，裤腰肥得能钻进一头牛，裤裆比程校长的还大。"什么破棉裤！"我把棉裤脱下来，拿起奶奶身边的剪子，就把棉裤腰剪开一个口子，露出了雪白的棉花。奶奶赶紧喊妈妈："大媳妇，你快来，你二少爷可了不得了，把一条新棉裤给毁了……"妈妈从外屋地跑进来，看见我朝奶奶发火，赶紧伸出手来抱住我，温和地说："孩子，快把剪子给妈妈。你奶奶年纪大了，眼神不行了。妈妈明天就给你改合身了，相信妈妈。"妈妈拉住我的手，拿走了剪子。我有些委屈地说："我不喜欢大裤裆棉裤，穿上多难看啊！我们同学都讨厌'程大裤裆'。"妈妈笑了，嘱咐我："你们不能给程校长起外号，那是对长者不敬、不礼貌。"妈妈把棉裤收起来，抚摸我的脑袋说："儿子，你明天再看吧。"

第二天放学回家，妈妈让我试穿重新改做的棉裤，非常合身。我们母子都笑了。说来很奇怪，妈妈对我那次任性、撒泼的宽容，成为我不可磨灭的记忆，让我再次想起二叔对妈妈的评价："你妈很了不起。"奶奶做的那条棉裤，让我联想起校长的外号及其形象，激起了我"孩子式"的不满与愤怒。

按照许多家长的做法，我剪破奶奶做的新棉裤，是要受到惩罚的。要知道，那时候，孩子要穿上一条新棉裤有多难。我们兄弟姐妹四个，哥哥、姐姐穿小了的衣服，妈妈都要进行改做，留给我和妹妹穿。在那个连烧火棍都是宝的年月，哪怕是一块补丁、一尺线头、一团棉花，都不能扔掉。这是妈妈一直坚守的节俭原则。但是，妈妈并没有因为我剪破了棉裤而发火。妈妈在晚年与我一起回想这件事的时候说："儿子啊，你从小脾气就不好。你奶做的棉裤不合适，你就动剪子。妈妈不生气，说起来你是孩子，这事儿不怪你。本来嘛，谁穿衣服不讲究合身？所以，妈给你们做衣服，一定要穿起来合身漂亮，哪怕是旧衣服补块补丁，也要针脚均匀、线头整齐。"妈妈又说："人哪有没有脾气的？一扁担勒不出一个屁的人，准保没出息。我那时就看出我儿子行，有血性，有主意，我喜欢。"

这就是我的妈妈。她有一颗慈爱的心，总是以真诚、平和、温柔的方式，解决孩子遇到的问题。妈妈没有多少文化，却是一位修养深厚、平凡而伟大的母亲——我这样评价我的妈妈。

2011年9月，妈妈生病躺在床上，我坐在妈妈的床头，再次和妈妈聊起剪棉裤的事，我问："妈妈，那天你为什么不打我？"妈妈说："你们哪个我打过、骂过？只有你姐，我嫌她嘴笨，打过她两巴掌。本来嘛，张老师孩子说她偷了馍馍，她没偷。没偷就说没偷呗，她说不明白，我生气了。妈这辈子死孩子都死怕了，哪还舍得打啊？"说到这里，妈妈想起了我小时候另一段故事。小时候我很要强，欺负了上屋家的孩子，人家妈妈找上门来了，妈妈说："她大婶，是我孩子不对。等他晚上回来，我会说他的，你放心吧。"妈妈停顿一下，继续说："妈妈才不会因为这事打你、骂你。但是，妈妈得教孩子懂得好赖，懂得道理。妈妈一点拨你就知道对错，这就是好孩子呗！"

无论生活如何艰难，妈妈都能耐心对待孩子，理解孩子过激行为中的合理因素。当我们犯错了，妈妈从不唠叨，只是心平气和地和你说一次——仅仅一次。这种风格一直保持到晚年。遇到问题和困难的时候，妈妈在我们面前习惯展现出超强的解决能力，而不是滔滔不绝地讲大道理。少说多做，凡事要努力，即使是穷也要干净利落，也要把衣服穿好。妈妈的作风，让我们懂得追求生活幸福，必须从做好身边的事情开始。

我真的非常幸运，因为妈妈从来不粗暴地对待孩子。她和蔼、可亲、平和的性格，坚定而沉着的做事方式，深深地影响着我们。妈妈身上的美德，就是这样一点一滴地注入我们的生活和精神世界里，温暖我们的心灵，激励我们用心生活。

第二节　兄弟情深

依恋哥哥，对我童年影响深刻。只要哥哥在家，我就与他形影不离。因为哥哥，我十分快乐，不觉孤单；因为哥哥，我六岁就上学了。妈妈一夜之间失去两个孩子之后，于1949年生了兴绵哥，1954年生了姐姐。姐姐比我大两岁，妈妈生我的时候已经39岁。两年后，我又有了一个妹妹。谈起我们四个孩子，妈妈总是叫我们"秋纽子"，意思是我们都是她年龄大了以后才生的孩子，就像晚秋时节没长大的"南瓜纽子"。"因为前面的孩子都没了，'秋纽子'都成宝贝了，两儿两女也算满意了。"在我们四个孩子都背起书包上学以后，妈妈高兴地这样说。她似乎淡忘了失去儿女的悲伤往事。

哥哥比我大七岁，矮矮的个子，圆圆的脸，不大的眼睛像含着一汪水，走起路来像一阵风。妈妈说，哥哥每次从倭瓜架下走过，都会把头上的倭瓜叶子扇呼起来，脚步飞快，却没动静。算命先生告诉妈妈，走路脚步轻的孩子不好养活。妈妈对此一直讳莫如深。

从4岁起，我就陪着哥哥去上学。不管刮风下雨，我都是哥哥的"跟屁虫"。有时牵着哥哥的手，有时自己滚着铁圈，每天往返十里地，走在家与学校之间。哥哥在教室里上课，我在学校的操场上玩，偶尔也在教室门口听老师讲课。教语文的战仁全老师是我们生产队的人，他的眼睛斜视很严重。那天我在门口听他的课，他的脸本来朝着北面，却能看见我站在南面门口偷听："你是谁家的孩子？"我吓了一跳，难道他后脑勺长了眼睛？课后，哥哥出来告诉我："斜眼老师很厉害，他的眼睛总是能'声东击西'……"有一天，我从门缝偷偷地往教室里看，战老师要检查课文背诵情况，坐在第一排的哥哥最先举手："老师，我来背诵。""好，请傅兴绵同学背诵。""天上没有玉皇，地上没有龙王，我就是玉皇，我就是龙王。喝令三山五岳开道，我来了！"这是当时课本里的诗歌《我来了》，哥哥字正腔圆，还富有感情色彩。战老师很满意，"同学们，听见了吗？傅兴绵同学背诵得好不好？""好！"同学们响亮回答，心悦诚服。"傅兴绵是全班学习最好的学生，你们要努力向他看齐。"战老师随手把半截粉笔扔向后排的一个同学："你！给我再背诵一遍。"

下课了，一个眼睛很大、眼窝又黑又深、梳着大辫子的青年女老师，在教室门口把我拉住，她蹲下身子问我："你是谁家的孩子呀？几岁了？""傅兴绵是我哥哥。"我回答。女老师站起来抚摸着我的头，笑着问："你愿意上学吗？""我都跟哥哥上学好几年了。"她大笑，问："你学到了什么？"我想了想，开始给她背诵《我来了》。她一下子把我从地上抱起来，又问："你知道我是你的什么人吗？""不知道，是老师呗！"我回答。

上课的铃声响了，女老师放下我走进教室。

那天放学回家的路上，我问哥哥那个女老师是谁，哥哥告诉我，她叫李月芳，是奶奶的娘家那面的亲戚，我们应该叫她二嫂，但她还没有结婚。我似懂非懂，回家又问了妈妈。妈妈告诉我，李月芳的对象叫赵青天，是奶奶亲哥哥、妈妈亲舅舅的二孙子。"那个赵青天可是咱们全公社最有出息的孩子，他念的是清华大学。他们老赵家，在我姥爷的重孙子这辈出人才了，家里的祖坟冒青烟了。"妈妈又说："赵青天，你得叫他二哥。他和李月芳两个轧的是'娃娃亲'。就是在他们小的时候，两家大人给他们定的婚事，所以叫'娃娃亲'。"我从妈妈嘴里知道，过去不仅有"娃娃亲"，而且还有"指肚轧亲"，也就是双方父母在怀孕的时候许下承诺：如果双方母亲生下的孩子正好是一男一女，那么将来两个孩子就结为夫妻。但是，这些古老的定亲做法经常出岔子。"儿大不由娘啊！李月芳都二十六七岁了，和赵青天你二哥定亲二十多年，早该结婚了。可你二哥毕业分配到四川兵工厂，隔得太远了，他不同意结婚，这不就是麻烦吗？"

那年秋天，妈妈让爹爹到学校找找老师，说我反正也是天天跟着哥哥上学校去玩，干脆让我上学得了，省得一天到晚淘气。校长说傅国昌家的孩子学习不会差，同意我上学。没想到，李月芳就是我的班主任。自从知道李月芳与我们家是亲戚关系，放学与她打招呼告别时，我会顽皮地喊一句："二嫂再见！"然后就头也不回地跑开了。有一天，她告诉我，以后不要这样称呼她，她可能不是我的二嫂。说话时，她好像要哭了。我想那一定与他们该结婚没结婚有关吧。

几年后，李月芳终于当上我的二嫂。她30多岁时生了第一个儿子，爹爹带我去医院给她贺喜时，她摸着儿子的小脸告诉我和爹爹："就为了他，我请假在四川住了几个月呢。"

我上小学三年级时，哥哥到二叔家上中学。我们家离二叔家大约有八十多公里，需要起早坐客车到县城，然后再倒车到黄花甸公社。听说哥哥要去很远的二叔家上中学，只有放寒暑假才能回来，我抱着哥哥的大腿不让他走。那天晚上，我和哥哥睡在一个被窝里，逼着他答应明天早上带我走，我把他的手压在我的脖子下面睡觉，防止他把我甩掉。早上醒来，我发现哥哥已经走了，忍不住大哭起来。妈妈说："孩子不哭，等你长大了，也要离家出去念书，这是好事，有出息的孩子早晚要离开家的。"

用妈妈的话说，哥哥回家，我就是破裤子缠腿——甩不掉，这是童年我依恋哥哥的程度。哥哥从来都特别有样儿，走到哪里，都是我的保护神，有好东西总是留给我，我耍小脾气，甚至动手打他，他也总是让着我。

1966年秋天，哥哥从二叔家回来，跟妈妈说，他要和同学去北京大串联。我请求哥哥带我去北京，哥哥拒绝了，"那我就不让你走。"我拉着哥哥的手，强硬地说。到了晚上，我钻进他的被窝里睡觉，紧紧地握着他的手，不断地央求他带我去北京。哥哥笑着说："好的，好的，我带你去。你可不许想家，饿了没有饭吃，累了没人背你，你能行吗？"我坚定地说："行！我一定跟上你，什么都不怕！"妈妈怕我死缠哥哥去北京，就劝我说："孩子，你太小了，听妈妈话，你哥去几天就回来了。"哥哥在家陪我玩了几天，那天早上醒来，我发现哥哥不见了。原来，他趁我熟睡的时候，起早悄悄跑掉了。我哭了，妈妈劝我说："等你长大了，想去北京，妈妈不拦你，到那时候，坐火车、坐飞机，还不容易？就看你有没有能耐了。"

多日后，哥哥从北京回来，他一下子把我抱住，逗我说："你没去北京看天安门，可吃大亏了，北京真是一个好地方。""好啊，你这个坏蛋……"我生气地打他，哥哥笑着从军用书包里拿出一袋饼干，这是他从北京特意给我买的。我马上消气了，不管怎样，哥哥回来了，我又能缠着哥哥玩了。

那天晚上，哥哥给全家人讲他在北京的见闻，妈妈说："兴绵，先好好吃饭，吃完饭再讲吧。"哥哥兴奋劲儿没过，说："妈，我给你唱一首《北京的金山上》听听。"哥哥放下饭碗，站在地上，做着动作唱了起来，"北京的金山上光芒照四方……"妈妈问兴绵哥："你和兴艳一块去的北京吗？你们在北京见面了吗？"哥哥全都没听见，完全陶醉在自己的演唱中。

哥哥很快又离开家了，回到黄花甸中学闹革命去了。爹爹有些担忧，"兴绵这小子老是愿意出头露面，这个年纪不好好读书，将来可怎么办啊？"妈妈说："你说这孩子像谁呢？回学校若是没有书念，跟别的年轻人一块闹事，我们怎么对得起他二叔二婶？"妈妈想了想又说："兴绵还是个好孩子，学校如果不上课，他就能回来。他在外面不会太出格的，要有不好的表现，他二叔二婶会告诉我们。"

第三节　借宿的情分

在一个风雪交加的夜晚，生产队又要有活动了。我央求爹爹带我去，妈妈不让我去，爹爹说："咱俩去生产队看一下就回家。"

山里的雪，顺着沟筒子刮下来的北风，带着沙子一起扑过来，打在脸上又冷又疼，踏在脚下湿滑难行。我跟在爹爹后面，踩着爹爹留下的大脚窝，一步一步地穿过地垄之间的小道，往生产队走。虽然天黑没有月亮，但是，雪就像黑夜里铺在大地上的一张白纸，让人没有走黑道的恐惧。这也是一种在黑暗中生存的本事。祖祖辈辈没有电灯照明，成就了山里人一双明亮的眼睛。他们在黑夜里走路和劳动的能力，比城里人强百倍。比如妈妈进城后，如果房间里没人说话，她不干针线活儿，也没到睡觉时间，她就会随手关掉电灯，静静地坐在床上或者椅子上，像一尊塑像似的闭目冥想，一点儿动静都没有。事实上，到了八九十岁，妈妈的眼睛早花了，但是，她在黑暗中进厨房、上厕所，还是很自如的。这是妈妈长期在艰苦环境里生活、磨炼的结果。

我和爹爹来到生产队，两铺大炕上挤满了人。兴洲哥和几个年轻人在院子里忙活着，他们拉起一根横跨院子的铁丝绳，一头拧到东边牛圈棚上，另一头拴在西边马圈的柱子上。我问："兴洲哥，你们拉铁丝干什么呢？""挂灯。"他们用铁丝缠了五六个碗口大的棉花球，等距离地悬挂在那根铁丝绳上。然后，他们把煤油倒在大碗里，端起来，小心地去浸蘸棉花球。这些棉花球像海绵一样吸透了煤油，再用火柴点燃。那些悬在铁丝绳上的棉花球，顿时火高三尺，把天上落下来的雪幕烧个大窟窿。棉花球的底部不停地滴着流火，整个生产队的大院被照亮了。院子里堆放着几捆新割来的腊树条子，让我想起老师上课用来敲打调皮学生的教鞭。属于爹爹使用的那几匹马，被这场面吓得惊恐不安，在马棚里不停地打着响鼻，挪动着蹄子，甩着笼头，把马槽子拽得一晃一晃的。饲养员赵爷爷赶忙喊来爹爹，只见爹爹扯住那匹枣红马的笼头，轻轻地抚摸着它的脖子和肩胛，马棚里的躁动很快消失了。爹爹对赵爷爷说："我是怕他们开批斗会把马弄毛了，才特地过来看看。若不，我来干什么？"

接着，一阵吵吵嚷嚷的声音，在黑夜中从远处，沿着生产队门口的马车道传来。这时有人喊："大家都出来吧，那帮坏蛋从大队押上来了，马上就到。"

那夜雪虐风饕，十分寒冷。我和爹爹站在人群的后面，我心里有些害怕。爹爹握着我的双手，神情严肃地说："儿子，咱们不看了，走，跟我回家。"我跟爹爹转身，还没有走出生产队院子，就听见一阵阵惨叫，我浑身哆嗦，紧紧抓住爹爹的手。

当初，二叔决定让哥哥住到他家上学，是因为那里有全县比较好的中学——黄花甸中学。后来二叔跟我说，让兴绵哥到他家居住，以便接受更好的教育，这是他报答哥嫂的方式。后来各地学校都停课了，大学也不招生了，哥哥不得不回乡务农。二叔家的兴艳姐是我们傅氏家族唯一考上高中的女孩子，她在县里高中读完一年级，也因停课回家了，被安排在农村供销社当营业员。

兴绵哥是全大队唯一读完中学赶上"文革"回乡的青年，有文化，有旺盛的精力，对未来充满期待。他不愿意脱离现实社会，激情四射地投入其中，谁知这是一场错误的运动。

在那个年代，爹妈对孩子多有嘱咐，怕孩子在社会乱象中迷失本心、走上歪路。正是爹妈这些底层群众的警觉与克制，还有传续在广大农村家庭的淳朴民风，才保持了社会道德与良心的存续。

我们家冒泉水的两间半草房，面积狭小，却要住十口人。老叔一家三口住在里屋，我们一家七口住在外屋，有多拥挤可想而知。妈妈找到西院国海大婶，让哥哥暂时住在她的家里。

国海大婶比妈妈小十几岁，跟妈妈关系十分亲密。国海大婶小时候没有妈，长大后嫁到老傅家，经常得到妈妈的关照。那年，我带着妈妈回老家。在兴同家里，70多岁的国海大婶，与妈妈双手紧握，那种姐妹相逢的喜悦，让人容易想到，当年她们作为妯娌有多么要好。国海大婶曾想要哥哥去他们家做儿子，可是妈妈怎么可能答应呢？当妈妈找到国海大婶，说兴绵哥回来了，还没等妈妈提起哥哥没地方住的事，国海大婶就喜出望外地说："嫂子，你不用多说了，我会像照顾自己的儿子一样，让他在我家睡得舒舒服服，你就放心吧！"妈妈跟国海大婶商量，让兴绵哥住到她家的里屋就行，国海大婶坚决不肯，一定要哥哥跟他们一起睡在外屋，说里屋冷，会让哥哥受凉的。

就这样，哥哥从二叔家回来后，就一直与国海大叔、大婶住在一起。妈妈常叮嘱哥哥："不要在大婶家吃饭，借宿就够麻烦了，还得提前给你烧炕、掭被。每天早点儿回去，有空儿替你大叔挑担水、抱点儿柴火回家。年轻人多干点活儿累不坏的。"哥哥带着吹牛的口气说："妈，我不懒，在二婶家时，我不仅帮二婶干活儿，还替二婶看管那群弟弟妹妹……"妈妈说："世上有几个你二婶那样的好人，国海你大婶也不错，人要懂得感恩，不能忘了别人对咱的好……"哥哥在国海大婶家住了一段日子之后，天气变冷了。那天吃晚饭的时候，妈妈对哥哥讲，咱们家柴火多，你顺手抱一些过去，给国海大婶烧烧炕。住在人家，别一毛不拔。老叔听了不高兴，冲着妈妈说："你儿子若是不去睡觉，她家还不烧炕啊？"老叔声调很高，听起来似乎也有道理。哥哥刚要反驳，被妈妈示意停住。"国柱啊，你们四口人住在里屋，你不是经常告诉嫂子多烧点儿火，怕炕梢不热吗？这不是一个道理吗？人家都不差咱们孩子去天天住，咱们家还差那点儿柴火吗？"老叔哑口无言，不吭声了。妈妈为人处世，很讲人情道理，让人信服。有一回，我跟哥哥去国海大婶家玩，哥哥抱了一捆柴火到国海大婶家。哥哥对我说："老叔就是个小气鬼，和二叔一点儿都不一样。"我告诉哥哥："前不久，我跟他要一个七分钱的铅笔刀，他都不给。可是，爹爹每次外出买好吃的回来，都要先给老叔的孩子……"哥哥说："妈妈不是说了，好汉争气，赖汉争食。咱们不学他抠门儿。"

老叔只比哥哥大六岁。作为一个年少的叔叔，他对同样年少的侄子，少不了存有戒心，担心爹妈偏爱儿子而忽视他这个弟弟。哥哥跟我讲，有一年放暑假，他从二叔家回来，奶奶非常高兴。大孙子半年才回家一趟，又赶上三伏天鸡不下蛋，就偷偷攒几个鸡蛋，等大孙子回来煎荷包蛋吃。偏偏巧了，奶奶正在煎荷包蛋的时候，老叔回来了。奶奶吓坏了，赶紧把荷包蛋放到板棚上藏起来，等老叔走了才拿出来给哥哥吃。奶奶怕老叔发现这事儿，因为这在老叔看来，是明显的偏心眼儿！多少年后，妈妈当着奶奶的面，像讲笑话一样跟我说："说起来这都是陈年旧账了。你奶这个老太太，她老儿子有毛病，她从来不说。若换作是我，我就光明正大地告诉国柱，你嫂子的孩子，一年才回家一趟两趟的，吃几个鸡蛋你别有意见，你都是孩子的爸爸了。再说，狗尿苔不济，长在金銮殿上，你好赖还是个叔叔呢。"奶奶呵呵一笑，在火盆沿磕了两下烟袋锅，回妈妈："他老叔从小到大，不都是你们两口子教导的吗？有毛病你们说说呗，还用我？"妈妈说："儿子，你看你奶奶，就这么搅浑理啊。"

哥哥去世后，国海大婶多次跟我说："你哥灵通，长眼色，那才聪明呢，从小我就喜欢他。他住在我家，像我自己的孩子一样，什么活儿都帮我干，挑水、劈柴，那段日子我过得很高兴。你想啊，我家里多了这么一个好孩子，我有多开心啊。我每天晚上，等他回来睡觉，有什么好吃的，都会给他留着。只可惜，他的命太短了，那么年轻就去世了……"说到伤心处，大婶老泪纵横。

妈妈一辈子都不忘国海大婶的好。妈妈说："国海你大婶是个苦命的人，我可怜她。我们处得好，我才想到让你哥到她家借宿。妈妈一辈子感谢那两口子，你哥在你大婶家住十年八年的，我也不担心，这就是情分。但是，孩子总住在别人家不是那么回事，你哥回家那年已经20岁了，我得想办法盖房子，张罗给他娶媳妇啊。"

第四节　两个找宿的人相爱了

1968 年，全国知识青年"上山下乡"风潮兴起，这一年秋天，大连有十多名知识青年来到傅家堡子生产队接受贫下中农再教育。哥哥回乡务农，只是比他们早了半年时间。

当人们敲锣打鼓把知识青年送到农村去，这个"大有作为"的"广阔天地"却没有他们的安身之处。于是，在上级的统一部署下，生产队把男知青安置在生产队东头的一间房子里，其余四名女知青，则被安排到国海大婶家。国海大婶热情欢迎这些女孩入住，她把里屋那铺炕收拾干净，烧得热乎乎的。就这样，哥哥在国海大婶家与四个大连女孩相识，并看中了其中一个名叫朱秀贞的女孩。"这两个'找宿'的人，在别人家里相识相爱了。他们一个是农村青年，一个是城里的下乡青年；一个住外屋，一个住里屋。这都是天意啊！"妈妈说起哥哥的姻缘，总是喟叹不已。

哥哥与朱秀贞认识几个月，国海大婶就悄悄告诉妈妈，那个小朱个头虽然不高，但人品好，对哥哥有那个意思，哥哥也愿意同她交往。可是，全小队的人，除了国海大叔大婶外，没有一个赞成哥哥同小朱谈恋爱，包括老叔在内，强烈反对哥哥找下乡知识青年做媳妇。国斌大爷跟妈妈说："兴绵找个城里姑娘，那能干活儿吗？能过咱们这个穷日子吗？"老院里的一群婶子们，七嘴八舌劝妈妈："大嫂，还是在农村找个知根知底的吧，找大城市来的知识青年，将来能给你喂猪、做饭？你不得遭罪？"

妈妈感谢亲朋好友的关心，给大家解释："儿子找媳妇，有自己的想法，只要儿子乐意，我就不反对，别人说什么也没用。如果两个孩子都同意，我就给他们办婚礼。新社会，新国家，婚姻都自主，爹妈管不了。再说了，怎么知道我儿子就当一辈子老农民？他将来说不定进城里工作呢；我儿媳妇为什么非得在家喂猪、做饭？她兴许还当干部呢！"

我表扬妈妈："妈妈，你真开明，有眼光，真了不起啊。"妈妈说："你哥哥找对象，我高兴得睡不着觉。农村的孩子，还能找个大连青年，有几个人家能遇到这等好事？"

在我的印象里，哥哥是那时农村里最大胆追求爱情的人，最在乎自我感受的人。无论邻里邻居议论什么，哥哥敢于在众人面前拉着秀贞姐姐的手走路。他们出现在哪里，都有人围着、追着看。他们毕竟都是读书人，总是大大方方的，一点儿都不怕人。

记得我到县里工作的时候，县革委会领导明确要求：机关干部不满25岁不准谈恋爱。我的同事刘剑钊21岁那年，晚上牵着女朋友的手走路被人看见，居然被机关党委书记在会上点名批评："团县委的干部，要带头执行规定，要先想着把青春献给党，献给革命事业，不能过早谈恋爱……"哥哥大胆恋爱并得到爹妈的理解和支持，在那个年代的农村是少有的。

在妈妈感觉自己不久将要离开人世的时候，再次和我们讲起哥哥的一些事情。也许，妈妈担心我会忘记哥哥对家庭的贡献。的确，知子莫若母，我们知道的哥哥，永远没有妈妈多。

妈妈说："你哥哥和小朱相处不长时间，我就问他，你看上小朱了？想好了吗？你哥哥说不会变的，他喜欢这个姑娘。那时我告诉他，咱们要和你老叔分家，然后自己动手盖房子。房子盖好了，就给你张罗结婚。你哥那个坚决，说妈妈你放心，我什么都能干，保证起早贪黑，和爹一块把房子盖起来，盖全大队最好的房子。"每当讲起这一段，妈妈都很动情："你哥才20岁，他是个有志气的孩子，说到做到，跟着你国贤大叔，几天就学会了劈块石、砌墙、抹灰，我儿子从来没干过这些活儿，那双手磨出了血泡，把我心疼坏了。房子盖好了，媳妇娶家来了，好日子刚刚开了头……"妈妈抬起手，擦一擦眼角，接着讲："你哥小时候，和傅国胜摔跤，把腿摔折了。我找老惠先生来接骨，他伸手把你哥的腿捋了捋，再含一口白酒往腿上一喷，绕到窗外招呼你哥从炕上站起来，你说怪不怪，你哥马上就站起来走了。老惠先生还会算命，他告诉我说，你这个孩子不好养啊。你哥走路一阵风，从倭瓜架下走过，倭瓜叶都一飘一飘的。你哥是农历七月十五的生日，都说这个日子不好……"

秀贞姐很善良。与哥哥恋爱后，她把自己仅有的几件像样的衣服送给我姐姐和妹妹穿。秋天生产队分粮食，秀贞姐会帮着往家里搬运或照看。家里盖房子，她有空儿会过来帮助妈妈做饭。虽然她不大会干活儿，但非常尽力，给家里增添了人气和快乐，妈妈感到很高兴、很温暖。"青年点如果没有饭吃，你就回来吃吧。你们这些城里的孩子，哪会烧火做饭？到农村来，真是苦了你们啊。"哥哥回乡、恋爱，给妈妈的生活增添了新动力。这一年，妈妈51岁。但在我的感觉中，妈妈很年轻。生活的贫困、劳累，还有早年失去孩子的痛苦，都在我们一天天的成长中逐渐平复，没有在妈妈脸上留下能够看出来的沧桑。为了孩子，爹妈对家庭生活和前途，开始有了新的安排和考虑。

第九章　妈妈的重大决策

　　分家那天，妈妈颇有家庭领袖的风度。她始终保持着微笑，这是妈妈的修养，是老院大家族生活历练出来的一种气度，与读书识字没有任何关系。

爹爹和妈妈是我这辈子看到的比较少见的恩爱夫妻。他们从不吵架,我甚至从未看到他们给对方一张生气的脸;操持家庭生活、伺候老人、教育孩子,他们夫唱妇随,齐心合力。家中的大事还是爹爹说了算,妈妈绝不抢占爹爹男人的地位和光彩,安心当好爹爹的贤内助。然而,妈妈心里清楚,在和老叔分家这个敏感问题上,如果她不张口,也许爹爹一辈子也不会提出来。爹爹明知分家会给双方家庭生活带来积极的变化和好处,但他还是不愿分家。作为兄长,爹爹太包容,太有责任感,他不愿让这个家散了。

妈妈回想起分家的往事,挥起右手说:"这辈子,就这件大事是我说了算的。我把和你老叔分家的道理说明白,你爹不反对、不吱声,默许把你二叔叫回来分家。"

第一节　清泉流淌的老屋

在老院里,我们家很特别。我们家是个涌泉水的老屋,这间老屋与老院门前的小河是我和妈妈最留恋的,分家时自然舍弃不下。

老院门前的小河,是妈妈常年洗衣服、洗菜的地方,也是我们孩子夏天抓鱼洗澡,冬天滑冰车、打陀螺的乐园。从沙金沟和头道沟流下来的两股河水,正好在老院门前汇合。这个汇合点离河水的源头,最远不过两三公里。然而,你信吗?这条看似平常的小河,一年四季,真是变幻无穷,精彩无限。春天,冰雪消融,桃花水涌入小河,然后四处漫延;夏天,大雨不断,小河洪水暴涨,犹如江海;秋天,小河温顺地回归河床,向老院展示它的静谧与清闲;冬天,小河冰冻三尺,是另一种风景……所有这一切,都展现出那个年代大自然的生机与活力。

　　妈妈这一辈子，无论遇到多少苦难，都会坦然面对，努力与命运抗争。到 1969 年春天，妈妈嫁给爹爹整整二十八年，始终住在这两间半草房里。不要说我们兄弟姐妹，包括爹爹和二叔他们兄弟姐妹，也在这里出生。爹爹说，这个老房子和老院同龄，至少有百余年的历史。房梁、檩子、椽子、板棚和窗户上的陈年旧色，房梁上那些凝结成串的古老烟尘，还有四面透寒、风化掉渣的黄土墙，无不记述着岁月沧桑、代际更替和家人的灵感、智慧，还有先人们的心血与汗水。妈妈舍不得这个破草房，这里留下了她太多的故事。妈妈常说："心宽不怕房屋窄。"将这个家拆开，她也不舍。但是，妈妈毕竟是个思想解放的女人，她始终坚持这样的观点："儿女大了，还得与父母分家，更何况是兄弟之间。我儿子大了，要结婚，要盖房子，与兄弟分家理所当然，不丢人。"

　　听说要分家，我也格外留恋那两间半老屋。因为我们那个家，是老院里独一无二的涌泉水的草房。每到夏天，草房的地下就会涌出清泉。想想看，这是一个多么有意思的茅草房啊！

　　说起那个涌泉水的草房，爹爹、三叔和国斌大爷每年都要联手苫一次房子。到了秋天，大人和孩子们从山上割来像麦子一样发黄的野草——我们叫它"苫房草"，扛回家来苫房子。这是最好的苫房草，既抗腐烂，也不易漏雨。但是，要割五间房子所需的苫房草，实在太难了。所以，用谷草和高粱秆来苫房子比较常见。老院里所有的房子，都是用这些草来苫的。

　　艰辛的生活，使父辈那些农民变得聪明能干。苫房子讲究技术。每次苫房子，爹爹都出任技术指导和监督员。新苫的房子不仅看上去整洁、漂亮，还要把苫房草压紧压实，防止漏风漏雨。

　　我们家这两间半草房在雨季出现泉水，是房子的北山墙紧靠大山，后墙紧挨着那块肥沃的老菜地的缘故。山上林木茂密，菜地年年施肥，土质肥沃，使得这里的地下水格外丰沛。老菜地边上有一口百年老井，无论春夏秋冬，从不干枯。周围上百口傅家人，祖祖辈辈吃着井里的水。再加上老院地面低洼，到了雨季，小河发水，从山上和老菜地里流出来的水，都会一起涌进院子。每一家都要在门口用土挡水。小时候，我无数次趴在地上，想看看我们家的泉水究竟是从哪里冒出来的？泉眼在哪里？爹爹告诉我，泉眼在大木柜底下，有好几个。那水清白清白的，我用手捧起来就喝。屋子里黑色的泥土地面，本来就不平，出水之后，变得黑亮溜滑，行走很不方便。爹爹用镢头从地中央刨出一条"小水渠",穿过三道门槛,把这股清泉引到院子里。夜晚躺在炕上睡觉,哗啦啦的流水不知疲倦地从地下涌出来,水泡清脆的声响穿透耳鼓,与黑暗角落里蛐蛐"吱吱"的叫声一起,构成以草房为背景、以泉水和昆虫为器乐的小夜曲。越是夜深人静,听起来越悠远,好似天籁之声。在这里睡觉,没有人会失眠。我们全家人的睡眠都很好,也许与这涌泉的老屋有关。

草房里的泉水,在夏天至少会流淌一个月,直到秋天来了才渐渐消退。我从未听爹妈抱怨过这个房子,所以,我记忆中的草房相当美好。那个通向院子的"小水渠",遇到门前小河发大水,洪水会涨进院子并倒灌到草房里。这时候,更有趣的景象出现了:被洪水冲击的小鱼儿,沿着"小水渠"游进屋子里。山里的孩子,没有不喜欢玩水、抓鱼。看到有鱼游到家里,我和小伙伴赶紧把"小水渠"堵住,于是,小鱼就成了我们的玩物。

发大水的时候,我们并不担心房子会被洪水冲走。因为爹爹和兄弟们会砍倒一些大树并勇敢地骑在上面,顺着从头道沟下来的激流,并借着激流在老院门口急转弯的机会,把这些大树横在岸边,迫使桀骜不驯的山洪转向,阻挡洪水冲进老院。爹爹告诉我,发洪水时,鱼会在河两边的浅水区逆流而上。大雨一停,我们就拎起粪筐,在里面铺层绿草,待洪水逐渐消退,到岸边齐膝深的水里,顺着水流捞鱼。老院门口小河里的鱼,多得难以想象。吃顿饭的工夫,就能用筐捞上一饭盒"溜根"鱼。

老屋里出水,给妈妈带来的麻烦最多。她每天要在屋子里烧火、做饭,那双三寸小脚在"小水渠"旁边来回行走,一不小心很容易滑倒。我们这些调皮的孩子,也经常会在"小水渠"旁摔倒,沾一身泥巴。雨季来临之前收获的几百斤土豆,必须存放在阴凉的地方。柜子底下一直是妈妈存放土豆的地方,妈妈时刻提防着柜子下面的土豆不被水淹。如果出水太多,妈妈就不得不把土豆挪走。若是土豆烂了,家里十多口人,就无法度过夏秋之交那个青黄不接的时段。我从未听过妈妈因房子出水而抱怨,她常说:"房屋出水,那是风水宝地。心宽不怕房屋窄,房子能遮风避雨就行。这世上还有多少人没有房子,整天溜房檐呢,人要知足啊。"

在涌泉的草房里,我还发现一个"秘密"。在窗户的上部,跟房梁一边高的地方,有个木板棚。妈妈和奶奶有时会站在炕上,往那上面放烟笸箩、针线包和打线砣等,我们小孩子伸手够不到这些东西。那个木板棚吸引我好久。有一天,我在炕上放一个小凳子,站在上面,往黑乎乎的木板棚里看,惊奇地发现那里放着好几个牛皮纸袋。我大胆地爬上去，打开牛皮纸袋一看，里面装的全是旧纸钱。那些旧纸钱有淡绿色的，也有淡红色的，一动就掉渣儿，面值有几百、几千元的。我悄悄地告诉妈妈："妈妈，我发现棚上有钱。""孩子，那是旧社会的钱。国民党垮台了，那些钱就作废了。"原来，那都是祖辈在新中国成立前攒的血汗钱。

我对搬家离开老院很不情愿，虽然新房子离老院仅有四五百米。想到开窗就能召唤伙伴出来玩儿，打个手势、使个眼色就能集聚到碾盘吃饭，还有风雪夜可目睹大人们鸡窝里捉野猫、抓狐狸等乐趣，我就更加留恋老院。参加工作后我才意识到，国斌大爷和我们家先后搬出老院，是那些老房子最终消逝的起因。步入中年以后，我越来越怀念自己出生的老院，无数次与妈妈一起回忆在老院的生活经历。因为那里留下了爹妈和我们的生活足迹，记载了整个家族的历史。遗憾的是，现在我只能在梦里重温它的模样，手里没有一张它的照片，哪怕是黑白的。

第二节　分家大事

妈妈对老院有着深深的眷恋，也有着非离开不可的强烈意愿。妈妈回顾自己那段心路历程时说："分家，是妈这辈子最大胆、最坚定的决定。"

妈妈离世前，总结她在老院的生活时说了一段话，令我印象深刻。这段话简练生动，寓意深长。妈妈说："分家那年，妈52岁。从结婚到分家，那二十多年变化才大呢！国民党被打跑了，人民当家作主了，每个家庭都盼着过上属于自己的日子。你那六个太爷都老了，封建社会那一套过时了。你三个叔叔和两个姑姑都结婚了，妈妈也年过半百，从小媳妇变成老太婆。若不是咱家十多口人住两间半房，你哥回家没地方住去别人家借宿，妈也不能下决心分家。在老院住得太久了，妈早就想过独门独院的日子！"

在所有的往事中，妈妈对分家、盖房子的记忆最清楚不过，包括分家原因、背景、时间、场景、人物、对话和情节，都是妈妈晚年零零碎碎给我讲的。写妈妈时我才发现，妈妈做出这个重大决策，对农村一个贫困家庭的主妇来说，真是了不起。

妈妈考虑分家，首先去征求二叔的意见。道理很简单，二叔正直公道，又有眼界，深得爹妈的信任。妈妈说："国安你二叔有八个孩子，你二婶一辈子做家务，生活一点儿都不富裕。加上兴绵你哥共九个孩子，什么样的家庭受得了？你二叔是我和你爹操心最少的兄弟，也是最有情有义的，主动让你哥去黄花甸念书……"

那是1969年春节，妈妈趁二叔回家看望奶奶的机会，与二叔悄悄商量了分家的事情。尽管奶奶背地里跟二叔说她不同意分家，但二叔还是明确表示，坚决支持妈妈分家的想法。

春节后不久，妈妈跟爹爹说："你明天赶车进城拉货，顺便去找一下老二，让他有空儿回来帮助主持一下，把咱们和老五的家分了吧！"爹爹沉默了好一会儿，没有回答。妈妈接着说："兴绵回来了，家里没地方住，老住在他国海大婶家也不是事儿，赶紧叫老二回来掌盘，赶在种地之前把家分开。分了家咱们就出去盖房子，好给儿子准备结婚。这件事就这么办，这回你得听我的。"

好兄弟分家，是件很不容易的事情。长兄如父，爹爹不愿分家，是考虑兄弟情义。虽然那时家里几乎没有值钱的东西，除了按人头分点儿自留地，只有这两间半旧房子。父子分家常闹得不愉快，更不要说是兄弟之间。分家后，妈妈幽默地说道："当妈的都偏向老儿子，你奶奶一辈子吃妈做的饭，分家的时候，最担心的还是老儿子吃亏。"

我清楚地记得，分家那天，是早春的一个上午。二叔是前一天晚上回来的，到家就跟奶奶说："分家了，你还是跟我哥我嫂子吧，我整天在外面工作，照顾不上家，你去我那儿恐怕不行。你要想跟国柱，我也没有意见，但我怕你后悔啊，哈哈……"奶奶连想都没想就告诉二叔："这不用你操心，我早就选好了跟谁！""跟国柱？"二叔故意气奶奶，奶奶说："我想跟谁就跟谁，明天分家你就知道了。"

第二天早上，除了我们自家人外，大小队干部和殿伍大爷、门房国斌大爷等家族里的重要人物都来了。我坐在窗台上，紧挨着坐在炕上、守着火盆的奶奶、二叔和殿伍大爷，国斌大爷和爹爹、还有几个大小队的干部，都板着脸坐在炕沿上，妈妈、老叔和老婶依靠衣柜和米柜站在地上。二叔一边吸着纸卷的旱烟，一边与各位长辈寒暄。在场的人，唯有二叔和妈妈带着笑脸，其余的人，尤其是老叔和老婶，表情紧张、严肃。那是我记事以来，在老屋里所感受到的最紧张压抑的气氛。

分家那天，妈妈颇有家庭领袖的风度。她始终保持着微笑，这是妈妈的修养，是老院大家族生活历练出来的一种气度，与读书识字没有任何关系。长大后，我觉得妈妈就是没赶上好机会，否则，她可以成为一个优秀的领导者。

妈妈首先请二叔给大家说几句。二叔呵呵一笑说："我本来是没有发言权的，但是我妈、哥哥、嫂子和国柱是分家的当事人，按规矩，总得找个中间人出面主持一下。我嫂子相信我，我昨天就回来了。这是好事，大家来帮忙，我表示感谢。现在，咱们大伙儿还是先听听我嫂子的想法……"

妈妈面带微笑说："今天，是我把老二和大伙儿请来的，也是我提出要分家的。儿子大了，还要与父母分家，何况兄弟之间。这没什么可讲的，也没有什么不好。老二是咱们家的亲兄弟，当干部，读书多，处事公道，我特地把他请回来，他一手托两家，把家分了。老五都两个孩子了，兴绵也该找媳妇结婚了，这个家到了该分的时候。老五，你有什么意见，就说吧！"

老叔说："我没有什么意见，你说分就分呗！"

"其实也没有什么好分的，就那点儿自留地，这两间半破房子，还有一头猪和一个苞米仓子，再就是几口旧缸。没有饥荒，也没有钱，粮食一家一半就行了。老太太想跟我，我就养活；如果想跟老儿子，我也没有意见。"妈妈说。

"大媳妇，我跟你。你想甩掉我还不行呢！"奶奶抢先说话，她仿佛真的害怕妈妈不要她。

"好，那你就跟我。我不能让你没着落，放心吧！"妈妈立即给奶奶一个满意的回答，然后瞅着二叔，等待他说话。

二叔对爹妈非常敬重。妈妈与二叔事先讨论分家，二叔就赞成妈妈的主张，并明确表示，这两间半房子虽然有他的份儿，但是他不要了。妈妈还没等二叔开口，又补充一句："我给大家说一下，咱们老二为人处世讲义气，他早就告诉我，这两间半房子属于他的份儿，他不要了。老二不计较这点儿房产，咱们分家就变得简单多了。"

二叔深深地吸了口烟，抬起头来问："国柱，你同意分家吧。"

"我嫂子说要分，那就分呗！"老叔再次这样说。

"好！你要是同意，那就什么都好办了。"二叔把烟掐了，打开了话匣子。

在整个家族中，没有人比二叔有文化修养、善于言谈，并且风趣深刻。"国柱，咱们都是哥嫂拉扯长大的，这是我们都不该忘记的。我妈还活着，坐在这里，咱们要有良心，将来哥嫂老了，需要咱们帮助，那也得像儿子一样对待他们。今天这么多家人和大小队干部都在，大家记住我的承诺，我傅国安不说假话。

我嫂子提出要分家，我非常支持，这个家早该分了。我嫂子把你国柱养大、娶媳妇、结婚，都生了两个孩子了，够意思了。依我看，国柱自己过日子，保证比跟我哥在一起更卖力，对不对国柱？"

二叔笑出声看着老叔："你是我老兄弟，我太了解你了。你是个分家就能好好干活儿的人。我嫂子说得对，大家口过日子，互相坐等靠，过不好日子。现在你睡懒觉，不愿起早贪黑，等分开家，你就自觉了，你看哪对小两口过不好日子？再说，兴绵回来也没有地方住，将来娶媳妇怎么办？"

屋里静悄悄的，二叔停顿一下说："咱们这个家本来就很穷，没有值钱的东西。但是，总得有人出来唱黑脸，把破烂东西分一分。我的意见和我嫂子沟通过了，这两间半房都给国柱。我哥的那份，国柱少给几个钱就行了，我那份儿就不要了。考虑到你年轻，出去盖房子不容易，我哥赶大车，在外面有些朋友，我嫂子能干，出去盖新房，孩子大了也能帮忙。你看行不行，国柱？"二叔看着老叔，等待他的反应。

"行，怎么不行。"老叔满意地回答。二叔看着老叔继续说："我妈说他愿意跟我哥哥嫂子过，那就尊重她的意见。妈不在你那儿，你的负担小一些。但是需要你的时候，你比我离得近，可不能躲老远啊！我妈现在身体还不错，等老了再说。我相信我妈选择跟我哥我嫂子过，是完全正确的。猪圈里的那头小猪，分给我哥。苞米仓子给你，屋子里的东西，是谁的就归谁。还有点儿粮食和锅碗瓢盆，也分一分吧。"国斌大爷和几个大小队干部先后插话，说国安二叔这样分家既简单又公平，哥哥嫂子对国柱够样儿，希望国柱别忘记哥嫂的恩情。

说到这里，二叔不忘检讨一下自己，他把话茬儿接过来："这么多年，我妈一直是我哥哥嫂子养活的，我照顾太少了，想起来很惭愧。我家养了一群孩子，说起来不怕家里人笑话，有八个，像猪崽子似的，我真后悔生了这么多孩子，养活不起啊！每年我哥用马车给我送粮食、地瓜和柴草，这才能勉强维持生活。我嫂子也50多岁的人了，对我们这个家贡献很大，咱们老院的家人们都看在眼里。我们家比较特殊，我们几个没有爹的孩子，是我哥哥嫂子供我们上了中学、娶了媳妇，这份恩情可不能忘啊！国柱，这些事，你得认真想一想啊！人嘛，穷也得有良心……"

老叔有些不安，妈妈打断二叔的话，"老二啊，这些话你就不用多说了，哥哥嫂子做这些都是应该的，一点儿不后悔。咱们听听国柱的，要是他没有意见，家就这么分了，我明天就搬到门房我哥（指国斌大爷）家去。你们大伙儿都别走，咱们晚上一块儿吃顿分家饭。"老叔和老婶都点头同意。

分家会上，爹爹始终没说话。国斌大爷说："国昌，你说几句吧。"这时候，爹爹跟老叔低声说："国柱，苞米仓子下面的木头给我一块，明天我破开做一副锅盖。"没想到，老叔反应激烈，张口就说："苞米仓子不是分给我了吗？那下面的木头都是我上山弄下来的，我还有用呢。"那时候老叔27岁。我看见他说话时生气了，一下子把分家的平和气氛打碎了，在场的人都很惊讶，一齐把目光投向老叔。

二叔是个急性子、易怒的人。他睁大眼睛看着老叔，从炕上站起来，刚要发火，妈妈赶忙说："国柱，分给你的东西，你哥不该拿，你放心吧，我们不用！"爹爹也憨厚地说了一句："好，我不用了。"

国斌大爷忍不住发火了："小国柱，你哥白养你这么大了，山上木头有的是，就算是你上山弄下来的，你哥赶大车挣钱都给自己花了吗？不比你挣工分多啊？你都是两个孩子的爹了，有点儿良心吧！做锅盖的木头不用你了，我给！"

"哥，你别说老五了，他小，哥哥嫂子不挑他。"妈妈平静地说，"老二，家就这么分好了，剩下的事儿，嫂子都能办好，不用你操心了。"

老叔在地上像站不住似的，面向二叔，气呼呼地说："就你这个二大脑袋，什么事都向着我哥哥嫂子……"二叔聪明，脑袋比较大，老叔经常这样不礼貌地称呼二叔。

老叔扬起头往屋外走，妈妈赶紧上前拦住："国柱，你别耍小孩子脾气，你要是觉得老二分家不公平，就当场说出来，咱们可以重分，大队和小队干部都在。无论如何，今天咱们一定得把家分好，你走了怎么分啊？"妈妈说话和风细雨，温和中带有理性和意志，老叔停下脚步，安静下来，转身又靠到柜子边儿。二叔气得脸色都变了。妈妈对二叔说："老二，该说的说了，该分的分了。你有文化，趁大家都在场，把分家情况写在纸上。分家这么大的事儿，至少得有个记录吧，对不对？"

二叔压住火气坐下来，有些不耐烦地问老叔："国柱，你有什么意见赶紧说，我要下笔了。兄弟之间，白纸黑字，不能反悔。"

奶奶见老叔不肯说话，放下长杆烟袋说："我替国柱说一句，这么分家行了，他不吃亏，有什么不同意的？上哪里去找这样的哥哥嫂子？"二叔提笔写分家契约，爹爹和老叔按上手印。家，就这么分完了。

晚上，妈妈准备了两桌饭菜，请二叔和来帮助分家的人一起喝酒、吃饭。那顿饭，也是爹妈和我们几个孩子在老院吃的最后一顿饭。

分家的第二天早上，我们就搬出了老院，早饭是国斌大爷、大娘给准备的。国斌大娘个子很高，少言寡语。她是奶奶的亲侄女，也是妈妈的亲姑舅表姐，对我们的到来十分热情。搬到国斌大爷家的东西不多，一头小猪，两口大缸，一口木柜，还有一些破旧的锅碗瓢盆。木柜是妈妈结婚时做的，在当时算是很精致的家具，妈妈进城后，把这口木柜留给了姐姐。妈妈去世后，我在姐姐家打开这口柜，看见柜盖里面贴着一张红纸，上面用毛笔写着父母的婚约，多处破损，字迹模糊。小时候，我们全家人所有的衣物，都放在这个柜子里。我建议姐姐把它留下来。

国斌大爷是第一个离开老院的，在老菜地附近盖了五间新草房。国斌大爷把他家西头两间半房子腾出来给我们住。妈妈在搬家那天告诉我们，在这里住上一年半载，新房子就差不多盖好了。

我们不盖草房，要盖一个大瓦房，给哥哥娶媳妇。

我们搬进国斌大爷家仅仅几天，在中国和苏联之间就爆发了一场小规模的战争——珍宝岛自卫反击战。爹爹得知这个消息，回家跟妈妈说："今年年头不好啊，咱们盖房子没赶上好时候。过去说'牛马年广种田，就怕鸡猴这二年'，还真是这样啊。"

这是妈妈给我们讲起盖房子的经历时，回忆的一段背景和爹爹当时的心情。

我问妈妈："你不同意爹爹的说法，是吗？"妈妈说："是啊，我跟你爹说，珍宝岛打不打仗，管你一个老农民什么事？咱们还能关门不过日子吗？我知道你爹是个有主意的男人，盖房子，他不会打退堂鼓。我们当媳妇的，总得给男人鼓劲儿才行。我告诉你爹，家务活儿我干，外面的事你和儿子商量着办。咱们自力更生，起早贪黑，上冻之前把房盖弄好，先搬进去！"讲到这里，妈妈得意地笑了笑，说："你爹这手好，只要我说得对，他从来不跟我作对。分家之前，你爹说，咱们要盖房子，就得借钱、借粮，会拉下饥荒。我心里明白，你爹是个勤快人，他不是担心房子盖不起来，也不是怕还不上饥荒，他是不愿意和你老叔分家。我就鼓励他，咱们兴绵长大了，是你盖房子的帮手；咱们家人缘好，会有不少人主动来帮工，不用担心找不来人干活儿；咱们还有一些好亲戚，抚顺我五叔答应借给我们几百元钱；你赶车几十年，在外面有一些朋友，关键时候用一用，咱们保证讲信用……你爹听了我的话，心里

144

踏实了。"

盖房子，这是一个贫困农村家庭天大的事情。在妈妈看来，盖房子和吃饭、睡觉一样，纯粹都是自己的事情，唯一的指望和依靠，就是自力更生，靠自己去实现生活梦想。这是妈妈的生活理念，这种执着似乎与年代毫无关系。直到妈妈老去，她仍然坚持这样的观念："无论遇到什么困难，都不能指望别人，要靠自己渡过难关，靠谁不如靠自个儿。"

儒家提倡"自助而后人助，自助而后天助"，妈妈虽然只是一个普通的农妇，却一直秉持这样的生存理念。从这个意义上来说，中国劳动人民是智慧的、伟大的。

英国作家塞缪尔·斯迈尔斯在《自励自助：修炼最完美的自己》中这样写道："人不是通过读书而是通过行动完善自我——即通过生活本身而不是书本，通过行动而不是学习，通过品格而不是传记，来使人类保持永恒革新。""最贫困的人时常占据最高位置，看似最不可超越的困难丝毫也不会阻挡他们前进的道路。很多情况下，正是困难成就了他们，激发他们劳作和忍耐的力量……"

完全正确！贫穷与困苦的生活，使妈妈练就成一个坚强而智慧的自助者。"无论生活有多苦，你都得自己扛。"妈妈说。即使遇到无房住这样的困难，她也从未想过向国家要点儿什么。她一生的生活理念，就是靠自己和家人的努力去创造生活。爹妈这一代农民，许多人都是这样的，只要没人侵犯他们的土地和房屋，他们就会自力更生、默默生活，从来不给他人找麻烦。

写到这里，可能有人觉得我把妈妈写得太完美了。其实无论我如何努力，我都没法把妈妈的形象写得完整与生动。任何熟悉妈妈的人都知道，妈妈的善良和勤劳、坚强和勇气，最能代表人类的高尚品质。她靠自力更生的精神生存着，用自己勤劳的双手创造生活，用希望和热情守望家庭幸福，这应该是全人类都尊崇的价值方向。妈妈没有做过什么大事，也不懂得什么家国情怀，但妈妈的所作所为，恰是人间正道，因此是值得赞美和记录的。

第三节　四斤米盖房子

分家、盖房子那年，妈妈已年过半百。那时我14岁，还不完全了解妈妈的心事。她当时怀着付出一切的决心，去解决住房拥挤、儿子找宿的困境。

多年后，我请妈妈给我们讲讲盖房子的故事。我发现，妈妈的心仍是那么坚决。

"孩子，盖房子时家里就剩四斤米，说出来谁信？但是，妈妈就是这样和你爹开始盖房子的。最后，我到底和你爹领我的孩子们盖好新房子，过上了独门独院的日子，清净、规矩、自由自在！"我为妈妈的勇气感到惊讶。我问妈妈为什么这么坚决、这么有胆量？妈妈回答："当爹妈的，一定要为儿女负责。我有四个孩子，总得让我孩子有个温暖的窝吧？更要紧的是，父母要给孩子做个榜样，过日子要勤劳，懒惰的父母能教会孩子什么呢？爹妈努力盖新房子，虽然最后你不住，带着爹妈进城了，但是，那房子不白盖啊，妈妈在那里过了二十多年好日子，你想想盖房子那一段，是不是感觉跟爹妈学会了吃苦耐劳？爹妈可不是白当的，像样的爹妈才有像样的孩子。"

说起来，我对盖房子的事记忆太少，贡献也最小。至于"四斤米盖房子"的故事，妈妈曾说起过，但并没引起我的兴趣。

国斌大爷和爹爹是吃同一锅饭长大的亲叔伯兄弟，也是父辈里最年长、关系最好的两个人。两家相距三四百米远，抬头就能望见。妈妈做好吃的，会把国斌大爷叫来吃；我在外地工作那些年，国斌大爷和兴洲哥、兴同弟，经常来帮助爹爹种地、砍柴。记得我们搬到国斌大爷家住的当天，国斌大爷就主动和爹爹一起商量房场选在哪里、建几间房子、建什么样的房子，等等。爹爹说和公社、大队和小队都沟通好了，一间房子交六十元房木钱，同意我们家盖四间房子，自己上山砍房木。国斌大爷给爹爹出主意，说咱们老傅家有国范、国龙两个兄弟是木匠，还有国贤，既会瓦匠活儿，也会石匠活儿。他们能帮助把木匠活儿和瓦匠活儿干了。最好先请他们把房子的尺寸给放出来，然后就可以上山砍房木了。

国斌大爷希望爹妈把房场选在他家旁边的老菜地，妈妈认为，老菜地有点儿低洼，夏天一旦出水不好办。另外，老菜地是全小队最好的一块菜地，是用粪肥喂出来的，盖房子太可惜。妈妈不愿请人看风水，自己看上了二道沟沟口一个地方。那是一块薄地，地势也比较高，只是周边有几个像小山一样的大石堆。妈妈为了说服爹爹和国斌大爷，迈着小脚，跟在爹爹和国斌大爷后面去看那块房场。国斌大爷在现场看了看说："这些大石堆得花好多人工才能移走，太费劲儿了。"妈妈却提出了另一个看法："盖房子需要好多石头，这些石头可以用来砌院墙，正好不用从外面拉。愚公能移山，咱们起点儿早、贪点儿黑，不仅砌墙的石头有了，还能在院子里整理出一块地来。"

爹爹和国斌大爷赞成妈妈的意见，房场就这样定下来。爹爹想把石头、木头、石灰等材料都准备差不多了再打地基，妈妈不同意，跟爹爹说："你要等什么都齐全了，到明年秋房子也盖不起来。咱们说干就干，从明天开始，我们就动手盖房子……"

回想起"明天就动手盖房子"的情节，妈妈记起许多事："妈妈说明天盖房子，谁知道米柜里只剩下四斤苞米糁子，只够全家七口人吃一天。分家时分得那点儿粮食吃光了。我们家人缘好，请人来帮工，妈妈不愁，可是干完活儿没有饭吃，怎么好意思啊？我跟你爹说，现在最着急的不是准备盖房子的材料，而是粮食。我告诉你爹，赶紧跟队长说一声，明天去西边给小队卖木头，顺便去找于洪连你二姨父，还有营口高坎、水源的几个朋友，先借点儿粮食拉回来，最好是大米。来帮工的人都是亲朋好友，我们不给工钱，还不得吃点儿好饭？我相信你爹跑外面这些事很在行，我就在家张罗人，准备两天后粮来了平房场、打地基。"种地时节未到，粮食已经断顿，这是当时农村家庭的普遍困境。针对这种情况，上级偶尔会给社员发放一点儿返销粮，许多家庭要靠吃"瓜菜代"（以副食弥补粮食极度短缺的办法）渡过难关。连饭都吃不上，谁家敢盖房子？一个公社三四千个家庭中，没有几个家庭能盖得起房子。1969 年那一年，在瓦沟大队只有我们家盖房子。

让妈妈惊喜和难忘的是，爹爹两天后归来，拉回来上千斤粮食，主要是大米和高粱米。妈妈十分信服地说："女人再能摆布，也走不出家门，还得老爷们出门办大事。"妈妈用这种方式夸赞爹爹。就这样，在爹妈的紧密配合下，新房子开工了。

平房场那天，地下的冻土层尚未化透，国范大叔和国贤大叔在现场放线。四间新房不再沿用过去的老尺寸，爹爹将新尺寸告诉他们。爹爹特别嘱咐木匠，房梁要采用带中柱的——也就是卯榫结构的通天柱。听说鲍家堡子有个名叫鲍洪乙的老木匠，干中柱的房子很拿手，爹爹已经请好了。老院里兴仁哥家住的上屋，就使用了通天柱，好处是房子不塌腰。生产队非常支持爹妈盖房子，把忙于春耕送粪的马车和牛车腾出来，帮我们家拉黄泥和大块石头。

房场平好后打地基。爹爹说，打地基不能光用黄泥，怎么也得用点儿石灰浇灌一下。那时候，盖房子很少用水泥，买不到，黄泥是我们那地方盖房子用的黏合剂。石灰比水泥容易买到，也比较便宜。那天妈妈做好饭，特地跑到现场视察。国贤大叔跟妈妈说："大嫂，你选这个房场石头太多，平房场太费劲儿，那几个乱石堆不挪走，这地基是没法干啊……"妈妈说："国贤，你是瓦匠。大嫂一天给你三元五元的工钱不算多，但是，晚上肯定有酒喝。你听听我这个妇道人家的意见，这个地方盖房子，不挖地基都没事，下面全是乱石岗子。那几个乱石堆，不等你们挖地基，我肯定让你大哥把压线的地方给清出来，你好好划线就行了。"国贤大叔笑着说："你这老娘们儿还真是骗不了，什么都懂。""大嫂都快老死了，就是没男人那么有劲儿，要不然，就盖房子那点儿事儿，我都不用你哥操心，这可不是吹。你们大伙儿帮哥嫂的忙，我从心里谢谢你们。"妈妈的话，让干活儿的叔叔们很开心。

在我的记忆中，这是妈妈第一次进新房的施工现场。

挖地基之前，爹爹和哥哥还有邻居来帮工，大家起早贪黑，很快就把影响地基施工的乱石堆清理好了。

打地基那些日子，每天都有十几个人来帮工，国贤大叔、国斌大爷和爹爹都是技术指导。爹爹、哥哥和前来帮工的大人们，拿起洋镐、铁锹、铁锤和钎子等工具，先是沿着划线挖地基槽。地基槽大约一米宽、一米深，挖好了地基槽，新房的基础轮廓就出来了。一两天后，地基挖好了，大家开始往地基里面砌石头。国贤大叔喊道："你们注意了，地基上每根顶梁柱的位置，必须找一块又大又平的石头放上去，要与地面平齐。石头先按划线摆好，然后再固定。"我看懂了，为了使房子稳固，砌在地基底下的，必须是稳固的石头。国贤大叔喊着我的小名问我："小二立子，来，你给大叔算一算，四间房子，每间有三根顶梁柱，一共需要多少个顶梁柱？"我张口就来："十二根。"国贤大叔笑着说："你错了。"我不服，国贤大叔就拿出一块白滑石给我，让我在石头上画个图看看。这时我才发现我真的错了，原来四间房子，得有五个房架支撑，也就是说，我家的新房子，需要十五根顶梁柱。

在我童年的记忆里，盖房子打地基是全凭经验的技术活儿。掉了一根大拇指的国范大叔，右手握着一个可以放长线的墨斗，左手拿着一个一米长的钢板尺，人们一看就知道他是一个掌握技术的木匠；而国贤大叔右手握着锤子，左手握着一个钎子，那就是石匠的象征。他们划线，用的是草木灰和白滑石；他们使用的铅垂线，就是一个麻绳拴上一块小石头。新房子打地基，就是依靠这两位土生土长的建筑工程师，还有那些简陋的工具，当然还有爹爹、国斌大爷两位有实战经验的人，他们齐心协力完成了全部技术准备。

哥哥是头一回参加盖房子的劳动，也是现场最活跃的壮劳力。他按照国贤大叔划出来的位置，找来一块又大又平的石头，建议爹爹把它放在屋子中间做中柱——通天柱的基石。国贤大叔跟哥哥说："兴绵，这石头太大了，劈小一点儿，再周正一下。"哥哥从国贤大叔手里接过锤子和钎子，就去劈那块石头。国贤大叔笑了："小心锤子砸手，把钎子斜歪一点儿，先慢慢用力……"哥哥叮咣叮咣地劈起石头来，直到把那块石头弄得大小合适，放在了中柱的位置。国贤大叔高兴地说："兴绵啊，那三根中柱的基石也交给你干了，大叔可以退休了，哈哈哈。"在场的叔叔们都夸赞哥哥厉害，不仅会读书，也是干活好手。锤子把哥哥手指砸破流血了，他却不声不响，埋头苦干，直到把三根中柱的基石全部安放好。

爹爹和国斌大爷领着一帮叔叔往地基里砌石头，我和姐姐干点零活儿，捡来一些细小的砂石给地基填缝。爹爹和国斌大爷拿着撬棍和木棒，喊着号子，与那些年轻的叔叔们一起动手，把一块块大石头，像滚雪球一样，移到顶梁柱的位置。十五根顶梁柱的下面，都是用这些三五百斤重的大石头做基础。那时我才明白，父辈手上的老茧是怎样磨出来的。

不知不觉，太阳当头了。春寒料峭时节，每个人都累得满头大汗，手上都有轻伤，哥哥手上的血泡最多。国斌大爷说："兴绵啊，爹妈都是为了你啊，你多出点儿力就对了。"哥哥说："大爷，这点儿苦不算什么，我不怕。"中午休息的时候，爹爹往熟石灰里加了一些荨麻纤维，搅拌均匀，为下午浇灌地基做准备。

所谓休息，就是吃一顿午饭。饭后国斌大爷跟大家说，只剩几庹长地基没砌了，今天必须把地基打完，不要影响明天生产队劳动。大家热火朝天地干起来，国贤大叔和国斌大爷不停地喊："这地基不用灌那么多石灰，省着点儿用，留着抹后墙和山墙。"爹爹说："用吧，反正也不够，还得去拉两车回来。"暮色涌来，妈妈几次传信，让大家回来吃晚饭。但是，国斌大爷和大伙儿都不肯，披星戴月直到把地基全部浇灌完了才歇工。

吃晚饭的时候，国贤大叔一边喝酒一边跟妈妈说："大嫂，咱们老院只有你们家有能力盖房子，这回我知道为什么了，兴绵这小子聪明能干，学什么像什么。你不用担心房子，咱们老傅家祖辈盖房子，还没有用石灰浇地基的。给你家干活儿能吃到大米饭，还有酒喝，你就是不给工钱，我也要帮你把房子盖起来，就凭兴绵这小子肯干，兄弟我乐愿，哈哈哈！"妈妈说："兴绵想跟你学瓦匠，你看他行不行？我就拜托你了，让他给你当助手，你们爷俩多劈点儿块石，咱们房子的前脸、山墙和后墙都要用块石砌，结实还好看。国贤你放心，哥嫂不会亏待你的。"

第二天，我到房场玩儿，发现地基上浇灌的石灰凝固得结结实实的。雪白的石灰，把四间房基地的轮廓衬托出来，很像学校标准的篮球场。这就是我未来的新家，我兴奋地踩着房基地的石头，跑了一圈又一圈，回家告诉妈妈："那些大石头连我踩脚都不动，像被焊上似的……"妈妈笑了，说："孩子，你踩脚地基要是活动，那房子就盖不成了。地基上面还要砌高墙，墙的上面还有大柁、檩子、橡子、房盖，地基不抗劲儿，就像人站不住脚一样，风一吹就倒了。"爹爹说："城里盖楼房，都是钢筋水泥打地基。咱们若是能把顶梁柱埋在地里，浇灌上水泥，那房子就更稳当了。"爹爹说得对呀，我看见社员们往地里埋电线杆子都是这样干的。不过爹爹又说，若是房架和墙足够结实，把顶梁柱放在稳固的石头上也没事。老院的房子都是这么盖的，也几十年不倒。

妈妈高兴之余，跟爹爹幽默地说了一句："你别光高兴看儿子在地基上跑，我得催你往西边跑了……"爹爹反应快，满脸严肃地问："怎么？就十几天工夫，千八百斤粮就吃光了？"妈妈说："地基打好了，咱们得一环扣一环，不能松懈，把房子盖出来。你不出去弄粮食，还想让我当'四斤米'盖房子的老婆啊？"妈妈开始给爹爹算账："满打满算干了半个月，平均每天来十个帮工的，一人一天吃两斤大米，还剩多少大米？"爹爹算账快，张口就来："吃了三百多斤啊！"妈妈说："咱家还有七口人呢，除了他奶奶、你和兴绵，其他人不吃大米饭，但那也得吃粮呀！"爹爹从容地说："你不用急，粮我来解决。"妈妈赶紧说："你不急不行，接下来要弄房木、劈石头，天天都有木匠、瓦匠干活儿。上冻前要把房盖弄好，你算算吧，秋粮下来之前，要用多少人来帮工，大约要吃多少粮，提早把粮食弄家来。家中有粮，心里不慌，这是有数的。开弓没有回头箭，有了粮，咱们就得拼命干了。"

爹爹不吱声了。妈妈一贯坚持说话不唠叨的原则，就说这一遍。这是信任，也是修养。

第四节　爹妈的骄傲

新房的地基打好了，哥哥跟着爹爹上山砍房木去了，而国贤大叔这边，正着急等哥哥和他一起去劈块石。国贤大叔预计，如果房子的前脸、山墙和后墙都用块石砌垒，每块石料一尺多宽、一尺半到二尺长，怎么也得千八百块石料，这得干好几个月呢。爹爹负责统筹，他要趁树还没发芽，上山砍房木，不然木头水分太大，需要干燥的时间更长。所以，他必须与哥哥一起，争取用一个多月时间，先把房木全部砍倒运回来，然后才能让哥哥和国贤大叔一起去劈石头。由此可见，哥哥已被视为盖房子的主力。

哥哥告诉爹妈，秀贞说了，她嫁给哥哥什么都不要，只要把房子盖起来就结婚。他向爹妈表态，他要全身心投入盖房子工程中。目睹爹妈为了孩子不辞辛劳，哥哥变得稳重深沉。哥哥的转变，让爹妈感到无比欣慰。妈妈跟爹爹说："砍房木，就让兴绵给你当帮手，咱们尽量不求人。爷俩齐心协力，那还不快啊？孩子大了，干活儿时你要慢慢教他，别动不动就训孩子。"

父亲的成就感，莫过于在艰难时刻，身边站着个大儿子——而且是一个得心应手、很像自己的儿子。哥哥在平房场、打地基安放中柱基石的突出表现，爹爹都看在眼里。他确信，哥哥是他盖房子的最好帮手。多年后爹爹生病的时候，想起哥哥盖房子吃苦耐劳的样子，流着泪说出一句心里话："我没想到他那么能干……"

这是爹爹最后一次谈起哥哥。

上山砍房木的前一天晚上，哥哥把我抱在怀里说："你不是老缠着我玩吗？那你愿不愿意和我们一起上山？给你一头牛牵着，你怕不怕？你累了可以骑着它，我来牵牛；你若是不累，就放牛吃草。我和爹爹把树砍倒了，咱们用牛把木头运下山……""我愿意，我不怕牛。放暑假的时候，我经常给小队放牛挣工分，还给爹爹割草喂马呢。""好吧，那从明天开始，我们就一起上山。"哥哥说。

第二天早上，我跟着爹爹和哥哥上山选房木、伐木头。他们手里拿着大锯、小锯，还有斧子和镰刀，并肩走在二道沟仅有两道车辙宽的石头路上。我牵着一头牛，牛背上驮着牛套和多个铁捞环子，我走在他们前面，方便他们照看我和牛。走到水泉沟口歇脚，老黄牛直奔泉眼去喝水，我只好随它过去。爹爹指着右边的山告诉哥哥，山上的林子里有几棵大落叶松树，可以做檩子；爹爹又指着左边的水泉沟，说那里有两棵大杨树可以做中柱和梁柁。那时候生产队的山林，找多粗、多直的木头都能找到，包括油松、落叶松、杨树、椴树、柞树、腊树，等等；森林里有狼、野猪、狐狸、狍子、獾子和貉子等多种动物。爹爹熟悉每一座山，哪里长有大树，心里有数。

上山的时候，哥哥牵牛，我在最后。走在前面的爹爹，不断用镰刀削掉一些挡路的草木，开辟出一条小径来。刚刚开化的树林子，林间地表湿滑，爹爹用力踏出一些脚窝，让我们沿着他的脚印前行。爹爹在一棵松树旁停下，放下锯和斧子，绕着这棵树转来转去，看它能做梁柁，还是做檩子或椽子，量一量它够不够粗、直不直溜。爹爹干活儿有劲头、有技巧，干净利落。无论捆柴、捞柴还是赶车、犁地，爹爹都是公认的行家里手。哥哥用手丈量一下那棵松树，告诉爹爹，这棵树的直径有一尺多，可以做檩子。

爹爹与哥哥面对面坐着，用一种叫"快马子"的大铁锯开始锯树。两人你拉我送，最初的配合并不好。但是，爹爹很耐心，他教哥哥"拉锯不要用力太狠，要顺着对方的劲儿用力，不然就容易把锯口拉斜了，还累得要命"。哥哥听了爹爹的指教，用手擦把汗说："爹，咱们接着来吧！"两个人又继续锯树。我把牛拴上，坐在旁边静静地看着哥哥与爹爹锯那棵落叶松。牛把周围能吃到的干草都啃光了，那棵落叶松仍没拉倒。爹爹说："咱们歇一歇，不着急。""哥，我来替你拉！"我说。哥哥累得不想说话。坐在树那侧的爹爹笑了，"你可拉不动啊！"我在这一端用力拉动那条大锯，爹爹也尽力配合我，可是我不仅没有拉出一点儿锯末，反而把锯条从锯口里拽了出来。哥哥笑我说："你还是给牛换一个地方吃草吧，你现在只能当二小放牛郎。"

这时候，爹爹从地上站起来，操起了斧子，让我和哥哥离树远一点儿，开始砍那棵落叶松。爹爹砍树真是又狠又快又准，一斧子接一斧子砍下去，那"咔咔"的声音，就像开天辟地，传遍整个森林和山谷。树快要砍倒了，爹爹停下来告诉哥哥，砍树浪费大，大树至少得砍掉半尺长，用锯就不同了。砍树和锯树，都得看它会往哪边倒，要先在倒的那面下手，不然，树倒的时候，很容易夹住锯条，还可能从根上劈开，木料就废了。说话间，爹爹又砍几斧子，大树发出"吱吱嘎嘎"的响声，朝着爹爹预测的方向倒下。爹爹用斧子快速修理掉那些大小树杈，把身子靠在树干上，张开双臂，一庹一庹地丈量。爹爹就是用这样的办法来丈量房木尺寸的，完全不用尺子。爹爹用小锯在木头上轻轻锯几下，做好记号，就跟哥哥用小锯分割木头。爹爹说："长木匠，短铁匠。咱们锯木料，要尽可能留得长一点儿。"爹爹给我解释，木头短了无法使用，白费工夫了；铁件短了，可以在铁匠炉烧化使之变长。那根大树被截成两段，两根檩子出来了。爹爹用斧头，把铁捞环紧紧地钉在木头一端的正中间。哥哥问我："你能自个儿牵牛把木头拖下山吗？"我说："行！"

爹爹说："来，爹给你把牛套上。你牵牛要走在前面，让牛跟你走，小心木头撞着。你沿着咱们刚才上来的路往下走，捞环若是掉了，你就停下来，把牛拴在树上喊我们，不要害怕。"哥哥问爹爹："一起捞两块木头行不行？"爹爹说："山上有积雪，把两个捞环子连起来行。你弟还小，还是先捞一根试试吧。"爹爹不放心，把牛笼头递到我手上，让我握紧先别动，他用斧子把那根檩子的大头，砍得圆滑一些，这样，牛拖起木头就不容易卡进土里或石头缝里，捞环子就掉不了。

协助大人牵牛耕地我很在行，但是，牵牛上山捞木头，还是第一回，我有点儿害怕。我牵牛走出不远，哥哥就喊："二立子，你能行不？要不你就把牛先拴在那里吧。"我喝令黄牛停下，回头见爹爹和哥哥都站在那里看着我。这时我的勇气来了，大声说："我行。"我忘了我是怎样跟头把式地牵着牛把木头拖下山的，紧张得浑身出汗，口渴得厉害。我摸着那头老黄牛的脖子，想起妈妈的话："哑巴畜生也通人性。"我想，这头可爱的老牛，一定知道我是小孩，得好好帮助我。于是，我气喘吁吁地对它说："你那么好，我带你一块去喝水吧。"可是我忽然想起爹爹说，牛拖下来的木头，必须放在车场。我把牛拴在树上，拿起一块石头，朝钉在木头上的铁捞环子用力砸，结果，不小心砸到了牛蹄子，牛疼得猛一使劲儿，捞环子竟然被拽了下来。我好高兴啊，牵着牛一溜烟地跑到泉眼喝水去了。喝水时，我看着牛，牛也看着我；我洗脸，牛在甩头；我舀水往牛肚子上浇，它就安静地站在那里一动不动，好像很舒服。

成功的经历给我信心。我决定再次牵牛上山，与爹爹和哥哥汇合，帮助他们从山上拖下更多的木头。走到半路，我听见哥哥在喊我，他已经走到离我很近的地方了。"你回来了，好样的。我还怕你被牛和木头压扁了呢！"哥哥开心地夸奖我。我问哥哥："你们又砍倒几棵大树？"哥哥说："至少还要再上来拖一次。"哥哥接过牛笼头，摸着我的脑袋说："你若是再长大一点儿，咱俩就能分一下工，你跟爹爹上山砍树，我跟国贤大叔劈石头，那房子盖得就快了。"我呛着他说："我又不着急盖房子、娶媳妇……"哥哥轻轻地拍我一下，我借机搂住哥哥的胳膊说："你把我放到牛身上驮着吧。"哥哥说："你查两百个数，就走到爹爹身边了。"

爹爹又整理好四根檩子，这回他决定要老牛一次拖两根下山，哥哥牵牛；爹爹自己捞一根；剩下一根明天再来拿走。哥哥说："爹，我也捞一根，明天就不用再来了。还让二立子牵牛，卡住了咱们就停下来一块儿弄。"爹爹没有反对，但想了一个更稳妥的办法保护我。爹爹捞木头走在最前面，把牛笼头用一根绳子接长，拴在爹爹的捞环上，这样，就相当于爹爹牵牛了。我拿着一把斧子和一个小锯，夹在牛和哥哥之间，轻松地往山下走。爹爹一边拖着木头一边不停地回头，看着牛是否走正道。那头牛还真懂人性，在一个拐弯的地方，爹爹停下来，要把牛拖的两根木头归拢一下，还没等爹爹喊"吁"，牛就停下了。哥哥高兴地说："你这老牛，回家得给你喂点儿好料，犒赏一下。"

每次下山回来，哥哥第一件事，就是带着毛巾和肥皂，去老院门前的小河里大洗一次：洗头、洗脚、擦身子。这是哥哥读中学养成的习惯。妈妈说哥哥"太过分爱干净了，当老农民哪能不脏"。妈妈心疼哥哥，提醒他春天水凉，小心被凉水激着。那时哥哥21岁，精力十分充沛。每天起早贪黑地盖房子，还要参加生产队劳动，但是他不知道什么叫累。哥哥从河里大洗回来，趁妈妈放桌子吃饭这会儿，就拿起板胡，坐在国斌大爷家院里的那盘磨上，摇头晃脑地拉一段他特别喜欢的电影插曲——电影《地道战》里高老忠跑去敲钟的那段音乐，是作曲家雷振邦的作品。我看过好多遍《地道战》，所以能跟着哥哥的演奏唱下来。妈妈对哥哥说："你休息一会儿多好啊。"哥哥停下演奏说："毛主席说，青年人是早上八九点钟的太阳，希望寄托在我们身上。妈，你不是希望我有出息吗？我将来肯定不在农村待着，总不能像你围绕锅台转吧？妈，你放心，就是盖好房子、娶了媳妇，我也得把她带走，爬出大山沟……"

妈妈是个明知艰难困苦，也要积极向前、向好处走的女人。但妈妈从来没有说过要我们"爬出大山沟""不当老农民"这样的话，妈妈相信，只要积极向上，这些好事自然会来的。妈妈不屈不挠的意志和精神，业已植根于哥哥的骨髓。哥哥不仅把"爬出大山沟"当作目标说出来，而且还带着青春活力与疯狂去为之奋斗。哥哥跟爹爹上山砍房木，一干就是两个多月。整个新房子所用的木料，包括：六十根檩子，十五根顶梁柱（包括三根中柱），五根梁柁，二百多根椽子，四套门及门框的木料，九套窗及窗框（加上后窗）的木料，还有东头一间苞米仓子的木料，大都是爹爹领着哥哥起早贪黑上山弄回来的。国斌大爷和国范大叔，为选好中柱和梁柁，跟爹爹和哥哥上山好几次；往家拉房木的时候，本家的几个叔叔和徐瑞芝二姐夫等，都主动来帮忙装车、卸车。房场里堆积如山的木料，几乎都需要用镰刀刮皮、用刨子刨；而窗台、门窗、炕沿等木料，风干一段时间后，还需要再次用锯破成坯子。

所有这一切，主要靠爹爹和哥哥来完成。哥哥毫不打怵，他处处向爹妈展示出一个儿子的赤诚之心。

对美好生活的向往和对甜蜜爱情的渴望，像席卷灵魂的神力一样，使哥哥变得无所不能和勇于担当。他兴奋地告诉妈妈："房木准备差不多了，明天我就去劈石头。"妈妈说："孩子，这活儿是无止无休啊，你不用太着急，你学成手还不得几个月？你准备苦干一年吧。"哥哥坚定地告诉妈妈："我一个月跟国贤大叔学会当石匠，三个月把砌墙的块石全部给你拉回家。你瞧好吧！"

记得有一天，哥哥拿出一本书给我，对我说："你好好看看这本书。"那是一本旧书，与我五年级的语文课本差不多一般厚，书名为《天演论》，作者赫胥黎，翻译严复。哥哥告诉我，这本书的主题可用八个字来概括："物竞天择，适者生存。"我不懂，哥哥就给我解释："如果我把你送到头道沟大山里，十天不让你回家，你觉得会怎么样？"我说："那我就饿死了呗！"哥哥说："不等饿死，狼就把你吃了。所以，你要想活着回来，就要自己去找水喝、找吃的，还要手里拿着一根棒子打狼，保护自己，否则，你就死定了。这就叫适者生存、不适者死。"那时候，我似懂非懂，直到成年后，我才恍然大悟，哥哥刻苦学习石匠等劳动技能，将自己从一个读书的中学生快速打造成一个与爹爹一样成熟的劳动力，无不受到"物竞天择，适者生存"思想的影响。是的，哥哥如此努力，就是为了适应艰苦的农村生活。

有了哥哥的雄心壮志，妈妈建议爹爹，新房子除了两头山墙顶部的那块小三角，其余要全部用块石砌起来，使房子结实、美观。块石是花岗岩劈成的，有大有小，有长有短。砌墙时长短搭配，叫"一丁一斗"，压缝接牢。父辈里唯一的瓦匠国贤大叔，不仅负责新房子的瓦匠活儿，还要带个徒弟，将手艺传给哥哥。

妈妈去世那年，年近八旬的国贤大叔认真地跟我说："兴宇啊，你哥若是不死，他会比你强。那小子念书好，还能干一手好活儿。他本来没干过什么活儿，上来就敢扛起大铁锤跟我学劈石头。不到一个月，他就学会了，比我干得快。他太聪明了，你看他个头不高，干活儿又快又利落。""是的，哥哥的那些事，我还记着呢。"我跟国贤大叔唠起来。那时候，我经常给国贤大叔和哥哥送午饭。说起来，他们劈石头的地方，就在老院门前那条小河的岸边。哥哥真的聪明，他告诉国贤大叔，他已经探查过了，沿着那条小河三四公里长的岸边，就有不少花岗岩石头，找石头、劈块石，近水楼台才便利，这里的石头足够我们家盖房子用了。国贤大叔很是惊讶，说他正犯愁，不知到哪里去找石头。多少年来，没有谁家盖房子会用这么多块石。石场离家近，干活儿、运石头都方便，人工和车工花费就少，爹妈也很高兴。但急性子的哥哥并不满足，他请求妈妈，只要干活儿离开家一公里左右，就要妈妈中午做好饭菜，让我给送到他和国贤大叔劈石头的地方。因为这样做，可以节约不少时间。

我第一回给国贤大叔和哥哥送饭，他们在接近沙金沟小队的河边劈石头。国贤大叔坐在一块石头上抽烟，喊哥哥过来吃饭。但哥哥似乎没听见，他左手握着铁钎子，右手拿着铁锤，在一块比磨盘还大的石头中间不停地凿。我走上前去，想仔细看哥哥是怎么劈石头的，哥哥赶紧要我站到他背后，要我小心石碴子崩到眼睛。我告诉哥哥，国贤大叔要他过去吃饭，他才放下锤子，去河边洗手。这时，我看见哥哥手上的血泡破了，流出血来，疼得他龇出两个小虎牙，大声地喊叫："国贤大叔，你的手怎么不起大泡呢？""兴绵啊，磨出来了呗，哈哈！"国贤大叔笑中带着同情。哥哥走到国贤大叔旁边坐下，开始狼吞虎咽地吃饭。国贤大叔笑呵呵地对我说："你哥真厉害啊，你得向你哥学习，多帮你爹干活儿。""国贤大叔，那块大石头又大又硬，我今天非得把它劈开不可，至少出十块好料。"哥哥边吃边说。国贤大叔说："你的手现在还不算疼，等到晚上睡觉才疼呢。说不定，你明天干不了活儿，干了半个多月，咱爷俩也该休息一天了。"哥哥说："大叔，我现在基本把你的手艺学过来了。等这房子盖好了，我就是成手瓦匠，和你搭档，一块儿出去挣钱。你明天休息，看我给你再劈一车石头出来。"国贤大叔建议哥哥明天把锤子把和铁钎子缠上一块破布，这样就磨手轻一些，哥哥说："不用，我也要把手磨出来。再干一个月，能磨出来吗？"国贤大叔笑了，说："快了，劈石头长老茧快啊，哈哈！"

哥哥吃完饭，放下饭盒，起身走到那块没劈开的大石头上，反复察看他凿的那一排石窝。我很想知道，哥哥究竟用什么办法，才能把那么大的石头劈开？哥哥很懂我的好奇心，他拿起几个铁楔子，指着那排石窝告诉我，那叫"楔子窝"。每个"楔子窝"里放一个铁楔子，然后用大铁锤使劲儿砸这些铁楔子，石头就裂开了。我看见，哥哥在阳光下高高举起铁锤，一锤一锤地有节奏地砸下去，砸在每一个铁楔子上……我看见，有的铁楔子崩了出来，有的还冒出火星。哥哥累得呼呼直喘，不得不停下来，用手擦汗。

这是我第一次完整地见识劈块石的过程。那真是硬对硬的艰苦对抗，但哥哥给我的感觉，是他的意志比花岗岩还坚硬。后来妈妈说，大约一百来天，哥哥就配合国贤大叔，把盖房子用的块石全部备齐了。国贤大叔在给我家新房子砌墙的时候跟妈妈说："这里哪块石头是兴绵打的，我都能看出来。他劈的石头、出的力，都比我多。你要仔细找找，能发现有的石头上还有你儿子留下的血手印呢！"这就是当时为盖房子、娶媳妇而拼了命的哥哥。妈妈掩饰不住内心的感动，跟爹爹夸奖哥哥："我那兴绵对得起你吧？手和脑袋一样灵。我做梦都没想到，我那个读书的孩子，回家盖房子也能独当一面，你这当爹的不感动啊？谁家读书的孩子能这样，拿起斧子凿子能当木匠，拿起锤子大铲能当瓦匠。我就说嘛，咱们对孩子要有耐心，只要父母走正道，孩子差不到哪里去。"

爹爹听了，欣慰地笑了。

第五节　好男儿的骨气

就在爹爹和哥哥紧锣密鼓地往房场运木料、块石期间，哥哥与小朱的恋情出现了问题。国海大婶是第一个发现问题的人。她匆匆来找妈妈，悄悄地跟妈妈讲，小朱前些天回大连，把她与哥哥谈恋爱的事情跟家人说了，遭到父母的反对。小朱回来在国海大婶面前好顿哭，她没能说服父母，可能要和哥哥分手。妈妈问国海大婶，哥哥是否知道小朱变心了？国海大婶跟妈妈解释，小朱不是变心了，是她父母不同意她嫁给农村的孩子。小朱一直在拖着，不想跟哥哥分手。但是，那天晚上，哥哥把小朱拉到国海大婶面前，坚定而明确地向小朱表态："既然你们家不同意，你自己不能做主，那咱们现在就分手，你再也不要来找我……"国海大婶说："兴绵这小子也太决绝了，他让我当面做证，跟小朱一刀两断。他根本不听小朱解释，说完抬腿就走了。小朱哭了一夜，我怎么劝也不行……"

妈妈听了国海大婶的讲述，感觉事情来得很突然。因为妈妈根本就没发现哥哥的情绪有什么不对，他每天仍然起早贪黑到房场干活儿、去河套劈块石，闲暇时还唱歌、拉胡琴，跟平常一样有说有笑。只是他把行李搬回国斌大爷家跟我们一起住，不再住国海大婶家。哥哥告诉妈妈，说这是为了和爹爹一起干活儿方便。妈妈平静地跟国海大婶说："本来两人说好了，房子盖好了就结婚。现在他们不想处了，咱们姊妹俩也别上火。新社会、新国家，恋爱自由，随他们便吧。"国海大婶说："哎呀大嫂，说起来我肯定向着咱们自己的孩子，但是小朱那孩子，人品好，你娶到家里当儿媳妇肯定不会差。"妈妈说："大妹子，你为我儿子操的心足够多了，给他烧热炕，晚上等他回来睡觉，有好吃的给他留着，我这当妈的还能怎么样啊？大嫂对你一辈子感激不尽。这回，咱俩说好了，谁都不再操心，看他们的缘分吧。这事劝得了皮儿，劝不了瓤儿。他们城里的父母以为自己的孩子比农村孩子强，那人家不同意嫁给咱们家也正常；我孩子虽然是农村人，但我看他比城里的孩子有出息。就从他盖房子的那股劲儿，我还愁他娶不上好媳妇？你就等我把房子盖好，来喝喜酒吧。总有慧眼识珠的姑娘会看上我儿子的。"妈妈就这样劝走了国海大婶。

几天过去了，妈妈没有跟哥哥提起这事儿。当妈的能忍住这样的心事并不容易。有一天吃晚饭的时候，妈妈很委婉地问哥哥："兴绵，小朱好多天没回家吃顿饭了，她在青年点挺好吧？"让妈妈没有想到的是，哥哥很直白地告诉她："妈，我们分手了，你再不要叫她来吃饭了。"哥哥见妈妈一时没有话说，赶紧补充说："国海大婶是不是早就告诉你了？小朱说她父母不同意，她没办法。依我看，她和她父母一样，就是瞧不起咱们农村孩子。这样的女孩，给我我也不能要。如果她没有偏见，那她就是一个窝囊废，自个儿不能做主。妈，好姑娘有的是，我不着急，再好好挑一挑。就凭你儿子我，找不到她那样的？我自己个子就不高，她个子还那么矮，我应该找个高个儿的才对。"妈妈说："个子矮不是毛病，妈妈个子还矮呢，我赶不上别的妈妈吗？"哥哥笑了："像我妈这样的女人世上有几个？你不是说，个高门前站，不干也好看嘛！"妈妈也笑了，说："儿子，娶媳妇不能太挑剔，咱们家就是普通人家。你如果觉得小朱还不错，就等等她看看，说不定她会回心转意。"哥哥正经地告诉妈妈："好马不吃回头草。天下两条腿的姑娘不愁找不到。我若不给你找个天仙回来，就给你找个魔鬼看看，哈哈哈……"

小朱是哥哥的初恋。记得哥哥在黄花甸上中学时，有个姓洪的姑娘看上了哥哥。我跟哥哥去学校玩，几个跟哥哥要好的同学，还把我领到那个姓洪的女生面前开玩笑，要我管她叫"嫂子"。那时哥哥还小，面对这种玩笑，他很羞涩。哥哥回乡后，兴艳姐曾认真地和哥哥谈起那个女孩，哥哥也没在意。所以，妈妈对哥哥失恋后所表现出来的冷静沉静特别赞赏。多年后妈妈跟我说："我没想到我儿子那么要强，有志气。你哥哥还安慰我，'妈，我找媳妇不用你操心。咱们把房子盖好、把日子过好，看他们城里人还敢瞧不起我们？我见过城里人的生活，住个屁股大小的房子，吃个鸡蛋、吃点儿肉，都得凭票供应。妈，我向你保证，上冻之前，咱们一定搬进新房。明年春节，媳妇不娶了，更要杀一头三四百斤的大猪……'你哥的这些话，把妈说得心花怒放。我的孩子太像我这个当妈的，有骨气、有志气，可我心意。"

妈妈认为，年轻人谈恋爱，能够做到像哥哥那样拿得起、放得下，为数不多，很不容易。一个男孩子，能够做到这一点，就叫"有刚儿"，像个"男子汉"。凡是这样的人，往往都是天老爷喜欢照应的。"你看吧，你哥和小朱分手后，傅家堡子和八家子两个小队青年点的知识青年，都开始高看你哥，觉得你哥这个农村孩子，不仅能干，还有骨气，比他们这些城里来的知识青年强多了。他们来找爹妈说情，要你哥和小朱重归于好。最后，小朱他们全家人，到底同意了这门婚事，好事终于成了。"妈妈讲道。

爹妈看到失恋的哥哥比以往更加刻苦和努力，很是心疼。爹爹悄悄跟妈妈说："我看小朱人品也不错，你说说兴绵，让他们和好得了。"妈妈说爹爹："你着急当爷爷，我还着急当奶奶呢，但这都是命，咱们大孩子若是不死，孙子可能早都上学了。让兴绵自己拿主意吧。"

随着夏天的到来，一个改变我们那儿农村历史和生活的大事发生了：傅家堡子通电了。妈妈决定，借助电灯，在没建好的新房子边上垒起炉灶，在工地给干活儿的人做饭，这样节约时间。我们全家大人、孩子，有条件多贪点儿黑，拿起镰刀、斧子，给所有的檩子、椽子剥皮，为木匠施工做好准备；同时可以加快把房子前面的两三个大石格子挪走。电灯经常因为线路故障和电压不稳而熄灭，但妈妈告诉我们："什么事都是开头难。电灯来了，好日子就开头了。妈妈再也不用守着煤油灯给你们做饭、做鞋，每天晚上被煤油灯熏黑脸的那一篇翻过去了。"那时候，公社广播站经常有人在广播里大喊："不要使用一百度和二百度的大灯泡，不然电就不足、灯就不亮、就要停电了！"妈妈听了，赶紧告诉哥哥："孩子，咱们要听政府号召，晚上干活儿使用小灯泡。大家都自觉，电灯不就不出问题了吗？人就是不知足啊，这可不好。"

我记得，自从有了电灯，哥哥经常在晚饭后继续在房场干活儿。妈妈说，夏天白天热，晚上干活儿不错，天儿凉快。然而，哥哥完全不在意天热天凉。在电灯的照耀下，他把檩子和椽子放在三根木头绑成的架子上，和爹爹一起量好尺寸，用锯子掐头去尾；哥哥还拿起锛子，按照木匠的划线，一锛子一锛子地将檩子修理成六边形。在我看来，使用锛子是最危险的技术活儿，一不小心，锛子就会把脚指头砍掉，但是哥哥不仅敢于尝试，而且比较有准。哥哥用土篮子往房场外面挑小石头，我帮哥哥往土篮子里面装。哥哥问我："你知道电灯是谁发明的吗？"我摇头说："不知道。"哥哥又问："你知道电能干什么吗？"我回答："点电灯、打电话、放广播喇叭……"哥哥说："美国人爱迪生发明电灯快一百年了，咱们现在才用上。电能磨米、砍树、开动机器，还能电死人……你不知道吧？用电力工作，那才来劲儿呢。可惜我没上大学，就回家了。不过，咱们比城里来的那些下乡知识青年强，咱们有家、有爹妈在身边啊。"我问哥哥："妈妈说她可怜那些知识青年，他们连饭都不会做，一天吃不饱、穿不暖的，你怎么不让秀贞姐来吃饭呢？""为什么要叫她吃饭？那饭是随便吃的吗？再多嘴，就用扁担打你屁股。"哥哥像是训斥我。我当然不怕，因为哥哥很爱我，从未打骂过我。我调皮地告诉哥哥："国海大婶又来找妈妈了，说秀贞姐的爸爸过些日子可能要来咱家。"哥哥放下肩膀上的扁担，一把拉住我说："你这鬼精灵，还知道不少呢。请听好了，本官现在的主要任务是盖大房子，拒绝接待任何客人。"哥哥故意把嗓音放粗、放大，像个皇帝一样，在我面前高高举起双手。

妈妈回忆说，盖房子的那个夏天，哥哥似乎从来没有因为大热天和大雨天而休息过。有一天下瓢泼大雨，房场无法干活儿，也做不了饭。回国斌大爷家吃午饭的时候，妈妈找不到哥哥。爹爹说："他还能在哪儿？在房场呗。"妈妈要爹爹去把哥哥叫回家，爹爹在房场看见哥哥穿着一件破雨衣，正在给房柁剥皮，全身早就湿透了……听妈妈讲到这儿，我想，那个夏天，肯定是哥哥有生以来承受压力最大的季节。他一定是在用盖房子这个生活目标，来努力排解初恋失败的痛苦；他也一定是在用艰苦的劳作，去磨练自己的坚强意志。不然，他怎么能把这失恋的艰难时光粉碎？怎么能让爹妈感觉他有骨气？

雨季过后，秋高气爽。妈妈和爹爹、哥哥一边吃晚饭，一边商量新房子上梁的事，奶奶和我们三个小孩端着饭碗旁听。妈妈细说她想到的事情：首先是上梁选日子。妈妈建议请上屋殿伍大爷给看一下日子，只要是双日子、天气好就行；家里还要准备买红布、做馒头，上梁那天，要把红布挂在屋脊的檩子上，从房梁上往下扔小馒头，让大家去抢；家里还要摆好多桌宴席，招待前来祝贺和帮工的人。虽然不杀猪，但是妈妈一定要做豆腐、买酒、买鱼、买粉条、炸丸子。至于青菜，家里有的是……爹爹和哥哥听妈妈的，没提出任何意见。妈妈说："没想到咱家米都快断顿了，盖房子居然那么顺当，现在要米有米，要人有人，就是……"妈妈没有说出来的话，被哥哥猜中了并接上话茬儿："就是儿媳妇黄了呗？"妈妈问哥哥："国海你大婶给妈传信，说小朱的爸爸过些日子要来傅家堡子，你知道吗？"哥哥说："妈，他来不来与我们无关，你就别管了。"妈妈问："如果她爸爸要见你呢？你不见？他们家若同意这门婚事呢？你怎么办？"哥哥想了想，说："妈，既然黄了，就一黄到底，我做事不喜欢藕断丝连。"妈妈说："小朱一直都没说不同意，那孩子尊重父母意见，让爸爸来亲眼看看你这个农村孩子到底行不行，这有什么不对？"哥哥说："妈，你说做人要有志气。这回，咱们就要这口志气——坚决不见他们，不让他们看。"妈妈笑着说："孩子，那不好吧？买卖不成仁义在。不管你们两个成不成，就看小朱的面子，爹妈也得请小朱他爸来家里吃顿饭。谁出门在外，都不能背口锅。他爸到青年点，那饭还能吃吗？"哥哥告诉妈妈："国海大婶说她会留小朱他爸吃饭。"妈妈说："儿子，你和小朱成不成，都是缘分，妈不管；妈请小朱他爸来吃顿饭，唠一唠，你陪不陪，妈也不管，你看这样行不行？妈看你们俩都没死心，能成不是更好吗？面子、志气得要，人家要是给你面子了，咱们也得让人三分，你说呢？"哥哥一口气把饭吃完，放下筷子说："妈，到时候看他们的态度吧，你儿子我，不是谁都可以随便'考察'的，当然我是经得起'考察'的。""我同意。"妈妈满意地笑了。

　　小朱爸爸来"考察"哥哥之前，奶奶问妈妈小朱他们家都有什么人？妈妈一边坐在炕上给哥哥补垫肩，一边告诉奶奶，她家有爸爸妈妈，一哥一弟，还有三个妹妹。奶奶说，城里人口多的人家，日子更不好过。妈妈不赞成奶奶的看法，认为城里人的日子再不好，也不愿意到农村来。妈妈说："我若是小朱父母，我也不同意姑娘嫁到农村。你看吧，小朱她爸来咱们家，得先坐火车到大石桥，然后坐客车到魏大岭西边岭下的板长峪，还要再走十几里地，穿过深山老林，才能到魏大岭东边岭下的傅家堡子。一天到晚、起早贪黑走了五六百里地，看到的是一个穷山沟、穷人家，干吗要把姑娘嫁到这里来？咱们看事、做事，总得拿人心比自心。"奶奶说："像我孙子这么好的孩子，在城里也难找。"妈妈把补好的垫肩放在炕上用手反复抚平，带着怜爱跟奶奶说："他们若是知道我儿子把垫肩磨破了多少个窟窿，再看看我儿子手上、肩膀上磨出多少血泡、老茧，他们就不敢小看，就愿意把姑娘嫁过来，你信不信？"奶奶笑了："我怎么不信？"

妈妈让国海大婶转告小朱，请小朱爸爸到来的当天晚上，就来我家吃饭。哥哥和国海大婶商定，如果小朱他爸不愿意先到家里，那就表示人家不同意这门婚事，事情到此了结。国海大婶向兴绵哥哥保证："我听你的，保证见机行事，不给我孩子丢脸。"国海大婶劝哥哥："兴绵，你最好见见小朱她爸，好不好？"哥哥说："如果小朱主动来找我，我根据她的态度决定。"

这是妈妈多年后跟我披露的哥哥制定的"有骨气的安排"。

第六节　好事成双

新房子上梁那天，本家族的人、邻居和亲朋好友全来了。爹爹请来厨师、借来许多锅碗瓢盆，在新房场为前来庆贺和帮工的人准备酒席。那天，风和日丽，阳光灿烂。妈妈说："咱们家不仅有人缘，也有天缘。这就是福气。"

那是我第一次目睹上梁。爹爹说，带中柱的房子结实，就是上梁比较费劲儿，没有三五十人，房架是拉不起来的。上梁也叫"拉排"，技术性很强，场面非常壮观。妈妈在掌管厨房事务的同时，抽空拉着我站在房场外观看拉排，脸上带着一种少见的喜悦。我问妈妈："这就算上梁了吗？"妈妈告诉我："现在还不叫上梁，再过一会儿，等木匠把房脊上的两根檩子吊上去，那才算真正上梁。上梁了，房子的大框就出来了，盖上房盖就能住人了。"

上午十点钟，国斌大爷声音洪亮地宣布："上梁的时候到了，咱们上梁！"随后，三个木匠和十来个年轻叔叔，陆续爬上了三个中柱支撑的大柁和二柁。他们在半空中与地面上的人密切配合，像跑接力一样，把两根披挂着大红布的脊檩，从地面用绳子向房脊慢慢吊起。爹爹告诉我，如果是五间房子，上梁时，在五间房子中间的那一间放上一根脊檩，就算上梁了；咱们家是四间房子，中间的两间房子各放一根脊檩。为了把中柱和脊檩连接牢固，在中柱最顶端和脊檩两头，要做成卯榫结构，不用钉子。所以，当站在房柁上的人把两根脊檩托到中柱上面的时候，三个木匠都是同一姿势：一只胳膊抱着中柱，一只手握着手斧子。鲍大爷在下面指挥上面的木匠："把口对准了！对准了，再慢慢往下放檩子，不能歪了！对准……"说话间，脊檩的榫头正好插进中柱的卯眼。梁柁上的木匠赶紧用斧子不停地敲打，直到榫卯扣合严密，天衣无缝，把三根中柱排子从顶部连接好。

然而，上梁并没完。妈妈系着围裙在人群外面声音洪亮地喊道："把亲戚朋友送来的红布全都挂上去！"哥哥把一大卷子红布绑在绳子上，递给站在梁枪上的人。不一会儿，两根脊檩挂满了红布，上梁的气氛一下子红火起来了。妈妈小声跟我说："谁来给咱们家上梁挂红，都要花掉一个人的布票，这都是人情啊。"而此时，站在房场里的一群小孩，已经等不及大声嚷嚷："快扔小馒头啊！"这时候，有人把一筐蒸好的小馒头送到房场，用绳子吊上房梁。梁枪上的那些年轻叔叔二话不说，先抓几个小馒头塞进嘴里，然后大声喊道："扔馒头了啊，接馒头了啊……"房场里的孩子争抢着在地上找小馒头，大人们乐得前仰后合，也纷纷伸出手来，在半空中拦截扔下来的小馒头。那是新房子上梁日最热闹非凡的场景，也是辛苦的建设者们最开心的时刻，妈妈更是乐得合不拢嘴。

上梁当天中午，家里摆了二十多桌请客，喜气洋洋，热闹非凡。

妈妈回忆，上梁后不到一周，小朱的爸爸果真从大连来了。小朱的爸爸到傅家堡子时，天已经黑了，他住在国海大婶家里。第二天上午，国海大婶带着小朱和她爸爸，来到房场与爹妈和哥哥见面。妈妈要哥哥去洗洗手，把衣服换一下再见客人，哥哥不肯，反而跟妈妈调侃说："妈妈，劳动人民就要有劳动人民的样子——手脚要弄上泥水，脸上要流着汗水，衣服裤子要沾满泔水……我得让他们看看我这个劳动人民的本色。"跟哥哥一块砌墙的国贤大叔则用给哥哥打气的口吻跟妈妈说："大嫂，咱们兴绵不怕看，不洗脸不换衣服让他们看，不用藏着掖着。不找大连姑娘，也许找个北京的呢！"妈妈不再强求哥哥去洗脸换衣服，哥哥甚至没有放下手中的锤子，他站在山墙的外侧，与小朱的爸爸简单打个招呼，然后就和国贤大叔还有其他帮工的人继续砌山墙。小朱的爸爸是一个瘦瘦的中年人，大眼睛，尖下巴；人很温和，话语不多，像个干部模样。他看了看新房子，把审视的目光投向哥哥。新房子砌起来的山墙，恰好挡住了哥哥大半个上身。不过，哥哥小平头下面那双炯炯有神的眼睛，还有麻利的动作，让他看得蛮有兴致。妈妈跟他唠起家常嗑："大兄弟，你来一趟我们这大山沟真是不容易啊。"小朱爸爸笑着说："这里挺好的，我看地里的庄稼，今年收成应该不错。"妈妈说："今年还算风调雨顺，盖房子的时候还怕年头不好，现在看挺好的。等庄稼收家来，这房子差不多就封顶了。你看我儿子，为盖房子，整天在泥里水里干活儿，没有闲着的时候……""我看了，他砌墙还砌得不错呢！"又说："我女儿看上了小傅，我们全家人希望我来看看。当父母的，总是愿意操心。孩子们都还年轻，我们双方老人见见面，聊一聊，没有坏处。"妈妈说："是啊，我儿子和咱们家就这个样子，你也看到了，现在连个坐的地方都没有，房子正在盖。和你们城里比，农村人的日子还是穷啊，不管两个孩子的事儿成不成，我们都欢迎你来看看。"小朱爸爸一边和妈妈唠嗑儿，一边朝哥哥慢慢走去。哥哥转过身来主动说话："大叔，你看咱们这个地方是不是太穷了？""还好，农村差不多都是这样。"哥哥弯腰搬起一块石头放在墙上，一边用锤子修理石头一边说："辽南地区一些农村早就通火车、通汽车，我们这里才刚刚拉上电灯，比人家至少落后二十年……"小朱爸爸见哥哥忙得不再说话，便接过话茬儿说："落后不要紧，只要肯干，日子就会慢慢好起来的。毛主席号召知识青年上山下乡，接受贫下中农再教育，也是让城里这些年轻人体验农村生活，帮助农村改变面貌。"哥哥笑着说："大叔，像我这样的农村青年，回家来还能帮助爹妈干点儿什么，像小朱他们这些城里来的下乡青年，来农村连饭都不会做……"小朱不知有多久没跟哥哥见面了，她抓住机会对哥哥小声说："你是说俺们城里的下乡青年没有用呗？光能吃不能干呗？"在哥哥旁边砌墙的国贤大叔大笑起来，说："小朱啊，大叔跟你说，你就是找遍全天下，你也找不到兴绵这么聪明、能干的对象啊！就说干活儿吧，把你们青年点十多个下乡青年捆在一起，也抵不上兴绵一个人，你信不信？我可不是为我侄儿吹牛啊，他从没盖过房子，你看看他砌墙这两下子，谁能相信？"小朱和她爸爸频频点头。国贤大叔接着说："兴绵虽说是农村孩子，比城里的孩子不差啊，就是没有城里孩子会享福，对不对兴绵？"国贤大叔拍了拍兴绵哥哥的肩膀，两人会心一笑，继续砌墙。站在旁边的国海大婶怕小朱父女听了不舒服，赶忙插话说："国贤啊，你那么说也不对，城里的孩子离开家到农村，容易吗？他们什么不得慢慢学？你就是站着说话不腰疼。""哎呀，大嫂，我哪是不腰疼？我被兴绵这小子给催得全身都疼啊！"妈妈和国海大婶几乎异口同声地说国贤大叔："别帮点儿忙就叫苦，好好砌墙吧。"

小朱父女两个在哥哥和国贤大叔身后站了好一会儿，神情专注地看着他们砌墙。妈妈跟小朱爸爸说："大兄弟，咱们到那边说话吧，离他们远点儿，免得让石子给崩着。"中午，爹妈请小朱爸爸吃饭，哥哥也参加了。饭桌上，双方谁都没有提起哥哥和小朱的婚事。直到爹妈送小朱爸爸离开，这个实质性问题仍被一些客套话所掩盖。送走客人以后，妈妈说她注意到小朱和她爸爸这次来还挺高兴，估计他们对兴绵哥会"回头"。兴绵哥说："即使他们回头了，咱们也要重新考虑考虑，这城里的姑娘到底该不该娶家来？"妈妈说："还是那句话，你自己决定，我不管。人家要是真心实意，咱们就跟人家重归于好吧。那孩子挺善良的，从来都是和和气气的。咱们一个农村孩子，还挑什么？"

十多天后，四间新房的墙框砌成平口，房上的檩子和椽子已全部安装完毕。妈妈跟爹爹说，下一步有个最要紧的活儿，就是上山割杏条、编房笆（房瓦的"里子"）。就在这时候，国海大婶带着小朱来找爹妈报喜，说小朱的爸爸回家后给小朱来信了。信中说，他们全家都同意小朱与兴绵哥的这桩婚事。小朱见了哥哥，既羞涩又难掩喜悦，哥哥目不转睛地盯着小朱，好半天才说了一句话："这回你可想好了。""我早就想好了。"小朱说。妈妈喜出望外，赶紧拉着小朱的手说："从现在起，你就别有什么顾虑了，经常回家来吃饭吧。我们家总比你们青年点吃得好一点儿，等房盖弄好了，你就搬回来住。我们家今年好事成双，房子盖起来了，媳妇也娶回来了，这日子多好啊！"哥哥调侃道："妈妈，你就没有想过，将来有一天，这个城里人会甩了你儿子吗？"小朱推了哥哥一下，嗔怪道："别胡说了好不好？"

小朱重回哥哥身边不久，房笆就编好了。房笆被编成两大块，每块有七米宽、十米长；每两间房编一块，每块至少有两千斤。妈妈告诉我，把房笆抬到房顶一铺，房子就不露天了；房笆上面抹上三四寸厚的黄泥，再扣上青瓦，冬天就保暖了，夏天也不会漏雨水了。房盖弄好了，我们就可以搬进新房子里居住。

记得往房顶铺房笆的那天早上，有二十多个爷爷和叔叔们来帮工。他们先是分别把两块杏条房笆，卷成两个"大蛋卷"，然后，分两次将他们弄到房顶上面展开、铺平。老院里的那些老房子，房笆都是用高粱秆或玉米秆做的，要不了几年就腐烂了，开始从房顶上往下掉黄泥。杏条房笆比较耐用，也是少见的。那天，我眼看着两个展开的"大蛋卷"把四间房子罩得严严实实，一直敞口的新房子，呼啦一下变得抬头不见天了。房笆上房后，两三天工夫，房笆泥就抹好了。紧接着，爹爹把瓦片也全部拉了回来了。正如妈妈所计划的，立冬前几天，新房子已经铺好了瓦片。当国贤大叔拿着大铲和抹子，把房脊的镂空和两端的"龙头"小心翼翼地安好之后，新房子看上去充满生机。妈妈兴奋地说："我们立冬前就搬进新家来住。"我瞪大眼睛问妈妈："炕盘好烧干了，但是窗户和门还没有，怎么住呢？"妈妈说："那都是小事。我们住进去，什么事都可以解决，什么都可以有……"

第十章　新房子里的欢乐

    在妈妈心中，那些看得见的财产和器物，就像那个新房子会变旧，甚至会被推倒一样，都不是长久的东西。真正长远、值钱的，是人心的善良和品行良好的孩子。

新房子的瓦还没有铺上房顶，妈妈就叮嘱爹爹："我们一定要赶在立冬之前搬进新房子。"爹爹说："炕还没盘好，窗框和窗台刚做好，木匠做好窗户至少还得两个月。"妈妈说："现在有电灯，你们爷俩贪点儿黑，两三天就把炕盘好了。我白天黑夜烧炕，三四天炕烧干了就搬家。至于窗户，你们先用板皮钉上去，我打点浆糊，用窗户纸一糊，咱们就搬进去住。房子就是这样，不管新旧，有人住就有人气，不然那石头墙永远都透寒气……"国斌大爷和大娘劝妈妈不要急，等过了年再往新房子里搬。妈妈跟大爷、大娘说："在你家住了快一年，每天里出外进的，麻麻烦烦，我能早点儿搬走，就不拖后一天……"

爹爹和哥哥赞成妈妈的意见。他们两人借着电灯"打夜战"，很快就把四间房子的三铺炕盘好了。妈妈昼夜不停地往灶坑里添大块木头，把炕面上厚厚的黄泥烧干。妈妈把爹爹新买的三张苇子炕席往炕上一铺，将窗户全部用纸糊严实，就领着我们从国斌大爷家搬了出来。

第一节　新家的第一个夜晚

搬家的日子是立冬前的一个早上。从张罗盖房子到全家人搬进新房子，历时十个月。

新房是传统的起脊青瓦房，也是傅家堡子第一栋瓦房。搬家之前，妈妈只强调一件事：按老规矩，搬家必须选在上午。妈妈说："虽然搬进了新房子，但将家收拾出来还早着呢，咱们先把玻璃窗安好，再庆贺也不晚。"

爹爹赶来马车，把衣柜、水缸等大件装上车，搀扶奶奶坐上车，问妈妈："再没有什么了吧？"妈妈笑着问："你想没想过那个'活物'怎么办啊？昨天白跟你说了……"这时，爹爹才猛然想起来，他把最值钱的那头大肥猪给忘了。爹爹说："把猪放出来，赶到新家那边去？"国斌大爷说："它哪有那么听话啊？赶紧找几个人，拿绳子来，跳进猪圈，把猪按倒捆上装车。"看着三百多斤的大肥猪上了车，妈妈才放心地带着我们从国斌大爷家走出来。

走进新房的那一刻，我首先感受到的是新房的味道，还有宽敞、温暖和全家人的喜悦。眼前一庹粗的通天柱，头上笔直的双层檩子和椽子，一巴掌厚的杨木窗台和宽宽的桦木炕沿，还有杏条编的房笆……这些原本零散、粗糙的木头、石块，通过大人们的劳动，变成了线条美丽、无比结实的房子，这真是太神奇了。整个屋子，到处散发出浓浓的落叶松的味道。

是的，新房子给我的第一印象，就是扑鼻的松木香。当然，还有房笆上的杏条味儿和黄泥味儿，我可以把它们从浓浓的松木香里分辨出来。妈妈说："小孩子的鼻子就是尖，像小狗一样灵。"我靠在窗框上使劲儿地闻，感觉那松木的味道好熟悉、好新奇、好刺激。妈妈告诉我们，新房子若是没有松木味儿就不对了。整个房架，除了几根特粗的中柱是杨树以外，顶梁柱和檩子、椽子，几乎都是落叶松和油松。我小时候就知道，松树油和松树疙瘩可以用来引火和照明。过年的时候，晚上出门没有蜡烛和红灯笼，我们就点一根松树明子握在手里。因此，我对松木的味道一点儿都不烦。妈妈说："松木味儿对人没有害处。过些天，等我们用彩纸糊好天棚，屋子就变暖了，松木味儿也就变淡了，那时候，你躺在炕上就看不见那些松木檩子、椽子。等玻璃窗做好了，你可以躺在被窝里看星星、看月亮……"

妈妈善于在日常生活中，给孩子找到现实的希望、期盼、向往和乐趣，我们从妈妈身上了解许多生活知识。

那天晚上，我们几个早早就躺在热炕上，唯有妈妈还在地下忙乎着。她一边往灶坑里添柴火，一边在锅里熬猪食。妈妈走进房间告诉我们，那头猪在猪圈里来回走，不大愿吃食，可能换了地方，受到惊吓，等上炕睡觉前，加一把苞米面喂一次试试。妈妈叮嘱爹爹明天往猪窝里多放一些干草，把猪窝顶全部用苞米秸秆盖住，猪得保暖才能上膘。妈妈给猪喂了最后一瓢食，脱鞋上炕，把脚伸到褥子底下，问我们炕热不热，奶奶抢先说，"挺热，挺热"。奶奶睡在炕头——那是炕最热的地方，也是家中长者地位的象征；接下来依次是我、爹爹、妈妈、姐姐和妹妹，哥哥住东头那一间。妈妈说明年就给哥哥娶媳妇，东头那一间就是他们的洞房。我开心地跟妈妈说："这两间房子的大火炕，比老院西下屋宽敞多了。等我长高了，睡觉也不用蜷着腿了。"妈妈笑着说："这房子的宽窄和炕的长短，都比老房子好多了，住人一点儿不委屈。这两间房还没有间壁，所以这铺大炕显得太长了。将来做个隔断，让你姐和你妹住里屋，女孩子嘛，得单独有一铺炕。"

我们全家人躺在热乎乎的炕上兴奋地睡不着。妈妈说："今晚可以晚一点儿闭灯，我们搬新家了，高兴高兴……"我告诉妈妈炕太热了，铺着褥子还感觉烫；奶奶说她睡热炕腰舒服。妈妈表扬爹爹盘炕技术不错，灶坑很好烧，一点儿也不倒风。而老院西下屋的灶坑，一刮南风就倒烟，做饭时呛得鼻涕一把泪一把。妈妈感觉炕烧得差不多了，便下地收拾灶坑，再回到炕上，坐着跟我们说话，"过日子就是一步一步朝好地方走，我们现在住上新房子觉得好了，再过一些年，孩子们还兴许住楼房呢！"

多少年后妈妈回忆说："孩子，你可能忘记了，搬进新房的那个冬天，是咱们过得最暖乎的一个冬天。炕好烧，大柴有的是，屋里比过去哪一年都热……"火炕，是东北农村冬天取暖的唯一热源，也是人们睡觉的地方。爹爹盘炕时我特别注意到，炕是用石板和黄泥砌成的。石板是用来铺炕面的，它们都是大人从周围河里、山上或某个岩洞找到的，形状、大小、薄厚极不规整，盘炕的人需要精心堆砌，才能把炕面砌得比较平整。石板的下面，是用石头和黄泥砌成的两条烟道（也叫"炕道"）。在外屋地灶坑里烧柴煮饭产生的烟雾和余热，通过炕道加热了炕面，然后又从房顶上的烟囱冒出去。石板的上面，要铺上大约三四指厚的黄泥。一方面，黄泥可以把不平的石板抹平；另一方面，黄泥起到了软化、保温的作用，有点儿像睡在海绵床上的感觉。也许，唯有东北的火炕，才能生动地描绘着千百年来永不消失的人间烟火。蛙鸣十里，蝉嚣群山，那都只是一季风景，唯有老院门前哗哗流淌的小河，还有那袅袅炊烟，才是我童年记忆里经年不灭的两道风景。

搬家那天晚上，妈妈借着我们谈论炕的话题，讲起了几个小故事。

妈妈讲道，公公、婆婆和儿子、儿媳妇，还有一大帮孩子睡在一铺炕上，是妈妈那辈人都经历过的平常事。"没办法啊，日子就得这么过。"妈妈告诉我们，几口人盖一床被，那算是好日子。多少人家是没有被子盖的，更不要说铺褥子。尤其是冬天，家里的炕如果不烧热，屋子就像冰窖一样冷。如果炕烧热了，没有褥子铺烫身子，怎么办？穷人有穷人的办法，在炕席和炕面之间垫上一层谷草，这谷草就相当于褥子，人躺在炕上就感觉软乎不烫人。

老院里家家户户的炕，都用谷草来铺垫。孩子们喜欢在炕上弹跳玩乐，"哎呀，别跳了，再跳炕就要塌了！"不知多少妈妈这样提醒过自己的孩子。孩子们停止了弹跳，但从炕面冒出的谷草、黄泥烟尘，要好一会儿才能消散。妈妈说："炕席下面的谷草还有一个用处，说起来吓人，不知让多少妈妈掉过眼泪。那时妇女生孩子，妈妈和孩儿都没有吃的，孩儿说死就死。死就死了，再生吧。老爷们就掀开炕席，抓一把谷草，把死孩子裹起来，像捆一把茅草似的，送到后山的'小死孩子沟'……"妈妈的话，真的让我们吓了一跳。

最后，妈妈专门讲了一段有关炕席的故事。她说，那时候许多人家买不起用苇子编的炕席，炕席铺在炕上一两年左右就开始破了。家里的老人就坐在炕上，剥开高粱秆的皮来补织，包括我们家的炕席，奶奶就补织过。姥姥家的邻居李庆国，又穷又懒，他家炕席破得像天上的云彩，一块一块地漂浮在炕面上，露出了黄泥。有一天，他穿着露了几个窟窿眼的裤子，刚上炕盘腿一坐，屁股被烫疼，"腾"的一下跳起来，结果裤子上粘了三四块破炕席……听到这里，我们都笑起来。妈妈不仅没笑，还正经地跟我们说："孩子，你们当笑话听了不是？这是贫穷、是苦难啊！妈妈想起来这些事，心里非常难过，人要有志气，要想法改变穷日子，不能懒惰，不求上进。"

睡在新房子热炕上的第一个夜晚，我就是这样闻着松木味儿，听着妈妈讲故事，枕着爹爹的胳膊，甜甜地睡着了。多年后，关于炕与炕席的故事，犹如时光变成了树之年轮，在脑海里形成越来越深的印记。原来，在某种意义上，炕是东北人直接感受温饱之"温"的栖息地，是那时农村生活不可须臾离的生存条件；炕凝聚着人们渴望生存、追求温饱的智慧，也叙述着黑土地上劳动人民生活的沧桑变迁。

第二节　妈妈的仪式感

妈妈把每个平常的日子都过得很认真，我们兄弟姐妹和许多孩子一样，小时候经常穿着打补丁的衣服。妈妈坦然地告诉我们："这没有什么寒碜的，是衣就保暖，是饭就充饥。衣服不管新旧，只要干干净净就好；补丁不管几块，看上去针脚匀称，平平乎乎的，就没人笑话。"

让我记忆最深的，就是每年的端午节，妈妈最讲究仪式感。妈妈提前好多天开始准备，夜晚坐在炕上，借着昏暗的煤油灯，一针一针地绣荷包、捻花线。

端午节的当天早上，当我们还在睡梦中的时候，妈妈就悄悄地给每个孩子的手腕、脚腕系上五彩线。我从炕上爬起来，看见手腕上的五彩线，生怕洗脸时弄湿了。五月节吃早饭，妈妈喜气洋洋地给大家分鸡蛋。我们家人口多，每人分到的鸡蛋最多三个，但那都是妈妈精心准备才能做到的，有的人家根本没有鸡蛋可分。

过年更要讲究仪式。妈妈是老院里第一个做豆腐、做粘豆包、杀年猪、炸油炸糕的人。这不仅因为妈妈是妯娌们里面打头的，她要带动老院里大家过年的气氛，还因为许多家的婶子们，在等待妈妈去帮助她们做这些年货。妈妈这样给大人孩子们讲："过日子就得有样儿，人像人样儿，家像家样儿，过年过节，得像过年过节的样儿。人穷不能没有志气，活着不能没有人样儿。"

奶奶给我讲过一件事。挨饿的时候，春天种地前后，老院里所有家庭的大人孩子都在吃"瓜菜代"，就是用干的白菜帮子、萝卜缨子，还有野菜、苞米骨子、橡子等，做成干粮或者稀粥充饥。童年记忆中，"瓜菜代"做成的食物，如同猪食一样难吃，尤其会造成大便干燥。可是，妈妈用"瓜菜代"做的菜团子，老院里的大人、孩子尝了都说好吃，院里的婶子们都来学。奶奶说，其实妈妈做的菜团子，同样没有油、没有多少苞米面，但就是做得细、做得好。妈妈把干菜洗干净，用水煮烂糊，像剁饺子馅儿一样剁得细碎，再尽量多加一点儿野菜；妈妈把苞米骨子一遍又一遍上碾子压、倒进磨里磨，然后用细萝筛，所以面子细、不难吃；别人家做菜团子，是在菜团子的外面滚上一层薄薄的面子，妈妈做菜团子，是把微不足道的苞米面掺到苞米骨子面里，与菜馅儿均匀地搅合到一起，干稀合适，加点儿糖精，放在锅里一蒸，像馒头一样暄乎，比老式滚面子的菜团好吃多了。"你妈做什么事都用心，都比别人做得好。"奶奶告诉我。小时候我问妈妈："什么叫'有样儿'？"妈妈想了想，给我解释："你听过老师教你们'站有站样儿，坐有坐样儿'吧？你老叔结婚，我们要办好一点儿的婚礼是吧？这都是'有样儿'。'有样儿'就是做人做事要让自己脸上有光、有面子，有让人瞧得起的做派。"

长大后，我渐渐悟出妈妈心中关于"有样儿"的寓意。妈妈说的"有样儿"，与现在流行的一个词儿有点儿相近，这个词儿就是"仪式感"。妈妈说的这些"样儿"，是用内心和行动定义的"仪式感"。这种仪式感，属于妈妈亲手创造的我们一家人自己的生活空间、快乐时刻和家庭状态。我很想知道，当年搬进新房子的时候，妈妈作为一个讲究"有脸""有样儿"的人，为什么没有安排一个仪式呢?

　　有一次,老家来人告诉我和妈妈,说小平子扒了爹妈亲手盖的房子,正在重新改建。妈妈听了,一下子愣住了:"啊?那房子扒了?瞎不瞎了你说?"一向沉稳冷静的妈妈,心情一下子不平静起来。客人走后,妈妈跟我说:"那房子才盖了三十来年,房木没有比的,都是你爹和你哥哥上山一根根挑出来的。盖房子把我那孩子一天天都累脱相了……那房子扒倒了太可惜了……"我安慰妈妈:"那房子已经卖给小平子了,扒不扒咱们不管……"妈妈用低沉的语调说:"孩子,妈妈倒不是管人家怎么过日子,我是舍不得那个房子,忘不了那个房子的那些事啊……"就是那天,妈妈给我讲起当年搬新家时的一些事情。我理解,那就是妈妈内心深藏不露的、不一样的仪式感。此时,我比以往任何时候都能理解妈妈得知那个房子被扒的心情。

　　1991年11月的一天,我用一辆130型小卡车将爹妈从老家接到沈阳。从此,爹妈告别了那个见证了我们全家大喜大悲的四间瓦房,走进城里和我一起生活。离开家的那个早上,妈妈忙得没吃几口饭。父老乡亲几十号人,过来给爹妈送行、装车。妈妈只带了一些行李,把那些大缸、锅碗瓢盆和一些农用工具,都送给了小平子和邻居。妈妈一步一步走到大门口,望了望小河边爹爹多年前栽的一大片山楂树——它们都长得比人高了;然后,妈妈转过身来,把一只手放在大门口的门柱上,看看猪圈,看看院子里我们全家人亲手挖出来的两块菜地;再抬起头来,像看我小时候的脸蛋一样,仔细端详着这四间瓦房,她从西看到东,又从东看到西;最后,妈妈眼角挂着泪,走进院子,用手拍了拍家门口的那盘大石磨,扶着爹爹朝大门口的车上走,并与父老乡亲们告别。前一天晚上,妈妈反复跟我说:"孩子,如果不是你爹有病,我们住在这里还不是好日子?我实在舍不得离开这个窝啊!都快老死了,还要进城,人越老越舍不得自己的老窝啊。这房子给小平子住,管怎么着我还能回来看看……"妈妈是个不唠叨的人,这回是个例外。我望着妈妈依依不舍的神情,深刻地理解了什么叫"故土难离"。此后多年,妈妈每次跟我回老家,都会站在远处仔细眺望那栋凝聚着她和爹爹还有死去的哥哥无数心血和汗水的房子。

　　妈妈带着伤感告诉我:"孩子,你们谁也理解不了妈妈对那个房子的情分。"望着妈妈有些难过的样子,我问:"妈妈,当年搬进新房子的时候,你是不是开心极了?""那还用说?"妈妈告诉我,她一辈子从来没有像搬新家那天那么开心。"我看你爹他们把那头猪往临时用杖子夹起来的猪圈里一扔,我就在心里想，今年过年，我孩子可以管够吃肉了。我这辈子，再也不住那黑灯瞎火的西下屋了，我和丈夫、孩子，终于住上有日光的房子，享受独门独院的日子。东屋的那间屋子，明年就是我儿子娶媳妇的洞房了。"妈妈说，她一辈子要强，都是在心里使劲儿。场面上的事儿，该有得有，保证不比别人差。但妈妈不张狂、不显摆，看不惯日子过好了就瞧不起别人的人。"搬家那天，我高兴得大半夜没睡着觉。看见你们都躺在炕上呼呼睡着了，妈妈想了好多事，最大的事，就是你哥马上要娶媳妇；还有，我们盖房子拉了不少饥荒，我掐手指算了算，至少有两千四五百元外债，我和你爹得使劲儿干、抓紧还啊。那时候两千多元钱，我的妈呀，得顶现在二十万吧？我和你爹的胆子有多大啊，呵呵！"妈妈微笑着说。

妈妈想起来，搬家那天，哥哥想买点儿鞭炮放一放，庆贺一下。可是，那时候离过年还远点儿，没有卖的。妈妈就跟哥哥讲，咱们家这一年好事不断，分家、盖房子、娶媳妇，还有大伙儿都看到的好人缘——这些都是实打实的，不放鞭炮、不去显摆，外人心里都有数。"这回，咱们就悄悄地搬家，自己心里高兴就行了。再说，新家连院墙和窗户还没弄好呢，做人做事，踏踏实实最好，表面张罗大了不好啊，让别人瞧不起。咱们把日子过得一天比一天强，哪一天还不是有脸、有样儿？"哥哥当时问："妈，这就是你的搬家仪式呗？"妈妈郑重地点点头。

正是妈妈的这番话，让我感受到她内心向往美好生活的仪式感，从未被经受的苦难所磨灭——过日子，每一天要脚踏实地干活儿。妈妈就是为干活儿而生的，内心的希望和目标，要坚持不懈地去实现它们；不管生活有多苦，都要把日子一天一天过下去。简而言之，用勤劳的双手使家庭变得幸福，是妈妈绝不放弃的终极追求和仪式感。

直到妈妈老去，她也不会说"仪式感"这样的话。然而，这丝毫不影响妈妈对仪式感的理解和运用。她把对生活的热爱和热情化作一种习惯和信仰，融入心灵和日子，从而在内心不断涌出对平凡生活的热爱、珍重、敬畏和感恩。这种仪式感使妈妈能在贫困的生活里，保持善良、勤劳、坚韧等品质，从而去克服一切困难，努力改变家庭的生活和命运。妈妈虽然不说"仪式感"这三个字，却善于传承和运用中国传统的生活仪式，像"变戏法"一样，给我们平淡无奇的日子带来幸福、快乐和情趣。

那天，妈妈还特别跟我回忆起搬进新房子过第一个春节的一些情景。

妈妈谈到，过日子不能不讲门面，谁都不能关死门来过日子——房笆开门、灶坑打井。但怎样才算有脸、有面、有样儿？一句话，人要善良、心眼儿好，再肯干，那就保准没错。妈妈给我举例："就说咱家盖房子，那不光是钱的事，那么多人来帮工，都是一分钱不要啊，这不是人缘、不是脸面吗？爹妈善良，好事做得多，大家才愿意抢着来帮工。再比如说杀年猪，这是农村过日子的大事。一年全家人的油水，全靠这头年猪了。这猪是双脊还是单脊，是肥还是瘦，比别人家的猪大还是小，那都是妈妈特别在意的事情。同样一窝猪崽子，你买回家喂了十四五个月才长二百来斤，我买回家至少长到三百多斤，靠什么？都是喂泔水，你若是能起早贪黑好好饲养，猪就少得病、长得快。这就叫'人勤地不懒，养猪猪长脸'啊。"

妈妈记得清楚，搬到新房子不久，妈妈就让哥哥把小朱的行李搬到家里来，和姐姐妹妹一起，住到西头间壁起来的里屋。妈妈开心地对小朱说："今年我就张罗给你们结婚，我们要名正言顺，大大方方地办喜事。"妈妈还催爹爹买了一头小猪放到猪圈里，等来年农历八九月哥哥结婚时好杀猪请客。春节前几天，家里杀了年猪，爹妈首先想到的是，把国斌大爷、国贤大叔等一大帮亲戚朋友请来喝酒吃肉，感谢大家帮忙盖房子。我记得就是从那年开始，妈妈每年都要腌一大坛子咸猪肉，至少有五六十斤，然后再炼一大坛子猪油，大约三十斤左右，是用猪的水油和肥肉一起炼出来的，也叫大油或灰油。有这两坛子肉和油，全家一年到头吃菜就有油水了。杀完年猪，爹爹领着我们昼夜不停，在大年三十之前把纸棚吊好，用彩纸糊个漂亮。大年三十下午，大门口虽然还没砌好，但妈妈要哥哥立起两根木头，拿起毛笔写对联，连同屋内的几道门一块贴上对联。妈妈说："那个春节才更像春节，猪肉管够吃，第一回腌了一大坛子猪肉、炼了一大坛子灰油。正月十五炸肘子、二月二炸猪头，妈妈嫁到老傅家快三十年，头一回让我的孩子们过年这么有口福。"

第三节　娶儿媳最缺什么？

搬进新房以后，爹妈比以往任何时候都忙，尤其要给哥哥准备结婚、布置洞房。多年后妈妈跟我们唠家常时说："那个年头，娶儿媳妇、布置洞房最紧缺的是什么？是布票和棉花票啊。"

那年正月初三，早上吃饺子，妈妈提醒爹爹："你们爷俩可不能松劲儿。

新房子四周没有院墙，院子里全是乱石岗子，春天种地的时候，怎么也得倒出来一块种小葱和土豆的地方，全家人好吃菜啊。还有我儿子娶媳妇的洞房，咱们虽然没钱，也总得差不多啊。"妈妈提出，哥哥的洞房里，要准备四铺四盖，再做口大柜，好赖给媳妇买套衣服。

爹爹对给兴绵哥布置洞房的事，不比妈妈想得少，只是不说。兴绵哥回乡近三年，尤其是盖房子这一年，爹爹切实感受到哥哥是他的好帮手，父子关系越来越好。爹爹还要给儿子买套新衣服、新皮鞋，再给儿子的洞房做一对木箱子、买个大镜子。哥哥明确告诉爹妈，不要那么讲究。他和小朱已商量好，一不要彩礼，二不要大操大办。他们两个人什么都不要，布票、棉花票每人就那么点儿，做一套被褥就行了，两口子盖一床被挺好。妈妈说："孩子，小朱那孩子是说了什么都不要，那我们就什么都不给吗？那不是咱们家过日子的派头。这事儿妈妈说了算，从现在开始，我就准备四铺四盖，无论如何也得做……"

上面这些事儿，是哥哥去世十年后妈妈讲给我听的。

那时候，我将要结婚。妈妈又重新找回给儿子娶媳妇的喜悦，和我商量我结婚要住哪铺炕、买哪些东西等。妈妈建议，我结婚就临时住在西屋那铺炕上，不要住哥哥当年结婚的东屋。我明白，妈妈对东屋是有所忌讳的。妈妈说这回给我也做四铺四盖，还额外准备几百块钱，给我和媳妇每人买件衣服。我告诉妈妈我在外地工作，不能常住在家里，结婚住哪个屋子都行，做两床被褥就行了。别的钱能省就省，媳妇不要彩礼，也不要做任何家具。妈妈听完，说："孩子，人家养儿子都说赔钱，但是，你和你哥娶媳妇没花几个钱，就冲这点，妈妈满足了。"

讲到这里，妈妈的情绪一下低落下来，说："你哥他命短啊，不然妈妈哪有什么愁事？你姐结婚走了，家里盖房子欠的钱还完了，现在唯一的大事就是你妹妹小霞还没有对象。这些日子想到你要结婚了，妈妈又想起给你哥哥准备结婚、收拾洞房的往事……"

妈妈是个说干就干的人。搬新家的那个正月，妈妈就开始给哥哥结婚准备四铺四盖。所谓"四铺四盖"，就是四床被、四床褥子。对妈妈来说，有了电灯，房子宽绰了，做点针线活儿并不难，难的是买这些布料和棉花，需要找亲戚朋友匀点布票和棉花票。妈妈说的"匀"，就是跟人家要。因为布票、棉花票还有粮票等，都是国家按人头发放的，谁家都不够用，市场上没有卖的。好在民风淳朴，亲戚朋友和邻居看到谁家办喜事，都会主动帮忙筹措一下。

妈妈说："我这辈子最打怵的，就是张口求人，谁家过日子容易啊？"不过，妈妈还是做到了不用张口，就有人主动送来布票、棉花票。

最先给妈妈送来布票和棉花票的，是新房子前院的秀凤二姑。秀凤二姑是爹爹的叔伯妹妹，是兴仁哥的亲姑姑，有四个姑娘和一个儿子，二姑夫在玉石矿工作。那年头，凡是家里有国家职工挣钱的，日子都比较好过。二姑是个热心人，跟爹妈的关系很亲近。从我家盖房子开始，二姑不管大事小情，能帮就帮。二姑来家里跟妈妈说："我最高兴我哥哥、我嫂子来给我做邻居，我这有点儿布票和棉花票，送给兴绵结婚用吧。"妈妈满脸笑容，收下了二姑的好意，感激地说："秀凤，嫂子谢谢你！"二姑说："等我哥把被面和棉花买回来，我有空儿过来帮你做。"

妈妈送走二姑后跟我们说："你二姑心眼儿好，小时候我看着她在老院长大的，嫁给战兴业你二姑夫，她对家里两个老人可孝敬了。"奶奶笑着问妈妈："刚才秀凤给你多少尺布票？"妈妈说："我还没看呢。"奶奶说："秀凤家孩子多，布票、棉花票用不了啊。"妈妈听了奶奶的话，笑着问我们："你们大伙儿听听，你奶奶这话说得对不对？"奶奶扑哧一声笑了。妈妈说："我倒不是挑剔你奶奶，我是说你奶奶说这话不好。咱们做事、说话要有心。想一想，别说人家没有金山银山，就是有，不帮助咱们有错吗？帮你是人情，不帮你是本分。咱们能说人家布票、棉花票用不了吗？"奶奶赶紧说："好了好了，我错了……"妈妈说："我是给我孩子讲道理。不管秀凤送来多少布票，哪怕是一尺，我都不能忘记她的好。"

几天后，杨兰芬二姐来给妈妈送布票和棉花票。妈妈跟二姐开玩笑说："你是来给大姑送礼来了吧？你这个礼应该送啊！就凭你弟弟给你找了个婆家，你也要好好表现表现，姑姑说得对不对啊？"兰芬二姐是大舅的二姑娘，小名儿叫"有份儿"，老实厚道，不善言语，半天才羞答答地说出一句话："谢谢大姑和兴绵，不然、不然……"二姐说着，从兜里掏出来像口香糖大小的布票和棉花票。妈妈对二姐说："你不用给我这么多，等不够了我再跟你要。"二姐不说话，一个劲儿把布票、棉花票往妈妈手里塞。

二姐是几年前才嫁到傅家堡子的。说起二姐这门婚事，妈妈告诉我，那是哥哥的功劳。二姐夫徐瑞芝的爸爸叫徐延武，是我们小队"穷掉底的老贫农"。我记得徐延武是个小个子老头儿，一对小眼睛有点儿斜，总是戴个破旧的前进帽，嘴里始终叼个短杆的烟袋。大小队开忆苦思甜会，一定要请他发言诉苦。

就因为他家太穷，儿子徐瑞芝二十五六岁没媳妇。兴绵哥哥刚回乡劳动，就做了一回大媒人：把大舅家的二姐介绍给徐瑞芝。妈妈对哥哥的主意大加赞赏，说："孩子，妈怎么都没想到这事呢？你大舅家和老徐家都穷得叮当响，门当户对，两个孩子都老实得不能再老实了，这真是太合适了。"妈妈让哥哥去找二姐当面说，说她保证听哥哥的。这桩婚事，就这样在哥哥的一手操办下成了。

爹妈给哥哥筹办婚事的消息传到青年点，小朱的青年点同学马上给她凑了不少布票、棉花票。再加上国海大婶像给自己儿子结婚一样热心筹措，正月还没过，妈妈足不出户就把哥哥结婚需要的上百尺布票和几十斤棉花票凑齐了。妈妈从柜子里拿出她那个"藏宝"的白包袱皮，打开仔细一数，带着惊喜跟哥哥说："看妈的人缘有多好，给我儿子再做一套四铺四盖也够了。"妈妈讲，这都是用人情换来的。过日子就是这样，富不能老富，穷也不能老穷。三穷三富过到老。那些帮助咱们的人，咱们都得记住。

妈妈要爹爹进城买缎子被面，爹爹没有买到，只买到烫绒被面，被面颜色都选红的和粉红的。那年头，烫绒布是最结实的面料。爹爹把所有的布料、棉花买齐了，妈妈就开始挑灯夜战，给哥哥做四铺四盖，每床被要絮上五六斤棉花，"我儿子盖房子有功，这四铺四盖要厚实一些，不能冻着我儿子。只可惜没买到缎子被面，不然就更漂亮了。"妈妈一边坐在灯下缝被，一边自言自语。

自我记事到妈妈进城，确切说，在妈妈 70 岁之前，我几乎从未见过妈妈和我们一起上炕睡觉，我们也从来不知道妈妈每天什么时候起来下地做饭。在我眼里，妈妈精力无比充沛，像铁人一样能干。北方农村的冬天很冷，白天很短。妈妈在我们躺进被窝以后，就在炕梢点起一盏小煤油灯，穿着棉袄，开始做针线活儿。我经常在半睡半醒之间，听见微弱的"吱吱"声，使劲儿睁开眼睛才看明白，那是妈妈纳鞋底抽线的声音。到了老年，妈妈右手的大拇指弯得直不起来，好像短了一小节，食指也严重变形。这都是一年到头端猪食瓢，白天黑夜缝补衣服、做鞋留下的病根。妈妈估计，不用说做了多少衣服、补了多少补丁，光是她做的鞋，能装满满一卡车。"你就算吧，全家十多口人，就我一个人会做鞋，平均一个人一年三双鞋是少的，一年就算做三十双，三十年是多少啊？"妈妈说。

我记得，妈妈怕爹爹赶大车挨冷受冻，给爹爹做了一件十几斤重的羊皮袄。我想试穿一下，没有爹爹帮助，我怎么使劲儿也披不到身上来。妈妈还给爹爹做了一双厚厚的、高腰毡子棉鞋，爹爹坐在马车上多久都不冻脚。1974 年春天，我从县委被派到农村蹲点劳动，妈妈也给我做了一双厚毡子棉鞋。妈妈给我做这双鞋的时候，我看她不仅用一根很粗的锥子，还使用钳子拽马蹄针，才能把针线拽过去。想到妈妈做这样一双鞋是那么费劲，我就舍不得穿它去参加劳动。我把它放在县委宿舍里，只在回机关、走柏油马路的时候才穿。县革委会副主任闻祥玉看见我脚上穿的毡鞋又厚又大，就和我开玩笑说："小傅子，我给你二十元钱，回家请你妈妈给我也做一双好不好啊？"他说这个鞋做得太好了，不比城里皮匠铺里的做得差。

妈妈不知花了多少个夜晚，把四铺四盖做好，放进哥哥洞房的炕上包起来。与此同时，爹爹和哥哥抓紧破木头、锯木板，配合木匠做门窗、柜子和箱子等物件。妈妈觉得，我们家没给小朱买什么好衣服，人家也没要一分钱的彩礼，如果不把新房子和洞房收拾得像样，叫人笑话。爹妈的计划是，最晚在国庆节前后把儿媳妇娶进家。

第四节　什么是问心无愧？

在妈妈的记忆中，给哥哥收拾洞房进入尾声的标志，是爹爹从城里买回来一面大镜子。

那是当时比较时髦的一款镜子，镜子两边写着毛主席脍炙人口的诗句：中华儿女多奇志，不爱红装爱武装。妈妈让哥哥把大镜子摆到柜子上面固定好以后，给她读读两边的诗句。妈妈知道诗句的意思，就跟哥哥说："你们两个都是念过书、有文化的孩子，不讲老一套，体谅爹妈的难处。这洞房没有什么值钱的东西，咱们的人值钱比什么都强。世上什么好事，都是人干出来的。"

后来，妈妈告诉我，当她和哥哥说这话的时候，心里突然酸楚，好像从心窝里不由自主地冒出了一股"酸水"，感觉很不是滋味。"妈妈，你想起了什么？"我问。妈妈说："哎呀，我不知怎么了，一下子想起给你老叔娶媳妇的事儿。你老叔娶媳妇的时候，妈心里想起了我那个大孩子，他比你老叔还大一岁，七岁就死了。唉，如果他不死，也该结婚了。如今你哥要结婚了，我心里又感觉对不住他。给你老叔娶媳妇，爹妈累断脊梁骨，给你老婶四百尺布票、四百块钱的彩礼，外加一口大柜；可轮到我自己的儿子，什么彩礼也没有啊……"

妈妈谈到，有嘴尖舌快的婶子来看哥哥的洞房时说闲话："大嫂，我看你给儿子娶媳妇，还没有给你小叔娶媳妇花钱多吧？"妈妈说，她听这样的话听多了，从来不往心里去，也不去解释。妈妈告诉我，一家人生活在一起，必须和和气气、平等相待，才能过好日子。什么叫良心？这就是良心。但是，这些话没有必要跟外人表白。办这两桩婚事，是我们这个穷人家的两次欢喜，她和爹爹从来就没想过耍心眼儿、攒小份儿。就算老婶多要了一点儿彩礼，能多到哪儿去？就因为咱们家穷，才觉得多花几百块钱不得了。"妈妈是家庭妇女，没读过几天书，可妈妈知道怎样做人做事。事后我问自己：心里流出那股'酸水'，是做了善事有怨有悔吗？不是。人有时会胡思乱想。我敢扒开自己的心，看看是不是问心无愧。妈一辈子相信好人好报。你看，我儿子马上要娶媳妇了，还娶了一个城里的姑娘，这不就是福报嘛。所以，不管别人怎么说，咱们对得起自己的良心就得了。"妈妈欣慰地说。

在我的印象中，妈妈这辈子有两件事从来不让我们随便谈论：一个是她和爹爹是如何相爱的。谁要提起这事，妈妈一脸严肃，说"讲那些事儿都是闲的"；另一个就是关于老叔的事。妈妈觉得，抚养老叔、帮他娶媳妇，那都是应该的。至于老叔怎么样，我们小辈是不能说长道短的。

事实上，包括爹爹的父辈和兄长们在内，他们对老叔"自私""没心"等负面评价，从来都是公开说的。那时，我虽然年幼，但有些事，我还是看在眼里、记在心上的。

记得我们家盖房子那年深秋，生产队分口粮，按人口分的玉米棒子一堆堆摆放在场院里，各家赶紧用口袋和挑筐往家里扛啊、挑啊，唯有我们家的那堆玉米棒一点儿没动，妈妈叫我站在那里看堆儿。这时，殿恩大爷喊："小国柱，你哥赶车到城里进货去了，你赶紧去帮你嫂子把苞米弄家去。苞米分完了，你也不用记账了，快点儿去。"我看着当会计的老叔拿起账本，低头走进生产队的屋子没再出来。殿恩大爷和国斌大爷都很生气，"这小子才完蛋呢！""太没良心，一点儿也不可交……"最后是国斌大爷等几个人把我们家的玉米棒弄回家了。我回家把这件事告诉了妈妈，妈妈说："孩子，人家帮是人情，不帮是本分，没什么可挑的。"

还有一件事，我记得清楚，爹妈比我更清楚。

从盖房子开始，家里外头来帮工的不少人，多次公开在奶奶和爹妈面前，把老叔傅国柱说成是"自私自利"的人。国安二叔也批评老叔不懂事。我家盖房子，他是帮忙最少的一个。每天谁来帮工、叫谁来帮工，爹妈和哥哥都有记录，或记在心里。所以，爹妈对别人给老叔的评价，应该有着某些认同。然而，妈妈总是和爹爹一样，不管别人说什么，从来不会跟外人或儿女谈起老叔的不是。妈妈趴在我耳朵上说："别人说你老叔不好咱们管不了，但咱们不能说。你要懂什么是家里外头，不能跟外人一起讲究你老叔，那不好。"

爹妈跟我来到沈阳生活，老家一些父老乡亲经常来探望生病的爹爹，但老叔没来看过。爹爹去世半年后，老叔来沈阳了，为他儿子小平子来找我。恰巧，我去北京开会不在家。我当时的妻子本来对我家来客多就有意见，于是，她告诉我单位的收发室，不许老叔走进院子。我出差回来听说这事很是生气。妈妈担心我与媳妇吵架，特别把我叫到她的房间，一边讲起这件事情的缘由，一边劝我千万不要和媳妇闹意见。妈妈说："你媳妇不让你老叔进门，还问我为什么你爹活着时他不来看看，我感觉她问的不是没有道理。不管你老叔怎么样，他毕竟是长辈，别人不仁，咱们不能不义。可人的想法不一样，不能强求。为这事你和媳妇闹意见不值得，咱们得好好过自己的日子。"

那是爹爹去世半年多来，妈妈跟我说话最多的一次。此前，我从未见过妈妈谈起老叔，情绪是那么深沉和复杂。

妈妈回忆，老叔5岁，我爷爷去世。从那时开始，爹妈就把他当自己的孩子抚养，送他上小学、读中学，直到给他娶媳妇，生了两个孩子后分家。我另外两个叔叔和两个姑姑都比老叔大些，所以爹妈操心相对少。然而，老叔得好最多却情义寡薄。妈妈内心感觉最不舒服的一件事，是爹爹从生病到去世，老叔像不知道一样。"你爹一辈子厚道，在伙里的时候，家里有一口好东西，你爹都想着他兄弟和他的孩子；分家后，你老叔家若是有活儿，你爹抬脚就去帮。这份兄弟情义，天下难找，你老叔忘得干干净净……"妈妈停顿许久，缓慢地从茶几上拿起爹爹和我的一张合照，一边看一边把话头转回来，"可是，兄弟再不好也是兄弟，屁股臭不能割下扔了。你们和外人都说你老叔从小到大自私，我心明镜，但妈妈从来不说。我能理解，一个没有爹的孩子，他还能怎么样？我们给你老叔娶上媳妇，他成了家；分家单干，他知道起早贪黑过日子，我们看了也高兴，那份心思也就了了。你是我的儿子，我生了你，我怎么知道你将来养不养活父母？这不是爹妈能说算的事。如果你不养爹妈、不接爹妈进城，爹妈还不是干瞪眼？这是一个道理。做父母的都不能指望儿女，妈怎么能想从别人身上得好处？"

妈妈复杂而坚毅的表情，朴素而深刻的话语，震撼着我的心。我更深地理解了什么叫道德与良知，什么是问心无愧。

妈妈判定，再过几天，老叔肯定还会为儿子的事来找我。妈妈嘱咐我，老叔来了，一定要热情招待，咱家不缺吃的，不然对不起死去的爹爹，叫别人笑话；媳妇不高兴老叔来不要生气，这事儿不能强求，人家跟老叔本来就没有什么来往，千万别为这点儿小事闹意见。妈妈还不忘和我一起反省："咱们家来人也就是多，一般的媳妇接受不了啊，人家说咱们家像'大车店'，说得不是没有道理。凡事不能光说别人的不是，咱们得多看看自己的毛病。"

大概过了一个星期，老叔真的又来了。妈妈向老叔打听老婶的身体情况，做了好饭好菜，叫我拿出好酒来招待老叔。妈妈特别叮嘱我："不要问你老叔为什么不来看你爹，你爹都不在了，咱们把这一篇翻过去。他若长心，总有一天他会觉得过意不去，没有心，说也没用。"晚饭后，妈妈给老叔收拾房间住下，我和老叔坐在饭厅，听他讲小平子的事儿。老叔借着酒劲儿，开头就说："兴宇，老叔说心里话，若不是你爹你妈，我没有今天啊，你爹有病我没来，还不是因为小平子出事了嘛……"老叔带着几分歉意压低嗓音，一边说，一边看着房间里的妈妈，他想让妈妈听到他的表白。我抓住时机问："老叔，我爹我妈对你好吗？""怎么不好？那还用说。"老叔的大嗓门又打开了："我结婚的时候，你不都记事了吗？都是你爹你妈操办的……"

第二天，老叔满意地走了。几天后，我带着妈妈准备的被褥和枕头，还有我买的一些衣物和袜子，开车去康平监狱看小平子。临行前妈妈再次跟我说："小平子和你出生在一铺大炕的里外屋，后来又住了咱们家的房子，不管怎样，你都要尽力，伸手帮一把。"

我从康平回来问妈妈："妈，是不是我老叔酒后说的那几句话，让你心里暖乎了，你一感动，就把我那床最厚最暖乎的被褥拿给小平子？"妈妈嘿嘿一笑，说："孩子，你错了，妈妈都快老死了，还在乎他那几句好话？他说和不说，妈妈都会这么做的，他说出来，不过是他自己心里好受一点儿。妈妈不图谁记我好，只图给我的后人留个好名声。"

第五节　哥哥结婚了

1969 年和 1970 年，是妈妈一生中的两个大年份。分家、盖房子、给儿子娶媳妇、当婆婆，还有更加独立的家庭生活……所有这些妈妈人生中的新转折、新气象，都发生在这两年。

根据爹妈的计划，1970年秋天，哥哥要和小朱在新房子里结婚。

1970年的春天来了，万物复苏，新房的玻璃窗已经做好，窗明几净。妈妈给东头哥哥的洞房挂上了红布窗帘；我们西头这两间房子，妈妈则是在窗外挂上了用牛皮纸做的、可向上卷起的窗帘。我问妈妈："为什么我们这屋不挂红布窗帘？"妈妈说："咱们这屋晚上不用挡窗帘，躺在炕上，看看窗外的星星有多好。冬天冷的时候，把牛皮纸窗帘放下来，还能遮住寒气，屋里暖乎。"

安上玻璃窗的第一个夜晚，妈妈躺在炕上跟我说："孩子，这回你看吧，数一数天上有多少星星？"我跟妈妈说："上面的窗户要是玻璃的就好了。"妈妈不声不响，随即起身，伸手就掀开了上面的那半扇纸糊的窗户："天不冷了，打开一会儿，你好好看。"我惊奇地发现，春天的夜晚，从新房子的炕上看星星真是美极了。妈妈指着天上很亮的三颗星，还有像个饭勺子的七颗星告诉我："那个是三星，那个是北斗七星。"我问妈妈："你半夜叫爹爹起来吃饭、赶车进城，总说'二毛愣星'上来了，哪颗星是'二毛愣星'啊？"妈妈告诉我："现在'二毛愣星'还没上来呢！大毛愣跑，二毛愣颠，三毛愣出来亮了天，这是有数的。三星一落，天就亮了。"我听着妈妈的话，望着神秘的夜空，发现银河正从我的眼前斜着穿过，简直太清晰了。银河像一条薄薄的、透明的、微微飘动的轻纱，从二道沟里的山尖上，一直飘向房后的碴子沟，就像是在我家新房顶上搭起的一座天桥。我开始想象，这大山沟里的星空像一个大锅盖，把我们的小山村捂得严严实实，四面黑乎乎的大山，仿佛就是支撑起这个大锅盖的"墙"。我睁大眼睛，以"墙"为边界，仔细数着天上的星星。数着数着，我又想象那片蓝蓝的夜空，像一块很大很大的蓝补丁，仿佛是妈妈白天刚刚用一针一线，把它与周围绵延的山峰缝合在一起的，不然，这山村怎么会这么宁静和美妙呢？那些一闪一闪的大小星星，难道不是从那块大蓝补丁上透出来的光芒吗？

我何时睡着了，妈妈何时关上了窗户，我都不知道。一阵哗啦哗啦刨地的声响，把我从酣睡中扰醒。我从炕上坐起来，发现天已大亮。透过玻璃窗，我看见爹爹、哥哥和姐姐早已在院子里刨石格子了。妈妈给爹爹定下的目标是，哥哥结婚前，一定要把院子里的两个大石格子清理干净，不然太不好看了。爹爹、哥哥还有姐姐，白天要尽可能到生产队参加集体劳动。这不仅因为生产队有劳动力考核指标，更因为家里盖房子欠下的两千多元外债，必须通过参加生产队劳动挣工分来还。除此之外，家里没有任何来钱道。所以，爹爹、哥哥和姐姐他们清理石格子，唯有起早贪黑。从小到大，爹妈从来不会把我们几个孩子从甜梦中叫起来干活儿。但是，他们以身作则，勤劳持家，还是早早地培养出了哥哥和姐姐的劳动自觉性。我虽然不如哥哥和姐姐那么能干，但也懂应该向他们学习。我穿好衣服，悄悄到门外拿起一把铁锹，加入劳动行列里去。我们干了五六个月，终于把院子里两座像小山一样的乱石格子挪走了。那些大石头，都被用来砌院墙；从石格子里挖出来的泥土，果真成全了妈妈的设想，在房前院子的东西两侧，自然形成了两块对称的小菜地。那些泥土派上了用场，夏天雨季一过，爹爹就种上了白菜和萝卜。

与此同时，还有两件大事在干：一是找石匠新凿一盘大石磨。妈妈的安排是，把它放在新房门口外的左手边。妈妈说："过日子，吃饭是第一位的。磨米、做豆腐离不开磨。夏天，我们全家还可以坐在磨盘上乘凉、吃饭，多好啊！"二是要动手打一口井，这是新房不可或缺的配套设施。妈妈建议在院子里打井，离家近，挑水方便。爹爹说："你们老娘们不懂，院子地势高，地下是乱石岗子，挖地五米都很难打出水来。"爹爹带着铁锹，凭经验选址，确定在院外西南角靠近河边的低洼处打井。果然，爹爹和哥哥挖了不到两米深就见水了。爹爹说，见水后至少还要再挖两三米，这样才能保证天旱时有水喝。打井的时候，国斌大爷过来帮忙干了好几天，他们几个人轮班站在水里往外挖砂石、砌井套，不然腿脚凉得受不了。妈妈担心哥哥腿受病，要他不要下水，哥哥笑着说："妈妈，你回家烧点儿姜汤拿来喝喝吧。"妈妈说："孩子，净说没用的话。咱们不种姜，哪来的姜汤啊？等新磨安上了，我给你们做顿豆腐犒劳犒劳吧。"爹爹和哥哥苦干一个多月，水井终于打好了。爹爹在井口装上了辘轳，跟我说："这回，你也可以拔上来一桶水了！"

很快，爹爹把新凿的大磨搬回家安放好。妈妈一边清刷磨盘一边说："有磨太好了，我儿子结婚方便多了，请客做多少豆腐都行。"或许在妈妈心里，这盘磨不仅完善了新房子的功能，而且也是一件大家都能看到的、给儿子结婚添彩的有用器物。

一晃到了秋天，新房子从屋里到屋外，全都收拾好了，就等选个好日子，给儿子娶媳妇了。奶奶说，自老祖宗从山东福山县搬到魏大岭脚下，老傅家祖祖辈辈还没有一个小伙娶过城里的姑娘做媳妇。妈妈更是连高兴带忙乎，连续多日没睡好觉。她费尽心思，一定要把哥哥的婚宴安排好一点儿，包括做豆腐、炸丸子，要办一场"八凉八热""八碟八碗"的大席；爹爹和哥哥则忙着杀猪，买烟酒、粉条和酱油等东西，还要在院子里垒锅灶，到外面请厨师、借桌子和锅碗瓢盆等。那时候，谁家儿子结婚能杀一头猪，比现在城里人给儿子买一台轿车还风光。凡是能杀猪吃肉的婚宴，都算是比较高的档次。

哥哥结婚那天，秋高气爽，天空蔚蓝。妈妈穿了一件传统的蓝色大襟衣服，爹爹穿着蓝色哔叽布制服，都是妈妈自己动手新做的。虽然妈妈连续多日没睡好觉，但精神头十足。当殿伍大爷告诉妈妈婚礼的时辰到了，妈妈赶紧招呼奶奶、爹爹和我，还有姐姐和妹妹，与她一块站到房门口。嫂子的哥哥朱福堂前一天从大连赶来，也站在我们中间。妈妈习惯地用围裙擦了擦手，笑着抬起头，用清脆的嗓音喊道："各位亲戚朋友，感谢你们大家来捧场。家里没有那么多凳子，都得站着，请大伙儿原谅，将就一会儿，让我儿子和我儿媳妇和大家见个面……"房门两侧和院子中间两米多宽的通道上，站满了亲朋好友，人们争先恐后朝我们看过来，更有一群孩子绕过人群，沿着通道调皮地涌向房门口。哥嫂两人胸前佩戴大红花，面带灿烂而羞涩的笑容，手挽着手，从洞房走到房门外的石阶上。哥哥身穿白色长袖衬衫，外套一件时髦的红色毛开衫，脚上穿着爹爹买的牛皮鞋；嫂子上身穿一件蓝色小翻领女装，下身穿一条黑色喇叭裤，脚穿一双平底黑皮鞋。他们站在蓝天下，向前来参加婚礼的亲戚朋友们鞠躬致谢。哥哥还没开口，一帮兄弟姐妹就围着新娘起哄、鼓掌，气氛一下子热烈起来。哥哥是见过世面的人，面对兄弟姐妹们的嬉闹，笑得很自然，从容淡定地举起右手，频频跟大家打招呼；而嫂子的目光从未离开哥哥，她似乎在用这种专注来掩饰羞涩并躲避众人的目光。哥哥示意大家安静，发表简短的讲话："感谢大家抽时间来参加我和朱秀贞的婚礼。大家都知道我娶了一个大连的下乡知识青年，有叔叔告诉我，城里的孩子不会劳动，但我相信她会努力学习劳动，和我一起孝敬父母。我要感谢我爹我妈，是他们养育了我，送我上学读书，让我懂道理，教我劳动、盖房子。我要听毛主席的话，扎根农村一辈子，在这个广阔天地锤炼自己，把青春献给农村建设事业……"哥哥的讲话，赢得一片掌声。随后，前来参加婚礼的亲朋好友们走向饭桌，婚宴在一片欢笑声中开始了。妈妈原计划摆二十桌，实际上摆了三十桌，饭桌从屋子里一直摆到大门口。好在妈妈早有准备，饭菜足够。

当天晚上，一大帮兄弟冲进家里闹洞房，妈妈担心嫂子吃不消，急得跳到炕上把洞房的红窗帘拉上，连推带劝把闹洞房的人赶了出去，然后让嫂子插上了房门。哥哥的婚礼，就这样结束了。

婚礼没有音乐，没有鲜花，没有证婚人，没拍结婚照，也没有婚纱与伴郎、伴娘，然而却是家族里最热烈隆重的婚礼。婚礼结束后，妈妈终于松了口气。她告诉哥哥："儿子，妈吓坏了，来坐席的人太多了，差不点儿吃漏兜子，幸亏我没听你爹的话，多做了一锅饭。咱们家不仅有人缘，也有天缘。你看老天爷对我们有多好啊……"哥哥婚礼前一天，突然下了一阵大雨，婚礼那天早上，居然万里无云，天空像水洗的一样湛蓝湛蓝的。爹爹和哥哥挑来十多担黄沙铺好的院中道，大雨过后，黄沙里的少量黄泥全被冲刷掉，留下两指厚的黄白黄白的砂砾，客人来了，脚上一点儿泥水都不沾……

第六节 妈妈的好日子

婚礼后第三天，按老规矩，哥哥以新姑爷的身份，带着妈妈准备好的礼物，领着嫂子，去大连看望岳父岳母去了。又过三天，哥哥和嫂子回来了。妈妈要哥哥歇几天，哥哥说："妈，新郎官闲了一周了，该干活儿了。新娘子可以优待一下，先不上班，在家陪你几天，学学劈柴、做饭、喂猪，最后也得给她戴上小夹板……"

回家第二天，哥哥就到生产队上班去了。妈妈站在外屋地，望着哥哥健步走出院子的背影，跟嫂子说："咱们家好日子来了。你爹才50岁，身体棒棒的，至少还能赶十年车。兴绵和玉华在生产队上班，也是硬劳力。咱们家现在八口人，有三个劳动力，盖房子那点儿饥荒三五年就还完了。你就跟妈在家干活儿，能不去生产队上班就不去。你是女孩子，又在城里长大，哪能像男孩子那样出大力。你看妈，你爹一辈子不叫我去外面干活儿，我小脚，也干不了啊。将来你有了孩子，也像妈一样，在家里相夫教子就行了。妈不要你去小队挣工分，放心吧！"嫂子说："妈，我在生产队干了快两年，农活儿学得差不多了，到小队干几年没事儿，有孩子了再说。"

嫂子老实厚道，说话和气，从不大声。早在结婚前好几个月，妈妈就叫哥哥把她的行李从国海大婶家搬过来，让她跟姐姐妹妹睡在里屋。妈妈的做法，自然引来风言风语。妈妈告诉嫂子不用担心，咱们做事光明正大，不是胡来，让她放心地住在家里等着结婚。准嫂子来了，全家人的感觉就像没有外人来一样。在那个吃不饱、穿不暖的年代，我那个没结婚的嫂子，慷慨地把自己仅有的几件衣服拿出来，送给我的姐姐和妹妹穿。单是这个细节，就让妈妈感动一辈子。爹爹和哥哥在院子里干活儿，妈妈在外屋地做饭，嫂子都会不声不响地去帮忙。"我看人的眼光不会错，小朱这孩子善良，她就是我们家的人。"嫂子的善良、懂事，让妈妈十分高兴。

妈妈当了婆婆，那种满足感和幸福感还有对嫂子的信任，比我们任何人都多。奶奶笑着对我说："你哥娶了媳妇，你妈精神头可足了，每天早上烧火做饭、喂猪都提前了，呵呵！"妈妈说："早不了多少，我倒是小心多了，怕干活儿出动静，影响儿子和媳妇睡觉，年轻人觉大。"让妈妈没想到的是，她刚刚这样做出改变没几天，嫂子也在凌晨时分起来了，她要陪妈妈一起在外屋地做饭。妈妈吃了一惊，拉住嫂子的手，要她赶紧回到炕上再睡会儿，嫂子不肯，两人在外屋地发出了不大不小的脚步声和说话声，奶奶、爹爹还有我们几个都听到了。嫂子对妈妈说："妈，你就让我跟你一块做早饭吧，不然，我躺在炕上心里不安。你那么大岁数早起做饭，我闲着，多让人笑话啊。"妈妈说："孩子，将来有你做饭的时候。妈妈老了，不能干了，还不得你们伺候？现在妈妈能动弹，做这点儿饭菜，用不着你。妈哪能让你这个刚结婚几天的媳妇，就烟熏火燎地下厨房呢？"妈妈一边烧火，一边劝嫂子回去睡觉，但是，嫂子是个自律的人，她坚持在外屋地陪伴妈妈干活儿，直到天亮，和妈妈一起把饭菜端到桌子上来。

吃早饭的时候，嫂子要妈妈盘腿坐到炕上，把收拾桌子、刷碗的活儿留给她，"因为我已经是你的儿媳妇了"。妈妈听了好生感动，乐呵呵地脱鞋上炕，享受一把被儿媳优待的美好。妈妈嘴角挂着笑意拿起筷子，随后又放下来，动情地跟嫂子聊起她们凌晨在厨房里没有说完的话。妈妈压低声调对嫂子说："孩子，妈这辈子很少盘腿大坐吃早饭，今天不说是头一回也差不多，妈妈真的感到高兴。不过，妈妈得跟你把这个事说明白，咱们家这几个人的饭菜，用不着两个人来做，现在不是旧社会，婆婆要耍威风，儿媳妇必须当牛做马。新社会讲究男女平等，婆婆媳妇平等。妈没有老思想，看见儿媳妇不忙不累，我心里高兴。你们年轻人觉大，多睡点儿有好体格。你老婶结婚的时候，我们是妯娌，我这嫂子还让她休息一两个月才轮班做饭。你是我儿媳妇，我怎么忍心让你结婚还没满月就起早做饭呢？你听妈话，从明天开始，你不要跟妈起早做饭。我也想好了，以后我也不用起太早。如果妈需要你起来，头一天晚上就告诉你，你看好吧？你爹赶车进城拉货、送大柴都是半夜走的，我一辈子都得伺候他，必须十一二点就起来做饭，这你不用管。听明白了吗？妈知道你是懂事的孩子，咱们日子长着呢，你干活儿的日子在后面。妈做饭，你不嫌弃、吃得香，妈就高兴了。"嫂子听妈妈说完，跟妈妈商量说："那咱娘俩轮班做饭好不好？""妈跟你说实话，你和兴绵结婚了，妈心情好，干这些活儿像玩似的，说不定多干活儿，能多活十年二十年的。现在不用轮，等妈累了，就什么都交给你干了。"

哥哥打断妈妈的话："妈，你要不用她做家务，那就叫她到生产队上班去，反正我们也不着急要孩子，多挣点儿工分也不错。今年生产队的劳动日值若是六毛钱，小朱怎么也能挣上几百块。"哥哥转过头来对嫂子说："挣五百工分钱，你和妈妈对半分，好不好？""我不要，都给妈！""好媳妇，就这么说定了。"哥哥和嫂子的对话，逗得我们全家人都笑了。奶奶跟嫂子说："你看你妈多会说话，把我都听呆了，都忘吃饭了。我这个婆婆，一辈子也不会跟儿媳妇说这么中听的话，都是你妈能干、不挑剔，将就我了，我有福啊，呵呵。""你有福，我将来比你更有福。因为我的儿媳妇比你的儿媳妇有文化呀，对不对？"妈妈借机和奶奶说起了俏皮话。

那个早晨，我们的新家因为婆媳相互关爱和真诚对话而显得无比温馨。妈妈和嫂子一生的情分，还有嫂子与我们全家人的亲情，从此没有间断。妈妈满足地说："善良人遇到善良人家，这都是缘分，都是福气。"

哥哥让嫂子到生产队上班，给家里增加一个挣工分的劳动力。妈妈心疼儿媳妇，要她干活儿悠着点，将来好做妈妈。每天，嫂子与哥哥、爹爹和姐姐一起上班，一起下班。嫂子回到家里第一件事，就是为哥哥打水，让哥哥洗手洗脸。哥哥有时还要嫂子换一盆水，再洗第二遍，而嫂子总是用哥哥洗过的水。妈妈说："你不嫌他用过的水埋汰，家里的水有的是。"嫂子呵呵一笑，说："我不嫌，他比我爱干净。""是啊，我儿子太干净了，这回你得改他一个毛病，不能让他不管春天冬天，就到河里去洗脚洗头。"妈妈每天晚上给哥哥烧半锅热水，嫂子在睡觉前都会给哥哥打来一盆洗脚水，蹲下身子，动手给哥哥洗脚。这一切，妈妈看在眼里，喜在心上，对嫂子说："孩子，别让他当少爷啊，做媳妇的，让男人吃饱穿暖、知冷知热就行了。"嫂子说："没事儿，我不累。"妈妈躺在被窝里悄悄跟我们说："看你嫂子对你哥有多好，妈放心了。"

哥哥结婚，给整个家庭带来了欢乐，53岁的妈妈看上去年轻不少。从外屋地往里屋挪动一口渍满酸菜的大缸，还要过一个门槛，妈妈根本不用别人帮忙，自己一口气就把缸挪了进去，并且安放好。

闲暇之余，哥哥坐在房门口的大磨上拉板胡，还是拉他喜欢的《地道战》插曲，还有京剧《沙家浜》和《智取威虎山》里的音乐片段。嫂子很快融入我们的家庭生活。妈妈怕嫂子不习惯农村生活，时常提醒嫂子回大连看看父母，嫂子总是告诉妈妈："这就是我的家，我哪儿都不去。"嫂子在哥哥身边过得非常安心，对爹妈从来都是和和气气，和我们兄弟姐妹也没有半点儿隔阂。妈妈跟我们讲："一家人相处，说简单也简单，你不挑、他不捡，将心比心就行了。东西少，掌勺做饭的要少吃点儿，留给老的、小的、干活儿的；有活儿，年轻力壮的往前上，吃点儿苦受点儿累，不算什么；有事儿，大伙儿商量着办；有好处，当家人要公平合理，不贪不占……"不过，妈妈还是坦诚地跟哥哥嫂子讲，在一起过两年，等把盖房子的饥荒还完，要和他们分灶吃饭。妈妈认为，懂事的爹妈都应该这样做。儿子娶了媳妇，分开家让他出去独立过日子，是新社会的趋势，也是父母与孩子都高兴的选择。再好的儿子和媳妇，当老的也要明白，该分家时就分家。当然，妈妈说这话，还因为家里有我这个小儿子。哥哥笑着告诉妈妈："妈妈，你撵我走是不可能的，我不能和你分家，我还没吃够你做的饭呢。等兴宇长大了，我帮他娶媳妇，让他出去过，我留在你身边。如果我将来出去工作了，我和秀贞就把你和我爹带走。你不是说秀贞善良吗？让她和我一起养你们老，没有问题。"妈妈知道，这些事虽然还远着，但眼前的哥哥和嫂子，已经给了她和爹爹一个无忧无虑的预期。所以，妈妈在新房子里过日子，有了许多自由和幸福的改变。

天不冷的时候，打开新房子外屋地的后窗，就能看见不远处的那条黄沙公路。妈妈在外屋地做饭，经常能听到爹爹赶马车的皮鞭声和马蹄声。"孩子，你爹回来了。"即使天黑了，妈妈也会这样告诉我，并赶紧下地把饭菜从热锅里端出来。爹爹何时回家、吃完饭，妈妈才能上炕休息。有时爹爹半夜出车，还会悄悄推醒我："儿子，快起来，有好吃的，吃了再睡。"我睡眼惺忪地从炕上坐起来，围着被子，张开嘴，吃着爹爹用筷子送到嘴里的好东西。其实，那时候也没有什么好东西可吃，一口大米饭就着一块咸猪耳朵、一块鸭蛋黄或一只茧蛹，就让我很开心。那时没有钟表，爹妈把握时间的方法，是从祖先那里学来的，观察太阳、星星和月亮作出判断。爹爹吃完去生产队赶车了，我挨着妈妈再次入睡。和老叔一家住在一起的时候，这样的事情绝对不可能发生。老院离黄沙公路远，妈妈听不到爹爹赶车的声响。在大家庭里，要妈妈给爹爹和孩子吃点儿小灶，那是万万不可能的。妈妈是个自觉自律的人，为了大家庭的和睦，她宁愿牺牲自己的自由和个性。妈妈回忆起那段日子说："人得学会自个儿管住自个儿，得克制私心。在伙里的时候，爹妈是当家人，我哪能把好东西留给自己的丈夫孩子吃，那还不闹翻了天啊？仔细想想，占那点儿便宜干吗？叫人戳破脊梁骨，做人没有面子，多不值啊。搬进新房子，咱们自己独门独院过日子，生活也好起来，妈妈感觉自由自在多了。你爹深更半夜出门，我有什么好吃的都做给他吃，孩子想吃什么，更随便，谁也管不着，我也不用管我自个儿了。但我还是不忘提醒你爹，新房子盖好了，车道离家近了，赶车的鞭子比过去响了，可千万别把小队的车赶家里来装什么、卸什么。咱们不占公家便宜，不叫人说三道四，给儿女留个好名声。"

第七节　家是课堂

爹妈在那么艰难的条件下决定分家、盖房子，包括支持哥哥娶一个大连下乡青年做媳妇，所有这一切努力，都是为了给我们创造一种更好的生活。不过在妈妈心中，那些看得见的财产和器物，就像那个新房子会变旧，甚至会被推倒一样，都不是长久的东西。真正长远、值钱的，是人心的善良和品行良好的孩子。妈妈临终前，最后一次与我们谈起盖房子时说："古语说得好，人善是财，家富是孩儿。我这辈子最满足的是我善良，一辈子都有好人缘；我的几个孩子，也跟我一样懂事善良，本本分分，不馋不懒，不偷不抢，都知道自己努力生活。"

爹妈为子女盖房子的奋斗经历，就像是给我们上了一堂丰富多彩、生动难忘的大课——包括劳动、意志、自信、勇气，还有家庭、生活和情感等所有内容。在这堂课上，爹妈带领我们用劳动去创造生活。而哥哥和姐姐，则是这个课堂上最令爹妈满意的学生。

是的，家是课堂，父母是老师。我对"家是课堂"的理解，就是从爹妈盖房子开始的。

说起来，爹妈对我们几个孩子的教育没有什么特别之处，最根本的要求就是"善良懂事"这四个字。从哥哥、姐姐到我和妹妹，小时候都是普通的孩子；长大后，我们也是平平常常的人。爹妈没有教导我们"要做一个优秀孩子"，更没说过将来要"出人头地""当官发财"这样的话。事实上，他们也不会提出这样的要求，更不会使用这样的词语表达。在爹妈眼里，我们都是懂事、省心的孩子。尤其是哥哥和姐姐在盖房子过程中的表现，让爹妈清晰地感受到：我们的孩子像爹像妈。直到他们老去，依然觉得我们是世界上最可爱、最令他们自豪的孩子。

小时候，妈妈多次跟我们讲："什么是家？有爹有妈就是家；什么叫命好？小时候有爹有妈，那就叫命好；小时候没有爹妈，那就叫命苦。"其实，妈妈说的话，我们似懂非懂，直到亲身经历爹妈千辛万苦盖房子，我才真正懂得家的含义。参加工作第一次离开家的时候，回头看站在家门口送我远行的妈妈——她高高举起的右手，目不转睛的眼神——那是目送，也是召唤。我明白了，原来，家是我人生的起点和归宿。我生长在这里，即使离开也仍把心存放在此，妈妈则是守望我心灵的人。每次回家，从远处望见新房子，我内心就会生出对爹妈的无限疼爱和对家的无比眷恋。因为我心中的这个家，是爹妈用无数心血建造的。每每想起这个家，想起我们可以在那里好好吃饭、好好睡觉、好好长身体，我就想起"家是课堂"这个话题——这个对我一生影响深刻而久远的话题。

妈妈在生命的最后时刻跟我说："妈妈这一辈子就是要强。我下决心分家、盖房子，就是要让我的孩子少挨冷受冻，在别人面前不矮一头。不管生活怎么苦怎么累，想到为了你们，我把眼泪咽到肚子里，绝不放弃希望，一定要努力过好日子。你现在进城工作，住楼房，不住爹妈盖的房子，但是你回头想想，那房子白盖了吗？"我俯身回答躺在床上的妈妈："妈妈，那房子没有白盖，我们在那个'安乐窝'过了二十多年好日子。它使我从小学会劳动，懂得勤劳有多重要；它还让我看见你和爹爹是怎样做父母的，教会我热爱家庭、体谅父母、自尊自信和刻苦努力……""这就对了。当爹妈的如果不要强，儿女怎么能出息呢？我早就说过，我孩子若是有志气，将来不会在大山沟里待着，也不会把这房子当回事。"妈妈说。

妈妈的临终遗言，再次激起我梳理和思考盖房子这堂课的意义。妈妈对生活充满热情，敢为人先，不怕困难，信念坚定，盖房子无疑是她这种品格的最好见证，也是我要传承下去的一份精神遗产。

妈妈一边回想一边谈到，她在家里只有四斤米的困境下盖房子，爹爹半夜过大岭到西边去找朋友筹集粮食，这是他们做事的决心和勇气。"勇气来自哪里？"我问妈妈。妈妈认为，勇气来自做爹妈的责任，还有我们几个孩子给她带来的希望。那时她已年过半百，但非常自信，"因为我和你爹善良，人缘好。"那年头，盖房子的真正困难不是缺钱少粮，而是最怕没人帮忙。妈妈相信"人善是财"这句话，他们向来乐意帮别人，一辈子有好人缘，根本不担心盖房子没人帮。妈妈最后补充道，她过日子还有一个信条：肯出大力就能心想事成。"天上下雨地上滑，个人跌倒个人爬。"只要有志气，总有出头的那一天。这也是妈妈身上独有的、自强不息的意志品质。

善良、勤劳的父母，是家庭这个课堂上最完美的老师，对孩子的影响是深远的。回忆童年的生活，最深的感受除了爹妈的善良和爱，再就是爹妈一年到头，总是起早贪黑，不知疲倦地为了我们奔波劳作的勤劳。这些记忆最终给我们带来了什么呢？或者说，它教会了我们什么呢？其实很简单，我们从父母那里学到的，也是善良和爱，还有劳动对于家庭、生活和人生的意义。

爹妈不强迫孩子劳动，不等于他们喜欢懒惰的孩子。孩子能帮分担一些劳动，让他们感觉很得意很欣慰，因为他们不仅仅需要孩子帮忙，更期待孩子有一颗体谅父母的心。然而，孩提时我们不懂，父母判断你懂事最简单的依据，往往是一些小事，比如，你看见妈妈在大雨到来之前往家里抱柴火时，能跑过来说一句："妈妈，让我来帮你。"父母会很高兴，认识到孩子长大了。在大人的眼里，自觉劳动是孩子有教养、人性善的一部分。

我最初感受到这一点，源自盖房子那时妈妈对我们几个孩子的一次表扬和赞美。

那是夏天的一个傍晚，我把上山捞木头的那头老黄牛喂饱了，送到生产队，然后回到房场。妈妈喊我和姐姐洗手吃饭，姐姐说等一会儿再吃，她要再刮两根橡子皮。我饿了，就跟爹爹、哥哥和几位帮工的长辈一起去吃饭。房场里临时搭起的锅灶和饭桌很简陋，吃饭要么是坐在木头和石头上面，要么就站着。妈妈看我站着狼吞虎咽地吃饭，心生疼爱，当着大家的面夸我："你们看我儿子，跟他哥一样，就是懂事，能帮他爹上山牵牛捞房木了。"妈妈转过身子，又给大家指指在外面干活儿的姐姐："你看我那老实巴交的玉华，14岁到生产队上班劳动，从来不耽误工，干什么活儿都挣一等工分，回家就帮他爹挑水劈柴，就是嘴拙，不会说好听话啊。"国贤大叔说："大嫂啊，咱们老院里的孩子，就属你家的孩子懂事省心。兴绵这小子，我以为他劈不了石头，谁想到他那么厉害，磨了满手血泡都不下火线。老大这么好，老二还会差了吗？"妈妈听大家你一言我一语地夸奖自己的孩子，用围裙擦了擦手，亲切地抚摸着我的头说："听你们大伙儿这么一说，我盖房子受点儿苦也值喽。"

就是这样一件小事，使我有了一种浅浅的、朦胧的认知：爱劳动的孩子，会赢得大人们的喜爱和夸奖。长大后，我得出清晰的结论：父母勤劳的榜样与适时赞美，是教育孩子自觉劳动最好的办法。满意与鼓励，是妈妈对孩子一贯的态度，我们习以为常。但是那天，妈妈欣赏的目光和赞美的语调，给了我一种不曾有过的感受——就好像是妈妈在我心底尚未开垦的部分，植入了一颗劳动荣光的种子，而我此时刚好懂得欣然接纳和珍惜。

我把盖房子想象成一堂课，是因为它切实给我们兄弟姐妹带来了比房子本身更重要的改变。尤其是哥哥和姐姐两人，他们在"课堂上"的投入和努力，让爹妈满心欢喜。哥哥原本热衷于投身政治运动，但是，当爹妈决定分家、盖房子，他那颗躁动的心就平静下来回归家庭了，成为爹妈盖房子最得力的帮手。当哥哥紧跟爹爹的脚步上山砍房木，当他目睹走在前面的爹爹不停地挥动镰刀为他清除路障，当他与爹爹一起伐木累得上气不接下气时，他学会了吃苦耐劳、疼爱爹妈。哥哥告诉妈妈，盖房子让他感受到劳动的辛苦、当爹妈的不容易。妈妈至死不忘，哥哥与爹爹一起上山砍房木几十天后，紧接着就背上锤子、钎子，与国贤大叔一起下河劈了几个月的石头。哥哥死后，妈妈万分难过地说："我那孩子太能吃苦、太懂得体谅爹妈了……"在妈妈的眼里，盖房子的这堂课使哥哥踏着爹爹的脚步，实现了从一个青涩、冲动小伙向一个成熟、负责男人的转变。

姐姐在这堂课上的表现，在我看来足以弥补她所有文化学习的不足。妈妈对姐姐的满意度，更是发生了大转变。姐姐比我大两岁，却比我低一年级。她不喜欢上学、写作业，妈妈曾觉得姐姐有点儿不像她的孩子。"文革"导致学校关闭，姐姐如释重负。她爱劳动，干活儿的本领特强。盖房子那年，姐姐才15岁，已投身集体劳动半年多了。当时，她要去生产队挣工分，爹妈不同意，因为她太小了。倔强的姐姐自己准备好一副挑筐，第二天就到生产队干活儿去了。姐姐任劳任怨，上班不久就挣上了成年妇女劳力的工分。尤其是铲地、扒苞米这样的手头活儿，她干得又快又好，超过男劳力。姐姐下班回家就挑水、劈柴，她个子不高，拿起水扁担放到肩上，要把扁担两边的铁链钩子，一个向左缠一圈，另一个向右缠一圈，才能勉强使水桶不触地儿。看到姐姐被压得摇摇晃晃，妈妈心疼地说："再别挑水，压坏了，等你爹回来挑。"

姐姐默不作声，将水缸灌满，放下水桶又去劈柴。清除房场里的那几个大石格子，姐姐付出的时间和劳动最多。姐姐这样做，是想让爹爹和哥哥腾出更多时间快点儿盖房子。姐姐协助爹妈盖房子的方式与哥哥不同，但她与哥哥一样，都懂得用努力劳动来回报爹妈、改变家庭生活现状。姐姐告诉我，她小时候就知道，爹妈盖房子是为了儿子，她是姑娘，将来要嫁人住不着。"房子不是我的，但爹妈是我的。爹妈养我长大，好赖我得为爹妈分担劳苦，也算没白养我一回。"哥哥去世后，姐姐更加努力地参加集体生产劳动，冬天跟男劳力一样，脚踏几尺深的大雪上山捞木头，就为了和爹爹一起多挣工分，早点儿把家里盖房子欠下的饥荒全部还清。妈妈对我说："你姐对得起爹妈、对得起你。她叫你上学，她上班。结婚时什么都没要，我也真就什么都没给。"家里盖房子，兴绵哥哥出力最多，姐姐贡献最大。妈妈跟我感叹道："人真是各习一经。你看你姐，虽说是姑娘，那才顾家呢！你们几个，就她不能念书，但她能干活儿，干外面的活儿像个小伙子，又快又利落，你说怪不怪？"

比起哥哥姐姐来，我的贡献最小、出力最少。不过，妈妈对我不失时机的夸奖和激励如春雨一般，滋润我心底热爱劳动的种子生根发芽。我意识到劳动的重要性，渐渐自觉地参与其中，这均得益于盖房子这堂课。我对家庭与父母生活价值的认同，还有上进心、自信心的树立，盖房子这堂课是重要启蒙。

我和妈妈屈指一算，盖房子的事已过去整整四十二年。四十二年前立冬的前几天，爹妈领着我们住进了新房子；四十二年后，也是立冬前几天，妈妈在她生命的最后时刻，与我重温盖房子的往事。我从妈妈临终遗言中发现，那栋青瓦房，在妈妈心里早已算不上什么，沉淀在妈妈记忆中成为永恒的，只有两件事：一是她心爱的孩子们的完美表现；二是亲戚朋友、街坊邻居们的善良和情义。

妈妈始终相信，善良能帮助别人，也能帮助自己。妈妈永远都记着，盖房子的时候，有那么多亲戚朋友愿意借钱、借粮给我们，其中包括五姥爷和于洪连二姨父，还有爹爹在营口地区的几个好朋友孙志敏、刘基仁、鲍库川，他们的名字妈妈至死不忘。妈妈还念念不忘当时大队、小队的干部和社员们，还有老傅家一大家族人和街坊邻居。在那个贫穷的年代，正是农村人的真诚、淳朴和互助的民风，助力爹妈盖起了新房。

妈妈记得清楚，当年盖房子欠下的饥荒有两千多元，但从来没有亲戚朋友来催债。妈妈说："盖好房子，我和你爹想的第一件事，就是抓紧还钱、还人情。

亲戚朋友越是不来催，咱们就越要赶快把钱还上。人这一辈子，要记住人家的恩情，要讲信誉。最后怎么样？现在土都埋到妈妈脖颈了，妈妈感觉这辈子活得太好了，死了也值了。我和我的孩子得到好报，我没有半点儿遗憾……"

家是课堂，父母是老师。直到妈妈离我们远去，她的教诲依然在耳边回响。

我们成长的基础与方向，还有我们的命运，都是由爹妈决定的。我们人生的"篮子"本来是空的，我们的思想和灵魂像一张白纸，后来是父母使它们丰富和灵动起来。当父母最初把我们抱在怀里的时候，我们不懂这是爱、温暖和安全；当我们牵着父母的手学习走路的时候，我们本能地接受着依赖和扶持的快乐；当我们背起书包上学的时候，我们从父母兴奋的眼神中，朦胧地感觉到什么是期待和希望；当我们学习与父母一起劳动，看见他们为了我们流血流汗，努力建设一个温暖的家来呵护我们，我们才慢慢懂得了心疼和回馈，自觉分担一些父母的艰辛和劳苦。父母的爱，还有他们面对艰难困苦不服输的精神，让我们学会了积极、乐观地面对生活。我们人生的"篮子"，其实就是这样一点儿一点儿地装进父母传给我们的精神财富。即使成年之后，我们在某些方面超越了父母，但我们的思想和成长方向，也永远建立在这种宝贵的、最初的精神财富基础上。

第十一章　妈妈的天塌了

　　提起哥哥，我会想起很多欢乐往事。回顾哥哥一生的足迹，他的生命虽然只有短短的二十三年，但在我心中，他的人生光芒灿烂。他是一个好儿子、好丈夫、好哥哥，是一个正直善良、勤奋刻苦、对人生充满热爱的青年。

谁会料到？兴绵哥结婚还不到一年，就因为痢疾瞬间撒手人寰。那是我有生以来，第一次经历亲人病逝的伤痛。

那天，我握着哥哥的手，看着他在急促的抽搐中咽下最后一口气。我神情恍惚，使劲儿摇着哥哥的头，嚎啕大哭。病房外雷鸣电闪，大雨倾盆，上苍也为哥哥的早逝而哭泣。正在家里焦急等待哥哥病愈回家的妈妈，无论如何也不会想到，她心爱的大儿子会因"拉肚子"突然死去，令她万分恐惧的"儿女劫"再次袭来。

哥哥的死，是我少年时经历的最悲惨的家庭变故。它让我深深地感悟到，人的生命，何其脆弱，何其宝贵。家庭最大的不幸，是生命发生了意外。哥哥的死，几乎摧毁了爹妈的精神世界，也彻底改变了我的成长历程，教会我永不背叛、永不伤害父母。或许，这就是所谓的一岁年龄一岁心，一场灾难长成人。

第一节　上学记

哥哥结婚后，妈妈事事顺心，日子越过越好。有一天，妈妈平静地跟我们说："过去一想起 1948 年，一夜之间失去了一对儿女，妈简直活不下去了。现在看，这些苦难不都扛过去了。妈生了八个孩子，活下来你们四个，两儿两女，妈知足了。"

哥哥结婚两个来月，天气转冷。家里接到大队通知，说公社新建的中学开学了，要我到公社读中学。妈妈听了，好不惊喜。她跟全家人说："自从分家盖房子，咱们家的好事是一桩接一桩，挡都挡不住啊。"

在妈妈眼里，无论什么年代，孩子读书都是一辈子的大事，父母砸锅卖铁也得供孩子。尤其是两个儿子的读书问题，爹妈格外重视。妈妈听说新中学的宿舍，冬天没有取暖的炉子，特地给我准备了一套厚厚的被褥。她担心我的关节炎，一旦受凉会犯病。妈妈鼓励我："孩子，读书是正道，这新社会、新国家，没有文化怎么能行啊？读书要吃苦，没有克服不了的困难。何况，每个星期还能回家一趟，能见到爹妈，吃点儿好的。"我向妈妈保证，什么困难都不怕。不就是每个星期要走八九十里地嘛？我行。妈妈说走路上学、回家是小事，她担心我天天喝玉米粥，会吃不饱，影响长身体。妈妈想了想说："你放心，妈妈每个星期会给你带点儿豆腐干、盐豆什么的。你爹进城拉货，再顺便给你带点儿饭菜，一凑合，一个学期就过去了。"

我悄悄问姐姐："你要不要去上学？"姐姐说："你上学，我在家挣工分还饥荒。"哥哥对我说："你要好好读书，说不定哪一天大学开门了，你就能上大学了。我上了两年多的'农业大学'，把农村这个广阔天地当课堂，学会了盖房子、种地。可是，这里还有什么好学的呢？我真想和你一块去读书。""那不行吧？你都结婚了！"我说。哥哥说："如果学校不关门，我现在正读大学呢。有句话叫'活到老学到老'，我只学了木匠和瓦匠，那点儿手艺能造汽车、造轮船、造飞机吗？"哥哥显然为自己没能上大学而感到遗憾。我调皮地跟哥哥说："你可以去中学当我的老师啊，就像小时候我陪你上学一样，这回，你也陪陪我呗？"哥哥说："我现在要挣工分，早点把盖房子花的钱还上。你那个破中学，不值得我陪。将来有一天，我陪你上大学吧！"

公社的中学，一共有四个班，不到两百名学生。其中有两个班的学生比我们早几个月入学，年龄普遍大一点儿，是第一届学生；我们冬季入学的两个班，算是第二届学生。学校新建二十多间房子作为办公室、教室和食堂，还有一个大操场。住宿生有一百多人，都住在公社兽医站里的一栋四面漏风的房子里，与学校隔着一条河。那里没有任何取暖设施，呼啸的北风烟雪将房门和窗户吹得哗哗直响。说是学生宿舍，其实床就是用木板钉起来的一排大通铺，地面结冰湿滑，屋子里的温度与室外不差上下——都是零下二三十度。入学的第一个夜晚，我被几个比我大的同学夹在中间，他们用身体给我取暖，我还是冻得直打哆嗦。大家冻得睡不着觉，就在黑灯瞎火之中开起了玩笑。有个同学上厕所回来，说了一句让所有人笑疼了肚子的话："你们上厕所注意了，撒尿最好'断条'，不然尿会连着身子给冻住……"

即便如此，我们这些渴望上学的农村孩子，还是用少年的满腔热血去拥抱这所简陋的新中学，坚持在那个寒冷的宿舍里熬过一夜又一夜。想起来真是不可思议，我们这些中学生，不曾有人因为吃、住条件不好而发牢骚，更没有人去找老师和校长要求改善条件。我至今也说不清，这到底是"少年不知愁滋味"，还是穷孩子天生就胆小呢？正如妈妈所说，有书读就谢天谢地了，还有什么困难不能克服呢？多数孩子和我一样，接受的都是这样的家庭教育，心里也是这样想的。我们没有选择，只能适应。当然，也有少数学生没有坚持下来。因为宿舍寒冷，每周六天顿顿都是玉米粥，绝对没有菜，不少新生入学一两周后就掉队了。他们辍学还有一个深层原因，那就是读完中学就有光明未来吗？读书到底有没有用？一些学生和家长受困于此，到放寒假的时候，有更多的学生辍学。

公社新建中学给我最深的印象，是那里聚集了一批高学历、高素质的老师。比如，北京大学图书馆专业毕业的硕士研究生张纯清老师。他是河南人，一讲起课来就脸红。要命的是，他说一口河南话，我们所有的学生听不懂他讲的是什么。但在我眼里，他是名校的高才生，有学问，值得敬重；辽宁师范大学毕业的张德智老师及其妻子李国芝老师，他们两人分别是学物理专业和化学专业的，讲课备受欢迎；辽宁大学毕业的刘忠平老师及其妻子郭保华老师，他们都是学中文、教语文的；还有从海军舰艇学院转业的教官刘庆凯老师，讲起数学一丝不苟，特有军人的气质和威严。这样的师资力量，无论何时看来，对于农村一所新建的中学来说，都是非常雄厚的。

这些老师原本是在城里工作的，却在"上山下乡"、走"五七道路"的运动中被赶到农村来。这些知识分子来到农村接受劳动改造，向人们昭示了知识分子的凄凉前景与社会价值的极端扭曲。读书、上大学意味着什么？我这个少年是看不清楚的。然而，也正是他们的到来，使公社新建中学有了一批前所未有的优秀教师。我们这些傻乎乎又不乏真诚的孩子，个个怀着喜悦和崇拜，在教室里用掌声欢迎这些从大城市来的老师。那时我们年纪小，不知道这些老师的真实心情。

放寒假回家，我把学校的事情讲给爹妈听，夸奖这些城里来的、读过大学的老师们有学问，讲课很生动，对学生也很关心。爹爹听后跟我讲，这些下放到农村的教师，和我嫂子这些下乡知识青年一样，都属于背井离乡的人。他们来农村劳动和生活是迫不得已的。妈妈说："孩子，你想想，谁愿意从城里到农村来啊？他们来到这里，人生地不熟的，不会上山打柴，也不会用灶坑烧炕、做饭，生活有多难啊。他们离家好几百里地，回家看一眼爹妈得走好几天，不容易啊，你们当学生的，要尊重他们。"听妈妈这么一说，我感到有点儿吃惊，难道是我把这些老师的经历和处境想得太好了？

春天开学了，返校后我们看到，张德智老师有了自己的房子，他和妻子婚后一直没有房子，如今学校给了他们一间宿舍；张纯清老师也没有住房，政府批准他在下乡的生产队盖三间房子。关于张纯清老师盖房子，还流传着一段看似笑话的故事，其实，那是许多知识分子劳动改造过程中都会经历的遭遇。我佩服妈妈会判断事物的好坏。她没见过这些老师，却能将心比心地感受出他们的艰苦与不易。从此，我对这些城里来的老师有了更多同情。

张纯清老师教我数学，说话带有浓厚的河南口音。上课时，他的脸总是仰着的，好像害怕和学生对视。第一次上他的数学课，学生们基本听不懂。他写在黑板上的字歪歪斜斜，和他的河南话一样难懂。课堂有些乱糟，张老师并不发火，只是微微一笑，和蔼地对学生们说："能听懂就听，听不懂课后再问。""老师，我们还是没听懂啊……"班长站起来表达意见。张老师放下手中的粉笔，无奈地摊开双手，十分缓慢地说："同学们，很抱歉，我的普通话说得不好，我会努力让你们听懂的。"

一天下午，张老师没来上课。代课的李老师说，张老师家里盖房子，他骑自行车到县城买菜去了。几天后，学校就传开了张老师和妻子的趣事。当时，大家都是当笑话讲的。后来发现，这故事饱含那个年代知识分子劳动改造的忧伤与酸涩。

张老师被下放后，大队安排他们一家借房子住。张老师的妻子不会用柴火烧大锅做饭，也不会养猪。好心的房东就一点儿一点儿地教她，并帮他们买来一头小猪崽饲养。然而，城里的知识分子到底与农民不同。张老师的妻子发现，房东家的女人把刷锅水、地瓜秧子、萝卜叶子放在一起熬猪食，味道刺鼻，令人恶心。她担心用这样的猪食喂猪，猪会得病，猪肉也不好吃。于是，她想"革新"养猪方法，让猪吃得更卫生，猪肉更好吃。

她找人做了一个大一点儿的木头猪槽子，中间用板子隔开，一头放干的，一头放稀的。"如果猪饿了，就去吃干的，如果猪渴了，就去喝水……"她站在猪圈门口，为自己独出心裁的做法而得意。邻居家一个妇女发现她打扮时髦、不会喂猪还不懂装懂，就过来奚落她："你们城里人光会吃猪肉吧？

那猪要是不吃猪食，还叫猪啊？"据说，张老师夫人第一次喂猪，看小猪吃食足足看了半个多小时。她发现小猪把猪槽子里放的几个苞米粒和几块萝卜吃干净，就趴到猪窝里了。她很无奈地问那个妇女："哎，你说，它怎么不喝水呢？它不渴吗？""你以为猪像你那么聪明？你以为你是'五七战士'就有粮喂猪？老农民一年缺粮半年，你们也好不到哪去！那猪祖祖辈辈就是这么养的，你给它把干的、稀的分开，它肯定不会吃啊！不信你看，我家猪一年能长二百多斤，你能把它养活了，就算你命好……"说完，那妇女走了，她只好让张老师把猪槽子的隔板打开了。

紧接着，张老师盖房子请客闹出了笑话。张老师自己也曾给学生讲过这件事。他说："我的确搞不懂农村这些规矩，那些农民兄弟挺可爱的，对我挺好的……"给"五七战士"家盖房子，是党和政府的政策。县里给一点儿钱，公社批木料砍伐证，大队和小队免费出工帮助建房，包括组织社员上山砍房木、拉石头、找木匠和瓦匠，都是生产队给记工分。在房子上梁那天，请帮助建房的父老乡亲吃顿好饭，这是农村的传统和规矩。在当地人看来，张老师夫妇都是挣工资的知识分子，那顿饭菜的档次应当不错。张老师家上梁的那天早上，大队、小队和邻居们都送来了红布，高高悬挂在房梁上，张老师夫妇很是高兴。生产队队长要求干活儿的木匠、瓦匠和十几个社员，当天贪点儿黑，把房梁、房顶活儿全部干完。这个速度，是普通社员家盖房子所没有过的，这是生产队集体的力量。生产队队长贴着张老师的耳边提醒："准备点儿好饭好菜，好好犒劳犒劳大家，让大伙儿把活儿干好。"

张老师老实厚道，和他妻子一样不解农村的人情世故，他对队长的意思没有领会。本应在午饭前结束的挂椽子、上房梁泥这些活儿，到了太阳当头，这些活儿却连一半的进度都没完成。张老师终于看出点儿什么来了，跟队长说："队长，我现在就骑车进城一趟，买点儿鱼肉、买点儿好酒回来，让大家晚上好好吃顿饭……"

看着张老师画龙一般骑着自行车离开房场，生产队队长冲着干活儿的人大喊："你们这帮家伙，不吃好的不干活儿啊！好饭不怕晚啊！张老师是'后锅水，才响（想）开'，他给大家买酒肉去了，晚上请客。今天大伙儿干到半夜，也得把房盖儿弄好了！"张老师骑着那辆破旧的自行车，往返六七十里路，在太阳要落山的时候，满载鱼肉、酒和菜，累得趔趔歪歪回来了。在房顶上干活儿的队长，老远看见张老师推着沉重的自行车朝房场慢腾腾地走来，感慨地跟社员们说："你们说这些知识分子从城里到农村来，不是活遭罪吗？他们城里有房不能住，咱们农村穷盖不起房子，还得出工出力给他们盖房子，这哪有道理可讲啊？张老师是穿皮鞋走马路、坐汽车的，偏叫人家穿农田鞋走土路、骑自行车，你看他多可怜，现在连自行车都推不动了，大伙儿快点儿干吧，早晚都是咱们的活儿，为吃顿好饭贪大黑多不值啊！"队长说得大家有些不好意思，都表示不磨洋工了。

张老师和妻子请人帮忙，做了一顿丰盛的晚餐，热情招待这些帮忙盖房子的人。晚上喝酒的时候，队长告诉张老师："你不用担心，剩下那点活儿，饭后再有一两个小时就干利落了。"张老师连声说："谢谢，谢谢。"队长借着酒劲儿调侃张老师："张老师啊，人家盖房子上梁都是中午请客，你中午不请改到晚上，也不事先告诉我们一声，还吃得这么好，我们差点儿误会你了，没把你的房子给'晒干儿'了，哈哈！"张老师听不懂当地方言，就问队长："把房子'晒干儿'，是不是比用瓦还保暖啊？"酒桌上的人笑得前仰后合，张老师完全被笑蒙了。丰盛的晚餐之后，社员们觉得过意不去，知道错怪了这个单纯、善良的知识分子。当晚，他们拉着电灯登上房顶，披星戴月，把张老师家房子上的瓦全部扣好。

我把这个故事讲给妈妈听，妈妈认真地跟我讲："孩子，人生在世，生活不易。普通老百姓就像地里的那些沙子，一阵大风都不知道把他们吹到哪里去了。你们张老师，还有咱家你哥、你嫂子这些人，不都是例子吗？人这辈子不知道会遇到多少事情，这都是没有办法的，就看命吧！"我告诉妈妈，虽然这些中学老师很不错，还是有不少学生因为吃住不好退学了。妈妈再次叮嘱我："孩子，你一定要坚持下来。你还小，正是上学的年龄，上生产队干活儿太早就累坏了。不就两年嘛，一咬牙就挺过来了。将来上不上大学，就看国家形势怎么变化。你仔细想想，你要有何等的运气和福分，才能不用求人、不用花钱，就把这些老师从城里请到咱们这兔子不拉屎的穷地方啊？好好珍惜吧！"

回想起在中学读书两年多，最令我难忘的，是这些老师的善良和情怀。无论生活多么艰苦，他们对我们这些渴望求学的孩子，总是充满关怀和爱。张德智老师曾语重心长地对我们说："你们要相信我的话，学生必须学好文化科学知识。不懂物理学，飞机怎么能上天？我要好好教，你们要好好学。"我从这些老师的嘴里，没听过一句"读书无用"的消极论调。他们相信，中国教育将会走上正常轨道，孩子们不能在"打砸抢"中成长，学工学农不能代替课堂教育。这些有理想有信念的老师们，让我渐渐懂得学习对于人生的重要性，学习需要坚持，学习才有前途。作为全校年龄最小的学生，我受到老师的帮助和鼓励最多。后来，我不断求学深造，都得益于这些老师的教诲和影响。

第二节　哥哥去世了

1971 年 7 月 24 日，星期六，农历六月初三，暑假前的最后一天。

上午第一节和第二节课，各科老师轮流走进教室，给同学们布置暑假作业；第三节课，同学们打扫教室，收拾书包，准备离校回家。

"四十多天假期，太好了。"听老师布置作业的时候，我心里想着，放假回家又能和哥哥一起去长仙龙大泡子洗澡了。每到雨季，长仙龙那块巨石附近都会自然形成一个深深的大水泡子。炎热的中午，那里总有我们一二十个男孩和少数大男人，光着屁股在洗澡、嬉闹、晒太阳。从几岁开始，哥哥就领着我来这里游泳。正在我走神的时候，刘庆凯老师叫我："傅兴宇，你父亲来找你，快去吧。"我抬头一看，爹爹就站在教室门口。我喜出望外地跑出教室，想着我可以坐着爹爹的马车回家了。爹爹却告诉我，前天哥哥和他一起上山干活儿时喝了凉水，昨天早上开始拉肚子，拉了一天没好，今天早上在家里摔了一个跟头，他刚刚赶着马车把哥哥送到公社医院住院。我回到教室收拾好书包，跟刘老师请了假，和爹爹去了医院。

"拉肚子"是我们都经历过的小病，我从来没想过它有什么可怕。我在爹爹前头走进哥哥病房，放下书包就扑到哥哥的病床上："哥哥，你怎么拉肚子就住院了啊？"坐在病床边的嫂子低声跟我说："小心，别碰着吊瓶……"哥哥笑着说："没事，打几个吊瓶就好了。""你吃什么坏东西了吧？"我问。哥哥回答："没有，前天跟爹上山干活儿，在水泉沟喝了几口泉眼水，回来就坏肚子了。你放暑假了？放多少天？"直到这时我才发现，哥哥的脸色看上去十分灰暗，说话都没劲儿。我俩的手握在一起，我感受不到哥哥的力量。不过，躺在病床上的哥哥，眼神很灵活，总是不停地跟我们讲话，就像好人一样，大家也没有任何紧张和惊慌。过了一会儿，沈医生来了，他抬起手腕看了看表，问哥哥："你九点钟进来输液，现在感觉怎么样？""还行吧，就是一坐起来就迷糊，眼前一抹黑。"沈医生让护士再给哥哥量血压，那个护士说："血压还是太低了。""用药、输液都一个多小时了，你的血压怎么还这么低呢？"沈医生感觉不对劲儿，他把杜医生找过来一起查看哥哥的病情。这两个人是全公社知名的医生，也是从大城市下放到农村来的。我忍不住问："医生，我哥血压低到多少啊？"沈医生用低沉的语调说："快接近零了。"爹爹、嫂子一听，紧张坏了。我也知道，没有血压人会死的。我问："哥哥的血压为什么会这么低？"沈医生告诉我，"这是拉痢疾严重脱水导致的。"听到这里，哥哥似乎想坐起来和医生说点儿什么，可是他刚抬起头来就迷糊过去了。嫂子赶紧托住哥哥后背，让他躺下。过了一会儿，哥哥慢慢睁开眼睛，问沈医生："这是怎么回事？"沈医生半开玩笑地说："因为好吃不如饺子，舒服不如躺着，你要尽可能躺着，不要起来。"沈医生和杜医生走回办公室，我悄悄跟在后面，听他们跟几个医生讨论哥哥的病情。

"这个小伙子挺危险的，不行就得做静脉切开了。中毒性痢疾发展到这程度，不大好抢救，还有其他办法吗？该用的药都用上了……"沈医生摸着他的尖下巴，想了想说："再观察一两个小时，看看加大药量有没有效果。"那是我第一次听到"静脉切开""中毒性痢疾"这样的医学术语，还在嘴里反复默念。回到病房，嫂子问我医生怎么说的，那两个专业术语在我嘴边转悠，我没有说出来，装着高兴的样子走到哥哥床边，"医生说你没事，能给你治好的。"这时，哥哥用力地攥住我的手，"你看我还挺有劲儿吧？拉肚子这点儿小病我抗得住。"这回，我真的被哥哥握疼了，我"嗷"地叫了一声，哥哥放开了。嫂子笑着说："看你们两个，在哪里都忘不了疯。"直到中午，家人对哥哥身体的具体状况并不了解，谁都不曾想到拉肚子会死人。而事实上，这个恶果在医生看来，已发展到了不可挽回的地步。

爹爹把马车交给别人赶走了。我和爹爹、嫂子一直守护在哥哥身边。我握着哥哥的手，盯着吊瓶里的液体一滴一滴地流进哥哥的血管里。中午十二点过后，哥哥的脸色虽然越来越苍白，但躺在那里还像没事一样。看见医生、护士来了，他仍与他们说话、开玩笑。哥哥还跟我说："放暑假回家，你得把暑假作业做好，还要帮我和爹爹干点活儿，别老玩儿。"我摸着哥哥的脸，似乎忘记了沈医生刚刚说过的那些话。"哥哥，你明天就能出院了，我跟你一起回家。"哥哥说："好，我们明天就回家，妈妈还在家里等我们呢，不知她急成什么样子。拉肚子算什么病啊？不拉了，能吃饭就好了呗。"夏日的阳光透过窗户进入病房，把哥哥的病床晒得火热，但哥哥的手脚却是冰凉的，睁开眼睛的次数也越来越少。吊瓶里的药液"滴答滴答"地往哥哥的血管里流个不停，医生和护士每次来病房给哥哥测血压，我都在心里想象：药物在哥哥的身体里又循环了一遍，哥哥马上就要好了，血压应该升高了、升高了……嫂子偶尔给哥哥喝口水，问哥哥肚子疼不疼、感觉好点儿没有，哥哥小声说："好点儿了，没事儿。"不知不觉，太阳已从东边跑到了西边，直到挂在医院西边的那座山顶，然后掉进好大一片落叶松林里。然而，哥哥的血压继续下降。医生说，哥哥有六七个小时几乎没有血压了。爹爹和嫂子越来越心急。爹爹不停地去摸哥哥的头、手和脚，神情严肃、紧张；嫂子坐在哥哥病床边上，轻轻搓揉哥哥打吊瓶的那只手。我一次又一次跑去办公室找沈医生，沈医生耐心地告诉我："治病不能急，你哥哥脱水非常严重，血压不上来，我们看看还有什么办法。你要有耐心，我们会努力的……"我回到哥哥病房，一边把医生的话转告给爹爹和嫂子，一边忍不住哭了。哥哥有气无力地对我说："你别哭。哥哥会好的，哭什么呀？"嫂子跟爹爹说："妈妈在家肯定急坏了，有没有办法捎个信儿回家啊？"爹爹告诉她，上午托人捎信儿，告诉妈妈哥哥已经住院，现在天黑了就没有人捎信儿了。

夜幕降临，天上突然阴云密布，下起了暴雨。昏暗的白炽灯光，使病房显得十分沉闷和压抑。闪电划过夜空，瞬间照亮了病房，我看见哥哥那双因脱水而深陷的眼睛，比以往任何时候都大，眼窝似乎能放得下一个乒乓球，脸色灰白。爹爹很少说话，站在那里无奈地看着哥哥。嫂子长时间握着哥哥的手，小声提醒哥哥闭上眼睛睡觉休息。哥哥偶尔用困乏的目光看着悬挂在半空中的吊瓶。哥哥跟嫂子说："我不困，睡不着。"又过了一会儿，哥哥再次跟我说："放暑假回家，要好好看书，学习一定要努力，不要太贪玩了。"谁能料到，这竟是哥哥留给我的最后一句话。哥哥聪明，他跟我说这话的时候，心里也许明白自己即将离开人世。沈医生和护士每一次到病房来，哥哥仍会睁开眼睛，与他们做简短的交流，只是他从没问过医生"我的血压能不能上来"这样的话，他似乎在刻意回避死亡的话题。沈医生把爹爹和嫂子叫到走廊里，表示哥哥来医院太晚了，他的生命危在旦夕，救活的可能性很小。爹爹和嫂子听完医生的话，强忍着眼泪走回病房。病房寂静得可怕，我听见哥哥的呼吸越来越急促。到深夜十一点左右，哥哥突然出现抽搐，呼吸愈加困难，他烦躁地喊："怎么打了这么多吊瓶，我喘气却越来越困难啊？"紧接着，他就昏迷过去，再也没有说话。我和嫂子哭喊着，爹爹两眼发直，紧闭嘴唇，在一旁默默落泪。沈医生带着护士急忙跑进病房，用手术刀在哥哥的膝关节侧面做了静脉切开。我们不懂，这只不过是医生的抢救程序而已，对哥哥的生命毫无意义。哥哥停止了呼吸，他的身体对医生的手术刀毫无反应。那一刻，我感觉自己全身麻木，彻底绝望了。尤其是亲眼看到哥哥的静脉被手术刀切开一个大口子，几乎没有鲜血流出，我再也憋不住内心的痛苦，使劲儿摇晃哥哥的头大哭起来："哥哥，你不能死啊！你怎么能死啊？你死了，我再也没有哥哥了……"站在旁边的爹爹，一下子把我搂在怀里。我抬头望着爹爹，他的眼泪像雨点一样落在我的脸上。"爹爹，哥哥怎么能死呢？"爹爹只是摇头，紧闭嘴唇，不说一句话，他不想在家人面前哭出声来。

这是我第一次直面亲人的死亡，那种滋味让人心碎。

1971年7月25日凌晨一点，哥哥永远地离开了这个世界。医生和护士帮助我们把哥哥的遗体推进了太平间。在太平间里，爹爹掀开盖在哥哥头上的白布单，摸着哥哥的脸，突然失声恸哭："儿子啊，你就是犟啊，你要是早点儿来医院哪能死啊……"爹爹用他的那双大手，颤抖着把哥哥的眼睛合上，"儿子啊，你叫我回家怎么跟你妈交代啊？"嫂子跪在太平间潮湿的地上，放声大哭，她一遍又一遍地呼唤着哥哥："兴绵啊，都怪我糊涂啊，为什么不在你拉肚子的时候就带你来医院呢，你扔下我一个人，我可怎么活啊！"我擦着眼泪，扶起哭瘫在地的嫂子，拖着她离开了太平间。爹爹说："咱们回病房去，等天亮找车把你哥拉回家吧。"我拉着爹爹和嫂子说："咱们去二叔宿舍吧，在那里待到天亮再回医院。"我们三个人在黑夜里踏着泥泞的路，一边走，一边哭，相互搀扶着来到二叔的宿舍。

国安二叔住在接受改造的工厂宿舍，这里是培养生长菌的"920厂"，和我的宿舍在一个院子里，离医院大约七八百米。二叔刚刚把我从学校宿舍接到这里住了几个星期。我都忘了我是怎么领着爹爹和嫂子走进二叔宿舍的。我爬上炕把二叔和我的被褥打开，要爹爹和嫂子躺下休息，可是他们怎么能睡着呢？而我因为困倦至极靠着爹爹的身体睡着了。当爹爹推醒我时，天已放亮。我们起身往医院走，刚到医院门口，就遇见邻近大队的郭平大哥赶着马车来送病人。爹爹告诉他孩子去世了，请他帮忙拉回家。郭平听了，很是难过，他二话没说，把车上的病人送进病房，转身就跟我们一起来到太平间，帮助把哥哥的遗体抬上他的马车往家走。

郭平坐在车前的左耳板上赶车，爹爹坐在右耳板上，我和嫂子分别坐在后面的两个耳板上，哥哥的遗体就放在我们四个人的中间——马车的车厢板上。那个场景，简直太凄惨了。马车从医院出来，一路上不断有熟人朝我们看过来。有个人站在路边朝爹爹喊："国昌大哥，这是怎么了？"在这条从公社到傅家堡子约二十公里长的黄沙公路上，爹爹几乎能说出路边每一家姓什么、主人叫什么名字。平时爹爹赶车走在这条路上，都会和熟人热情地打招呼。但是今天，他坐在别人的马车上守着刚刚死去的儿子，他不知道如何面对那些父老乡亲，他无法开口告诉别人自己的儿子死了。爹爹一路低着头，用手捂住下巴，默默流泪。昨天早上这个时候，他亲自赶车把儿子送进医院，哪里想到儿子会因为拉肚子而丧生。他们父子两个去年并肩作战盖好了新房子，儿子新婚才十来个月，好日子刚刚开了头……想到这些，爹爹的心四分五裂，痛不可忍。看着垂头丧气的爹爹和哭成泪人的嫂子，望着哥哥僵硬的遗体在颠簸的车厢里晃来晃去，我的心揪成一团儿。我的任性，我的倔强，还有不可一世的少年意志，一下子被哀伤彻底吞噬。那些庄户人家的袅袅炊烟，路边那些熟悉的大树小树，橡子沟那棵古树上成群的灰鹤，还有起伏的群山与神话传说中的"双块石"……这些烂熟于心的景物，统统从我的意识中消失了。我坐在马车上，在悲痛中开始思考："哥哥死了，妈妈怎么活啊？没有了哥哥，谁来给我壮胆？我这么小，能为爹妈做什么呢？"面对哥哥的死，我的勇气、自尊和自信都遭到了重创，以至于我不忍心去看身边死去的哥哥，也不愿把悲伤的脸转给别人看。

我们三个人坐在马车上，最担心的是家里的妈妈。哥哥死了，意味着妈妈的天塌了。哥哥去世的消息，已经传到妈妈的耳朵里。她知道哥哥昨天没有回来，十有八九是出大事了，她对不祥的预感超过我们任何人。当有人把哥哥去世的消息传给妈妈，妈妈撕心裂肺，一下子瘫倒在地上。国斌大爷、三叔、老叔，还有殿伍大爷、殿恩大爷一众亲友，一路奔跑着来到妈妈身边，大队、小队干部和街坊邻居也纷纷来到我家。他们一边安慰妈妈，一边在院子西边的那棵山楂树下搭建灵棚。国斌大爷喊来国范大叔和国龙二叔为哥哥做棺材；生产队组织几十个人，去台子沟找坟地挖框子——那是为安葬哥哥临时选择的坟地，就在"小死孩子沟"附近。按照本地传统习俗，哥哥没有儿女，遗体不能抬进院子里，也不能进祖坟安葬。

上午九点左右，我和爹爹、嫂子陪伴哥哥的遗体到家了。郭平的马车在房后的黄沙公路上一出现，早已守候在路边的妈妈像疯了一样，哭喊着"我的儿子啊！我的儿子啊……"跟跟跄跄地朝马车上的哥哥扑来。郭平停下车，我和爹爹跳下车抱住泣不成声的妈妈。这时，妈妈仿佛失去了知觉，嘴里还在小声地念叨着："我儿子……我儿子……"跟妈妈一起跑过来的，还有奶奶、国斌大娘、国海大婶等一群流泪的女人。国斌大爷让郭平把车沿小路赶到山楂树下，爹爹和我，还有一大帮人搀扶着妈妈，大家一路哭，也跟着马车走了过来。人们把哥哥的遗体抬到山楂树下的石格子上放好，等着妈妈过来看一眼哥哥。妈妈在十几米外看见用白布单覆盖的哥哥，用力挣脱周围的人，快速挪动着那双飘忽不定的小脚，呼喊着"我儿子啊，我儿子啊"，来到哥哥遗体旁边。妈妈用手抹去眼泪，一下子扯掉白布单，双膝跪地，把头紧紧贴在哥哥的脸上，双手不停地抚摸着哥哥的头和脸，恸哭不止："我儿子啊！你怎么能死啊？你让妈妈怎么活啊？你看你的脑袋还像活人一样，你死得太可怜人了……"国斌大爷喊道："你们快把她拉走，再哭就哭死了！"国海大婶说："哥，你就让她哭个够吧！"家族里的男女老少，都在妈妈身边陪着她哭，直到妈妈哭得有气无力，趴在哥哥的脸上，渐渐没了动静，大家才把妈妈搀扶回家。国斌大爷跟爹爹说："国昌啊，你别难过，你要倒下了，家不就完了吗？还得顾活着的。赶紧把棺材做好，今天下午就把孩子埋了吧。孩子放在家旁边，当妈的怎么能受得了啊！"爹爹擦干眼泪主事，接待前来吊唁的远亲近邻，安排给哥哥送葬的所有事情。

　　妈妈清醒过来，用手示意我躺在她的腿上。她坐在炕上，一只手放在我的头上，眼睛盯着炕席，像个木桩，不说话，也哭不出来眼泪了。奶奶擦着眼泪说："我大媳妇的眼泪，早就为死孩子哭干了。谁知道我儿子他们两口子都五十多岁了，还能摊上这事儿……"国海大婶再次跟妈妈说："大嫂，你要哭就哭吧！不用憋着……"妈妈只是摆摆手，嗓子已经说不出一句话来，眼泪真的哭干了。十里八村前来吊唁的人络绎不绝，不少人走进屋子里安慰妈妈，妈妈好像谁都不认识，只是偶尔眨一下眼睛。我不时摇一下妈妈的身子，问她："知道我是谁吗？"妈妈一动不动坐了许久，才抬起头来看了看满屋子的人，她在寻找嫂子。国海大婶问："你找秀贞吧？"妈妈点点头，国海大婶告诉她，秀贞在院外的山楂树下戴孝烧纸呢！妈妈愣了好半天，突然把我推开转身下地，不顾大家的劝说和阻拦，直奔山楂树走去。

　　山楂树下挤满了人。姐姐和妹妹陪着嫂子在烧香、烧纸。妈妈拨开人群，拉起了跪在地上的嫂子。这时妈妈冷静下来，用嘶哑的嗓音跟嫂子说："孩子，别哭了，死了哭不活啊！咱们娘俩担受不起他这个短命鬼啊……"几个婶子一边劝说妈妈和嫂子不要太难过，一边搀扶着她们两个回到屋子里。回到家里，妈妈让嫂子把哥哥的衣服全都找出来，一定要给哥哥从里到外都穿得舒舒服服、干干净净的。妈妈哭着说："我儿子爱干净啊，冬天都要到河里洗身子，妈得让你干干净净地走啊！"哥哥入殓之前，妈妈和嫂子把选好的衣服，一件一件地给哥哥穿到身上。当她们把哥哥喜欢的那套蓝色中山装穿好时，妈妈最后一次端详着哥哥，绝望地说："儿子，你是多好的孩子啊，这么年轻就走了，妈妈简直活不起了……"

爹爹和国斌大爷从老院几个叔叔家里找来一些木板，国范大叔和国龙二叔带上七八个帮手，用了三四个小时就把棺材做好了。下午给哥哥安葬之前，大姑、二姑、大舅、玉琴姐姐等许多亲属及其家人，都从几十里外赶来了。二叔、二婶家离得太远，无法告知他们。傅家堡子家家户户人走屋空，包括能走的老人、孩子都来了；临近大队、小队还来了一二百人；哥哥的一些老师和同学也赶来了……他们夹着烧纸，带着哀伤和怀念，来到那棵山楂树下，为年仅23岁的哥哥送行。哥哥回乡劳动不到四年，他的仁义、聪明、能干和孝顺，还有出众的演讲口才，在本地人中口耳相传。瓦沟大队不到两千口人，能够读完中学的年轻人屈指可数。哥哥既有文化，又会干活儿，还娶了大连知青做媳妇，在父老乡亲眼里，他是最有出息的孩子。我听过不少人说："你看人家老国昌两口子，生了那么好的儿子，既能念书，又能干活儿。"前来吊唁的战仁全老师含泪回忆说："兴绵上小学我就教过他，品德好，学习没有比的，死得太可惜了。"国贤大叔哭着说："兴绵啊，大叔为你难过流泪呀，咱俩说好出去干瓦匠活儿挣钱，你怎么不和大叔说一声就自己走了呢？"那天，山楂树下有三四百人，父老乡亲都为哥哥难过和流泪，哀伤与悲情笼罩着整个山村。老院门前哥哥洗澡的小河洪水上涨，留下哥哥足迹的大山和土地庄严静默，仿佛都在为哥哥致哀。给哥哥入殓、送葬，没看时辰，也没有仪式，一切都是为了快——尽快把哥哥安葬，以减轻妈妈的痛苦。哥哥入殓没让妈妈看，在哥哥被抬往坟地之前，妈妈决意来到山楂树下送别。她欲哭无泪，身子靠在哥哥的棺材上，双手在棺材上不停地抚摸着，与自己心爱的儿子永别。

亲人们强力劝说和阻拦妈妈送哥哥去坟地。按照传统，女性一般不去坟地送葬，但嫂子坚持去送哥哥，就找了几个姐妹陪她一起去。我和一群姑姑、婶婶还有姐姐们，陪着妈妈站在山楂树下，绝望地目送哥哥在棺材里被抬走。

一里多长的送葬队伍，进入花红树底下的狭窄小道，淹没在青纱帐里，往北山台子沟方向缓慢前行。直到送葬的人群蹚过老院门前那条涨水的小河，路过国海大婶家开始爬山坡，站在山楂树下什么也看不见了，妈妈还不眨眼地望着那个方向，"哎，我这苦命的人，再也看不到我的兴绵了……"我们扶着妈妈回家，妈妈一步一回头，向北山台子沟张望。二姑劝妈妈："嫂子，遇到了这种事，你可得想开，你身边还有一个儿子呢！"听到这话，妈妈用力支撑起自己的身子往家走。到大门口，她停下脚步，指着房子哀叹："我那可怜的儿子，和他爹累死累活盖好了房子，才住了几天，就把爹妈和媳妇全扔了！"说着说着，妈妈感觉眼前一片漆黑，站不住了，大家赶紧把妈妈扶进家里上炕休息。大姑瞪着眼睛嘱咐我："你哪儿也别去，就陪在你妈身边。有你在，你妈才不能死啊！"过了好一会儿，妈妈睁开眼睛，神情恍惚地看看身边坐着的人都有谁。坐在妈妈周围的，是奶奶、姑姑、大娘、婶子和姐姐这些女性亲人。仿佛女人失去儿女的哀痛，只有女人才能感同身受。看着眼前的亲人，妈妈崩溃的灵魂似乎渐渐苏醒，忽然想起还没给那些参加儿子葬礼的人做饭吃，甚至忘记跟大家说一声"谢谢"。妈妈沉思了许久，冲着大姑嘶哑着嗓子说："大王子，兴绵死了，嫂子彻底傻了。大伙儿来帮忙，我都不知道说声感谢，也忘了给你们做饭吃……"二姑赶紧说："嫂子，你能坐在这里就不错了，那些事都安排好了，有的是人干，不用你操心！"

微笑和热情，是妈妈一辈子热爱生活、真诚待人的标志。哥哥去世，妈妈的精神世界天崩地裂，也将这个标签一下子撕得粉碎。

第三节　大雨中的妈妈

埋葬哥哥的当天晚上，妈妈彻夜未眠。

天黑了，要下雨了。一家子人一直守在妈妈身边，大姑、二姑一个劲儿地劝妈妈吃点儿饭，别熬垮了身体。妈妈摇摇头说："你们两个不用劝嫂子，我怎么能咽下饭呢？你们不用担心，我不能死啊，我二儿子还没有长大……"我从妈妈胡乱的言语和极度悲伤的眼神里，看见了她内心尚存的一线希望。

外面打雷，下起雨来。坐在炕上的妈妈听到雷声，神经突然紧张起来，她浑身颤抖，边哭边说："儿子啊，你要挨雨淋了、挨雨淋了……"妈妈苦苦地挣扎着，想要下地做什么，被大姑、二姑制止了。"嫂子，你别去想兴绵，他天生就那么长的寿路。"大姑极力扭转妈妈悲伤的思绪，和妈妈谈起兴绵哥哥的"命"。大姑谈到，哥哥出生不久，有个算命先生就说这孩子太聪明，不好养活。后来哥哥与国胜二叔摔跤把腿弄断了，那个接骨的老惠先生又算命说，这个孩子恐怕不好养活。妈妈哀叹着跟大姑谈到，哥哥走路快得像一阵风似的，路过门口倭瓜架，头顶上的倭瓜叶子被扇得一飘一飘的，脚步轻快得让妈妈害怕。古人说，孩子走路不实、脚跟不稳，指定不好养活。

秀贞嫂子在一旁流泪说："这都是迷信说法。兴绵的死都怪我。如果我在兴绵得病当天就送他去医院，他哪能死呢？他身强力壮，犟得要命不去医院，爹妈叫他去医院也不听……"听了嫂子的话，大姑和二姑又开始劝起嫂子来。二姑说："小朱啊，你千万要想开，别责怪自己，活着的人还得过日子。我那侄子娶了你，我们老傅家人都高兴坏了，谁知道他就是这么长的寿路……"嫂子说："我们家有多好啊，我跟兴绵结婚，就想跟他和爹妈在这里过一辈子，可是他却扔下我不管了，临死也没跟我说一句告别的话，谁想到拉肚子能死人啊？我太糊涂了！"大姑说："小朱，这事儿摊在谁身上都要命啊，可是能怎么办，谁能救我侄儿起死回生？信命吧，自个儿原谅自个儿吧！"妈妈叹息着说："这就是命！都是我的命太苦，连累了我儿子……"姑姑和妈妈这样谈论哥哥的不幸，似乎是为了在无法对抗的灾难面前达成一种共识。这种共识使她们得以用"天命"来解释，哥哥的离去是不可避免的，上天赋予哥哥的"命"就这么长。如果哥哥的"命"真的这么短，妈妈还能怎么办呢？

我不知道她们谈了多久，后来又谈了哪些话题，那是我第一次那么认真地听几个女人谈论生死。她们谈论的多是"天命""认命"、生死天定，还有自责、后悔、哀伤和无奈等。长大后我才明白，那是亲人在艰难时刻的同悲与共情，是女人之间心贴心的安慰与分担。她们用无休止的倾心交谈，熬过了哥哥去世后的第一个漫漫长夜，用时间去碾碎悲情，用"天命"来缓解思念。最后我困得不行，枕在妈妈的腿上睡着了。

一觉醒来，天亮了，我发现自己枕在妈妈的胳膊上。嫂子、奶奶和姑姑她们都裹着衣服，横七竖八地躺在炕上睡着了。唯有妈妈眨着干枯的眼睛，呆呆地望着房梁，嘴里还在喃喃自语："我儿子多聪明啊，这么年轻拉肚子死了，我怎么就没想到呢？"近在咫尺地看着妈妈的脸，我完全不敢相信，一夜之间，妈妈的容貌被摧毁了，像老了二十岁似的。一向沉着冷静、不温不火的妈妈，遭遇这突如其来的残酷打击，内心深处的坚强被瓦解了。妈妈完全变成了另一个人，她面色苍白，神情恍惚，机械地重复着那些话，一只手还不时在胸前比划着，好似在跟什么人说话。大姑睁开眼睛劝妈妈："嫂子，你睡一会儿吧，早上有人做饭，不用你。"妈妈没听见大姑的话，继续自言自语："我儿子是在前天早上摔倒的，当时若是去医院……"妈妈在幻想着如何挽救儿子的生命。我很担心妈妈会不会变疯了、变傻了。我用手轻轻地抚摸妈妈的脸，看她有什么反应。还好，妈妈被我唤醒了。她把我推到一旁，起身下地。大姑再次提醒妈妈，有人在做饭。妈妈随口回了大姑一句："我得干活儿，我还有一个儿子，我得为我这个儿子活着……"妈妈再次系上围裙，一边流泪，一边做饭、喂猪、打扫屋子，开启了痛失爱子之后的一段痛苦日子。

那是我看到的妈妈一生最艰难的时光。

在妈妈的内心世界，迅速衍生出两股相互冲突的精神力量：一是对死去儿子难以释怀的哀思；二是对我这个未成年儿子的希冀。妈妈将怎样治愈内心的四分五裂，让自己活下去？妈妈会用什么方式度过这最痛苦的时光，继续未来的生活？接着在妈妈身上发生的事情，让我一生何时想起来都泪流不止。

没人会想到，正是那个多雨的夏天，给我那心碎的妈妈附加了更为凄惨的暗示和刺激。哥哥死后的每一场雨，都犹如尖刀一样刺痛妈妈的心。妈妈的心不能停止流血和流泪，以至于一场接一场的雨，像洪水一样冲垮了妈妈的精神世界。

哥哥安葬后，亲戚朋友陆续都走了，我们家陷入从未有过的沉寂。没有了哥哥的身影，四间新瓦房了无生气。一向爱说话的奶奶，还有我这个喜欢打闹的调皮鬼，都变得鸦雀无声。妈妈把饭做好了，我们照例盛上八碗饭、摆好八双筷子，给哥哥常坐的位置留出来。当妈妈最后一个端起饭碗，发现饭桌上还有一双筷子和一碗饭闲在那里的时候，她忍不住落下泪来，赶紧放下碗筷，转身去了外屋地。嫂子跟妈妈一样敏感，流着眼泪去陪着妈妈。我们也都眼泪含眼圈，不知道吃到嘴里的饭菜是什么滋味。

一天午后，妈妈眼看一场大雨从二道沟向北山蔓延，就急忙跑出屋子，顺手从门口的磨盘上拿起一块白色塑料布，嘴里嘀咕着："我可怜的儿子，你又得挨雨淋了……"妈妈一边哭，一边顶着大雨跑出家门，绕过那颗山楂树，朝台子沟哥哥的墓地疯狂奔跑。她要把那块塑料布盖在儿子的坟墓上，不让雨水淋湿儿子，免得儿子着凉。妈妈无法克制哀伤，试图用这样的行动与大雨对抗，以保护埋在地下的儿子。我们全家人都知道妈妈想去哪里、要干什么，可是，我们能做什么呢？我完全不知道，在妈妈悲痛欲绝的时候，我该怎样去安抚我的妈妈。给哥哥送葬的那天，妈妈想去被大家阻止了。现在，妈妈一定要前往那里，去看望死去的儿子，没人阻挡得了她。我和爹爹只好冒着大雨跟在妈妈的身后守护。雨越来越大，妈妈迈着那双小脚，在泥泞的雨水里跟跟跄跄地前行。老院门前那条小河，水涨过膝，爹爹紧跑几步，扶着妈妈蹚水过河。过河后，妈妈甩掉爹爹的手，开始沿着国海大婶家房西头那条陡峭的山路向上爬。这时，国海大婶在家里发现了雨中的妈妈，她赶紧跑出来追着妈妈一同前往。国海大婶哭着跟爹爹说："就让她去吧，让她哭吧，我一辈子没有孩子，就喜欢兴绵，谁能不想呢？"在那几百米的山路上，妈妈一次又一次摔倒在泥水里，却拒绝任何人搀扶，一步一步艰难地向山上攀爬。妈妈全身沾满泥水，泪水和着雨水顺着她的脸流淌。她累得上气不接下气，自言自语："你们不用扶我，我死不了，我的苦还没吃到头，我、我死不了……"妈妈手里紧握的那块白色塑料布，随着她摇晃起伏的身子，在风雨中飘闪，让人看了感觉格外凄凉。

来到哥哥坟前，妈妈拨开遮眼的零乱头发，抹去满脸的雨水和泪水，拽了拽沾满泥水的黑色大襟布衫，像个泥人一样，扑通一下跪在哥哥坟头，放声恸哭："我可怜的儿子啊，你挨雨淋了！你挨雨淋了……"妈妈一边哭，一边站起来，展开手里的那块白色塑料布，把它覆盖在哥哥的坟上。妈妈绕坟一圈，似在查看哥哥有没有被淋湿，然后朝天哀叹："天老爷啊，你让我这当妈的活不起了啊……"妈妈哽咽着，趴在了哥哥的坟上，国海大婶想拉妈妈起来，却也倒在了坟头。妈妈如此伤心，会不会与哥哥一起死去？埋在地底下的哥哥，能看见妈妈吗？身处哥哥墓地，站在滂沱大雨中，看着悲痛欲绝的妈妈，我越想越怕，紧紧抱住爹爹的大腿，感觉头上的天真的是塌了，我们被这个地狱一般、号称"小死孩子沟"的山坳吞噬了。大雨猛烈地击打着树林和我们每个人的身子，持续发出"哗哗、哗哗"的巨大声响，好似地狱里魔鬼吃人的动静。"爹，我们把妈妈领回家吧！快点、快……"我极为恐惧地喊着，摇晃着爹爹的大腿，爹爹移步向前，拉起了趴在哥哥坟上的妈妈和国海大婶。

我不记得妈妈在哥哥坟前待了多久，也忘了我们是怎么走回家的。我只记得在回家的路上，爹爹扶着妈妈下山，妈妈不再拒绝，她渐渐变得清醒和冷静。到家后，妈妈怕我着凉，急着给我换衣服，"孩子，你别哭啊，哭坏了眼睛，怎么上学啊？妈就剩下你了，你只要好好的，妈就不能死。"我突然放声哭起来，抱住妈妈说："妈妈，我怕你糊涂了，我怕你死……""妈有你，不能死，妈得陪你长大成人。"妈妈带着些许亲切感安慰我，我的心一下子安稳许多。妈妈为了我不能去死，却又不得不活在失去哥哥的痛苦之中——妈妈被内心这一矛盾的存在所裹挟，在错乱的精神世界里寻找回归生活的方向和力量。

　　事实上，我看到妈妈找到了应对悲伤的方法，那就是无休止地做各种家务劳动，用忙碌和疲劳去打发时间，缓解悲苦。多年后，妈妈谈起这段苦难时说："想得没法没法，吃不下，睡不着，怎么办？没白没黑地干活儿熬过去吧。"

　　妈妈在雨中去了多少次哥哥的坟墓，我说不清。妈妈不想让我再受伤害，所以，此后她去哥哥坟上，都选择了我不在她跟前的时候。后来国海大婶告诉我，她至少陪着妈妈去了五六次。天一下雨，国海大婶就站在家门口的河边上盯着妈妈，看妈妈是不是又要上山了。只要发现妈妈过河，国海大婶就迎出来，陪着妈妈一起上山。她们一起哭泣，一起怀念，一起诉说，相互搀扶和安慰着。国海大婶说："那段日子，你妈吃不下、睡不着，就知道一个劲儿地干活儿，瘦得皮包骨，看上去像个纸人儿。我担心你妈熬不过去，但你妈说她还得活下去，还要把猪喂好，把日子过好，因为还有你这么一个儿子。"听国海大婶讲到这里，我的眼泪奔流不止。"你妈太刚强了。有一次，我们两个人从山上下来，她冷不防地告诉我：'大妹子，从现在起，咱俩再也不去看兴绵了，死了哭不活的。忍不住，想哭就哭几声，哭过了，咱们还得顾活着的，好好过日子吧。'你妈这么说，我嘴上信，心里不信。可是你妈真的做到了，从那以后，她再也没往山上跑……"

　　妈妈时常想起那段痛苦的日子，对我说："我每天靠干活儿打发时间、熬日子。白天晚上，我脑袋不能贴炕，一躺下闲起来，想的全是你哥。白天手脚不能闲着，晚上上炕就给你们做鞋、缝衣服，直到眼皮睁不开、手脚麻木了为止，熬吧！熬到你长大，我就能把你哥放下了。每天累得胳膊腿都像不是自己的，除了喘那口气知道自己还活着，心肝肺都被掏空了。躺到炕上，我就是个死人。说来怪呢，一睡觉，我就想要是能梦到你哥那个'小死鬼'也就满足了，我们母子不能活着见面，在梦里能见面也算不错，但我从来就没梦见过他，一回都没有，你说怪不怪？真是越想越梦不到啊。国海你大婶在妈最难的时候，顶雨陪我去你哥的坟上，和我一起流泪，安慰我别熬坏了身体，妈妈一辈子都不能忘啊。她对你哥像对自己的孩子似的，可惜你哥还没来得及报答就死了。"我向妈妈保证，我会经常去看望国海大婶，妈妈听了非常开心。我回老家，多次去看望国海大婶和大叔，其中有几次，我是和妈妈一起去的。她们姐妹一见面，就有说不完的知心话，也免不了谈起那段揪心的往事。虽说人老心静，她们的眼角仍免不了挂着泪珠。

可能因为我和爹爹一样也是男人的缘故，我心里牢记那段悲惨，却不愿细说，只是把它深埋于心。每当听到妈妈和国海大婶谈起往事，我的脑海都会浮现出这一幕：大雨中，妈妈手拿白色塑料布，哭喊着朝哥哥的坟墓奔跑……妈妈、大雨、塑料布和坟墓——这个天地之间最悲惨的场景，像一部电影的特写镜头，由远至近，猛烈冲击着我的灵魂，镂心铭骨，永不磨灭。少年的我曾无数次地想：人世间，还有比死神降临家庭更凄凉、更震撼、更惨烈的场景吗？无论何时，只要想起这四个元素构成的画面，我就对妈妈心疼不已，泪流不止。我怎么可能跟妈妈和国海大婶交流这种感受呢？我不忍刺痛她们的心。

后来，我心中的电影特写，不再仅仅是少年感知的悲惨，而是一个儿子认知崇高母爱的范本，是妈妈思念哥哥那极其痛苦的样子，为我阅读妈妈的心打开了一扇窗、给我定义了一个概念，我开始学着读懂妈妈的心。妈妈就是视儿女为命根子的那个人。如果说哥哥之死给我长了一种见识，那就是我明白了：我是妈妈的命根子。妈妈的爱，超越海阔天空，是儿女之心无法测量的。目睹妈妈想哥哥想得死去活来，我明白做个让妈妈满意的孩子有多重要。最终，是心中那个电影特写，引领我找到了执着当个好儿子的那种幸福、美妙的感觉。

第四节　山崖上的哭泣

失去哥哥，爹爹表现出来的痛苦，看上去要比妈妈少一些。但真相并非如此。

父亲的爱是特别的，深沉、粗犷、缺少细节和不易察觉，失去儿女时，悲伤与怀念的方式与妈妈不同。比如，有些父亲爱儿子，表现为严厉和挑剔，他们觉得这才是父亲该有的样子。不过，我爹爹对两个儿子的爱，多被看成是"溺爱"——没有打骂和责怪，甚至没有多少言语，唯有不竭的耐心与陪伴。然而，很少有人会注意和研究，父亲失去儿子之后，其情感表现如何？换句话说，父亲的内心世界究竟是什么样子？

当我得知哥哥死后，爹爹独自一人坐在山崖上哭泣的时候，我惊呆了，于是我更加坚信"父爱如山"。因为"山"不会低头，所以父亲怀念儿子，也不会像妈妈那样感性，他要把地点选择在山上，把眼泪流淌在山林里，不让别人听见他的哭声。这就是父亲。

哥哥去世后，爹爹做出一个重要改变：不再为生产队赶马车。不少人说，爹爹这样做，是因为他拿起鞭杆子，就会想起他曾赶着这辆马车送儿子去医院的场景，心里不好受。其实，爹爹的决定，是妈妈和我们全家人的意见。那年爹爹52岁，虽然身体很棒，但遭受哥哥去世的沉重打击，精神和体力都有不少的变化，赶马车很容易出事。妈妈说："挣工分多点儿少点儿不重要，平平安安就好。"就这样，爹爹上二道沟的山上放秋蚕去了。爹爹是个闲不住的人，做事用心，放蚕当然是把好手。每天到山上侍弄蚕，不仅有个营生，也能打发难熬的时光，多少改善一下苦闷的心情。望着沉默不语的爹爹，我感觉他就像新房子的顶梁柱，在风雨中撑起那片沉重的屋顶，使这个残缺的家得以继续存在。

哥哥去世三年后，有一天，三婶给我讲述发生在爹爹身上的故事，颠覆了我对父亲情感的认知。我看到，再坚强的男人，也无法承受失去儿子的悲痛。

三婶沈世兰，是父辈媳妇里面唯一一读过中学的女人，能说会道。妈妈告诉我："国兴你三叔是个老实人，当时在煤矿当工人。我和你爹张罗着把你三婶娶回来，就分家让他们自己过日子。你三婶去不了矿上，非拉你三叔回家不可。当时正赶上年景不好，你三叔就这么回家种地了，你三婶那点儿文化没用到正经地方。"妈妈的意思是，如果三婶有远见，三叔就不会回来当农民了。正是这个有文化的三婶，向我讲述了一段爹爹的故事，从而帮我揭开了一个男人在失去心爱的儿子之后，其内心深藏的极度悲伤，还有区别于女人的思念方式。

三婶告诉我，哥哥去世的那年秋天，爹爹无心给生产队赶车，但又不肯闷在家里，就独自上山放蚕。有一天，三婶和三叔去二道沟采蘑菇，隐隐约约听见远处传来哭声。"那边是我哥的放蚕场，能不能是我哥在山上哭呢？"三叔说着，就拉着三婶穿过密林，朝爹爹的蚕场方向寻找过去。靠近蚕场，那哭声更清晰了，两人确定那是爹爹的哭声。走进蚕场一看，爹爹正坐在那个陡峭的山崖上哭泣。三婶说："我和你三叔吓得不敢靠近，怕你爹发现我们，一下子想不开跳下去。你三叔嘴拙，不会说，就让我上前去劝你爹。我站在你爹身后，悄悄地靠近他，含着眼泪小声说，'哥，你别难过了，你看你带的午饭还没吃呢。'那时，已经是下午两三点钟了，谁也不知道你爹坐在那里哭了多久。一个大老爷们，一句话也不说，就是哭。我一辈子第一回看见一个男人那样哭，真受不了。我们在那里陪着他，等他哭够了，天要黑了，才一起回家来。"我问三婶："你和三叔在蚕场遇见爹爹的时候，应该是哥哥去世两三个月了吧？""有，有百八十天了，谁都不知道你爹在山上哭了多少回。我没想到，像你爹这样的男人，背后这么想儿子……"

听三婶讲爹爹这段经历时，我已参加工作。我从爹爹思念哥哥的故事中，意外深入到爹爹的内心世界。作为男人和父亲，爹爹深爱儿女，他的爱无与伦比。爹爹极度后悔没有及时带儿子去医院。儿子死了，意味着像山一样的父爱崩塌了，爹爹的痛与悲，怎么会比妈妈轻呢？只是和妈妈的思念方式不同。爹爹把哀伤深埋心底，在什么时候、什么地方、什么人面前、以什么方式释放出对儿子的思念，是有选择的。爹爹选择在大山里哭，在山崖上呼唤儿子，任思念的泪如潮水一般在山林里狂奔，别人听不着、看不见，这就是父爱的深沉与厚重。

二十年后爹爹生病的时候，我知道爹爹的时间恐怕不多了，我想更多了解爹爹内心那些我们不知道的事情，包括哥哥的死给他的影响和打击，还有他独有的、不为人知的思念方式。总之，是那些我应该了解的关于爹爹的故事。

那天，我给爹爹洗完澡，扶他坐在椅子上，一边给他梳头，一边看着他的表情，开始聊起哥哥。我问爹："哥哥和你一起盖房子，你还记得吗？"爹爹马上作出强烈反应，笑中带哭，慢慢地掏出手绢，堵住流出的口水，激动地说："怎么能不记得？""你都记住了什么呢？""记得……记得……"爹爹显然想到许多，却说不出来。"爹，你记得那年秋天，你和哥哥上山砍木头，我牵牛往山下拖，结果在山下发现了一大片榛蘑，哥哥让我脱下裤子装榛蘑，回家让妈妈做了吃，还记得吗？""西岔那条沟堂子，秋天有的是蘑菇。"爹爹慢吞吞地说，带着一点儿笑，显然记住了那天的事。"爹，那时候我还小，干活儿不行，只能牵牛。哥哥才是你的好帮手，拉木头、劈石头他都会。""那可不是？椽子细，用斧子一个人砍就行，拉檩子得用锯，没有你哥，我就得找别人了。"爹爹带着激动，慢吞吞地说出了这些话。他停顿一下，又说："你哥干活儿灵通，学什么那个快啊。"爹爹开始喘粗气，从喉咙发出"哼哼"的抽泣声，眼泪流了下来。我一边给爹爹擦眼泪一边问他："你很想哥哥是吗？"爹爹哭声大了，惊动了厨房里的妈妈。妈妈过来问我："你爹怎么了？"我说："爹想哥哥了。""我都不想了，你还知道想他？他没有福，你也没借他多少光，不用想。"妈妈似乎在用一种平淡轻松的口气跟爹爹说。"爹，你想老家吗？下次回姐姐家的时候，我带你到魏大岭去看看。"我把话头岔开。"有什么好看的？不用看。"爹爹的声音很低沉。"你爹现在越来越糊涂了，还知道想什么？什么他也不会想！"让妈妈没料到的是，爹马上反击了一句："就你这么说，我连儿子都不知道想？"爹爹又激动了，喉咙里又发出"哼哼"的声响，一边流泪，一边支撑起身子，从椅子上慢慢地站起来。妈妈本来很平静，但爹爹病而未忘的思念，仿佛触动了她心底那个最疼的伤疤。妈妈鼻子一酸，眼泪落下来，转身悄声对我说："没想到你爹得了病，心里还能记住你哥……"

那一刻，我上前紧紧地抱住爹爹，趴在他宽厚的肩膀上，忍不住放声大哭起来："爹，你一点儿都不糊涂啊，你那么好的身体，怎么会撞坏了脑袋呢？你知道我多爱你吗？为什么你总是不爱说话……"这是我第一次怀着那么强烈的情感去拥抱爹爹，用哭诉的方式表达我对他的爱。那次拥抱，我真切地感觉到爹爹的心在我的胸前"咚咚"有力地跳动，那双曾经力大无穷的胳膊不停地抖动，老泪滴在我的脖领上，除了呼吸，爹爹没说一句话。我很担心，这种刻骨铭心的父爱，将因爹爹健康恶化不再长久。我把下巴紧紧贴在爹爹的脖子上，想起小时候爹爹把我扛在脖颈上挑水的情景，我忘记了生病的爹爹不能坐得太久。直到妈妈说"儿子，叫你爹躺下吧"，我那难以控制的情感才逐渐平息下来。

我认真想过一件事：父母对孩子的爱是否平等？我把哥哥和我在父母心里的印象做了一些分析。"文革"期间，我几次听爹爹说，他不喜欢哥哥总爱出头露面，说我将来比哥哥强。妈妈不同意爹爹这么讲，她说孩子都死怕了，哥哥好坏不要说，随他便吧！妈妈舍不得批评我们任何一个孩子。感觉上，那时候爹爹喜欢我超过哥哥。而妈妈把鸡蛋留给哥哥吃，主要是考虑哥哥是个强劳力，能干活儿。事实上，哥哥回乡，最受益的就是爹爹。作为父亲，也许没有什么比看到儿子长大，像另一个"自己"站在身旁更自豪了。当爹爹拿起锤子去砌墙，扬起鞭子赶车去拉房梁的时候，哥哥总会自觉地跟随其后，说："爹，我来帮你。""爹，你歇一会儿，我来干！"天长日久，哥哥以实际行动改变了爹爹对自己的看法。父母的伟大，在于爱和包容。他们不会计较孩子之间的差别，他们爱每一个孩子，包括缺点和不足。直到死，他们心中最后消逝的记忆仍是儿女，爹爹又怎么能忘记哥哥呢！

第五节　孤独与抚慰

失去哥哥，我再也没有去长仙龙大泡子游泳了。看见人家兄弟一起去游泳，少年的孤独感和失落感悄然袭来。

在两种场合下，我对哥哥的思念格外强烈：一是目睹妈妈流泪、爹爹沉默无语的时候；二是看见别人有哥、有弟一起玩耍的时候。尽管那时我不曾思考哥哥对于家庭的意义，但是，我从爹妈的痛苦中感觉到，失去了哥哥，我们全家每天都是带着忧愁过日子的，少了许多欢乐。我总想去哥哥的房间，看看他的那把板胡，看看上面是否还留着哥哥的手印。我想，这就是人对人的思念吧。妈妈说："人想人，想死人。"这种亲历和感受，让我对此深信不疑。

家族里的父辈们，每对夫妻都有五六个孩子，其中至少有两个以上男孩。在困苦的生活条件下，孩子夭折是一种常态。要保持家族延续，又有足够的后生劳力种地砍柴，父母们普遍期望多生几个男孩，那是宁肯挨饿受穷，也要做出的生存追求。失去哥哥，爹妈成为家族中孩子最少、男孩也最少的父母，我也不再有哥哥的陪伴和保护。想到这些，妈妈伤心，我也悄悄流泪。

秋季开学，我低沉的情绪写在脸上，学习受到影响。虽然那时农村中学要参与各种运动，学生们经常到田里劳动，文化课被耽误，但是，那些有责任心的老师还是鼓励孩子们抓紧机会学好数理化。那个平时就喜欢我的刘庆凯老师，发现我闷闷不乐，经常发呆地望着窗外的那座山，就在下课时找我谈心："我知道你哥哥的不幸，但你要振作起来。你是班里年龄最小的学生，可你是学习委员，你怎么能在课堂上走神，不愿意回答问题呢？你要记住，怀念你哥、报答你父母最好的办法，就是努力学习，做个好学生。" 听了刘老师的话，我忍不住哭了。

至今，我仍不能确切描述当时内心的感受。我只记得，刘老师上几何课的时候，外面正下着雨。刚刚过去的那个月，让我对下雨异常敏感和恐惧，"哎呀，我的天呐！我可怜的妈妈又要上山了……"想到这里，我的心一下子飞回家，飞到妈妈奔跑的山路上，我的注意力完全被打碎，大雨、塑料布和坟墓，我的脑海里不断翻腾着妈妈奔往山上的场景……是刘老师的细心和关爱，把我那颗飞出课堂、带着悲伤的心重新召唤回来。刘老师温暖的手落在我肩膀的那一刻，我那痛苦压抑的心得到了安慰。当时的感动是淡淡的，但日后却浓厚得无法稀释。那个对学生向来不苟言笑、曾经是少校教官的刘老师，真的不愧是人类灵魂的工程师。他懂得如何让一个心灵受挫的孩子停止悲伤，他亲切地引导我、鼓励我，使我学会坚强、心怀希望。妈妈曾这样教导我："当你饿了的时候，别人给你一口水、一碗饭，你一定要记住人家的好处；当你糊涂找不到路的时候，有人给你指点，教你懂得道理，那是比给吃给喝更金贵的，那个人是你的贵人。"刘老师就属于妈妈说的那种贵人。

在那个学期，亲人们做了不少让我和妈妈倍感温暖的事。国安二叔安排我住进了公社副乡长臧大爷家里。臧大爷老两口对我视如己出，他们怕我吃不饱，每天晚上放学回来，都会给我好吃的；臧大娘怕我冷，入冬后，每天晚上都要单独给我和同学徐德龙住的里屋烧炕。住在公社附近碾子沟的孙家二姑知道我哥去世，经常让他的儿子、我的兴波哥去学校接我回家改善生活。每次回到二姑家，二姑都给我做许多好吃的。除了兴波哥，二姑家还有我一个姐姐和五个妹妹，和他们一起吃喝玩乐、一起帮助二姑干零活儿，我不再那么惦记爹妈，也冲淡了对哥哥的怀念。

老师、同学和亲人们的关心、爱抚帮我走出悲伤，我感觉不再那么孤独和惆怅。我思念哥哥，意识到应以哥哥为榜样，做个好儿子，给父母带来新的希望和力量。

第六节　永远的怀念

想哥哥的时候，他的音容笑貌就好像藏在我的身体里面。他尖尖的下巴，两颗生动的小虎牙，还有那双水汪汪的眼睛，看上去是那么可亲可爱。我从4岁开始跟着哥哥上学，晚上睡觉也要钻进被窝缠着他，所谓兄弟情同手足的感情，应该就是这么一点一点、一天一天地，在爹妈给我们的爱当中，在陪伴、玩耍和疯闹中建立起来的。回想关于哥哥的往事，就像是去翻一个很久不用的旧书包。我会把哥哥对我的好，还有与哥哥在一起发生的事儿，从旧书包里一件一件地掏出来摆在眼前，感受哥哥的现实存在。遗憾的是，少年多忘事。哥哥的好，我记得太少。

魏大岭的记忆

正月里，兴绵哥带着我，还有二叔家的兴大哥，一起去大姑家串门。从大姑家往回走的时候，我们把大姑家的家魁哥带了出来。我们四个人踏着两尺多深的大雪，一路玩耍着，离开大姑家不到三里地就闹了个玄。在那个叫插

221

板庙的供销社院里，有几个民间艺人在耍猴。哥哥买了几个红枣，给兴大哥去喂猴子。没想到猴子没去吃枣，却把兴大哥的衣袖撕了半截，吓得他慌忙后退，差点儿摔倒。我们很扫兴地离开现场，走进供销社暖和身子。我看见柜台里摆着小皮球，就央求哥哥给我买一个。哥哥二话没说，掏出两毛钱给营业员，然后就把一个五颜六色的小皮球放到我手上。那个橡胶做成的小皮球，比我的拳头大不了多少，是哥哥送给我的第一个玩具，也是我童年时代仅有的几个花钱买的玩具之一。迎着刚刚从魏大岭升起的朝阳，我们一路向东往家奔。我不停地把小皮球抛向空中，呼喊着"接球"，扔给三个哥哥，他们就这样陪我玩了一路，感觉只有两个字：开心。

从大姑家走到魏大岭岭口，至少有十几里路。爬岭的时候，兴绵哥学着爹爹的样子，走在前面踏雪开路。另外两个哥哥则一左一右，把我的两只手紧紧拽住，怕我滑倒。那条小路全是石头，又窄又陡，两边是柞树林。大雪覆盖后，小路看上去就像一条白条锦蛇，从山下蜿蜒曲折地穿过树林，昂首延伸到岭口。我们踩着哥哥的脚窝前行，遇到深雪窝，哥哥就在前面喊："把兴宇抱起来！"他们不断陷入齐腰深的雪窝里，个个浑身沾着雪，累得气喘吁吁，但我却一直被他们托在手上，受到很好的保护。眼看就要到魏大岭岭口，揣在我棉袄兜里的小皮球突然掉出来。我喊着"球掉了"，急忙用手去接，却把它弹到柞树林里，眼看小皮球在北风吹硬了的雪地滚下山，消失在树丛中，我"哇"的一声哭了。走在前面的兴绵哥闻声返回，几步跨入树林，再次踏入雪海，顺着小皮球滚动的方向下山寻找。家魁哥在山里长大，是爬山高手，他让兴大哥在原地陪着我，自己从小路的另一边下山找球去了。每过几分钟，兴大哥就朝着树林里的兴绵哥和家魁哥喊："哥，找到了吗？""家魁，看到球了吗？"一开始，他们两人还有回音，后来，就听不到动静了。过了好久，我和兴大哥才发现，兴绵哥和家魁哥累得晃晃荡荡地从我们刚才走过的小路爬上来。"哥，找到了吗？"哥哥摇头，向我摊开双手。家魁哥说："山上雪大树多，找皮球就像大海捞针，找不着了。"哥哥安慰我说："等回家，哥再给你买一个，这事儿简单。"听了哥哥的话，我高兴了。

紧跟哥哥们爬到魏大岭岭口，太阳已升到头顶。站在魏大岭的最高处向东眺望，峰峦叠嶂，白雪皑皑，一片壮丽豪迈的景象。哥哥满怀激情，高声朗诵："北国风光，千里冰封，万里雪飘……"我问哥哥说的是什么，哥哥告诉我这是毛主席写的诗词。我们还跟哥哥一起大声喊："我们来了！"天地间回荡着少年们的豪情。哥哥指着远处山下的老院和那些零散的草房告诉我们："这是一脚踏两界的地方，是分水岭。站在这里能看见咱们的家。家魁住西边，我们住东边；西边的河水向西流，东边的河水向东流，最后都流进太平洋……"我们三个弟弟目不转睛地看着兴绵哥，带着羡慕和崇拜，听他讲述这些我们不知道的事情，是哥哥的魅力使我有了"魏大岭记忆"。我记住了魏大岭及其与周围的山有何不同，却忘记了哥哥为了一个小皮球、为了使我高兴而做出的艰难寻找。哥哥像登山队长一样喊："来，咱们把鞋窠里的雪倒一倒，下山回家喽。"我们听从命令，齐刷刷地坐在雪地上脱鞋。这时，我才发现，哥哥们的裤脚和鞋窠里灌进去好多雪，鞋子和袜子差不多都湿透了。"还不都是为了你这个'跟屁虫''捣乱包'！"哥哥一边从鞋子里往外倒雪，一边笑着对我说。"哥，回家别忘了给我买皮球。"转眼工夫，我又想起皮球，唯独没有感激。哥哥也不挑剔，告诉我："哥哥说话从来算数。"

小时候，哥哥像磁石一样吸引我。只要哥哥在身边，我就心安快乐。妈妈说："你们是一奶同胞，哥哥要有哥哥样儿，没有弟弟，哪来的哥哥？哥哥与弟弟好不好，主要是哥哥的责任。"长大后，我认真品读妈妈的话，才发现哥哥真的很称职。我爱他，完全是因为他对我好；我对他好坏，其实一点儿都不重要。哥哥去世时，我还是个孩子，我想不出我对哥哥有什么好，我也会把哥哥对我的好抛之脑后。是哥哥的突然离去，是思念中翻出的"魏大岭记忆"让我发现，我的哥哥有多好。这就是哥哥——他奋不顾身跳进冰天雪地里，就为了给弟弟找回一个两毛钱的小皮球。我没有在意他的付出，不懂体谅，他却毫无怨言。可惜在当时，我不懂这是手足之情，没有向哥哥还有另外两个哥哥说声"谢谢"。

令我最早感受分离与思念之苦的人

哥哥是我最早的玩伴，童年陪我时间最多的人，也是让我最初体验分离之苦的那个人。

我上三年级，哥哥考上汤池初中，不久又转到二叔家所在地黄花甸中学读书了。当时听到这个消息，我很不开心。我问妈妈："哥哥为什么要走那么远？"妈妈说："孩子长大了，就像小鸟出飞一样，总要离开家，你将来也是这样的。"哥哥离家那天，我抱着哥哥哭，不让他走。哥哥说，放寒假他就回来，陪我一起滑冰车。哥哥还告诉我，如果在学校挨欺负，就去找老师和同学帮助。遇到坏孩子不要怕，要学会团结和反抗，用狠招教训他们。哥哥走后不久，有一天晚上放学扫地，班里有个学生把我狠狠推倒，骑在我身上欺负我。我气得掉眼泪，如果哥哥像往常那样在门口等我放学，谁敢欺负我？第二天晚上值日，这个学生又突然把我按倒，这回我想起哥哥的话，带着反抗的怒火，冷不防紧紧抓住了他裤裆里的蛋蛋，他疼得大哭倒在地上，我还不放手，要他说两遍"再也不欺负人了"，才饶了他。好几天，这个学生没来上学，他的家长找到学校，老师和同学们实话实说，还了我一个公道。从此，他再也不敢欺负我了。

在我心里，始终存有对哥哥的思念，还有与哥哥分离的不安，尤其是哥哥上中学离开我的那个冬天，晚上放学不仅没有哥哥的陪伴和保护，我还要去保护姐姐。姐姐写作业总是很慢，我有时要等她到天黑才能一起回家。天冷路滑，经过乱坟岗，我害怕跑起来，走在后面的姐姐大喊："等等我，等等我……"我一边跑一边吓唬姐姐："再不快跑，狼就会吃了你……"姐姐被吓哭了，我只好停下来等她。看着姐姐哭哭啼啼的样子，我在心里感慨，哥哥和姐姐就是不一样，哥哥从来都是给我壮胆的，姐姐令我胆子变小。或许这就是兄弟情与姐弟情的不同。不过，我还是学着哥哥的样子，尽力去保护姐姐。

寒假终于来临了，哥哥如期回家了。哥哥兴奋地告诉妈妈，黄花甸中学是县里的重点中学，学校和老师比汤池中学好多了。妈妈语重心长地说："孩子，那中学好与不好不要紧，是你二叔二婶好啊！再好的学校，没有住宿、吃饭的地方，咱们怎么能去读书啊？"妈妈看事情总能抓住最本质的东西，她在提醒哥哥不要忘记二叔、二婶的恩情。事实上，二叔家十口人住一间房、一铺炕，太挤了。为了哥哥读书，二叔不得不把哥哥安排在家附近的食品公司居住，顺便让哥哥给那里打更的师傅跑个腿儿、做个伴儿。哥哥回来，我高兴得不得了，晚上又钻进了他的被窝。哥哥说他想我了，还梦见我长高了。我告诉哥哥我特别想快点儿长大，那样就没人敢欺负我了。哥哥问："听说你惩罚你班那个小霸王了？""是啊，我差点儿把他捏死，他再也不敢欺负我了。"我得意地告诉哥哥。"好样的！都怪我领你上学太早了，比人家小，容易挨欺负。还有谁欺负过你，哥哥找他们算账去。""那你领我到二叔家上学呗，天天和你在一起，就没人敢欺负我了。"我恳求哥哥。哥哥说那是不可能的。不过，哥哥给我许了个愿："如果你愿意，哥可以带你去二叔家玩一趟。""太好了！"我乐得一脚踢开了被子，把炕头的奶奶吓了一大跳。

第一次长途旅行

说来十分好笑，听到哥哥承诺带我走，我恨不能让哥哥马上回二叔家——当然是领着我一起去。我等啊等，终于等到过完了春节，哥哥要走了。哥哥跟妈妈说要带着我，妈妈不同意，因为我马上要开学了。从二叔家回来没有人送，还要在县城倒车，妈妈不放心。妈妈小声告诉哥哥："你明天起早走，别让他知道。不然，他可是破裤子缠腿……"哥哥见我不高兴，悄悄对我说："你若想去，我就带你走，妈妈不会拉住你不放的。"我拿定主意跟哥哥走，晚上睡觉也握着哥哥的手。早上醒来，我见哥哥还在，心里一下子踏实了。我跟哥哥一起吃饭，准备出发。妈妈再次劝我不要跟哥哥去，怕耽误学习。爹爹在一旁说："他要去就叫他去吧，玩几天再回来。"爹爹总是惯我，我向妈妈保证："我自己可以回来。""那可不行，你太小，不能自己走。妈妈觉得你不去为好。"哥哥拿起行李要走了，我这边拉着哥哥的胳膊，妈妈那边扯住我的手，"孩子，你听妈话好不好？""不好，我要跟哥哥走！"妈妈知我任性，无奈转身从衣柜里拿出给我准备好的衣物，叮嘱哥哥说："你可得好好照管他，不能撒手，把他的衣服带上，脏了好换一换。他回来，你一定得找人送啊！"妈妈不放心，又嘱咐我："你别太淘气，听哥哥话，让你二婶省心。早点儿回来上学，妈还想你呢……"那时候哪懂"儿行千里母担忧"，我和哥哥蹦蹦跳跳地出发了。妈妈走出老院大门口，一直送我们到小河边。她站在那里恋恋不舍，不断向我和哥哥挥手告别，我却一门心思地往前走，尽情感受第一次跟哥哥去二叔家的快乐。仔细回想，那是我人生第一次"长途旅行"——第一次离开家那么远、那么久。每当想起哥哥帮我策划的"长途旅行"，我就想说：有哥哥真是一件快乐的事。

我跟哥哥在黄花甸干河沟的二叔家住了近半个月。二叔家的兄弟姐妹每天陪我一起玩，我跟哥哥去学校参观，看哥哥他们排练文艺节目，和哥哥半夜起来在食品公司炖牛尾吃……我乐不思蜀，不想爹妈。哥哥开学了，却一直找不到熟人送我回家，我还偷着乐。终于有一天，哥哥找到土产公司的刘叔，带我从黄花甸坐客车到岫岩。哥哥送我上车时，我眼泪含眼圈。哥哥还特地当着我的面，请刘叔在岫岩客运站下车时，帮我买一张下午一点到玉石矿的汽车票。可车到岫岩，我眼看刘叔第一个溜下车门，扔下我独自离开。我站在客车里有点儿紧张。我坐爹爹的马车来过两次县城，但没在客运站买过票、乘过车。哥哥前一天晚上在被窝里嘱咐我："哥哥要你记住，出门要勇敢。假如没人送你，明天你自己回家，到岫岩客运站下车，去买到玉石矿的车票，然后就坐在客运站里等车，哪儿也不要去……""是的，现在是大白天，有什么好怕的？哥哥给了我十块钱，我自己会买票回家的。"我用哥哥的话鼓励自己，壮起胆子走下车，直奔客运站。在客运站的一个角落，我打开了包袱，里面有一双大头鞋，我从鞋窠里掏出钱，先去买车票。卖票的阿姨告诉我：车票一块钱，现在是上午十一点，离开车还有两个小时。我感觉有点儿饿，转身来到售票口旁边的小卖部，花六毛钱买了一斤饼干。旁边的一个妇女问我："孩子，你要去哪里？"我没敢回答，也没正面看她，拿着饼干找个座位坐下来。没想到，那个妇女跟过来了，她伸出手跟我要饼干吃，我这才看出她是个讨饭的，衣衫褴褛。我怯生生地把几块饼干放到她手里，又拿一块塞进自己嘴里，把剩下的饼干塞进包袱里。清冷的客运站，孤独无助的心情，还有饥渴，让我感觉两个多小时的等车时间太漫长了，我突然特别想家，恨不能一下子回到妈妈身边。

去玉石矿发车的时间到了，我最先跑到车门口检票上车。大约两个多小时，客车在学校后面的瓦沟大队门前停下，终于到家了。我满怀旅行归来的兴奋，一路小跑往家奔，忘了冷，忘了饿，也忘了离开哥哥的不情愿。就在这时，我看见了妈妈——她正站在老院门前的树下等我。我喊着："妈妈，妈妈，我回来了！"我向妈妈奔跑过去，妈妈一句话没说，张开双臂把我搂在怀里流泪了。"妈妈，你病了？"我望着妈妈憔悴的脸问。妈妈摇摇头，说："没有，回家吧，你回来，妈就好了。"妈妈给我解开系在身上的包袱，责怪哥哥怎么让我背那么沉的大头鞋回来，我说那里还有我给奶奶买的饼干，妈妈用手摸了摸说："饼干才有多沉啊。"回到家里，奶奶看见我，第一句话就是："哎呀，我的二孙子，你再不回来，你妈就爬不起来炕了……"奶奶告诉我，妈妈想我想病了，多次催爹爹到黄花甸接我回来。"妈妈，是我自己从岫岩买票回来的，我一点儿都不害怕。"妈妈说："我儿子挺了不起的。一个9岁的孩子，能自己坐车回家，还想到给奶奶买饼干，也没把哥哥的大头鞋丢了，长大会有出息的。"

妈妈临终前告诉我，她这辈子因为想我生了几回病，这算是第一回。我跟妈妈逗趣说："那次跟哥哥去二叔家，是我第一次出远门。你想我想生病了，都怪哥哥。他教我勇敢，不要想妈妈。"妈妈一听就笑了："那时你太小，哪知爹妈那份惦念啊。后来你二叔告诉我，你哥托的那个姓刘的不是正经人，他没把你拐走就不错了。妈听了都后怕，你哥那时也是孩子，哪能想那么周到啊。"妈妈想了想，带着沉重的语气说："哎，你哥去世整整四十年了。你哥大你七岁，你一出生他就喜欢你，走哪儿都带着你，从没打过你一下。你在老菜地拿着铁锹追打他，他都不跟你一样的。要不怎么能叫哥哥呢？他若不死，你们哥俩该有多好啊……"

我和哥哥的"小冲突"

这是妈妈最后一次提及我拿铁锹追打哥哥的事情。

那是我和哥哥之间发生的一次"小冲突"。那天，妈妈看见两个儿子在菜地里生龙活虎地追赶疯闹，心里该有多幸福啊。哪里想到哥哥突然去世，妈妈心里留存的那个美好画面被打碎了。在思念的日子里，有一天，妈妈把"小冲突"从心底翻了出来，跟我细说这件小事，想告诉我哥哥对我有多好，我和哥哥的命运有多不同。

事情发生在盖房子那年春天的一个下午，爹爹、妈妈和哥哥在老菜地栽土豆。我忘记自己去哪里疯玩了，来到老菜地时，妈妈正往地垄沟里放土豆芽，我喊一声"哥哥，我来了"，就跟着他们一起栽土豆。哥哥在滤粪，看也没看我就说："你就知道玩，也不早点儿回来帮家里干活儿。再这样贪玩，就别回来了，家里的新房也别住了。"我从没见过哥哥用这样的语气跟我说话，我早被哥哥宠坏了，哪能吃这套，顿时火冒三丈，拿起一把铁锹，愤怒地朝着哥哥奔去："好啊，你这个坏哥哥，你敢欺负我……"哥哥吓得撂下粪筐子，拔脚就跑，边跑边笑。我气急败坏地把铁锹朝他扔去，哪知道我劲儿太小，只扔出几尺远，差点儿绊倒自己。我更生气了，在后面穷追不舍，哥哥不跑了，一屁股坐在地上瞅着我。妈妈喊："别闹了，地垄都踩坏了，快点干活儿吧，我的小祖宗！"我不依不饶，气喘吁吁地跑到哥哥跟前，举起拳头打他。哥哥大笑说："哥哥投降了好不好？我投降了，游戏到此结束，咱们一起干活儿吧。"听着哥哥服软的话，望着哥哥爱我的眼神，我的愤怒消失了，瞬间从一个野小子变回哥哥的好弟弟。

印象中，我和哥哥的"小冲突"就这样和解了。但是妈妈认为，我的记忆和描述不完整、不准确。我说哥哥那天是在训斥我，其实不是那么回事。妈妈说："你小时候是驴脾气。不要说你哥本来是跟你闹着玩的，就是真的训你几句，你还值得虎了吧唧地抄起铁锹啊？"妈妈说我忘记了冲突的关键环节——我说了几句难听的话。我对此毫无印象，但我相信妈妈记得清楚。妈妈说："你一边追打你哥，一边说一些不好听的话，'就你盖这个破房子，有什么了不起？等我长大了，你白给我住我都不稀得住，不信你就等着瞧吧……'你年纪不大，发脾气说得头头是道。""妈妈，我真的这么说了？""是啊，妈妈不会编瞎话，你就是这么说的。小孩子嘛，说什么大人没有挑，妈只是奇怪你怎么能说出那番话来？"我真的想不出来，我对哥哥怎么那么野蛮。不过我明白，如果哥哥还在，妈妈就不会在意我说的那些话，也不会生出这样的心结来。

我懊悔地告诉妈妈，这是我最对不起哥哥的事。后来，每次去给哥哥上坟，我就会想起这件往事，悄悄地向哥哥诉说："哥哥，我真的不记得那天我对你说了些什么。我所记住的，只有你在我的'暴力威胁'下大笑着'投降'的情节。哥哥，你是不是觉得弟弟太可笑了？你逗我玩，让我愤怒，然后，你假装被我征服投降，晚上搂我一起睡觉，让我感觉自己有王者风范。你不就是这样逗我开心吗！"

妈妈90岁生日那天，好多孙男嫡女围坐在她身边，和她一起聊天，听她谈笑风生。兴亚问妈妈："大娘，你说我二哥跟兴绵哥的性格是不一样啊？"曾经有许多年，妈妈最忌讳的话题就是哥哥，但后来她释怀了，这也解释了妈妈为何历经磨难却健康长寿。面对兴亚的提问，妈妈微笑说："我两个儿子从来不打架，那天不知道他们两个怎么说掰了，你二哥拎着铁锹去打你哥，你哥就跑。你想啊，哥哥能打不过弟弟吗？哥哥对他有样儿吧！他可倒好，说翻脸就抄起了家伙。那时我就想，我这老二比老大格色，性格比较犟啊。你二哥当时说的那些话，倒是小孩无心，不过我这当妈的往心里去了。你二哥指着你哥说，'就你盖这破房子，我都不稀住'……你哥死了，我就想啊，你二哥这小子心高啊，你哥出大力盖房子，他从小就没瞧得起，还说不稀罕住，倒是挺要志气。结果怎么样？出力盖房子的人，住两年就死了，把房子留给了没出力、不稀住的人。这不就是命吗？人家到底是要了志气，17岁就出来工作、念书，终归也没住那个房子，最后连我也跟人家进城住楼房。说起来大娘也满足了，你大哥死了，你二哥像变了个人，读书、工作、过日子都没用我操心，算是对得起父母、对得起他哥……"

我想，天堂里的哥哥无论如何也想不到，我们兄弟俩发生的"小冲突"，不仅让我在少年思念哥哥时深感愧疚，而且成了我一生感念兄弟情义的经典回忆。那个场景，妈妈记在心间，视为两个儿子情同手足的美丽风景，虽然这道风景因哥哥的死而黯然失色，但由于我的存在，这道曾经破碎的风景始终是妈妈释怀痛苦、追求幸福的支撑和希望。直到妈妈慢慢老去，她仍在解读、怀念、欣赏和分享两个儿子在其内心留下的故事。

我承认，是爹妈的爱，加上哥哥的呵护，使我变得极为任性，但我对哥哥的崇拜和顺从，也来自爱。有一次，我和爹爹、哥哥上山捞木头，在干河沟的一片树林里，我发现好大一片榛蘑，我喊哥哥："快来看啊，好多的榛蘑，可是我们没带筐，怎么采呢？"哥哥嬉皮笑脸地对我说道："你笨了吧？把裤子脱了啊。""啊？"我一下子明白了哥哥的意思，赶紧把牛拴在树上，脱下裤子，用草系住裤腿，开始采榛蘑，不一会儿就把两个裤腿装满了。"算你聪明。新采的榛蘑可要轻拿轻放，不能压，否则榛蘑就碎了。"哥哥把装满榛蘑的"人"字形裤腿轻轻地架在我脖颈上，"自己扛回家，一会儿再回来。"我迟疑地看着哥哥。哥哥鼓励我说："你要下定决心，一口气把榛蘑扛回家。不就这点儿榛蘑吗？你能做到的。"妈妈看见我扛着榛蘑回家来，既高兴又心疼。她摸了摸我赤裸的腿，心疼地说："哎呀，孩子，你忘了你腿疼的毛病吗？天都这么凉了！"我说是哥哥教我这样做的，妈妈说："我就说你哥，如果他不闹笑话让你背他过河，你会得腿疼病吗？再别什么都听他的。"妈妈让我上炕暖和暖和，我说："不行，哥哥叫我赶快回去，那里还有不少榛蘑，快给我找个大筐。"妈妈找个拐筐来，嘱咐道："孩子，别贪财，采多少算多少，别累坏了。留点儿榛蘑种，明年能出更多……"

哥哥对我一生影响深远。哥哥的死，改变了我的人生轨迹。提起哥哥，我会想起很多欢乐往事。回顾哥哥一生的足迹，他的生命虽然只有短短的二十三年，但在我心中，他的人生光芒灿烂。他是一个好儿子、好丈夫、好哥哥，是一个正直善良、勤奋刻苦、对人生充满热爱的青年。

第十二章　为了妈妈的微笑

　　孩子爱父母的自觉心与责任心从何而来？我们对父母的爱，对家庭的责任，离不开血缘、传承、教育和人性本身，但一定还有另一种东西，它能唤起我们内心沉睡的"心疼"父母的神经，这恐怕就是生活的经历——尤其是磨难和痛苦。

妈妈不愧是生活中的英雄主义者，没有她克服不了的苦难。大约用了五年左右时间，妈妈逐渐走出了哥哥早逝的阴影。

我记得，那是我21岁生日的早上，妈妈做了黄米干饭和鸡肉炖蘑菇等不少好吃的，当然还有煮鸡蛋。妈妈把一个鸡蛋剥好皮递给我，示意我先吃口鸡蛋，然后抚摸着我的头说："孩子，你又长高了，比你爹都高了，妈总算没白为你活下来……"妈妈擦去眼角的泪水，露出了久违的笑容。妈妈的话，让我们全家人感动不已。我想告诉妈妈："我要为你长大，我要让你和爹爹好好活下去……"但不知为什么，眼前的妈妈令我热泪盈眶，我却一时说不出话来。

这一天是妈妈确定我长大成人、给我举办"成人礼"的日子；我则把这一天视为妈妈为我活着、最后走出哀伤的标志。

第一节　我要为妈妈长大

哥哥去世，妈妈完全变了一个人。妈妈一向微笑、慈祥的脸变得黑青黑瘦，"看上去像个死人"——妈妈自己这么说。再加上头发蓬乱、眼睛呆滞和少言寡语，妈妈的精神状态糟糕到极点。妈妈无数次想象我遭遇不测，她明显患上了焦虑症。唯有看见我，她才会有几分心安。妈妈为我活着，是我看得见、感受得到的现实。妈妈曾这样对我形容自己当时的心境："你哥死了，家里的房子空了一头，我的心整个被掏空了，感觉自己像死人一样。醒来的时候，我知道自己还活着，想起来我还有你这么一个儿子，我得活下去，不能死。明明不想吃、不想喝，为了你，我也得囫囵吞枣地把饭咽下去。"

我曾想过一个幼稚的问题：我还要不要去上学了？上学离开了妈妈，她会怎么样呢？因为担心妈妈，我不想去上学。妈妈忧郁地说："你得去上学，这么小不上学干什么？妈不能死，妈得供你成人，你去吧……"我说："好，我周六晚上回家来看你。"可是，当我起早要去上学的时候，妈妈就慌里慌张地从屋里走到屋外，开始焦虑和担心，"这好几十里的路，你走了妈不放心啊！不行……"最后，妈妈找爹爹去送我，我说不用，妈妈就推着爹爹的后背，强迫爹爹跟我一起走。爹爹陪我走出几里地，天大亮了，我让爹爹回家。妈妈看见爹爹回来，一个劲儿地问："孩子送到了吗？你怎么这么快就回来了？"爹爹告诉妈妈，有同学骑自行车载我走了。妈妈更不放心了："把孩子摔了怎么办？"我跟妈妈讲过："这段路我走一年了，不要担心我。"妈妈冷冷地说："妈担心都留不住，不担心不更完了吗？要是没有你，我早就跟你哥一起走了……"妈妈那颗受伤的心就是这样脆弱，每时每刻都是惊兮兮的。

妈妈过去不是这个样子的。上小学时，冬天早上学校值日，我经常踏着一米多深的雪去教室生炉子，妈妈从来不絮叨，即便担心，也不会说过分心疼的话，最多是递给我一根棍子，说："快走吧，别摔了！"她鼓励我要勇敢，不怕困难。如今孩子早逝吓破了妈妈的胆，她变得很脆弱，如果我不在身边，或者该回家没回家，她就寝食难安，心惊肉跳。在读中学的最后一年半时间里，妈妈频繁地让爹爹到学校来看我，给我带好吃的，偶尔我也跟爹爹回家几次。除了回家，我想不出有什么更好的办法去安慰妈妈。

也许，老天爷被世间这脆弱而伟大的母爱所打动。1974年12月，我被调到团县委工作。然而，即使这天大喜讯降临，妈妈还是笑不出来，哀伤的阴影依然笼罩心头，对我离开家出去工作，依然放心不下。那时我18周岁，已是成人的年龄。但在妈妈眼里，我还是一个孩子，因为我长得实在太矮，身高不过一米六。妈妈说我个子矮，是过早劳动被扁担压的。妈妈觉得我没长大，除了身高明显不够，还看我嘴巴上没长出男性标志的小胡子。我去县里工作，离家百八十里地，妈妈想见儿子自然成了难题。

妈妈从来不会忘记我们每个孩子的生日，吃好吃赖都要过得像样儿。妈妈说，我正月初十的生日很大，只是那会儿天冷鸡不下蛋，想吃鸡蛋不容易。不过，妈妈一定会让我在生日那天吃上鸡蛋的。失去了哥哥，妈妈尤其害怕我过年过节和过生日的时候不在她身边。所以，在我参加工作后第一个春节，妈妈跟我说："明天（正月初五）你又要上班走了，你得跟领导说一声，你过生日那天要请假回来，你就说妈妈想你……"妈妈掰着手指算，像对小孩说话似的。我笑着说："妈，你放心，过生日我一定回来。我们领导对我可好了，他们知道你想我，对我特别照顾，批准我每个星期天都可以骑着公家车子回家来看你。""我儿子就是懂事，走到哪儿都有人帮。"妈妈满意地点点头。

哥哥的离去，使我一下子长大了。仿佛一夜之间，我变得心疼父母，对父母那么百依百顺，犹如一头小毛驴变成一只小绵羊。我内心十分清楚，妈妈为我而活，我要为妈妈长大。妈妈叫我过生日回到她身边，我没有丝毫犹豫，完全依顺妈妈的心。就这样，从参加工作那年开始，每年正月初十，我一定要满足妈妈给儿子过生日的愿望。当然还有一年中的重要节日，我必定回家。20周岁生日那天，妈妈说我这一年长高了半尺多，感觉我真的长大成人了，她总算从十八层地狱爬了出来。我听了惊喜不已，那颗惦记妈妈、心疼妈妈的心，变得更加坚定，越来越懂得如何做一个让父母满意的儿子。为了拯救妈妈那颗破碎的心，为了妈妈的微笑和幸福，我必须自觉地满足妈妈每一个小小愿望。我清晰地认识到，妈妈崩溃的精神世界，需要我和她一起努力来慢慢地修复。

第二节　难舍婆媳情

"过日子就是过几个人。"小时候听妈妈说这话并不在意，自从少了哥哥，我们这个家发生的一连串糟糕的改变，让我不得不认真思考，妈妈这个再简单不过的生活信仰有着怎样的含义和道理。

哥哥早逝，我最初看到的只是爹妈精神的崩塌。然而，这远不是悲剧的全部。后来，嫂子走了，曾经的洞房空空荡荡；奶奶开始轮着在几个儿子家吃住，一个八口之家只剩下五口人……妈妈既要承受精神上的沉重打击，还要着手应对眼前这些残酷的现实改变，重新振作起来，使深陷困境的家庭生活得以重整。

一个人不在了，一个完美的家几近坍塌——这或许就是妈妈讲的"过日子就是过几个人"这一生活信仰的本质所在。

奶奶叼着长杆的旱烟袋，坐在炕头上一口接一口地抽，不再与妈妈有说有笑。妈妈则像一台劳动机器，从早到晚，一刻不停地在干活儿，就好像要把生存的力量与时间的齿轮紧紧咬在一起，消耗殆尽，尽力避免悲伤的外溢。"妈妈吃饭吧。"到吃饭的时候，我们叫她一遍又一遍，她冷冷地回一句："我能给你们做好饭，吃饭还用你们操心？"到了晚上，妈妈睡不着，就在灯下做鞋。多少个夜晚，我看见妈妈的眼泪吧嗒吧嗒地掉在鞋底上。她用手绢擦一下眼睛，两只手机械地重复着扎鞋底、拉鞋线的动作，看上去就像一个机器人，我无法想象妈妈的内心是怎样的崩溃。

对妈妈来说，有一个最残酷、最要命的现实摆在眼前，那就是妈妈如何面对她的儿媳妇。每到夜晚，妈妈坐在西屋的炕上做针线活儿煎熬时光，嫂子则独自躺在东屋的炕上以泪洗面。不知有多少个夜晚，妈妈悄悄走进东头那间房子，去安慰孤独的嫂子。嫂子深爱哥哥，她无法停止哀伤和眼泪，这使妈妈那颗破碎的心雪上加霜。嫂子每天守在妈妈身边，也在不停地安慰妈妈，可妈妈知道儿媳妇更难啊！一个失去了儿子，一个失去了丈夫，这两个女人要怎样坚强，才能面对以后的生活呢？妈妈的心是明镜的，悲伤无助于生活的继续，她必须劝嫂子离开这个家，去寻找新的生活。

终于有一天，妈妈把自己的想法跟嫂子说出来了。"秀贞啊，兴绵去世百天都过了，妈该把这些话跟你说说了……""妈，你不要说、不要说了，我知道你想说什么。我不走，我要跟你们在一起……"嫂子哭着打断妈妈的话。妈妈擦了擦眼泪，说："孩子，不要说傻话，你这么年轻，怎么能留在妈妈身边啊？你跟兴绵没有孩子。若是你们有个孩子，你想留下，妈妈兴许会答应，咱们一起把孩子养大，可现在孤零零剩你一人，妈不能留你啊……"嫂子一边哭，一边摇头说："妈妈，我不能走啊，我去哪里啊？没有地方可去啊，这儿就是我的家……"妈妈想了想说："妈永远不会赶你走，可是兴绵不在了，妈用什么来留你啊？你年轻，妈希望你能再找个好人家，你得往长远看啊！"嫂子说："妈，我不找了，我找不到兴绵这样的好人。"妈妈说："你听妈话，咱们是一辈子的亲人，好多事无法预料，你就慢慢来吧，走到哪步算哪步，你懂得妈妈的意思就好。妈现在虽然已经傻得没有人样了，但大事妈妈还是不糊涂，这样的事情，只有妈妈能跟你讲，你能理解就好……"

嫂子在妈妈的一再劝说下，在哥哥去世两年多以后，离开了我们家。她带着眼泪和不舍，还有和哥哥结婚时妈妈亲手做的被褥，随她在大连的父母下乡到普兰店去了。嫂子走的那天，我们全家人流着眼泪与她告别。妈妈拉着她的手说："秀贞，咱们娘俩有缘啊！你在妈家生活四五年，不管你将来走到哪里，这个缘分都不会断的。你不能给妈当儿媳妇了，给妈当姑娘吧！有空儿写个信回来，妈想你了，说不定去你那儿住几天……"嫂子泣不成声地说："妈，我一辈子也忘不了你和爹，忘不了兴绵。无论走到哪里，我都会想这个家……"爱与真诚，是生活中最持久的人性力量。嫂子离开我们家以后，我们与嫂子一直保持联系。1997 年春天，我和妈妈来到大连生活，就住在嫂子家附近。妈妈重复着那句老话："两座山不能相遇，两个人想见就见。"嫂子与妈妈二十多年没见，还是很自然地喊"妈妈"。从那时起，嫂子有空儿就会来看妈妈。在妈妈生命的最后日子里，嫂子也陪伴在妈妈身边。她们把曾经生活在一起的情分铭记在心，珍惜缘分，延续了最初的那份爱与真诚。

生活在爹妈跟前的奶奶，从来都是无忧无虑的。然而，目睹妈妈失去了儿子、送走了儿媳妇，70 多岁的奶奶再也无法心安了，她做出了一个令我们全家感到惊讶的选择：在三个儿子家轮流吃住。奶奶跟妈妈说："大媳妇，你伺候我三十多年了，帮我养大好几个孩子。兴绵死了，媳妇走了，你能活下来就不错了。从现在起，我不能让你一个人受累，我要在三个儿子家轮着住，一家一个月，这样你能轻快一点儿，我心里也好受一些。"妈妈说："你这是干什么？不怕别人笑话？我只要不死，就不差伺候你一个老太太。再说，老三和老五家孩子多、房屋窄，你去了也不方便啊！"奶奶说："我知道老三媳妇不喜欢我，最怕我去她家，她越怕，我还非要去不可，她还敢不给我饭吃？看她那个小样儿，她虐待我，我就去大队告她！"奶奶说话很强硬，她要以实际行动表达对妈妈的心疼，缓解妈妈的压力。几天后，奶奶把国兴三叔和国柱老叔叫到家里，郑重宣布她的决定。国安二叔离得远，奶奶要他负责抽烟、穿衣钱。就这样，原本在一个家庭里和和睦睦过着幸福日子的三个女人，因为哥哥的离去而分离开来。那年秋天，生产队分玉米的花名册上，我家从八口人变成了五口人。按照妈妈说的"过日子就是过几个人"的观念，过日子最不幸的事情，就是人去房空。

第三节　在生产队当社员

1972 年 12 月，我中学毕业回家，正式成为生产队的一名社员。

背着书包、带着行李离开中学回家那天，我特别高兴，在内心重申我的少年雄心：从现在起，我要天天守在妈妈身边，让她不再担心我离开她的视线；我要当好爹妈的左膀右臂，分担他们的辛劳；我要和姐姐一起参加生产队劳动，尽快帮爹妈把盖房子的饥荒还上……总之，我要接过哥哥的担子，做一个好儿子，让爹妈因为我而活得更好，重新过上好日子。

回到家里，我高兴地告诉妈妈："妈妈，从明天起我就可以挣工分了，让爹爹给我准备一担挑筐……"我以为，哥哥去世一年多，我重走哥哥回乡的老路，回归家庭，参加集体生产劳动，妈妈一定很欣慰。谁知道，妈妈忧心忡忡地说："孩子，你这么小，能干活儿吗？""妈，我都 17 岁了，怎么不能去生产队干活儿？"妈妈一声长叹，想说什么，却没有说出来。

二十五年之后，我和妈妈搬到大连居住。一天，我在家里整理全家人的照片，妈妈说："孩子，你把那些照片放到床上，让我看看。"妈妈把那一堆黑白、彩色照片，一张一张地过目，最后挑出两张黑白照片拿在手里：一张是哥哥1969 年 5 月 1 日在县城照相馆拿着毛主席著作拍的半身像；另一张是 1972 年12 月 6 日，我在县城照相馆拍的中学毕业照。妈妈看完这张又看那张，往事涌上心头。"你哥去世二十六年了，若活着今年还不到 50 岁。"妈妈又指着我的那张毕业照说，"你看你那时候长得多小啊，你们三十多个学生，那些男生看上去都像大小伙子，你比人家矮一头多啊，这小身子骨去生产队干活儿，妈能不心疼吗？"妈妈沉思一会儿，问我："你可能都不记得了，你中学毕业回家，说去生产队上班给妈挣工分、还饥荒，你哪知道妈都愁坏了，你长得又瘦又小，挑筐都挑不起来，哪能干活儿啊？可是又没有书念，当妈的可怜也没用，心里难受的滋味就不用说了……"

这张老照片，唤起了我们母子的共同记忆，我万分感慨：真是少年不解妈妈心啊！为不伤害我的自尊心，也为强忍自己无奈的伤痛，时隔二十多年，妈妈才说出了心里话。我发现，照片对回忆来说，像日记一样极其重要。我的那张中学毕业照，是我保存下来的年代最久的一张黑白照片，也是我 17 岁之前仅有的几张照片。

如果不是这张照片，我怎么都不会记得 1972 年 12 月 6 日是我中学毕业、拍毕业照的日子。我也不会那么容易地记起全班三十六个同学和两个老师的名字、容貌。如今我把他存在手机里，感觉这张四寸的黑白照片，好似个人与社会历史的一份珍贵记录。虽然只有一页，却尽是回忆与想象的空间。

这张普通的黑白毕业照，真实地记载了那个年代青少年的精神面貌。大家的脸上基本没有笑容，男生多数戴着帽子，无论单帽还是棉帽，都像军帽。九个女生区别于男生的衣着，是看起来很陈旧的花衣服，她们都梳着辫子，衬托着一张张年轻而呆板的脸。两个老师和学生们的差别，除了年龄，就是他们脚上穿着的皮鞋或大头鞋。全体师生在毕业照上的表情和装扮主色调，与黑白照片的本色构成超级搭配，唯独缺少热情洋溢的青春活力。我是全班个子最矮的，坐在前排的最左边。从照片可以明显看出来，我的脸和半握着的放在膝盖上的手，都比别的同学瘦小很多。可在当时，我从来没作过这种比较，也不知道自己的高矮对妈妈有什么意义。妈妈活着的时候，不知看过多少次这张照片。有一次，她指着照片里的我告诉身边的亲朋好友："你看我儿子那时候长得多小啊，比别人矮一个头。他到生产队上班，又高兴、又卖力，人家给他跟妇女劳力一样的工分，他还不服呢！我儿子上学太早了，再加上小时候没有什么好吃的，个头没长起来。中学毕业不许考大学，他回生产队干活儿，我心里上老火了……"妈妈又骄傲地说，"我儿子争气、有福，到生产队上班肯干，留下好名声，很快就当了民办教师，接着就被县里调去当干部了，不然哪能长现在这么高……"说完，妈妈舒心地笑了。

读完中学，我们这一代人在校学习的生活就结束了。城里的孩子读完中学就下乡，叫"下乡青年"；农村的孩子读完中学回生产队干活儿，叫"回乡青年"。我虽然个子矮，但毫不打怵劳动。小时候看着父母干活儿，耳濡目染，多数孩子从小就学会了种地。劳动是祖祖辈辈生存的第一本领，似乎是植根于骨子里的信念，也是造就"穷人孩子早当家"的力量源泉。我正是怀着这样的热情和冲动，一门心思要帮助爹妈挣工分、还饥荒，帮助他们修复几乎崩溃的家园和心灵。然而，妈妈根本不是这样想的。

第四节　经过考验的肩膀

当社员第一天，我和姐姐挑着粪筐，肩并肩地走进生产队的院子。我的那一群爷爷、叔叔和哥哥们，都非常友善地与我打招呼，欢迎我成为他们当中的一员。殿恩大爷是生产队队长，那年头还有政治队队长，但具体安排劳动力干什么，是生产队队长说了算。殿恩大爷笑着对我说："小兴宇，今天往前山挑粪，你先试试看，少挑点儿，别累坏了，你爹可就你这么一个儿子。如果干不了，我再给你找点轻快活儿干。"我告诉殿恩大爷："不用试，挑粪的活儿我能干。""好小子，不怕累就行！"殿恩大爷满意地点点头。

妈妈说，农活儿当中，最累人的活儿是上山砍柴、捞木头；其次是往山坡地挑粪，那是步步高、步步难的活儿。这两样活儿，都是靠肩膀的出大力的活儿。

妈妈叮嘱我："挑粪不要逞强，能挑多少就装多少，不要伤力伤身。"今天城里的孩子，几乎不知道肩膀是干什么用的。虽然他们偶尔也坐在父母的肩膀上，享受"驾颈"的喜悦，但他们不懂肩膀就是挑担子、负责任的那块骨骼。农村的孩子就不同了，在他们有了观察能力的时候，就会看到爸爸用肩膀挑水，妈妈用肩膀扛柴火。当我们长成半大孩子的时候，都会学习使用肩膀，帮助爹妈干活儿。所以，我对挑粪并不打怵。

姐姐是生产队里少有的从不偷懒的女劳动能手，无论是挑粪还是捞木头，都不比男劳动力逊色。妈妈的教导是："在生产队干活儿，不管干什么，要尽力，别藏奸、别偷懒，要有好名誉。"我发誓接过哥哥的担子，身边又有姐姐做榜样，所以挑粪时，我看着姐姐的挑筐装多少，我就装多少。"你先少挑点儿。"姐姐一边说，一边伸出铁锹快速从我的挑筐里扒拉出一些粪块。我挑起粪筐，跟在姐姐的后面，与几十个社员一起，像一群竞跑的运动员，脚踏冰冻的土地，步步踩在垄台上，吃力地往生产队前山坡地的最高处送粪。从粪堆起步的时候，被殿恩大爷称作"牦牛蛋"的那些没结婚的小伙子们，挑起粪筐像玩似的，有的甚至一步跨越两个垄台，难道他们的担子里装的是棉絮？他们连说带笑，几分钟的工夫，相互间就拉开了距离，我被甩到最后。跑在最前面的好像是劳动英雄，享受着胜者的喜悦。可到了陡峭处，殿恩大爷预料的戏剧性转变开始了："'牦牛蛋'们撂挑子的时候到了！"果然，跑在前面的"牦牛蛋"个个汗流浃背，大口大口地喘气，不得不撂下粪筐休息。有的还解开棉袄，敞怀露出肚皮，冒出一团团白气。殿恩大爷等中老年劳动力却一步一步地从后面赶上来。他们不歇脚，一会儿把扁担转到左肩上，一会儿又转到右肩上，显然，他们积累了比青壮年劳力更多的劳动技巧和耐力。

我始终跟在姐姐后面，累得上气不接下气。五六十斤重的粪担子压在肩膀上，一爬坡、一跨垄，两腿发软、双脚灌铅似的，肩膀上的那块肉仿佛被扁担蹂躏得离骨了，那种痛不难想象。其实，从生产队牛圈粪场到前山那块大坡地，不过六七百米远。但是，当"牦牛蛋"们挑上三四趟的时候，就开始闹殿恩大爷："队长，该休息了吧？"殿恩大爷则与他们讨价还价："送五趟再休息，休息后就没多少劲儿了，再送两趟就下班回家吃晌。""那就一气儿送七趟得了。"男劳力中岁数最小、最调皮的张洪旭，总想挑战殿恩大爷的权威。殿恩大爷笑着说："你要是不听我的，晚上评工分，我就让你白干，不信你试试？"张洪旭生父去世后，随妈改嫁来到李生海家。他从十来岁开始就在生产队干活儿，年龄、个头和我差不多，过早的体力劳动使人能看出他的双腿和肩膀都不够直挺。

第一天上班的那个上午，往前山送粪七趟，我没有少干一趟。中午下班的时候，殿恩大爷表扬我："兴宇啊，你还真不善，你要干不了这活儿，就得在家轱辘铁圈玩了。这些山坡地，牛车和马车上不去，年年都是这么挑粪，祖祖辈辈都是这么种的，将来有拖拉机也白扯。想吃饭，不容易啊！"大爷还告诉我，全生产队有三百多亩土地，其中山坡地将近一半，往山坡地送粪的活儿，至少要干上半个月。"准备好你的肩膀吧，把山坡地的粪全部送上去，你接受贫下中农再教育第一关就过了。"我向殿恩大爷保证，我一天都不会请假，也不要去找轻快活儿干。下午，殿恩大爷决定往前山下半坡送粪，大伙儿听了一片欢呼，不会像上午那么累了。可我明显感到，尽管下午的活儿轻快了，但肩膀和双腿却没有上午有劲儿。挑着粪筐跑了三四趟之后，我感觉又累又渴又饿。姐姐悄悄告诉我："你少挑一点儿……"我知道第一天当社员就偷懒耍滑，不会给大家留下好印象。没有好名声，就挣不到大人的工分。我必须向哥哥、姐姐学习，干什么像什么，坚持把劳动的本领学好，把自己的肩膀磨出来，磨得像铁打的一样。

眼看太阳快要从魏大岭岭口掉下去了，殿恩大爷拉着记工员兴洲哥放下挑筐，坐在生产队门口的木头堆上开始评工分、记工分。殿恩大爷喊："你们送最后一趟，回来就下班。"我很想知道，第一天上班，殿恩大爷能给我评多少分。当大家放下挑筐，围在殿恩大爷和兴洲哥身边的时候，殿恩大爷大声地说："大家的工分都和平常一样啊，就是傅国义少一分，和张洪旭一样。你看他膀大腰圆，就挑半担，干活儿懒散，不卖力……"往山坡地送粪，是检验男女劳动力干活儿是否出力的重要环节，也是挣一等工分还是二等工分的一个依据。带点儿傻气的国义大叔并没生气，说了句："你说多少就多少呗。"张洪旭则调侃殿恩大爷："大爷，你看我什么时候才能不被男人和女人夹在中间呢？我像个'二刘子'，比男的少一分，比女的高一分，挺难受啊……"殿恩大爷笑着对我说："兴宇啊，你努力吧。"见殿恩大爷那么公正、那么权威，我想问自己得了多少工分却没开口。兴洲哥悄悄告诉我："你跟你姐一样，十分，比男劳力就少两分。"说实话，我听了心里并不高兴，总觉得自己是男劳力，上班第一天就挣女劳力工分不够光彩。不过，我还是认可殿恩大爷的评分，因为我挑粪确实没有超过姐姐，也赶不上张洪旭。

那个年头，十分值六毛钱，这叫"劳动日值"，在全大队十个小队中是最高的。一个壮劳力，一年下来能挣三四千工分，收入也就二百元左右。我们小队四十多户、二百四十口人，平均一家六口人。就算每户有两个壮劳力，一家的年收入不过是四百元，人均不到七十元。想到劳动第一天，我就给家里挣了六毛钱，心里还是挺高兴的。妈妈见我下班回来，没说半句心疼话，她早已做好了饭菜。哥哥去世后，妈妈话少了。在妈妈心里，说什么好话，也不如及时做好饭菜，让孩子们到家就能吃上饭好。饭后，妈妈递给我一个厚厚的垫肩，我们叫它"肩膀"。垫上肩膀，肩膀就抗硌了。挑粪一天下来，我的肩膀剧痛，我知道不能把任何不好的事情，包括身体的疼痛告诉妈妈。妈妈问我肩膀疼不疼，我说"不疼"，妈妈没再说什么。我们母子有着惊人的默契，母爱有着莫名其妙的神通：我实在太需要那个"肩膀"了。此后，凡是用肩膀干活儿，比如挑担、捞大柴，我都会戴上妈妈给我做的那个"肩膀"。

那个春天，作为一名新社员，我经受住了挑粪的考验。每一天，我都和姐姐一起去生产队上班。干了一个月之后，我的肩膀似乎练出来了，被扁担压出来的那一片紫色的血印子消失了，取而代之的是新长出来的一层对抗性肌肉——薄薄的老茧。这让我想起哥哥盖房子、劈块石磨破肩膀、手掌出血时表现出来的豪气——那是长成男子汉的必经之路。我有些兴奋，自己有了当好社员的满满自信和良好开端，我用经过考验的结实肩膀告诉妈妈：我行。

殿恩大爷 98 岁去世，比妈妈早走了几年。记得每次回老家，我都能看见他高大的身影。鲐背之年的他，看上去仍有一米八的个头，背有些弯，但双腿很直，走路稳当，还能干一些简单的农活儿。他常在老院门前的公路上散步，偶尔也在大树下乘凉观景。我和他谈起当年在生产队劳动，他说："现在农村人可享福了，那些山坡地很少下粪了，都喂化肥了。单干了，自己干活儿自己评，不用我去得罪人了。地变薄了，人变懒了，人心散了……"他的话饱含着老一辈农民对过去集体生产的留恋，还有对现实的忧虑。

每次遇见殿恩大爷，我都会想起当年往山坡地挑粪的感受和收获。那真是一种担负重量与责任的艰苦劳动，对人的肩膀和意志是严峻挑战。每年春天、秋天和冬天，壮劳力们都有当"挑夫"的责任和义务。春天，他们脚踏冰冻土地，肩挑挑筐，在每块山坡地里摆上整齐的粪堆，为了肥沃土地，收获粮食；秋天收割，他们要把在山坡地上收获的粮食，用挑筐和麻袋运到生产队的场院里；冬天，他们要踏着一尺多深的大雪，带着斧子和锯上山伐木，然后用肩膀把木头捞下山来，以便给集体创收。我从这些勤劳勇敢的父老乡亲身上看到了他们坚韧和善良的品质，跟他们学会了劳动和生活的本事。他们在劳动和生活中团结协作、相互帮助的集体主义精神，也深深地教育、影响了我。我深信，正是这些老实厚道的农民，奋力用肩挑背扛的原始方式，承担起国家粮食生产与万千家庭生活的大任，我们的社会才能发展到今天这个样子。难道不是吗？至少在二十世纪六七十年代，大多数农民过着苦日子。然而，不论外面的世界如何动荡不安，他们一辈又一辈，总是踩着二十四节气，用肩挑手刨等原始的劳作方式，为大地的丰收付出血汗、辛劳和力量。他们对生活和劳动的热爱，感天动地，融化冰雪，胜似春暖花开。

第五节　参加兵团会战

所有的绝望、痛苦及磨难，都是打造刚强意志的宝贵材料。

哥哥的死，使爹妈备受打击，他们没有活在痛苦中自怨自艾，而是迎着苦难，重新扬起生活的风帆。

爹爹扔下赶车的鞭子有一年多时间，接替爹爹的那个车老板在魏大岭上翻车，不幸遇难，队长和社员们再次推举爹爹拿起鞭杆。有人说，爹爹不应该再赶这出事的马车，不吉利。妈妈却跟爹爹说："咱们为剩下的三个孩子，也不能把日子过垮了，让人家笑话没志气。这回大家又选你当车老板，你还得好好干。你再干几年，我儿子就长大了，到那时候，你想清闲也不晚。"妈妈努力生活的态度，深深地打动了我，我也支持爹爹去赶车。在社员们开会投票的那个晚上，看到爹爹得到大多数人的信任，我高兴地给爹爹鼓掌。爹爹似乎好久没这么开心过，他憨厚地笑着，说："既然你们信任我，没什么说的，我明天早上就来套车，饲养员早点儿把马喂饱就行了。"爹爹重新扬起马鞭，让我看到爹妈为了重拾生活信心，用行动打破了全家人自哥哥去世后的沉闷气氛。

父母的榜样，苦难的经历，重塑了我的性格与心灵，甚至改变了我的人生轨迹。妈妈有句名言："过日子不用愁。日子得一天一天地过，孩子得一点儿一点儿地长，总有长大那一天。"爹妈从没急于让我长大，但是，当我听到妈妈跟爹爹说"你再干几年，我儿子就长大了"这样的话，我就有些敏感：为什么我不能快点儿长大？然后我会立刻想到，我不能老是挣妇女的工分——

那是我没长成男子汉的一个"标签"，我至少应该像张洪旭那样，再多挣一分，接近壮劳力的工分水平。

世界上没有什么行为比劳动更富有积极意义。它不会让人生感觉无聊和沉沦，它能培养人的力量、耐心、意志与心智，还有对家庭和父母的爱与责任。在历经挑粪、种地、铲地和秋收这样一个完整的耕作锻炼之后，我的肩膀长出了对抗性肌肉，手上的水泡化作老茧，担压的脚板从颤抖转为定立自如，我感觉自己越来越像哥哥。所谓"磨炼铸造意志，苦难成就人生"，讲的应该就是这个道理。

然而，要挣到壮劳力的工分并不容易。我以为，夏天铲地这活儿，比较简单、轻快，应该是我赚得壮劳力工分的机会。但拿起锄头，我的铲地速度和质量，远不如姐姐，每次姐姐铲地到头，都必定转过身来给我接垄。每年铲地，姐姐都能跟壮劳力同工同酬。好在殿恩大爷看我干活儿很认真卖力，偶尔会给我提高一分，以表达对我的鼓励。

秋收后，县里组织民兵展开兵团会战，掀起一场空前规模的治山、治水、修梯田的"农业学大寨"高潮。我们哈达碑公社是全县兵团会战的主战场，地点就在徐家堡子大队，离我们家约三十五公里，各个生产队的壮劳力都要到会战工地修筑河坝。生产队晚上开大会报名，我毫不犹豫地报名参战。殿恩大爷拍了拍我的肩膀，笑着说："小兴宇啊，那土篮子挑石头，可是比挑筐挑粪还沉啊！你可考虑好了！"我从来没挑过土篮子，听殿恩大爷这么一说，感觉肩膀真有点儿疼。不过殿恩大爷鼓励大家说："这次兵团会战不要女的，男的不管谁去参加，只要去了，把两三个月坚持下来，生产队都给记一等工分。"我一听，太好了，这意味着我终于迎来了挣壮劳力工分的机会。于是，我在报名的那张白纸上写下了自己的名字，心甘情愿把自己的肩膀交给土篮子磨炼。

我兴奋地把这件事告诉妈妈，并向妈妈保证："到工地干活儿，我能挣到壮劳力的工分！" 妈妈听后沉默半天，平静地说："孩子，挣多少工分不要紧，咱家欠的那点儿饥荒可以慢慢还，你不用着急。你要是干活儿不注意累坏了身体，那可是一辈子的大事！到冬天冷的时候，起早贪黑，你的腿能行啊？""你不是说干活儿累不死人吗？""你不是还没长成吗？你去工地妈妈不拦你，你不要逞能。干活儿不藏奸就好，能挑多少挑多少，干不了就说干不了，你听懂妈妈的话了？"我知道，妈妈根本不希望我去工地，但是，妈妈不会轻易否定和阻拦我的选择。一方面，妈妈对我回家参加集体生产劳动很无奈；另一方面，妈妈一向尊重孩子的想法和主张。她把想念和担心藏在心里，勉强支持我走进了那个红旗招展、热火朝天的"农业学大寨"工地。兵团会战开工的日子是 9 月 29 日，所以，这个会战工地被简称为"9·29 工地"。

这是哥哥死后，我第一次长时间离开妈妈，虽然没有走出本公社的范围。

一夜之间，"9·29 工地"集中了来自全县十几个公社的五六千名"兵团战士"。他们组成大规模"兵团作战"，铺开了穷山沟历史上从未有过的治山、治水、修梯田运动。隆隆的炮声炸开山上的岩石，上百个青年突击队用马车、牛车和肩膀把石头运到田里、河边，经过锤子和钎子的修凿，砌成整齐的梯田格子和拦河大坝。工地上的广播喇叭，经常在半夜就开始喧嚣起来，住在会战工地附近农民家里的"兵团战士"听见广播响，就像听见进军的号角一样，赶紧穿好衣服，空着肚子奔向工地。直到秋去冬来，天寒地冻，"兵团战士"们仍满怀豪情，战天斗地，挥镐扬锹，手搬肩挑。当太阳爬上东山一竿子来高，我们已经劳动了三四个小时。直到这时，民兵连长才下令让大家回驻地吃早饭。

一群一群分属于不同民兵连的青壮年，大多穿着黑色破旧棉袄棉裤，在驻地社员家的院子里守着两口大锅：一锅是清水煮的土豆片汤，一锅是稀汤寡水的玉米粥——这就是早餐。唯有汤里漂浮的绿色葱花，让人能闻到一些菜的味道。粥和汤都热得烫嘴，却能听到大家吃饭时发出的"嗖嗖"声响。几分钟工夫，五六十号人就把两口大锅吃得见底了。食物好吃不好吃、抗不抗饿是次要的，首先要把肚子撑起来。虽然几泡尿出去，肚子瘪得像猪槽子一样，但是毕竟一天三顿饭还是有保障的。县里专门批准从粮库拿出部分粮食支援兵团会战，单纯的年轻人对强劳动、弱饭菜并无怨言。广播喇叭里不断播放的无产阶级专政理论，对资产阶级、资本主义的大批判，让人们的思想与行为变得整齐划一。这些农村社员一旦来工地被称作"兵团战士"，就有着强烈的集体主义观念和半军事化的行为规范。

在会战工地，人们充满激情和荣誉感。我们大队的民兵连长王代先是个争强好胜的人。他领导五六十人，积极响应会战指挥部的号令，誓死要夺取"优秀青年突击队"的称号。这意味着，我们瓦沟大队民兵连承担的土石方与河坝修筑任务，进度和质量必须在百余支青年突击队中领先。怎样才能领先？唯一的指望，就是投入更多的时间和人力。连长经常在凌晨两点就把我们叫醒，催促大家穿好衣服，走向工地，用木棍在河坝上支起电灯，便开始用土篮子挑土石方，那真是"披星戴月，挑灯夜战，投入治山治水的战斗"。记得第一天半夜出工，我困倦得睁不开眼睛。用土篮子挑沙石，担子压得我有点儿站不住脚。好不容易盼到天亮，我的脚还撞破了。大伙儿让我休息，我就坐在那里仔细观看。参加兵团会战一周多，我还没有学会倒土篮子，看眼前这些壮劳力，扁担不离肩、土篮不落地，一耸肩膀，两手一用力，就把土篮子倒空了，并且两只土篮子里的沙石，一定完美地倒成一堆儿。看人家倒得干净利落，我心里很着急。我向连长请教，他跟我说："小兴宇，不是你学不会，是你的力气太小。"我试着少装一点儿沙石，学着连长的样子，用两手抓住土篮梁，腰和肩配合，使劲儿一抖，果然，土篮里的沙石轻飘飘地被我倾倒出去。几天之后，我和那些壮劳力倒土篮子的熟练程度就不差上下了，只是我挑的比他们少一点儿。我又学会了一种劳动本事，感觉挑土篮子又累又好玩。土篮子是用蜡树条编成的，只有一道梁，挑筐是三道梁，用杏条编成的，它们都是肩膀的"冤家对头"，唯有坚持承受，肩膀才更加强大。挑土篮再次考验和锻炼了我的力量和意志，我向妈妈证明自己正在长大。

第六节　兵团会战中当报道员

"孩子就像'勾勾虾'，出门忘了爹和妈。"每当想起这句顺口溜，我就会想起参加大会战期间，我被领导点名，光荣进入会战指挥部当了报道员之后，竟然忘记了妈妈想我这件事。

是的，走出家门的孩子，常常会忘记父母。我在"9·29工地"近五十天没回家，可以想象妈妈该多么难过和牵挂啊。有一天，爹爹去县城为供销社进货，顺道来找我，说："你妈想你了，在家有点儿坐不住了，让我来看看你。"我这才猛然想起了家里的妈妈。爹爹告诉我，妈妈担心我在工地受累挨冻吃不饱，让他来看看，能不能跟领导请一天假，回家一趟。爹爹带来的消息，让我心里一阵酸楚。可我又一想，不行啊，我现在是兵团会战指挥部的报道员，我有重要的稿子要写，明天晚上，我还要在誓师大会上发言……"爹，你告诉妈妈，过两天我请假回家，我现在有事回不去啊。"爹爹赶着马车走了，给我留下二斤饼干，要我在吃不饱的时候垫一垫，嘱咐我干活儿要多加小心。我告诉爹爹："我们大队民兵连的工程进度在全工地第一名，领导要我写个经验材料……"我本来想让爹爹给妈妈捎个信儿，就说我现在不用挑土篮子干活儿了，被调到会战指挥部当报道员了，但是我忘了。

在"9·29工地"当报道员，让我很有成就感，即使妈妈想我了，我都决绝地没有回家。正是这段经历，点燃了我对新闻采访报道的兴趣和激情。回眸往事，这或许可视为我从事新闻工作的起点，我因此也特别感激一个人：杜喜善。

公社革委会副主任杜喜善是个年轻干部，长得有点儿像电影《闪闪的红星》里的潘冬子。他是整个兵团会战指挥部的副总指挥、二把手，一把手由县革委会主要领导担任。一天上午，杜主任来工地检查，发现瓦沟民兵连土石方施工进度要比别的民兵连至少快十天，很兴奋地在现场和我们聊起来，他要连长王代先向他简单汇报一下经验和做法。王代先喜笑颜开，但跟领导讲话缩手缩脚，想了半天，说："杜主任，我们其实就是比别人起得早，大家干活儿卖力……"他没说了，把我拉过来介绍给杜主任，"杜主任，我没念几天书，说不出来什么，也不会写。这小子刚刚中学毕业，我正准备让他给工地广播站写一篇稿，也向你全面汇报一下。"杜主任笑着问我："你多大了？这么小就来参加会战，不怕累坏了？""不怕。"我说。"你会写新闻报道吗？"他问。"不会，我可以学。""好，明天早上，你带材料去指挥部找我，把你们民兵连怎么个干法好好写写，争取明天在指挥部广播站播出去，让全兵团向你们学习。"那次，杜主任给我留下了平易近人、友善谦和的印象。

杜主任走后，王代先挑起土篮子乐得蹦高跑，不停地呼喊大家再加把劲儿。中午吃饭，他端着饭碗跟我说："小兴宇，我告诉你，这可是咱们民兵连出名、夺旗的最好机会。你把这稿子写好了，咱们获'优秀青年突击队'称号就是板上钉钉的，我让大队一定给你额外的工分奖励，不包括每天正常给你记的工分。"我听了格外开心，这意味着我终于长大了，可以挣上壮劳力的工分了。我对连长说："我不要额外奖励，我只要和壮劳力一样的工分就行。来吧，你给我详细说说，向杜主任汇报写点儿什么。"连长说："我要是会写，还用你啊？我是光知道干不会说啊，非要我介绍经验，咱们就给杜主任讲一条，听毛主席的话，一不怕苦，二不怕死。起早贪黑，苦干实干加巧干。剩下的，你就如实写吧。"我没有笔和纸，王代先告诉我，下午不用我去工地上班，到旁边供销社去买纸和笔，然后蹲在宿舍里认真写。

这是我第一次拿起笔来给领导写汇报材料兼新闻报道。那时候，杜主任在我的眼里是个很大的官，会战工地广播站虽然简陋，那也同样是高不可攀的地方。我有点儿紧张，感觉却极为愉快。因为这是我中学毕业后，第一次在劳动中被当成大人对待。妈妈若知道我今天已经挣到壮劳力工分了，她该有多么开心啊！而且，我除了能干活儿，还能在工地学着写报道，爹妈辛辛苦苦供我上学，学到的那点儿文化总算有用场了。参加兵团会战太好了！我越想越高兴，妈妈说过的一句话在耳边响起："干什么都不容易，用心学、肯出力就容易了。一回生，两回熟嘛。"来工地头两天，兵团要求各民兵连在广播里表决心，我代表我们民兵连写过一篇"会战宣誓"。我知道自己写得不好，文字多是革命口号、决心和激情表达，让我没想到的是，杜主任在广播里点评时，表扬了瓦沟民兵连的誓言，说它体现了毛主席倡导的"愚公移山精神"。"这次，我一定要比上次写得好。"我暗下决心，埋头写稿，从中午写到深夜，晚饭都是连长给我端到宿舍的。我让连长补充了几个民兵不怕苦、不怕累、不回家的事迹，终于打完了草稿。我一口气把草稿抄写到稿纸上，一共写满八页稿纸。我把连长午饭时跟我讲得那一段话放在稿子开头，称"这就是瓦沟民兵连领导和全体民兵的会战精神，也是我们超量完成土石方任务、加快'农业学大寨'步伐的根本经验"。我让连长好好看一看、把把关，没想到他使劲儿拍打我的肩膀说："小兴宇，你羞臊我是不是？你不知道我连你写的字都认不全吗？"我很惊讶，他更实在地大声说："你怎么写都比我写得好，我不会呀，挑不出毛病。明天早上你不用起早上工地，多睡一会儿。吃过早饭，你就把材料交给杜主任，我们等你好消息。"

第二天一大早，我跑进兵团那个简陋、冰冷的会战指挥部见杜主任。他热情地请我坐下，我把写好的稿子交给他。他看得飞快，不停地用钢笔在稿子上圈圈划划。看完他问我："这是你们连长写的还是你写的？"我说："我写的，连长看过的。""哎呀，你写得挺好啊，想不想当报道员？我这儿缺人，愿不愿意来我这儿？"我一下子被问蒙了，定了定神说："杜主任，我愿意啊，就怕连长不同意。""那不是问题。你回去告诉你们连长，你来指挥部写报道，还是瓦沟民兵连的人，你可以多写点儿你们民兵连的事迹。你今天回去就跟你们连长说，这是我的意见。明后天你就过来，我教你怎么采访、写报道。"杜主任随手在我写的稿子上批示："请广播站立即播出。"然后把稿子交给我，要我送到对门的广播室。杜主任在我的稿子上做了不少改动，有些修改符号我看不懂。后来我才知道，杜主任曾在县革委会报道组当过上级报社的通讯员。

我满心喜悦，连蹦带跳地回到我们民兵连的工地。这时，广播喇叭正在播出我写得那篇稿子，王代先连长领着大家放下土篮子，竖起耳朵在听。看见我回来了，连长大喊一声："你小子，好样的，咱瓦沟民兵连有人才啊。"在场的所有人都向我投来赞许的目光。

瓦沟民兵连从此在"9·29工地"乃至全县出名了。当天下午，杜主任带着一批民兵连长来我们工地开现场会，请王代先连长介绍经验。连长的记性不错，就是有点儿紧张，他站在杜主任旁边，拿着我写的稿子读了一遍。杜主任在现场会上讲话，号召向瓦沟民兵连学习，用愚公移山精神，在腊月底之前完成大坝修筑工程。王代先连长会来事儿，杜主任离开现场前，他问："杜主任，听说你要调我们那个小孩到指挥部写报道？""是啊！"杜主任说话间四处找我，连长挥手让我过来。杜主任看着我说："这小孩聪明，说话、写文章都不错，让他去我那儿锻炼锻炼。"连长表示："那太好了，他现在就可以跟你走，我们愿意给会战指挥部输送力量。""你明天早上去我那里报到吧。"杜主任拍拍我的肩膀说。

我做梦都没想到，来"9·29工地"才一个来月，就被抽调到兵团会战指挥部当了报道员。

杜主任跟我讲，毛主席说过，干革命需要"两杆子"：枪杆子和笔杆子。听他这么一说，我感觉拿笔写稿子还挺神圣的。杜主任告诉我，如果广播站缺广播员，你就上去念稿子，什么都得学着干，不要怕。这个我倒是感兴趣，上中学时，我就喜爱朗读，曾被推荐参加公社广播员的选拔。爹爹来找我那天，杜主任刚刚给我布置任务，要我把上次写瓦沟大队民兵连的那篇稿子再补充完善一下，形成一个新的经验材料，然后通知连长王代先，要他在第二天晚上召开的兵团誓师大会上，按照这个材料宣讲瓦沟民兵连不怕困难、英勇善战的事迹。我感觉压力好大，怕写不好。杜主任鼓励我："没事，你写吧，最后我来修改。"杜主任比我大十岁，说话十分和气，一点儿官架子都没有。他让我想起去世的哥哥，我在心里把杜主任当成大哥哥，只是不敢说出来。他给我提供新闻线索，叫我坐在他办公室里写稿子，有空儿还帮我修改稿子，教我怎么采访、写作，指点我播音时语速要慢。总之，他令我放松，给了我许多自信、尊严和勇气，使我对写好会战报道越来越有信心。多年后我想过，在那样一个陌生的环境里，遇见一个善良、友好的领导，并得到其真诚指点、爱护和帮助，或许是我忘记一切，包括短时间忘记家和妈妈的原因。

那天，我把稿子写完，送给杜主任修改定稿，连长王代先却在誓师大会前找到杜主任请假，说他"肚子疼"。其实，他是装的。他偷偷告诉我，他识字不多，不敢在众人面前对着麦克风讲话，他要我替他代表瓦沟民兵连上台介绍经验。杜主任说："官不踩病人，小傅上去讲也不错。"于是，我这个为别人写稿子、唱赞歌的少年，第一次站在临时搭起的、灯火通明的露天讲台上，面对几千"兵团战士"宣讲"我们战天斗地的事迹"。上小学时，我喜欢唱歌、跳舞，曾在县里的大舞台表演过文艺节目，但我从未在如此隆重的场合替领导演讲，心里难免慌张。走上讲台之前，杜主任跟我说："我相信你会受到大家欢迎，不要怕，我说完你的名字，你就上台。"誓师大会主持人杜主任在《大海航行靠舵手》的乐曲声中出场，他宣布："现在请傅兴宇同志汇报瓦沟民兵连的事迹，他汇报的题目是《我们战天斗地的事迹》。"我快步跑上讲台站稳，刚刚打开稿子读了一句"各位领导、同志们，你们好！现在我代表……"瞬间，台下爆发出一阵阵笑声和掌声，我愣住了，难道读错了什么？杜主任笑着向人群举起双手，请大家安静下来，示意我继续。我一口气把稿子念完了——不，是朗读完了，像读书一样地朗读。走下讲台，会场又爆发出掌声。

会后杜主任问我："你知道大家为什么看你上台又笑又拍巴掌吗？"我摇了摇头。杜主任笑着给我解释，原来我在兵团会战工地广播站口播了不少稿件，几乎所有工地上的民兵听了，都以为这是个小女孩在播音。直到我站在誓师大会的讲台上发言，他们才把广播里那个"女童声"和眼前的"小男孩"联系在一起。"今天晚上，广播里的那个'小女孩'终于现身，摇身一变成了一个小男孩。这回你可出名了，哈哈哈……"杜主任跟我开起了玩笑。

尽管我不大喜欢别人叫我"小孩儿"，但"出名"可能是每个孩子喜欢的感觉。第一次离开家那么长时间，害得妈妈很想念我。但我在"9·29工地"学会了挑土篮子，学习当报道员和广播员，对采写新闻报道有所接触并产生兴趣，还能挣到壮劳力的工分……所有这些收获，都是妈妈摆脱痛苦所需要、所期待的。令我惊喜的，还有我在工地写的稿件，有的被县里和市里的广播站采用，有编辑部给我寄来一支钢笔。这是我第一次感受到采写新闻被承认被重视的荣耀，还有对新闻影响力的初步体会。临近春节，兵团会战结束，瓦沟民兵连如愿以偿，荣获"优秀青年突击队"称号，我也被评为"先进民兵"。我依依不舍地离开"9·29工地"，向杜主任告别时，我不知道如何向他表达感激。我想把写稿得来的那支钢笔送给他，但羞于出手，又放回兜里。回到家里，我兴致勃勃地向妈妈讲述我怎样学会挑土篮子，怎样被杜主任抽调到会战指挥部当报道员、广播员等经历，妈妈只问了我一件事："你的腿没犯病吧？"我告诉妈妈："我在工地刚学会挑土篮子，就拿起笔杆子写字儿去了，根本没累着。""是吗？我儿子有福。妈妈在家里老是担心你干活儿累，怕你腿疼病犯了，当不当报道员，那都是次要的，体格要紧。"

回乡劳动、当社员这一年，对我融入家庭、走向社会影响深刻。我在劳动中变得有力量，艰苦劳动的磨炼使我内心变得坚强。快过年的时候，大队、生产队给参加兵团会战的社员记工分，我不仅拿到了大人的工分，还额外得到一点儿奖励。这标志着我已长大成人，有能力为家庭增加收入。生产队年底结算，我挣了两千六百多工分，超过妇女劳动力。妈妈大概算了算，我和爹爹、姐姐三个人挣了约一万工分，能分到六百多元。妈妈说："小队开钱了，先把你五姥爷借给我们盖房子的二百元钱还了，不能让老人家觉得我死了一个儿子还不起债。越是亲戚，越得讲信用。我得让大伙儿看看，老天爷总算给我留了一条活路，我小儿子很快就能顶起大梁了。"听妈妈这样计划、憧憬着未来的日子，我很开心。妈妈不是见钱眼开，而是从我的成长中，看到了生活的希望，寻回了儿子带来的满足感和成就感。就是那一次，我感受到真心回报父母，远比任何索取和享受令人踏实和陶醉。

第七节　我当老师那天妈妈笑了

我参加兵团会战回来，一切恢复到从前。第二个春天的挑粪劳动开始了，我再次挑起了扁担。殿恩大爷跟我说："这大会战若是继续干下去，你肯定不用回来挑粪了。公社领导看上你了，好事儿没个跑。"大人的考虑真多，我根本就没想过这些。妈妈也对我说："孩子，人要想出息，还得往外走啊，有机会，你就尽管去，妈想你是小事儿。待在家里，谁认识你是谁？妈还是那句话，不管走到哪儿、干什么，你都要用心学、肯出力，总有能用到你的时候，老天爷有眼的。"

经历改变人生，苦难造就人格。哥哥离去，我的最大改变就是学会了听妈妈的话。"叫你往东你往西，叫你打狗你骂鸡"——这是农村父母形容孩子不听话——所谓"叛逆"的生动描述。然而我敢肯定，经历多妈失去哥哥的悲惨遭遇，我不曾对父母有过任何"叛逆"。相反，我逐渐懂得了听妈妈的话，对父母百依百顺，是我成长的"天条"，也是给父母找到一个活下去的理由。我晓得，对于何时再有"脱产"当报道员这样的好事，是可遇而不可求的，我说了不算。农村孩子没有出路，用心学、肯出力，起码可以过好日子，有个好名声，将来找媳妇容易一些。所以，妈妈期盼我再有好事发生，而我没有想太多，这也许就是"小孩儿"的好处。我喜欢家乡的大山和脚下的土地，准备好在这里劳动、生活一辈子，一直陪伴父母老去。我的想法单纯、真实、执着，挑起沉重的粪筐很快乐，没有烦恼。

1974 年 2 月初，春节刚过几天，挑粪的活儿我还没干够，就接到上级下达的通知，我被选派到瓦沟小学当民办代课教师。这是一份正式工作，也是我履历表上参加革命工作的起点。我撂下扁担，拿起书本备课，准备给孩子们上课去。我不知道我是怎么当上民办教师的，没人找我谈话，我没申请，也没有熟人走后门。后来校长告诉我，是学校和大队推荐，公社领导讨论审核，最后上报到县教育局批准的。妈妈说，这就是干什么都要干好的原因。你干得好，才有贵人帮你。妈妈的话使我想起了公社领导杜喜善，我猜他一定在心里记着我，在这件事上帮了我。可我能做的，只有当个好老师。就这样，我成了家乡小学历史上最年轻的老师。

我的成长和进步如同阳光一样，逐渐驱散了妈妈心中的阴霾。去学校上班的那天早上，我看见妈妈笑了，笑得那么自然、真实。我开心极了。"这回上学校，你是老师了，穿衣戴帽要讲究一点儿。"妈妈要我穿上她做的黑色麻线棉袄，亲手给我扣上那一排满族式样的纽扣，反复扯平衣领和大襟，欣喜地对我说："孩子，看这棉袄穿上多合身、多利整。记住，干什么都能出息人。当老师是为人师表，教书识字，旧社会在私塾里当老师都是了不起的人，你要好好教书，当一辈子老师也不错啊。"我带上一个黄色书包，里面装着课本等上课的东西，问妈妈："你看我像老师吗？是不是个子有点儿矮？"妈妈笑了，抚摸着我的脑袋仔细端详说："别看我儿子人小，当老师保证称职。秤砣小，压千斤，胡椒粒小，辣人心。人不论大小，马不论高低，就看你能不能行……"说到这儿，妈妈又想起了哥哥："你哥哥他没有福，妈妈也享受不起他。若是他不死，还不早就被选走了，他文化多好啊？"这回谈到哥哥，妈妈没流泪，"想他没用，你好好的，妈就心满意足了。"

我背着黄书包，脚上穿着妈妈做的嘎巴底棉鞋，走上了当老师这条路——这鞋与这路，都是妈妈送给我的——是妈妈教我用心学、肯出力，我的脚下才有了今天这条出路。妈妈站在屋檐下目送我离开家，我回头向妈妈招手，看见她一直在微笑，举起右手朝我摆动。哥哥死后，妈妈自己说，她不敢照镜子，"那张脸看上去像个死人"。两年多过去了，我从未见妈妈有今天这样幸福的微笑。这是妈妈经历痛苦煎熬之后露出的微笑。妈妈心中那棵希望之树，就像院子里的那棵杏树，一年比一年粗壮、高大，果实越来越多。妈妈那天的微笑令我惊喜，走在路上，我反复提醒自己，当老师要给孩子做榜样，不能误人子弟。我若是教不好孩子，对不起妈妈，妈妈怎么能笑起来？

为了母亲的微笑，我一路坚定走下去，这是儿子的责任。不久后，我被选拔到县里当了干部，县革委会领导问我"为什么参加革命"时，我依然直白地表示："为了妈妈……"那些领导同志听了，笑我真是一个幼稚、可爱的孩子。

肩负这种责任，我走进了瓦沟小学沙金沟的一个分校课堂，开始给孩子们上课。三间旧房子，两个教室，一年级与二年级在一个教室，三年级与四年级在一个教室，叫"二部轮"。这是学校为解决三个生产队孩子上学太远而采取的办法。我教三四年级，二十多个孩子，一堂课四十分钟，每个年级讲二十分钟课，做二十分钟课堂作业。那时候，学校刚恢复教学工作，一些孩子十几岁才上学，班里有几个孩子的个头差不多与我一样高。孩子们如何看我这个新老师？我不知道，也不在乎。自我感觉是：个子虽不高，但面对这些本家族、邻居和临近生产队的孩子们，我比较从容和自信。第一次站到讲台上，我就告诉他们："我可以跟你们一起玩、一起疯，但不允许你们上课不听讲，学习一团糟，否则，我会严厉地惩罚你们，记住了吗？"在课堂上，我的表情非常严肃。下课后，我跟孩子们一起玩儿，经常忘记自己是个老师，也没有人能把我从学生中找出来。我的衣服被孩子们弄脏了，我跑到教室门前的小河边，三下五除二就把衣服洗净、拧干、穿上，回到讲台像没事一样，心情十分愉快。有一天，和我在一个家里长大的小平子，课间休息时居然跑回家吃东西，不按时回来上课。我让他在前面站着接受批评和体罚，他以为我是他哥哥，毫不在乎，大摇大摆朝自己的座位走去。我的火气一下子上来了，从讲台上冲下去，一把抓住他的衣领将他拽回来。他大喊着："二哥，你别打我，我错了……"论个头，小平子不比我矮，但他很害怕我这个老师。听见他在课堂上竟敢叫我"二哥"，我越发愤怒，把他拖到讲台上按倒，照着他的屁股就是几巴掌。小平子"呜呜"地趴在讲台上哭起来，全班同学都被吓呆了。

没有孩子会想到，我这个新来的小老师会如此厉害，惩罚我老叔的儿子、我的弟弟毫不手软。望着同学们惊恐的眼神，我冷静下来，随手拿起一支粉笔在黑板上写下两个字：该打。

这件事很快在老师、学生和家长中间传开了，从此，我在学生中树立起老师的威严，再也没有孩子敢逃课了。倒是老婶把小平子挨打的事告诉了妈妈，妈妈听后悄悄地跟我说："孩子，当老师严厉是对的，但不能动手打人，打坏了怎么办？教育孩子不用打骂，你看妈妈从来不打骂你们，你们不都挺好嘛，老师教学生也一样，要有耐心，小孩哪有不调皮的？孩子不调皮就是傻子，多给他们讲道理，慢慢长大就好了。"妈妈从来不空讲大道理，她总能用简单、朴实的语言，给我鼓励和启发，这也是我乐听妈妈话的原因。从此，我再也没有粗暴地对待学生。

我只当了几个月的老师，就被抽调到县"五七干校"学习去了。离开学校那天，孩子们牵着我的手流泪，不让我走，我与他们拥抱、挥泪告别。我走出很远了，孩子们还在高喊："老师，我们等你回来。"我大声地说："我一定回来……"告别孩子们的瞬间，我从内心涌出一种新的认知，我已经参加工作了，应当有社会责任感。我不仅要为妈妈长大，还要为社会做点儿什么。

当老师对我和妈妈来说，是人生的又一次转折。妈妈精神家园的重建，应该就是从我当老师开始的。

妈妈去世前几天，我万分难过地跟妈妈说："妈妈，我永远不会忘记，你总是教导我要'用心学、肯出力'，我学会埋头苦干，当上了老师、国家干部，直到走进新华社……"妈妈说："孩子，你当上老师，妈别提有多高兴了。妈剩下你一个儿子，虽说当的是民办老师，但挣的比社员多，不用再出大力了，这样生活一辈子不是挺好的吗？妈妈没想到，你一直那么努力，生活越来越好。"我跟妈妈回忆说："那时候，哥哥去世你难过，我心里就想，我一定得听妈妈的话，给爹妈省心、争脸、要志气，担起做儿子的责任。你说埋头苦干有出息，我就一直坚持。"妈妈说："这不就是穷人的孩子早当家嘛，我就说，人穷不能志短，不能衣服没穿破，叫别人给戳破了。我孩子听妈话，我说抽烟喝酒不是好习惯，你到现在烟酒不沾边。妈死了也高兴，有你这么一个好孩子。"妈妈的夸奖，让我想起三十多年前在"9·29 工地"，爹爹来找我让我回趟家，我却没有听从。我赶紧向妈妈表达歉意，妈妈说："那不是什么错，孩子哪懂那么多？后来你不管走到哪里，几天就给妈来一封信，那信写老多了。现在你给妈妈养老送终，妈妈满足了。"

妈妈去世后，我一直在想，孩子爱父母的自觉心与责任心从何而来？我们对父母的爱，对家庭的责任，离不开血缘、传承、教育和人性本身，但一定还有另一种东西，它能唤起我们内心沉睡的"心疼"父母的神经，这恐怕就是生活的经历——尤其是磨难和痛苦。哥哥的离去，爹妈的绝望，岁月的无情，生活的艰难，让我过早地理解了父母的艰辛与不易。特殊经历教我早早明白，没有父母，我是一天都活不下去的；而失去儿女，是父母最大的伤痛。我心底生出可怜、同情和理解父母的情感，比一般孩子要早得多。看见父母在绝望中苦苦坚持，他们身心疲惫，却依然不失善良，让我无比心疼他们，爱父母的自觉心与责任心便油然而生。

如今，妈妈不在了，每次听到周杰伦唱的《听妈妈的话》，我都会热泪盈眶，情不自禁地跟着唱："听妈妈的话，别让她受伤；想快快长大，才能保护她……"欣慰的是，我做到了，我是个最听妈妈话的孩子，"用心学，肯出力"，终于让妈妈过上了好日子。

我的母亲

（下）

傅兴宇 / 著

大连出版社
DALIAN PUBLISHING HOUSE

第十三章　妈妈的嘱咐

　　咱们是穷人家的孩子，不管将来走到哪里，都不要忘本。有出息的人，都是不忘本、为老百姓做好事的人，这是做人的根本。

　　去"五七干校"学习，是我第一次走出大山、远离爹妈。我心情激动，妈妈更是百感交集。她花了几天时间，为我缝了一个厚厚的毛毡褥子，她怕我出门睡凉炕腿疼。出发前的早上，妈妈起早擀好面条为我送行。我一边吃面条，一边跟妈妈说些告别的话，"妈妈，我到县里学习，你别想我，我每个星期都会给你写信的，放假就回来看你。"妈妈平静地说："妈不想，你安心学习吧，不要牵挂家里。"我告诉妈妈："我们家好运来了，你和爹要好好活着，不要太累了。"谁知我的话使妈妈激动了，她动情地说："这都是共产党好，是公社、大队干部心眼儿正。人要知恩图报，懂得吃水不忘打井人，咱们是穷人家的孩子，不管将来走到哪里，都不要忘本。有出息的人，都是不忘本、为老百姓做好事的人，这是做人的根本。上级凭什么选你去'五七干校'学习？不就是看你像个人样吗？"

　　妈妈像送我进京赴任一样，给了我这样的嘱托。

第一节　到"五七干校"学习

　　与稀里糊涂当上民办教师一样，我也不晓得自己是怎么被选到"五七干校"学习的。公社臧乡长告诉我，公社党委讨论选拔四个年轻人去"五七干校"学习，我是第一个被选拔上的。公社革委会副主任杜喜善提名的第一个人就是我，臧乡长亲自打电话给瓦沟大队革委会主任，通知我到"五七干校"报到。

　　我问妈妈："你知道什么是'五七干校'吗？"妈妈幽默地说："孩子，人家那些老干部走'五七道路'，是从城市到乡下；你走'五七道路'，是从乡下到城里，你说妈知不知道好赖吧！妈真不懂'五七干校'是干什么的，就知道你去那里是好事不是坏事。"妈妈停顿一下，用肯定的语气说："这回县里把你选走了，我猜你十有八九回不来了。连爹妈都要有好的接班人，国家能不培养一批年轻人接班吗？"我很惊讶，妈妈三门不出四户，对国家和社会的理解比我深刻。连我对"五七干校"都说不清楚，妈妈怎么会想到这是国家培养接班人呢？

县城离家八九十里地，交通不便。好在家旁边有个玉石矿，二十世纪六十年代末，从玉石矿到县城每天通一班长途客车。报到那天，爹爹为我扛着几十斤重的行李，送我到大队门口的车站。爹爹给我三十元钱，说："出门吃饱了，饿了就去买斤饼干吃。"我想给爹爹留下十元，爹爹却把钱塞回我的裤兜里。一路上，有人问爹爹："国昌大哥，你上哪儿？"爹爹告诉他们："我哪儿也不去，送儿子到'五七干校'。"爹爹把我的行李安放在客车前面的发动机盖上，下车走了。

我从岫岩客运站一下车，连人带行李就被一辆贴着"欢迎'五七干校'新学员"大幅红字标语的卡车拉走了。卡车开出县城十里左右，驶入一个大墙围起来的大院子，院子里有两横一纵三排长长的红瓦房，至少有百八十间房子。跳下卡车，我在报到簿上写下自己的名字，干校的老师和工作人员按照名单，把我送到一间宿舍里。宿舍是一铺大火炕，每个宿舍住七八个人。我找个位置打开行李，心想这就是我半年睡觉的地方。

离晚饭还有两个小时左右，我走出宿舍，想熟悉一下"五七干校"的环境，看看它究竟是什么样子。在我的印象里，走"五七道路"是毛主席的号召，有许多城里的干部和知识分子被下放到农村劳动改造，所以，像我这样的农村孩子，应该不够资格来"五七干校"。我带着懵懂和神秘感，一边想，一边看。我走在与宿舍平行的那排房子前，透过玻璃窗朝里看，看到好多间办公室，其中一间很大的办公室，里面有七八个知识分子模样的人，静静地坐在办公桌前看书、写字，我猜他们一定是给我上课的老师。在这间办公室的墙壁四周，伫立着一排高高的书柜，里面装满了许多厚厚的书籍。我从未见过这么多书，心想怎样才能把它们一本一本地读完呢？在宿舍东边，有一排很长的、独立的厢房，这里有一间大会议室，这应该就是我上课的地方，只是里面那些长条木头靠背椅子，看上去比较破旧。会议室的隔壁是食堂和餐厅，有十几位厨师正在准备晚饭。离开食堂不远，我闻到了一股熟悉的臭味：猪圈的味道。"难道这里也养猪？"是的，我一转身，看见前面有一排猪圈，里面养了不少猪。不用问就知道，这些猪是给老师和学员们改善生活的。在"五七干校"院里转了半圈，我感觉这里还不错，住有热炕，吃有猪肉，上课学习有教室、老师和书籍，在这里住上半年，我绝对不会想家，要尽快写信告诉爹妈，让他们放心。

我正想走回宿舍，一台手扶拖拉机"突突"地朝猪圈方向开过来。我迎着停下的手扶拖拉机走过去，发现从手扶拖拉机上跳下来的这个瘦瘦的、高高的青年，看上去很面熟。他脚穿水靴子，戴着一个蓝色破帽子，满身泥水，走路还有点儿晃。尽管两年多未见，我还是认出他了。"崔捷！"我喜出望外地大喊一声。崔捷转过头来一看是我，惊喜地朝我走过来："兴宇，是你啊，你是来学习的吧？"我走上前和崔捷握手，他说："不行，我的手太脏了。"我问："你什么时候来'五七干校'的？"他说自他母亲因落实政策被调到县计委工作，他就跟着进城来"五七干校"干活儿，在这里放牛、喂猪、开拖拉机、烧炕，什么都干，快两年了。"兴宇，来这里学习，还要参加劳动，你身体这么瘦弱，能行吗？""怎么不行？我中学毕业就去生产队劳动，还参加过兵团会战，哥们儿这小肩膀硬实着呢，不信，你试试看。"我爽朗地说。崔捷笑着捣了我一拳。

此时，我已不大关心明天开学的事了，只为能在这里遇见崔捷而兴奋。真是太棒了！崔捷随母亲走"五七道路"，从沈阳下放到哈达碑公社，与我是中学同学，虽然比我高一年级，但我们是一年毕业的。他在城里长大，比我个头高，敢打仗。我年龄小、长得矮，遇到有人欺负我，他一定会站出来保护我。他是中学的篮球队队长，我是他喜欢的篮球裁判。他去哪里打球，都用自行车载着我去当裁判。我在"五七干校"遇见他，一下子感觉有依靠了，心里安稳许多。崔捷给我讲，"五七干校"不仅养猪、养牛，在院外还有几百亩土地，种粮食、种菜、栽土豆、栽地瓜……他要我下课没事过来找他，我们可以一起打篮球、开拖拉机，有什么事情尽管跟他说。我那时还不懂什么是缘分，但我确定崔捷是我在这里最亲近的人。我不曾料到，近半个世纪，我与崔捷一家人的缘分从未中断。

第二天早上，我们在"五七干校"大会议室举行隆重的开学典礼。我在内心慨叹：真叫妈妈说对了！我们是被当作"革命事业接班人"选拔进来的。我并没有想太多，告诉自己要珍惜每一段学习、劳动的日子。

开学典礼由"五七干校"校长盖恩惠主持。他是个瘦瘦、矮矮的老头儿，说话慢条斯理，口齿清楚，看上去就是个老革命。他满面笑容，站在主席台上宣布："在县委、县革委会的正确领导下，我们县第一个青年干部学习班今天正式开学。出席今天开学典礼的，有县委副书记阎春发、闻祥玉，县委组织部部长王来龙……"一阵热烈的掌声过后，盖校长简要介绍了我们这批学员的选拔和组成情况。他谈到，我们这个青年干部学习班共有一百二十四名学员，来自全县二十四个公社、县直机关和企事业单位。年龄最小的就是我，只有18岁，最大的不过30岁，还有少部分年轻女同志。我们每一位学员，都是出身好、有文化、积极投身革命和生产的先进青年，经过层层推荐和选拔，符合培养革命事业接班人的条件。各级党委组织部门对我们进行了严格的政治审查和筛选，最后，报县委领导班子集体审定、批准。县委已经决定，半年学习结业后，将从这批学员中选拔一批年轻干部走上各级领导岗位。

半年学习时间，一半用来读书学习，学员们要集中攻读和研究马克思列宁主义、毛泽东思想；一半用来下乡参加社会调查和实践，在实践中培养和考察学员们的工作、调研能力。我们十个学员组的一百二十四名学员，分别进驻全县最偏远、最贫困的牧牛公社的十个大队蹲点调研，县委和组织部主要领导亲自带队，每个学员组都有一名干校老师担任辅导员。县委副书记阎春发在开学典礼作报告时指出，培养青年干部，要发扬党的"理论联系实际、密切联系群众、批评与自我批评"三大优良传统作风，坚持在实践中选拔无产阶级革命事业接班人。

开学典礼结束，学员们一个个非常兴奋。分组讨论时，就有同学直接问老师，我们半年后毕业，会有多少人留在县直机关工作。一些年龄大、有一定社会经验的学员，毫不掩饰急于走上领导岗位接班的冲动。在县委领导对这种不良倾向提出警告之后，大家才开始安心学习。

走进"五七干校"，是我收到的第一份"成人礼"。在那里初读马列和毛主席著作，我如获至宝、如饥似渴，对理想、信念充满探寻的渴望，发觉自己像一只从井里跳出来的青蛙，大开眼界。那种惊喜、专注、热情与兴奋的感觉，让我想起第一次坐着爹爹的马车进城——爹爹送我的"童年礼"那般惊喜。

第二节　第一封家书

来"五七干校"学习的第四天晚上，我提起笔来给爹妈写信。这是我第一次写家书。从那天晚上算起，我大约给父母写了十七年的家书，直到把父母接到身边一起生活，我才了却那份心思。遗憾的是，这些记录着我和父母之间密切联系的几百封书信，最终所剩无几。一次次学习、工作的变动，一次次搬家、迁移户口，我们当时所在意的家庭物件中，似乎忽视了那些过往的大量书信，以至于多年后想寻回这些宝贵的精神财富，为时已晚，不知它们散落何处。妈妈常说，"破家值万贯"，大概讲的正是"破家"中那些寄托了念想的老物事。多年之后，即便懂了"烽火连三月，家书抵万金"，但家书早已不在，又以何寄托思念？

不过，第一次给父母写信的记忆还是留了下来。那是一个周六的晚上，学员们都出去看电影，我独自坐在宿舍里给父母写信。该给父母写些什么呢？写信给父母就像见面一样亲切，感觉很温暖、很兴奋。我提起笔来，写下"爹妈，你们好"五个字，眼前出现了妈妈微笑的模样。自哥哥去世，我最担心的就是妈妈生病，直到我当老师那天妈妈又会笑了，我才放下心来。临行前妈妈嘱咐我："出门学习、工作要安心，不要惦记家里。如果一两个月不能回家，就给家里写封信报个平安。"我向妈妈保证："我争取每周给家里写一封信，最多不会超过半个月。"妈妈说："学习紧张，就等有空儿再写。"妈妈虽然这样说，但我心里明白，按时给父母写信将是我今后在外面与父母保持联系的唯一方式。我提醒自己，这第一封信一定要写好。我要一笔一画地给爹妈写信——如果爹爹大致能看懂我的信，姐姐和妹妹当然更没有问题，她们会读给妈妈听。我要把在"五七干校"学习和生活的情况告诉爹妈，让他们放心。

我在信中写道："当你们收到这封信时，我大约离开家十多天了。你们不用惦记我，'五七干校'是我上过的最好的学校。这里的学习纪律很严，我们每个月只放假一天，平时想回家看你们不容易。不过从现在开始，我会每隔十天八天就给你们写封信，这样你们就放心了。"我在信中跟爹妈具体谈到，"五七干校"在县城南边雅河公社的巴家堡子，离县城十来里地。我们一起来学习的总共有一百二十四名学生，我年纪最小，同学和老师对我很好。我们六人一间宿舍，住的是和家里一样的大火炕，你们不用担心我会凉着。在这里除了学习就是学习，不用干活儿，所以一点儿都不累。吃饭有食堂，三顿饭免费，伙食比家里好多了，每个周六晚上改善生活，以组为单位，按人头分面、分馅包饺子。干校每个月还给我们发十八元钱生活费，爹爹给我的三十元钱可以省下来，留着给家里再买两头小猪崽。"五七干校"有看不完的书，我们每个学员都要读很多书，每天还有老师上课辅导。

在信的结尾我写道："宿舍要熄灯了，信就写到这里。我在这里一切都好，爹妈和姐姐、妹妹不用惦记，没事也不用给我回信。"

第二天早晨，我在干校门口等待前来送报的邮递员，亲手把信交给邮递员。信寄出去了，我突然感到，用写信的方式跟爹妈交流还是有些别扭，远不如面对面交流更亲切、更得劲儿。比如，我在信里没有告诉爹妈我还要下乡参加社会调查，我怕妈妈增加思想负担。还有，我想把在"五七干校"读书学习的内容在信中跟爹妈说说，这就更是有点儿复杂了。我要怎么说、写多少字才能说清楚呢？总之我发现，我想在信里写这些东西是写不明白的，爹妈很难看懂。如果与爹妈面对面，我就可以无话不说，他们喜欢听我讲任何事情。然而我心里清楚，给爹妈写信，是我别无选择、必须坚持做好的一件事。我多想守护在爹妈身边，为他们遮风挡雨啊！可离开家，不能为爹妈分担辛劳，也没有能力给爹妈寄钱回家，我对父母及家庭所能做的最有益的事情，恐怕就是及时写信、向他们报平安。

写信、寄信、盼信，让我内心对爹妈产生不一样的感受，我格外牵挂两位年过半百的父母。虽然我不能守在他们身边，但也不想成为妈妈口中"出飞"的小鸟一去不回。我宁愿像一只飘在天上的风筝，无论飞多高、走多远，我都把心留在爹妈所在的家里，心甘情愿地请爹妈握紧我们心连心的那根风筝线。这样，我就不会因远走高飞而失去控制，也不会因在狂风暴雨中坠落而找不到归宿——这是我永不能忘的"根本"。而书信，就是我和爹妈保持情感联系的那根风筝线。爹妈会把风筝线放得无限长、无穷远，任我行至高远，但我绝不希望他们松手，以便我可以顺着这纤细而牢固的牵绊，在最需要的时候回到他们身边。

第三节 "学马列也是学做人"

"我们这批'五七干校'学员的主要学习任务，就是认真读马列、毛主席原著，弄懂弄通马克思列宁主义和毛泽东思想，用放之四海而皆准的无产阶级革命理论武装头脑，指导革命实践，当好无产阶级革命事业接班人。"这是盖校长对我们提出的要求。

在山沟里长大的我，从未听人说过学这些知识有那么美好、深远的意义——这是多么宏伟、多么激励人心的学习重任啊！当干校老师把《共产党宣言》《哥达纲领批判》《国家与革命》《帝国主义论》这四本书籍发给我时，我感觉既陌生、懵懂，又对这些伟大人物的思想充满好奇。

干校老师从《共产党宣言》一书开始给我们讲解。我满怀学习热情，认真听课、读书、做笔记、写心得。听老师讲解无产者、资产者、社会主义和共产主义等概念，感觉它们新颖又复杂，其定义深奥又抽象。好在恰逢求学年龄，不管对这些概念、定义理解与否，我都会努力把老师确定的重点概念、定义和观点背下来。

老师集中辅导完一遍《共产党宣言》，学员们开始分组讨论。我们小组的辅导员马魁深老师问大家有哪些学习心得和感受？小组里的十二名学员面面相觑，没有人敢"抛砖引玉"。事实上，我们所有学员，文化水平最高的无非和我一样，只上过中学，没有几个人读过马列的书。我清楚地记得，在小组讨论的时候，马老师让我理论联系实际，谈谈学习《共产党宣言》的体会。我颇感紧张，把经过反复思考并写在本子上的一段感想说了出来。我说我是个走在山谷里的孩子，读了《共产党宣言》，就像爬到了山顶，一下子突破了山的重围，登高望远，打开视野，看到远方无限风景——那似乎就是我所追求的理想——共产主义。我还意识到，学习《共产党宣言》，是一种信念或信仰的选择——如果你信仰马克思的共产主义学说，你就必须选择共产党——尽管我还不是共产党员，但我仿佛感觉《共产党宣言》已指引我做出了这种选择。我还谈到，《共产党宣言》使我明白农村为什么要搞阶级斗争，因为那里还有地主、富农和贫下中农的阶级划分。《共产党宣言》指出，"共产党人可以把自己的理论概括为一句话：消灭私有制。"所以，中国共产党闹革命，要打土豪、分田地，让我们穷人也有土地可耕种。消灭私有制是一个长期、艰巨的任务，需要我们青年人胸怀共产主义远大理想和目标，积极投身到无产阶级革命斗争中去……过去我只想着让父母过上幸福生活，读了《共产党宣言》认识到，那是比较狭隘的想法，我应该为全世界无产者的解放做出努力。

这些心得和感受，免不了带有应景说辞，但这就是学习体会，代表了当时不少青年人学习马列主义的态度。马魁深老师在小组会上表扬我说："你看我们这个最小的学员，他的小脑袋里刚刚装进去一点儿马克思列宁主义、毛泽东思想，就变得视野宽广，思想开阔了，还懂得怎样去理论联系实际。现在，他想的不光是回家看爹妈这点儿小事，心里还有为共产主义事业而奋斗这样的大目标。"马老师说完，看着我笑起来。我知道，马老师是在巧妙地鼓励我不要想家。

马老师是省委机关党校教员，下放到岫岩来的。他约有一米八五的个头儿，腰板笔直，身穿蓝色中山装，脚穿褐色皮鞋，戴着一副深度近视镜，讲课、说话总是文质彬彬。在我眼里，他不仅是老师里面最有学识的人，也是最懂教育的人。

马老师曾告诉我，"学马列也是学做人"。马老师有晚饭后散步的习惯。有一天晚上，我陪马老师散步的时候向他请教："马克思怎么会想出来要解放无产者，建立共产主义社会呢？"马老师想了想说："这个世界，有小生产者——比如农民，他们整天想的就是'老婆孩子热炕头，两三亩地一头牛'；也有马克思、恩格斯、列宁和毛主席这样胸怀宽广的伟大领袖，他们为了全世界无产者的解放，一生都在领导革命，研究国家、社会和无产者的生活现状，于是就有了马列主义……所以，青年人学马列，不仅是读书长见识，也是学做人——要学习革命领袖的人生境界、高尚人格，思考人到底为什么活着？是为自己，还是为无产阶级大众？"马老师的这番话，是我读马列以来所听到的最浅显易懂的解说，也是最贴心、最有启发的教诲。他使我懂得，学马列可以好好做人。或许，没有什么理由比把读书和做人联系在一起更让我入心。因为从小到大，妈妈总是这样教导我们："好好念书，才能出息个人样。"

马老师用身边的事实启发我，马列主义是为无产阶级大众服务的政治学说。

马老师负责给学员讲授、辅导《哥达纲领批判》。由于这本书涉及太多欧洲政治、历史背景和复杂的经济学概念，我们学起来比《共产党宣言》还吃力。在《哥达纲领批判》一书中，马克思严厉批判了德国社会民主党在《哥达纲领》里提出的一个错误论点："劳动是一切财富和一切文化的源泉。"马克思明确指出："劳动不是一切财富的源泉。自然界同劳动一样也是使用价值（而物质财富就是由使用价值构成的）的源泉，劳动本身不过是一种自然力的表现，即人的劳动力的表现。"马克思这一重要思想理论，竟成了学员们学习的最大难点之一。因为我们没有读过马克思的《资本论》，不了解什么是"剩余价值学说"，所以不懂马克思为什么反复强调"劳动并不是它所生产的使用价值即物质财富的唯一源泉"。

为了弄懂马克思的这一观点，课后我向马老师请教。

马老师问我："你家是贫农吗？"

我说："是的。"

"你父亲在旧社会给地主种过地、扛过活儿吗？"

"干过。"

"你想一下，你父亲过去给地主种地，与现在给生产队种地有什么相同的地方，又有什么不同的地方？"马老师请我回答。

我想了想说："对爹爹来说，种地是一样的，都是出力干活儿啊！不一样的，可能是地主给的工钱少吧？生产队是按劳分配，又记工分又给分粮……"

马老师问："你再想想，地主为什么不种地，却可以得到更多的粮食？"

我一时答不上来。

马老师给我解释："生产粮食需要劳动力，包括劳动工具，最重要的是要有土地——生产资料。你父亲给地主扛活儿，说明他只是一个劳动力，没有土地，只能给地主种地。而地主因为拥有土地，不用出力就能获得大部分粮食。土地是什么？土地就是马克思政治经济学里讲的'生产资料'。地主用土地剥削农民，就是因为他们占有生产资料。从表面看，你父亲种地好像是劳动、创造财富，其实，他只是出卖自己的劳动力。他和地主的关系，是雇佣关系——这就是'生产关系'概念里面讲的'人与人之间的关系'。他从地主那里不管拿到工钱还是拿到粮食，都是他所创造价值的极少部分，大部分'剩余价值'都被地主留下了，这种严重的'分配'不公，就叫'剥削'。你父亲在生产队种地，情况就不同了。土地是公有的，大家都是生产资料的主人，人与人之间是平等关系，分配也是按劳分配，这就是马克思设想的社会主义生产关系……"马老师建议我，抽空看看《资本论》和《政治经济学》。他说，马克思在《资本论》里面论述的剩余价值学说，不是凭空想象的，而是经过几十年调查研究才形成的科学理论，是为穷苦的无产阶级大众服务，揭露剥削的学说。青年人学马列，重要的是要掌握领袖们分析、研究问题的方法。要像剥洋葱一样，一层一层地深入进去，才能洞见马克思列宁主义的精髓。

马老师深入浅出、循循善诱的讲解使我茅塞顿开，对马克思为什么要批判"劳动是一切财富和一切文化的源泉"的错误观点有了初步理解。马老师要我在全校学员学习交流会上，以"为什么劳动不是一切财富和一切文化的源泉"为题谈体会，我根据《资本论》和《政治经济学》的有关理论写道："'劳动'不是我们所看到的'干活儿'，'干活儿'不一定被叫作'劳动'。因为劳动不仅需要人和工具，更需要生产资料。如果农民没有土地，工人没有厂房和机床，他们的所谓'劳动'，实际上只是出卖自己的劳动力，并不占有劳动产品，这就是地主和资本家的剥削。说'劳动是一切财富和一切文化的源泉'，掩盖了地主、资本家靠生产资料榨取劳动者剩余价值的本质。所以，生产资料归谁所有，谁就具有统治地位，谁就决定了利益分配……"

在"五七干校"学习三个多月，虽然时间不长，却是我一生读马列著作最集中的日子。在人生观和世界观将要形成的关键阶段，正是马列主义、毛泽东思想适时灌满了我的头脑，使我对《共产党宣言》产生了信仰和崇拜。简而言之，读马列铸就了我人生的基调和目标。当时我有一个简单幼稚却发自内心的自我解读：马列主义是穷人的政治，是关于穷人解放的学说；同时，马列主义又是好人的政治，是倡导利他主义的学说。利他主义是什么？就是小时候我看到的妈妈给要饭女人一把米的人性与善良！马列主义与爹妈这些穷苦百姓伦理道德的高度契合，使我对马列主义有了亲近感和信任感。

读马列使我受益终生，这不是假话、空话或大话，而是退休后我和孩子们分享的人生经验。我认为，从马列主义毛泽东思想经典著作中学习革命理论和哲学思想，对做人、孝敬父母、为国家和社会服务影响深远。青少年时期接受理想信念教育，用马列主义、毛泽东思想充实头脑，是一件终身受益的事情。

我儿子小时候，有天晚上突然让我给他讲讲马列主义哲学，我没有拒绝，结果他一度对马克思主义哲学产生兴趣。外孙儿泽儿一岁的时候，往抽屉里放玩具夹手了，他疼得哭鼻子，我把他抱在怀里安抚并给他讲："宝贝别哭，早晚你得经历这些痛苦的事情，你懂吗？"我爱人夏青听了马上带着心疼的口吻说："你这个姥爷真烦人，跟这么小的孩子说这话，他能懂吗？"没想到，外孙一边流泪一边认真回答我："我懂！"搞得大家哈哈大笑。

我讲这两个真实故事的重点在于：大人该不该跟孩子讲那些深奥、难懂的道理？孩子到底能不能听懂、讲了有没有用？读马列的经历和对生活的观察告诉我，用崇高思想或精神熏陶孩子，总是有用的。这就好比给孩子配餐，你不知道哪一口饭菜给孩子长了哪块筋骨、哪块肌肉，也不知道是什么元素使孩子拔高了个头，变得聪明。

第四节　为傻兄弟理发

一天早饭后，我在"五七干校"院子里散步，看见一个秃顶的老人，手拿一把镰刀从院外走进来。他身着一件破旧的白布上衣，露着大半个胸脯，下身穿一条黑裤子，裤脚被露水打湿了。他前倾着身子，旁若无人，径直走进干校大门，然后转弯钻进职工宿舍。

此时，崔捷正在不远处发动那台手扶拖拉机。我走过去问崔捷："刚才手拿镰刀进院子的那个人是谁？"崔捷告诉我："那是看地的张县长，大伙儿都叫他老张头。他每天晚上去看地，早上才回来。"

"他是县长？"我惊讶地问。"原来是副县长，打倒'走资派'，就把他弄到干校来劳动改造。这老县长看地可负责了，经常有人在半夜到干校地里偷土豆、掰玉米，老张头夜里不睡觉，见到有人不是喊就是追，偷东西的人都怕他。"崔捷告诉我。

谁都看得出来，让一个快70岁的老人，天天晚上不睡觉，到地里去看苞米，这明显是欺负人啊！不过，老张头想明白了，干点活儿挺好的，离机关挺老远，就是出点儿力呗，没人整他。我问崔捷："老张头这么大岁数，应该退休了吧？"崔捷说："退休？谁敢让他退休？干校里这些研究马列的人，对他还不错。他每天老老实实地看地，什么也不说。就像我妈，人家叫她领着孩子们下乡，我们就非得从沈阳到岫岩来不可……"

张县长的境遇和崔捷的困惑，唤起了我的同情。在中学一起读书时，我多少知道一些崔捷兄妹三人跟着母亲下乡在沟汤大队的艰难处境。妈妈也跟我说过，这些"五七战士"和下乡青年都属于背井离乡的人，他们来农村生活都是活受罪。只是那时我还小，对这些人的遭遇缺乏认知。如今，情况似乎有所改变。当我看到老县长风里来雨里去看护着庄稼地，当我陪着崔捷一起喂猪、烧炕的时候，我对这些现象有所思考，想知道他们的生活境遇为什么会是这样？

一天下午，我们各学员组都在宿舍里学习讨论。中间休息时，我从宿舍出来，帮助崔捷在走廊里给宿舍烧炕，每个灶坑都要塞进柴火。崔捷跟我说："你现在比我强，被选拔上来当干部，我就不行啊，只能给你们烧炕。"听了崔捷的话，我心里很不是滋味。心想，是啊，若是我俩能再次一起学习有多好啊！但是，我什么也说不出来。崔捷比我大三岁，他经历的事情比我多、比我成熟，用不着我说什么。崔捷递给我一个装柴油的汽水瓶，要我负责往西侧宿舍的灶坑里洒柴油，他负责东侧宿舍。崔捷告诉我，干校买来的柴火很湿，点不着火，冒烟呛人，炕还不热。往柴火上浇一点儿柴油，一切都解决了。我称赞说："好主意。"我俩万万没有料到，用柴油烧炕差点儿惹了大祸。"五七干校"没有小教室，上大课在会议室，分组学习和讨论则坐在宿舍的炕上进行。我和崔捷沿着宿舍长长的走廊，分头往二十多个宿舍的灶坑里倒柴油，然后开始点火。我们不晓得柴油在灶坑里挥发后，点燃的瞬间会引起灶坑乃至烟道爆炸。仅仅十分钟左右，接连有四五铺炕被震塌了，吓得宿舍里的学员发出尖叫，不少人惊慌地跑到走廊里，不知发生了什么事情。我和崔捷吓坏了，站在走廊里不知所措。崔捷催我赶紧回宿舍看看行李烧了没有，安慰我说："这事与你无关。"干校领导和老师们都来了，现场查看爆炸原因。好在没有人受伤，崔捷向领导做了检讨。领导没有发火，只是提醒他烧炕要注意安全，然后就安排工人进来盘炕。

第二天早上，我去找崔捷，问他："你昨天没害怕吧？"崔捷说："我怕什么？大不了叫我回家呗。我怕你受牵连，叫你赶紧回宿舍。我是工人，你马上就是干部了，出什么事儿我担着就行了，你可不能出事儿。再说，塌了几铺炕有什么大不了的？又没有伤人。这里的领导、老师不少是'五七战士'，有的跟我妈还认识，他们对我都很照顾。你没看领导都没好意思批评我吗？想想老张头那么大岁数还看地，比我喂猪、烧炕辛苦多了，我就忍了，到哪儿去讲理啊？"我们两个人正说着，看见那个可怜的老县长从外面匆匆归来。崔捷说："兴宇，你都想象不到，老张头不管干什么，都像当县长似的。他在食堂里吃饭，若发现谁掉了一块馒头渣没捡起来吃，他都要跟人家说道说道，这能不得罪人吗？"我说："这说明他是个好人啊！"崔捷说："我妈也是好人，我们都是好人，谁敢说好人不挨整？"我没话说了。这或许就是成长、见识、读书和思考的困惑与烦恼。

我们离开"五七干校"，深入农村蹲点调查。我所在的学员小组被分到牧牛公社牧北大队，我们十个学员分别被派到十个生产队，我去的那个生产队最偏僻，名叫道边小队——意思是"到边了"，翻过一座山岭，就是辽阳市的边界。在我们这些学员到来之前，县委已在这里派驻了一支机关干部工作队。我所在的道边小队，干部工作队成员名叫邢玉科。真是太巧了，他与国安二叔是一个系统的同事，彼此很熟。作为长辈，他待人热情，像领着自己的孩子似的，把我带进一个王姓的房东家里。他指着炕梢卷起的行李说："那就是我的行李，你靠炕头这边，挨着我。"我放下行李，顿时消除了陌生感。邢大叔向我介绍，这家人就爷俩，是贫农，住在这里很方便，就是炕上有虱子和跳蚤。我坐在炕沿上四处看，发现这个三间草房里，看得见的家当，只有一口破柜和一个小饭桌，炕席打了若干补丁，头上的房梁有多处漏雨的痕迹，厨房和炕之间的黄土间壁，开裂了许多缝隙……邢大叔见我看得发呆，问我："孩子，你是不是觉得这家人太穷了？"我一时没反应过来，邢大叔告诉我："吃了百家饭你就知道了，我们这个房东还是'富裕户'呢！"

按规定，下乡蹲点的机关干部、"五七干校"学员——被当地农民统称为"工作队"，只能到真正的贫下中农家里吃饭，每天由生产队干部安排轮流吃"派饭"，也就是邢大叔所说的吃"百家饭"。不论穷富，一视同仁——每家每次安排吃"派饭"一天，如此循环往复。每个工作队队员每天交给"派饭"人家一斤二两粮票、四毛钱——早晚各一毛，中午两毛。大家手里这点儿粮票和钱，是政府统一发给我们的。至于它够不够，是不是等价交换，上面没人研究过，农民也从不计较。

道边小队有三十多户，除了两户富农之外，我和邢大叔吃派饭没有别的顾忌。按纪律要求，工作队队员下乡不许穿皮鞋，女性不能化妆、戴首饰；在农民家里吃饭，不能搞特殊化，包括不能吃肉和炒鸡蛋，等等。事实上，包括我在内，许多人没有皮鞋；大多数农民家也没有肉吃。不过邢大叔悄悄告诉我："人家若做了炒鸡蛋，咱们可以少吃点儿尝尝，没事的，不要吃光……"来道边小队一周左右我就发现，每个农民家庭，对我们工作队来吃饭都很用心。虽然家家都穷，但每个家庭主妇都把我们当作客人。得知我们要来吃饭，她们前一天会收拾家，扫扫院子，擦擦柜子，抹抹炕席，清洗锅碗瓢盆。邢大叔和我都能感觉到，为了让我们吃好，那些衣衫褴褛的家庭主妇，会把玉米粥馇得很厚实，把水煮蘸酱的萝卜、白菜用油炖一下，少数人家还会给我们炒鸡蛋，再配上咸菜、烀土豆等，使饭桌看上去丰富些。这些贫穷妇女的好客与热情，让我感动。他们总是让我想起妈妈的话："你要心眼儿好，就会把好吃的拿给客人。这是情分，也是你自己的脸面。"是的，那些女人都很善良，她们努力想办法让我们吃饱、吃好。邢大叔告诉我，一些家庭妇女还互相打听，看看工作队愿意吃什么、做什么吃才更好。

下乡蹲点调查给我的第一印象，就是见识了当时中国农村的普遍贫穷。

以我的房东为例，他们爷俩很勤劳，但每年的收入不足百元。儿子快30岁娶不上媳妇，房东丧偶多年，家里没有女人洗衣做饭，很像我舅舅的家庭状况。我在给爹妈的信中写道："我不知道世界上还有这么穷的地方，比我们傅家堡子要穷几十倍。生产队里没有马车，土地大部分在山坡上，家家户户缺吃少穿。这里的壮劳力每天上班挣不到两毛钱。我还见过两个大小伙子，多年没剪过头……"

我在信中描述这里贫穷的程度，让我极度震惊。一天早上，我和邢大叔轮到东沟老王家吃饭，邢大叔边走边跟我说："看了这个家，你会觉得一点儿希望都没有啊！""为什么？"我问。"去了你就知道了。"邢大叔没再说话。到了家门口，王大娘笑着迎了出来。我心想，这个老太太挺好啊，腰上系的围裙挺干净，一副勤劳、慈祥的样子。我与大娘打过招呼走进黑乎乎的屋子，看见炕沿上坐着两个蓬头垢面的男子，我看不出他们的年龄。王大娘难为情地介绍说："这是我的两个傻儿子……来客人了，你们到外面去，快出去！"邢大叔说："叫他们坐着吧，一起吃饭。""那可不行，他们什么也不懂啊。"王大娘急忙把两个傻笑的儿子领到屋外。我透过窗户上一尺大小的玻璃朝外看，那哥俩趔趔趄趄地走到大门口，斜倚在墙头上。借着清晨的阳光，我看见他俩的头发，像秋天里两团枯萎的蒿草随风摇摆。邢大叔问我："你没发现这老太太的脖子有病吗？"待王大娘回来往桌子上端饭的时候，我注意到她有"气脖子"——也就是"粗脖子病"，后来知道这叫地方性甲状腺肿。那个年代，民间对"粗脖子病"有这样的说法："一代傻，二代哑，三代四代断根芽。"原来，邢大叔说这家人没希望，不仅是贫穷，更是因为家里没有健康的后代——这是绝对贫困。

吃早饭的时候，到地里干活儿的王大爷回来了，他跟我们打招呼说："你们别嫌乎我家埋汰，能吃上饭就不错了。我们老两口不能动弹那天，外面那两个傻子的日子就没了……"我在心里感慨，人世间的父母，怎么会有这么多苦难？我的哥哥死了，妈妈痛不欲生；王大娘老两口的命运，恐怕还不如我爹妈。吃过早饭，我来到大门口墙头边，与王家哥俩交谈，我想知道他们到底傻到什么程度。我问："你们多大了？"两人憨笑着，像不懂事的小孩子，互相瞅瞅，拉着长音说"不知道"。"你们多久没剪头了？"他们好像没听懂，我又说："你们应该剪剪头了，是不是？"老大慢吞吞地问我："怎么剪头啊？"我用手指在老大的头发上做出剪头的动作，没想到把他吓着了，他用手捂住头，叫起来："害怕、害怕……"我跟他俩说："剪头不疼的，很舒服，今天中午我回来吃饭，给你们两个剪头，怎么样？"他俩互相看了看，傻笑起来。

王家这两个30岁左右的兄弟，身体和智力发育不健全，甚至连名字都没有，当地邻居叫他们"王大"和"王二"。他们正值青春年华，却不能参加生产劳动，成为家庭的负担，这是多么令人绝望的事情。在那个年代，疾病影响后代生育与健康、造成人口素质低下的情况，并非出现在个别家庭。可是，我能为他们做什么呢？我从邢大叔那里拿来工作队的理发推子，准备给王家哥俩理发，算是为贫下中农做点事吧。吃过午饭，我问王大娘有没有围裙，以便理发时给他们披到身上。王大娘说，叫他们把上衣脱掉就行了，大夏天的，不冷儿。我把他们叫到门前的小河边，准备在那里给他们理发、洗头。他们两个慢腾腾地走出院子，像早晨那样倚在大门口的墙头上。我猜，那个墙头一定是他们两个每天晒太阳的地方。我从兜里掏出理发推子，让王大坐到河边的一块大石头上，把上衣脱掉，我要先给他理发。王大没见过理发推子，见我手拿推子放在头上，吓得眼睛发直，脑袋左右躲避。王大娘赶忙拿来一把黑色剪子："不用你那个，用剪子吧，不然他害怕。"哥俩的头发至少有三寸长，我想王大娘多年来一定是用剪子给他们剪头的。我接过剪子，王大果然安静下来。我问王大上次理发是什么时候，他说不出来。我摸了摸王大的头，感觉头发根下面硬硬的，头发好像长在一个鸡蛋壳上。仔细一看，头发里有数不清的虱子和虮子。我想都没想，拿起那把黑剪子，抓住王大头顶的一缕头发，上去就是一剪子。我本来想给王大剪个小平头，但为了清除那些虱子，我决定给他剪掉所有头发。那把剪子不锋利，经常夹头发，弄疼了王大，他皱起眉头，小声嚷嚷。不过，我还是用这把剪子将他的头发全面剪了一遍。由于很久没理发，也不洗头，王大的头上结下了像嘎巴一样坚厚的头皮垢。我把王大领到小河里洗头，可是头皮垢怎么洗都弄不掉。我不得不把他领到大石头上坐下，然后用理发推子的锋芒，小心地去撬动它，疼得王大龇牙咧嘴。得益于河水的浸润，王大的头皮垢有些松软，我一遍又一遍地清洗，终于将那层头皮垢剥掉了。最后，我用肥皂给王大把头洗得干干净净，用推子剪掉裹在头皮垢里的那段头发。我问王大："这次给你剃光头，下次理发我给你剪小平头，怎么样？"他呜呜噜噜地说着什么，反复摸着自己光亮干净的脑袋，朝我傻乐。王二见我给哥哥理发似乎很疼、很残忍，悄悄溜进屋子，坐在炕上不肯出来。我让王大进屋给弟弟看看他剪过的头，动员弟弟出来理发。最后，还是王大娘牵着王二的手走出了家门，朝小河边走来……

给王家两兄弟理发的当天晚上，生产队召开社员大会，邢大叔让我讲几句，并提示我讲讲家庭、个人卫生问题；他还要我转告社员们，如果有谁要理发，工作队可以提供理发推子。我知道这是邢大叔对我的信任，我鼓足勇气在社员大会上说："我们今天轮到东沟老王家吃饭，用工作队带来的理发推子，给他家两个儿子理了发、洗了头……咱们这块儿虽然比较穷，但理发应该不成问题，工作队的理发推子可以供大家使用，我们愿意为贫下中农服务，努力帮助大家改变一些生产和生活现状……"我的话还没讲完，就有社员鼓掌，还有人说我们没有架子，与贫下中农打成一片。我本来想把妈妈说的"人穷不能志短，穷也要把家里家外打扫干净"这样的话说给大家听，但我没有。如果不是走进"五七干校"，我可能把遇见王大王二当作笑谈。现在，我懂得同情他们，并在心里萌生出一种新的看法：这种贫困现象，可能不是个人问题。

第五节 "与师一顿餐，德行记心间"

几天后，我们小组学员集中开会学习、交流情况，我向马老师请教我见识贫困之后的第一个问题：我们社会主义国家，为什么还会有这么多穷人？马老师说："我要表扬你，你总是开动脑筋，提出让我感到意外的问题……"那天，马老师没让我回道边小队吃午饭，说来回走路太远，要我跟他一起去三道沟小队的一个老贫农家里吃饭。我以为马老师想在开会之余回答我的提问，但我想错了。

马老师吃派饭轮到三道沟小队最穷的一家，这家人姓李。马老师对我说："那是一个极其贫穷的家庭，儿子死了，老人卧床不起。你去了要认真观察……"走进李家大门，一个中年妇女迎出来。她不断用围裙擦脸上的汗水和眼泪："灶坑不好烧，呛死人了。我早早就准备做饭，刚把土豆烀好……"马老师连声说："真是给你们添麻烦了，谢谢，谢谢。"

马老师个子大，进门要低下头，我跟着他跨过两道门槛，走进屋子。但见一张发黑、掉角的小木饭桌放在炕上，饭桌上盛着满满一碗热腾腾的烀土豆，还有几根葱和一盘大酱，炕沿上放着一盆玉米粥。如果不是马老师叫我"认真观察"，饿着的肚子可能让我毫无发现。我注意到这铺大炕上，只有几小块破炕席，黄泥炕面裸露着。炕梢躺着一个七八十岁的白发老人，他两眼深陷，眼珠无力转动，颧骨凸出几乎要刺破脸皮，翘起的下巴不停地抖动，好像在与我们打招呼，但他的声音仿佛被锁在嗓子眼儿出不来。老人的脚下放着一个破旧的灰色绒线毯，身上盖着一块白布单。屋子地下有一口旧柜，柜上面放着几条破被褥。地下堆着新收的土豆。脚下泥泞发滑的地面，提示我抬头看看漏雨的房盖，但见房梁上遍布着蜘蛛网和一串串黑色烟尘，用黄泥抹的后墙和山墙上，留下了雨水冲刷浸润的痕迹。如果不是发黄的窗户纸渗透进来模糊光线，这屋子里黑得吓人。

我们向老人招手，一左一右，靠近饭桌，在炕沿坐下。女主人拿起饭碗给我们盛饭，我和马老师拿起筷子。马老师发现饭桌离我远了一点儿，就轻轻朝我这边挪了挪。结果，碗里的一个土豆滚了下来，一直滚到那个老人脚下，被绒线毯挡住。马老师说："去把它捡回来！"我双膝跪在炕上，朝炕里爬了几步，一小块炕席粘在裤子上，我取下来，另一小块炕席又被膝盖带到绒毯边上。我手忙脚乱，把弄乱的炕席片子放回原处，伸手去捡那个土豆。就在这时，我的目光被绒线毯上的一种活物吸引住了——虱子！数不清的虱子！它们似乎正在吞噬那个奄奄一息的老人。马老师示意我把那个土豆捡回来，我向他摆摆手，意思是不能捡它，太脏了！马老师坚定地说："捡回来！"我只好忍着恶心将那只土豆捡了回来，却不知要放在哪里。马老师说："给我。"我摆了摆手说："不能吃了。"马老师毫不在意，伸手把那个土豆拿过去放进了嘴里。

马老师的举动出乎我的意料，我觉得他是知识分子与工农群众相结合的榜样。他咽下那只土豆后小声对我说："我们工作队到农民家吃饭，每家女人都很犯愁，实在没有什么好吃的来招待我们。像老李家这样的贫困家庭，恐怕全国到处都有。所以，我们到农民家吃饭，不能挑剔，不能嫌脏，更不能浪费。"饭后迈出李家门槛，女主人一边送我们出来，一边流泪说："我都没脸进屋里给你们盛饭，也不知道你们吃没吃饱？"马老师真诚地对女主人说："你给我们做了最好的一顿饭，谢谢你了！"马老师给女主人发自内心的安慰，是我最早听到的一个知识分子对穷人应有的尊重，让我终生难忘。

告别女主人，马老师拍着我的肩膀问："年轻人，吃了这家的午饭，有何感想？""你是指虱子吗？那个绒线毯的反正面加起来，不知有多少，真是瘆人啊！"马老师没有责怪我，他只是平静地跟我说："我已年过半百，又戴着近视眼镜，哪能像你看得那么清楚？"马老师谈到，早在一个多月前，第一次轮到这家吃饭的时候，他就发现有虱子爬到了他的手上。说到这里，一向文质彬彬的马老师变得严肃起来，他像跟自己的孩子交谈一样，慢条斯理地对我说："你的观察总是带着孩子的兴趣与好奇，但你有没有想过，农村虱子多、不卫生，是因为什么？你再想想，那个老人瘫痪在床多年，那个绒毯上的虱子和臭味，一定是他年轻力壮时最讨厌的生活环境，可是他和他的家人却无法改变现状，这又是为什么？你现在不是一个普通的孩子了，你是党培养的接班人，你要在学习和调查中，慢慢了解农村和农民。你看到的这一切，说到底，是农民生活贫穷、落后所导致的。农民吃不饱、穿不暖，怎么能很好地讲卫生和健康呢？"马老师一番话，让我听得脸发热。我忽然明白贫穷不是笑话，贫穷与健康有关，并发现自己身处贫穷之中，对贫穷的认知却如此幼稚。

马老师咽下脏土豆的情节，让我想起几年前殿恩大爷救猪崽的故事。

我中学毕业回生产队劳动的那年夏天，一场暴雨，把生产队七个小猪崽子冲到牛圈一米多深的粪水坑里。大连下乡知识青年李连国，是个憨厚老实、热爱集体的青年。他第一个挽起裤腿，站在牛圈的墙头上，伸出手里的铁锹，试图把几个嗷嗷直叫、即将被淹死的猪崽子救出来。可是，猪崽子根本不懂他的意思，他的铁锹一靠近，猪崽子就被吓得游走别处。殿恩大爷见此情景，二话没说，光脚跳进齐腰深的粪水坑里。他在粪水坑里小心地挪动脚步，伸出双手将拼命挣扎的小猪崽都捞上来。殿恩大爷救猪崽的举动，对李连国和我们在场的年轻人触动很大。李连国在接受贫下中农再教育座谈会上真诚地谈道："我看到猪崽子掉进牛圈脏水里，怕弄脏自己，伸出铁锹去救，结果一个也没有救出来；老贫农傅殿恩大爷穿着裤衩，奋不顾身跳进牛圈里，用双手救出了七个猪崽，为生产队挽回了重大经济损失。我站在干净地方用铁锹救猪崽，他跳进脏水里用双手救猪崽——一个怕脏，一个不怕；一个用锹，一个用手——这就是我们下乡知识青年与贫下中农在思想觉悟上的差距，也是我们接受再教育的紧迫性和必要性……"

马老师和我对于一个土豆的态度，与殿恩大爷和李连国救猪崽是不是有相似之处？后来我意识到，吃不吃那个掉在炕上的土豆，实质上无关乎食物的短缺与否，而是德行与修养的高低之别。对于李家的"虱子奇观"，我除了好奇，还会有什么呢？那时候，我们每个孩子的头上和衣服上都会有虱子这种寄生虫。记忆中，妈妈和奶奶都给我们抓过头上和衣缝里的虱子，然后用两个大拇指盖把它们挤死，发出嘎巴嘎巴的响声。老院里还有一些奶奶、妈妈，她们甚至用牙齿去磕虱子，我一点儿都没夸张。但有谁会向我解释，这种不健康的生活细节，是贫穷与落后的产物呢？所以，我常常会想到"与君一席话，胜读十年书"这句话，并将其改成"与师一顿餐，德行记心间"。

马老师还给我们学员讲过两个工作队员在农民家吃鱼的故事。我给这故事起个名："鱼翻过来了！"它听起来似乎好笑，其实充满了对穷人的怜悯，还有对饥饿条件下儿童渴望吃上一顿好饭的真实描述。

故事讲的是两个工作队员轮到一个农民家吃饭，因为没有菜吃，难坏了那个家庭主妇。于是，这个家庭主妇要自己两个十来岁的男孩到门前的河里抓鱼。农村孩子上山下河有本事，两个男孩成功地抓回来两条大鱼。妈妈万分欣喜，悄悄告诉两个孩子："你们给妈妈面子，妈妈奖励你们……""妈妈，奖励什么？"两个孩子迫不及待地问妈妈。"吃鱼啊？""他们吃光了怎么办？""不会，他们会吃一条，留下一条……"两个孩子乐得蹦高。两个工作队员来吃饭的时候，妈妈把炖好的两条鱼端到桌子上，两个男孩一直透过门缝盯着饭桌。"妈，快看，他们把第一条鱼翻过来吃了！"其中一个孩子小声嚷嚷。妈妈赶紧把门关严，悄悄跟孩子说："别让客人听见，到外面玩去！"两个孩子趁妈妈进屋里给客人盛饭的工夫，又回到厨房趴着门缝往里看，他们发现客人把第一条鱼吃完了，开始吃第二条鱼。妈妈从屋里出来时，两个孩子问："妈妈，你不说客人会给我们留一条鱼吗？你看……"这时候，妈妈再次合上门缝，安慰两个孩子说："第二条鱼，他们保准吃一半，另一半会给你们留着。"两个孩子还是不放心，又透过门缝往饭桌上看："妈妈，不好了，他们把第二条鱼翻过来了！哇……"一个孩子大哭起来，抱住了妈妈。

深入农村蹲点调查的工作经历，让我更深入地了解当时中国农村的现状，不仅激发了我的同情心，更引发了我的思考。这段经历，一辈子也忘不了。

第六节　永远不敢告诉妈妈的幸运

从"五七干校"来农村蹲点调查，我本来不想告诉爹妈，我怕他们知道这里的生活条件为我担心。但我实在忍不住，想把自己的所见所闻和一些感受告诉他们。我要写信回家，如果不把在这里看到的极端贫困告诉他们，我还有什么新鲜事儿可说呢？虽然妈妈说过，"你出门在外，平平安安最要紧"。可是，难道我的每一封信，都要千篇一律地向爹妈报平安吗？我不能把信写得没有内容、没有看头。

离家在外的日子，我与爹妈之间没有不说的事情。然而，唯有一件事，直到妈妈去世，我也没敢告诉她。这件事，就发生在我蹲点的道边小队——我差点儿也因为拉肚子而死去。只是我比哥哥幸运，在我感到危机来临时，救星来了！

那是夏季的一天，我和社员们一起在田间劳动。火一样的太阳，把又饿又累的我烤晕了，手中的锄头突然脱落，一头栽倒在地。邢大叔赶紧和两个社员扶我起来，架着我两只胳膊来到附近王奶奶家休息。不一会儿工夫，我上吐下泻，去了六七次厕所。我感觉眼前发黑，走路摇晃，马上就要死了。邢大叔告诉王奶奶："这几天太热，再加上吃得不好，没营养，不卫生，他可能中暑了。"我躺在炕上，疲惫地闭上眼睛，脑海里浮现出哥哥的死。随之而来的，是心里的一阵阵恐惧："我得了和哥哥一样的病，难道我会像哥哥那样死去吗？妈妈就我这一个儿子了，我无论如何都不能死……"

我不知睡了多久，迷迷糊糊中听见了汽车的喇叭声。我使劲儿睁开眼睛，发现王奶奶家来了三个人——有县委副书记闻祥玉，还有我的马老师和县委组织部石林森老师。看见他们来到我身边，我激动地哭了。"小伙子，你怎么病了？我今天可是特地来看你的，我现在送你去医院吧。"闻祥玉副书记坐到炕沿边上，满脸笑容地对我说。"今天闻书记来我们这儿了解学员情况，特别提出要我带他来看看你这个最小的学员。没想到还真巧，难得看见你乖乖地躺在炕上啊，哈哈！"马老师一边逗我开心，一边告诉闻书记，"我们这个最小的学员，每时每刻都闲不住，乐于动手动脑，写读书笔记，给我提难题……"邢大叔向闻书记简要汇报了我生病的经过。闻书记跟马老师说："咱们还是送他去医院吧。""都晌午了，我准备点儿饭菜，你们吃完饭再走。"王奶奶热情地挽留大家。马老师客气地跟王奶奶说："谢谢大娘，我们不在这儿吃了，赶紧把小傅送到医院治病，县委领导还有事儿。"

我从炕上爬起来，与王奶奶和邢大叔告别，上了停在门口的那辆吉普车。那是县委主要领导下乡乘坐的交通工具。从道边小队到牧牛公社医院，有十多公里路，还要翻过一个小山岭。吉普车在布满石头的山路上颠簸，闻书记坐在副驾驶的位置上，我和马老师、石老师坐在后座上，他们连午饭都没吃，一起陪着我到了医院。得知县委闻书记开车送病号来医院，院长和医生、护士们都来了，迅速把我安置在一间病房躺下，挂上吊瓶输液。马老师问护士打的是什么药，护士说有消炎药和葡萄糖。那是我出生以来第一次打吊瓶。闻书记和马老师坐在我对面的病床上，他们劝我安心养病，不要想家，好了再回去工作。我目不转睛地看着输液管，看着药液一滴一滴地流进我的血管里，脑海里浮现出哥哥当年住院的情景。我想坐起身来试试，看看我是不是也和哥哥生病时一样，一起身就会眼前一片黑。"如果是那样，我是不是也会死去？"我正胆怯地想着要起身体验一下，马老师站起身，走到我跟前说："闻书记要去别的公社检查工作，我们先走了。医院这边都安排好了，放心吧，等你好了，我来接你出院。"马老师松开握住我的手，与闻书记一起和我微笑告别。他们走出病房，我哭了，不知道是因为孤单，还是感觉有点儿恐惧。这时，一个护士进来换吊瓶，我问她："护士，我会不会死啊？"那个年轻的女护士笑了："没事儿，离心大老远的。"我要她给我测量一下血压，我担心我的血压也下降到零可怎么办。护士拿来血压计，给我测了两遍，然后摘下听诊器告诉我："血压正常！"我问："正常是多少？""低压70，高压110。"护士答。知道自己血压正常，肚子不那么难受了，感觉有劲儿了，一下子起身坐起来。还好，我有点儿头晕，但没有感觉眼前一片黑。我庆幸自己幸运，躲过了一场可能与哥哥同样的劫难。

两天后，马老师和我的几个同学来接我出院，我回到道边小队继续学习和工作。不知为什么，生病回来后，我愈加想念爹妈，就好像自己死而复生，比以往任何时候都想念他们。我不断地想象，如果我真的拉肚子死了，妈妈可怎么活啊！我想写信告诉妈妈我的幸运，但是我把写好的信撕了，就像什么也没发生一样。那封报平安的信，是记忆中写给爹妈的最不好看的一封信。

半年之后，我走进县委工作。有一天午休时，我在县委大院里与闻祥玉等领导同志一起打篮球。闻书记跟我说："小傅啊，你真是个有福气的孩子。我第一次去牧北大队看你们组的学员，就想去见见你这个小家伙，没想到你那天坏肚子了，我送你去了医院；现在，你又成了我们县委最年轻的干部，咱们一起打篮球，你说咱俩有多深的缘分吧！"闻书记身材微胖，说话面带笑容，我一时不知如何回答才好。不过，闻书记的话提醒我，我还一直没向他表达感激呢。想到这儿，我有些羞愧，怎么只想着自己幸运，却不记得幸运是怎么来的呢？如果妈妈知道了，除了后怕，一定会教导我："你有福，可不能忘了是谁送你去医院的。"

每当想起闻书记、马老师、邢大叔在生死关头给我的关怀和照顾，我心里满是感激。然而，这份幸运，我一直埋藏心底，从不曾与妈妈分享过。

第十四章　神奇的"天使"

　　小时候，我不知什么是风险，看不见父母如何费尽心思保佑我。直到年过半百，我才大彻大悟，是父母"天使"般的庇护与引领，我才有今天"行到水穷处，坐看云起时"的清静与从容。

台湾作家三毛写过一首诗：《妈妈是天使》。其中写道："妈妈说 / 她是我的天使 / 如果向她要求 / 天使是什么都肯做的…… / 当星星和月亮挂在 / 墙上的时候 / 妈妈看上去 / 是一个很累的天使……"

随着年龄和阅历的增加，我发现妈妈真的像"天使"。小时候，她满足我摘星取月的愿望；长大后，她给了我神一般的保佑与呵护。"你 18 岁进县委工作的时候，妈妈不光是高兴、得意，也担心你少年得志，不知好歹，掺和到批斗、整人那些坏事里去。如果那时候你栽了跟头，说不定你和妈都没有今天了……"妈妈临终前的这段追忆使我明白，为了不让我误入歧途，成为一个对社会有用的人，我的"天使"妈妈，可谓用尽苦心。

第一节　在团县委上班的日子

妈妈晚年，有二十多个孙子辈的孩子，他们大学毕业后都来大连找工作。妈妈喜欢跟他们唠家常，说我 16 岁中学毕业回家劳动，长得又瘦又小，连挑筐都拖地，怎么上生产队干活儿？可是没有书念，当妈的没办法，可怜也没用。妈妈夸我要强，到公社修大坝，被领导看上了，回来当了几个月民办教师，就被选拔到县"五七干校"学习，紧接着就调到县委了。妈妈感慨地说："那个年代，我这农民的儿子，不用找人走后门，也能留在县里工作。"

说起当年我到县委工作，我的孩子们感觉不可思议。我从"五七干校"即将毕业的时候，团县委书记贾学文和组织部干部组的人来"五七干校"找我谈话。此前，组织部曾派人去我家所在地调查过我的家庭出身，那时叫"政治审查"，简称"政审"。在我的印象里，贾学文矮个儿，脸胖得有点儿圆，说话时而微笑，时而严肃。他询问我的家庭，让我谈谈学习马列的体会，请我回答几个有关共青团的常识，还布置我回老家的大队搞一次工作调研，写一份调研报告。几天后，贾学文又邀我到团县委参观，并请我在机关食堂吃饭。干校的领导和老师都知道，这是对我进行考察，团县委要把我这个最小的学员留下来。

然而，从"五七干校"毕业后，我并没有被留下来。县委决定，所有学员哪儿来回哪儿去。原因是，有相当多的学员按捺不住内心的冲动，公开向县委要官当。这似乎有悖于无产阶级革命事业接班人的基本素养。我到底还是个孩子，心无旁骛地卷起行李回家了。妈妈见我回来很高兴，说："孩子，你走这半年，妈心里空荡荡的，还怕你一旦留在县里工作，连春节都在家待不上几天呢。"我兴奋地跟妈妈讲："这半年，我还是学到了不少东西。现在回来要写一份调研报告。"妈妈没在意我的话，她仔细端量着我，说："儿子，你胖了点儿，个子也长高了，这比什么都强。""妈妈，你怎么和我一样，你一点儿都没想，我是不是能留在县里干个一官半职的，人家那些年龄大的学员可不像我这样……"妈妈平静地说："孩子，你若有本事，早晚有用你的那一天；你若没有本事，在家当农民也挺好的。咱不高攀，平平安安就行了。要过年了，你回家了，咱们杀猪、吃肉，你好好歇一歇吧……"

回到家第二天，我就跑到大队和几个小队开始调研，去了解团组织发挥青年作用的情况，大约用了两周时间，我写了一份两千多字的调研报告《抓与不抓大不一样》。接着，我坐长途汽车去县城，把调研报告送到团县委。贾学文当即打开我用十多页稿纸写的材料，看完后递给团县委副书记赵明。赵明是大连下乡知青，长得很漂亮，她眨着两只大眼睛问我："这份材料是你自己写的吗？""是的，没有谁会帮我写材料。"对她的怀疑，我有些不悦。贾学文在一旁笑着说："我们不怀疑，只是问问而已嘛。"我说我的任务完成了，中午要买票回家。贾学文热情地说："你不用去买票，我们给你买，你中午在这儿吃饭吧。"贾学文像老大哥一样，带我到食堂吃了午饭，又骑着自行车送我去客运站。我上了长途客车，他挥手告诉我："你回家等信儿吧，过些天我们一起下乡去……"

大约十天后的一个寒冷夜晚，我们全家刚刚闭灯躺下，就听见大队主任李柱林大叔站在大门口外喊："国昌大哥，国昌大哥！公社老臧头来电话，通知兴宇明天带上行李，到县委报到，听见了吗？"爹爹急忙打开灯，穿衣下地，走出房门跟李大叔说："柱林，我知道了。你进来坐一会儿吧！""不坐了，别忘了告诉兴宇。"爹爹关上房门回到屋子里，我们全家人都围着被子惊喜地坐在炕上。妈妈问："是老臧头来的电话？我孩子这回可真的去县里工作了。"妈妈转过脸来叮嘱我："你以后来回路过公社，别忘了去看看你臧大爷，那老两口对你有大恩大德……"妈妈讲到这儿，想了想说："不行，我得下地，明天我孩子起早走，我得把大糙子泡上……"爹爹说："客车早上六点半从玉石矿发车，咱们六点就得从家走。"妈妈说："放心吧，明天早上五点起来吃饭，收拾行李，保准赶趟儿。"

妈妈泡上大糙子从外屋地回来，又打开柜子，把一套新棉袄棉裤找出来放到炕头热乎，然后才上炕睡觉。第二天早上五点，妈妈准时把我和爹爹叫起来洗脸、吃饭、收拾行李。不到六点，天还没亮，妈妈就催着爹爹扛起行李，送我往大队车站走。临行前，妈妈整了整我的棉袄说："这套新棉袄棉裤，妈妈给你多絮了几两棉花，我孩子没有大衣也不会冷。记住了，出门在外要吃饱，当干部要仁义，这就永远不犯毛病。"等车的时候，爹爹给了我四十多块钱。我说不用这么多，爹爹说家里卖大柴卖了一百多块钱，有钱花。

去县委组织部报到当天，我走进团县委与大家见面，领导给了我一张旧办公桌。贾学文笑着对我说："从今天起，你就是我们团县委的一员。你要知道，在县委机关里，有'县委'字样的部门只有两个，一个是中共岫岩县委，一个是共青团岫岩县委；能叫'县委书记'的也只有两个人：一个是县委书记刘文辉，一个是团县委书记贾学文，哈哈……"他的一席话，把我们大家都逗乐了。很显然，我眼前的团县委书记很有亲和力。紧接着，贾学文又严肃地对我说："现在虽然分给你办公桌，但是你暂时还不能用，明天你要跟我下乡蹲点劳动。你记得不？那天我送你去车站，不是告诉你过些天我们一起下乡吗？青年人不能做温室里的花朵，要下基层锻炼锻炼，这对你有好处。所以，你的行李就不要打开了……"

那是 1974 年 12 月上旬，我被正式调入岫岩团县委当了干部，并于参加工作的第二天，就和贾学文一起下乡到石庙子公社蹲点劳动去了。坐长途客车下乡那天，我除了带着脸盆和行李，还带着从团县委书柜里选的两本书：一本是《政治经济学》，一本是小说《林海雪原》。尽管那天飘着雪花，但我满心都是温暖和快乐。

我身边的孩子们，也多次问过我是怎样被选拔到团县委的，我和妈妈的感受一样，没找人、没送礼，整个过程就是这样简单、公开、透明。

妈妈爱我的心，深不见底。在我小时候，她总觉得有好多话想说给我听。但她认为，孩子不是说教出来的，是爹妈用行动一点儿一点儿教导出来的。有时候，妈妈明明看我做得不得体，却不忘我毕竟是个孩子，不能用大人的眼光去责怪。这也许就是"天使"的智慧吧。

"你到县里工作，回家来给妈讲你上厕所闹出的笑话，你当笑话讲，妈可没当笑话听。那时妈就想，我要是有根绳子遛着我儿子该多好啊，省得人家说我儿子没长大。转念又想，这也没什么，哪个孩子不是这么长大的？这没什么不光彩的，妈不责怪你，有些事你慢慢就学会了不是？我孩子出门在外，只要知道好坏，懂得做人讲仁义，这就行了。"

妈妈跟我说这些话的时候，将近90岁。她意在提醒我，教育孩子不要唠叨，要以身作则，对孩子保持足够耐心。但我却从中蓦然发现，妈妈为我平安长大所付出的心血，有太多太多是我看不见、想象不出来的。那些深藏于妈妈内心的故事，是我这个儿子永远挖掘不完的。

我到团县委工作不久，曾给妈妈和家人绘声绘色地讲过我上厕所屡屡被追的有趣经历。

在整个县委机关，我年龄最小，个子也最矮。闻祥玉副书记曾抚摸着我的头亲切地说："你是我们县委大院里真正的'红小鬼'。"因为小，我去县委大院上厕所，与收发室的两个老王师傅都闹出过笑话。如今想起来，仍感觉十分有趣和开心。

我们团县委的二层小楼，至少有百余年历史，是丹麦传教士建造的，正对着县委大院的门口。一条十米左右宽的马路胡同，将两个"县委"分开：中共岫岩县委在道南，共青团岫岩县委在道北。我们团县委的人，当然也包括小楼里妇联、民政局等单位的人，上厕所必须进入县委大院里。县委机关唯一的公共厕所在县委大院东南角、县委组织部小楼的旁边。下乡蹲点劳动回来第一天，我悄悄问贾学文："咱们这儿哪里有厕所啊？"贾学文领我到二楼窗口，伸手一指："进这个大门，往组织部小楼旁边走就是了。"我把围巾缠到头上，快步踏着那个陡峭得像个悬梯一样的楼梯，"噔噔噔"地跑到楼下，一溜烟地穿过县委大门洞，朝厕所跑去。这时候，我就听见后面有人喊："站住，站住！你这个小孩，怎么跑到这里来了？站住……"因为我实在憋不住了，头也没回，就跑到厕所里小便。"你给我出去！"一个气喘吁吁的老头儿追到我身后，一边喊，一边紧紧抓住我的围巾，"这是男厕所，你……"

我被他吓着了，大声朝他喊道："你看我是男孩还是女孩？""我以为你是女孩……不管男孩女孩，你怎么能跑到县委来上厕所呢？"他松开我的围巾，反问我。"我怎么不能来上厕所？你要憋死我呀？"我不管他，只管方便。那老头儿退到厕所外面等着，好像在等我完事，要教训我几句。我心想，你怎么能不让我上厕所呢？上完厕所，我撒腿就跑出县委大院，回到团县委办公室。我惬意地站在窗口往下看，发现那老头儿刚好追到县委大门口停住，他东张西望，不知道刚才上厕所的小孩跑哪儿去了。我笑得肚子有点儿疼，问贾学文："贾书记，下面那个人是谁呀？"贾学文看了一眼，告诉我："那是收发室的老王。咱们收发室有两个老王头，看门都特认真。"

那些日子，整个县委机关都在学习无产阶级专政下继续革命的理论。下午五点下班，六点半后，每个机关还要继续学习。一天晚上，贾学文要我给大家朗读《人民日报》发表的一篇文章。我看到外面下着小雪，玩心来了，实在不想坐在办公室里。可是，副书记赵明已经批评我几次了，她要求我"在县委院里要好好走路，不能跑跳""不能像个孩子似的坐不住"，希望我"克服孩子气儿，学会在办公桌前安心工作"。可我总是坐不住，我要找个理由下楼：上厕所。我跟贾学文说："贾书记，你来读吧，我要上厕所。"贾学文接过报纸开读，我系上围巾，把整个脸包得只露眼睛，"咚咚咚"地跑下楼梯。这时，县委大院的大门已经关闭，只留一个小铁门进出。我像个小猴子一样，"哐当"一声推开小门，穿过大门洞嗖嗖地朝着厕所跑去。哪曾想，收发室另一个老王头跑步追到厕所里，他大声喊道："你是哪来的小孩？怎么不跟门卫打招呼就跑到县委来上厕所？"我装作没听见，他在背后继续吓唬我说："今儿个我可不能让你走，等领导来处理你……"我在厕所里故意拖延时间，老王头还是没走。我走出厕所，他抓住我的衣服问："你到底是哪儿来的？""团县委的。"我如实告诉他。"我不信，团县委的人我都认识。"他通过县委办公楼散发出来的灯光打量着我的脸。"好吧，那你去问问团县委领导。"我跟他说。这个老王头特有力气，他把我的衣服抓得紧紧的，像逮个小偷似的，一直揪着我走到县委大门口。他把头探出小铁门，抬起头来大声喊："团县委有人吗？团县委……"

我们团县委的办公室有两大间，里面一间是书记和副书记的，外面一间是我和刘剑钊等工作人员的，旁边还有一个乒乓球台。学习的时候，大家都在外面一间。老王头喊了几声，贾学文就推开外屋的窗户，朝老王喊："王师傅，有事吗？""你们下来一个领导，认认这个小孩……"老王头说完，就关上了小铁门。我心里偷着笑，看着贾学文跑下楼来钻进小铁门，问："王师傅，怎么回事？""这个小孩说他是你们团县委的？""是啊，他是我们团县委的，他刚来就下乡了，这才回来的。"贾学文说完，拉着我的胳膊走出县委大门洞。老王头觉得不好意思，告诉贾学文："你们领导得跟这小孩说一声，再上厕所别跑，晚上黑灯瞎火，他系个围巾，我们根本认不出来人……"贾学文笑着说："没问题，没问题。"

贾学文领我回到办公室，笑着把这事儿给大家讲了一遍。赵明听了，严肃地跟大家讲，头几天另一个老王跟她说，团县委新调来的那个小孩，系上围巾像个女孩，还跑着上厕所，他差点儿把这"女孩"从男厕所里给揪出来。"小傅，你现在是机关干部了，必须严格要求自己，不能像个孩子似的竟闹笑话。"赵明批评我。"赵书记，这怎么是我闹出笑话呢？我上厕所有什么错吗？"我委屈地反问，把赵书记和大家都逗乐了。贾学文说："是的，是的，你没错，是两个老王头的错。以后进县委院里，跟收发室打个招呼，让他们看清楚就好了。""上厕所跟收发室打什么招呼？"刘剑钊站出来为我说话。赵明又说："你得学会像个大人，今后在县委院里不要蹦蹦跳跳，那人家就不会怀疑了。""那可不行，中午我们还要在院里打篮球，连闻书记他们都要跑跑颠颠的，我还能慢慢走啊？""你这小孩儿，还会跟我顶嘴……"赵书记朝我笑了起来。看见领导和同事们对我都很友好，我就没话说了。

很快我就发现，县委收发室可不光是收发报纸、文件、书信和看大门的地方，他还是一个口头信息收集和传播中心。我跑着上厕所被收发室老王逮住的事儿，很快传遍整个县委大院。县委机关党委书记赵凤英是个老革命，她认真向赵明了解此事，指示团县委要重视青年干部的管理和教育。赵明为此在会上再次提醒我，要"强迫自己坐得住、学会好好走路"。不过，我根本没把赵明说的那些话放在心上。我越发觉得到县委工作以来，没有什么比上厕所闹出的笑话更有意思。

近三十年过去了，我不记得我讲这些故事时妈妈说了什么。我能想出来的，只有妈妈专心听，跟我一起笑的场景。我无论如何也想不到，妈妈听我讲笑话的复杂心理感受，居然一直埋在心底，直到现在才讲出来。我问妈妈："当时你为什么不说我不懂事呢？"妈妈说："你是立志早的孩子，妈妈已经很满足了。你毕竟还小啊，妈离你那么远，多少天见不着，还能怎么管呢？我告诉你当干部别不知深浅、别毛毛愣愣就行了。说多了，你爱听吗？有什么用呢？你不经历事情，说了你也听不懂。所以妈就把这些话放在肚子里，现在说是不是也不晚？好孩子不是一天教育出来的，爹妈教导孩子得使长劲儿、有耐心。我说我想有根绳子遛着你，那是当妈的心事，是不能跟孩子说出来的牵挂。什么时候死了，那根绳子才能断。现在你该懂了吧？"

原来，妈妈作为"天使"，她与我之间始终有根看不见的"绳子"——一根"天使之绳"，它的别名叫"牵挂"。

第二节 "见到父老乡亲要下车"

在整个家族里，我的爹妈对孩子是最宠爱的。从来没有打骂与呵斥，是不是已经足够？然而，妈妈会在一些关键的细节上，特别认真地指点我们的行为。我记忆最深的有两件事：一是和三婶分家，那时我才三岁，妈妈扯着我的手来到碗柜前耳提面命地叮嘱："记住，右手边是你三婶家的碗盘，那边的一粒饽饽渣你都不许动。"二是我骑着县委的公车回家，妈妈语重心长地提醒我："见到父老乡亲要下车。"

1975年元旦放假，我第一次从县城骑着自行车回家。那是一辆"白山"牌自行车，大梁上挂着一个铁皮做的小红牌，上面有四个字：县委公车。我推着自行车走进大门，妈妈欢喜地迎出来，说："我儿子回来了！"我把自行车停在碾盘旁边，妈妈问："你这是借谁的自行车？""公家的。""公家的自行车怎么给你用了？""领导批准的。"我和妈妈一边说话，一边走进屋里。妈妈让我脱鞋上炕暖和暖和，然后到外屋地做饭去了。

吃饭的时候，我给奶奶、爹妈和姐妹讲的第一件大事，就是上面已经发出预报，咱们岫岩、营口和海城等地最近可能有大地震。我们县委大院里专门盖了几间地震棚，设了一个地震监测站。说来很巧，曾在黄花甸中学给兴绵哥上物理课的赵伟老师就在这个监测站工作。有一天，我们在县委大院里遇见，他说我长得很像他的学生傅兴绵。我惊喜地告诉赵老师，傅兴绵是我哥哥，几年前生病去世了。赵老师听了，感到十分惋惜。他请我到地震监测站聊一聊。监测站有一台十分简陋的地震监测设备，一根铁针不时地在图纸上画出记录地磁的曲线，看上去很像一台古老的打字机。从赵老师那里我知道，我们全县实行了地震全民监测、24小时报告制度，至少对一百多口水井、数千头家畜进行实时观察。我告诉爹妈，要注意观察咱家的井水变化。妈妈说，咱们家新房子比较结实，不用担心。她提醒我回到县里要小心。我说县委的宿舍都是水泥、红砖建造的，比家里的房子还结实。

我本来想告诉妈妈，县委办公室已经作出决定，元旦之后，所有住宿舍的机关干部，必须搬到县委机关临时搭建的地震棚里；县委领导坐的几辆吉普车，夜晚也可以提供给我们住宿。但是，我怕妈妈担心我挨冷受冻，就岔开这个话题，与爹妈谈起了我们团县委书记贾学文。我说我和贾学文睡在一个宿舍，他住炕头第一铺，我住第二铺。贾学文比我大四岁，我和他一起下乡、工作、吃饭和睡觉，感觉他很厚道，像个老大哥。有天晚上，我俩躺在炕上的被窝里聊天，我很信任地告诉他："我哥哥几年前死了，妈妈就剩我一个儿子了。如果我一周不回家，妈妈就会惦记；一个月不回家，妈妈就会想我想病了……"妈妈笑着打断我的话说："儿子，你说这话，也不怕人家当领导的笑话你？"我自豪地跟妈妈讲："你猜不到贾书记怎么说的吧？他说只要我在机关没下乡，周日正常休息就可以回家，而且会力争让我骑着公家车子回家看妈妈。"妈妈问："你回家骑县委公车，别人不会有意见吗？咱们当干部了，不能占公家的便宜，为这犯错误多不值啊？"我告诉妈妈，按规定，公车是不准私用的，是贾书记批准我骑公车回家的。贾学文是个很善良的人，他是丹东下乡青年，在岫岩岭沟公社干得好，成了扎根农村干革命的知青典型，被破格提拔当了团县委书记。就是他，想方设法让我骑公车回家看妈妈——这是一个令我感动的故事。

事实上，这件事并不简单。一旦有人举报县委公车私用，贾学文这个新提拔的团县委书记和我都会受到处分。为了能让我在周末骑车回家看妈妈，贾学文费了一番苦心。在他向我承诺"力争"之后的几天里，他悄悄找到县委组织部部长王来龙请示说，团县委就我一个农村来的小孩，我哥哥去世不久，妈妈精神受到打击，家里情况比较特殊，是否能允许我在周日骑公车回家看看母亲？王来龙部长是个高大的山东人，装卸工人出身，说话办事直来直去，特别关心、爱护青年干部。他不仅没有拒绝，还表扬贾学文说："你是青年领袖，你带头关心青年人，这是对的。骑公车回家又骑不坏，那孩子高兴，人家爹妈还不感谢我们？谁若有意见，就说是我批准的。"那天晚上，当贾学文躺在被窝里兴奋地给我描述这段请示经过的时候，我激动得心都快跳出来了，一下子从被窝里站起来，说："贾书记，我代表妈妈请你回家吃猪肉……"

妈妈听我讲完好人贾学文的故事，说："你身边有这样的好人，妈就放心了。人都是两好轧一好，不要忘记对你好的人。什么时候都是好人多，要向好人学。领导对你好，你要干好工作。"

我和妈妈感激贾学文的善良，是他给了我回家看妈妈的方便。不过，妈妈对我骑公车回家还是想了很多。那年头，骑着县委公车回家，似乎比现在开着豪车回家更稀罕。所以，在新年那天晚上，妈妈跟我讲，我去团县委当干部这件事，在公社、大队和小队的一些干部、社员中传开，有亲朋好友和邻居来到家里给爹妈贺喜。妈妈说："孩子，人家的爹妈，孩子当个小队会计、生产队队长都乐够呛，我儿子当了县委干部，爹妈能不高兴吗？可这年头当干部不容易啊，你二叔当干部，怕挨打挨批，吓得跑到咱家萝卜窖躲起来；城里有多少大干部都成了'走资派'下乡来了？你这么小就当了干部，可千万不能张狂啊！小时候，妈就教你们做人要仁义，当干部更要讲究仁义。你骑公车回家，见到父老乡亲要下车，可不能趾高气扬地瞧不起人。古语说，'天狂有雨，人狂有祸'，做人老实厚道才长久，你记住了吗？"我使劲儿地点点头。妈妈说："你过去见到叔叔大爷、爷爷奶奶都知道打招呼，现在必须下车打招呼，不然就是你当干部眼皮高了。咱们穷人家的孩子，到什么时候都别张狂，张狂的人没有好下场啊！"

从新年第二天骑车离开家开始，我就记着"见到父老乡亲要下车"这个事儿。可是我上路太早了，天黑蒙蒙的，一路上没有遇见一个熟人。我心想，如果今天我遇见一个乡亲不下车，明天真的就会有不少人知道吗？就会传到爹妈耳朵里去？不会吧？但我的心灵指引我："听妈妈的话，就不会有错。"这是哥哥离世以后，我从内心疼爱爹妈发生的重大转变。这个转变的显著标志就是我在爹妈面前变得越来越温顺，我一定会按照妈妈教的去做。

1975年元旦过后，各种地震预兆传得越来越紧张。我们这些住宿舍的"光棍"被赶到临时搭建的地震棚里。不多不少，我在地震棚和吉普车里各睡了一夜。在零下二十多摄氏度的夜里，我冻得实在睡不着，就偷偷跑回宿舍睡觉。贾学文告诉我："回宿舍睡觉不要开灯，免得被领导抽查发现。你别脱衣服，地震来了我叫你。"没承想，贾学文在地震棚里也坚持不住了，他跑到吉普车里睡，发现吉普车里更冷，最后像我一样偷摸回到宿舍。有一次，我们两个被县委领导夜查给抓住了，贾学文写了检讨，事情也就过去了。闻书记见到我说："你要保护好自己，你妈妈可就你这一个儿子了。"机关党委书记赵凤英还特地嘱咐贾学文，要他照看我不要冻坏了。那些日子，我突然发现有这么多领导关心、爱护我。贾学文开玩笑说："他们喜欢聪明、机灵的孩子。"人们等地震等得太久了，渐渐觉得这地震预报简直是胡扯，大多数人再也忍受不了天天紧张的日子，纷纷回归正常生活。一月下旬，县委领导也终于顺应民情民意，允许我们回到宿舍睡觉，但不许我们全脱大睡。

我们团县委的小二楼，被县委防震领导小组认定为最不安全的建筑。可是，这楼里至少有四个部门，难道还能不上班吗？我和刘剑钊为了预防地震，找来十几个空的汽水瓶子，将它们一律倒置过来，放在窗台和办公桌上。一旦地震来临，这些汽水瓶子会立即倒下，我们就赶紧逃生。往常，我和剑钊、贾学文、赵明经常利用中午和晚上休息时间在办公室里打乒乓球。楼下民政局的老陈偶尔会上来提醒我们："打球时脚步轻一点儿，震得我们老头儿受不了啊。"自从预报有地震，领导们以身作则不打乒乓球了，我和剑钊是"小兵"，照打不误。有一天中午，我们俩打得正激烈，窗台上的汽水瓶"咣当、咣当"掉下来几个，我们以为地震来了，抬腿就往楼下跑，楼下民政局的老陈拦住我俩说："地震没来之前，你们团县委不能再打乒乓球了。你们在楼上一扑腾，我们就以为是地震了，吓得不行啊！"这时我们才发现，县委大院一片安宁，原来是我们打乒乓球用力过猛，震倒了汽水瓶，自己吓唬了自己。

其实，在世界地震预报史上，大概没有比辽宁海城、营口那次地震预报更及时、准确的了。这个奇迹，或许应该归功于全民参与地震监测的伟大创举。

我是地震的亲历者。1975年2月4日晚上七点半左右，我一边洗脚，一边给我们团县委的工作人员读《人民日报》上刊登的理论文章。突然间，整个小楼晃动起来，头顶上的日光灯左右摇摆，窗台上的汽水瓶子噼里啪啦地掉到地上。我和剑钊几乎同时大喊："地震了……"大家慌作一团，起身外逃，我一脚踩翻了洗脚盆，跟随剑钊跑下二楼。我们想往县委大院跑，又怕县委门洞坍塌；我回头看，发现紧挨着我们团县委小楼的锅炉房大烟囱正在晃动，周围房屋有瓦片和砖头掉落的声响……不断有人捂着脑袋、惊慌喊叫跑到马路上来。有人喊道："离小楼远一点儿，站到马路中间来……"我和剑钊、贾学文、赵明等赶紧跑到人群那边去，整个县城突然断电，一片漆黑。大约五分钟后，路灯亮起来了，县委大门洞和我们团县委二楼办公室的灯也亮起来。这时我才发现，我光脚站在雪地上，脚都冻麻了。"不行，我得上楼去穿鞋。"赵明和剑钊喊着不让我上楼，我头也没回，快速上楼穿上鞋子，又跑了下来。

县委小车队的尹师傅，地震时过于惊慌，错把枕头当孩子抱了出来，路灯亮了又跑回地震棚抱孩子。

正当大家惊魂未定时，县革委会副主任马洪涛出现在县委大门口。他向在场的干部、群众询问，县委院里有没有人受伤，有谁看到房子倒塌和伤亡情况。他指示县委机关干部回办公室，给各公社打电话，了解地震受灾情况。县委大门口街道上的人越来越多。根据大家现场提供的地震情况，岫岩城内的建筑几乎没有整栋倒塌的，只有几个人受伤，没有死亡。马主任说，他从家里一路走过来，感觉岫岩地震情况不严重，不知道海城那边的情况怎么样。他希望大家保持警惕，要躲避可能发生的余震。因为天气太冷，街道上的人逐渐散去，我们团县委的人也回到办公室。我担心洗脚水从地板漏到楼下民政局办公室，拿起拖布擦地。赵明说："小傅，你这个小孩儿就能闹事，一边读报，一边洗脚，地震来了光脚跑，看看你的脚冻坏了没有？"我说："没事儿，上来穿鞋，忘了把脚上的泥擦干净，现在鞋窠里脏得像猪圈。"我放下拖布，想把鞋窠清理一下，突然间，小楼又晃动起来。"是余震！"赵明给大家讲，大震过后，会有多次余震。

可是，谁知道大震到底来没来呀？大家的紧张情绪刚想放松，一辆卡车就轰隆隆地开到县委门口，一脚急刹车停了下来。我和剑钊跑下楼，看到从车上跳下来的卡车司机正对着收发室的窗口喊："我是从海城回来的，想见领导……"正在收发室的马洪涛副主任赶紧跑出来与这个司机对话。司机气喘吁吁地给马主任讲，他是县运输公司的，地震时，他开车正路过海城板屯公社，看到这里许多房子都震倒了，还有好几个地方起火。一些人拦住他的卡车，把十几个受重伤的人抬到他的车上，他刚刚把这些人送到县医院。他想让县领导知道，海城那边地震很严重。马主任表扬他做得好，使岫岩很快了解到海城的地震情况。他说，根据刚才各公社来电话汇报的情况判断，全县的地震损失不大，受伤的人员不多，没有死亡报告。但是，与海城边界接壤的几个公社有不少房子震坏了，这也证明海城是地震的重灾区。我和剑钊听完马主任的话，回来告诉贾学文海城地震相当严重。贾学文说："看来我们岫岩是幸运的。如果一个多小时前我们这里的地震像海城，咱们在团县委小楼上的这些人可就惨了。"

那一夜，整个县城的人都惊魂未定，我和贾学文回到宿舍已是深夜十二点多。我对贾学文说："我前天从家里回来时，妈妈说星期一是小年，可惜我不能在家过，谁能想到星期二就发生了地震。多亏团县委小楼没震倒，不然我妈真的就没有儿子了。"贾学文安慰我说："就算小楼震倒了，我们也可能活下来，那是木板楼，不是那么沉重……""若是楼后锅炉房那根大烟囱砸下来呢？""哈哈，不说了，现在咱俩不是活得好好的？下周就过年了，我们可以平平安安回家陪爹妈去了。睡觉吧！"我好久没有睡着，担心妈妈会惦记我；我也惦记妈妈，因为我家与营口只是一岭之隔。第二天早上醒来，我跟贾学文说："你让我今天晚上骑车回一趟家吧，明天早上我会准时回来上班……"贾学文说："回去吧，你下午就可以走，我理解你的心情。"我高兴坏了，告诉贾学文，妈妈对我骑公车回家有要求，"见到父老乡亲要下车"。贾学文笑起来，说他妈妈也是这么教他的，要他当了团县委书记以后，回丹东在大街上见到熟人，一定要打招呼。我惊讶地问："怎么这么巧？难道我们两个人的妈妈是商量好的？"贾学文得意地说："有好妈妈，才能有好儿子，不是吗？爹妈若是不教我们懂人情道理，我们还能到县委工作？听妈妈话一定是对的。"贾学文不愧是书记、老大哥，看事比我成熟多了。

那次地震，我深深感受到灾难面前人们之间的团结和友好，尤其是领导和同事们对我这个"小孩儿"的关照，使我相信善良和爱根植于每个人的心中。最令我痛心难忘的，是地震后一个多月内，全县因搭建大量临时、简易地震棚——包括农村搭建草棚和窝棚，人们在里面取暖和做饭时发生了多起火灾，烧死二十多人。县委书记刘文辉在抗震救灾大会上谈到，岫岩在地震时几乎没有死伤几个人，没想到震后烧死这么多人，实在不应该！爹爹发现，地震后还有一个奇怪现象，就是老院前后山的狐狸彻底消失了。直到五十年后的今天，那里依然没有狐狸。

此后，我在工作中遇见和经历的一些事情，包括我的幸运，都对妈妈给我的教育做了最好的注释。我无限感恩父母用言行给我划定是非界限，教我养成良好的道德习惯，顺利走过不少沟沟坎坎。当了爸爸以后，我请妈妈谈谈"见到父老乡亲要下车"的道理。妈妈平淡、朴实地说："这没什么好说的。孩子将来干什么其实不重要，重要的是品性好，要有人样儿。我教你们从小不偷不摸，讲仁义，就是想让你们长大处人事、做好人。"由此我领悟到，妈妈教我记住的那两个细节，至少讲了两条做人准则：一是自律；二是谦卑。妈妈没学过什么"家教指南"，但妈妈在生活中给我的引导，尽是人性的价值和做人的方向。

第三节 恋人告密事件

妈妈在爹爹和孩子面前，从不表现强势。她是靠微笑和温柔来表现内心的意志和坚韧，去教育和说服孩子的。她相信，温情的妈妈，会有温顺的儿女。妈妈对哥哥回乡后参加批斗会很不乐意，但她表现得非常克制。她委婉地劝说："兴绵，大队、小队批斗会咱们能不去就不去。你非要去，妈也不拦你，可是，你不能打人骂人，用嘴讲道理就行了。新社会、新国家，打人骂人就是不对，是犯法。"爹爹则对哥哥参加批斗感到气愤，但爹爹不想和哥哥发生正面冲突，几次背地里跟妈妈讲："兴绵这小子才完蛋呢，你怎么说他就是不听。"妈妈劝爹爹："孩子大了，点到为止，你还能打他？父母尽心了，说不听就随他们去吧。"没想到，妈妈不强求哥哥，却换来了哥哥思想的大转变。可能是哥哥长大了，懂事了，知道心疼爹妈了。他不再随便外出了，而是专注家庭生活，一心一意帮助爹妈盖房子，成了爹妈很得意的儿子。

尽管那时我还小，但是，爹妈反对哥哥参加批斗会的态度，对我来说是暗示、是提醒，让我记忆深刻。我知道，爹妈期盼我们几个孩子做老老实实、本本分分的人。

有一次，当我和妈妈谈起县里有人要我站出来批判"走资派"的时候，妈妈一听就急了，她总是担心我年纪小，被人利用做伤害人的事。当时她瞪大眼睛，像下命令一样大声说："儿子，你听妈妈的话，打人、批斗人的事儿咱不干……"在我的记忆中，妈妈如此严厉和强势，还是第一回。我把它视为"天使之命"。一位整天围绕锅台转的农村母亲对孩子参与政治斗争的立场如此清晰，这个立场是父母人格和价值观的一部分。

因为天真和单纯，我看不懂政治是怎么一回事。直到有一天，机关党委书记找我的领导谈话，批评我"头上没角、身上没刺"，不站出来批判"走资派"，没有政治觉悟，思想有问题，宣布取消我的入党积极分子资格，我才突然感觉解放了——因为这意味着我不再是重点培养的"革命接班人"，也就没人找我出头露面了。这不正是妈妈所期望的结果吗？我所在乎的不是被提拔重用，而是妈妈的"天使之命"。

爹妈从来不过问、不打听我工作上的事情，除非我主动向他们报告。妈妈始终认为，爹妈教导什么样，孩子工作就会什么样，不用多问。再说了，爹妈是老农，也不懂孩子工作上的事儿，打听多了，孩子会烦的。我喜欢爹妈这样做。他们越是这样，我就越愿意在大事上请教他们。妈妈不仅乐意与孩子沟通，而且善于把生活的智慧讲给我们听。我常想，如果不是听了妈妈那么多教诲，我真的不敢想我会遭遇何种不幸。回顾今生，妈妈的"天使之命"，给了我无限福报。

在那个年代，最令我震惊的是发生在恋人之间的告密事件。我和团县委的同事们目睹了贾学文被恋人陷害的惨剧。当时，我们万分吃惊，深感政治"告密"的恐怖。后来，看了亚当·斯密写的《道德情操论》，我有过一次幻想：如果当年贾学文读过亚当·斯密关于"爱情与罪恶"的论述，或许就能逃过那场劫难吧！亚当·斯密说："恋爱对我来说并不意味着任何美德，想一想通常与之相伴的所有罪恶！想一想那些由它导致的各种各样的不幸、毁灭和丑行——它的结果对于这个时代的年轻人来说，有时也许是致命的。"可是，年轻求爱的时候，有谁想过爱情会带来罪恶与毁灭？贾学文也一样。

贾学文是个关心国家大事、忧国忧民的人，也是个善于思考的人。与他相比，我太幼稚了。贾学文回龙潭公社之前，还跟我透露一个"秘密"，说他有女朋友了。我好奇地追问："你在农村找女朋友了？你真的准备扎根农村一辈子？"贾学文坦率地告诉我："不是农村人，是和我一样的下乡知青，只是比我晚两年下乡的。""从哪儿下乡的？""丹东化纤厂。""长得漂亮吗？性格怎么样呢？"贾学文像答记者问一样谈道："长得不算漂亮，但人很单纯、厚道，看上去挺顺眼。跟我有点儿像，胖墩墩的，我们就算是鱼找鱼、虾找虾吧！哈哈！"贾学文一边自嘲，一边憧憬未来。那时，我还不青不少，不懂爱情，只是为贾学文有了恋人而高兴。我跟贾学文逗趣说："看你何时给我机会，让我去龙潭看一眼未来的嫂子呗？"贾学文自信满满地说："没问题，不过你得给我保密。我现在是她的主管领导，她得随叫随到。她若敢不听我指挥，那她就别想早点儿回城了！哈哈！"

大约两个月后，有一天贾学文打来电话告诉我和剑钊，说他的女朋友即将回城了，明天上午来团县委办理团组织关系，要我俩关照一下。我在电话里跟贾学文开玩笑："是不是你利用手中的权力，给自己的恋人回城开绿灯了？"贾学文一本正经地说："我哪能那么没原则。人家是靠自己的努力，小队、大队给知青评分，她排在最前面。明天你们要好好看看她怎么样，帮我把把关……"剑钊一听就说："贾书记谈恋爱的速度好快啊！我们怎么一点儿都没听说啊？"剑钊那年22岁，不久前，他因与女朋友在夜晚的路灯下手拉手散步，被机关党委书记点名批评，说他"这么早就谈恋爱，沾染上了小资产阶级生活作风"，要求今后机关里的青年人，不满 25 周岁不准谈恋爱……剑钊认真地嘱咐我，关于贾书记谈恋爱和女朋友来转组织关系的事，咱们不要跟别人讲，省得传到领导耳朵里对他不好。

第二天上午，我和剑钊坐在办公室里等贾学文恋人的到来。大约十点半，一位个子不高、胖乎乎的女孩敲门走进办公室。剑钊赶紧起身迎上去，请她坐在自己办公桌对面的椅子上，我给她倒了一杯水。剑钊给她办完组织关系，想请她到食堂吃午饭，她说还有别的事情要办，与我们告别离去。

我和剑钊站在窗口，望着她走出县委胡同。剑钊对我说："贾书记挺有眼光。这个女孩儿话不多，看上去挺憨厚，走路稳稳当当，人肯定不错。"剑钊问我的看法，我说："我感觉这个女孩儿应该挺善良的，不然贾学文看不上。"贾学文跟我说过，找对象长得丑俊是次要的，必须善良、心眼儿好。这也是我妈妈的观点。贾学文绝对想不到，他积极向上的人生，顷刻之间跌入万丈深渊。他不仅失去了工作和领导职位，甚至被限制了个人自由。他被当作"反革命分子"，下放到新甸公社的一个生产队劳动改造。而制造这场不幸的罪魁祸首，不是别人，正是他的恋人。

1976 年，对于中国来说是个多事之秋。贾学文是个有思想的人，与恋人探讨生活和未来，难免会对当下现状谈些看法，没有任何保留，没有丝毫戒备。他哪里会想到，自己的恋人写信举报他。贾学文出事令我非常难过，他是我参加工作遇到的最好的领导、同事和朋友。事实上，在此后整整四十年的职业生涯中，我很少遇到 20 岁时所拥有的那些工作伙伴。仅仅一年多的相处，我便感觉他很像我的哥哥。无论在食堂吃饭还是在宿舍睡觉，无论在办公室学习还是下乡蹲点劳动，无论平安无事还是面对政治风险，他都像哥哥一样真诚地呵护我。他的出现，或许是上天的可怜与偏爱——又送给我一个哥哥。他为人善良憨厚，说话直来直去，工作勤勤恳恳，没有半点儿官架子。他和哥哥都属于那种拼命干活儿的人，生命活力无限。记得有一次贾学文对我说："小傅，你说我这字儿怎么就写不好呢？我羡慕你会写毛笔字，有空儿你教教我吧。"赵明在旁边插话说："小傅，你可别不知大小，他在考验他的部下是谦虚还是骄傲呢！"贾学文问："小傅，你感觉我说的是不是真话？"两个领导弄得我一时不知怎样回答。晚上回到宿舍，贾学文对我说："赵明虽然是副书记，但文字水平比我强不少，这一点我得虚心向她学习。我说我的字写得不好，是真心话，不知道为什么人家会觉得我虚伪？是不是我太实在了？"我和剑钊早就看出来，赵明对贾学文来当书记是不服气的。贾学文为人厚道，他并不计较赵明说话挑剔、尖刻，也不在副手面前过于强势，而是乐于听取不同意见，团结同事做好工作。"也许是你太老实厚道了吧！我也不知道。不过，我爹妈总是说老实常常在、老实不吃亏。"贾学文说："也许我这辈子改不了老实厚道的毛病了。适应不了机关工作，我下基层去干几年再说。"

此后不久，贾学文真就高高兴兴地下基层任职去了。说心里话，他离开机关，让我难受好一阵子。那种感觉，很像离开兴绵哥的那种孤独和失落。我在给贾学文的信中写道："我失去哥哥三年后遇见你，感觉自己又有了一个哥哥。我没把你当领导，跟你说话很随意。就因为你是哥哥，无论你走到哪里，千万别忘了我这个弟弟……"我本来和贾学文约好的：在腊月里某个星期天，我要带他回家一起杀年猪、吃猪肉。我还把这个约定早早写信告诉了妈妈。妈妈回信说，我们哪天回家，爹爹就哪天杀猪。令我痛心的是，腊月底回家杀猪，爹妈没有看见贾学文的到来。妈妈问我："你贾大哥怎么没来？不是说好了吗？"我要怎么回答妈妈呢？我的眼泪流了下来。忽然间，我想起来妈妈最受不了我流泪的样子，她会想象比贾学文被抓更坏的事情发生。"怎么了，小贾他怎么了？"妈妈急着问。我擦干眼泪告诉妈妈："没什么大事，他生病了，来不了。""病得很重吗？孩子别难过，人在就行，慢慢治治就好了。"妈妈安慰我说。晚上送走客人、收拾好碗筷儿，妈妈盘腿上炕与全家人一起坐在火盆边，她问贾学文得了什么病。"像小贾这么年轻、这么好的人，不应该得什么大病。"我不想再瞒着，如实相告。爹爹一听就急了，说："那他不毁了吗？多好一个人啊？每次见到我都笑呵呵的……"妈妈问："小贾现在在哪儿啊？"我摇摇头。妈妈长叹一声："这大过年的，小贾没有信儿，也不能回家，爹妈还不急疯了？像这样恶毒的姑娘，也真是世上少有……"贾学文遭遇不幸的消息，平添了妈妈对我的担心。春节后我离家的时候，妈妈就贾学文的遭遇嘱咐我说："孩子，害人的事儿千万不能干。坑害小贾的那个姑娘，她会一辈子良心不安，不信你就看吧。"妈妈认为，当官不是什么好事。枪打出头鸟，小贾若不是领导，那姑娘也许不会告他。妈妈嘱咐我多干活儿，千万别多言多语、乱说话；工作也好，找对象也好，可要看准人。妈妈还问我能不能想办法去看看小贾，给他送点儿衣服和食物什么的，"这不算犯错误吧？"我告诉妈妈我心里想着这事儿，妈妈说："这就对了。朋友有难的时候，得往前凑，不能打退堂鼓，不然还叫什么朋友？"

贾学文离开团县委不久，县委知识青年安置办公室主任尹世华调来当书记。尹世华是大连知青，一米九的大个子，为人谦和，性格温顺。他在石庙子公社出任党委副书记的时候，我在那里开展建团整团工作，他待我像贾学文一样好。贾学文出事后，他提醒我，不管过去跟贾学文相处有多好，都不要表现出来。组织不允许任何人对他同情和怜悯，否则就要犯政治错误。我向人打听贾学文被关押在哪里，却无人知晓。

第四节　看望落难的兄弟

回团县委上班后，我一直记着妈妈说的话，时刻都在琢磨怎样才能知道贾学文的下落。大约一周后，也就是正月十五的前几天，县委收发室老王给我送来一封信，信封上的笔迹有点儿像贾学文，但没写寄信人的地址。我把信拿在手上，心里一阵紧张，快速撕开信封，发现正是贾学文。信纸是从小学生田字格本上撕下来的，开头歪歪斜斜地写道："兴宇，你好。你可能知道我的事了吧？还好，我出来一个多月了，在新甸公社大山大队劳动改造……我好想见你一面。如果你能来，麻烦你给我买二斤旱烟带来，再给我找两本书来看看。如果没时间，就到邮局给我寄过来……别告诉任何人。"我从这张巴掌大小、皱皱巴巴的信纸上，意外获知了贾学文的下落，感觉既兴奋又沮丧。他原本是不吸烟的，现在却要烟抽，一定是愁苦难耐。可是我能帮他什么呢？好在我终于知道他在哪儿了。

我翻了无数遍办公桌上的日历，决定在正月十六的晚上去看他，那天是周六休息。我从国安二叔那里要来一把旱烟，找来一本小说《斯巴达克斯》和一本《政治经济学》，又买了二斤饼干，提前两天把这些东西用牛皮纸包好放在宿舍里，然后我去找尹世华，请求他批准我骑公车回家看妈妈。尹世华与贾学文一样有人情味儿，他居然建议我正月十五那天回家过节，周六可以不回来上班，在家多待一天。我灵机一动，想在正月十五去看贾学文。但我突然意识到，这种欺骗领导，又不敢让别人知道的事儿，一旦败露被举报怎么得了？于是，我克制住孩子般的冲动，装作没事一样，耐心等到周六。

周六晚上，我沉住气，稳步走进食堂，认认真真地吃了一顿饱饭，顺便又买了两个馒头。我知道我要在今夜独自骑行三十多公里，我必须为这次不寻常的秘密会面吃饱肚子,把给贾学文带的东西紧紧捆在车后座不能有闪失。我要给蒙难的贾学文一个惊喜,让他在困境中看到希望,感受到我的温暖和帮助。

十五的月亮十六圆。那是一个皓月当空的夜晚,大约六点,我借着明亮的月光离开县城,沿着城南那条被积雪覆盖的黄沙公路,一路向南骑行。在团县委工作两年来,我走遍全县二十四个公社,从县城到新甸途径雅河公社,接下来要越过三四个山岭和好多村庄。天气很冷,我拼力蹬车,呼出的每一口气都是一团白雾。我把头用帽子和围巾裹得严严实实,只露出嘴和眼睛。骑行不到半小时,帽子和围巾就被汗水湿透,结成冰霜。尽管道班工人在冰雪路面上撒下一层黄沙,减少了滑倒的危险,但我屁股底下的自行车仍是一起一伏、一歪一滑。然而,头顶的星月似乎赋予我能量,我的心如火一样炽热,全身焕发出使不完的劲头。我感受不到严寒与疲倦,骑车的感觉就像爹爹驾驭马车一样操控自如,一次也没有摔倒。一定是因为妈妈支持和鼓励我去探望蒙难的同事,我才有了这不屈不挠的意志。不过,我不得不在每一段上坡的山路下车推行,眼前唯有寂静的山林和雪地,看不见村落和灯火。繁星闪烁的夜空,突然散落的一串流星,令我内心的孤独感和恐惧感双双蹦出来。我感到心慌和害怕,本能地推着自行车拼命快跑,以最快的速度到达岭顶,然后再一个高儿地跳上车子快速下坡。爹爹说"上山容易下山难",指的是下坡更危险。我必须控制好车速,否则就会在这冰雪路上摔惨了。一旦摔个好歹,怎么去见贾学文?我担心车闸失灵,把脚上一只胶皮棉鞋的后跟紧紧逼在后轮上,任凭车轮把鞋跟磨破。我不知道自己走了多远,但我确定前进的方向没错,我离新甸公社和贾学文越来越近。我一边骑车一边想,贾学文犯错误失去工作,难道会在这里劳动改造一辈子?我越想越觉得冷,想敲开路边某个人家的门,借问路的机会歇歇脚、喝口水。可此时,大多数农家已熄灯,我累得只好放慢速度,用深呼吸来平缓"咚咚"的心跳。终于,我看见前面有个灯火稍多的地方,那是新甸公社所在地。我下车走进公社门口的小饭馆,那里有几个人正在打牌。我问大山大队怎么走,他们问我去谁家,我说我来看一个朋友,他姓贾……没等我说完,一个干部模样的人站起来说:"我知道了,是原来县团委那个书记吧?他在旁边那个小队住的,你就从前面这条小道一直走,走三四里地就到了。头些天,他腿还压断了……"我很吃惊,没道谢就转身出来了。"贾学文,倒霉事儿怎么都让你赶上了?你的命不会这么苦吧？"我难过地自言自语，骑上车子，朝贾学文住的地方找去。我坚信再也不用问路，凭直觉就能找到他。这是从小就走夜路的农村孩子的本事。这种生活经历成了我那晚克服困难、战胜恐惧的心理支撑。

小道又窄又滑，我只好推着车子走。此时，月亮已升至头顶，我判断应该是深夜了。我借着月光四处看，依稀看见前方不远处有一道石墙，里面传来牲口吃草的嘈杂声音，这应该是生产队的牛圈吧。我推车走到石墙跟前，发现这石墙围起来的院子，右边是牛圈，紧挨着牛圈有一间低矮的、亮灯的茅草房。我把自行车靠在茅草房的窗边停下，透过书本大小的一块玻璃往屋里看，只见一个披着大棉袄的男人坐在炕上，背朝我，低着头，两只手正在一盏昏暗的电灯下面鼓弄什么。我轻轻地敲了两下玻璃，那人回头看了一眼，然后又转回身子，好像没看见我，我也没看清他。我又敲，那人头也不抬说话了："谁呀？没插门，进来吧。"我听得清楚，这个低沉、粗哑的嗓音正是贾学文。那一刻，我心跳加快，悲喜交加，从车后座上拿下东西，推开两扇木门，轻轻走进屋子。贾学文抬起头，愣愣地看着我。他胖胖的脸瘦瘪了，颧骨凸得很高，胡子又长又乱，凌乱头发包围下的两只小眼睛闪动几下，似乎认不出我是谁。我内心一阵酸楚，一把摘下帽子和围巾，压低嗓音喊了一声："学文大哥，我是兴宇……""啊？兴宇……兴宇，你可来了！"贾学文激动得想用双手支撑身体站起来，可是他做不到，我赶紧按他坐下："小心腿！"谁知，他不顾伤腿换药未完，连我脱鞋上炕的几秒钟都等不得，一下子搂住我的脖子，趴在我的肩膀上，像个委屈的孩子抽泣起来。我慌乱地伸出双手，和他紧紧拥抱在一起。我不知如何安慰他，也想不出应该跟他说什么，任凭他的眼泪顺着我的脸颊淌下来……不一会儿，贾学文急促的呼吸平缓下来，我也平复了难受的心情，从脖子上挪开他的双手，脱鞋上炕，与他面对面盘腿而坐。贾学文擦了擦眼角的泪水，苦笑着说："兴宇，你说我多倒霉啊，被对象给告了还不算，还被拉粪的牛车压断了脚脖子……多亏这里的贫下中农对我好，给我找医生治腿，每天给我烧热炕、送饭送菜，不然我不被冻死，也得被饿死。刚才我听见你敲门，还以为是老张头来陪我唠嗑儿……""你饿不饿？我给你带了饼干。"我问他。"饼干就不吃了，你若给我带来旱烟，我想卷一支抽抽。"我本来想问贾学文为什么学抽烟，但目睹他的惨状，我二话没说，打开我带来的那包东西，拿出那把旱烟递给他。他一边卷烟一边对我说："兴宇，我给你写信，相信你是唯一能来看我的人，谁敢来看一个'反革命分子'啊？"我安慰他说："不会的，尹世华和大家都惦记你。

但是谁都不知道你还把脚脖子弄断了，现在能走路吗？"他指了指炕边的一副拐杖，说："我说错话、犯了政治错误，党原谅了咱，让咱劳动改造一段时间，我不得拼命立功赎罪啊，哪知道赶牛车往地里送粪，车翻了，砸断了我的脚脖子。""这倒霉事儿怎么一个接一个呢？你可要挺住啊。""也许因为我太顺了，22 岁就当了团县委书记，老天爷都不服，让我遭点儿罪。""遭点儿罪倒行，你怎么能被定为'反革命分子'呢？"贾学文听我一问，气愤地把卷好的烟放到炕上不抽了，他指着自己的眼睛说："都是我眼瞎呗！哪能想到女朋友会诬告、陷害我啊？到现在我也想不出来她为何这样做？"他又拿起卷烟，冷静地说："我得出教训，交朋友、处对象，可不能稀里糊涂，要怪就怪自己……"

几个月的挫折和磨难，似乎使贾学文变得老练许多。他开始平心静气，像讲故事一样，将他被定为"反革命分子"的经过讲给我听。在被关押二十多天之后，贾学文被送到这里，把铺盖卷放到这铺炕上，开始接受劳动改造。那晚，他的嗓子都快说不出话来。我们不知道时间过了多久，也许天快亮了。炕头土墙外，灶坑下面的木头疙瘩一直在嘎巴嘎巴地燃烧着，火燎着上面那口猪食锅，又酸又臭的猪食味儿充满整个小屋，也将土炕烧得滚烫。我说："我们睡觉吧。"我又累又困，再加上听得心里不是滋味，没脱衣服就躺下了。贾学文没再说话，他给我搭上一条被子，自己小心地把受伤的脚伸到褥子底下。闭灯不久，我们就睡着了。

第二天早上九点多，我们还没睡醒，贾学文提到的常过来陪他唠嗑儿的老张头推门进来了。那是一个看上去有 60 多岁、老实厚道的农民，他给贾学文带来了一包玉米面蒸饺当早饭。见到我，他问贾学文："这是你兄弟吧？你不是告诉我有个弟弟叫学武吗？"贾学文回他："是的，是学武来看我……"我和贾学文把被子卷起来，请老张头坐在炕沿上。"哎呀，你哥是个老实本分的大好人，谁知道来劳动锻炼这么几天，还把脚压断了。再过一两个月就好了，年轻嘛，好得快。"贾学文给我使个眼色，要我别说话。贾学文和老张头随便聊了几句，老张头提醒他按时换药，随手往灶坑里塞进去两块木头疙瘩，关门走了。贾学文说："多亏这些好心人，不然我连饭都吃不上。"我仔细看看贾学文住的这三间茅草屋，四周的土墙多处脱落，北墙透着一层寒霜，地上那张破办公桌上面，一边放着一个装衣服的小木箱子，一边放着一个搪瓷水杯、两个饭碗和一双筷子。炕头土墙外的那一间，相当于过道和厨房，熬猪食那口大锅的旁边有个小灶，上面放着一个小铁锅。贾学文说，那是他来了以后新砌的灶台。西头那个锁着的房间，是小队仓库。贾学文嘱咐我："你这次来看我，不要让别人知道，一旦你受牵连就坏了，回去别跟任何人说见到我了……"贾学文的眼睛湿润了。我说我如果去丹东团市委开会，一定去看看他父母，他说不用，会想办法早点儿回家。他打开老张头送来的用牛皮纸包着的几个玉米面蒸饺："来吧，这就是咱俩的早饭，还热乎着，用手拿着吃，不用筷子。你连宿带夜跑这么老远来看我，就吃这样的早餐……哎，什么都不说了……"

吃过早饭，贾学文一直催我早点儿走。我说不急，他说我骑的那台车有"县委公车"的小红牌，让别人看见不好。我很想再陪他住一夜，即使我不会说更多安慰的话，他也会高兴，可是我明天必须准时到团县委上班。我的心已经安稳了许多。至少，我见到了贾学文，知道他的现状，也了解了他被恋人陷害的来龙去脉。重要的是，组织上已经认定贾学文不是"反革命分子"，不再把他关进监狱。我还看得出，他是个坚强的、有勇气的人，经历挫折并没一蹶不振……所有这些，都是我关心的。临别时我对贾学文说："过些日子我会再来，需要什么写信告诉我。"贾学文拄着双拐送我到猪食锅旁边，我拉住他不要走出屋子送我。他严肃地对我说："你不要再来看我，我离开这里的时候，会写信告诉你。你记住，千万不要像我犯政治错误。"

我骑着自行车离开了贾学文和那三间茅草屋。一路上，我不仅为敢于独自来看遇难的贾学文感到欣慰，而且还产生了一种单纯的自我激励——我坚信，贾学文在农村劳动改造一段之后，组织上会给他立功赎过的机会。知错就改是好同志，不是吗？他一定会东山再起……

然而我大错特错了。

我与贾学文月夜相见大约一年后，他随大批上山下乡知识青年招工回城了。但是，因为有政治问题，他被限定只能进入大集体企业，不能进机关事业单位当干部，也不能进国营企业工作。曾在岫岩拖拉机修配厂当过厂长的"五七战士"姜先生，落实政策后出任丹东电视机厂厂长，他点名要贾学文到电视机厂当销售科科长。贾学文把菊花牌电视机卖得很好，这时再次有人举报他有政治问题，必须调离。曾担任岫岩县委机关党委书记的老革命赵凤英，调到丹东振兴区工业办当主任，她主动邀请贾学文来区里办企业。贾学文为了有事干，去振兴区办了一家汽车电子配件厂。1981年，我中专毕业分配到丹东，贾学文兴奋极了，他说我俩是"拆不散的哥们儿"。那年冬天，他的儿子凡凡出生，妈妈特地让我给他送去十几斤小米。妈妈高兴地跟我说："小贾遭难总算过去了，现在媳妇、儿子都有了，真为他高兴。人不能老不走运，挺过来就能得好了。"我在丹东有这么个朋友，妈妈放心多了。从那时起我在丹东工作、生活十年，贾学文的家和他父母的家成了我和儿子佳佳常去的地方，凡凡和佳佳几乎每周都要见面，在一起玩耍。

那时我问过贾学文，回城后有没有见过前女友，他说没有，也不记恨。说这话的时候，我们都还年轻。我要报考中国人民大学新闻系的硕士研究生，贾学文叫我白天去他家复习，他说我的房子又狭小又潮湿阴暗，他的房子在锦江山脚下，阳光充足，对学习和身体有好处。看到我仍在求学，他感叹自己被诬告失去了政治前途和求学的机会。又过二十年，贾学文得了大病。他虽然是个开朗、大度的男人，但那股"无名火"却成了他心底潜伏的"毒素"。这些"毒素"不断吞噬他的躯体，给他的事业带来厄运。即便他被牛车压断脚脖子，命运之神也毫无怜悯之心，也没有给他送来"解药"，帮助他改变人生方向和精神状态。事实上，贾学文后来做汽车配件干得不错，挣了不少钱，他的生活也比较富裕，但那仿佛不是他想要的人生，或者说他理想的事业本不是这样。贾学文50岁刚过，开始饱受疾病困扰，仅仅60岁就告别人世。冥冥之中，他始终挣扎在那次政治诬告的阴影里。他曾经的"恋人"，成了他彻头彻尾的"催命鬼"。

第五节　我要去上学

小时候，我不知什么是风险，看不见父母如何费尽心思保佑我。直到年过半百，我才大彻大悟，是父母"天使"般的庇护与引领，我才有今天"行到水穷处，坐看云起时"的清静与从容。

与贾学文等人相比，我似乎逃过了"文革"一劫。当我那颗幼稚、无知的心长出感恩父母的良知，我才猛然发现，不是我懂政治，更不是我比别人聪明，而是我的妈妈像"天使"一样保佑了我。妈妈教导我"见到父老乡亲要下车""打人、批斗人的事咱不干""不要忘了咱是穷人家的孩子"，等等，每一声叮嘱，都好似手扯手的方向引领，让我没有偏航。正是这些小事儿，成为妈妈从点滴规范我品行与习惯的"魔法"；这些说教听起来平平常常、唠唠叨叨，却无一不是母为子订立的"天条"。那时我不懂妈妈的用心，但我庆幸自己没有违背"天使"的意志。我努力照着妈妈的话去做，不让她操心。几十年后蓦然回首方才悟透，原来"天使"保佑的"魔法"，就是教我从小开始做好人、做好事，在内心播下同情、善良的种子。

1977年全国恢复高考，我兴奋极了。一些老同志鼓励我赶紧准备高考，而且提醒我一定要考理工科，将来当工程师，千万别学文科。我找领导请假复习，没想到从团县委领导到县委领导，都不同意我去参加高考，也不给时间复习。机关党委书记赵凤英专门找我谈话来了，说她"代表县委领导的意思"，跟我谈谈为什么不让我考大学。她的谈话令我大吃一惊，大意是：我是县委机关里年龄最小的干部，也是"经得起政治斗争考验的年轻人"，因此是目前县委"看好的革命事业接班人"，必须留下来好好培养。

因执意要参加高考，所以我对组织的挽留并无兴趣。但我多少有些明白，自己为什么会得到赵书记这么高的评价。就是这个赵书记，曾批评我"头上不长角、身上不长刺""不敢出头露面批判'走资派'"，并取消了我的入党积极分子资格。如今，政治形势发生一百八十度大转弯，她对我的态度也完全改变了。在恢复高考前后那段时间，那拨突击提拔的所谓"接班人"，几乎全部被清退，纷纷回到原处当了工人或农民。我因为没有入党、没有被提拔"接班"，瞬间成了机关里极少数引人注目的"稳当客"。然而，我并无窃喜，因为那些被清理的"突击提干"的人，不少是我熟悉的大哥、大姐。我同情他们，多少也有一点儿"兔死狐悲"的感觉。这种感觉，坚定了我不当干部，去上大学的决心。

1977年，我考上本科走读生，因不具备走读条件而不得不放弃。1978年，我再次参加高考，被鞍山钢铁学校录取。虽然是一所中专，我还是毅然决然地离开县委机关上学去了。

第十五章　父爱如山

　　太阳从身后升起，把第一缕阳光洒在高高的魏大岭上，像舞台的聚光灯一样，将爹爹挺拔的身姿投射到雪地上。我抬头仰望，发现沐浴阳光、负重前行的爹爹，正一步一步接近岭顶，简直就像一个不惧千难万险的巨人。这就是"父爱如山"！从此，爹爹肩扛木箱，奋力踏雪爬山的高大背影，在我心中成为永恒。

回忆起爹爹，有两件事让我记忆深刻：小时候，一直是爹爹搂着我睡觉的。每天夜里，我钻进爹爹的被窝里，贴着他温暖的身体睡得特别香。上学和工作以后，只要回家，我还是挨着爹爹睡觉。爹爹对我的耐心和宠爱，是父亲中少见的。另一件事就是爹爹挑水时把我架在脖颈上，这种宠爱令老院里的孩子们羡慕不已。

这两个甜美的童年记忆，使爹爹的形象根植于心：一个慈祥宽容的父亲，一个力大无比的英雄。

第一节　爹爹带我抓野鸡

爹爹身强力壮，憨厚幽默，在老院里以力气大、宠孩子而著称。老院大门外的那口老井，有几丈深。上百年来，傅家上百口人都吃这口井水。井水清澈凉爽，甘甜可口。挑水回家做饭，是每家男人必须做的事情。那时候，多数人家用的是白铁皮做的水桶，时间久了，被撞得坑坑洼洼的，经常要找铁匠来焊补窟窿眼。一担水大约四十公斤，一口水缸大约装三担水。

想想看，爹爹挑水，还要把四五岁的儿子架在脖颈上，这需要多大的力气和耐心？饱含了一个父亲对孩子多少的宠爱？

我依稀记得，爹爹用钳子一样的双手，轻轻抓住我的两只小胳膊，就把我从炕上架到他的脖颈上。然后，用一只手把着我走进外屋地，用另一只手拿起挂在墙壁上的扁担，几步来到房门外，将两只水桶挂到扁担钩上，直奔水井。这时候，妈妈会在后面提醒爹爹："你小心孩子啊！"

来到水井边上，爹爹放下两只水桶，拿起一根带钩子的长木头杆，挂上一只水桶，放进井里打水。这时候，爹爹扛着我，用一只手握着我的小手脖，另一只手握住长木钩，几下子就把装满水的水桶从井里提上来。我坐在爹爹肩上，毫不害怕。爹爹对我这种特别的宠爱，让院里的那些爷爷奶奶们赞叹不已，我的那些小伙伴们跟在我和爹爹身后发疯，几个调皮的小哥哥一边呼喊着，一边用小木棍扎我的屁股。我骑在爹爹的脖颈上，随着爹爹挑水一起一伏的步伐回家，乐得就像坐过山车。"快低头……"来到家门口，爹爹的脚一接近门槛，就这样提醒我。我赶紧低下头，爹爹几步跨到水缸边，左一下，右一下，就把水倒进了水缸里，动作熟练利落。长大后我认真想过，爹爹扛着我挑水，最难的是如何才能用一只手握住长木钩，把四十多公斤重的水桶从几丈深的井里吊上来。后来听爹爹讲才明白，原来，他一只手紧紧地握住我的手腕，另一只手提水，缓手时要用双腿紧紧夹住木钩子。这是力量和技巧，更是父亲对儿子的爱。每当想起这些往事，心里就会呈现"父爱如山"的高大形象，感觉自己是在"高山之巅"长大的孩子。

记忆中，爹爹富有童心童趣，对孩子、对生活很有耐心。爹爹带我抓野鸡，就是一个很生动、有意思的例子。

一个春寒料峭的早上，浓雾笼罩，爹爹去头道沟捞大柴，我跟着爹爹上山去玩儿。走到离爹爹堆柴的地方还有几十步远，爹爹突然警觉地停下脚步，拉住我的手。"咯咯咯""咯咯咯"，循着声音，我和爹爹眼看一只大野鸡，惨叫着钻进了大柴垛里。紧接着，一只老鹰也迅疾落到大柴垛上，仅几秒之差，老鹰错过了捕食猎物的机会。爹爹捡起一块石头，朝老鹰扔过去，老鹰受惊飞走。爹爹几步跳上比房子矮不多少的大柴垛，寻找钻到里面的野鸡。"儿子，你看，这野鸡被老鹰吓得，一个劲儿顺着大柴捆的缝隙往里钻……"爹爹用力把我拉到大柴垛上面，指着露出长尾巴的野鸡说，"这还是一只大公野鸡呢，公野鸡尾巴上的羽毛比母的长，还漂亮。""爹，咱们把它抓住吧！"我恳求爹爹说。"那肯定不能让它跑掉，今天，爹爹什么也不干了，领你抓野鸡，回家叫你妈给炖吃了。"爹爹说着，脱掉上身的棉袄，扔掉手中的绳子，随手递给我一根长长的柞木棍子，对我下达命令："你就站在这头，用这根棍子顺着柴火捅下去，看住野鸡别钻出来，出来你就用棍子捅它，我把柴火垛给拆了……"只见爹爹右手握着镰刀，左手配合，把成捆的大柴，一捆一捆地勾起扔下来，双脚还不停地震动大柴垛，吓得野鸡不断往下层的柴火捆里钻。爹爹说："野鸡见到老鹰就熊了，就像黄鼠狼进鸡窝，本来就咬死一只鸡，其余几只鸡却被吓死了。这只野鸡已经被吓蒙了，你就瞧好吧！"爹爹不停地往垛下四周扔捆柴，还幽默地说，"儿子，这三四百捆大柴垛不白拆，咱们能吃上一顿野鸡肉了，哈哈！"爹爹做事的决心和态度，让我感觉特别有趣。我对爹爹说："我担心你把大柴扔到最后，野鸡会逃跑的。"爹爹信心十足地说："柴火少了，爹用脚也能把它踩住，它跑不掉的。"

柴火垛被爹爹拆得越来越矮了，我顺着柴火落到冰河上。这时我发现，最下面的几十捆大柴被冻在冰里面。爹爹说："这河里的冰过了'五一'也化不完呢，还多亏底下有冰，不然野鸡钻进冰窟窿里就抓不到了。"柴火垛眼看就拆到底了，但见那只野鸡撅着屁股，把头扎进大柴捆的缝隙里，翅膀好像被卡在树枝上，一动不动。爹爹的镰刀顺着柴捆的缝隙伸进去，用镰刀背按住野鸡脖子，拿掉脚下的几捆柴火，伸手就把野鸡抓住了。爹爹拿出一根细麻绳，把野鸡翅膀和腿都勒紧，让我提拎着野鸡。爹爹擦去额头的汗水，收拾起棉袄和绳子，"走，今天咱们给自己放个假，改善一下生活。"

妈妈见我们回来了，有些疑惑："怎么现在就回来了？饭还没做好呢。"我跑到妈妈面前，高高举起手中的野鸡，那野鸡一扑棱，把妈妈吓了一跳："你爹带你上山抓野鸡玩了，活儿没干完，对不对？"我告诉妈妈："爹爹说了，那点活儿不着急，什么时候都能干，抓野鸡可是不能等。我们赶走老鹰，抓住野鸡，不干活儿也值了。"妈妈笑着说："好，这就炖给你们吃，再放点儿蘑菇。野鸡肉硬啊，炖不烂不好吃。"

2018年是妈妈百年诞辰。清明节时，我和亲人们在老家为父母立碑。我在父母的碑文中写道："我永远怀念挑水也把我扛在脖颈上的父亲。"

人老了，都愿意回忆过去。妈妈也不例外。每天中午我回家陪她吃饭，或者有亲人到来，她就愿意与我们谈往事。妈妈说话从来都是条理清晰，没有废话，声音不大不小，故事讲得有头有尾，事理分明。即使在她病重的日子里，她仍然能清晰地记起那些久远的往事，就像带着我再次回到过往的时空中。

妈妈认为，父母惯孩子、爱孩子没有错，不然孩子怎么长大？怎么学会关心别人？但是，爱孩子要讲究方法。出身贫苦的孩子，更懂父母恩情。父母品行端正，以身作则，孩子保准有出息；而那些对孩子娇生惯养、不懂教导孩子的人家，孩子不会出息，也不懂孝敬父母。这是妈妈教育孩子的一条经验。妈妈说这话时，总会举好多我们看得见、摸得着的例子。

第二节 力量与气节

在我们四个兄弟姐妹中，爹爹最宠爱的是我，陪伴我的时间也最长。我得到的父爱，让我身边的小伙伴很是羡慕。

　　"兴宇啊，你知道你家我大爷有多爱你？"在爹爹去世三周年的家族聚会上，兴义哥这样问我。我一下子还真说不准。"兴宇，你家我大爷是咱们老院里最好的父亲，他太宠你了。小时候，你跟我大爷要一块钱，他能给你十块钱；我跟我爹要一毛钱，他能给我十个大巴掌……"兴义哥说这话的时候，他的爹爹国贤大叔就在旁边的另一张饭桌上喝酒。听儿子如此评价，国贤大叔呵呵一笑，喝口酒说："我这个爹确实不行啊，一个院子里、同一天生的孩子，兴宇你当干部，兴义你哥就爬地垄沟子……"我笑着跟国贤大叔说："大叔，你打兴义哥就是不对嘛。""兴宇啊，当爹的打儿子不正常吗？像你爹脾气那么好的，老院里有几个？"说这些话时，我和兴义哥已经进入不惑之年，我们的孩子都10多岁，似乎有资格、有能力去评价我们的父亲了。

　　爹爹爱说话，性格幽默，但跟孩子在一起，爹爹话语不多，乐于倾听，爱也不说，喜也无言。他像"保镖"，总是默默地守护和陪伴着我。直到爹爹离世，他从没亲口说过"我爱我儿子"这样的话，也从未当别人的面说过自己的儿子有多好。爹爹对我的耐心、包容和慈爱，通过给我做冰车、缝冰鞋、削陀螺、制水枪等实际行动表现出来。每每想起爹爹与我一起动手做玩具的场景，我的眼睛就会饱含泪水。

　　小时候，我是个相当顽皮、任性的孩子。妈妈说，四五岁时，我曾在饭桌上高喊着要把饭碗扣到爹爹头上，但爹爹从未对我怒吼过，更没有打过我。他对我生气的时候，先是紧闭嘴唇，皱起眉头瞪我几秒钟，最多说一句"你瞅瞅、你瞅瞅……"然后就"扑哧"一声笑出来。爹爹对我的宠爱，并没有把我惯坏，我很愿意顺从爹爹。爹爹去世后妈妈对我说："你爹对你有耐心烦儿，一辈子任你的性儿。在你们四个孩子中，他最喜欢你。"

　　生活中，爹爹是个性格倔强、不惧艰险的男人。小时候，爹爹给我的感觉就是力大无比。十几岁时，跟爹爹上山捞木头、捆大柴，我发现前来帮工的那些叔叔、哥哥们，没有一个能与爹爹比高下。有多少次，我跟着爹爹的马车从头道沟和二道沟拉木头，当车轮被山路上凸起的大石头频繁颠起，三四千斤的木头连同车厢、辕马即将倾翻的时刻，爹爹总会沉着、勇敢地拉住车闸，飞身上车，将离地一两尺高的车轮在两三秒内扳回到地面，同时高喊着用皮鞭控制三套马车走在五尺宽的车辙中间，那种力挽狂澜的气魄令人震撼。拉一趟木头，爹爹不知道要化解多少次翻车的风险。有一年，爹爹去帮助二叔家盖房子，一不小心，从几米高的屋檐上掉下来，可爹爹却安然无恙，仅腰疼一周就好了。我眼里好男人的样子，就是我的爹爹。爹爹在生活中展现出来的力量和意志，让我感受父爱的不凡与伟大。

爹爹给我讲过，他十七八岁的时候，曾被日本鬼子抓到大石桥当劳工。爹爹在那里干了数月，吃不饱、穿不暖，还经常挨打受骂，不少劳工病死或累死，被扔进矿坑埋葬。寒冬来了，劳工们住在没有任何取暖设施的工棚里，冻得无法入睡。爹爹深感恐惧和愤怒，找到另外两个身强力壮的伙伴，一起商量如何逃出日本人的魔掌。爹爹仔细观察发现，在深夜日本鬼子也冻得抗不住，到了后半夜，看守劳工的几个小鬼子都会跑到暖房里睡大觉，剩下三四个看大门的都是中国人。他们想好了逃跑路线，决定在黎明前天最冷、人最困的时刻，悄悄跑到大门口，用棍棒把那几个看大门的撂倒，抢来钥匙开大门逃跑。"爹，你不怕被日本鬼子发现吗？"我问道。爹爹回答："不跑也是死啊！我们三个人摸黑，三下五除二，把四个看大门的打趴下，打开大门，撒腿分头就跑。我跑出几里地，听到后面有枪声……"爹爹告诉我，大石桥镁矿有日本鬼子杀害中国人留下的万人坑，如果那次不拼命逃出来，说不好他也被扔到万人坑里了。

我从爹爹这段不平常的经历中，多少了解到爹爹年轻时的性格，还有他面对日本侵略者敢于反抗的精神。

第三节　58 岁的爹爹送我去上学

再次体味到激荡心灵的父爱，是爹爹送我去鞍山上学。

望着爹爹扛着四十多公斤重的大木箱走在前面，我情不自禁地想起朱自清的散文《背影》。那个深入我心的"背影"——父亲对儿子的爱，还有儿子对父亲的歉意和心疼——化作活生生的现实，在我和爹爹之间真切地呈现出来。父亲的形象逐渐丰富和生动起来，"父爱如山"的形象变得真实、可读、入心。

我去鞍山上学，爹爹决定把我送到学校。爹爹要帮我扛着沉重的箱子和行李翻山越岭，坐客车倒火车，还要替妈妈看看学校吃住条件怎么样。

出发的那天早上，天刚刚亮，妈妈就喊我和爹爹起床吃饭。我和爹爹必须在上午九点半之前，赶到岭西板长峪车站坐长途客车到大石桥，然后再乘火车到鞍山。在我家和板长峪之间，隔着一座高高的魏大岭。当时，新修的盘山公路尚未通车，即便走那条千年古道，直线距离也有十多公里。爹爹是走魏大岭次数最多的人，他说走那条古道过岭，最多两小时到达板长峪。妈妈说，出门赶早不赶晚，她要我和爹爹六点半就出发。爹爹把那个新做的大木箱子扛在肩上，妈妈嗔怪地说："这是你给儿子做的'嫁妆'，再沉你也得受着。我说做个小点儿的，你偏要做这么大……""你放心吧，它有多沉我还不知道？一口气把它扛到岭顶没问题。"爹爹用双手抓住捆箱子的绳子，健步走出大门口，待妈妈帮我拎起背包，回头再看爹爹，他已穿过房西头的横垄地……

我惊叹爹爹的力量，天下有这么大力量的父亲一定寥寥无几。爹爹58岁，比23岁的我不知要强壮多少倍。单就那个大箱子而言，我是无论如何都扛不到大岭西边那个汽车站的。临行前爹爹用手掂量掂量告诉我说："箱子装上行李，也就四十多公斤，比我过去扛木梳板过魏大岭轻快多了。"我快步追赶爹爹，心里既高兴又惭愧。23岁又去上学，不能为父母分担什么，反而还要让他们出钱、出力。况且，那只是一所中专。"为什么要放弃工作去上学呢？爹妈这么大年纪了，不该再让他们为我操心费力……"跟在爹爹后面，我内心的纠结又来了。

1977年全国恢复高考的时候，我回家动员妹妹小霞，要她与我一起参加高考。妈妈说："你们谁想去考，我都不反对，供孩子念书，是爹妈的正道。"要报名的时候，妹妹放弃了，她说她要在大队当广播员，守在爹妈身边，陪伴他们到老。妈妈听了不屑一顾，跟妹妹说："你可得了吧，不要说你是姑娘，就是儿子，你能天天守着爹妈？妈不希望你们留在家里，更不想背一个不让孩子念书的罪名。"第一年高考，我被一所大学录取为走读生，但当时我没有条件走读。表面看是我无法解决住宿问题，实质上与我有份不愿割舍的工作有关。转过年，我上大学的决心更大。尽管当时领导不给时间复习，再加上在校考生增多，社会考生机会减少，我依然坚持一边工作，一边学习，每晚都学到凌晨两三点。被鞍山钢铁学校录取，不是我想要的结果，但我觉得读中专也不错，将来可以继续深造。我的领导和同事们普遍反对我去上学，不仅因为那是一所中专，还因为我是"经得起考验的、有培养前途的青年人"。唯有几个老同志一如既往鼓励我不要当干部，要去读理工科，将来当个工程师。

入学时间一天天逼近，我依然没做出上学决定。我纠结的不是别的，而是我一旦上学，就再次回到伸手向父母要钱的学生时代。如果继续工作，我和爹爹一年能为家里收入八九百元；我上学，家里收入不仅减少一半，爹爹还要为我读书增加支出，他的压力和负担会很大。入学报到的时间过了一个多星期，爹爹赶车进城找我来了，他说妈妈着急了，问我为什么还不去鞍山上学。我深知爹妈支持我去读书，不管读中专还是读大学。根据他们的生活经验和信念，孩子读书比当干部更有出息。我跟爹爹说，上学不挣钱还要花钱。爹爹说趁岁数小去上学，挣钱来得及。当天下午，我收拾好东西，告别领导和同事们，结束了给我锻炼和快乐的共青团工作，准备开启梦寐以求的学习生活。

坐着爹爹的马车回到家，妈妈笑着对我说："儿子，你小时候上学不管刮风下雨，从来不耽误，如今有上学机会你倒不积极了。读中专也能成才，现在国家需要读书人，这书你得好好念。"我说："妈妈，我走了，爹爹就得多受累……""哎呀，你上学，你爹比我还高兴，听说入学通知书来了，你爹请来木匠，给你做了一个洋槐面的大箱子，就像给姑娘出门子做嫁妆……"妈妈一边说，一边带我到东屋看木箱。我仔细打量着放在炕上的那只木箱，箱面刷了清漆，洋槐木的花纹变得立体、闪亮，用手轻轻一摸，指纹就清晰地印在了上面。妈妈告诉我，爹爹说了，我读这三年书，咱家不用求人借钱，冬天多卖点儿大柴，我的学费就够了。妈妈建议爹爹找熟人和朋友，到玉石矿倒腾玉石挣点儿钱，爹爹回妈妈："咱们可不去麻烦别人，求人那么容易啊？咱家没有外债，孩子念书那点儿钱不用愁。"

对于爹妈坚定支持我读书的态度，那时候我没有多想。直至把年迈的父母接到身边，感悟到与父母闲谈聊天便是儿女情长之时，我才与爹妈一起追溯他们义无反顾供我读书的缘由。

我问妈妈："姐姐刚刚帮家里还完盖房子欠下的饥荒结婚走了，我就要去上学，你和爹爹为何毫不犹豫地支持我？"尽管坐在椅子上的爹爹一说话就流口水，但他还是冲着我使劲儿说了一句："念书、念书打什么怵……"妈妈知道爹爹一激动就说不出话来，便接着爹爹的话茬儿，说了这样一段话："爹妈若是年轻，有时会和孩子一样幼稚，想一些不着调的事儿，甚至孩子挨打了，爹妈也想掺和进去。这就是老人说的，人年龄太小当不好爹妈。如今提倡晚婚，不就是这个道理嘛。不少爹妈，连自己都没长大，怎么会教育孩子呢？你上学那会儿，爹妈都快60岁了，什么事儿看不透？你那时候怕你爹一个人挣钱少，供不起你上学。你爹要志气，谁也不求，也要供你念书。"爹爹听到这里，动情地喘着粗气，想说什么却说不出来。妈妈继续说："爹妈年轻时就不指望你们挣钱，你爹比我更乐意供孩子念书，从来不让你们耽误功课回家干活儿。人老了更明白，家里有钱，不如有个好孩子。"

　　妈妈的话让我长见识。年轻的父母对孩子可能简单粗暴，甚至在子女教育方面急功近利；而年长的父母，因为生活经历丰富和心智成熟会更懂教育，对孩子更有爱心和包容心。所以，当我放弃工作去上学，即使增加了父母的经济压力，他们也没有半点儿犹豫。

　　想到这里，我身边生病的爹爹当年送我上学的高大背影，再次浮现在眼前……

　　我看见，爹爹身着蓝色中山装，套着黑色棉裤，脚上穿着大头鞋，头戴一顶狗皮棉帽子，腰板笔直，迈着大步，向魏大岭攀登。爹爹一次都没有歇脚，也不回头看我。他双手紧紧拉住捆木箱的绳子，偶尔将木箱在两个肩膀上轮换一下，在那些难走的地方，他用大头鞋把厚厚的积雪、乱石使劲儿踩开、踏平，为走在后面的我开辟道路。爹爹留在雪地上的深脚印，在那条狭窄、曲折的古老山路上不断向前延伸。太阳从身后升起，把第一缕阳光洒在高高的魏大岭上，像舞台的聚光灯一样，将爹爹挺拔的身姿投射到雪地上。我抬头仰望，发现沐浴阳光、负重前行的爹爹，正一步一步接近岭顶，简直就像一个不惧千难万险的巨人。这就是"父爱如山"！从此，爹爹肩扛木箱，奋力踏雪爬山的高大背影，在我心中成为永恒。

　　爹爹送我过岭上学那天，在岭顶还遇见一个熟人，两人有过一段简短的"岭上对话"。因为我被爹爹落下很远，所以没有听到。这段对话极普通，却在日后使爹爹的背影变得格外伟岸高大。

　　上学不到两个月，我放寒假回家，妈妈给我讲了这段"岭上对话"。妈妈的话使我想起，在我将要爬到岭顶时，迎面下来一个陌生男人，他笑着对我说："快点儿走吧，你爹都下岭了……"我们两人擦肩而过。我并不知道，就是这个人，与放下箱子在岭口歇息的爹爹，唠起了一段"男人嗑儿"。

　　那男人问："大哥，你这是去哪儿？"爹爹说："我送儿子去鞍山上学。""你儿子不是在县里当干部吗？""是啊。""那你送他上什么学啊？看你累成这样，你不是傻吗？""怎么叫'傻'？"爹爹反问。"你儿子都能给你挣钱了，你还放他走，你这不是又'上套'了吗？还得给他拿钱……"爹爹不愿跟他争论，就回了一句："拿钱念书值得啊。"那男的说："有钱买点儿大米、白面、饼干吃好不好，还供儿子上学？你就这一个儿子，你把他送走，进城了，还指望他将来养你老啊？大哥，你想都别想……"爹告诉妈："我真不爱听他讲话，叫他赶快下岭走吧。他是'白菜地里捞镰刀'，把颗（嗑）捞（唠）散了……"

妈妈给我讲这段对话的时候，我没觉得怎么样，妈妈也没说太多。可是，十五六年过去了，妈妈似乎对这件事想了许多。妈妈看着身边的爹爹说："你爹这辈子，很少跟妈说悄悄话。那天不知道你爹怎么出息了，偏偏给我讲了这件事。你爹是想告诉我，他和那个男人不一样，他吃苦受累也要送孩子去读书。你毕业了，把爹妈户口办进丹东，你爹就跟我说：我儿子不念书，咱们户口能进城吗？"妈妈继续说："你爹一辈子不糊涂，现在有病脑子也清楚。想想也是，你爹赶大车走南闯北，比一般老农民有见识。不管咱家多穷，他都要供你三个叔叔念书。你二叔读了国高，三叔、老叔读到中学毕业。你三叔如果不被你三婶拉回家，现在也是国家工人；你老叔有文化，当了小队会计。这不都是因为读书吗？你去北京上学的时候，你爹乐得不得了。人家跟他开玩笑，'老国昌，这回你户口得落北京了。'你爹跟人家夸口，'那可没有准儿……'他是从心里高兴啊。"

妈妈讲到这里，把我和爹爹都逗乐了。我没想到，与爹妈一起回忆上学的往事会这么开心。我从妈妈的描述中发现，爹爹的胸怀犹如大地一般宽广，内心崇高且充满智慧。

第四节　爹爹的"谎言"

爹爹的"谎言"与一件棉大衣的故事，是爹爹在我心中留下的第二个背影。

穷，也要送儿子远走高飞，让儿子衣食无忧、安心学习——这是爹爹从来不会说出来的爱，然而却是他执着不变的行动。

去鞍山上学的前一年春节，我把宿舍的炕烧着了，我的行李和一件棉大衣烧出了几个大窟窿。好在没有酿成大祸，领导没有追究我的过错。妈妈花了两天时间，给我把被褥重新做好，棉大衣也补得整整齐齐。妈妈的针线活儿真是一绝，她把烧破的前大襟裁剪下来缝到了后身，将大衣后身囫囵的部分挪到了前面，补好的大衣从前面看不出火烧的痕迹。不过妈妈还是认为，这件大衣在城里穿不体面。我告诉妈妈，县委有规定，干部下乡不准穿西装、皮鞋，不准戴手表，穿这件大衣下乡劳动很合适。当时爹爹在一旁插话说："买件新的吧。""我儿子仔细，舍不得花钱呗。"妈妈表扬我。

烧坏这件棉大衣，我很心疼。妈妈几次嘱咐爹爹，说我有腿疼病，叫爹爹进城拉货时给我买一件棉大衣。爹爹多次进城，几乎走遍所有商店，一直没有买到合适的，就给我留下四十块钱，叫我自己买。我舍不得花钱，回家把钱还给了妈妈。后来，县委武装部有一批内部处理的棉大衣，每件才十八块钱，我和剑钊等不少年轻的机关干部都抢着去买了一件。这是我第一件棉大衣，而且是军用的、双排扣样式。谁料才穿不到两个月，就被烧坏了。

时隔一年半后，爹爹送我到鞍山上学的那天晚上，他要带我去鞍山百货大楼买大衣。我下铺的同学王凤奇告诉爹爹，百货大楼已经关门了。第二天，爹爹临走时给我留下五十元钱，嘱咐我有空儿去买一件大衣。我知道父母的辛苦，怎能花这么多钱去买衣服呢？那时候，我和班里多数同学每个月都会得到国家发的十八块五毛钱的助学金。如果不买衣服，这些钱够吃够用了。从宿舍到学校的路上，有个卖油条、豆浆的早餐馆，我和同学有时会花一毛八分钱，买两根油条和一碗豆浆，这就算一顿不错的早餐了。有一次，教外语课的袁令茵老师跟同学们说，大家要学好外语，仅靠老师一周几节课是不行的，应该听听中央人民广播电台的英语讲座。班主任贾联慷老师也鼓励大家学好外语，他说我们上届的同学吴峥，每天坚持背十几个单词，一年下来能背五千多个单词，可以轻松地阅读英语书。我用爹爹留给我的钱买了一台牡丹牌收音机，可以经常收听中央台陈琳教授的英语广播讲座。在我的建议下，王凤奇也买了一台收音机。我们两个成了学习英语的伙伴，每天中午和晚上，都会一起收听英语广播。有同学说我发音不准，也有同学笑我有野心，我毫不在意，决心好好学习英语，对得起爹爹给我留下的那笔钱。

放寒假回家，我拿出那台收音机听外语，告诉妈妈这是用爹爹给的买大衣的钱买的。妈妈说："真是知儿莫过爹呀！你爹送你回来就跟我说，你不会花钱买大衣的。鞍山在北边，比咱家这边还冷。前些天你爹去大石桥卖大柴，他叫跟车的人替他赶车先回家，他要去你那儿，谁知道下大雪，火车不通……"爹爹没跟我说这事儿，他见我坐在炕上收听广播时断时续，建议我带上收音机，往魏大岭上走一走，说"高的地方广播信号好"。可惜，那时我还认识不到，父爱也可以是那么细致、那么温馨。

又一个冬天来了，爹爹没有忘记我没有大衣这件事。

一天上午，我正在上课，贾老师来喊我："傅兴宇，你父亲来了。"我一听高兴坏了。爹爹站在教室走廊的尽头，看见我就乐了，一句话没说。贾老师笑着说："你父亲体格真好，腰板笔直，一身中山装很像干部，哪像农民啊？"爹爹不好意思地说："我快60岁了，当了一辈子农民。"贾老师执意要留爹爹在学校食堂吃午饭，爹爹说他下午要赶回大石桥干活儿。与贾老师道别，爹爹带我走进学校附近的一家小饭店。爹爹问我想吃什么，服务员说还没到中午吃饭时间，现在要吃饭，只能下面条、吃咸菜。爹爹说："要三碗面条，快点儿，早上没吃饭。"爹爹告诉我，他赶车来大石桥镁矿给生产队拉脚赚钱有十多天了，今天他让两个跟车的去铁匠炉给牲口挂掌，自己坐火车到鞍山来看我。"你妈惦记你，叫我来看看。兴同托我顺便帮他买一件军大衣，他说要深蓝色的。"爹爹一边吃面条，一边问我："你怎么瘦了？""没有啊，我挺好的。"爹爹没再问。但爹爹肯定看出来我可能生病了。两个月前，我参加学校越野长跑后突然咳血，医生说我得了肺炎。我每天上午、下午都请假去医院打针，体重和体力明显下降。王凤奇每天晚上从楼下给我打洗脸、洗脚水，像兄弟一样照顾我……

面条上来了，爹爹很快就吃完两碗面条，比我吃一碗的速度还快。吃完午饭，我陪爹爹走进鞍山百货大楼给兴同买大衣。售货员问爹爹："你要多大号的？"爹爹说："我说不准多大号，是给我侄儿买的。"我跟售货员说："我弟弟跟我个头、胖瘦差不多。"爹爹要我替兴同试穿大衣，售货员不情愿地拿出两个尺码的军大衣放在柜台上："试吧，别弄脏了，你昨天来还没有呢。"爹爹不动声色地说了一句："兴同这小子还有点儿福。"我把大衣穿在身上，在爹爹面前转了两圈，爹爹反复摸摸我胸前、后背，我能感受到，爹爹是在考察我的身体情况，"稍微肥了点儿。"售货员说："他太瘦了，再没有小号了。""好吧，就买这件，多少钱？""六十元。"爹爹掏出钱给售货员，顺手在柜台上把大衣使劲儿卷起来，然后要了一根线绳系紧，把大衣夹在腋下，与我一起走出百货商店。

爹爹问："送我去火车站，不耽误你下午上课吧？"我告诉爹，这里离火车站很近，十几分钟就走到了。爹爹指着西北角冒烟的大烟囱问我："那边是鞍钢吧？"我点点头。爹爹说："你大姑夫就在鞍钢大孤山铁矿工作，你毕业了，说不好也留在鞍钢了。""爹，你喜欢鞍山吗？""不喜欢。乌烟瘴气的，赶不上丹东好。"记得入学时，"建设社会主义新鞍钢"这句口号深深地吸引了我。当工程师、把爹妈接到鞍山来生活——我对未来的憧憬，都蕴藏在"新鞍钢"的理想之中。然而自生病以来，我越来越不喜欢炼钢炼铁这个专业。我不确定毕业后会去哪里，感觉自己不适合当工程师。我对患上肺炎有些害怕，怀疑肺炎是生活环境造成的。我甚至向学生处提出申请，要求将我退回岫岩团县委工作，幸亏学生处处长王德民和贾老师一再挽留，我才没有办理退学。我后悔当初不该考理工科，依我在团县委的工作历练，我应该考一个不错的文科大学。但我怎么能跟爹爹说这些呢？爹爹一心一意供我念书，不管学什么，他对我全是信任，我不能让爹爹失望。我说："爹，那我毕业就争取回丹东。"爹爹说："国家分配到哪儿就去哪儿。你若有本事，去哪儿都行。"爹爹特别嘱咐我，每天三顿饭一定要吃饱，有好体格才能干好工作，有病赶紧去医院，不能耽误。过去，爹妈极少这样提醒我，爹爹显然为我变得瘦弱而感到担忧。当我和爹爹走到鞍山火车站站前广场时，想到马上就要与爹爹告别，我的心情很不好。记得爹爹第一次陪我来学校，因忙于认识同学和熟悉学校环境，我没去火车站送爹爹，但那次我们是带着笑脸告别的。这回可不一样。爹爹对我的健康产生疑虑，我又做不出让爹爹放心的样子。这时，站前广场一个照相的师傅走过来问："要不要照张相？"长这么大，我和爹爹还从来没一起照过相呢。"爹，咱俩照张相吧。"我拉住爹爹的胳膊说。爹爹转过身来没说话，他把大衣放在一旁，与我合影留念。

这是我们父子的第一张合影，为父子分别增添了一点儿内容，多少改善了我的心情。

爹爹从地上拿起大衣递给我说："你拿大衣，咱们进站，我去买票。"我站在旁边看爹爹买票，然后又跟着爹爹穿过人群，站到检票口排队等候上车。爹爹问我何时放寒假，我说大概在腊八前后。爹爹说，那时他可能还在大石桥镁矿拉脚，让我放假时去那里找他一起回家，我高兴地答应了。"往大连方向去的旅客开始检票……"眼看就要轮到爹爹检票了，我把大衣递给爹爹："兴同的大衣，下车别忘了。"爹爹用手往回轻轻一推，笑着说："这是给你买的，你妈怕你舍不得花钱买，叫我撒个谎……""爹……"我喊道。这时，爹爹已通过检票口，头也没回，消失在上车的人流中。

我抱着新买的大衣，望着爹爹远去的背影，顷刻之间，眼前一片模糊。爹爹爱我的情景，一幕一幕涌出脑海——爹爹上山干活儿，手里攥着几个尖把梨回家，放到我的小手上；爹爹往玉石矿送大柴，回来时用大布衫包着热乎的白面馒头，笑呵呵地走到我跟前打开；爹爹赶车路过中学，给我送一包饼干，然后请我到供销社的小饭馆吃一碗大米饭；工作后，爹爹几次往我裤兜里塞钱……爹爹从来不跟孩子撒谎，但为了让我穿上大衣，他却谎称是给兴同买的。爹爹的"谎言"加深了我对父爱的认知：爹爹的背影，是父爱力量与意志的象征；

爹爹的"谎言",分明是父爱刚柔相济的生动体现。

我被这个"谎言"所承载的满满的父爱、信任和鼓舞深深打动,重拾了战胜疾病、坚持读书的信心。从那天起,我每天都会早起锻炼身体,去鞍山二一九公园跑步、背英语单词,身体状况好转。我不能忘记,治病期间,贾老师和王凤奇、徐效平、李国峰、陈月等同学给了我太多的关怀和帮助。还有教化学课的薛老师,每天把她的自行车借给我去医院打针、取药。生病着实令我恐惧好一阵子,一旦病死,我的爹妈可怎么活下去?

爹爹离开大约十天后,我取回在火车站前与爹爹合拍的黑白照片。照片上的爹爹站在我的右边,他满头黑发,面带笑容,笔直的站姿看上去显得拘谨;我紧挨着爹爹,右手放在他的肩膀上,我的面容清瘦,没有精神,与爹爹强壮的体格形成强烈反差。看完照片我就想,父亲的健康是我的福气。若爹妈见我这么瘦弱,他们相信我有为他们养老的能力吗?

放寒假的那天下午,我背着医生给我开的一包注射用药,按照和爹爹的约定,带着与爹爹的合影,坐火车去大石桥镁矿与爹爹汇合。晚上八点多,我走进大石桥镁矿南楼的一个大车店。一个熟悉爹爹的叔叔告诉我,爹爹几天前有事儿回家了。没看到爹爹,我好个失望。那个叔叔留我在大车店里住下,第二天早上七点前,我赶到大石桥汽车站,坐长途客车到板长峪,然后徒步翻越魏大岭回家。走在山路上,我心想,生病打针一定不能让爹妈知道,我必须像爹爹那样学会"说谎",否则爹妈会上火着急的。正好妹妹小霞的同学王小丽是大队的赤脚医生,可以给我悄悄打针,保守秘密。我一口气登上魏大岭岭口,完全忘记自己是个病人。止步东望,二道沟口我家的四间瓦房清晰可见,"妈妈一定在院子里望我呢。"我归心似箭,往家的方向奔去。

回家与爹妈团圆的感觉,是生命里真正的、永不磨灭的激情。我兴奋起来,披着爹爹买的棉大衣,沿着魏大岭岭口新拓宽的一段黄沙公路往下跑。突然,我听到身边修路的人群中有人高喊:"我儿子……"我停下脚步,见爹爹手握铁锹,快步从山边跑过来。"我儿子回来了,回家!不挣那十块钱了……"爹爹接过我的背包,笑着跟一同修路的人们打招呼。我看到,大家向我们爷俩投来羡慕的眼神。爹爹告诉我,生产队派人到大石桥找他,要他提前回来去公社粮库拉大米、白面,好给社员们分了过年。他没法通知我,却记着我这两天放寒假回来。我和爹爹一路沿着正在开辟的盘山公路下山,路上想给爹爹看看我们俩的合影,爹爹说:"不用看,你比那时候上了点膘儿,穿大衣不那么晃荡了。"回到家里，妈妈见我就说："你爹真不善劲儿，在魏大岭等了好几天，总算接到你了。没在大石桥等你，他回家心里像长草了似的……""是吗？""你爹过去不这样啊，他说你瘦了，来，我看看我儿子……"妈妈帮我脱下大衣，细细打量着我："是有点儿瘦，没有什么毛病吧？""没有。"我笑着告诉妈妈。妈妈手里拿着大衣说："你爹到底是男人，比妈有心眼儿。他说他编了个谎儿，才给你把大衣买了。"原来，买大衣的"谎言"并非妈妈的主意，爹爹的细腻与周全令我感慨不已。

后来，鞍山结核防治所的医生建议我服用一种进口新药，我毫不犹豫地接受新的治疗方案。服药两个月后，我的肺炎痊愈，肝肾功能也保持很好。

1995 年冬，是爹爹生命中的最后一个冬天，沈阳天气寒冷。有一天，妈妈提醒我出门穿大衣。我穿上爹爹买的那件大衣，动情地站在爹爹面前，试图唤起爹爹对往事的回忆。果然，爹爹一时激动得说不出话来。待我外出回来，妈妈高兴地叫我："儿子，你过来，看看你爹……"我来到爹爹身边，发现爹爹身穿我在北京读书时给他买的那件羊皮袄，笑呵呵地坐在椅子上……妈妈说我早上走了以后，爹爹就慢吞吞地跟妈妈说，他要看看那件羊皮袄。妈妈好不容易才听明白，从衣柜里找出羊皮袄问爹爹："你要穿吗？屋里也不冷啊？"爹爹不回答，只是把羊皮袄放在腿上。午睡醒来，爹爹一直把羊皮袄穿在身上。妈妈说："当年，你给你爹买羊皮袄，你爹跟我说，'儿子没白供'……"听完妈妈的话，我穿着大衣趴在爹爹的肩头好生难过，爹爹也哽咽起来。我很懊悔，这么多年，我都没向爹爹大声说过"谢谢"，倒是身患重病、说话困难的爹爹，用可触摸、能感受的事实深刻地表达了我们父子的感情。父亲在我心中之所以完美无缺，是他一生对孩子说得少、做得多，甚至是只做不说。

如今，爹爹给我买的那件深蓝色军大衣，一直珍藏在家中的衣柜里，成了我思念父亲的心爱之物。手捧大衣，我仿佛看见爹爹满怀牵挂从鞍山站默默离去的背影，一股暖流顷刻间从双臂涌遍全身。

第五节　"超级姥爷"的爱

爹爹在我心中留下的第三个背影，是他当"超级姥爷"那欢乐、高大的形象：冒着严寒，翻山越岭，扛着外孙回家过年。

那是春节前的一天，爹爹对妈妈说："我要过魏大岭接刚子回来过年。"

妈妈说："人家有爷爷奶奶，就这么一个孩子，你别去接，过了年他们还不来？"妈妈没有说服爹爹，也就不再阻拦。吃过早饭，爹爹就踏着一尺多深的大雪，直奔魏大岭方向走去，去接他唯一的外孙刚子来家过年。

那时刚子才三四岁，爹爹已是花甲之年。爹爹翻过魏大岭到姐姐家所在的建一镇松树村，往返要走二十多公里。我跟爹爹说："你在姐姐家住一晚，明天回来吧。"爹爹说："不用，下午四点钟保准回来。"妈妈提醒爹爹："背孩子上岭、下岭你要小心，别摔了孩子，别冻坏孩子手脚。""不能，你放心吧。"爹爹回答。

妈妈看着爹爹远去的身影跟我说："你爹比我还亲孩子。你小时候，他挑水都把你架在脖颈上。现在有了刚子，他亲得不得了。那孩子也怪，来了就不愿走。"姐姐每年会带着刚子回来几次，每次住上五六天。妈妈总是提醒姐姐，姑娘回娘家要有节制，不能把自己的家扔了不好好过日子。妈妈极少去姐姐家。姐姐生孩子，妈妈最多住一夜，看一眼就走。妈妈的想法是，姐姐家丈夫和公婆对她都好，她不用操这份心。

那天傍晚，我和妈妈盼着爹爹和刚子早点儿归来。在太阳离魏大岭岭口还有一竿子高的时候，我看见爹爹扛着刚子，从国斌大爷家门前的黄泥坑小道走上来。我赶忙跑出去迎接，与爹爹在房西头相遇。爹爹热得额头出汗，一只手拿着棉帽子，另一只手握住刚子的小手腕，没有半点儿疲倦的样子。刚子的小屁股坐在爹爹的脖颈上，一双小脚搭在爹爹的胸前，脑袋被包裹得严严实实，只露出一双小眼睛。爷孙俩的默契、温暖和喜悦，在一只大手和一只小手的紧握之间传递。我轻轻地拍打着刚子的小屁股逗他说："欢迎你这块小臭肉！"刚子只是笑，一句话不说。我想把刚子接过来，爹爹说不用，我只好跟在爹爹身后。夕阳把爷孙俩叠加起来的身影无限拉长投射到雪地上，犹如一棵高耸的落叶松倒在眼前。爹爹迈开两条长长的大腿，不断用脚踢着这棵落叶松的影子向前移动，就像它长在爹爹的脚尖上一样。积雪覆盖的那条小道，稀疏的脚印中，属爹爹的步子最大、脚窝最深。刚子坐在爹爹的脖颈上，随着爹爹轻快的脚步一起一伏，像坐过山车一样。我在心里赞叹爹爹："这姥爷，可真是一个'超级姥爷'！"刚子默不作声，没有半点儿害怕。爹爹走进院子，妈妈迎出房门，老远就提醒爹爹："进门把腰弯下，别撞孩子脑袋。"

我从小到大，从未享受过姥爷的这种优待，更没见过爷爷的面。所以，那时我还不大明白：一个60多岁的姥爷，为什么要冒着严寒、翻山越岭走那么远，去接一个不懂事的小外孙回家过年？幸亏我的童年有过爹爹挑水把我架在脖颈上的经历，不然，我可能很难理解爹爹的举动与心情。

　　妈妈把刚子接过来放到炕上，摸摸他的手和脚都热乎乎的，脸也没冻着，问刚子："你姥爷没摔着你吧？"刚子话少，等了半天，只说了一个字："没。""你愿意来姥家过年？"妈妈问。刚子只是笑，不说话。妈妈脱掉鞋子，坐在炕上，摸摸刚子的头和脸，再亲亲小手，久久地端详着眼前这个年幼的孩子，脸上的笑容随着窗外的日落变得暗淡起来。我猜测，那一刻妈妈可能在想，如果儿子健在，自己的孙子或孙女差不多也是这个年纪吧。对刚子的特别疼爱，是不是与爹妈当爷爷奶奶这个人生预期来得太晚有关呢？"咱们吃饭，我外孙好饿了。"妈妈稍作沉思之后，转身下地收拾桌子。"姥姥给你们做了大米干饭，炒排骨，酸菜炖猪肉。"妈妈一边说，一边把热气腾腾的饭菜摆上桌子。刚子看着我，胆怯地靠近饭桌坐下来。爹爹上炕，把他抱起来放到腿上，用勺子喂他米饭。"自己拿勺子吃吧，不用姥爷喂。"妈妈对刚子说，刚子不吭声，继续等着姥爷一口口喂他。爹爹说："他累了，坐在脖颈上颠了那么久，睡了好几起。"吃着吃着，我发现刚子的嘴巴不动了，眼睛也睁不开了。妈妈说："孩子别睡，吃饱了再睡。"我吓唬刚子："吃饭不许睡觉，睡觉就把你送回去。"刚子吓得要哭，妈妈赶紧说："舅舅逗你玩呢，不怕，我们来吃饭吧。"刚子把饭吃得差不多，爹爹把他放到炕上让他睡觉，可他从炕上爬起来又不困了，拿起一个小冰陀螺玩起来。妈妈和爹爹放下筷子，静静地坐在炕上看着刚子玩儿，目光里满是幸福，妈妈居然忘记了撤饭桌、刷碗筷。妈妈说："家里有小孩儿，过年过节倒是有意思。"妈妈又说："这孩子像你姐，嘴拙啊，不爱说话，心里倒什么都明白。"

　　刚子玩困了，与姥爷躺在一个被窝里睡觉。他枕着姥爷的胳膊，先是翻来覆去与姥爷嬉闹一会儿，然后就没有动静了。这是刚子第一次来姥姥家过年。前一天晚上睡觉，我还挨着爹爹，但是现在刚子把我和爹爹隔开了，并抢占了我小时候睡觉的地方。看着刚子安然熟睡的样子，我感觉这孩子还挺厉害，晚上睡觉居然不找爹妈，跟着姥爷就行。我小时候可是做不到这一点，10多岁了，还要爹爹搂着才能睡觉。前不久，爹爹赶车路过姐姐家去看刚子，这孩子哭着闹着要跟姥爷走，姥爷说过几天来接他，他抱住姥爷不放手，最后把姥爷的眼泪都给哭下来了。这件事，爹爹跟妈妈念叨多次，妈妈告诉我，说爹爹"没出息"，被人家的孩子折腾得睡不着觉。爹爹扛外孙回来一定很疲倦，然而，听妈妈说起刚子，爹爹兴奋起来，他把胳膊轻轻地从刚子的脖子下面抽出来，爬出被窝说："我去拿个苹果吃。"妈妈说："你看吧，刚子不来，我叫你爹吃苹果他都没心思，现在他心安了，你说这怪不怪？"爹爹躺在被窝里把苹果吃完，然后搂着刚子睡着了。

我很好奇，一个几岁的孩子，为什么能使爹妈那么开心？只要刚子回来，妈妈每顿都给他做大米饭吃。在二十世纪七八十年代，对大多数农村家庭来说，要想吃顿大米干饭，并不是一件容易的事儿。我把县委机关食堂发的细粮票节省下来，在年节领十斤二十斤大米带回家，那对我和妈妈来说是相当满足的。爹爹偶尔赶马车到营口水源镇，用生产队的木头换大米给社员们分，一年也就那么几回。过春节，国家给每个人发五斤白面、五斤大米，每个家庭的大人孩子都在翘首以盼。所以，刚子永远都记得，小时候吃大米饭，是姥姥、姥爷最爱他的标志。我跟妈妈开玩笑说："外甥是姥姥家的狗，吃完了就走。你亲刚子有什么用呢？"妈妈说："我亲你有用吗？这是说不准的事儿，反正亲孩子不能白亲，乌鸦还知道反哺呢！"

刚子每年都会来姥姥家住很长时间，与我家左邻右舍的一群孩子疯玩，姥姥不喊他回来吃饭，他是不会回家的。在姥姥家，他有大伟、大海等一批兄弟姐妹和玩伴，所以他来了就不想走。姐姐怕妈妈累，乘坐新开通的客车来接刚子回家，他坚决不肯。爹爹跟刚子说："你不走，姥爷抱你去车站送妈妈自己回家。"刚子信了，跟姥爷和妈妈一起到生产队门口的客车站。客车来了，姐姐先上车，爹爹趁刚子还没反应过来，随手把刚子递给姐姐，司机关上了车门。爹爹透过车窗看着刚子在姐姐怀里大哭起来，难过得想把刚子再抱回来，可是客车已经开动了。爹妈给我讲，每次送刚子回家，都像"抓猪崽子"似的，弄得他"嗷嗷"直叫，他们心里也不是滋味。听到这个情节我才知道，刚子这孩子对姥爷姥姥的喜爱与依恋，胜过对爸妈的依恋。

刚子在姥姥家过了二十多个春节。姥姥常对他说："你要向舅舅那样，好好念书，将来上大学。"刚子上小学时，我跟他提出一个回姥姥家过年的"前提条件"：学习成绩必须排在班级前三名。爹妈支持我对孩子的要求："照你舅舅说的去做。"刚子是个有志气的孩子，学习非常努力。从小学到初中，据说只有一次没有考入前三名。刚子读初中时，我被他埋头苦学的劲头所感动，把那台牡丹牌收音机和一台微型录音机一起送给他用来学外语。他每天晚上都会自觉学习到深夜，成为建一中学少数几个考上县重点高中的学生。

刚子读高中时，我去看他，发现那里的学习、生活条件很差，学生都比较瘦弱，但刚子很乐观，起早贪黑地学习也不觉得累，对考上大学充满信心。我问他将来想报考哪里，学什么专业，他想了半天，拘谨地回答我："舅舅，我想考到你和姥姥身边……"我鼓励他："想来到姥姥、舅舅身边读书是好事，你一定要为实现这个目标去努力……"刚子红着脸，只说了一个字："好。"

爱真是一个能创造传奇的宝物。将近二十年过去了，小刚子长大了，考上大学，如愿以偿地来到了我和妈妈身边。时间和事实验证了妈妈的远见。谁都想不到，那个让姥爷翻山越岭扛着回来过年、爱吃姥姥做的大米干饭的刚子，对姥姥果然回报不少，只可惜他最爱的姥爷缺少这个福分。刚子从小学到中学，所有的寒暑假，都是在姥姥家度过的；大学四年、毕业后参加工作，刚子也始终与我和妈妈住在同一座城市；他结婚安家，与我和妈妈还住在一个楼里。妈妈80岁以后，刚子几乎每天都与她见面。刚子经常像一个温顺的小猫一样，躺在姥姥的床上，陪姥姥聊天，给姥姥剪指甲。他还经常买来糕点送给姥姥和弟弟妹妹们，比我对妈妈的关照更细致，凸显他与姥姥的深厚情感。偶尔我和妻子外出，刚子就负责陪伴姥姥，晚上与姥姥睡在一张床上。连姥姥盖的羊绒棉被，也是刚子给买的。我跟妈妈开玩笑说："外孙买的羊绒被是不是更暖和？"妈妈开心一笑："那当然了。"

在妈妈生命最后的日子里，无论妈妈在医院还是在家里，每天早上，刚子都会带着果果来看望妈妈。刚子与妈妈一起回忆幸福往事："姥姥，我最爱吃你做的大米饭了。小时候，无论别人吃什么，我都是吃大米饭。大多数春节，我都是和你一起过的。只要放假，我最愿意去姥姥家。"妈妈听了，笑着说："姥姥没想到现在还得你的济了，借着你的光了，这就是福分啊。"妈妈稍作歇息，接着说："我没想到能活这么大岁数，还能看见你和佳佳结婚，果果都4岁了。不知道你还记不记得，那时候，你们两个放假、过年，都一块儿回家。晚上睡觉，你和佳佳争你姥爷的被窝。佳佳比你小，爱拔尖。你老实，不和弟弟一样的，每天晚上你们两个都要疯一阵子，又是秧歌又是戏的，我和你姥爷有多开心啊！你姥爷没我有福，我比他多活十多年……"妈妈还不忘告诉刚子，我对他像对自己的孩子一样，要他不能忘记我这个舅舅。

妈妈的话，使我想起我带刚子和佳佳一起玩乐的一些场景。那年过春节，老家下了两尺多深的大雪。晚饭后，我带他们出去玩雪，天上的繁星在皑皑白雪的映衬下无比璀璨。我让刚子和佳佳站在我的两边，请他俩仰望星空，好好想想什么叫"共同语言"？佳佳问我："爸爸，星星和人一定有共同语言吧？"刚子不说话。这时，我用两只手各攥住刚子和佳佳一只小手，使劲儿一用力，他俩疼得"啊"的一声，一起大叫起来。我开心地告诉他们："这就是'共同语言'！"还没等他俩消除疼痛感，我又趁其不备，将他俩推倒在雪地上，两个孩子的小脑袋瞬间被埋在雪里。我赶紧抓住他俩的棉衣，用力将他们拉起来带回家取暖。佳佳回家就乐不可支地告诉爷爷奶奶，我是怎样叫他和刚子发出"共同语言"并在雪地上折磨他们的。奶奶很快发现佳佳的小脸被冻出一些小水泡，责怪我不知深浅，但刚子没有事儿。奶奶心疼地说："我孙子是城里孩儿，细皮嫩肉的，跟哥哥当然不一样。"佳佳赶紧告诉奶奶："我没事儿，一点儿都不疼。"至今，"共同语言"四个字，仍会唤起我们三个人对那个雪夜的美好回忆。

我和爹妈搬到沈阳后的第二个春节，刚子又来过年了。我给刚子和佳佳每人九十块钱，让他们两个坐公共汽车去沈阳中兴商业大厦买点儿小礼物；弟弟负责带路，哥哥负责保护弟弟。不幸的是，他们在中兴商业大厦步行楼梯的隐蔽处，被两个小流氓给堵住洗劫了。事后，弟弟展示出城里孩子的长处，立即带着哥哥找到大厦保安部门报警。妈妈说我不该叫孩子带钱购物，导致两个孩子受到惊吓，可我觉得这件事儿对他们来说，是一次难得的经历。事实上，妈妈见我喜欢刚子，心里有说不出的满意。

妈妈经常说，有金山银山，不如有个好孩子，孩子是家庭宝贵财富。静悄悄流逝的岁月曾经带走过爹妈的宝贵财富，包括23岁的哥哥和更早夭折的四个孩子。正是这个原因，妈妈格外珍惜孩子。"对你们几个，我每天都像瞅眼珠似的，活下来的不能再有闪失啊。"这是妈妈的话。命运没有辜负妈妈的坚持。在妈妈晚年，不断有宝贵财富送达的惊喜。除了刚子，还有孙子佳佳、孙女夏夏和重外孙果果等一批孙辈孩子投入妈妈的怀抱。面对经常来看她、陪她的一群孩子，面对这些用爱赢得的财富，妈妈自豪地说："我有福，到老了，身边有这么多好孩子，真是亲哪个孩子都不白亲。不送春风，难得春雨啊。"

第十六章　儿子的理想

　　人一旦有了目标，就不怕孤独于茫茫人海，也不会失落于万家灯火无归处。

爹爹的背影给了我前行的勇气和力量，让我在无数次感动中，生成了"儿子的理想"：走很远的路，只为给父母寻找一个幸福的地方。

求学结束，我被分配到丹东工作。把爹妈接到身边来，成了我的头等大事。我必须尽快找到一条与父母团圆的路。所谓"儿子的理想"，是我自己的定义和目标。哥哥去世后，目睹父母的痛苦，我发誓要让他们过上好日子，不把父母接到身边就不结婚。

妈妈知道我在想什么。在即将重新工作之前，我向妈妈透露了我的打算。妈妈从不打击我的自信心，她不仅鼓励我，还委婉地为我出主意："孩子，你去丹东工作，人生地不熟，办不了这事儿，等你站稳了脚跟再说。你看咱家屋檐下的两只燕子，就那么一口一口地叼泥，这窝啥时能做好呢？看了都让人着急，可它们就是不停地忙活着。窝做好了，开始下蛋，孵出小燕子，每天从外面叼小虫子回来，一口一口地喂养，领它们一次次地试飞……人不也是这样吗？做事要稳稳当当，有计划有耐心才行啊。"妈妈讲燕子做窝的例子，真实、贴切，有说服力，对我一生保持耐心、稳当做事影响巨大。我的"儿子的理想"——接爹妈进城，也极具戏剧性地实现了。生活本来就具有传奇的色彩，只是需要耐心描绘，才能妙笔生花、活力四射。

第一节　我被丹东日报社录取了

1981 年夏天，我中专毕业被分配到丹东轻工机械厂工作。从此，把爹妈接到丹东一起生活，便成了我的最大理想——我将这份心愿称为"儿子的理想"。爹妈年过六旬，身体康健，为我自由飞翔撑起一片蓝天，让我深感幸运和欣慰。但是，我不能等他们老到不能动弹才知道孝顺。人说父母的崇高，在于他们对儿女毫无所求。可我不会忘记，儿女的珍贵，在于对年迈父母尽职尽责地照料。爹妈送我远走高飞，累了、老了，我要搀扶他们走得更远。少年时，我那颗纯真、朴实的孝心已坚如磐石。

妈妈嘱咐我："这回书念完了，你得把心收回来，干好工作，过好日子，不要心太高、性太急，先把眼前要紧事办了……"妈妈说的"要紧事"，指的是我的婚姻大事。妈妈担心我把书念成了，却耽误了婚姻，同时也提醒我，接父母进城哪能那么容易。我冷静一想，妈妈说得对。在丹东，我什么时候能分到房子是未知的，给父母一个温暖的家谈何容易？妈妈意味深长地对我说："孩子，妈知道你对这个媳妇不太满意，可人哪有十全十美的？你想过没有，你结了婚，我才能当上奶奶，公家才能给你分房子，你才能给爹妈办户口啊……"我能做出的最好回应，就是听从妈妈的建议。"听妈妈的话"，是我让妈妈感觉幸福的唯一选择，也是我一生求得幸运的行为准则。

走进工厂第一天，我到人事科了解办理父母户口进城的政策。那位瘦瘦的、白胡茬儿科长冷冷地对我说："你刚来就想这事儿？咱们厂总工老徐再过几年要退休了，他老伴一直是农村户口，报上去几年都没办下来。全市一年就几百个进城户口指标，你就等着吧！"科长这番话，犹如一盆冷水浇到头上，令我坐立不安。原来，办理户口进城这么困难。"再说了，不管是大学毕业还是中专毕业，在咱们厂要分到房子，至少得等个五六年。没有城市户口，就没有粮食、副食品供应，就没有分配住房的资格……"科长瞪大眼睛，显然是在对我的不知深浅穷追猛打，让我憋得上不来气。

入厂首日，心情低落。躺在狭窄、潮湿的硬板床上，望着窗外夜空下工厂高高的围墙，我感觉自己仿佛走错了路。但想起离家前妈妈的叮嘱，我在被窝里将蜷缩的身体舒展开来。记得妈妈微笑又亲切地对我说："孩子，不管走到哪里，做事要有耐心、肯出力。我就你这一个儿子了，爹妈老了跟你进城，这是早晚的事，你不要为这事儿着急上火。现在我和你爹身体都好，在农村有房有地，粮食和菜不用花钱，生活挺好的。过年再杀头猪，一年油水不用愁。进不进城，等爹妈不能动弹了再说。"爹爹说："我喜欢丹东……"妈妈说："喜欢你就去，我可不去。你爹恨不能现在就跟你走，他累得磕磕够够了，也惦记你。如今坐车方便，想儿子的时候，就坐车去看看呗。"爹爹笑着说："我去了，谁给你挑水做饭？"妈妈说："就算你有本事，你高兴爹妈去，还不知媳妇什么想法呢。爹妈能自个儿做饭吃，就不往儿女一块儿凑。听妈话，好饭不怕晚，这件事儿先撂下。只要有耐心，好事跑不了。你哥死十年，妈妈连滚带爬过了十年，你不是长大了，有了今天……"

想起妈妈这些话，心情豁然开朗。那天，妈妈还谈到我的婚事："孩子，你都26岁了，该结婚了。"说心里话，我还没最后确定我的那个对象行不行。"妈就是觉得她体格不够结实。你嫌她个子矮、长得不俊，妈也是矮个儿啊，丑妻近地家中宝。她铁了心嫁给你，这就好呗。"这是妈妈第一次这么细致地谈论她对未来儿媳妇的看法。我问妈妈："你同意吗？""我同意。人家城里的姑娘能看上你这农村孩子，还一分钱彩礼不要，这不就是缘分嘛。""妈妈，等两年再说吧。""再等两年她都30岁了。结婚不影响工作，该办的事不要等，再等，爹妈也老了……"讲到这里，妈妈的眼睛湿润了。我懂妈妈的心思。家族里许多叔叔不到50岁就当了爷爷，而爹妈花甲之年还没抱孙子。失去哥哥的阴影，还没有最终从妈妈的心中散去。我的顺从，无疑是妈妈弥补人生缺憾的关键。

回味妈妈的话，我的心平静下来，慢慢进入了梦乡。

我一进工厂，就被分配到机械加工车间实习，跟工人师傅学习操作车床。满是灰尘的车间，破旧的机床，三天一个夜班，每月工资三十七块钱。所有这一切都与机关、学校的环境形成巨大反差，令我郁闷。我发现我不适合当工程师，因为我不喜欢设计和制造机器零件。但想起妈妈教导我做事要耐心，我的心就平静下来。是的，经不起眼前这点儿困难的磨炼，我还能找到新的机会和出路吗？想到要实现把年迈父母接到身边来这个"儿子的理想"，我感觉自己立刻就变成了妈妈所期望的样子：做什么都要干好！在车间里上夜班，环境脏乱差，机床轰鸣的噪声很大，脚下和空中飞舞的铁屑、尘埃使我呼吸困难，浑身不舒服。有的工人师傅偷懒，到晚上十点，躲到角落里睡大觉，机床却在那里空转。我知道我改变不了工厂的现状，但我可以利用夜班时间学习。从第三次上夜班开始，我就在工作服里揣上书，当师傅停止工作，我就在车间昏暗的灯光下读书，一直看到凌晨两点多下夜班，回宿舍睡觉。一年后，我报名参加全国本科自学考试，哲学、政治经济学和英语等科目顺利过关。

这就是耐心的意义。努力工作和读书学习是找到人生和事业方向的一把"密钥"，也是遇到困难和烦恼时消愁解闷的"灵丹妙药"。年少气盛，这山望着那山高，经常使人彷徨、荒废时光。如何克服这个轻佻、迷茫的"青春病"？"低头拉车"，朝着"知识改变命运"的方向奔走，便是战胜心乱的正道。我相信妈妈的话，只要保持耐心，不断努力，就有好结果。当然，实现"儿子的理想"，是我独自拥有的、不为人知的巨大精神动力。

我渐渐理解，耐心的真正意义，是磨炼人的意志品质，是在时间、等待、坚持和努力之中完善自我，提高能力。要保障父母晚年享受幸福生活，同样需要这种能力。当我认识到，像丹东这样一个城市，一年只有几百个农村人口进城的指标，一个人的理想与一个家庭的改变，在许多方面受到社会政策的约束或限制，我深感实现"儿子理想"的压力。好在我对耐心的意义有所觉悟，爹妈身体健康又给了我足够时间。我知道我唯一要做的，就是不断提升和改变自己。

人一旦有了目标，就不怕孤独于茫茫人海，也不会失落于万家灯火无归处。

在加工车间两年多，是我了解企业、工人生活难得的一段经历。工厂生产技术的落后，工作条件的艰苦，人才和资金的缺乏，职工生活的困难，等等，不断丰富我的思想和见识。看到工人们在计件考核、"打破大锅饭"等改革措施激励下努力工作，我深受鼓舞，每天工作和生活过得很充实快乐。我把工厂发的崭新的工作服、水靴、手套等劳保用品，全部拿回家送给爹爹。记得爹爹坐在炕沿穿上水靴，笑着说："嗨，大小正好！"我从这微不足道的回报中，获得了无比的幸福感。内心幸福，就不会在意别人的眼神。我每天穿一套补了十几块补丁的蓝色工作服在工厂里上班，心里满是快乐。带我的张师傅说："你这套工作服，全厂独一份儿。"

有一天，人事科科长跑到车间来找我，张师傅用手指着我告诉他："工作服上补丁最多的那个就是他。"人事科科长给我带来好消息：我被丹东日报社录取了！"太棒了！"我从心底惊喜地呼喊。我的同舍好友姜庆春问我："小傅，你现在是什么心情？"我回答："我的屁股都乐开花了。"一句话逗得大家哈哈大笑。那天晚上，姜庆春在宿舍的灶坑主厨，为我做了满桌的海鲜、炒菜，祝贺我通过丹东日报社的考核，成为一名记者。我们几个从大中专院校毕业分配来厂的舍友在聚餐时谈到，如果没有改革开放，我们就上不了大学，我也当不成报社记者。那是丹东日报社历史上第一次公开招聘记者，报名参加考试的具有大中专学历的考生有二百四十多人，最后录取十几个。那时候，大中专毕业生比较少，报社考试、面试不用走后门，不看关系，公平公正。

1984年初去丹东日报社报到的那天早上，我最后一次跑到工厂大墙外的鸭绿江边。早春的太阳，从鸭绿江下游入海口——黄海蓬勃升起，鸭绿江潮满两岸，我亦心潮澎湃。暮然间，我想起第一次赶海的情景。不知为什么，九年前的那次赶海，竟在此刻给了我一次难忘的人生感悟。或许，这就是所谓的成长或觉知。

1975 年夏天，我参加丹东团市委在东沟县抗大大队举办的无产阶级专政理论学习班。我与当地社员一起去赶海。令我惊奇的是，生长在海边的孩子们，看着太阳和月亮，便知道大海何时潮起潮落，顺其规律弄潮玩耍。赶海那天下午，我看见一群男孩和女孩挑着鱼篓，踏着涨潮时汹涌的海浪，忽悠忽悠地朝着大海里面奔去。"我的天啊！这些孩子胆子怎么这么大？"我问渔民王大爷。王大爷向前一指，说："看见没？那些木棍？""木棍？没有啊？""看往海里走的那些孩子的身边……"我看见了！从眼前的海滩到远处，有一些零零散散、无序排列的细木棍露出海面。"那就是下海的路标，是大人插到海里去的。孩子们知道，偏离这些木棍，他们就危险了。" 王大爷撅着下巴告诉我。我饶有兴致地脱下鞋，跟在几个孩子的后面，沿着"木棍路标"的指引，小心翼翼地下海。这是我第一次赶海。我小心地感受水下的路，它又滑又硬、起伏不平，沿着零散的木棍弯来弯去，很像雨后田埂，走起来虽跌跌撞撞，却不会被淹没。不知在海里走了多远，潮水开始回退，孩子们弯腰忙碌，使用各种小网具、铁笆子等，将来不及随潮水退去的、活蹦乱跳的鱼鳖虾蟹抓进鱼篓。眼看太阳从黄海的西边落下，孩子们赶紧循着"棍子路标"折返，凯旋归家。

我从赶海这个场景里，突然发现了自己的身影。我感觉自己一路走来，很像一个赶海的孩子，而妈妈就是在大海里给我插"木棍"的那个人。妈妈担心我在人生的海洋里不知深浅、找不到安全的路，便在我前行的路上不断设置"路标"，诸如"见到父老乡亲要下车""打人、批斗人的事儿咱不干""做人要善良""做事要耐心"，等等， 这一声声叮咛都是妈妈用心血为我在人生的大海上点亮的一座一座"灯塔"。它充满智慧和远见，照亮黑暗，给我指路，使我如同赶海的孩子一样，踏浪前行，收获满满。由此我深悟到，我的进步、前途与于脚下的路是否安全无关，而是取决于妈妈一路耐心的指引和陪伴。妈妈临终前，用一串数字向我描述了她一生用耐心与命运赛跑的时间节点："儿子，妈妈 39 岁生了你，54 岁死了你哥，65 岁抱孙子，73 岁跟你进城，94 岁要死了……若是没有点儿耐性，这辈子就沾不着福边了。"这就是耐心和坚韧对于妈妈人生的意义。妈妈还说："孩子不像苞米一年就熟了，长二十年能像个人样就不错。当爹妈非得有耐心不可，不然孩子就废了。"

第二节　当奶奶的幸福时光

　　妈妈说，她一辈子最大的苦难是失去孩子，最大的福气是有好孩子。妈妈的后半句结论，很大程度上是依据佳佳出生而得出的。

　　去丹东上班一个月左右，我结婚了。妻子曾与我在团县委一起工作过。年轻时不懂爱情，结婚的理由是相信她的承诺：将来与我一起接爹妈进城安享晚年。事实证明我错了。婚前的誓言，本来就如同废纸，况且我们没有恋爱，缺少家庭共识，最后离婚了。不过，我还是感谢这段婚姻，它让我幸福了一阵子，尤其是佳佳的出生，使爹妈的幸福感达到人生的巅峰。

　　我清楚记得，1982 年 6 月佳佳出生那天上午，我的心紧张得乱跳。岫岩妇幼保健站的医生告诉我，孩子比较大，妈妈比较小，生产遇到困难。医生花了两个多小时，使用了胎头吸引器，做了侧切，才把孩子接生下来。第一眼看见被挤扁了脑袋的儿子，我差点儿晕倒。佳佳出生后，妻子一直高烧不退，这使我见识了做母亲的辛苦与不易。看着躺在妈妈身边的小佳佳，我情不自禁地去摸摸他那鲜红的小手小脚，还有那张黄皮未退的小脸儿。他像懂事似的，睁开一双水灵灵的大眼睛看我，那一刻，我无比激动。旁边一位陪护姑娘生孩子的大娘告诉妻子："快给孩子枕本书，将来聪明，能念书。"妻子听了，忍着高烧和伤痛，叫我找来一本书放在佳佳的头下面。可见初为人母、人父的无知与热情。仅仅两天，我发现佳佳枕书睡偏了脑袋，我开始"纠偏"，谁知佳佳很不情愿，本能地与我作对，表现倔强——这算是我们父子俩的首次"较量"。

　　佳佳出生当天，我找人把喜讯传给了爹妈；第三天，家里传来不幸的消息，说奶奶去世了；第六天上午，我和妻子抱着佳佳回家，给奶奶送葬。妈妈见我们回来，快步迎出房门笑着说："我孙子可回来了！快，把孩子抱到西屋……"妈妈问妻子发烧好没好，叫她上炕好好休息。我把佳佳刚放到炕上，妈妈就忍不住解开围裙，理了理鬓角上的头发，伸出双手，把佳佳竖着托起在眼前，目不转睛地端详着佳佳，万般喜悦地说："看我孙子，天庭饱满，地阁方圆，什么都不缺。上天怎么赐给奶奶你这么一个可心的小东西，奶奶太有福气了……"妈妈压低嗓音重复着，怕屋里屋外来给奶奶送葬的人听见不合时宜。妈妈放下佳佳，打开一个包袱，把早就做好的小红肚兜拿出来，给佳佳戴上。只见红肚兜上绣了一个金灿灿的宝葫芦，还绣有"长命百岁"四个字。紧接着，妈妈又把小衣服、小枕头、小棉垫子、红布薄被和厚厚一沓尿垫子等用品，交给了妻子。

安葬奶奶之后，妈妈把佳佳从里屋抱到外屋，自己脱鞋上炕，盘腿坐在佳佳旁边，开始和孙子唠嗑儿："我的大孙子，奶奶家好不好啊？可惜你太奶没能看你一眼就走了。她知道你出生，可高兴了。"我问妈妈："奶奶会不会是过于高兴得了脑出血？"妈妈说："你奶83岁了，也算高寿。若是不摔跟头，也不能死啊。你三婶本来就不愿意伺候你奶，你奶就为治她，非要几个儿子轮着养；你三婶说她最怕你奶死在她家，你奶还偏要死在她家。没想到这娘俩作成了真事儿。你奶自己烧水，一头栽倒了……"

从那天开始，妈妈开始给儿媳妇伺候月子。妈妈讲，当年她生我坐月子，只吃了几个鸡蛋，玉米粥都不管够。现在，她有条件让儿媳妇随便吃鸡蛋、小米、大米、白面，想吃什么做什么。妈妈告诉她，夏天坐月子，不能按老一套规矩，不开门窗，那会中暑的。只要不让过堂风吹着，不吃凉东西，什么毛病不犯。男孩儿火力旺，不要捂着了。妈妈跟我们全家人说："我儿媳妇有福啊，别看她个头不高，生孩子七斤六两，足够大。这孩子长胳膊、长腿，将来会比他爸爸高。孩子身体好，比什么都强，这就是当妈的福分。"家族里的那些婶娘、姑姑们，得知妈妈当了奶奶纷纷到家里来贺喜。来家里趟数最多的，是殿伍大爷。他80多岁，拄着拐杖，每隔几天就来看佳佳。那些日子，家里人来人往，妈妈忙得非常开心，襁褓中的佳佳使妈妈青春焕发。爹爹喜爱佳佳的方式不像妈妈，也没有妈妈那样便利。老公公回避坐月子的儿媳妇，是老传统。有时候，妈妈会把吃完奶的佳佳从里屋抱出来，放到外屋炕上给爹爹喜欢喜欢。爹爹不会像妈妈那样逗孩子，只是满脸堆笑地看着，看孙子的小脸，摸摸小手小脚。发现佳佳不高兴，爹爹就问妈妈："孩子是不是没吃饱？"妈妈对我说："你爹出息了，我生哪个孩子，他都没问过这些……"

我在家陪伴妻儿十多天要回丹东上班，妈妈说："儿子，你放心走吧，妈妈伺候媳妇、孩子没有比的，你媳妇不会做的事情我教她，家里还有你爹和小霞，你安心工作，不用惦记。"妈妈送我到大门口，特别嘱咐我说："不要对媳妇不满意，人要知足，你媳妇能生这么好的孩子，对孩子亲得像瞅眼珠似的，像个妈妈样儿。佳佳来了，你们俩好好带他长大成人。"我笑着点头说："妈妈，你放心吧！"

佳佳满月后，妻子抱着佳佳来丹东。厂行政科老实厚道的刘科长，特地帮我腾出一间宿舍让我们一家三口团聚。白天空闲时，我抱着佳佳在工厂里转悠，他睁大眼睛看这儿看那儿，就像他能感觉到这里与奶奶家大不一样似的。佳佳是个省心的孩子，在工厂宿舍住了约二十天，没人听见他的哭声，还有人不知道宿舍里来了一个婴儿。

1982年8月8日，岫岩爆发历史上罕见的特大洪水，哈达碑公社是重灾区。联系不上爹妈，我心里万分焦急。灾后一周，我决定带着妻儿回家看望爹妈，我猜爹妈也一定想孙子了。这是不到两个月大的佳佳第二次回爷爷奶奶家，也是我做父亲后与妻儿经历的首次艰苦旅行。我们从丹东坐客车到岫岩，在佳佳姥爷家住一夜。第二天早上，县委小车班的姐夫张国祥开着北京212越野吉普，行驶了两个多小时，才把我们送到哈达碑公社。确切地说，吉普车只能开到这里。从县城到哈达碑公社所在地，是一条宽不过一公里、长约二十公里的沟筒子，沿河的黄沙公路和所有桥梁，包括大部分土地和房屋，几乎被洪水损毁，当年我参加兵团会战修建的"9·29"大坝荡然无存。姐夫开着吉普车，沿着河套临时修建的一条救灾便道，像牛车一样颠簸起伏，缓慢行驶。佳佳躺在我的怀里，准确地说是躺在我怀抱的一块木板上，小脑袋像个不倒翁，随着车子不停地摇动，让我很担心。佳佳的适应能力，令我吃惊，他居然一声不哭。姐夫是兴艳姐姐的丈夫、当兵出身的老司机，他怕伤到孩子，不时停车察看道路，尽力让孩子舒服一点儿。我抱着佳佳下车与姐夫告别时，妻子已忍不住开始呕吐。我们没有选择，必须步行约二十公里，走回家去。

佳佳出生前，妈妈找出来一块椴木板，那是一件祖传的生活用品。木板宽约一尺，长约一尺七八，颜色变得旧黄，表面十分光溜，棱角磨得圆滑。妈妈说："这是老祖宗传下来的，专门用来给男人抱孩子用的。男人不会抱月子里的孩子，出远门女人又抱不动，用这椴木板托着孩子很好用，既轻便又结实。"还真是，我用手托着躺在木板上的佳佳，一点儿都不觉得沉重。"这和红军长征比简直小菜一碟儿。"我带着妻儿上路了。灾后的太阳很毒，我不得不腾出一只手给佳佳打伞遮阳。佳佳感觉舒服，睡着了。走了不到一公里，我发现公社北头的那座公路桥连影儿都没了，尚未退去的洪水深达大腿根儿，来往的人们必须相互搀扶才能蹚水过河。怎么办？体重不足百斤的妻子，此时展示了"为母则刚"的一面。她率先脱下鞋，站在下游一侧，挨着佳佳的小脚，扯着我的裤带，与我肩并肩蹚水过河。过了河，她埋怨我不该在这时回家，我说她不懂我的心思。回家看望爹妈，是我用之不竭的强大动力，这是她不能理解的情感。继续行走一公里左右，过沟汤那条河的公路桥也没了。路边的人告诉我，去瓦沟的路没法走了，前面小隈子靠山那一段路，被洪水冲毁，只剩悬崖了。对家园的熟悉，让我毫不迟疑地抱着孩子往沟汤方向走。走这条路回家虽然远了点儿，要过鲍家岭，但是绕过了几条河。我托着孩子，妻子不时地替我举着雨伞，给孩子遮挡烈日。我们一口气走了十几里地，来到鲍家岭下，在一棵大树下面歇脚。佳佳醒了，妻子坐在石头上给他喂奶。佳佳吃饱了，我把他放在树荫下的草地上休息。我和妻子静静地看着躺在木板上的佳佳，他睁大眼睛，一双小腿胖得像两个小棒槌，在不停地动。佳佳肚子上盖着的红兜兜，随着他急促的呼吸一起一伏，红兜兜上绣的宝葫芦、红花和绿叶，就像被清风吹动了一样。佳佳在木板上用力侧身，缓慢地伸出一只小手，去抚摸和感受树荫下的那片小草，几个小手指还一捏一合的。我为佳佳稚嫩的生命感动。这是佳佳出生后，第一次与大自然这么亲近，这恐怕也是灾后家乡这块土地所得到的最温柔的抚摸。那一刻我好感动。佳佳和那片小草一样幸运，虽然不知道自然灾害有多凶猛，但他们在父母和大树的保护下，都安然、快乐地生长着。由此我想到，如果没有父母，没有哪个孩子能幸福地长大。父母就像眼前的这棵大树，给孩子洒下一片阴凉，守望孩子平安。

下午四点多，我们终于走到家了。远远看到家里的房子和院墙完好无损，我的心放了下来，冲着怀里的佳佳感慨："你奶奶选一个地势高的地方盖房子太对了！"走到家门口，我停下来朝二道沟望去，我的心再次悬了起来。我简直不敢相信，从水的源头到我家门前，仅仅两三公里长的一条小河，居然把两岸数百年来形成的大片树林——包括许多比腰还粗的楸树、柳树、杨树都冲没了，取而代之的，是一条宽几十米、覆盖整个河套的、白花花的乱石带。这些巨石不知是从哪里冒出来的，就像是局部地壳变迁发生的变化。家里房前的道路、土地和水井，全都被埋在石头下面。从小到大，我从未见过这么大的洪水。妈妈见我们三口人回来了，又惊又喜，问："车不通，信儿也不通，你们怎么回来的？"我告诉妈妈一半坐车一半走。妈妈接过孙子亲了一口脸蛋，说："是不是把我大孙子给折腾坏了？你们不用惦记，等通车再回来不更好吗？"佳佳似乎认出了奶奶，发出一阵"咯咯咯"的笑声，妈妈听了更高兴了："回奶奶家，你高兴了，还会咯咯笑了！"妈妈把佳佳放到铺好的褥子上，特地让他趴着试试。佳佳用小胳膊支撑着，抬起了头。妈妈夸奖说："这孩子硬实，一天一个样儿，折腾了一天，精神头儿还这么足。"

那天晚上，是灾后全家人团圆、欢乐的时刻。爷爷、奶奶、姑姑、爸爸和妈妈，一个不少，围坐在佳佳身旁。妈妈笑着说："我们全家人这是在瞅'眼珠'、看'传家宝'啊！"佳佳仰脸躺在炕上，一边看着我们大伙儿的表情，一边不停地咿咿呀呀、扑扑腾腾，不哭也不睡。奶奶心疼地说："把我孩子累得都睡不着觉了！"妈妈告诉妻子，小霞喜欢佳佳，她不想在大队当广播员了，再过一段时间她打算进城给我们看孩子。妈妈还说，入伏天太热了，爹爹明天要把摇车子（摇篮）挂到天棚上，白天可以让佳佳躺在摇车里睡觉、玩耍，凉爽又舒服。妻子听了很高兴，同时也传递给妈妈一个好消息，说县委要分给我们一间宿舍，她工作、带孩子就方便多了。等她调到丹东，佳佳就可以去幼儿园了。佳佳睡了，妈妈和我们聊起那天晚上发大水的情景。妈妈说她这辈子没见过暴雨是那么一个下法，就像天塌地陷，响声震耳，弄不清是雷声雨声，还是天上龙王爷的叫声，太吓人了。到了半夜，下院国兴三叔、王兆平三叔等几家人，纷纷逃到我家，说洪水进屋了……爹妈为这些避难的邻居做饭忙活到天亮。到这里，妈妈情不自禁地又谈起孙子："那天晚上我就想，洪水涨到咱家大门口的墙边就不涨了，绕墙根走了，这一定是我孙子给咱们家带来的福气。"

孩子对家庭有多重要？对人的幸福影响几何？这次带着佳佳回家，我从爹妈不断提升的幸福感中找到了一些答案。妈妈反复讲："有金山银山，不如有个好孩子。"在妈妈眼里，好孩子，是幸福之家的根本标志。父母爱孩子，不用多说，做个榜样就行了。孩子不像父母，还能像谁呢？有好孩子，日子过得就有意思，愁事就少，心情就好，身体少得病。

第二天早上，爹爹踩着梯子，为孙子挂摇车。爹爹用铁钉把棚杆钉牢，然后挂上摇车绳使劲儿拉，反复拽，直到妈妈说"行了，棚杆和绳子断不了"，爹爹才把摇车拿过来穿绳、挂上。这个老旧的摇车，很像一个小木船或采菜用的杏条筐，它四边涂的红油漆，画的黄色图案，早已斑驳模糊。妈妈好不容易将它保存下来，就是为了孙子。妈妈叫爹爹把佳佳放到摇车里试试，摇车摆动一会儿，爹爹想把佳佳抱出来调整绳子长度，佳佳马上不高兴。"好、好，让奶奶再悠你几下。"妈妈说着悠起来了摇车，凉风轻抚，佳佳一副惬意舒服的样子。

有一天，妈妈发现佳佳牙床上长了一些小白点点，凭经验判断佳佳起"马牙子"了。妈妈洗净手，找来一块白纱布缠到手指上，戴上老花镜，俯身对佳佳轻声说："宝贝，你张开嘴，让奶奶给你处理一下就好了。"佳佳冲着奶奶张开嘴笑，奶奶趁机将手指伸到佳佳的牙床上轻轻一抹，就把那些白点点弄掉了。佳佳本能地摇头反抗，一只小手把奶奶的老花镜打掉了，奶奶紧张得出汗，"哎呀，我的大孙子，是不是弄疼你了？你可不得了，这么小就出手这么厉害啊。"那个夏天，我们全家人吃得很丰富，每天三顿饭不重样，大米、白面、鱼、肉、蛋和蔬菜随便吃，就像在搞一场无休止的庆祝。妈妈跟儿媳妇说："你得吃饱吃好，我孙子才有奶吃，才能长得快。现在不穷了，我们全家都跟我孙子借光喽！"夏天很快过去了，妻子在家里休完产假，带着佳佳回县城了。待我国庆节回家，发现摇车还挂在棚杆上。妈妈告诉我："佳佳跟他妈走了，我好多天睡不好觉，半夜起来望一望那个摇车，想想孩子可爱的模样，我怎么那么惦记啊，你离开妈，妈也没这样啊！"

是的，自从有了佳佳，爹妈第一惦记的孩子，似乎不再是我。爹妈的精气神和幸福感，因为孙子的出生空前提高。

第三节　童年的故事

对平凡的生活保持热情与微笑，从单调的日子里发现惊喜与幸福，是妈妈的性格和生活态度。谁家没有孩子？有孙子的人满地都是，但并非人人都像妈妈那样会用心当奶奶、会享天伦之乐。

佳佳六个月开始学说话，见到男的叫"哥哥"、女的叫"姑姑"。这与妹妹小霞主动来照看佳佳有很大关系。佳佳说话早，姑姑功不可没。小霞和佳佳住在县委分给的一间宿舍里，每天耐心教佳佳说话、看书，给佳佳讲故事，协助妻子把佳佳照顾得健康又开朗。妈妈满意地跟我说："26岁大姑娘不嫁人，要给哥哥看孩子，这是佳佳的福气。姑姑看侄儿，全家都放心。"我感谢小霞，妻子给小霞找了一个学裁缝的地方，让她有空儿去学手艺。我们全家六口人，虽然分住在三个地方，但爹妈很开心，因为妈妈最惦记的佳佳他们娘俩，有小霞在那里搭手帮助。这样的安排，对我这个不常在佳佳身边的爸爸来说是莫大的安慰。

佳佳十四个月左右，妻子要给他断奶，便把他送回奶奶家就离开了，我当时留在佳佳身边待了几天。到了夜晚，佳佳发现妈妈不在了，开始不悦地四处寻找。我告诉他，妈妈上班去了，爸爸负责给你讲故事。我给他讲《尼尔斯骑鹅旅行记》，讲完一本七八十页，他也不睡，忽然大哭了起来："我要妈妈……"奶奶立刻从被窝起身，把佳佳抱在怀里，说："好孩子，你别哭。你听奶奶的话，你妈的奶早就没有多少了，你大了，不能吃了，让你爸给你冲奶粉喝好不好？""不好不好，我要妈妈……"佳佳哭得更厉害了。爹爹、姑姑都听不得佳佳的哭声，一起过来哄佳佳。就这样，我们守着佳佳到很晚，他终于在奶奶怀里困得坚持不住睡着了。到了半夜，佳佳醒来撒尿，妈妈打开灯，佳佳叽叽歪歪地说："我要妈妈，我要妈妈……"爹爹忍不住说："孩子这么小，断奶干吗？"佳佳听爷爷这么一说，委屈地又哭起来。妈妈跟爹爹说："你别说了，孩子哪能老吃妈妈奶？孩子难受几天就好了，别大惊小怪的。"我把佳佳抱起来站到地上，耐心地给他讲："你长大了，不能再吃奶了。你要向尼尔斯那样，离开爸爸妈妈，到世界各地去旅行……"佳佳是个很少哭泣的孩子，听了我的话，他安静下来，说："亲亲妈妈吧，那儿……"佳佳指着衣柜上面挂着的相框，那里有多张妻子的照片。我很震撼。这么小的孩子，对妈妈是那么依恋，还知道用这种方式来缓解思念之情。我把佳佳抱到柜子上，扶着他，他把小嘴噘得像一个瓶嘴，对着妈妈的照片，一张一张地亲吻，发出"啪啪"的声响。坐在炕上的爷爷、奶奶和姑姑，看着佳佳的举止感动流泪。亲完了妈妈，佳佳看着我笑了。我把他抱到炕上说："这回，我们可以好好睡觉了。天亮了，也许妈妈就回来了！"佳佳听了我的话，再次睡着了。

第二天早上醒来，佳佳一睁眼就找妈妈。我说："妈妈出远门了，要一个星期才能回来。不过，我和爷爷奶奶会陪着你。"就这样，佳佳再也没闹，也没有太多痛苦，就被断奶了。妈妈感慨地对我说："哪有这么省心的孩子，当爹的，体会不到妈妈和孩儿那种情分。妈妈给孩子断奶，心里比孩子难受多了。她说得十天八天回来看佳佳，不过一星期，她非回来不可……"仅仅过了四五天，妻子就回来了。她一进门，就趴在正午睡的佳佳跟前，跟儿子贴脸儿。妈妈问她："想孩子想坏了吧？"妻子的眼泪掉下来，说："佳佳不在身边，我有点儿恍惚……"过了一会儿，佳佳要醒了，妈妈赶紧叫她转过身去，躺到炕的另一边装睡。佳佳坐起来，一眼看见眼前的背影，稍作迟疑，小声说："妈妈？""不是，是阿姨。"妈妈瞪着眼睛逗佳佳。佳佳愣了一下，然后惊喜地扑上去大喊："妈妈……"妻子忍不住大笑，抱住佳佳一顿亲吻。妈妈看着他们母子团圆特高兴。

自从有了孙子，妈妈的眼睛有了光亮。妈妈看佳佳的眼神，投射出炽烈的、幸福的光芒，令我颇为感慨。妈妈似乎猜透了我在想什么，说："你小时候，我也是这么惯的，你不是挺好嘛！亲归亲，惯归惯，要教导孩子走正道。"其实，我根本不是在担心妈妈会把佳佳惯坏，而是我对妈妈宠爱孩子有了新的认知。我透过妈妈的眼神看出，佳佳的出生使她彻底跨过了失去哥哥那道坎儿。我发现，妈妈与孩子相处的能力、沟通的水平，是很多自视成熟的父母及长辈所没有的。以我自身经历判断，这是妈妈的一种禀赋与特质。仔细回想，我的妈妈与孩子们，包括与我这样任性的孩子，基本没有发生过冲突。表面看，我的妈妈好像很放纵孩子，其实她有很好的办法让孩子守规矩。虽然我没记住小时候妈妈惯我那幸福的眼神，我甚至为自己长大竟然淡忘"舐犊情深"那段美妙时光而困惑，但我总能感受到妈妈与孩子亲密相处、友好沟通给家庭带来的欢乐，就像妈妈眼里爱的光芒始终照耀着我。

佳佳3岁那年，在一个刮着北风烟雪的下午，我从外地回到家里过年。妈妈告诉我，佳佳感冒发烧了，爹爹背他到大队卫生所打针，快要回来了。我要去接他们，妈妈说不用。我站在门口望，老远看见爹爹身上裹着一个"红色大包袱"朝家里走来。那"红色大包袱"看上去像一个大大的"红灯笼"，佳佳显然就在"红灯笼"里面。爹爹踏着厚厚的积雪，迈着有力的双脚，走过井沿儿，进入院墙外面的倭瓜架底下。我跑出大门喊："爹，爹！""佳佳，你猜谁回来了？"爹爹看见我，侧过头来问佳佳。"是爸爸。"佳佳从捂得严严实实的大棉被里，用力说出这三个字。我想看看佳佳的脸，但是看不见。爷爷怕孙子挨冻，用棉被像包饺子一样把孙子包起来，然后用绳子将佳佳紧紧地捆在自己腰上，上不见头，下不见脚。妈妈迎出门口说："赶紧回家打开，别捂坏孩子。我说你爹用个薄被包上就行了，你爹偏要用最厚的大红被，他也不嫌沉，怕冻坏了承担不起责任啊！哈哈！""我的大孙子，你真行！我得告诉你奶奶，你打针都不哭。你听见爷爷和你说话了吗？""听见了，爷爷！""你的脚没露出来吧？冻不冻脚？""不冻。""冻坏脚，你奶奶好不给我饭吃了！"爹爹弯腰低头，跨过门槛进屋，我解开爹爹腰上的绳子，把佳佳从爹爹的后背上抱下来放到炕上。他活蹦乱跳的，一点儿不像有病的样子。我给爹爹掸掉衣服上的雪，爹爹摘下狗皮帽子，眉毛、胡子都结了霜，身上的热气从棉袄的领口处向外升腾。眼前这个情景，令我想起几年前爹爹扛着刚子回家过年的事儿。什么是爷孙情？什么叫天伦之乐？眼前这一幕便是。

这时我发现，眼前的爹爹居然留起了分头。爹爹的发型让我感觉新奇，以至于忘记去亲吻两个来月没见的佳佳。

晚饭后妈妈坐在炕上告诉我："没有人能让你爹改变主意，现在终于有人能管他了——那就是我孙子。"妈妈说着，把佳佳轻轻地搂在怀里说："有一天，我孙子摸着他爷爷的脑门说，'爷爷，你剃秃子一点儿都不好看！秃子不好看！'你猜怎么样，你爹从此就把头发留长了，去找人给他剪头，你说怪不怪？"

那年爹爹 65 岁。听孙子的话，不再剃光头，这使爹爹看上去显得格外年轻和充满活力。

我没有见过爷爷，姥爷也在我很小的时候就离世了，因而没有被他们宠爱的记忆。不过，我从爹爹对刚子和佳佳的万般疼爱中发现，"爷孙情"是老男人保有顽皮和童心的心理寄托——他们有"魔鬼"般的契合，一个可能会骑在脖颈上撒尿，另一个则感觉像享受温泉洗浴一样舒服；他们有犹如坐在"跷跷板"上的愉悦——一端是一个只知道玩乐，不懂幸福是什么的童子，另一端则是一个倾注了全部的爱，却丝毫不想索取与回报的老男人。我给爹爹理发时，跟他开玩笑，问他要不要剃秃子，爹爹笑着说："不，我孙子不同意。"爹爹生病那几年，我能看见他唯一坚持的习惯，就是每天下午坐在窗口，静静地望着崇山东路的人行步道，等待佳佳从那条路上放学归来。佳佳每次出现在爹爹的视野里，爹爹都会激动不已，含糊地说："佳佳回来了！"爹爹去世时，我给爹爹整理头发，禁不住想起佳佳不许他剃秃子的"命令"——这位"听话爷爷"，是留着分头与世长辞的。

这就是爷爷深爱孙子的故事。爷爷没能等到孙子长大，甚至没有吃过孙子给他买的一块饼干就与世长辞了。这份遗憾，终究无法弥补。

第四节　倾听生命成长的声响

生命的成长是有声的、听得见的——这是小时候爹爹教我认识的一种自然现象。

我当了父亲，有一天也学着爹爹的样子，与佳佳一起坐在星空之下，倾听大自然生命成长的声音。此时，我对生命成长的认知，多少有了一点儿"天人合一"的感悟。

我给佳佳买过一本科普读物，是外国人写的，书名叫《找星星》。没想到，读过这本薄薄的小册子，佳佳喜欢上看星星。他让我夜晚带他到丹东锦江山上、到鸭绿江边看星星。我告诉佳佳，奶奶家头顶上的星星，是我见过的最多、最亮的星星，那里最适合找星座。佳佳听了，蹦起来恳求说："爸爸，快带我回奶奶家吧，我要去那里找星星……"我带他回奶奶家过暑假，他成了我的天文学老师。多少个晴朗宁静的夜晚，吃过晚饭，他认真地拿起那本《找星星》，拉着我的手，像个小大人一样，与我一起坐在奶奶家院子里的磨盘上，把书本上记载的星座，一个一个地和天空中闪烁的星座全部对号。佳佳让我知道，妈妈说的"三星"，原来叫"猎户座"。

佳佳唤起了我童年的星空记忆与幻想。老家的夏夜，如果是晴天，又赶上农历初一，天上的星月更加迷人。偶尔，有流星像一道闪电划破蓝色的穹顶，把老院周围的山峰全都照亮。妈妈指着天空告诉我："那个像饭勺一样的七颗星星，叫'北斗星'。"原来，天上的星星也有名字。后来，半夜里听见妈妈喊爹爹："快起来吃饭吧，三星过头顶了。"我这才晓得，天上的"三星"居然还能给妈妈当钟表使唤。

"爸爸、爸爸，你听！我听见一种声音，好像地里有什么东西，在跟天上的星星说话……"坐在磨盘上的佳佳，突然转过头来朝我喊。我定了定神，搂住佳佳仔细听。"爸爸，听见没有？"佳佳严肃地问。"爸爸听到了！"我兴奋地告诉佳佳，这"咔嚓咔嚓"的细细碎碎、不大不小的声响，是从奶奶家苞米地里发出来的，是苞米生长过程中抽穗、拔节的声响，是听得见的生命成长的声响。即便在极为宁静的山村里，也只有在夜深人静、心静如水之时才能发觉。这亲切、熟悉的声响，激活了童年被忘却的、梦幻般的某些感知。我动情地把佳佳抱在怀里，给他讲起当年爹爹和我一起倾听生命成长声响的故事。

"爸爸七八岁的时候，晚上跟爷爷到生产队开会。我们要穿过南坎子上的'老郭大地'，从一大片苞米地中间的小道走过。突然，我听到苞米地里有'咔嚓咔嚓'的声响。你爷爷告诉我，这是苞米生长、拔节的声音。爷爷说，夏季连阴天前后，苞米开始扬花吐穗。到晚上，太阳一落山，天黑不热了，地里水分充足，苞米就长得来劲，它一边长，一边响，一骨节一骨节地向上蹿，几天工夫就高过人头。爷爷停住脚步告诉我，'别出声！夜静还得耳朵灵，你才能听见苞米拔节的响声，而且是越听声音越大，到处都像有猪崽子冲进了苞米地似的。'我停下脚步，仔细听啊听，那声音真是没完没了，此起彼伏！"

我告诉佳佳："这是生命成长的力量，是爷爷教我了解自然的神奇。人和大自然的其他生物一样，成长也是有声的。比如你一生下来就会哭，一两岁后，你学会说话、能读书，这都是成长的声音。"佳佳听完，瞪大眼睛问我："爸爸，天上的星星是不是也有生命？它不会只眨眼，不出声吧？比如流星燃烧发光的时候，它一定会疼，会大喊大叫吧？""是的，只是它们离我们太远了，我们听不见。"这时，爷爷来了。佳佳问："爷爷，你听见苞米地里咔咔响了吗？"爷爷说："孩子，爷爷都听六十多年了！"

爹爹教我，我教佳佳，我们三代人坐在星空下，一起倾听生命成长的情景，在后来的日子里带给我许多启发。2014年，我孙子小黑胖和外孙子泽儿相继出生，仔细观察这两个孩子在人生最初那三百六十五天里的成长和变化，我好生感慨。当我们静下心来，当我们长到足够关心和热爱生命的年龄段，不仅能够在万籁俱寂的星空下、在广袤的田野里，听到自然界万物生长的声音，而且，同样也能倾听到人的生命——尤其是新生儿快速成长变化的声响。

男人，年轻时即便做了爸爸，也没有足够的耐心和兴趣去关注孩子在最初一年里的成长情况。我发现，这个阶段是生命中成长变化最大、最快的日子，恰如夏夜里拔节的苞米，简直是带着交响乐的旋律快速长大的。以外孙泽儿为例，他出生时，产钳在他脸上留下人生第一道伤痕。他被抱出产房时，那个有一元硬币大小的创伤还在流血。仅仅一周，那创伤就完全不见了。此后，他和所有健康婴儿一样，三四个月能翻身，五六个月学会爬，十个月试着站立，蹒跚走路。满一岁，在屋里屋外四处走动，发现和寻找所有的新鲜事物。不会说太多的话，却能用神情与大人沟通很多的事情。一天一个样儿，天天出新彩。一觉醒来会下床，一顿饭后会叫爸，听着音乐跳起舞，拿起手机放声喊——这些无不是看得见、听得着的生命成长之交响。

泽儿刚过一周岁，他86岁的太奶奶去世了。泽儿生日那天，我给泽儿与太奶拍的几张照片，成为这一老一小最后的交集和永远的纪念。两个年龄相差久远、老嫩反差巨大的面孔，深藏着血脉与眷恋、接力与传承之关联，看上去同样传奇。太奶来到这个世上86年，人生的最后一件大事，就是等待这个活泼可爱的小人出现，然后与他合影留念，她就心满意足地离开这个世界。而泽儿好像是为满足太奶的最后心愿而出世的，虽然他全然不懂自身存在的价值和意义，却让与他脸贴着脸的那个老人，圆了一个最美的梦：四世同堂，升格为名副其实的太奶。

同样的事情，发生在佳佳出生第三天——他的太奶、我的奶奶在 83 岁高龄去世。妈妈告诉我，奶奶得知佳佳出生了，每天都会拄着棍子，步履蹒跚地走到大门口，向东边望啊望，盼着我们早点儿抱着佳佳回来。然而，她最终没能见到这个重孙子。我抱着佳佳给太奶送行，祈祷天上的太奶保佑佳佳。佳佳没有泽儿那么幸运，他只走进了太奶的心里，却没有来得及让太奶看上一眼。三十年后，我的妈妈同样期盼当一回太奶，她告诉佳佳早点儿生个重孙子给她看看。很遗憾，她的重孙子小黑胖错过了与她相见的机会。

我从这几个孩子的出生总是伴随着祖辈的离去中看到了什么呢？那是星移斗转、时光飞逝的自然法则，是一代人对另一代的呼唤与告别，是我们看得见、摸得着的生与死的更替与接续。新生命不断给我们带来惊喜，老旧生命的离去则让我们哀伤。最终，我们会懂得，发现和倾听生命成长的声响，是一件有趣的事情。它让我们感受世上所有生命的活力与美妙，由此对生命产生热爱和敬畏。

第五节　一条假新闻　一生之警醒

1984 年初，我正式走进丹东日报社当记者，开启了我的新闻人生。当我告诉妈妈我考上记者的时候，妈妈平静地说："你在兵团会战工地不就当记者了吗？不然人家怎么能把你调进县团委？有文化，拿笔杆子干活儿，比当农民累脑筋，写的都是大事儿。孩子，入这行容易，干好难啊！你可不能含糊，干什么要用心。"

妈妈不了解什么是新闻工作，但妈妈说"做事都有一定之规"。这"一定之规"不是别的，就是"干什么要用心"。妈妈很少问我工作上的事，可只要我谈起工作，她总能从具体的生活经历和经验里面，给我讲一些简单朴实的道理。然而，初当记者，气盛心狂，常把妈妈讲的一些道理当耳旁风。果不其然，刚进报社第二年，我就写了一条臭名昭著的假新闻。一夜之间，在中国最大的边境城市丹东，《丹东日报》连同我这个记者的名字像过街老鼠一样，成了当地新闻同行和广大读者怒怨的对象。

这次特别意外的经历，成了我大半生从事新闻工作的一记警钟。如果说，哥哥早逝这场家庭悲剧教会了我如何疼爱父母，做个好儿子，那么，这条假新闻给我和《丹东日报》带来的羞辱，则时刻警醒我坚定理想信念，用心做一个实事求是、不说假话的好记者。

这条新闻的标题是《昨天三马路发生一起交通事故》，内容不过三百多字，大意是昨天三马路发生一起交通事故，引来许多市民围观，交通一度堵塞。市委、市政府领导对这起交通事故高度重视，政府有关部门和交管部门及时派人赶到现场处理事故，疏散群众。交通事故造成一人受伤，已送到医院治疗；三马路很快恢复了正常的交通秩序……

这条短新闻，看上去没有什么重要的新闻事实和读者感兴趣的新闻点，我写这条新闻并署上自己的名字时，也是这么认为的。说起来，这个新闻应该是跑市委的政文部记者来做，怎么会轮到我这个读者来信部的记者呢？凡事都有意外和巧合。那天，我外出到东沟县采访，乘车返回市内，天已经黑了。我跑到报社后院二楼单身宿舍吃了一块儿面包，然后像往常一样，来到报社二楼的办公室看书、写稿子。报社东边就是鸭绿江。连接中朝的纽带——丹东鸭绿江大桥，看上去灯火通明，整个城市一片安宁。那时候，除报社总编、副总编家里安有电话外，记者家里是没有电话的。所以，记者下班后，如有新闻事件发生，领导们想找记者去采访并不容易。晚上九点左右，报社总编辑李兴文走进我的办公室，他慢条斯理地对我说："小傅，你现在去市委一趟，书记和常委们在开会，有关三马路交通事故的会议要发一条新闻，稿子都定好了，你去拿回来，需要补充就采访一下，我在办公室等你。"我拿起采访本和钢笔，飞快地朝市委跑去……

然而，交通事故的真相，令人震惊。凤城县一个姓王的老师因公受伤来上访，市里一些部门和领导对人家不负责任，那个王老师的儿子一气之下，钻到接访卡车底下被压伤了，在三马路引起数千老百姓愤怒……目睹老百姓对假新闻的愤怒，我内心充满羞愧与悔恨。

在报社蒙羞之后，丹东市委决定成立"三马路事件"调查组。市委常委、政法委书记兼公安局长牛世钦任组长，报社读者来信部主任李成喜和我作为调查组成员参与事件调查并追踪报道。在深入细致调查、采访之后，我们发出多篇后续新闻报道，帮助当事人讨回了公道，让读者切实看到丹东市委和《丹东日报》实事求是、有错必纠的态度。

"三马路事件"的失真报道，是我一生在新闻工作中学到的最深刻、最难忘的一课。翻开三十余年新闻工作的认知记忆，这一课似利剑高悬，如警钟长鸣……

第六节　他帮我实现"儿子的理想"

年轻时，我们只顾一路向前，为学习、为工作、为安家，甚至忘记与站在家门口送我们远行的父母挥手告别，更顾不上跟一路帮过我们的人说声谢谢。青春的行囊如沙漏，把许多珍贵的人情掉了一路。人到中年渐渐发现，不仅青春的行囊必须织补，而且还要回过头来去找寻那些失落的人情，这关乎人生的幸福和圆满。不然，人就会感觉孤独和冷血，最后可能满腹愧疚，不得安宁。

我经常为自己一生有数不清的幸运而兴奋不已。其中，在"三马路事件"报道中遇见牛世钦书记，是我尤其不能忘记的荣幸。是他，亲手帮我实现了"儿子的理想"：把爹妈的户口迁到城里。记得从他手里接过户口准迁证的那一刻，我像个孩子似的欢呼雀跃，感动得流下眼泪。

然而，离开丹东多年我却没去探望过他。这很失礼，也很不义。我不知道自己怎么会这样做人做事？在妈妈看来，这是典型的忘恩负义。妈妈去世七年后，有一天我翻看家里的户口本，忽然想起当年爹妈迁移户口的过程，牛世钦这位可亲可敬的领导、长辈随之浮现在眼前，从而促使我来一次寻恩之旅。

"三马路事件"过去不久，牛书记帮我把爹妈户口迁到丹东，我便上学读书去了，一读就是五年，再也没回丹东工作。这算是我给自己找到的一个忘恩负义的理由。为什么那么大年龄还要上学？动因之一就是失实报道的困扰。尽管报社为此承担了责任，但我还是感觉自己是个"污点记者"。读者骂我写假新闻，我是真的冤枉和没有过错吗？"真实是新闻的生命"，从事新闻产品生产的记者，难道对"生命"没责任吗？只做学舌的"传声筒"，还配做记者吗？我在自责中理不出头绪、找不到答案，却通过思考发现新闻报道的复杂性和专业性，还有自己新闻实践与理论知识的浅薄。

1986年春天，正赶上报社鼓励记者参加成人高考，我便报考了中国人民大学新闻学专业本溪干部专修科，开始了两年的脱产学习。

上学、读书，就像爹爹登山时带的那把镰刀，它能在丛林中披荆斩棘，为你开辟一条路径，找到前行方向，助你顺利抵达险峻的山顶。进入一所好学校、遇见好老师，则相当于重遇好家庭和好父母。中国人民大学不愧是"陕北公学"的"后代"。听新闻系最年长的张隆栋教授讲新闻史，听新中国第一位新闻学博士童兵讲马克思主义新闻理论，听知名教授索爱群讲马克思主义哲学……我见识了什么是最好的老师，登上了课堂教育的巅峰。读书不论年龄，学习不分早晚。人大老师激发了我无限的学习渴望。一天清晨，我在宿舍千米之外的山脚下读外语。一个浑厚的声音传来："小伙子，你在学外语？""张老师，早上好。"给我们讲语言学的张世聪老师，是著名语言学家王力先生的研究生，他笑着朝我走过来问："你现在能记住多少单词？""大约五六千个吧！""有这么多？来，让我考考你。"张老师接过我的外语书，一口气考了我三四十个单词，我虽紧张，却一个没错。他高兴极了："告诉我你的名字？在哪儿工作？"我说我叫傅兴宇，在丹东日报社工作。"你应该去考新闻系的研究生，你这么努力，一定能考上。"得到张老师的鼓励和指点，当天早上，我便暗下决心考研。在张老师上课的那些日子里，每天清晨，他都会在远处看着我读书，偶尔走过来跟我说："你知道，我在监督你。我回北京，也会在心里看着你。学习外语一定要坚持，不然，考研会一票否决的。"新闻系刘明华老师来讲新闻采写，我把考研的想法告诉了她，她十分惊喜地说："小傅，我真没想到你有这份雄心壮志。我 40 岁去日本留学，你才 30 岁，一定要去考，我支持你。"刘老师回到北京，很快给我寄来一些考试的书籍和资料。第二个学期，刘老师的爱人、新闻系副主任郑超然老师来上课，又给我带来一些学习资料。这些老师对我的爱与鼓舞，使我有信心、有勇气考研深造。1987 年 12 月，我参加全国研究生考试，1988 年 5 月收到人大研究生录取通知书。妈妈得知后，掰着手指头高兴地对我说："儿子，再念三年，快上二十年学了吧？你儿子今年上小学，你要去上大学，这可真是活到老学到老啊！"

似乎就这样忙忙碌碌过去二十年。转眼到了 2018 年春天，我和妻子决定开车回丹东，去寻找当年的恩人、帮我实现"儿子理想"的那个人。我知道，这是迟来的、深感愧疚的感恩之旅，也是织补青春行囊、重拾旧情的自我觉醒。

通过丹东市公安局一位朋友帮助，我在丹东元宝区一个普通居民区的住宅里，找到了牛世钦书记的家，见到了这位 92 岁的老人。他的容貌比二十多年前苍老一些，走路有些不便，但精神状态很好。我能认出他来，他也能记起我。我说我非常感激他帮助我把父母的户口迁到城里来，他说当时是他的部下、市公安局治安处处长王大勤具体经办了这事。可见老人家头脑很清醒。牛书记长得高大魁梧，比爹小几岁。当年，我感觉他慈祥的面容很像我父亲；现在，他坐在椅子上安详的神态，仿佛与我晚年的父亲一模一样。我满怀深情，含着热泪，紧紧地拥抱了这位老人，给他亲手穿上我带来的一件对襟羊绒衫。

那一刻，我从心里感谢老天有眼，给了我一个略表感恩之心的机会。

这次相见很短暂，追忆也断断续续，随着往事一幕一幕涌上心来，我们彼此深感开心和温暖。

牛书记在西藏工作多年，因为受伤才回到丹东工作。当年跟随他一起调查"三马路事件"，我们两人便成了忘年交。我本来是个小记者，他是市委领导，工作上保持距离很正常。但牛书记是个慈眉善目、极具亲和力的领导，和他在一起工作几天，那种距离感就消失了。他勇于纠正市委与报社新闻报道的错误，最让我钦佩和感动，与我们工作人员私下交流不摆架子、不打官腔。

当年，牛书记走进我心，不是我会阿谀奉承，也不是他会拉拢人心，而是他说的、做的有长者和导师的风范。牛书记有空时，会约我去他的办公室坐坐，跟我谈生活、谈新闻工作的重要，教导我一定要做一个实事求是、为民伸张正义的好记者。

组织上把妻子从岫岩调到丹东工作，佳佳的户口随迁，我们三口人在丹东有了一个户口本。我们虽然没有分到房子，不断寻找临时住处，但爹妈户口随我进城有了希望。有一天，我鼓足勇气去牛书记办公室跟他谈起我的"儿子的理想"，我坦诚地向牛书记讲述爹妈一生的经历，尤其是哥哥死后，爹妈精神崩溃、深陷绝望的遭遇。我告诉牛书记，我是爹妈活下去的唯一希望。我今生的理想和目标，还有我奋斗的动力，就是要把爹妈接到身边，让他们晚年过一段不再劳苦的城市生活。说这些话，我颇有心理负担，但这些想法已在流淌的血液中形成了意志，坚不可摧。我这样和自己的内心对话，也想用这样的对话来说服别人："如果儿女不能善待父母，不想办法让父母晚年幸福，这天下还有良心和道义吗？"牛书记没有批评我目光短浅、狭隘自私，他非常赞赏我对父母的这份孝心。他亲切地拍着我的肩膀说："好小子，没想到你不到而立之年，就这么立事！我欣赏孝敬父母的人。我答应你，一定帮你把父母的户口办进来。"我高兴得手舞足蹈，上前拥抱了牛书记。那是我最开心的时刻，感觉给父母的承诺有希望了。牛书记说："你父母进城符合政策，一不用请客，二不用送礼，按规定申请办手续就行了。只是每年审批进城的名额太少，需要排队。"我告诉牛书记，爹妈平均年龄过了 65 岁，只有我一个儿子，我还有一个尚未结婚的妹妹，严格说来，我父母还不属于身边无子女的情况。牛书记想了想，说："那好办，赶紧给她找婆家嫁人，把户口迁走不就行了吗？你抓紧回县里开户口证明手续，争取快点儿办，圆你这个心愿。"

几天后，我请假回家为爹妈办户口。我兴奋地告诉爹妈牛书记是谁、干什么的、我怎样认识他的。妈妈说："熬不起时间，办不成大事。许多事儿，你早一步赶上穷，晚一步穷赶上。你不紧不慢，等上几年，稳稳当当把眼前的事做好，好运就来了。等你有能耐那天，不能忘记人家。"我跟妈妈说，小霞的户口不能随我们一起迁走，妈妈说小霞对象难找，高不成低不就，姑娘大了，该嫁不嫁，随她去吧。妈妈提醒我两件事：一是办户口是好事，要跟媳妇好好商量，听听媳妇的意见；二是我在丹东没有房子，等户口办进城里，有新房分下来，他们再考虑搬家。妈妈的意思是，丹东即使有了房子，只要她和爹爹还能动弹，就再在农村住个十年八年。我赞同妈妈的意见，不过我想问妈妈，儿子给爹妈办户口，为什么要听媳妇的意见？在父母的问题上，我是死不改悔的大男子主义。可这有错吗？如果儿子不能保护父母，媳妇不支持儿子赡养父母，年迈的父母将会怎样？

妹妹何时能找到婆家，不是我和妈妈能说了算的。我在工厂时的张师傅曾给她介绍过一个对象，姓林，小伙子聪明能干，对小霞很钟情。他们处对象的那个春节，下了一场两尺多深的大雪，小林和张师傅坐长途客车被扔到半路上，二人走了一百多公里来到我家，想促成这门亲事。我们全家人都很感动，小霞却嫌人家兄弟多不同意。

我和妈妈商定，给爹妈办户口不能等小霞出嫁。我从小队、大队和公社开出家庭人口证明，最后来到岫岩县公安局。在县委工作的好友傅殿全、尹世华两位老大哥帮我找到县公安局领导，把妹妹的户口分立出来，为爹妈户口进城做好准备。我带着县公安局开出的爹妈户口证明材料，一路欣喜，回到丹东，向报社递交迁移户口申请，请报社对我的家庭情况、工作身份等进行审核。这道程序非常要紧，唯有单位可以证明我的一切。报社在我个人申请上写明单位意见、加盖单位公章，然后才能把这些申报材料提交给市公安局进行审查及排队。李兴文总编辑体谅我的心情，他知道牛书记对我会关照，鼓励我把申报材料直接送给牛书记，说这样可能办得快一些。我带着户口申请材料去找牛书记，请他看看有没有不妥和遗漏的。牛书记坐在办公桌前，一页一页地仔细查看，看有没有岫岩县公安局的户籍专用公章和丹东日报社的公章，尤其要看公章盖得是否清楚。牛书记看完后告诉我，这些材料可以了，年底前市公安局要审核两批农村人口进城的申请，让我回去耐心等信儿！

几个月过去了，冬天眼看要来了，也没等到信儿，我有点儿着急。可想到一个三十多万人口的城市每年只有几百个进城的指标，不少人提交申请排队等待多年，我两次走到牛书记办公室的门口又悄悄离开。一天下午，我不由自主地走到三马路附近市公安局治安处的门口，只见一群人正围着一个公告栏看什么。我走上前一看，公告栏上贴着一张公告，上面用毛笔字写着公安局批准的农转非人员名单。我紧张得心跳加快，赶忙从头开始，一个一个名字地细看，看了两遍，也没有找到爹妈的名字，急得眼泪都快掉下来了。我不知道年底前是否还有名单公布。第二天一大早，我便急不可耐地去市委找牛书记。牛书记见了我就问："看你的样子，是不是着急你爹妈的户口？"我言不由衷地说："牛书记，我不急，下一次能批下来就行。"牛书记告诉我，下一批农转非已经审批完了，过几天就会公布。我一听，又有点儿急了，问："有我爹妈吗？"牛书记面带笑容，打开办公桌抽屉，拿出一张盖了公章的信笺递给我，说："来，看这个！"我接过来一看，是爹妈的户口准迁证。真的没想到牛书记这么快就帮我实现了"儿子的理想"。牛书记对我说："你父母这一批户口进城的名单尚未公布，我想叫你提前高兴几天，昨天让王大勤把你父母的准迁证开出来了。你当记者很有敏感性，好像知道了似的，还没等我打电话叫你就来了。"我激动得流出泪水，拿着准迁证连声说："牛书记、牛书记，你对我太好了，真是太好了……"牛书记说："不用客气。你接父母进城，国家有政策，我和组织上都该支持你。等你父母来了，欢迎到我家做客。"那时农村人口进城，包括符合进城条件的两地分居的夫妻、身边无子女照料的老人等，享受国家提供的许多福利。城市户口的含金量很高，包括享受公有住房分配、细粮与副食品供应及补贴、燃料供应及补贴等等。当年，我想给牛书记送点儿礼物表达谢意，可真的没有什么值钱的东西给他，唯有心存感激。

探望牛书记之后，我的心安稳许多，有一种悔过自新的感觉。"走很远的路，只为给父母寻找一个幸福的地方"——我做到了这一点，但我不会忘记，爹妈晚年能享受到儿子的爱和幸福的城市生活，牛书记的真情相助是关键因素。

用妈妈的话说，牛书记是我们家的贵人。我这辈子收到的最珍贵的礼物，就是当年牛书记亲手递给我的那张户口准迁证。然而，最令我不能忘怀的，是他做官有党性原则，为人有情有义，真诚、善良又正直。

第十七章　最后的背影

　　如果我们被失败的婚姻打乱生活、击溃信念，甚至做出混乱、疯狂的事情，就会把父母牵扯进来，使他们的幸福与健康发生意外。

年轻时，我总以为自己对爹妈不仅顺从孝敬，而且还有能力让他们过上好日子。至少，我是改革开放后最早一批将父母户口办进城里的农村孩子，曾为"走遍天下不忘父母，带着他们一起飞"而自豪。可是，就在爹妈户口进城不到一年，他们尚未开始享受城市生活的时候，爹爹却在送妹妹小霞相亲的路上撞了头。遗憾的是，发现这是一次致命的意外，已是一年以后。爹爹强壮的身体如江河日下，我的自豪感也消失殆尽。我们爱父母与父母爱我们，从来不在一个等级。事实上，有不少儿女，包括我在内，曾在不经意中伤害了父母的健康和幸福，只是父母从来不说。

第一节　女儿不知妈烦恼

爹妈户口随我进城的消息，很快传遍大队和小队。家族里有人要爹爹请客庆祝一下，妈妈说还是不请为好。进城没什么了不起的，咱们不张扬，免得叫人家笑话。再说，户口虽然迁走了，人还在这里住，暂时不搬家。妈妈为人处世反对显摆，儿子有点儿出息，爹妈跟着借光，高兴在心里就行了。

我回家办理爹妈户口迁移手续，妈妈跟我说，现在迁走户口正好。春天要来了，赶紧把那几亩自留地交给生产队，该分给谁就给谁，人家好往地里送粪。还有山场也该交给生产队，该交的全部交回去，别叫人家说咱们吃城里商品粮，还占生产队的便宜，咱不能丢了名誉。爹爹说这些事他和生产队都商量好了，大伙儿同意给我们家在二道沟保留一块山林，好用来砍柴烧火做饭。至于土地，除了院子里的菜地，生产队还把房前屋后半亩多土地继续留给爹爹种，收获点儿粮食好养头猪。妈妈告诉我，这都是大伙儿的情义。咱们虽然户口走了，街坊邻居都希望咱们在这里再住一段日子，最好是不搬家。妈妈说："我和你爹快七十了，就是搬走了，死了也得回到四方地的祖坟。人老了，都要落叶归根。"

爹妈户口进城，使我实实在在地收获了做儿子的成就感。我想，这一定是哥哥没有来得及实现的心愿，也是爹妈期盼的生活改变。想到我的老爹爹再也不用去生产队劳动，不用起早贪黑地奔波，我感到无比欣慰。虽然尚未在城里给爹妈筑起"安乐窝"，但爹妈身份的转变，填平了我们一家人之间的城乡"鸿沟"，彻底排除了爹妈在城里没有粮吃、不能分房的障碍。我告诉妈妈，从下个月起，我每个月都会从市里给他们领细粮送回家，还有豆油等副食品，吃大米、白面再也不用愁了，希望爹妈的日子过得更清闲一些。谈到"清闲"两个字，妈妈跟我讲，爹爹现在身体不错，论干活儿，年轻人也比不过，现在就闲起来不好。一辈子干活儿的人，只要一闲，准得生病。体格好好的，干点活儿能长寿。妈妈对我说："这回把地交了，你爹恨不能马上就跟你进城。可是进城干什么？一个少壮壮的老公公，成天待在家里，媳妇就是不说，你说这是过日子的派头吗？所以我告诉你爹，咱们户口可以进城，人就在农村待着！"妈妈停顿一下，冷静地跟我说："孩子，妈妈也愿意跟你进城，天天跟儿子、孙子在一起多好啊！煤气一点，就能做饭，不用扒灶坑烟熏火燎的。你们下班回家，妈妈可以把饭做好，让你们吃上热乎乎的饭菜……可我和你爹真不能马上跟你走，现在就靠儿女养老太早了。大队、小队，还有街坊邻居对我们都好，我们是老户人家，你爹在家里种点儿菜、砍点儿柴，一年养一口猪，你从市里领粮回家，年节你们都回来，咱们家还不是好日子？再说，城里住房小，孩子一天天长大了，爹妈去了也住不下，等过几年单位分了大房子，再去也不晚。"

我知道，妈妈安排生活再细致不过。每次家庭生活发生改变，妈妈都是把握方向的那个人。她说话听起来平平淡淡，细琢磨却句句在理。妈妈又说："你把户口办走了，我们就是城里人。爹妈需要你照顾的时候，什么时候想走咱就走。我们现在不去，你负担会轻不少。你还年轻，好好工作，你想上哪儿，爹妈不拖你的后腿。你照顾好媳妇和孩子就行，咱们家没有什么大事，就剩小霞找婆家，她的事她自己做主吧。"我问妈妈，是不是我把户口迁走了，留下小霞一个人，她心里不好受。妈妈说："这么大姑娘不嫁人，爹妈心烦跟谁说？你叫她考大学她不干；人家叫她去当老师她不干；你给她在丹东介绍对象她也不满意，还能怎么样？路都是自己走的，你我指路她不听，谁也帮不了。"

　　小霞是家里最小的孩子，爹妈对她有所偏爱。小霞的婚事，妈妈多少有点儿烦心，但妈妈不会跟小霞说，说了也没用。总体说来，妈妈对儿女的婚事还是想得开，不会给我们压力。另外，妈妈多少有一些重男轻女的思想：女儿是嫁给别人家的，与儿子娶媳妇不一样。妈妈真正担心的，不是妹妹二十六七岁还没找到婆家，而是怕她稀里糊涂、鬼迷心窍地看走了眼，她相中的对象，可能是妈妈眼里"根儿不正"的那种。

　　哥哥去世后，我到县委工作，姐姐结婚，只有妹妹小霞还在读书并恰逢恢复高考。我和妹妹的感情很好。妹妹看了电影《小花》，学会了《妹妹找哥泪花流》的插曲，她唱给我听的时候，我拉着她的手，感动得要流泪。这时的爹妈，差不多从丧子的悲痛中走出来，家庭生活越来越好。我和爹爹凑钱给小霞买了一块瑞士产的来福牌手表，花了二百二十元，还给她买了一辆海燕牌自行车，希望她好好读书考大学。那时候，很少有上中学的孩子这样奢侈。妈妈说："谁能念书就供谁。穷人家的孩子不念书，穷就没有个头啊！"我动员妹妹和我一起参加考试，还给她找来一些参考书带回家，可她却从中学退学了，不考大学。后来，大队小学缺老师，校长说我们家孩子学习好，选小霞去当代课老师，将来可以转正，我鼓励她去当一名老师，谁知她也不去，非选择到大队当广播员不可。她说要陪爹妈过一辈子，可妈妈跟她说得清楚："我有儿子，你还是赶紧找对象吧！"农村年轻人十八九岁就开始找对象，来我家给妹妹介绍对象的人不少。我去丹东工作以后，想到将来爹妈来丹东，想给妹妹在丹东郊区找个对象。谁承想，妹妹过了二十五六岁，始终没找到合适的。有一次，妈妈无奈地跟我说："姑娘到大了就特性，有时像发疯似的，爹妈猜不透，随她便吧，说也没用……"我说："妈妈，小霞不求上进，可能是惯出来的。"妈妈说："你们都是我养的，哪个我不惯？一母生九子，九子各不同！"

　　我对妹妹很失望，我们之间的距离由此而生。

第二节　爹爹发生意外

　　年轻时，对爱情的渴望经常使人变得愚蠢又疯狂，狂到找对象忘记爹妈的存在，从而使爹妈的感受和建议变得一文不值。

　　爹妈户口进城前后，小霞心里正打着如意的"爱情小九九"——她惦记着自己的小学同学小曲，想把这梦中的新郎"娶"到爹妈进城后留下的房子里。妈妈给我讲，小霞铁了心要跟这姓曲的结婚。她跟妈妈商量，等爹妈户口迁走后，把家里的房子留给她。直到这时我才看懂，为什么谁介绍对象她都不满意。妈妈问我，将来她和爹爹进城后，把家里的房子留给小霞结婚住有没有意见？我告诉妈妈没意见，只要妹妹高兴就行。在爹妈眼里，老曲家那家人根儿不好，但爹妈还是依了小霞。有一次，妻子告诉我，小霞求她在县里给弄些好烟好酒，说她那个在部队当兵的对象几次写信来，要小霞花钱买好烟好酒寄到部队送人。我一听就不对劲儿，哪有这样处对象的？不要说我们家没那么富有，就是有钱，为什么要给他买烟买酒？这时的小霞，被爱情冲昏了头，听不进亲人的劝说，对象要她怎样她都照着做。爹妈没有办法，按照传统和小霞的意愿，到老曲家"看门户"，也就是相亲，以便"锁定"婚事。小霞一门心思等姓曲的从部队转业回来结婚，一年、两年过去了，人家就是不结婚。最后，小霞在大队截获了一封令她绝望的信。这封信是另一个女孩从长春写给姓曲的，信的内容，是催促姓曲的赶紧回长春跟那个女孩举行结婚仪式……这一切证实了爹妈对老曲家的看法，撕开了这场恋爱骗局的真相。

妈妈悄悄跟我说，这是件好事，不然她嫁过去更糟糕。然而可悲的是，我眼里那个白白胖胖、又精又灵的妹妹，已经变得又疯又傻。被姓曲的骗了之后，她本该冷静下来，仔细听听妈妈的建议，可她不仅没有自省，反而还对爹妈心怀气愤，带着一种破罐破摔的心理火速结婚。我们都看不懂她为什么要这样糟蹋自己，真可谓一段荒唐可笑的恋爱惊魂未定，另一场稀里糊涂的婚姻盲目开启。我不是说她的婚姻有什么罪恶，也不认为她是在故意伤害父母，而是说她在不经意中给爹爹造成的意外伤害——用一个流行词儿叫"坑爹"——绝非偶然发生的。

事情发生在 1986 年秋天的一个周末。那年秋天，我到中国人民大学新闻学专业本溪干部专修班学习。每个周末，我们丹东的几个同学都会乘火车回家。那天晚上，我回到家里已是八点多钟。一开门，佳佳就朝我喊："爸爸，爷爷来了！" 我高兴极了。爹妈很少来丹东，因为家里的房子太小，仅有十四平方米，还是妻子单位刚分下来的。我问爹："妈妈怎么没一起来？"爹爹告诉我，妈妈来了，姐姐也抱着不满一岁的绍政来了，他们跟小霞一起去了汤池村。汤池村离丹东市区十多公里，小霞在那里找了一个对象，今天"看门户"。"啊？我怎么一点儿都不知道？"我感到惊讶。爹爹说，他也没见过小霞的对象，只知道这个对象姓王。这时，我发现爹爹头上戴的帽子边沿，露出一圈包扎的白纱布。我请爹爹小心摘下帽子坐到椅子上，用手轻轻地抚摸他缠满纱布的头，心疼地问爹爹："疼吗？"爹爹说："不疼。"我问他发生了什么，爹爹把佳佳抱在怀里，满不在乎地对我说："没事儿，撞破了点儿头皮。"爹爹的头顶被纱布包得严实，除了能看到侧面头发上沾有血迹之外，看不见头上伤口的大小。爹爹告诉我，他们从岫岩过来，下罗圈背大岭以后，途径东沟新农公社那段路上有大坑，面包车开得快，把大家从座位上弹起来，爹爹的头撞到车棚顶部的钢板上了。司机把车开到新农公社医院，医生给爹爹头部的伤口缝合十多针并做了包扎。爹爹本来不用去小霞对象家"看门户"，可爹爹想看佳佳，就顺便坐车一起来了。看爹爹陪佳佳玩耍的样子，我感觉爹爹头上的撞伤应该没什么事儿。从爹爹扛着我挑水，到爹爹自由驾驭三套马车，再到爹爹给二叔盖房子时从房顶摔下来却平安无事——所有这一切都使我确信，爹爹这点儿小伤算不了什么。

入睡前，我问爹爹小霞跟这个对象是否认识，爹爹说不认识，也没见过面。我听了很吃惊，感觉小霞的恋爱确实太草率了。不过爹爹告诉我，小霞对象的舅舅叫刘殿胜，是咱们公社的林业助理，经常来我们生产队蹲点，跟我们家还算熟悉，是他主动提起这桩婚事的。这个姻缘背景，多少给了我一点儿解释和安慰，我好像也见过刘殿胜这个人。不管怎么说，他是公社干部，应该有一定的可信度。我猜，小霞也是这么想的。一个公社干部的外甥，家又在丹东郊区，其家其人或许能靠谱。那天晚上，因为爹爹的到来，我睡得很香。第二天早上起床，我问爹爹头上的伤口疼不疼，爹爹说好了，一点儿都不疼。早饭后，我们带着佳佳去鸭绿江边玩去了。

然而，我没想到，爹爹撞头隐藏着一场天大的不幸，彻底毁掉了爹爹晚年的健康和幸福。仅仅一年之后，爹爹的身体就断崖式地垮掉了，最后竟成了哥哥死后我们全家的另一场灾难。当我看清了这一切，什么都晚了。

第三节　谁毁掉了爹爹的健康

爹妈对儿女的最大慈悲，或许就是我们做错了事，甚至伤害了他们，他们也会笑脸待你，给你机会反省，还会悄悄地帮你了却某种心愿。

妈妈给小霞看完对象后对我说："小霞糊涂啊！她找这个对象，两人都没见过面，就定了终身大事，这不是笑话吗？依妈的心，咱们买猪得看圈，姑娘找婆家得看看那家人的'根儿'，过日子的派头怎么样，哪能这么稀里糊涂、急急忙忙就定亲？小霞受打击了，没了志气，妈能说什么？将来好坏她怨不到别人。她叫妈去老王家'看门户'，妈满心不乐意也得去啊！这就是她的命！我看过去别人给介绍的对象哪个都挺好……""看门户"过了不久，小霞就结婚了。妈妈给小霞做了嫁妆，虽没有太值钱的东西，但在老傅家出嫁的姑娘当中是最好的，用妈妈的话说，"该给的都给了，挺体面的"。妈妈十分得意地对我说："妈的心彻底清静了，再没有什么事让我操心。好日子来了！看我跟你爹的体格，等十年二十年再进城来得及。到我们不能动弹那天，把房子一卖，跟你走就得了。"

即使妈妈这样细心的人，也没有在意爹爹撞头这件事情。从送小霞"看门户"到小霞结婚，我们娘俩都对此事只字未提，就像从未发生一样。

小霞结婚不到一个月，就看不上丈夫，动了离婚的念头。妈妈劝小霞，让她自己"照照镜子"，难道离婚还能找个读书、做官的吗？如果不能，就好好与丈夫过日子吧。还好，小霞终于熬过了结婚初期那段心神不安的日子，并生了孩子。

就在小霞结婚、做母亲前后，爹爹的身体发生了一连串不可思议的变化。

1987年春节，我带着妻儿回家过年。妈妈对我说，爹爹有点儿改常了，晚上不出去看电视了，也不愿意干活儿，变懒了。听妈妈这么说，爹爹没有反驳，只是一笑了之。我看爹爹的精神状态依然不错，就笑着跟妈妈说："爹爹都快70岁了，这就不错了。"妈妈说："我看有点儿不对劲儿，你爹可不像过去了。这人要说'回旋'，还不快呀？"我以为妈妈在开玩笑。

我一直想给家里买台黑白电视机，因为爹爹喜欢看电视。每天晚上，爹爹吃过晚饭，都要去前院秀凤二姑家或房西头杨芝荣二姨家看电视，妈妈想拦都拦不住。当时整个生产队，只有几家有黑白电视机。妈妈不让我买电视机，理由是咱家孙子小，干什么都要花钱。像往年一样，过了正月初四，我找来王家奎、杨兰波等几个兄弟，张罗着陪爹爹上山打柴，减轻爹爹的劳动负担。往山上走时，我发现爹爹的脚步有些缓慢，说话也比过去少了。砍柴时，爹爹挥动斧子的力量和砍树的准确性还不错，但砍伐的速度明显慢了。过去，爹爹砍倒十棵树，我能砍倒五棵就不错了，现在他没有那么快。捆柴是爹爹的拿手活儿，我们每人每天捆五六十捆就很累，爹爹一般不少于一百捆，若论捆得紧，更是没人能跟他比。爹爹捆柴的绝招，就是手快、腕力大。拧一根大脚趾粗细的嫩树枝做捆柴的"绕子"，我们要用脚踩着嫩树枝的梢，另一端用双手使劲儿拧才能完成；爹爹很少用脚，两只钳子一般的大手，握住嫩树枝，手腕一用力，像拧麻花一样就把"绕子"拧好了。可是现在，爹爹比我们几个兄弟只多捆了十几捆，捆柴也不像过去那么紧了。

即便这样，我还是认为爹爹的身体状况比较正常。

那年夏天，爹爹来丹东看我们。往回走的时候，我给爹爹带了一些大米、挂面，还有衣服和鞋子等物品。我把爹爹送上从丹东开往岫岩的长途客车，把东西放到车棚的物架上，目送爹爹离开了。国庆节前后，爹爹再来，我又给爹爹带了一些吃的用的，还带了一点儿钱。爹爹说家里不用钱，我硬是把钱塞到一个装东西的大手提包里，高兴地与爹爹道别。爹爹一辈子赶马车走南闯北，在农村算是见多识广的男人，办事也精明稳妥。每次爹爹来丹东或送他回家，虽然要倒车两次、走上一整天，但我从来不担心。我出门工作和旅行的一些经验，多是从爹爹身上学来的。我小的时候，爹爹教我，坐车出远门，身上一定要带点儿吃的，比如带几个鸡蛋或馒头什么的。有了佳佳后，爹爹告诉我，带孩子坐车出门，更要准备点儿吃的，比如饼干和罐头等；钱和粮票等要紧的东西，一定要揣在内衣兜里，不能放在裤兜里。所以，我完全预想不到，妈妈说爹爹"回旋"是真的。

元旦之前，我跟报社领导要了一台吉普车，拉着爹妈几个月的供应粮、副食品回家。我满心欢喜见到爹妈，却伤心地从妈妈嘴里得知，爹爹这两次从丹东回来都出事了。第一次，爹爹从丹东到岫岩倒车回家时，把车上的东西全忘拿了，都丢了；第二次，爹爹从丹东乘车到北井子车站下车上厕所，忘了按时回来上车，被扔到北井子车站，客车把我放钱的那个大手提包拉走了。爹爹回岫岩后，到客运站去找，但没找到。妈妈不知道爹爹那天是怎么回家的，只知道爹爹错过了从岫岩通往我家的客车，后来，他搭上玉石矿老毕师傅的卡车，很晚才回到家。妈妈沉重地说："你看你爹完不完蛋？丢点儿钱、丢点儿东西不要紧，他人差不点儿也丢了！"爹爹坐在我旁边听着，看着妈妈，一言不发。我问："爹，这是真的吗？"爹爹点点头，我又问："那你怎么记起丢东西了？怎么知道自己被客车甩下了？"爹爹想了想说："是后来才想起来的。""爹，你现在感觉身体有什么不舒服吗？"爹爹说："没什么不舒服，就感觉身子没有劲儿，不愿动弹……"妈妈说，她发现爹爹脑袋不好使，人像掉了魂似的。我意识到爹爹的身体出问题了。爹爹两次坐车都丢了东西，这是他一辈子没有过的疏忽。参加工作后，家里生活好了，我每次回家，爹爹都会大声问妈妈："咱们买只羊杀还是做豆腐？"爹爹是说干就干，十分享受和儿子在一起并改善生活的快乐。可是现在，爹爹明显变得萎靡不振，失去了往日见到我时的那种兴奋劲儿。爹爹一定是得了什么大病，妈妈对爹爹的判断不会错的。

自爹妈户口进城以来，我的心情从未如此沉重。我决定马上带爹爹去丹东找医生看看。妈妈说："再有几十天就过年了，爹爹有病也不是急病，吃东西、睡觉都正常，等过了年看也不晚。"爹爹说："不用找医生看，看也没用。"我一听就急了，说："爹，你别糊涂了！如果哥哥早点儿去医院，他就不能死了……"这句不该说出口的话，把爹妈给噎住了。不过，我还是顺从了妈妈的意见，等过了春节再带爹爹看病。

春节期间，妈妈对我说爹爹得了点儿新病，可能是小肠疝气。我说不要紧，正好带爹爹去丹东把身体全面检查一下。过完春节，我带着爹爹住进了丹东第二三〇医院。爹爹从检查身体到住院手术，都是在牛世钦书记爱人的帮助下完成的。爹爹手术前后的各项检查显示，他的身体健康状况良好。我跟医生说近两年爹爹健康状况下降，医生说这个年龄有变化很正常。爹爹疝气手术后，伤口恢复很快，仅几天就出院了。不过，爹爹至少有两个早上从医院回家走错了路。从医院到家不过一千多米，路线简单，有一次爹爹却走了近一个小时才回来。我很担忧，但医生说没什么。

那年夏天，更严重的状况在爹爹身上发生了：大小便失禁。我再次带爹爹来丹东检查身体。贾学文的大姐贾淑兰是丹东中医院副院长，她建议爹爹做脑CT，说丹东只有二三〇医院有这种医疗设备。我领爹爹再次来到二三〇医院，脑CT检查结果很快出来了，爹爹因脑外伤出血，造成颅内大面积堵塞，从而导致神经系统障碍。医生说，爹爹大小便失禁只是开始，将来会出现瘫痪等情况。由于脑袋受伤时没及时处置，现在没有什么好的办法治疗。直到此时，我才恍然大悟，原来，这一切恶果都是因为爹爹撞了头。我感觉一阵天旋地转，汗从脸上流下来。我把爹爹撞头的经过讲给医生听，医生跟我说，岁数大的人，最怕头部受伤。我追悔莫及，痛恨自己的粗心，失去救治爹爹的最好时机。

当我把爹爹身体检查结果告诉妈妈时，她沉默了。我说："如果不是小霞稀里糊涂找对象，爹爹哪能撞头生病？都是她把爹爹给坑了……"妈妈立即打断我说："儿子，事儿已经发生了，怪谁都没有用。再说，她又不是故意的，你千万别说小霞，不要说她是我姑娘，就是你爹被别人撞了头，咱们还能怎么样？你听妈话，什么也别说，这都是命。你爹这病一时半会儿不要紧。"坐在旁边的爹爹憨厚地笑笑，就像我们不是在说他。妈妈跟爹爹开玩笑说："你多干点活儿，病可能就好了。你看你哪像有病的人……"

妈妈心里明白是谁毁掉了爹爹的健康，但她不会说出来，而且还要我也别说。

第四节 最痛心的记忆

爹爹因意外受伤得病，令我遭到沉重打击。眼睁睁地看着爹爹像一棵大树被活生生地砍倒了，妈妈也开始受到拖累，我的心痛极了。自小霞结婚、家里"空巢"以来，我从未如此惦记爹妈，回家的念头异常强烈，更恨妹妹成了爹爹的"催命鬼"。

丹东是个多雨的城市，经常是晚上下雨白天晴。夏天的雨，会使我想起哥哥的死和爹妈的痛。爹爹病重的那个雨季，我对下雨天多有抱怨，它不仅阻碍了我回家的脚步，还使我经常做噩梦。那天晚上下雨，我梦见妈妈生病起不来炕，爹爹又走丢了……梦醒后，我心里不安，天亮后毫不犹豫坐上长途客车回岫岩。下午两点半左右，我在瓦沟大队车站下车，急三火四地朝家走去。走过八家子生产队时，我老远就看见前面公路小石桥边上，坐着一个人。他戴着帽子，低着头，坐在那里像是睡着了。"那是爹吧？"我没有看错，走上前去，轻轻喊了一声："爹！"爹爹抬起头，一脸惊讶的表情，说："你回来了……""爹，你怎么在这儿坐着呢？"我问。爹爹双手支住膝盖，慢慢地站起来告诉我："你妈病了，我去找白尚文给她拿药……""药拿回来了？"爹爹说："没、没有……"我拉着爹爹的胳膊一起回家，爹爹说妈妈坏肚子，两顿没吃饭了。我和爹爹走进家里，妈妈从炕上坐起来惊喜地说："儿子回来了！"妈妈虽然瘦得脸颊都凹下去了，但见我回来，还是露出了笑容。妈妈问爹："你把药拿回来了？"爹爹坐在炕沿上说："没有。"妈妈抬头看了看柜顶上的钟，对我说："你爹上午不到十点就走了，这都几个小时过去了，我还等他中午回来给我做口饭吃，干等也不回来，不知道去哪里了，这人算完蛋了。"我叫爹爹去烧火做饭，我去大队卫生所找白尚文大叔给妈妈拿药。大约半小时，我把药拿回来，发现爹爹依然坐在炕沿上，妈妈自己下地烧火做饭。妈妈一边吃药，一边跟我说："你爹傻了，连妈有病叫他去拿药都记不住了，这不是废人了吗？哎，多亏我有儿子啊，我若得点儿病，我儿子就像知道信儿似的。你回来了，妈不吃药，也有力气起来做饭了。"

回想十年前爹爹扛着木箱送我上学的挺拔背影，再看今天爹爹低头坐在小桥边昏聩失忆的样子，我的心一阵阵发颤。爹爹意外撞头仅仅一两年时间，他那鲜活的思想，还有坚韧的意志、毅力和力量，便随着健康的垮塌而陷入毁灭。哥哥23岁撒手人寰时，我还是少年，对生活的体验是肤浅的。可现在，望着爹爹神情呆滞地坐在炕沿上，我感受到从未有过的心痛。妈妈做好饭菜端上来，我一口都吃不下去。爹爹见我不吃饭，也放下了筷子。妈妈说："孩子，咱们都得吃饭，妈再不吃饭就饿死了。爹妈活这么大岁数，多活一天赚一天，你不用想那么多，和你爹拿筷子吃饭……"

从那天起，爹爹坐在小桥边的背影，便成了我最痛心的记忆。

我发现，这世界根本没有什么灵丹妙药能治好爹爹的病，我想我能帮助爹爹的最好办法，就是把他接到身边来好好照顾。那一年，正好丹东日报社盖了一批新房，第二年我就可以分到新房子，这对我来说太重要了。然而，这时候我考上了中国人民大学新闻系研究生。为了分到房子，接爹妈到身边，我拿着录取通知书找到报社总编辑，跟他说明爹爹的身体状况，向他保证研究生毕业后回丹东日报社工作，并愿意跟报社签订一份协议。报社几个领导商量后跟我说，我是全国统招、统分的研究生，毕业后不可能被分配到丹东日报社。人往高处走，我本人也不会愿意回来的。只要我去读研，报社分房子就不可能有我的份儿。我没有难为报社领导，放弃了分房子，选择去人大读研。我的决定，得到妈妈支持，她说："孩子，你要明白，人有得就有失，不能所有好事都要。你工作和学习，比爹妈重要。你还年轻，自己不努力干，爹妈能帮上你吗？你想接爹妈进城，不差这三年。你爹得的不是急病，你安心念书不要牵挂，他若有福，能等到进城那一天。"妈妈的鼓励，使我放下了急功近利之心。

爹爹给我留下的另一个难忘的背影，是他歪着身子，给我往车站送苹果时步履蹒跚的样子。

去北京读书，是我离开爹妈最远的一次。每隔十天半月，我会给爹妈写封信。每次从北京回丹东，我一定要回岫岩看望爹妈，不管妻子有没有意见。记得那次回家是国庆节，我调整了悲观心态，我想爹爹只要不再衰弱下去，我就应该高兴。我在家里只住了一天两夜，看到爹爹能按时吃药，大小便失禁没有加重，在妈妈的敦促下，还能出去散步、劈柴，我感觉爹爹的健康状况没有恶化。妈妈告诉我，爹爹生病后，大舅家兰波哥时常过来给妈妈挑水，想不用都不行。家里需要买粮喂猪、干点零活儿，兴洲哥和兴同弟弟他们都给办了。妈妈叫我安心学习，不要惦记家。

离开家的那天早上，妈妈催我早点儿吃饭，怕我错过岫岩通往大石桥的客车。爹爹提醒我，若早点儿到大石桥，能赶上中午那趟大连到北京的火车。妈妈开玩笑问爹爹："你儿子这回去北京上学，你要不要再去送一送？"爹爹摇头笑着。妈妈叹息着说："你爹现在有这心，也没有那个劲头了。"我走过房西头，回头见爹妈站在院子里目送，心里那份惦记又冒了出来。从家到魏大岭沙金沟车站大约有一公里，我总感觉爹妈在身后推着我往前走，可我就是走不快。我不停地回头张望，恨自己不能把爹妈一起带走。走到车站，我依然注视着家的方向，我知道，此刻的爹妈一定站在房头，盯着我乘坐的这趟客车何时从房后的黄沙公路开上来——这是只有我才能感知到的"二次目送"。二十多分钟过去了，客车没来，却见爹爹朝我等车的地方走来。他步履蹒跚，身子趔趔趄趄，左右摇摆，好像有事急着来找我。我迎着爹爹走过去，爹爹说妈妈忘了拿几个苹果给我，让他给送到车站。爹爹从他蓝色中山装的两个衣服兜里，慢慢掏出五个苹果，放进我的包里，然后就默默地站在那里陪我等车。我感激爹爹送来苹果，从中看出他头脑还算清醒，能完成妈妈交代的任务。我告诉爹爹，干活儿要小心，干不动就别干，爹爹光是点头，不说话。客车来了，爹爹小声对我说了一句话："出门吃饱。"

我上车了，爹爹转过身往家走。我透过车窗，再次回望爹爹的背影，眼前一片模糊。客车在魏大岭蜿蜒曲折的山路上爬行，爹爹踏雪送我过魏大岭上学的情景再次浮现。我从中分明看见，爹爹坚强、挺拔的脊梁，都是因为我们几个儿女才过早蜷缩下去。在我们四个儿女当中，我是爹爹付出汗水和心血最多的孩子；哥哥给爹爹留下的是山崖上的哀伤；姐姐对爹爹索取最少、帮助最大；而妹妹小霞对爹爹伤害最深……想到这里，我对妹妹突然有一种说不出的痛恨。我恨她毁掉了爹爹晚年的幸福，恨她太糊涂、不懂事。

我始终认为，我是一个在爱中成长的人，没有恨过谁，不会记仇。但是，想起爹爹急速衰败的身体，我心中便不断长出一棵怨恨的大树，它几乎压倒我对妹妹的所有好感。妈妈说过一句话："儿女不省心，父母会遭罪。"爹爹的意外和不幸，验证了妈妈的话。只要想起爹爹令我痛心的最后的背影，我就恨妹妹是个不省心的孩子。由此，我多少体验了什么是恨，它是怎样出现和生长的。像妈妈这样一辈子非常慈悲的人，也有自己的恨点。妈妈认为，每个人的心里都有恨。"你就说我吧，我和门房你大娘生孩子，殿升你大爷扒皮瞪眼地骂啊，嫌我们吃得太多了、供不起。你说我们生孩子的女人没有鸡蛋、小米饭吃，喝玉米粥也稀汤寡水的，他还说我们能吃。就这当家的老人，妈妈什么时候想起来什么时候都恨他。你爷爷就比他心眼儿好使多了，那哥俩真是天差地。你大爷想把我自己动手织的一点儿小份家布没收了，我就是不交，你爷爷和你爹也不听他的。谁不说你爷爷好啊！人心不一样，谁都摸不透，恨不过分就行了。"我赞同妈妈的观点。一个善良的人，一个对父母、亲人甚至陌生人都肯于奉献的人，对吝啬、自私、不孝顺，甚至伤害父母等行为，自然有着某种程度的排斥与痛恨。妈妈说："有些儿女来到世上，就是给父母养老送终的；而有些儿女生来就是向父母讨债的。"

小霞是我唯一的妹妹，我喜欢她胜过喜欢姐姐。她聪明伶俐，不像姐姐经常背诵不下来课文，还得让我在放学时陪着她。然而，父母缔造的单纯的兄弟姐妹情，会随着我们各自长大和建立家庭而变得复杂起来，或亲近，或疏远，有的甚至支离破碎。父母在的时候，他们就像一棵大树、一块巨大的吸铁石，总能体现那种核心与凝聚的力量，把我们团聚在一起。当父母不在了，兄弟姐妹之间的亲情会淡化，没有谁能够像父母那样团结我们，也没有谁能真正成为我们的铁杆依靠。当兄弟姐妹的情感出现问题和矛盾，我们最信任的调解人已不再出现。妈妈讲过一件事，大姑与二姑姐妹俩一辈子要好，都五六十岁了，为借百八十块钱是否还了，彻底闹翻了。直到大姑去世，姐妹俩也没和好。妈妈说，如果有爹妈在，这种事情就好办多了。

我和妈妈多次谈论爹爹撞头的不幸和小霞的不是，妈妈跟我绝不重复"儿女不省心、父母会遭罪"这句话，而是说："这就是命啊，车上那么多人，我和你姐、绍政怎么都没受伤？事儿都过去了，埋怨有什么用？"我越是深入了解妈妈的心，对妹妹的恨就越是难以化解。许多人会在婚姻问题上与父母发生分歧，父母越是反对，我们就越坚持。如果我们被失败的婚姻打乱生活、击溃信念，甚至做出混乱、疯狂的事情，就会把父母牵扯进来，使他们的幸福与健康发生意外。

　　我无法迈过父亲受伤、生病和过早去世的门槛。家族长辈中有几十个叔叔和爷爷，属爹爹身体最健壮。爹爹一辈子没有不良嗜好，76岁就病逝了，是父辈中寿命最短的一个。残酷的事实告诉我，生命并非来日方长，生活不是岁月静好，孝敬父母会稍纵即逝。如果不是妹妹，我不会那么早就失去孝敬爹爹的机会，他至少可以再活二十年。我几次朝妹妹发火，她哭了。妈妈耐心地跟我说："人死了，埋怨谁都没用。爹妈都盼望儿女好。你是哥哥，该帮她要帮。她就一个孩子，还没念好书，丈夫又窝囊，你说她，她不上火吗？兄弟姐妹要好好相处，将来妈死了，你们还有几个亲人？"妈妈去世前，再次嘱咐我，要关照妹妹。让妈妈高兴的是，她看到妹妹的孩子就业了。妈妈说，她知道我恨妹妹是恨铁不成钢，在妹妹需要时，我会尽力提供帮助的。是的，我会努力尽到哥哥的责任。也许，兄弟姐妹之间不能用价值观的异同来定义，但彼此不同的价值观，确实影响着兄弟姐妹关系的远近。

第十八章 "新华社给我们一个家"

一个内心装有父母的人，他的运气应该不会太差。

像妈妈这样一辈子习惯为别人着想和奉献的人，一旦得到某种回报、馈赠或大的恩惠，其感恩之情就格外深远。当我领着妈妈住进新华园时，她无限感慨地说了一句话："新华社给我们一个家！"2016年我退休了，总社《新闻业务》杂志主编罗婷约我写一篇"荣休感言"，我这才认真梳理和挖掘在新华社二十五年的工作经历和感受。在思考中，我意识到，妈妈这句话，是对新华社最好不过的感恩和赞美，道出了我和家人一直深感幸福的基本事实。所以，我特别写下这一章。

第一节　遇见穆青

给《新闻业务》杂志写的那篇文章题为《我幸福我快乐：只因走进新华社》，在文章中，我特别写了《走穆青的"后门"进新华社》这一节，记述遇见穆青的经历。在我看来，那是我一生中最大的幸运和荣耀，也是妈妈说的"新华社给我们一个家"的缘起。

下面这段文字，摘自《我幸福我快乐：只因走进新华社》一文中所写的遇见穆青的故事。

二十五年前七月初的一个早上，我走进新华社辽宁分社的大门，正式成为一名新华社记者。

第一个与我说话的人是采编部副主任刘欣欣。他看上去老实、厚道，跟我说："你就是年龄大了点儿，早点儿来就好了。"

那年，我35岁，刚从中国人民大学新闻系研究生毕业。

退休后，我应邀给大连理工大学新闻系学生授课。站在讲台上的那一刻，我猛然想起欣欣老大哥的话，真的感觉来新华社有点儿晚了，还没当够记者，却不知不觉就退休了。

妈妈说："人感觉日子过得快，是好事，那一定是生活、工作舒心乐意；不好过的日子，才让人感觉没完没了受煎熬。"

妈妈的话给我启发，我感觉二十五年的新华社记者生涯有些短暂，我就打算给大学生们讲讲"我在新华社的好日子"。

说来很巧，学新闻的孩子们对我的经历充满好奇。他们刚刚为我的到来鼓掌，便开始追问："老师，给我们讲一讲你在新华社当记者的经历吧！""老师，当记者很辛苦，你为什么看上去像我们的父母一样年轻？"

我本想与孩子们开句玩笑："你们是在批评我不够勤奋敬业吧？"我知道我没有那么年轻，还是认真回答了他们的提问。孩子们对新华社充满向往，这是未来一代新闻人追寻理想的动力。我不是人生导师，也不是教育专家，但是，给他们讲一讲我的故事，也许会给孩子们纯洁的内心注入正能量。

当我尝试接受同学们称赞我"年轻"的时候，我讲故事的灵感井喷了！我认真而自豪地告诉同学们："我幸福我快乐，只因走进新华社。"

罗婷主编约写这篇稿子，我很高兴。因为我早想把给同学们在课堂上讲的故事放在"新华圈"里晒一晒，但羞于平凡不惊，人退则隐，只能留着孤芳自赏。

是罗婷主编让我改变了主意。

走穆青的"后门"进新华社

每个人都有自己命运的建筑师。穆青，就是我命运的建筑师。

有同学问："老师，你是怎么当上新华社记者的？"

我回答："走穆青的'后门'进去的！"

课堂上"哇"声一片。

我告诉同学们："这就是命运。父母是决定我命运的人，穆青则是命中注定指引我走进新华社，教导我当好记者的那个人。"

这是我深藏内心的幸运、感恩与怀念之言。只是我从来不曾炫耀和流露。

当年新华社辽宁分社社长李惠民、副社长李新彦和刘欣欣、赵力等，都是这件事的见证人。一周前，他们做出拒收我的决定；一周后他们又接收了我。

"大逆转"是这样发生的。

1991年6月，我很自信地把研究生简历和毕业求职信，用挂号信寄给辽宁分社，一周后被退回。我记得，那个印有"新华社辽宁分社"字样的牛皮纸公函里面，一张公文纸上大概写着三条不接收理由：一是我年龄偏大；二是辽宁分社与我年龄相仿的记者太多；三是我的学历太高。

收到辽宁分社回函的第二天早上，我就跑到新华社找穆青社长。他是那么和蔼可亲，坐在椅子上微笑着问我："小傅，你有什么事？说吧！"我毫不拘束，直截了当地说："穆伯伯，我是来找您走'后门'的。我想回老家辽宁分社工作，那里有房子，好把父母接来，但被拒绝了。"穆伯伯听完，呵呵一笑："这算什么'后门'啊？我不是跟你说过嘛，要当记者，就到新华社来。新华社缺你这样的既有新闻实践经验，又读了研究生的记者。中国人民大学研究生到分社当记者，你恐怕还是第一个，我欢迎。你回辽宁，还能照顾父母，这是两全其美啊！想想我，一生最遗憾的事，就是很小参加革命，离开家，没有为父母做什么……"说到这里，他吸口烟平静一下，叫秘书高长富接通辽宁分社社长李惠民的电话。我听穆青在电话里讲："惠民，人民大学那个小傅，是我的学生、小朋友，你们把他收下，我们需要这样的人……"

就这样，我进了新华社。

我与穆青的缘分，始于读研二年级。

人大新闻系研究生教育有一门课程叫"名记者研究"。我对穆青充满敬仰，小时候，穆青的名字就和县委书记焦裕禄的形象一起刻在脑子里。我赶紧查找、阅读穆青的一些作品和研究资料，与新华社新闻研究所的成一老师取得联系，请他帮我联系穆青社长。几天后，成一老师回信，说穆青社长很高兴见我。在那个政治风波刚刚过去的秋天，10月24日上午八点左右，我和同学辜晓进第一次走进新华社大院。成一老师向我们推荐了一些研究穆青的资料，带我们参观《中国记者》编辑部；十点钟，领着我俩走进穆青办公室。

第一次见到穆青的情景，让我终生难忘。我那本陈旧的日记里这样写着："我面前这位和蔼可亲的老人，穿着一件灰色的、宽松的夹克衫。当成一把我介绍给他时，他面带微笑，热情地与我握手，说话的声音比较低。他说，'你写的那篇文章我看了，总体框架不错。我的时间比较紧，让成一帮我看一下。'他出乎意料地平易近人，我们便无拘无束地搬来两把椅子，围着他的写字台坐下来。他吸着烟，与我们谈起来。"

在此之前，我写了一篇论文《穆青的新闻思想》。我把文章邮寄给穆青社长修改指正，成一老师也给我提了一些宝贵意见。这次见面，我就文中写的穆青新闻思想的四个方面，包括坚持真理、实事求是，坚持党性原则，联系实际、深入群众、调查研究和关于新闻业务的基本思想，与穆青面对面地请教和讨论。他对我提出的每个问题，都热心指教和解答。那天，他还谈到了对新闻报道的最新思考：关于实录性新闻的问题。他走到另一个房间，给我们找来他刚写成的一篇文章《多写实录性新闻》放到桌子上。我们站起来，围着他。他用铅笔一行一行地指着，读给我们听："你去采访长春第一汽车制造厂的干部工人，请他们谈谈看到满街跑的都是外国轿车的时候，他们有什么感受，那一定会是一篇发自内心的声情并茂的文章。采写实录性新闻，会对那些旧八股、新八股产生强烈的冲击，会对枯燥无味和华而不实的文风产生强烈的冲击……"我们都忘记了时间，直到中午十二点半，他从座椅上站起来，让高长富拿起相机，为我们拍照留念，然后送我们一起下楼。

我和辜晓进把穆青与我们的谈话记录整理出来，发表在《新闻与写作》杂志，题目就是《提倡写实录性新闻——访穆青同志》。而我写的《穆青的新闻思想》，虽然发表在不知名的《新闻探新》杂志上面，它却成为我今生有幸走近穆青、进入穆青内心世界的开端。

读研二的下半年，我到新华社农村组实习，偶尔会在院子里看见穆青。带我实习的焦然、王言彬告诉我，穆青社长的办公室每天都是向记者敞开的，可以随便去见他；新华社很少有人叫他"社长"，都叫他"穆老"。对穆青了解得越多，就越想去见他。读研期间，我有幸多次当面聆听他的教诲。他的秘书高长富大哥，温和、善良、厚道。如果穆青社长那里有人，他就给我倒上一杯水，让我等待片刻，从不挡我。穆青社长与我无话不谈，他谈到新闻的党性与人民性问题，与我讨论那场敏感的政治风波，让我见识了这位"平民社长"的伟人风范。

穆青比我的父亲大几个月，所以，他很高兴我叫他穆伯伯。我告诉穆伯伯，我的理想不够远大，就想毕业后把父母接到城里和我一起生活。他鼓励我："这说明你是好孩子，你就留在新华社吧。新华社帮你解决住房、父母进城问题。"他还说，当新华社记者，是非常了不起的工作。解放思想、改革开放和农村经济体制改革等，新华记者做出了巨大贡献。"来吧，我等你来。"穆青社长用期待的眼神看着我说。

这就是我敢于走穆青"后门"的原因和背景。

我来辽宁分社的那年秋天，穆青来辽宁分社视察，他特地告诉李惠民社长，要我去他住的宾馆见面。从那以后，我去总社开会、参加调研小分队，只要有机会，我都会去看穆伯伯。有一次，我向穆伯伯汇报，分社给我分配了住房，我把父母接过来了，他高兴地说："我看了你写的沈阳新生儿死亡事件报道，国内部李尚志表扬你们干得好。你还写了新税制改革调查，不错！"我跟穆伯伯开玩笑："走你的'后门'去辽宁，若干不好多丢人啊。"穆伯伯说："我不是提拔你去当官，只是让你到基层去当个记者。"他特别嘱咐说："你就一心一意当个好记者，当一辈子记者，不要想当什么官。当个高级记者挺好的，在新华社很受尊重。我打算写十个基层的共产党员，现在才写了五个，最大官是县委书记焦裕禄。当领导写稿子时间不够用！我总是强调，当记者要勿忘人民。你们在基层，一定要深入群众，调查研究，真实反映老百姓的疾苦，报道人民群众中的典型。跑衙门、想当官，永远成不了好记者。"

最后一次看望穆伯伯，是"9·11"事件发生后不久。在他离休后的那间办公室里，他告诉我，"9·11"那天，他的孙子正从北京飞往美国，因无法得知孙子是否安全抵达，老人家彻夜未眠。说着说着，他难过了。他谈到，世界上的恐怖主义让每个国家、每个家庭都感到担心和忧虑。那年，他已80岁高龄。望着眼前这位政治家、部长级干部、中国新闻界的领袖、伟大的新闻记者，我想不出他对亲人、对植棉模范吴吉昌和我等普通人，何以如此深情！

2003年10月11日，穆青病逝的消息传来，我把他和我初次见面的那张合影找出来，带着无限感恩的心，怀念这位走进我生命和心灵深处的伟大人物。与穆青十几年的忘年交，一幕一幕呈现在眼前。我永远不会忘记，正是深得穆青的教诲和帮助，我的人生和事业才有方向、有幸福。

在这篇文章里，我隐瞒了一个事实真相。穆青社长第一次见到我和同学辜晓进时就表示，热情欢迎我们毕业后到新华社工作。他说新华社特别需要既有新闻实践经验，又有新闻理论素养的人。可是我们自恃清高，毕业时竟然没把新华社列为首选，而是选择了去深圳特区报社。当时，深圳特区报社只有一个分配指标，到那里工作即可得到一百二十平方米的住房。辜晓进太善良，他把深圳这个最好的去处让给我，他则去了深圳法制报社。可妈妈跟我说，我去深圳她不阻拦，但爹爹恐怕去不了，不说别的，爹爹坐飞机能不能坚持到深圳都很难说……我立即改变主意，决定回辽宁，回到爹妈身边。于是，这才有了我回过头来走穆青"后门"去辽宁分社这一段经历。

我完全想不到，穆青社长对我回辽宁分社就是为了实现有房子、接父母进城这样的生活目标，给予鼓励和支持。我不会为了事业而放弃爹妈，我始终在追求两者的平衡。可对我这个农民的儿子来说，这是多么不容易的一件事啊！因为它不是我能说了算的，而是取决于领导者的同情心、同理心和平民心。正是穆青，还有后来田聪明等领导同志的关照，满足了我守着爹妈干事业的愿望。我没去深圳特区报社，害得辜晓进差不多花费一年时间，才从深圳法制报社调到深圳特区报社。每次我们两个老同学相见，我都像欠了他一大笔情债没还似的。

妈妈说"新华社给我们一个家"，遇见穆青是关键之关键。

第二节　接爹妈进城

妈妈 60 岁之前，只出过一次远门。那是我参加工作后，领着基层团干部到抚顺雷锋纪念馆参观，顺便带上妈妈到抚顺杨芝庆二舅家串门。那次旅行，是妈妈一生头一回看到城市的模样。在二舅家那个小平房里住了几天，城市生活给妈妈留下了这样的印象：住房拥挤，一不小心孩子就被挤掉地上；厨房屁股大小，转不过身来；吃饭限量，饭锅不如碗大；上厕所不及农村方便，又远又脏；城市乌烟瘴气，白天看不清日头，夜晚找不到星星。有了这次经历，妈妈更觉得我们农村的那个家挺不错的。

妈妈多年前说的这些话，早已刻在我的求职意向里。我下定决心，去找一个能给我分房子的单位工作，以满足妈妈住上宽敞房子的心愿。我兴奋地告诉妈妈，我到新华社辽宁分社工作，去了就会有房子。妈妈听了提醒我说："孩子，你可别觉得研究生毕业了不起，去了就要房子。大家都不了解你，还不得品你一段时间再说。"妈妈还说，有房子接他们进城当然好，但要我一定跟媳妇好好商量，不要因为接老人一起生活闹意见。我告诉妈妈，媳妇没有意见。我知道自己说的是假话，但我怎么能把媳妇不同意接他们进城告诉妈妈呢？

一个内心装有父母的人，他的运气应该不会太差。如今，我更是充满信心和底气，因为新华社公房是分给我的，房证上写的是我的名字，爹妈有份儿。

然而，分房子正如妈妈所说，不像我想的那么简单。

刚到辽宁分社工作，我和同年毕业的夏海龙住一间宿舍。说是宿舍，其实是分社记者牟丰京家的一个房间，当时小牟去援藏，分社安排我俩住进去。穆青对我说过，李惠民是新华社很有名望的分社社长，在组织新闻报道和解决职工住房等方面干得好，有"小神仙"的美誉。李惠民社长讲话慢条斯理，待人和蔼亲切，让我没有拘束感。那天，他仔细听我讲了父母的身体状况和接他们进城的迫切心情，他笑着告诉我，分社有房子，只是暂时没有腾出来，所以给我临时租了一个房子，叫我把父母先接过来住到那里。听到这些，我很感激。李社长领我到隔壁一间办公室，把我介绍给副社长李新彦。李新彦热情地与我握手，说："你能来太好了，你当过记者，又读了研究生，来了就能干活儿。"李新彦和我一起坐在沙发上，像老朋友一样聊起来。作为主管报道业务的副社长，他努力为记者们解除后顾之忧。他认为我已经工作十几年了，与刚毕业的大学生不一样，家里又有生病老人，所以他在党组会上建议给我分房子。李新彦鼓励我说："小傅，你好好干，分到房子是早晚的事儿！"分社三位领导，至少有两位替我想着房子的事儿，我感觉很知足。我毕竟是新来的记者，需要证明自己的能力。

我去看了分社在附近给我租的房子，发现没有暖气。冬天马上到来，没有暖气怎么行？我真是有福之人，还没等我回头去找李社长说明情况，我研究生同班同学程晓红来找我。她是沈阳人，毕业后留在北京工作。得知我没有房子住，她执意要我住到她父母在辽宁大厦附近两室一厅的房子里，那里暖气、煤气、热水器和厕所等设施齐全。晓红带我去看了房子，我高兴坏了，回头跑去告诉李社长不用给我租房子了，并向他表示感谢。李社长说那也好，表示会尽快帮我解决房子。晓红的父母把房门钥匙交给我，告诉我想住多久就住多久，不要租金。我万分感激晓红一家人。1991 年的金秋十月，我将房子简单打扫一下，就把我的行李从牟丰京家里搬过去，然后满怀欢喜跟领导请假，回岫岩接爹妈来沈阳。

我回到家时，妈妈已把房子处理给了老叔家的小平子，小平子一家三口已住进来多日。收拾东西的时候，妈妈一边整理物品，一边说她考虑很长时间，才决定跟我走，因为爹爹身体确实不行了，大小便失禁越来越严重，连半桶水都不能挑了。妈妈要我一定征求媳妇同意，不能因为两个老人来了，闹得夫妻不和。我再次敷衍妈妈："媳妇没意见。"我不能跟妈妈说实话。其实，妻子反对我这么着急接爹妈进城，她要我等她工作调到沈阳，带着佳佳一起过来再说。我根本不想跟她解释，也不会等她同意或任她摆布。妈妈说："孩子，妈离开这个家，就没有回头路。别看这个家不大富裕，你们回来了，是住妈的地方；妈跟你走，是借儿子、儿媳妇的光，那不一样啊！有的媳妇，看公婆不挣钱，白吃白住，说翻脸就翻脸。儿子就是说了算，当爹妈的也左右为难啊！"我向妈妈保证："有我在，你放心好了！"妈妈说："像小朱你嫂子那么善良的媳妇不多啊，她就是没有福啊，你看她不会干家务活儿，妈早上几点起来做饭，她就跟着起来。妈心疼她，叫她多睡点儿觉，她说要跟妈学做家务。做那点儿饭菜有什么好学的？那孩子就是心眼儿好啊！"妈妈能看透人心，能看清生活细节里的冷暖。接下来，妈妈跟我谈到进城后的生活安排，比如，媳妇若不高兴和他们生活在一起，那就分开过，要我给他们买米买菜就行，别为养活爹妈闹不和；等到爹爹不能动弹那天，妈妈若是照顾不了，就让姐妹轮流来照顾；如果妈妈先走了，就把爹爹送回姐姐家，要我出点儿钱，常回去看看……

我答应了妈妈，虽然妈妈这些安排都不现实。我怎么可能让爹妈离开我呢？但我需要对妈妈的意见做出承诺，先把他们接走再说。我帮助妈妈打包装行李物品，不能带走的农具、酸菜缸、锅碗瓢盆等物品，或留给小平子，或送给亲戚邻居。然后我去找公社领导，借了一台130型小卡车，拉着家当告别老家，直奔沈阳。

坐在搬家的小卡车上，我想起了一件事，那是几年前爹爹生病时我和妻子发生的一场冲突。我发现爹爹大小便失禁后，带他来丹东检查身体。那是爹爹第一次来我家，住了三宿。我家住的小平房是妻子单位分的，只有十四平方米，没有厕所，上厕所要走四五十米远。我们三口人睡在床上，爹爹睡在沙发上，我的心里很不是滋味，可有什么办法呢？那天凌晨，爹爹上厕所打不开房门，我听见声响，赶紧起来，发现爹爹已经拉裤子了。我打开厨房灯，急忙给爹爹脱下衣服，用热水为他擦洗。爹爹很难堪，他手忙脚乱，满脸沮丧和不安。我不停地安慰爹爹："没事的，没事的，我来给你洗干净，再换身衣服。"妻子被吵醒了，我知道她无法帮忙，我只希望她能说句安慰的话。但是，她捂着鼻子推开房门，转身上床，用被子把头蒙上。吃过早饭，我领爹爹去医院看病，我像生了病一样，浑身难受。那天晚饭后，我将妻子叫出去，在外面边走边争吵。我骂她是个坏媳妇，她说她受不了这样的生活……

我发誓要和她离婚。这也是我毕业想去深圳的一个不为人知的理由。回到沈阳工作，我仍在犹豫是否给她调动工作。

我发现，我的婚姻已被心爱的儿子紧紧捆住。我去人大读研，佳佳刚上小学一年级，妻子就让我带佳佳到人大去。朋友说，这是她缺乏自信做出的安排。

我很高兴带佳佳去北京，每天只给他讲课十分钟，他在宿舍里就能很好地完成作业，其余时间在校园里疯玩；我到图书馆看书，也带他一起去。按规定，人大图书馆禁止儿童进入，经我解释与沟通，图书馆的老师才破例允许。佳佳看书成瘾，我在图书馆待多久，他就会在那里看多久。图书馆的老师很喜欢佳佳，后来允许他独自进出图书馆。我读研二，佳佳跳到小学三年级，他再次来人大给我"陪读"。佳佳先后来人大三次，每次都陪我待上一两个月，他几乎看完了图书馆里的儿童读物，并在人大校园的冰场学会了滑冰。我们父子的亲密友好，似乎弥合了婚姻带给我的伤痛。在和妻子发生那场冲突后，我试探着问佳佳："如果爸爸和妈妈离婚，你会怎样？"佳佳瞪着一双黑溜溜的大眼睛，从桌子上拿起水果刀，将刀尖对准自己的左胸口，正经八百地告诉我："爸爸，我就这样……"我吓得赶紧上前抱起佳佳，从他手里拿走水果刀。孩子的眼神和他所制造的"那出戏"，无数次击退离婚的念头。可是，被孩子捆绑的婚姻会持续多久呢？

车到沈阳，我把爹妈安顿下来，并告诉他们："这是我同学程晓红父母的房子，现在是我们的家。"妈妈在屋子里四处查看，像在找什么，然后小声问我："你不是说佳佳和他妈也来沈阳了吗？"我笑着告诉妈妈："他们回丹东了，过几天就来。""你是不是骗我？他们压根儿就没搬过来吧？"我跟妈妈解释，佳佳放寒假才能过来，妻子的工作还没调过来。我们先来，他们后来。妈妈说："孩子，你应该把老婆孩子先接过来，爹妈早一天、晚一天来有什么关系？"妈妈再次提醒我，不能跟妻子闹意见，看在孩子的面上，也不能把她扔在丹东。我答应妈妈会尽快给她调动工作。

这是爹妈与我体验城市生活的开始。程晓红的父母特意过来看望爹妈，她的妈妈这样跟我妈妈讲："兴宇就像我的儿子一样，我乐意把房子给你们住，一直住到他的房子分下来……"与两位善良老人的会面，使妈妈消除了寄人篱下的感觉。那段日子，爹妈除了偶尔跟我念叨"快点儿把佳佳他们办过来"，再无别的牵挂，每天过得挺开心。哥哥去世整整二十年，我终于可以告慰哥哥，我像他一样懂得疼爱爹妈并把他们接到城市里来。自爹爹生病以来，我从未像现在这样安心，每天忙碌采访、写作，不忘为妈妈的厨房准备好一切。妈妈每天准时做好三顿饭，我负责给爹爹洗澡、洗衣服。每一天，爹妈等我归来一起吃饭，我回到家就协助妈妈照顾生病的爹爹。守望在年迈的爹妈身旁，从此不再分离和牵挂，令我切实体验到人间烟火气最抚凡人心的幸福。

第三节 新华园给我们母子的惊喜

辽宁分社的领导一直惦记着我这个在外面借房住的小记者。春节快到了，李惠民社长派出一个豪华阵容的慰问团队——包括李新彦、王启星和刘欣欣等人来我家看望爹妈，并送来年货。李新彦亲切询问妈妈生活上有什么困难，妈妈只说了一句话："我们没什么困难，就是可怜我儿子一个人养活两个老人，还要借房住，负担太重了。"李新彦笑着对妈妈说："大娘，您放心吧，房子会很快解决的，咱分社有房子。"刘欣欣也告诉妈妈："大娘，不用着急，你们很快就能搬到新华园去住了。"领导们走后，妈妈感激地说："爹妈这辈子，还没见过这么多大干部到家里来问寒问暖的，连口水都没喝就走了，我真是过意不去啊。"

那个春节，我不再为过年回家而奔波，静静地守在爹妈身边，过得特别开心。妻子虽然对我先接爹妈进城不满意，但还是带着佳佳提前几天来到沈阳。爹妈看见孙子回来，简直比过年还高兴。过节那几天，我带佳佳去分社的院子里——我们称作"新华园"——参观居民楼院和办公楼，还去食堂吃饭。佳佳兴奋地问："爸爸，我们什么时候能搬到新华园来住？"我告诉他："很快的。""很快是什么时候？""你猜呀。""我猜……就是春天来的时候，对吧？""你猜对了！冬天若过去了，春天还会远吗？""那春天开学，我能来沈阳上学吗？""能啊！"他跳起来拉住我的手说："太好了，那我就不回丹东上学了。"我逗他："你可以不上学，就像咱俩在北京那样，我每天给你讲十分钟，你自学！"佳佳赶忙说："那可不行，五年级的课不像一二年级那么好学。"我没有给佳佳解释，他妈妈的工作和他上学的事情，暂时还没有提上议程，眼下房子这件事还没头绪呢！

令我惊喜的是，春节后上班第一天，李新彦副社长告诉我，社里马上要给我分房子了。与此同时，李新彦还要我抓紧把妻子的简历给他，以便他在开省委常委会时找相关领导来协调她工作调转的事，包括给佳佳安排来沈阳上学。这些好消息来得太突然了，把我乐坏了。我转身跑到李惠民社长办公室，不知道说什么感谢的话才好。李社长告诉我，七号楼四层有套房子租给了省外贸厅厅长，下个月房子能倒出来，我就可以搬进去。他夸我是个"好小子"，孝敬父母，又能写稿，说新华社不能亏待我这样的好人。下班回到家里，我兴奋地喊来佳佳："还记得前几天爸爸让你猜，春天来了会发生什么事吗？"

佳佳想都没想，大喊着"新华园、新华园"。爹妈不明白是怎么回事，我叫佳佳给他们解释一番。佳佳像讲童话故事一样跟奶奶说："爸爸说我们马上就要搬到新华社的新华园住了，楼下有喷水池、小花园、果树，我和'花仙子'可以在新华园里打雪仗、捉迷藏，我还能领你和爷爷晒太阳、看街景……""奶奶还没去过新华园呢！你告诉奶奶咱们住几楼，多大的房子？"佳佳摇摇头看着我，我告诉妈妈应该是四楼，一百一十平方米左右，下个月可能搬过去。妈妈又问："是正房吗？有没有太阳？"我告诉妈妈，新华园在省政府南门外，是沈阳绿化最好的地方。居民住宅每户都是坐北朝南，通风又朝阳，栅栏另一边是单位办公楼。妈妈连声说："那可太好了！"坐在旁边的爹爹，听了也开心地笑了。

过了大约一个月，办公室主任赵力把新华园一套三室两厅房子的钥匙交给我，说："小傅，现在我领你去看房子，很抱歉让你在外面住了小半年。你哪天搬家告诉我，咱们叫上几个年轻记者，一辆大车拉东西，一辆小车接你爹妈……"赵力大姐心直口快，对人真诚，办事讲原则又雷厉风行。她这么客气，我不好意思。她说我在她眼里说话细声细气，像个大姑娘似的，没想到对爹妈那么有责任心，是个爷们儿。这是分社党组着急给我分房子的一个原因。我感谢赵力大姐的鼓励，看完房子便告诉她下周搬家。赵力大姐要我把东西先整理好，她来落实搬家车辆，请刘欣欣找几个年轻记者当劳力，下周选个好日子把家搬过来。

过去十几年，我一直是工作、读书，再工作、再读书，最后又回到工作上来，不断搬家是生活常态。搬家十几回，每次都是短暂落脚，然后又不知搬到何处。这也是改革开放前后，我们这一代人读书求学、寻找工作的普遍经历。但我不觉疲倦，始终怀揣着那个理想："走很远的路，只为给父母寻找一个幸福的地方。"这个地方，就是新华社里的新华园。我期待，这次搬家与过去是革命性的切割。连妈妈也确信："搬到新华社这个家算是牢靠了，十有八九是安稳了。"妈妈说我很幸运，遇上新华社这些善良的领导，才能带他们住进新华园。

那次搬家，是赵力大姐精心安排的集体行动，我的对门、行政科科长唐述新大哥跑前跑后帮忙，在妈妈眼里那是少见的体面和隆重。家里东西虽然不多，六七个记者兄弟和两个司机还是忙活了两个多小时才把家搬过来。我要请大家吃饭，赵力大姐坚决不让，她用不容争辩的口吻对我说："请吃什么饭！

我安排大家去食堂吃，不用你管了，你快把老人安顿好吧！"妈妈过意不去，我跟妈妈说，过几天，咱们在家里准备一桌饭菜请客，妈妈这才心安。

给爹爹铺好床，安顿他躺下休息，妈妈便面带欣喜，察看每个房间和角落。我告诉妈妈这是三室两厅的房子，佳佳自己有个小房间。她忍不住一边看一边感慨："哎呀，没想到快要老死了，能跟我儿子进城，住这么好的房子。"我带妈妈看卫生间，她说爹爹还算有福，弄脏衣服不用愁，可以到这里洗个澡。分社给我家厨房买了一个煤气灶，我教妈妈怎样打火做饭，妈妈学了一遍又一遍。走进我的书房，看见办公桌上有电话，妈妈笑着说："这回你不用给妈写信了！"站在临街的阳台上，妈妈说这里是观景和晒衣服的好地方。爹妈住的那个房间最大，阳光也最好，妈妈过意不去，要跟我们调换一下，我认真地对妈妈说："你不怕分社领导笑话我？"妈妈说："孩子，新华社给我们一个家，你可要好好工作，不然对不起这房子！"妈妈的满足和喜乐，给了我莫大安慰。那天，是我圆满实现"儿子的理想"的好日子，从此我不再为房子费心思。

第四节　姐弟对话诉感恩

妈妈这辈子头一回见识和享受分房这份天大的福利，有好多感想和惊喜没有对我说出来。直到后来，听到妈妈和二舅之间的对话，我才发现自己对妈妈那颗感恩之心缺乏觉知。妈妈为什么没跟我说那些心里话呢？我在后来的观察和自省中发现，房主的变更、家庭地位的改变、年老体衰的无奈，还有成年儿女对父母的疏离等，都是妈妈不愿向我倾诉的原因。我以为妈妈搬进新华园的房子，会把自己当主人，其实不然。她觉得这房子是儿子的家，不是她自己亲手打造的那个家。所以，妈妈在谈论这个房子时是深沉的、有保留的。当父母给我们的原生家庭已不存在的时候，父母心理上的家庭主人翁感也退隐了。而随着年龄变老，眼前的孩子身强力壮，他们会生出一种打怵感和卑微感，在许多事情上向儿女让步。说到底，是共同生活的儿女，没有帮助日渐老去的父母保持当家作主的心态和地位，也没有主动给父母足够的时间去表达和讨论情感问题。事实上，父母越是年长，做生活导师越称职。换句话说，父母越是健康长寿，儿女从他们身上学到的东西就越多。可惜的是，当我们不愿听父母唠叨时，有些话父母已不再对我们讲了。这是儿女们的一个损失。

这是洞见妈妈感恩之心以后的感触。

搬进新华园一年左右，在抚顺市公安局工作的杨芝庆二舅来看爹妈。妈妈娘家那边亲人很少，二舅虽是妈妈的叔伯弟弟，比妈妈小十几岁，但跟妈妈最亲，也最有嗑儿唠，他几乎每年都会来看望妈妈。那次二舅来家里住了几天，周日我带着二舅和爹妈一起去北陵公园游玩。爹爹半个身子不大好使，但慢慢走还可以，累了就坐一会儿。当时我给他们拍了一些照片，这成了姐弟俩在沈阳相聚的主要记忆。那几天，妈妈和二舅谈论最多的话题是孩子和房子，我听妈妈说了不少过去没说过的话。在妈妈看来，人老了，坐在一起不谈论孩子，没有什么好唠的。孩子是父母的接班人，是家庭的希望！

那是二舅来的当天晚上，我到妈妈房间与二舅聊天。二舅对我说："兴宇，二舅看见你把爹妈接过来，心里特别高兴。我走进这房子一看，在咱们抚顺市找不到这么好的地方。你爹你妈太有福了，养了你这么一个好儿子，终于过上好日子了！"我对二舅说："爹妈户口进城六七年了，我老是赶不上分房的机会，接他们进城有点儿晚了，你看我爹这身体……"妈妈说："孩子，你就满足吧！你爹若是没病，我说什么也不来。现在进城不晚，好饭不怕晚嘛。"二舅说："我姐这人，一辈子就是乐观、知足，所以福气大。"妈妈动情地告诉二舅："芝庆啊，姐姐这福气，多亏了谁呀？还不是共产党好。"二舅笑着说："你跟儿子借光了呗！""新华社给了我们一个家，我拿什么去报答人家啊？""姐，福利分房是国家的政策，你跟孩子好好享受就行了。"看见妈妈和二舅兴奋地交谈，我乐意专注旁听。

这时，妈妈朝二舅挥了挥右手，意思是有不同意见："芝庆啊，姐姐这辈子，白拿人家的东西就是心不安。姐姐感谢共产党，不然我孩子哪能念这么多书，还白白给我儿子分这么好的房子。"说着说着，妈妈有点儿激动，她擦一下眼角对二舅说："我和你姐夫领着孩子们在农村累死累活盖了四间瓦房，就为了儿子结婚有地方住。没想到搬进新房，兴绵刚结婚不到一年就死了。想起那房子，我就想起兴绵，为了盖房子，自己动手劈石头、扛木头，手上、肩膀上磨出那些血泡啊……""姐，你就忘掉那些吧，别难过了……"妈妈说："我和你姐夫这辈子干得最大的一件事就是盖房子。那房子当时是农村最好的，可跟城里这房子没法儿比啊。公家盖房子更不容易，这国家的人也太多了，我儿子早就想接我进城，可是没有房子上哪儿住啊？谁承想，新华社给我们一个家，可惜姐姐报答不了人家。"二舅看着妈妈夸我："姐，那还不是你儿子有本事嘛，你看我那四个孩子，哪个都没出息，没分到好房子。""芝庆，你说错了，天下比我儿子有能耐的人多的是，他们不一定能遇到这么好的事儿。就拿你来说，参加工作三四十年了，资格够老了吧？房子不还是那么小？你得遇到好领导。哪有新华社这么好的地方？儿子养活爹妈，单位给分大房子；爹妈身体不好，单位给出车上医院看病；楼上楼下，电灯电话；这院子像花园似的，不想做饭还有食堂，这样的生活要珍惜、感恩啊……"二舅听完笑着对我说："兴宇，你看你妈这政治觉悟，比咱们党员还高啊！"

那晚姐弟俩的亲切交谈，妈妈有些话或许是有意说给我听的。妈妈说出了真情真意，日后给我带来不少醒悟。直到妈妈离世，她没再与我谈起这些话题。姐弟这次见面不久，二舅的大儿子兰海在一场事故中不幸离世；转过年我爹病逝。二舅惦记妈妈，要我把妈妈送到抚顺住几天散散心。他们一见面，谈起失去亲人的不幸和痛苦，都忍不住老泪纵横。这是妈妈进城后他们姐弟俩第二次面见，也是最后一次见面。我和妈妈来大连几年后，二舅也因病去世。

第五节 "新华社成全了咱们家五口人"

我们一家在新华园那个房子里住了近六年，直到爹爹去世，这个家分成两半——我和妈妈离开沈阳去了大连，佳佳和他妈搬出新华园，那个房子交回分社。大约两年后，佳佳考上大学来大连看奶奶，奶奶跟他谈起了新华园的往事。奶奶问："佳佳，你现在还去新华社那院子玩吗？"佳佳告诉奶奶："偶尔会去的。"奶奶说："那院子里的人太善良了。那时候你小啊，可能不明白，新华社成全了咱们家五口人啊！你来沈阳上学，院里人都帮忙，奶奶现在说这话，你应该能懂了。""我懂！我已经长大了。"佳佳朝奶奶点点头。

爹妈跟我来沈阳后，妈妈对妻子调动工作的事比我着急。除了想念孙子，妈妈更担心我的婚姻出问题。我对妈妈说："分社领导这么快帮我们解决了房子，我怎么好意思一个事儿接着一个事儿地麻烦领导呢？"妈妈知道我说得有道理，但还是提醒我，佳佳都这么大了，可不能把妻子扔在丹东不管，别丧良心。我不耐烦地说："妈妈，我不能啊，不然我干吗回沈阳来？"我知道自己有些言不由衷。我想，只要我不催促分社领导给妻子调工作，那就意味着这事儿不会很快解决，我就有时间考虑婚姻问题。谁能想到，分社李惠民和李新彦这两位领导同志也太厚道了。他们商量好，要李新彦代表分社党组去找省委常委、秘书长徐文才，请他协调省委组织部，把妻子从丹东调过来。有一天，新彦大哥把我叫到他办公室，问我打算把妻子调到哪里，说他下午去省委开常委会，会后去见秘书长徐文才，请求省委尽快解决我的两地生活问题。他还谈到，新华社跟省委、省政府关系密切，解决这些事情，地方领导都积极支持。考虑到妻子在丹东工作，新彦大哥还找了他在省里的一个同学了解情况。至今我依然记得，新彦大哥红红的、胖胖的脸蛋带着憨厚的笑容，对我就像对自己的兄弟一样亲切，叫我一切不用操心，干好工作、写好稿子就行了。新华社是一个温暖的"大家庭"，而新彦大哥就是"大家庭"里那个吃苦耐劳、为每个家庭成员造福的人。我虽不想这么快把妻子调来，但此时我只能把她往好处想，期待她能在调转工作以后改变自己。

就这样，新彦大哥成了为我亲自跑腿，为妻子办好工作调转的人。我说不清他操了多少心、费了多少劲儿，只记得每步新进展，他都要向我"汇报"。想想他对我的好和我给他添的麻烦，我真是感激又惭愧。没有分社领导的真诚帮助，我是万万办不了这件事的。我来辽宁分社不到一年，妻子便调入省直机关工作。佳佳比他妈来得更早一点儿，在沈阳岐山一校上学，那是全市最好的小学。为佳佳来沈阳上学，分社新彦大哥、欣欣大哥先后几次找教育局，半公半私地求人家，为我说好话、搭人情，使得佳佳在没有户口的情况下先上学。孩子上学、大人工作问题都解决了，妈妈的心事基本没有了。在妈妈看来，全家人团团圆圆，比吃什么美味佳肴都香。妈妈是个重视生活仪式感的人。在妻子正式来沈阳上班时，妈妈做了一锅黄米饭，炖了鱼和肉，又叫我去食堂买了几个菜，全家人吃了一顿团圆饭。

在新华园的那段日子，是爹妈晚年难忘的一段幸福生活，也是爹爹生命的最后时光。天气暖和的时候，妈妈会督促爹爹下楼，到院子里晒太阳。为控制和改善爹爹的病情，我把爹爹送进沈阳铁路医院治疗二十多天。这时的爹爹，依然有着惊人的力量。每周我都会给爹爹洗澡。每次洗完澡，我从后面抱着爹爹的腰从卫生间走出来，都能感受到爹爹胸部、大腿和胳膊上的肌肉很有力量。有一次，爹爹因为我的疏忽摔倒了，手脖子摔破出血，把我吓坏了。此后，尽管有我的搀扶和保护，爹爹还是害怕摔倒。每次下卫生间的台阶时，无论我怎样鼓励他"不用担心，往前走"，爹爹仍下意识地紧紧把住门框，不肯向前挪动半步。我贴着爹爹的耳朵告诉他："爹，你松开手，我不会再让你摔倒的！"可他那双大手像钳子一样固定在门框上，我怎么用力拉都拉不下来。我忍住眼泪鼓励爹爹："爹，现在是我们生活最好的时候，你要好好活着，看着佳佳上大学……"

爹爹除了大小便失禁，很少给我和妈妈添麻烦。深夜里，我偶尔会听见躺在隔壁房间的爹爹疼痛难忍，从牙缝里发出轻轻的呻吟："哎呀，腰疼啊……"爹爹的呻吟声，像尖刀一样剜痛我的心。我给爹爹买来止痛药，让他在睡前吃下去，爹爹吃了几天后，说没有多少效果。不过，在我和妈妈的努力下，爹爹养成了每天早上五点半左右起来上厕所的习惯，减少了拉裤子的次数。妈妈说她伺候爹爹一辈子，遭什么罪都不怕，就怕爹爹拉裤子。我向妈妈保证，只要我在家，每天早上会准时起来陪伴爹爹上厕所，包下给爹爹洗衣服的脏活儿。在我们的悉心照料下，爹爹病情比较稳定。每天下午，爹爹坐在窗口，望着崇山东路西段的人行道，等待孙子放学归来。从爹爹的体力和意志来判断，我相信他至少会再陪我十年。

然而，对生命的期盼从来都是盲目的。一天清晨，妈妈小声喊我："兴宇，你爹不行了，快来给他穿衣服！"我急忙跑进爹妈房间，发现躺在床上的爹爹口吐白沫，身体抽搐，双眼紧闭。我把爹爹抱在怀里，摇着他的头，哭着一遍遍地呼唤着，可是他已不省人事。我摸摸爹爹的胸脯，感觉还有心跳，于是我冷静下来，赶紧打电话要送爹爹去医院抢救。妈妈说："孩子，你爹这回不行了，别再住院了，住院也是白花钱……"我没听妈妈的话，迅速打通了我的老乡、好友蔡奎大哥的电话，请求他家在辽宁中医工作的蔡大嫂，帮我给爹爹联系住院。十分钟过后，蔡大哥骑着自行车来到我家；半个小时之后，蔡大嫂打来电话，说已为爹爹安排好病房；紧接着，分社领导派车来到楼下，迅速将爹爹送进医院。那天是星期六，医院不开电梯，蔡大嫂又急忙打电话找医院领导，用电梯把爹爹送到九楼抢救。

爹爹生命顽强，经医生抢救和治疗后，很快苏醒过来了。看着爹爹又活过来了，我激动地趴在爹爹的脸上，热泪涌流，小声跟爹爹说："爹，我要回家告诉妈妈你好了。"爹爹本来处于精神恍惚状态，听我这么一说，他突然抽泣起来，想说什么却说不出来。我跑回家想把好消息告诉妈妈，刚进新华园大门，发现妈妈正站在阳台上，朝着马路焦急地张望着。妈妈见我回来了，冷静地问："你爹强了吗？"我兴奋地告诉妈妈："爹爹醒过来了！"妈妈说："你爹又捡回一条命啊！要不是大伙儿这么急三火四地把他送到医院，他那口气儿就没了。"我告诉妈妈在家耐心等待，过几天爹爹能吃饭了，我们每天做些好吃的送去。分社领导和同事时常来医院看望爹爹。到了第四天，爹爹示意我搀扶他起床上厕所，还说自己想吃妈妈做的大糙子粥。我跟爹爹开玩笑说："妈说你最不爱吃炒鸡蛋，这回你得就着大糙子粥，多吃点儿炒鸡蛋，对健康有好处。"爹爹点了点头。我最见不得爹爹这么听话，一股酸楚涌上心头，我闭上眼睛，拥抱了爹爹。

爹爹住院第五天，我要陪同领导考察，这是早就安排好的采访任务。我舍不得离开爹爹，但工作不能扔。我安排好护理爹爹的事情，跟妈妈说明情况。妈妈镇定地对我说："孩子，你放心吧，家里的事我能干的，你别求人。单位对咱家够关照了，你要好好工作……"我跟妈妈讲，一周后我就回来，要她在家不要着急上火，蔡奎大哥、黄向明大哥和高中兄弟这三个人，会像她的儿子一样，昼夜轮流替我在医院照顾爹爹，有大事他们会通知我的。

四天后，我从大连急匆匆地赶回来，发现爹爹脸色变好了，说话也清楚了，我感觉爹爹恢复得不错。蔡奎大哥和向明大哥跟我讲，爹爹早就想出院回家了。他们告诉我，为了让爹爹吃得好一点儿，尽快康复，在刚刚过去的那个周六和周日，妈妈连续两天中午来医院送饭。两位大哥惊叹不已，称赞妈妈年近80岁，对爹爹如此尽心尽力，真是个"了不起的小脚老太太"。听到这里，我万分愧疚和难过，忍不住掉泪。由此，我见证了什么是相濡以沫的恩爱夫妻。第二天上午，我们把爹爹接回家。妈妈笑着对爹爹说："你命大呀，活着回家了。"妈妈指着身边的朋友和我单位同事告诉爹爹："若不是这些人帮忙，还有医院，你今天就看不到我和你儿子了。"爹爹回家的当天下午，再次坐在窗口，等他心爱的孙子放学回家。重新看到这一幕，我感觉无比欣慰。这世界，还有比一家人相互守候更珍贵的东西吗？

爹爹回家的那天晚上，我和妈妈坐在爹爹床前唠嗑儿。我问妈妈牙疼好了没有，妈妈朝我张一下嘴，平静地说："你看，那颗牙叫我给拔掉了。"我惊呆了："什么？你自己拔的？"妈妈说，我走后，她疼得实在受不了，就从我的工具箱里找出一把钳子，对着镜子把那颗牙拔了。我知道妈妈内心强大，但想不到她敢自己拔牙。我没有理由责怪妈妈，因为问题出在我身上。爹爹有病住院，我出差在外，妈妈在家又累又上火，引起牙疼。我本来早该带妈妈看牙医，可妈妈怕我工作忙，就把这事拖了下来。妈妈看出我焦虑不安的心情，劝我说："这点儿事算什么？你不用心疼妈。妈活这么大岁数，什么罪没遭过？咱娘俩为你爹遭点儿罪应该的，看别人也跟着受累，我心里过意不去……"看着眼前矮小瘦弱、疲倦不堪的妈妈，我的心在颤抖。她坚强的意志与温柔的力量从哪里来？妈妈的做法听起来令人毛骨悚然，可这难道不是生活中真正的英雄主义吗？

面对艰难困苦，妈妈是奋不顾身的英雄。但英雄毕竟老了，再刚强也抗不住过度劳累。妈妈全天候照顾爹爹，干所有的家务，在爹爹出院后不久就患了面瘫，连吃饭都有困难。李惠民社长告诉我，他曾得过面瘫，是沈阳一个小诊所的医生治好的。我带妈妈找到了那个医生，他说妈妈中风了，因为年纪太大了，持续针灸也未必能完全恢复。晋升为副社长的赵力大姐得知妈妈面瘫，每天需要针灸，很是同情和关心，每天上午派一次车接送妈妈，每次收费不超过五块钱。我有多感激就不说了，因为在当时，即便分社领导去医院看病，都很少动用公车。妈妈宁可在家慢慢养着，也不想麻烦单位领导。我劝妈妈："妈妈，那每天车费五块钱你自掏腰包吧！""五块钱好干什么？你以为妈妈傻呀？公家那份好心，你用钱买不来。"就这样，每天上午九点左右，我带妈妈坐分社的车去针灸。两周过去了，妈妈嘴歪眼斜的情况有所改善。医生要她再治疗一个疗程，妈妈说啥也不肯，她坚持回家慢慢养，不再麻烦单位。后来，我又带妈妈到丹东找偏方治疗，但直到妈妈老去，那点儿毛病也没全好。不过，每次提到她治疗面瘫，妈妈一定会记起新华社给她派车治病的过往。妈妈临终前躺在床上，还跟二姑开玩笑说："那时我去诊所扎针，每天都是小车接小车送，人家还以为我是哪里的大干部，哪知道嫂子就是一个家庭妇女，都是跟儿子借光啊。嫂子现在要死了，也不能忘人家的好。"

当我懂得学着妈妈的样子，用一颗感恩的心去寻找和认知福气的时候，妈妈说过的话和我走过的路，给了我两个提示：一是有好父母——这是家庭的福气；二是有好单位——这是工作和事业的福气。假如把人的成长空间简单地分为家庭与社会两部分，那么，好父母与好单位，就是我人生的两份福气。如今，位于辽宁省政府南门外的新华园已不复存在，妈妈也离开我十多年。但是，当年在那里生活过的日子，却成了我不断回首的一道风景。置身于这道风景中，便再次陶醉在人好、门风好的美丽世界里。

第十九章　感恩的真谛

　　妈妈是感恩的典范，更是一个隐忍的"超人"。生活没有辜负她老人家，该来的都来了，这都是她常怀感恩之心的丰饶回报。

　　公平地说，妻子对爹妈还没达到虐待的程度，但她不在乎老人的感受是肯定的。我说不清她怎么会是这个样子。妈妈总是安抚我，她不想看到家庭破裂，尤其舍不得佳佳受伤。懦弱不是我的性格。有人说，真正成熟的生命始于40岁。正是在40岁这个人生节骨眼上，我决心结束这段婚姻。爹爹病傻了，冷暖不知，可妈妈还要与她打交道。迁就这样的妻子，会给爹妈的余生带来苦涩。

　　妈妈曾跟亲人们悄悄说："我儿子是为爹妈才离婚的。"其实是爹妈的存在，才使我认清一个人。无论为爹妈还是为自己，我都必须这样做。成年儿女最大的悲哀，莫过于爹妈在自己面前变得卑微，失去尊严。如果说我这辈子还有值得自豪和炫耀的成就，那就是宁可离婚，也要带着爹妈一起生活。最终，我遇见了和我一起孝敬老人的妻子夏青，完整地体验了赡养父母这一人生最美好的感受。

第一节　"看人看好处，妈不挑她"

　　我对生活的认知，大都是从爹妈身上学来的。像我这样的看惯了妈妈的微笑，在温暖家庭里生活久了的人，遇到有人冷漠无情或家庭不和，便格外敏感和不适。

　　记得爹妈在农村生活的时候，炕上的饭桌是爹妈团结一家人、增进亲情友情、发扬尊老爱幼传统最好的地方。那时的饭桌缺饭少菜，却不乏欢乐与幸福。可搬进新华园不到一年，我就发现饭桌变味儿了。在我们这个三代同堂的家庭里，虽然有客厅，但一家人相聚时间最多的地方，仍是一张普通的饭桌。爹妈不看电视，怕打扰我们，客厅并不是他们感觉可以随意去的地方。爹妈跟孙子在一起亲昵、说话的时间，属在饭桌上最长。我想多陪爹妈一会儿，只能走进他们的房间，或走进厨房帮妈妈做饭。与爹妈一起生活，我比较自信，然而，当发现这张饭桌正在悄悄变味儿的时候，我一时不知所措，感觉十分别扭。

那天吃早饭，妻子把炒好的牛肉直接放到佳佳的眼前，说："佳佳，吃吧，吃饱了好上学。"我抬头看了看她，想说什么却没开口。生活中真的有一些小事儿，让你感觉不爽，但只能意会，不便言说。我左边坐着的爹爹用筷子夹一根芸豆都很吃力，这盘牛肉为何不能放在爹爹眼前呢？孩子吃肉机会多，老人则不然。佳佳还小，做父母的应该引导他懂得规矩。再说，我们家不是吃不起牛肉，怕不够吃，多炒一些不就行了。我想了这么多，最终还是没说什么，随手把那盘牛肉挪到爹爹跟前。妈妈看我一眼，起身又把牛肉放回佳佳跟前，说："我孙子够不着呢。奶奶一辈子不吃牛羊肉，你爷爷也吃不了几块儿。我孙子正长身体，学习压力大，要多吃点儿。""妈，你过去说奶奶吃饭时老是把菜盘子端来端去的，现在怎么轮到你了？""咱家就这么一个宝贝，你悄悄吃饭吧！"妈妈不让我多说。妻子沉默着，她一定看出了我的不悦。

这件小事令我疑惑，也有新的发现。饭桌可视为一个几代人家庭习惯彼此、照顾彼此和沟通彼此的重要媒介。通过饭桌，人们能看出来家庭的文化导向与价值塑造——比如这个家庭是否在孝敬老人和教育孩子等方面有道德水准。不管别人怎么看，饭桌的变味儿强化了这样一种真实的体验。以媒介的视角看自家的饭桌，听起来好似记者职业敏感的生活投射，其实不然。一个忙于工作的人，对生活往往缺乏敏感度。然而，涉及父母，我却有身为儿子的敏锐和警觉。

在饭桌上吃饭三十多年，有这种不舒适感还是头一回。说起来，那张饭桌并不大，一盘牛肉放在哪个位置都不远，我又不是后爹，离孩子近点儿也无大错，但感觉就是不对劲儿。记得小时候，我们家人口多，吃饭时要在外屋炕上放两张短腿的木板小饭桌。我和哥哥是男孩儿，与奶奶、爹爹、老叔坐炕头那桌，老婶儿、姐姐、妹妹和妈妈她们在炕梢那桌。吃饭的时候，奶奶和爹爹若是不上桌，不拿筷子，大家都得等着。平常日子，饭桌上能有一盘萝卜咸菜、一碗清水炖白菜就不错了。春天来了，妈妈罕见地做一盘韭菜炒鸡蛋，一定要放在奶奶跟前——这是老祖宗传下来的规矩。家里若有客人，炕上只放一张饭桌，等奶奶和爹爹陪客人吃完，其他人才能吃饭。小孩不允许陪客人吃饭，也不能站在地上看客人吃饭。妈妈呢，一年到头，几乎从来不能正儿八经地坐下来与我们一起吃饭，她要不停地给大家盛饭、盛菜，经常是我们吃饭，她要去喂猪、喂鸡，收拾外屋地。所以，童年眼里的饭桌，感觉只是填饱肚子的几块旧木板，和猪槽子、马槽子差不多具有一样的功能。童心太幼稚，看不透妈妈经常不上饭桌、吃不饱饭意味着什么，因此也不懂得去同情和可怜妈妈。不少陈年旧事在经历时间和成长之后，才开始自我消化和破解。长大后回眸童年，妈妈在饭桌上的一举一动，逐渐呈现出家庭传统与道德礼仪的印记，还有妈妈废寝忘食、一心为家人的牺牲精神。而我的成长与幸福，包括与父母的亲密关系，都与那张简陋的小饭桌有关——它像一个小课堂，教我懂得吃饭也讲究德行和品格；它像一面镜子，折射出一家人的生活方式、道德水准，还有家庭成员之间的亲密度。

几十年生活在爹妈操持的、亲情度很高的大家庭里，家庭给我的印象是温馨、和谐、幸福的模样，与穷富没有多少关系。我对饭桌上倾斜、变味儿的牛肉感觉不舒服，无疑与过去传统的家教有关。那一刻，我心中隐藏着两个不为人知的心理活动：第一，我拿妈妈与妻子做了比较。印象中这是第一回。或许，每个男人都可能会拿自己的妈妈与妻子作对比，这是一个心理问题，也是男人的直觉。这种比较可能并不客观，直觉也许有偏差，但对于观察家庭生活、了解妻子是很现实、很自然的举动。第二，先入为主的锚定效应。一盘牛肉放在何处不是什么大事，本不该小题大做，但想起妻子对爹爹拉裤子的冷漠，我理所当然认定她怠慢了爹妈。三十年前，爹妈对我的饭桌负责；三十年后，我必须保障爹妈在饭桌上有个好心情。爹妈的幸福不在于富有，而在于舒心。

几天后我要去外地采访，我把佳佳叫到爷爷奶奶房间来，说："佳佳，你是中学生了，爸爸不在家，有空儿过来帮助奶奶照顾爷爷，比如帮爷爷翻个身、扶爷爷去厕所……"我还给佳佳示范，教他怎样辅助爷爷翻身起床、下地。佳佳不情愿地告诉我："妈妈不让我到爷爷奶奶这屋来，说影响学习……"尽管我听了很生气，但还是平静地告诉佳佳："别听你妈的，她那样说是不对的。爷爷奶奶最亲你，你长大了，有空儿过来陪陪他们是应该的。"佳佳离开后，妈妈对我说："儿子，别难为佳佳。她妈说得对，学习是大事，将来得考大学。咱们家来人多，你爹身体不好，能不影响孩子学习吗？我自己照顾你爹行，不用麻烦孩子。"我抑制不住内心的气愤，毫不掩饰地说："妈，我看这媳妇真的该换了！"妈妈吓了一跳，她关上房门，拉我坐在椅子上小声说："孩子，你怎么能说这话呢？我告诉你，休妻毁地，到老不济。你可别叫妈妈着急上火，她不让孩子过来，妈一点儿都不挑。爹妈还能活几年，最后还不是你们三口人过日子？媳妇是你自己找的，孩子那么懂事儿，千万不要闹意见……"妈妈知道我的脾气不饶人。

妈妈是世界上与我共同语言最多的人，也是我一生最大的支持者。但是这次，她站到了我的对立面，离婚成了我一个人的"战争"。妈妈劝我："孩子，看人看好处，妈不挑她。你也不能对媳妇要求太高，媳妇还能怎么样？你老是挑她的毛病，那日子还能过吗？妈也当过媳妇，现在就这个潮流，有几个年轻人愿跟老人在一起过日子？我和你爹不挣钱，又得治病花钱，她也是有苦说不出啊……"我不同意妈妈的说法："没有她，我也养得起你们。她不善良，我不能忍受她一天阴沉个脸对待你们……"妈妈打断我的话："她对我们不笑，你看她在佳佳跟前不就笑了，本来嘛，看我们两个'棺材瓢子'，她怎么能笑起来？她笑不笑，妈不在意，你们夫妻两个好好的就行，一家人哪有那么多说道？你养活爹妈应该，人家跟着你遭罪挨累，你想没想过这容易吗？""她觉得不容易，那就请她走人。"我大声地说。"儿子，你多想想她的好处，就不挑她了。她给咱家生了一个好孩子，你看她对佳佳多好啊。你得知足，不能净挑毛病。她对爹妈好坏不重要，不打不骂公婆，现在就算好媳妇。妈真的不挑、不生气。妈跟你老叔老婶在一起过日子，你老婶生两个孩子，都是我伺候月子，你听妈跟谁抱怨过？她是我儿媳妇，妈妈更想得开，别说不受气，就是真受气，为我儿子孙子、为这个家，我也能忍。当老人的，得有个样儿，跟儿媳妇没有什么过不去的事儿。她就是倔，谁还没有缺点？"

我向妈妈解释，她和我不是一类人。妈妈叹息着说："我心像明镜儿似的，如果没有我们在这里，你和她不会有这么多矛盾。"我告诉妈妈，眼下还不到离婚的时候，等佳佳上了大学再说吧。妈妈松口气，再次对我说："当媳妇的不容易，你多想想媳妇的好处，别再把离婚当歌儿唱，叫妈上火。"

第二节　那个黑色的夏天

我把爹妈接到沈阳，兴亚来我家的次数最多。二叔家八个孩子，兴亚和我爹妈走得最近。家里有什么事，他帮我跑前跑后，我把他当成亲弟弟。兴亚做蘑菇进出口生意，挣了点儿钱。他每次来家里，都会给爹妈买礼物，或者给爹妈一点儿钱。妈妈知道兴亚爱喝酒，晚餐一定会给他做几个下酒菜。天黑了，妈妈总是会说："兴亚，晚上别去住旅店，跟大爷大娘住在家里，省点儿钱，咱们好好唠唠嗑儿。"

兴亚喜欢听妈妈讲过去的事儿，跟爹妈有唠不完的嗑儿。那天晚上，我和兴亚一起在爹妈的房间里聊天。妈妈问二婶的体格怎么样，兴亚说二婶就是气管不好，但每天坚持做饭，还能打打小麻将。妈妈听了很高兴，说二婶一辈子身体瘦弱，性格也软弱，没想到比二叔活得长，跟儿女享点儿福。妈妈回忆，二叔年轻时在外工作，结婚后把二婶和出生不久的兴艳姐扔在家里，二婶整天闷闷不乐，经常掉眼泪。妈妈同情二婶，劝说二叔把媳妇和孩子带在身边。二叔把二婶和兴艳姐从老院接走后，又生了七个孩子，兴亚在八个兄弟姐妹中排行老五。"我十来岁就学会抽烟，我爸气得用皮带抽我。我爸回来了，我都不敢回家。我的天啊，他太凶了，哈哈！"兴亚像讲笑话一样，描述父子的过往。"大娘，你说我大爷和我爸这哥俩的脾气，怎么那么不一样呢？"坐在床上的爹爹听了，扑哧一笑。妈妈说："别看你大爷不说话，心里不糊涂。看你来了，他高兴啊！""大娘，兴绵哥在我们家念书的时候，每天吃饭，他都把身子朝身后柜这么一靠，盯着炕上这一群小的。他脾气挺好，不怎么说话，我们都乖乖地听他管。你说我二哥的性格脾气，像不像我爸？我妈说我二哥说话厉害、性子急，特像我爸。""怎么不像？太像了。要不你爸怎么喜欢你二哥呢？他们爷俩的脾气对撇子。外人可看不出你二哥有脾气，新华社院子里的老头儿、老太太，看见我和你大爷就夸你二哥，说你二哥像个大姑娘似的，跟谁说话都客客气气的。他们哪知道，我儿子那脾气才够受呢！不然你二嫂怎么生气，他那脾气不让人……"我打断妈妈的话问兴亚："兴亚，你想想看，如果我没有脾气，什么都听媳妇的，还能接爹妈进城吗？"兴亚借着酒劲儿大笑，从椅子上站起来冲着妈妈说："大娘，我二哥说得对啊，儿子若是不养爹妈，哪个媳妇还不是蹦高乐啊？"妈妈说："那不对，媳妇还是好的多，老傅家一大家子，还真没有媳妇把公婆赶出去的，咱们家风好啊。"

哪里想到大约一周后，她引以为豪的傅氏家族真就冒出来一个试图把公婆赶出去的媳妇。

那是妻子精心设计的、不想让我看到的场面，却被我当场抓个正着。多年后兴亚跟妈妈开玩笑说："我二哥不愧是新华社记者，连她干的丑事儿都被抓了'现行'……"妈妈叹口气说："唉，这就是天意，不然你二哥不能那么快跟她离婚。细想起来，天底下比她差的媳妇有的是，跟公婆说点儿过分的话，不算什么，哪个媳妇都不是婆婆生的。"

这个戏剧性的家庭冲突，也许是妻子一生最尴尬、最倒霉的经历。

那天，兴亚又来了。晚上七点，我和省领导有个事先约定的采访。吃过晚饭，我离开家前往省政府大院的领导家里。我刚坐下不到十分钟，领导就接到电话，说北京有客人来，他要去辽宁友谊宾馆与其会面。就这样，我匆匆结束采访，起身回家。辽宁省政府南门外就是新华社辽宁分社，我走回家用不上十分钟。我一步两个台阶跑上楼，悄悄打开家里的防盗门，想给大家一个速回的惊喜。不承想，一向极少进爹妈房间的妻子，此时正在爹妈房间里大放厥词："兴亚，看你不是外人，二嫂才跟你说，佳佳再有一年就考高中了，这个家像个'大车店'似的，人来人往，还有两个老人需要照顾，你二哥工作又忙又累，这孩子学习成绩能不受影响吗？我都快坚持不住了。两个女儿把老人接过去住个一两年，怎么就不行？女儿也有赡养老人的义务。别看你二哥是人大研究生毕业，在咱们这个院里，数咱们家生活困难。这是今天你二哥不在，我才敢跟你说。这些话，我能讲给谁听啊？咱们家谁听我的？"房间里鸦雀无声，妈妈和兴亚始终没说一句话。我听得清楚，她是在通过向兴亚诉苦的方式，来指责、刁难爹妈，目的是赶老人去女儿家。我气得发抖，两鬓的血管要裂开，接下来发生的事情不堪回首。这是撕裂婚姻最具冲击力的一场冲突，这场婚姻走到尽头了。

那真是一段很煎熬的日子。唯有妈妈仁慈、淡定的生活态度给我耐心。生活中很少有妈妈这样的人，不管发生什么事，她都能冷静、理性、深刻地反省自己，从不轻易怪罪别人。

与妻子发生家庭冲突不久，我和兴亚把爹妈送到丹东妹妹小霞家，万万没想到，爹爹在妹妹家住了不到一个月，病情加速恶化，很快病逝。这件事令我十分难过和懊悔，成了我一生对爹妈犯下的最大错误，也是婚姻不幸付出的惨重代价。

到爹爹去世三周年，我和妈妈已来大连两年多，并有了一个幸福的新家。兴亚也来到大连做生意。直到这时，我那个怨恨的心结依然没有解开。那天兴亚来家里，我跟他商量回老家祭奠爹爹去世三周年。兴亚说："二哥，我每次来看见我大爷的照片，就感觉他不应该死这么早。咱俩送我大爷去丹东，说不准真是个错误，不然，他也许能活到现在，看见这个二嫂……"兴亚的说法，也是爹爹去世后，我常在脑海里想象过的，便免不了骂前妻是个"浑蛋媳妇"。在厨房里做饭的妈妈，一直在听我们哥俩谈话。或许是听见我的骂声，妈妈走出厨房，在我和兴亚中间坐下，说："我饭菜都做好了，趁你二嫂还没回来，我跟你们唠唠嗑儿。兴亚，你听听大娘讲得对不对……"

妈妈若有所思地停顿下来，拿起餐桌上的暖壶，倒了一杯水拿在手里，看着兴亚说："你大爷死在丹东，我听你二哥说过好几回了，他怪罪你那个二嫂。大娘的看法跟你二哥不一样。我早就想把这话说给你二哥听，我怕说不服他啊！"妈妈做了这些铺垫，慢慢地喝了一口水，放下杯子，看着我说："儿子，妈现在一点儿不糊涂。三年前送你爹去丹东，是你和兴亚商量干的，对不对？凭良心说话，人家没赶我们走，那是咱们的错，别怪人家。"我立刻反驳："妈，你这不是糊涂吗？她喊着要赶你们走，那天兴亚是证人，不是被我当场抓住了吗？我送你们出去住几天，不是担心你们受她的窝囊气吗？"妈妈笑着说："妈还不知道你和兴亚是好心吗？我是说，你若觉得把我们送到丹东是对的，你爹死在那里，你就不能埋怨别人。你看媳妇不顺眼，也不能什么事都往人家身上推。咱们得公道说话，就事论事。"

兴亚好像一下子被妈妈说服了："二哥，我大娘说得对，是咱哥俩做的决定，那就是咱们的责任……""妈，你若这么说，这事儿主要是我的责任。我是儿子，我做的决定，与兴亚没有关系……"兴亚感叹："二哥，我大娘这一点真了不起。我妈就说过，我大娘能看事儿，也能装事儿。"妈妈说："孩子，你们还年轻，有时做事儿顾东不顾西。你俩还记得吧，当时我就反对。我说小霞家里还有个老公公不说，去丹东四五百里地，你爹坐车抗不住折腾啊。你跟你二哥一个心眼儿、一条道儿跑到黑，最后用轿车把我们送丹东去了，一路上帮你大爷接屎接尿，大娘不忘你的好处。依我心，咱们在沈阳自己家里，条件比小霞家好，你二哥出差十天八天就回来了，我和你大爷怎么不能将就一下？你俩铁了心要把我们送走，怕我们在家受气。这就叫做事不知轻重，她还能投毒，把我们两个给药死啊？不能！"

听妈妈说到这里，我忽然发现，为躲避一个人、一种环境而送走病重的爹爹，这是天大的错误。再往前看一步，如果对爹妈的照顾知轻知重，我压根儿就不应该外出旅行。

苏格拉底说，人生最重要的是"认识你自己"。内省，是自我认知最好的镜子。它会像针一样戳痛自己，也会叫人幡然醒悟。

回顾1996年那个令人烦闷又心碎的夏天，我深深知错和悔过。

7月中旬，分社决定，所有记者将分三批去云南旅游休假。爹爹病情恶化，我不打算报名。欣欣大哥找到我说，这次安排的旅行也就十天八天的，把我安排在最后一批。我动心了，找兴亚商量把爹妈送到小霞家去。兴亚说："二哥，你放心吧，我送他们去我二姐家住个十天半月，散散心也不错。"我担心妻子靠不住，但妈妈主张不离开沈阳。遗憾的是，我没听妈妈的话。就这样，兴亚把爹妈送走，我去了云南。刚到云南两三天，我就像火烧屁股一样坐立不安。同事越是劝我安下心来游览风景，我与爹爹心灵感应释放出来的预感就越强烈。我决定改签机票提前返回，可是改不了，也买不到机票。终于熬到第九天——也就是8月9日，我和几个一起旅游的同事飞回沈阳。晚上十点左右下飞机，我急忙回家收拾东西、换上衣服，赶到沈阳南站，买了一张10日凌晨三点多去丹东的火车票。

那是一趟我熟悉的从北京途经丹东，开往朝鲜平壤的K27次国际列车。上了火车，闭上眼睛，感觉昏昏沉沉的。列车在崇山峻岭中向东飞驰，很快将夜幕撕破，东方露出了鱼肚白。我努力睁开眼睛，无比惆怅地望着窗外，想象着爹爹躺在妹妹家的炕上，焦急地等我回来接他的样子。车进丹东站，我打出租车直奔汤池镇，气喘吁吁地跑进妹妹家。在妹妹家的西屋，我见到了奄奄一息的爹爹。还没等我开口，妈妈就说："儿子，你爹快不行了，他是在等你……"我感觉天旋地转，握住爹爹的手，眼泪哗哗地流了下来。爹爹躺在炕上，大口大口地喘气。见我来了，他睁开眼睛，微微挪动一下脑袋，泪水从干瘪的脸颊淌了下来。"爹，你哪儿疼？"爹爹睁着发红的眼睛，没有反应。我问妈妈："爹爹能吃东西吗？"妈妈说："这些日子天热，吃不下什么，人不行了。"我问小霞："家里有奶粉吗？"小霞摇摇头，难过又不安。"天这么热，怎么不给爹买个电扇呢？"妈妈说："儿子，现在买什么都没用了。你爹这回真不行了，快回沈阳，把你爹的送老衣裳拿过来，顺便把佳佳也带来，让你爹看一眼……"

多亏我没把出租车放走。我告诉妈妈我去市内给爹爹买一些东西送回来，下午坐火车回沈阳。我跑到丹东站前第一百货，买了一台电扇、几袋奶粉和一些糕点，希望爹爹能享用儿子带给他的最后关怀。我坐在出租车上，忍不住告诉那位司机，把爹爹送到妹妹家有多后悔，不然，爹爹不能出现病危的情况。那位司机跟我说，老人一旦进城，就不能再回农村了。好日子过惯了，冷不丁住不好、吃不好，天热又没有电扇，肯定扛不住。听了这番话，我觉得自己真是太愚蠢，对爹妈犯下不可挽回的过错。返回小霞家，我把电扇安好，爹爹能感到凉快一些，却吞不下喂到嘴里的奶粉。妈妈催我赶紧乘火车回沈阳，说爹爹能再坚持一两天就不错了。妈妈一再叮嘱，在她房间的柜子最上面一层，有两个大包袱，一个是爹爹的送老衣服，一个是她自己的送老衣服，别拿错了。爹爹体格大，那个包袱也大，看不准就打开看一眼。

我当晚坐火车回到沈阳，找分社领导请假，报告爹爹病危情况，欣欣大哥叫我把分社唯一一部"大哥大"手机带上急用。我给兴亚打了电话，告诉他爹爹快不行了，要他赶紧找一下回岫岩休假的二嫂，帮我把佳佳送到丹东来。第二天早上六点左右，我带着爹爹的送老衣服，从沈阳南站乘车去丹东。火车七点左右正点发车。天下着小雨，给人极坏的兆头。果然，车到本溪站，列车广播传来丹东方向的铁路被洪水冲毁的消息，沈丹线列车全部停运，所有旅客下车。绝望之中，我想起用手机给黄向明大哥打电话，告诉他爹爹病危，我被困在本溪，向他紧急求助一辆车接我去丹东。上午十点左右，向明大哥的朋友大汇开着一辆桑塔纳轿车，冒着大雨在本溪站接上了我。

大汇兄弟对省内公路很熟，他选择从本溪到辽阳，再途径鞍山、海城、岫岩至丹东的路线。那天，整个辽南、辽东地区下暴雨，我坐在那辆小小的桑塔纳车里，感觉就像风浪中失控的一艘小船，好在大汇驾驶技术娴熟。从海城到岫岩九十公里左右，一半多是山路。山洪从每条沟壑流下来又涌上路面，塌方随处可见。大汇瞪大眼睛，两手紧握方向盘，把头靠近挡风玻璃，以大山和行道树为参照物，一刻不停地在蜿蜒、迷茫的山路上行驶，任凭越来越多的雨水渗透车厢。我心急如焚，大汇累得很少说话，车到岫岩，我俩去佳佳三姨家急忙吃口饭再次上路。大汇松口气说："这才六点多天就黑了，我们使劲儿跑，八个多小时，才跑了二百多公里。"我说："雨天黑天早，差不多比晴天提前一个多小时。"大汇说："剩下一百五十公里，还得六七个小时。"

1996年8月11日，注定是我一生遭遇的最黑暗的日子——铁路中断与爹爹去世，仿佛都是上天对我犯错的惩罚。

老天爷对我的过错不依不饶。驶过岫岩与东港的交界——罗圈背大岭，雨下得更大了。去丹东那段沿着黄海岸边北上的公路，仿佛与黄海在一个水平面上，路面积水普遍达到一两尺深，借助车灯向前看，除了一片白花花的水世界，一切都被黑夜吞噬了。我们没有退路。大汇把油门一踩到底，雨刷器调到最快，眼睛紧盯前方，生怕停车造成熄火；我对这段路况比较熟悉，给大汇指路，辅助他识别和躲避水坑、石块等障碍，以减少事故的风险。我们配合默契，克服紧张、恐惧的情绪，终于在夜里十二点半左右，到达离妹妹家约一公里的村口。去妹妹家是条小道，山上下来的洪水，早已将其淹没，车不能再走了。大汇停下车，与我道别。妹妹家在小道尽头的山坡上，老远望见那三间房子的灯都亮着，我紧张得双腿抽筋，不敢想此时的爹爹，是否还在等我。我停下脚步，用力擦一把脸上的雨水，然后一跐一滑地爬上山坡，跑进妹妹家的小院……

推开妹妹家的房门，见爹爹已躺在厨房地中间搭起的木板上，我扑通一下跪在爹爹的身旁，大哭起来："爹，我回来晚了！我对不起您……"妈妈说："孩子，别哭了，你爹走得没遭罪，身上哪儿都好好的，赶紧给你爹把送老衣服穿上吧！"我抑制不住悲伤，用手去抚摸爹爹尚有温度的胸口，幻想着爹爹的心还在跳动。妈妈打开爹爹的送老衣服，领着我和小霞，还有小霞的丈夫，给爹爹一件一件地穿到身上。妈妈对我说，爹爹没有死在咱们自己家里，明天早点儿火化，当天就拉回傅家堡子下葬，越简单越好。次日一大早，妻子在东港的好友王春兰派来一辆车，将爹爹的遗体拉到当地火葬场火化。火化后，我们带着爹爹的骨灰盒再次上车，直奔岫岩老家祖坟。国斌大爷、国柱老叔、兴洲哥和兴亚等亲友，为安葬爹爹做好了所有准备。下午三点左右，我手捧爹爹的骨灰盒，在祖坟前的公路旁下车，亲戚朋友、街坊邻居来了一二百人给爹爹送行，国斌大爷指挥父老乡亲们按照习俗，在祖坟为爹爹举行了简单的葬礼。

爹爹就这样永远离开了我。给爹爹送行的爷爷、叔叔和兄弟姐妹们在国斌大爷家吃晚饭时议论最多的话题，是老傅家人普遍长寿，像爹爹这样76岁去世的很少，大概只有国安二叔和国常大叔两人。在父辈里面，爹爹身体最好；在爷爷那辈，比爹爹年龄大的殿恩大爷、殿良四爷等都还健在。听到这些话，我真是肠子都悔青了。

爹爹去世三周年，是妈妈帮我看清了自我。想起爹爹没有死在自己家里，停止呼吸时我没有守在身边，深感自己是个有"污点"的儿子。从此，我不再为撇清"污点"而责怪他人。人生有许多事，发现做错时，止损已来不及。

这些自省就是思想和灵魂的成长，是向善转变必须付出的成本。

后来，妈妈还谈到一件事，说爹爹去世的时候，小霞的老公公提出，按当地习俗爹爹往屋外抬时不能走门，要走窗户，因为爹爹不是王家人。小霞不顾老公公的反对，坚持把爹爹的遗体从房门抬出来。妈妈跟我说："孩子，当初妈就担心你爹去小霞家回不来，死在姑娘家多不好啊！可是没办法，你从云南回来，我本想叫你把他拉回家，可他人已经不行了……"妈妈把这些话藏在心里那么多年，是给我面子，怕我后悔愧疚。

第三节 "心宽不怕房屋窄"

爹爹去世后，我和妻子协议离婚。最艰难的抉择，就是我要不要在孩子抚养权的问题上让步。妈妈说："离婚不是好事，孩子最可怜，跟爹没有妈，跟妈没有爹，多难受啊！"尽管如此，我也必须坚定地迈出这一步。

那是初冬的一个晚上，我带着佳佳在省政府大墙外的水渠边散步。我把手放在佳佳的肩膀上，艰难地告诉他："春节后爸爸妈妈就要分开了，我要和奶奶去大连生活……"佳佳皱起眉头问我："爸爸，你们就不能不分开吗？"我说："不能。你可以跟我走，我和奶奶也舍不得和你分开。""我也想跟你和奶奶在一起，可是扔下我妈妈一个人怎么办？"听佳佳说到这里，我特想抓住机会跟佳佳解释："爸爸离婚，同样是为了不扔下自己的妈妈——我和你一样，都是妈妈的儿子；但我与你不同，我要承担赡养妈妈的责任。"可是，要佳佳理解我做儿子的底线和离婚的理由，实在有些困难。我问佳佳："你愿意跟我走吗？""我妈叫我跟她，可是我不想和你还有奶奶分开。"父母离婚、家庭破碎令孩子迷茫、无奈和受伤，不知如何是好。我曾想等佳佳两年后上大学再离婚，但是，勉强凑合过的日子，更是煎熬。我告诉佳佳："不管你选择跟谁，爸爸都不反对，都会对你负责。"佳佳问我："爸爸，你会经常回来看我吗？"我回答："大连离沈阳很近，我肯定经常来看你，你也可以在节假日去大连看我和奶奶。另外，咱俩可以写信、打电话。"佳佳平时活泼开朗，但那天他情绪低沉，不愿多讲话。想到我离开后，佳佳的生活和学习，甚至心理状况，可能会发生意想不到的变化，我禁不住感到浑身发冷。我停下脚步搂住佳佳的脖子，佳佳也随手抱着我的腰，我们爷俩紧紧拥抱在一起，默默地站在水渠边难过了许久。

妈妈最了解我的心思，她比我更舍不得离开佳佳。但妈妈看事通透，她劝我说："你要离婚，就得依她的心。哪个当妈的能不要孩子？哪个当妈的会对孩子不好？这个咱们得放心。孩子跟她，合情合理。你再舍不得，也不能跟她抢。孩子总有一天会回来的，那是我们的根儿，谁也抢不去。女人离婚不容易，她想要什么尽量满足她，咱娘俩怎么都能过日子，别亏了她和孩子。"

妈妈很宽厚，即便对伤害过她的人，她也怀有感恩的心，乐见其善良的一面。妈妈的劝说，让我不再为孩子的问题纠结。而妈妈的那句"媳妇是你自己找的"，更是说得我心服口服。如果年轻时不是那么盲目和愚蠢，眼前的爹妈和孩子就不会受到这般折腾，难道不是吗？我考上中专要走的前一周，县妇联的王大姐匆匆找到我，要给我介绍对象，说她是个不错的姑娘。其实我不是很满意。只因到了结婚年龄，却一直没遇到合适的人，爹妈年过六旬，急着抱孙子，那就结婚吧！草率的婚姻少有美满。得知我决意离婚，身边几个同事很是赞赏我的勇气。其实，如果想清楚"媳妇是自己找的""脚上的泡是自己走的"，男人就会洗心革面，浴火重生，从不幸的婚姻中解救自我。

离婚没什么，只是麻烦，尤其遇到今天想离，明天又变卦的女人。好在离婚的主动权掌握在我手里。过完 41 岁生日的第二天早上，我和高中兄弟一起扶着妈妈，带着我们娘俩的全部家当——几包衣物、行李和电脑，坐上单位派出的一辆面包车，离开生活了五年多的辽宁分社新华园那个家，前往大连。我一辈子都要感谢辽宁分社社长刘欣欣大哥，是他对我和妈妈的工作与生活做出了贴心安排。他跟我说，既然离婚了，还是离得远一点儿好，大连的气候环境适合老年人生活和养老，又不影响你的工作。当然，我也不会忘记，一个完整的家被撕裂时的痛楚。

来大连之前，妈妈问我："咱们去大连住哪里？"我说大连支社有房子，也是单位给分的，妈妈没再多问。分社领导确实在大连支社给我留了住房，但由于我在分社的房子前妻还没腾出来，我只好在外面临时租了一个小房子。我怕妈妈为此担心，没讲实情。到大连那天，我和高中兄弟搀扶妈妈走进那间三十平方米左右的小房子，我才告诉妈妈："这就是我们的家，将就几个月，咱们就可以搬到新华社的大房子里去了。"妈妈站在窗口向外看了看，然后走进仅有五六平方米的小厨房四处打量。厨房四周斑驳的墙皮，脚下不平的水泥地面，还有老旧的煤气灶，非但没给妈妈带来半点儿不爽，她还笑呵呵地说了一句话："孩子，心宽不怕房屋窄！"妈妈的从容淡定，使我不安的心有所放松。我告诉妈妈："这里有暖气、煤气和厕所，就是不能洗澡、不能打电话，楼下是菜市场，叫'玉华'市场，跟我姐一个名字。"妈妈说："房子冬天不冷，能住人、能烧火做饭就行，缺什么慢慢置办呗！这房子比当年咱们十一口人住的那两间半破草房不强多了，在这里住上几年也是好日子。"

送走了高中兄弟和司机师傅，妈妈开始铺床，收拾厨房。妈妈跟我说："今天是咱娘俩搬家的日子，晚上做大米干饭，炒几个菜，你下楼去买点儿鱼和肉什么的。"我说："妈，我带你下楼到玉华市场看看吧！"妈妈说："今天不去，坐车时间长，腿脚有点儿不好使。"下楼买菜的时候，我感慨妈妈这一天真是风尘仆仆，不惧来日。唯有我才懂，妈妈想好好做顿晚饭，不为别的，只为她生命里最珍贵的财富——儿子。无论发生什么，妈妈都一定要我吃上一顿好饭，再睡上一宿好觉，让生活恢复常态。该吃饭吃饭，该睡觉睡觉—— 这是妈妈恪守的一条生活准则，也是她教我克服困难、拥抱生活的一个有效办法。

我怕妈妈一个人在小屋里感到孤单，来大连几天后，给了她一个惊喜：把秀贞姐找来和她见面。秀贞姐来了，见到妈就上去抱住，含泪喊了一声"妈妈"，就像她还是妈妈的儿媳妇一样。妈妈亲切地拉着秀贞姐的手坐在床上，仔细端详着，问她身体怎么样，孩子多大了……我安心地上班走了，给这对曾经的婆媳俩留下私语的空间。晚上下班回来，妈妈告诉我，见了秀贞姐，她既伤心，又感动，不知道说什么，才能使彼此不为过去那段悲伤的往事伤感。"你哥装在我们俩心里，怎么也绕不过去，不哭都不行啊！"妈妈叙述与嫂子见面的情形时，怕眼泪再掉下来，把话题一转，说秀贞姐陪她下楼逛市场买了菜，帮她做饭，午饭后陪她一起躺在床上聊天，好像把过去分离二十多年没说的话说尽了。妈妈说："这不就是缘分吗？没想到过了这么多年，在这么大的城市，和秀贞家做了邻居，不过几百步远，太近了。"两个早已不是婆媳关系的人久别重逢，彼此珍藏着曾是一家人时的美好情感，着实令人感动。"你秀贞姐厚道，当了妈一回儿媳妇，离开这么多年还叫我'妈'。就算她嫁给了别人，她的女儿不是我孙女，又有什么关系？人若善良，记着的都是好处。"自那以后，秀贞姐每隔一段时间就会过来看妈妈，给妈妈买点儿好吃的，陪妈妈干家务、唠嗑儿。

有一天，我给妈妈买来一个袖珍小石磨，满足妈妈给我做豆腐脑吃的愿望。与老家院子里那个大石磨相比，它简直就是一个玩具。但妈妈居然用它磨出了豆浆。在妈妈看来，能吃上豆腐就是好日子。妈妈每次做豆腐脑，都会想起孙子来，"我孙子跟你一样，就愿意吃奶奶做的豆腐脑。咱们在农村那会儿，用毛驴拉磨做豆腐，他乐得跟在驴屁股后面跑。那时他才四五岁，就能喝一大碗豆腐脑。冬天天冷，我孙子要吃豆腐脑，我和你爹马上泡豆子。拉磨时豆浆冻在磨盘上，你爹用铲子铲，用开水烫，无论如何也得让我孙子吃上豆腐脑……"妈妈提醒我，要经常去看孩子，孩子有什么困难，当爹的必须帮忙。孩子将来上大学、工作、娶媳妇，咱们要使足劲儿帮孩子。孩子回不回来，就看咱们对他好不好，该来的总有一天都会来的。

再有两年，佳佳就考大学了。佳佳的学习叫人放心。从小学到初中，再到高中，他没在校外补过课，一路都是重点学校。可孩子是脆弱的。爸爸在不该离开的关键阶段走掉了，对他生活、学习和心灵成长都会造成打击。我借到分社开会等各种机会，常去沈阳看佳佳，努力接近和帮助他，试图给他一种爸爸就在身边的感觉。然而第一次见面我就发现，他与我产生了明显的距离感，他看我的眼神也不再那么灵动，或许还带有几分怪罪。少年时遭到爸爸抛弃，叛逆期缺少父爱慰藉，孩子有怨恨似在情理之中。

渐渐地我发现，这并非佳佳最糟糕的情况。在我面前，佳佳本能地掩盖了一个孩子在父母离异后的痛苦。如果不是分社同事李善远给我讲了他亲眼所见佳佳的孤单，我对离婚还颇为得意，也觉察不到佳佳对我已足够宽容。

一个夏天的夜晚，天是灰的。昏暗的路灯下，崇山东路过街天桥上坐着一个瘦瘦的、高高的男孩儿。他手里拿着一根草棍儿，低着头，漫不经心地在地上画来画去，像在写字，又像在拨弄桥面上的沙砾或小虫，看上去像个无家可归的流浪少年。李善远从他身边路过认出了他："傅佳，你怎么坐在这里？"善远嘱咐他早点儿回家，注意安全。"大人离婚，最受伤的是孩子。"善远没有说太多，却给我留下了许多悲惨想象。佳佳坐在过街天桥上的可怜样子，在脑海里挥之不去。

离婚的父母，永远看不透自身行为对孩子的伤害有多深。孩子的幸福，靠的不是金钱，而是依赖父母的恩爱与家庭的祥和。我的童年是在贫困中度过的，但从未觉得孤单，幸福感相当高。在爹妈经营的家庭生活中，亲情十分丰厚，我们几个孩子，还有奶奶、叔叔和姑姑们，都能分享到家的温暖和爱的滋养。佳佳遭遇的困境，不是生活保障问题，而是亲情短缺与分离带来的心灵创伤。

每次见到佳佳，我会陷入伤感中难以自拔；回家看到妈妈，我又清醒地认识到，生活的责任不仅仅是孩子，还有生我养我的妈妈。我是佳佳信任和依赖的爸爸，同时也是保护、赡养父母的儿子。当夫妻矛盾不可调和，我必须勇于做出抉择。妈妈比我更惦记佳佳，每次我去看佳佳回来，她都会详细询问。"如果妈身体不出大毛病，总有一天，我孙子会回来看我的。骨血相连，谁也割不断。我若是有福，兴许还能看到我孙子娶媳妇那一天，说不定还能等到重孙子出生呢。人这辈子，除了死，没有过不去的坎儿。该走的留不住，该来的保准来。"

生活仿佛始终给妈妈这样有定力、有目标、有希望的人以奖赏与喝彩——这是我亲眼所见的事实。

我和妈妈来大连的那个秋天，是个收割喜事的金色季节。刚子被大连一所大学录取，来到妈妈身边，从而填充了她孙辈情的缺失。刚子去学校报到那天，妈妈兴奋不已，因为陪伴妈妈去参观大学的，不仅有我和刚子，还有她的新儿媳夏青——一个被妈妈视为"天生我家媳妇"的家庭新成员，我们一起陪伴妈妈在大学校园里聊天、漫步、留影。妈妈说她这辈子还从未看过大学是什么样子。妈妈在拍照时指着夏青和刚子对我说："孩子，妈跟你说过，该来的总有一天会来的，你看夏青来了，刚子也来了，咱们家的人气回来了。再过两年，我孙子也会回来的，该有的全都有了。"那是妈妈最开心的一天。恰如妈妈所料，两年后的夏天，佳佳带着上海一所大学的录取通知书，来到大连看奶奶。妈妈见到佳佳，激动得热泪盈眶，她牵着孙子的手说："我说我孙子能回来看奶奶嘛，我孙子怎么可能忘了我呢？"佳佳伸出手来，给奶奶擦掉眼角的泪水。从此，妈妈与孙子不再有骨肉分离之苦。佳佳的回归，治愈了妈妈被撕裂的伤痛，使我深感欣慰。

卢梭说："没有感恩就没有真正的美德。"妈妈是感恩的典范，更是一个隐忍的"超人"。生活没有辜负她老人家，该来的都来了，这都是她常怀感恩之心的丰饶回报。

第二十章 "幸智者"

　　人完全可以在平凡的劳作中感受生活的充实，从而使自己获得满足感和成就感。这是一种幸福的智慧和高贵的品格。妈妈履行平凡的生活责任，忠于家庭及所有亲人，在勤劳、节俭和持续的努力中把穷日子过下去，争取生活的体面和质量的提升，这难道不是一种成功吗？

　　妈妈把跟我进城后的生活，看作她人生的"收口"阶段。妈妈在她最后一个生日宴会上说："人年轻时有福不算福，老了享福才是福。我是世上最有福的人……"五个月之后，妈妈知道自己的生命接近尾声，她躺在床上，跟我和夏青谈起她的心情："妈走了，你们不要难过，妈这一辈子是圆满的。你们对得起妈，妈活这么大岁数值了。妈不是怕死，是你们对妈太好了，我舍不得离开你们，享福的好日子没过够啊！"

　　日本学者称80岁以上老人为"幸龄者"，妈妈就是个名副其实的"幸龄者"。然而，看到妈妈这样直面死亡，我还是无比心痛。妈妈说她人生"收口"这些年，福气好大好大，都80岁了，还等来了一个给她洗澡的儿媳妇，还多了一个小孙女。的确，儿媳妇给洗澡，让妈妈的幸福感提升，她十分乐享亲人的爱意。然而，真正成就妈妈人生幸福的因素，并非我们的孝顺和照顾，而是源自她本人是个充满幸福智慧的老人——简称"幸智者"。她的平静与微笑，让我生动地看到了幸福的模样；她用热情与奉献，去弥补生活的不完美并从中感知幸福；妈妈的智慧，使每个家庭成员都像得到阳光雨露一样不断向上生长。

第一节 幸福是心灵的平静

　　幸福是心灵的平静。到了不惑之年，我才理解和认同这个观点，并发现妈妈是世上心灵最平静的人。

　　人人都说世上只有妈妈好。可当孩子长大以后，有谁认真想过，妈妈好在哪里？我比妈妈差在哪儿？这个提问有点新鲜。直到有一天，家里发生了一桩"家丑"，妈妈就此给了我直言不讳的教导，这个问题才得以解答。

　　离婚后，曾与我和前妻交往不错的两位老大姐来家里探望妈妈，她们问妈妈我有没有新女友，是否同意我跟前妻复婚。妈妈听出她们的来意，知道两位老大姐是好心，但她的确不了解这些事儿。我回到家里，两位老大姐神秘兮兮地夸妈妈太聪明，说她对我的婚事只字不提，意思是妈妈跟她们"保密"了。其实她们想错了。妈妈在这件事上肯定比我着急，但表现却异常平静。妈妈对我再婚的事情，从来不今儿个提醒、明儿个追问，其从容淡定令人难以置信。妈妈跟两位老大姐说："我儿子小时候，最听我话；现在他当家了，我得听他的。他找不找媳妇、找什么样的媳妇，那是他的事儿，我这当妈的只管一件事儿，那就是一天给我儿子做三顿饭。""那你愿不愿意让他复婚啊？"一位老大姐追问。妈妈正儿八经地回答："我对她本来就没意见，我儿子愿意就行。一个家分两半，谁都不好过啊。"妈妈说的是真心话。送走两位老大姐，妈妈对我说："我早就说她会后悔的。""那咱们回沈阳啊？"我随口问妈妈。妈妈说："哎呀儿子，那就不是你了。你那坚决的心，妈还不知道？"妈妈没再多说，我也没再多问。

妈妈是世上对我最信任的人，不论我做错了什么，这种信任都不曾改变。纵然胸有千层波澜，依旧面如平湖。她是如此信任我，仿佛我做什么都是对的。

我和夏青结婚，没有结婚戒指，也没举行任何仪式。夏青带着女儿来了，我们没有结婚誓言，相互也没有做出什么承诺，只凭对彼此的感觉、了解和信任，走到了一起。夏青相信我是个好丈夫、好爸爸，我相信她是一个好妻子、好儿媳。就这样，我们组成了一个新家庭，说来如此简单。这要归功于妈妈的开明、夏青的善良，还有女儿的乖巧。

与夏青结婚，我怕处理不好"前一窝、后一块"的关系，再次搅乱妈妈的生活。几个好兄弟对我说，找个年轻漂亮的媳妇，再生一个孩子，这是离婚男人的"两大喜"。可爱情这东西，理性经常被感性劫持和击溃，在何时、何地遇见何人，很像掷骰子，往往不受当事人控制。或许是夏青带着孩子上大学的坚韧品质、净身出户也要抚养女儿的坚强打动了我，我们如久别重逢，接受了命运的安排。

有一天，我突然把夏青领到家里来，请妈妈用慧眼审视一下。那次见面很短暂，我向妈妈介绍，说夏青是我的朋友，出差顺便来家里看看。妈妈热情地请夏青坐下，上下打量，问她在哪里工作，夏青告诉妈妈她在高校当老师，妈妈说当老师好，有文化。妈妈请夏青留下来吃午饭，夏青说有事要办就走了。送走夏青，我问妈妈："妈，你感觉这个人怎么样？"妈妈说："这姑娘长得好，说话态度也好，稳稳当当的，谁家娶这么个媳妇不赖。""让她给你当儿媳，你同意不？"妈妈笑着说："哎呀，人家看你还要养活一个80多岁的老妈，能愿意吗？""只要你同意就行。""妈怎么会不同意？你们俩看好了，妈就高兴。""妈，她是离婚的……""女人敢离婚，都是好样的。""她还有个女儿……"咱们家还没有女孩儿，你有了女儿，妈又多了个孙女……"

妈妈是头脑清醒、大事不糊涂的人，但她根本没问夏青为什么离婚、女儿多大这些事儿，就好像她比我还了解夏青。我问妈妈："我找个离婚的，又带个孩子，你觉不觉得有些麻烦？"妈妈想了想说："妈妈嫁到老傅家，也想过清静日子，偏偏你爷爷死得早，扔下一窝孩子，你爹又是老大，你说那个大家口麻不麻烦、复不复杂？光是人口多、粮不够吃，就叫人累心死了，妈还不是跟你爹把日子熬过来了？这媳妇若是善良、通情达理，带个孩子算什么麻烦？说不定还是福气，就看你的眼光了。妈这辈子遇到的麻烦多了去了，怕有什么用？什么事儿还不是人说了算？"

听妈一席话，胜读十年书。妈妈是人生导师，教会我太多事情。妈妈的开明、鼓励和支持，使我和夏青很快走到一起。

随着认知的深入，再次回溯妈妈善待爷爷、奶奶和小叔、小姑的生活经历，品读国安二叔称赞妈妈"了不起"，还有遭遇丧子打击之后重燃生活希望的坚强意志……我发现妈妈的美德，犹如一砖一石，为她铺就了一条通往灵魂深处的积善成德之路，其终极美景便是心灵的平静。

第二节　儿媳给婆婆洗澡

在妈妈生命弥留之际，发生了一幕令人感动和心痛的场景。

那是一个深秋的早上，妈妈从昏迷中苏醒过来，我高兴地把她从床上扶起来，让她依偎在我的怀里坐着。妈妈吃力地睁开眼睛，挨个看守护在她身旁的孩子们。我指着夏青问妈妈："妈，你看这个人是谁？好好看看……"那两天，妈妈一直呼吸困难，时常处于昏迷状态。听到我的问话，妈妈瞪大眼睛，疲惫而缓慢地抬起右手，指着夏青喃喃地说："这不是夏青吗？是夏青，我喜欢夏青，我喜欢……"听妈妈这样说，夏青顿时哽咽起来，我们也不禁掉下了眼泪。

这是妈妈最后一次表达对儿媳夏青的感激。

几天后，妈妈闭上眼睛，撒手人寰。"我喜欢夏青"这五个字，犹如妈妈打出的宣示终极幸福的"横幅"，在我的脑海里高高飘扬。这就是儿媳夏青在婆婆心中的位置：至死不忘。此前几天，妈妈躺在床上跟我和几个兄弟姐妹讲："我是个有福的人，39 岁生了兴宇，65 岁才抱孙子，没想到都 80 岁了，又遇到了夏青，还给我带来个孙女……"兴亚故意打断妈妈的话问："大娘，你怎么知道我二哥再找个媳妇一定比原来的强？"妈妈说："你二哥跟我一样，干什么都要脸面、要志气。找个不如从前的媳妇，不用说对不起我，他也对不起自己啊！可话说回来，哪个婆婆不想有个孝顺媳妇？大娘能活到这么大岁数，就有这份福气。自你这个二嫂来到咱们家，大娘没有一件不顺心的事儿。除了我儿子惹我生气，再没别人……"妈妈一口气说了那么多，把我们大家都听乐了。我喂妈妈喝口水，叫她歇一歇。接下来妈妈继续说："说句真心话，夏青来了，我至少多活了五六年。不是一家人，不进一家门——夏青天生是我家媳妇。"

每当有人提起夏青的好，妈妈就掩饰不住内心的喜悦："我媳妇从不嫌弃我，每个星期都给我洗澡。我都没想到啊，老了还能这么享福……"妈妈正是带着这份满足和欣慰，与夏青作最后告别的。

儿媳给婆婆洗澡，不算什么大事，但在妈妈看来，这个善行太值得感激。我这个当儿子的，对妈妈的身体状况、吃穿用度等考虑还算细心，唯独很少会想到妈妈如何洗澡的问题。来大连那年，小房子没有热水器，我把妈妈洗澡的事儿全忘了。直到夏青问妈妈多长时间没洗澡，妈妈才说出她如何洗澡："等孩子上班走了，我烧点水，洗洗头，擦擦身子就算洗了，在农村这是常事儿。"我这才发现自己的疏忽。"妈，换件漂亮衣服，我带你洗澡去。"夏青对妈妈说。"那太好了！我跟你走。"妈妈满心欢喜，一边答应，一边换衣服。这个情景令我开心，但不敢期望太高，因为考验媳妇的日子还在后面。

这是夏青第一次带妈妈洗澡。去洗澡的地方，是夏青住的一个五六十平方米的小房子，里面安装了热水器，有浴盆和淋浴。那里离我家八九公里，我和夏青领着妈妈坐公共汽车，中间还要倒一次车。到了夏青家，夏青开始给妈妈泡澡、搓灰、淋浴、洗头。妈妈洗完澡笑着对我说："今天这个澡可算洗透了，夏青给我搓下来不少灰，感觉浑身上下都轻快。好几个月没洗澡，快成泥人了。"

从那以后，夏青常带妈妈去那个小房子洗澡。很快，我们买了新房子。装修时，不少住户把浴盆砸掉，夏青说咱们不砸，留着给妈妈洗澡。搬进新房后，夏青继续给妈妈洗澡，有时一周洗两次，那个浴盆给妈妈带来不少便利。"妈，今天晚上给你洗澡啊？""好啊！"每当看见夏青小心扶着妈妈走进卫生间，我便生出一种感激之情。

妈妈生病期间，我帮她洗过一次澡。这是我一生最难忘的经历，让我深深悟出夏青陪妈妈洗澡的意义。

那天上午，我们把妈妈从医院接回家，她打起精神，坐在床上对我说："儿子，你记住了，妈再也不去医院了，你就让我死在家里得了，别嫌弃。"我点头答应。稍微休息一会儿，她又对我说："儿子，我要洗澡。"这时的妈妈，身体虚弱得起床都困难，姐妹们不同意给妈妈洗澡，怕累了或摔了。妈妈坚持说："再不洗澡，脏也把我脏死了！儿子，你姐她们没有劲儿，就得你抱我到浴盆里。"我赶紧说："妈，没问题。吃过午饭，你睡一觉，咱们就洗澡。"妈妈听了很高兴，说："还是我儿子！"中午吃饭的时候，姐姐问妈妈："咱们是在床边吃，还是到餐厅吃？"妈妈说："咱们都到餐厅吃，能动弹就好好吃。"姐妹们扶着妈妈坐到餐桌旁，妈妈吃力地拿起羹匙，吃了一碗玉米粥，还喝了半碗萝卜丝虾仁汤。我照例坐在妈妈的对面，笑着鼓励她多吃一点儿。妈妈说："我感谢你，儿子，你让我多活了不少年。现在，妈妈连饭都要吃不动了，你还陪着我，妈知足了。"那一刻，我不知道是高兴、激动还是伤感，只在心里默默地为妈妈祈祷。

午饭后妈妈小睡一会儿，就起来洗澡。对这次不同寻常的洗澡，大家做了充分准备。姐妹们帮助妈妈脱掉针织睡衣，我托着妈妈的双臂，妈妈的头贴在我的胸前，刚子和大伟托住妈妈的腰和腿，小心翼翼地抬着妈妈进入浴盆。妈妈依偎在我身上，头挨着我的下巴，与我一起坐稳。几个姐妹开始给妈妈洗头、搓身子、洗脚。我轻声地问："妈，这样洗澡你是不是有点儿累？""孩子，太舒服了，太好了。"妈妈说这话时，声音有些颤抖。

我抑制不住内心的伤感，把脸紧紧地贴在妈妈的头上，让眼泪与洗澡水一起流淌。姐姐、兴芹和秀清她们几个，小心翼翼地给妈妈从头洗到脚，还跟妈妈开玩笑，问她"这么多丫鬟侍候好不好"，可妈妈已没有力气说话。那时候，我清晰地感受到了妈妈的心跳——它还是那样平静、强劲，与我最初听见的声音一模一样，这是多么神奇啊！它永不停歇地跳动了将近一个世纪，它令我深感熟悉和安心，它拥有人世间所有美好的音色和品质。我从侧面打量着妈妈，她闭着眼睛，她的脸、胳膊和腿，都比过去瘦了一圈。妈妈似乎感觉我把她抱得太紧了，说："儿子，我摔不着啊，洗完了，你就抱我出去吧。"我忍住抽泣问："妈，我抱你洗澡舒服吗？"妈妈小声说："妈不行了，要不哪能叫你给我洗澡啊？顾不了那么多了，洗个澡有多舒服啊！"

妈妈在生命最后时刻说出的洗澡感受，叫我蓦然想到洗澡这件事对妈妈有多么重要，还有妈妈为什么对夏青陪伴洗澡感念不忘。像妈妈这样刚强的女人，一辈子很少麻烦别人。但是，当她老到腿脚不便的时候，即使生活在城市，洗澡依然是个难题。如果有个贴心的儿媳妇陪她洗澡，那便是晚年生活的一大福气。

一个跟婆婆生活在一起的儿媳，不曾帮婆婆洗过一次澡，比较罕见；但儿媳多年陪婆婆洗澡，可能也不多见。每每想到妈妈晚年的幸福，我便觉得为父母的幸福而自我救赎，并做出改变真的太对了。假如倾其一生去寻找的爱情对父母没有半点儿好处，那它就一文不值。

第三节　孩子，这里是你的家

钱穆先生在《灵魂与心》一书中写道："人的生活，又有最重要的一点，就是人对自己的生命能够感到快乐。刚才所讲的求生意志，乃及如何保持生命的一些智慧，此是大多数生命所同有。只有一种乐生之情，乃最为人生之特出处。""快乐属于情感方面，多数动物能哭不能笑。小孩初生堕地，第一声就是哭，要经过一段时期后才会笑。笑是人类所独有，乃在大自然生命演进中一种最宝贵的乐生之情。中国人称'孩童'，'孩'字就指笑。人生普遍理想，应该少哭多笑。人生既以乐生之情为其最高发展，而仍不能免于哀伤悲痛而有哭。"

在我怀着一颗敬重的心不断探究妈妈内心世界的时候，钱穆先生的看法给了我启发。孩子是上天赐给每个家庭的最好礼物。有了孩子，家庭才充满快乐和希望。妈妈常说，"有金山银山，不如有个好孩子"，就是强调孩子对家庭的重要。

记得我和夏青刚走到一起时，有一天晚上，我们都躺下睡觉了，女儿夏夏突然莫名其妙地哭起来，要夏青带她回原来的房子。夏青没有批评孩子，而是顺着孩子的意愿，把她带走了。我当时想，原来这就是再婚家庭可能出现的问题。孩子对新家有陌生感，与我和妈妈尚未建立亲情与信任，融合起来需要时间。妈妈说："孩子到新家来，人不熟，哪能习惯？本来跟她妈在一起挺随便的，现在多了两个陌生人，孩子心里肯定不舒服……"妈妈叫我不要着急，要对孩子有耐心，多关心、陪伴孩子。我告诉妈妈，这女孩刚上中学，挺乖的。我们第一次见面是在公园里。我陪她开卡丁车，开始她有些害怕，在我的鼓励下，胆子大起来，玩得挺开心。那天，她爬到树上，我还用相机给她拍了几张照片，孩子挺随和的。妈妈说："孩子懂什么？她得听大人的，她还能把她妈的婚事搅黄了？一个十几岁的孩子，小时候不在咱们家，你要她叫你爸，哪有那么容易？咱们把心眼儿放正，爸爸像爸爸，奶奶像奶奶，什么'前一窝、后一块'的，处好了还不都一样？我看夏青会教育孩子，你不用着急。"我跟妈妈讲，夏青一直与孩子沟通，向她介绍我的经历和工作情况，说这个叔叔挺厉害，是新华社记者。可是，要一个孩子很快了解、熟悉和接纳未来的爸爸，还是有些仓促。妈妈说："你看上屋殿喜你二奶（老院兴仁哥的奶奶），那倒是后妈，你国常大叔他们兄弟姐妹四个都不是她生的，可谁能看出来那不是亲妈？她心眼儿好，对那几个孩子像亲生自养的一样，那个家从来都是和和气气的，最后儿孙们还不是给她养老送终？后爹后妈对孩子好的不少，就看人了……"妈妈还没说完，夏青笑呵呵地推开房门，她领着女儿回来了，给我和妈妈一个惊喜。泪痕未干的夏夏，跟我和妈妈说了声"对不起"，然后就上床挨着奶奶睡觉了。

奶奶和孙女睡在一张床上，睡得很踏实，就像什么也没发生。夏青悄悄告诉我，她跟女儿讲，我们跟叔叔、奶奶已经是一家人，不能再分开。她这么晚离开家，叔叔、奶奶会担心的。女儿懂事儿，也知道妈妈意志坚定，就在要上公共汽车的时候，她想开了，转身扯着妈妈的手主动回来了。听到这里，我很是开心。从那以后，乖女儿再也没有难为过我们。再加上刚子每个周末都从学校回来，女儿有了一个好伙伴。刚子老实憨厚，带着小妹妹一起下海游泳、捞螃蟹，给她带来不少欢乐。身边有孩子，妈妈感觉家里人气旺了，日子过得也有意思。她每天早上起来给我们做饭，我和夏青当助手。吃过早饭，我们先把孩子送到车站坐公共汽车去上学，然后各自上班。独自在家的妈妈，比以往忙碌不少，饭桌再次成为一家人欢乐幸福的地方。"儿子，去买点儿排骨。夏青说孩子爱吃排骨，孩子正长身体的时候，想吃什么我给做什么，这还不容易？"我觉得，妈妈做的饭菜，天下第一好吃。没想到，女儿来了不到一个月，也说奶奶做饭好吃，尤其爱吃奶奶烀的排骨。妈妈说："只要奶奶能动弹，做饭的活儿我就包下来，一直做到你考上大学，让你妈和你爸把请保姆的钱省下来买房子。"妈妈高兴地看到，孩子正在习惯新的家庭。不过，听到奶奶说"你爸"这个字眼，孩子还是有些不自然。我这个"后爹"意识到，让孩子改口叫"爸爸"，不是简单的时空距离，而是心与心的沟通。

有一天，妈妈笑着对我说："儿子，妈算看准了，咱们家有夏青，旁人看不出来'前一窝、后一块'，除非咱娘俩心坏了。"我问妈妈为什么这样说，妈妈给我讲，夏青把孩子领回来那天晚上，她只说了一句话，"我孙女回来就对了，跟奶奶睡觉吧"，可闭灯后她睡不着，想想夏青为了我们娘俩心安，黑灯瞎火地又把孩子领回来，心里感觉这媳妇真善良。妈妈认为夏青这样做挺不简单，不仅会教育孩子，对这个家是一心一意。我有这么个媳妇，孩子保证出息，日子也能过好，她心里有底儿了。

在妈妈看来，住房大小从来不会影响家庭生活的幸福，家人和睦才是重点。事实上，我从沈阳调到大连之前，分社领导按政策规定，在大连支社给我留出一套八十多平方米的房子，但由于沈阳那边的房子迟迟没交，我和妈妈不得不先租房子。大约过了半年，这个问题解决了。可是我发现，支社的两个年轻记者，一个要结婚，另一个要生孩子，如果我要了那个大房子，他们两个就不能改善住房条件。受妈妈凡事要想着别人的影响，想到我的到来影响同事们的福利待遇，心里感觉不得劲儿。于是我决定让出大房子，把两个年轻人腾出的小房子拿来住。夏青赞同我的决定，她说："我们不要大房子，不去跟别人争好处，和同事们在一起工作心里才轻松、踏实。"

夏青对改善住房有更好打算，她对我说："咱们不能让80多岁的老妈妈去支社住那么小的房子，太憋屈了。我们贷款买一套新房子，给妈妈和孩子一个惊喜，那两套小房子先放在那里。"我听了很是惊喜，表扬夏青不愧是学投资的，比我会安排生活。其实，这与学投资有什么关系？我真正想说的，是看到了她对家庭的专注，对老人的关爱。几天后，她领我去看房子。我俩在星海广场附近，选定了那个区域位置最好、价格最贵、面积最大的一套房子。接下来，她独自把贷款购房所有事情全部办完，拿到了新房钥匙。妈妈和孩子很高兴，急于搬进新家。我和夏青只好答应，在房子还没装修的情况下，买了两张床和部分家具，安上电话和电脑，就带着老人、孩子搬了进去。房子三室两厅，一百多平方米，妈妈和孩子住面积大、阳光好的那一间。妈妈特别喜爱这套房子，说这里背靠青山，面朝大海，车少人稀，非常适合居住。在农村居住七十多年，妈妈对眼前的大山、树木和花草爱恋不够。妈妈和孩子不知道，仓促搬迁的背后，隐藏着缺钱的窘迫。我们几乎没有积蓄，新房总价三十万元，需交十万元首付，我俩不得不跟好朋友借了几万块钱。好在有固定的工作和收入，我们对生活前景并不担心。我的老乡、好朋友朱玉辰得知我的房子没有装修就住人，随即把给他家装修的几个师傅派过来先给我家干活儿。而另一位好大哥张毅，则给我送来了柞木地板。张毅大哥派人送地板那天，我外出开会，夏青领着来帮忙的两个人，从楼后山坡的台阶上往家里扛地板。我晚上回家，夏青累得躺下睡着了。妈妈又是心疼，又是高兴地对我说："儿子，夏青可是个'把家虎'，今天往家里扛地板，像个小毛驴似的，不比男的差，可把她累坏了。不是一家人，不进一家门，夏青天生是我家媳妇。"

真正的夫妻，彼此一个眼神，就能读懂对方的心，和你一心一意过日子。有共同的家庭认知，夫妻才会步调一致。

幸福是一种感觉。家里有个好儿媳，是妈妈最看重的福气。我和爹妈一样，特别喜欢孩子。在得罪一个男孩儿之后，上帝又赐给我一个女孩儿，我怎能不抓住机会，好好当一回爸爸呢？妈妈毫不怀疑我的诚意，但提醒我要有耐心，不能跟孩子随便发脾气，女孩儿得哄着来。

做"后爹"，对我来说虽是头一回，可我自认为是个不错的爸爸，我始终相信妈妈的那句话："你对她好，她就对你好。孩子好不好，全在大人。"

女儿长大后，我跟她开过这样的玩笑，说她出生后，我就扔下她不管了，直到她12岁才回到她身边，开始恶补错过的所有陪伴……这虽然是编造的玩笑，却是她进入我生命之后的真实想法。更有意思的是，有一次，我跟夏青谈起她当年带着只有几岁的女儿上大学多不容易，没想到被正在玩耍的泽儿听到了，他当场追问我："姥爷，那时你干什么去了，你怎么不带我妈妈？"我很吃惊，无言以对。回想起女儿刚来到我身边时，家里唯一令她感兴趣的，是新华社给我配备的台式电脑。我在电脑上写稿子，她坐在旁边看，有时忍不住伸手上来打几个字。"夏夏，我们去电子市场买几张电影光盘，回来给你在电脑上放电影看好不好？"她乐得蹦高跳起来："走啊，马上就去！"我带着她买来《音乐之声》《阿甘正传》等一些电影光盘，回家陪她在电脑上看。女儿把《音乐之声》看了一遍又一遍，对里面的英文歌曲颇感兴趣，我陪她一起学、一起唱。有的英文单词她不认识，我教她去读、去写。她聪明好学，很快就学会了。她羡慕电影里的主人公玛利亚，对舰长家那一群孩子充满喜爱。我暗示她："叔叔会努力向玛莉亚学习的。"她高兴地点点头。我借机向她提个学习建议："咱俩每天晚饭后，读半小时英语好不好？只要每天坚持，将来考高中、上大学就容易多了。""好啊，你陪我读对不对？""是的，我陪你，从今天晚上开始。"我找来我读过的一些初级英语读物，每天晚饭后，我俩或头靠头趴在床上，或肩并肩坐在写字台前，开始一字一句地认真读英语。读英文书是枯燥的，尤其在生词比较多的时候，女儿想打退堂鼓。我鼓励她，一定坚持每天读半小时，至少记住五个新单词，并于次日晚上读书前接受考试。有几回她单词记得不好，面对我的提问，直接就大哭起来，边掉眼泪边向我求情，要明天补考。看着她哭泣的样子，感觉可笑又可爱，我既不答应，也不批评，而是给她两分钟时间快速复习一遍，然后把单词默写出来。女儿是个要强的孩子，两年过去了，她突破了英语学习障碍，养成了读书习惯，英语考试总是名列前茅。那天晚上，女儿对我说："爸爸，咱们从现在开始不读英语了吧，我目前英语进步很大，成绩稳定，马上要考高中了，我要把其他学科提升一下。""天呐，一眨眼工夫，咱爷俩坚持读英语有两年时间了，你要考高中了。"抬头仔细端详着女儿，发现她好像一夜之间长高许多，我都忘了，女儿是从什么时候开始叫我"爸爸"的？我似乎早已习以为常了。

哦，想起来了！女儿第一次叫我"爸爸"是写在纸上的，大约是一起生活几个月后我过生日的那天。清晨，我隐约听到房门外有点儿小动静，起床下地，看到从门缝塞进来的一张生日贺卡，上面用钢笔端端正正地写着："祝爸爸生日快乐！"贺卡上画着一只活泼的小猴子，那是我的属相。我看到了女儿天真、善良的心，感受到她对"爸爸"的爱和发自内心的呼唤——只是她还没有说出口来。那天早上，我们父女俩一见面，彼此就像事先约定好的，紧紧拥抱在一起，我感动地拍拍她的肩膀，轻轻地说："谢谢我的女儿。"

初夏的一个上午，我在电脑上写稿子，坐在旁边的女儿给我削苹果。"孩子，等我把稿子写完，用挣来的稿费请你吃肯德基好不好？""我最爱吃肯德基了！"她高兴地蹦起来，把削好的苹果放在我面前。写完稿子，我牵着女儿的手去吃肯德基。走到楼下，我特意叫女儿回头看，奶奶正站在南面的窗口朝我们招手。我笑着问："你在家的时候，奶奶时常望着北边的窗口，这是为什么？""不知道。"这是女儿不肯说出来的一个小秘密。女儿喜欢看电视，恨不能把它抱在怀里。晚饭后，我和夏青去后山公园散步，女儿见我们走了，立即打开电视机。妈妈惯孩子，怕孙女被"抓现行"，便为孙女"站岗放哨"。"你爸妈回来了！"女儿赶紧关掉电视转身学习去了，可电视在窗口透出的荧光，还是逃不过我的眼睛。我没有戳穿孩子的秘密，而是告诉她："奶奶怕我待你不好，总是嘱咐我，说你将来好不好，责任全在我的身上，所以，我要努力做一个合格的爸爸。"我不记得带女儿去青泥洼桥的肯德基店吃过几回，但这回是我们爷俩吃得最开心的一次。我问女儿："你说说，爸爸还有什么地方做得不好？""哪儿都挺好啊！"她一边啃着鸡腿一边回答。"你满意？""满意。""那就叫我一声'爸爸'吧！""爸爸！"女儿终于改口了，虽然有些羞涩，但十分情愿。这是我期待已久的时刻，心里很激动。

给非亲生的孩子当爸爸，说起来并不难，但也不是吃几顿肯德基就能搞定的，最重要的是要给孩子超越血缘关系的呵护。与其在意孩子叫什么，不如努力完善自己，拿出时间去陪伴孩子，走进孩子内心。为孩子成长撑起一片蓝天，是做好父亲角色的通行法则。

有一天女儿放学回家，见到我就哭了。她说她在课堂上发现后座同学的手指被小刀刺伤出血，便拿出创可贴帮忙止血，结果遭到老师严厉呵斥，说她违反课堂纪律，要她写检讨，要贴到班级的墙报上。女儿深感委屈和气愤。我让女儿坐下来，让她慢慢给我讲述事情的经过，包括老师和同学们的反应，然后与她一起讨论这件事情的是非曲直。女儿问我："爸爸，你说我做错了吗？老师凭什么这样对我？太不公平了！"我问女儿："你觉得自己是对还是错？"女儿坚定地回答："我觉得没错，不少同学都站出来支持我。""为什么没错？""同学受伤了，我去帮她不正常吗？怎么就违反课堂纪律了？"我肯定地告诉女儿："你做得好，是你们老师错了，一个孩子的善良，是最应该被表扬的。""可是，老师非要我写检讨怎么办？我不想写。""女儿，我们没有错，当然不检讨。我们可以把自己的想法写出来，请大家去评判……""爸爸，这样做老师不更生气了吗？以后怎么办？"我跟女儿讲，我们这样做不是与老师唱对台戏，也不是简单争论谁是谁非，而是要弄清楚学校到底要培养什么样的学生？家长不能怕得罪老师站在错误的一边，怂恿不良教育，误人子弟，而是要保护孩子纯真、善良的心灵。

那晚，我们父女两人热烈讨论，很快达成三点共识：一是女儿的课堂表现没有错，作为家长，我坚定地站在女儿这一边；二是指出老师对女儿的批评不符合教书育人的方针和宗旨，家长和学生本人不能接受；三是尊重老师的要求，写"检讨书"，但不是作检讨，而是把学生、家长与老师不同的观点写出来公布于众，希望老师和同学们都来看看，这样的教育是不是存在问题。

有了爸爸的坚定支持，一个委屈得像个泪人的小女生，转眼之间就变成了小英雄。女儿迅速拿出几张稿纸，提起笔来，将我们达成共识的内容，以自己理解的方式，"唰唰"地写了出来。女儿写完"检讨书"，大声读给我听，还说自己从来没写过这么长、这么有意义的"检讨书"。我称赞她长大了，有胆量，敢于为善良和正义挺身而出，提醒她明天按老师要求把"检讨书"贴到墙报上去。

父女同心，其利断金。次日早，女儿刚把"检讨书"贴到墙报上，整个班级就炸锅了，女儿被同学们视为"英雄"，老师大为恼火，但校长很开明，她找来不少学生、家长听取情况和意见，最后决定将那个老师调离。女儿的善良和正直得到校长的肯定，令女儿和她的同学们欢呼雀跃。尽管遭遇不公的事情很小，但此事对女儿的成长意义非凡。爸爸、校长和同学们的支持，不仅保护了她正直的品格，而且让她树立起强大的自信心。女儿带着这份自信，一路考上重点高中、重点大学。送女儿去北京上大学的时候，我流泪了，怎么这么快就"空巢"了。在女儿上大学的那四年，我几乎每个月都去北京看她，她特别开心跟我一起混吃混喝，改善生活。女儿大学毕业后走上工作岗位，我成了她继续深造的最大支持者。如今，女儿事业有成，已成家立业，但我仍然牵挂她的生活。

第四节　拥抱不完美的幸福

在一个春暖花开的周末，我们领着妈妈和女儿去老虎滩公园看风景。爬石阶、穿松林，在桃花盛开的树下拍照，留下不少珍贵画面。这是全家四口人头一回一起逛公园。我们怕妈妈走路多，那双三寸小脚会疼，就轮流搀扶着她，走一会儿，坐下来休息一会儿。妈妈说，心情好，走路都不觉得累。看看光景，心里亮堂。

几天后，我把在老虎滩公园游玩的照片洗出来送给妈妈看。妈妈盘腿坐在床上，把照片一张挨一张摆在床单上仔细看。妈妈拿起与儿媳和孙女的一张合影说："你看夏青和孩子，照片比真人还好看。你再看妈这张脸，左眼皮耷拉下来，怪难看的，她们娘俩还不嫌弃……""妈，你面瘫能恢复到这样已经很不错了，有空儿带你去医院看看……""可得了，妈活这么大岁数知足了，人哪能越老越好看？"妈妈说着，侧身从床头的角柜上拿起我们四口人早前在家里拍摄的一张合影。照片上，女儿穿着一件翻领红毛衣挨着奶奶坐，她调皮地伸出胳膊，将手指摆成两只兔子耳朵的形状，放在我和她妈的头顶。妈妈说："你看这张照片，再看看床上新拍的，夏夏才来不到一年，长高不少，真是有苗儿不愁长啊。"此时，妈妈想起了孙子，她对我说："等佳佳回来，咱们五口人照张相，人就齐了。"我说："好，你过生日佳佳就能回来。""孩子，妈这也是不知足啊，过日子哪有十全十美的。自从有了咱们四口人这张照片，我就把它放在床头，晚上上厕所回来，我都要看看，想想咱们这家人挺出奇啊！""怎么出奇？"我问。妈妈说："照片上这四个人，一个人一个姓，夏夏跟她妈姓，算少了一个姓。这样的一家人能好好过日子不容易啊。"我听了感觉好新鲜，妈妈继续说道："你看咱们四个人，最不容易的是这孩子。妈妈离婚，那么小的孩子一点儿办法都没有，多亏她妈会引导，咱们对孩子也好，她照相才能笑出来；夏青呢，说起来也是个苦孩子。二十来岁没有妈，老爸找个后老伴儿，跟大伙处不好。如今，夏青有口好吃的，还惦记着给她爸送去，这孩子孝顺啊；你觉得自己行，其实也有不如意的地方。离婚把孩子留给人家，不难受啊？妈一辈子的苦难就不用说了，反正也快老死了，我不去想那些，活一天赚一天。唉，世上哪个人，都没有一辈子顺顺当当的，吃上十分苦，能得七分福就不错了。"

我被妈妈这番话所震撼，感叹妈妈真是个充满智慧的人，堪称"幸智者"。她能通过一家人的合影，用唠家常的方式，说出自己对生活的观察、体验和感悟，由此道出了幸福的真谛——接受不完美，方能感受并拥抱幸福。

晚上和夏青到海边散步，我把妈妈讲的那些话说给夏青听，她也恍然大悟，"想想咱们家，还真像革命样板戏《红灯记》唱的那样，女儿的爹不是亲爹，奶奶也不是亲奶奶，但爹爹和奶奶都像亲的一样"。夏青一边说，一边笑起来。我告诉夏青，在妈妈的启发下，我头一回对家庭及身边亲人遭遇的不幸作了总结：爷爷不到 50 岁去世，扔下奶奶和一群未成年的孩子；而爹妈一生失去五个孩子。他们不仅要忍受自身的痛苦，还要负重前行，把日子过下去。说起这些，我和夏青对妈妈很是敬佩，对眼前的幸福倍加珍惜。

谈到家庭的痛苦与不幸、挫折与遗憾，夏青有不少心里话。

在夏青眼里，父亲出身贫苦，幼年丧母，命运坎坷而传奇。他 16 岁参加革命，在东北解放战争中身负重伤，成了一名残疾军人。解放后，父亲经疗养康复后转业到地方工作，婚后生有三儿两女。虽然父亲连一担水都不能挑，但有工资收入，有政府优抚政策，全家人在农村生活得还算不错。夏青非常感激父亲的远见。"文革"结束后，在父亲的支持下，他们兄弟姐妹五人，先后有三人通过高考改变命运。可生活的不幸从来不曾远去。夏青刚刚参加工作，母亲突然生病去世，有妈的幸福不复存在。她的三个哥哥只有一个结婚了，小妹妹才14岁。家庭生活急需有人照顾，父亲不得不考虑再婚。夏青无比怀念妈妈，对家庭骤变深感痛心和茫然。随着生活阅历的增加，夏青对父亲多了理解和包容，她每周都去看望父亲，父亲想吃什么，家里如果有，就直接开车送过去，没有的就去市场或饭店买。在父亲生命最后的日子里，她把父亲接到家里照顾。她也从中体会到，唯有接受和弥合那些不完美，才能消除亲人之间的感情隔阂，获得内心的平静和幸福。

每次夏青看望父亲回来，妈妈都会问她："你爸身体好吧？"夏青会告诉妈妈："挺好的。"这不是简单的寒暄，而是妈妈对亲人真诚的关心。妈妈说，夏青的善良和修养，是她爸教育出来的。每次农村亲戚朋友捎来猪肉、血肠等土特产，妈妈一定提醒我赶紧给夏青父亲送些过去。夏青的兄妹们每次从外地回来探望父亲，妈妈一定会亲自下厨房，做上一桌好饭好菜招待他们。夏青那边的亲人一见到妈妈，就感到无比欢喜。

妈妈说："日子不能挑着过，四季不可绕着走。凡是跟咱们结亲的人，都是缘分，没有挑的，要真心实意地往好了处。"奉献是妈妈赢得幸福的秘籍，正如奥地利心理学家阿德勒所说："奉献乃生活的真正意义。"在一个家庭或社会组织中，若想弥合分歧和残缺，推动文明与幸福的增长，必须有妈妈这样甘于奉献的人——他们把别人放在心上，设身处地为他人着想，从而把人心凝聚在一起。在妈妈最后的日子里，我经常赞美妈妈"一辈子就知道奉献"的伟大，妈妈却说："那都是你们读书人讲的话。那个年代，女人想过得好，都要这么干。一家人过日子，女人计较是大忌。妈是家庭妇女，不多干点活儿还有什么能耐？你就说夏青，佳佳不是她生的，孩子上学、结婚、买房子，哪一次她都高高兴兴地出钱、出力，要不佳佳怎么愿意回来呢？这都是咱们家的福分，也是夏青积德。妈感激夏青心眼儿好，又有能耐干大事。不信你看吧，夏青将来的福气大了去了。"

佳佳重新回到我们身边，在妈妈看来，夏青功不可没。我感激夏青为佳佳所做的一切，但时常忽略她的不易。仿佛日子久了，对她的奉献习以为常。这是不应该的。妈妈在弥留之际告诉佳佳："孩子，你夏姨对你有功啊……"我不知道佳佳听进去多少，我沿着妈妈的思路，把夏青对佳佳的真心付出，做了认真回顾。我发现，幸福这东西，很像一个有虫眼儿的苹果。它又红又甜，很容易招惹虫子啃咬。有人说"虫咬的苹果更甜"，有人说"虫咬的苹果很苦"。妈妈和夏青属于同一种女人，她们会处理掉苹果上的虫眼，尽情享受完好部分带来的甜蜜。

我和妈妈离开佳佳，留下不小的裂痕和遗憾。幸运的是，夏青为修补这个裂痕做出了真诚的努力。除了女儿，她没有忘记我们还有一个孩子。"我们不能把佳佳接来，但我会和你一起担起责任，佳佳她妈一个人过日子不容易。"夏青理解我和妈妈对佳佳的牵挂，跟我这样说。两年后，佳佳揣着大学录取通知书第一次回家时，夏青将准备好的学费交给佳佳，说："从现在起，我和你爸负责你上大学的全部费用，每个月会准时把生活费打到你的银行卡里。"尽管佳佳表情冷淡，夏青还是说到做到。佳佳在上海读大学四年，所有的学费和生活费，都是由夏青亲自汇给佳佳的。正常情况下，每月给佳佳的生活费是 1500 元，到了假期，佳佳要从上海去外地约女朋友一起玩，夏青会再多给 1000 元。看到佳佳融入我们这个家庭存在障碍时，夏青给他写了一封信，与佳佳真诚沟通，要他理解我的生活和选择，努力拉近我们之间的距离。佳佳的回信令人失望，但她并不气馁，还安慰我："孩子还小，要给孩子时间，现在他不理解，还是我们做得不够好。"佳佳第一次回来过春节，送给我一个"飞利浦"电动剃须刀。几年后夏青才告诉我，那是她出钱叫佳佳买的，她想帮助我们父子改善关系，让我从中获得一份开心。佳佳结婚后在北京买房子，夏青更是慷慨地拿出一大笔钱给予支持，跟帮助亲生孩子没有两样。

真诚的关爱，温暖了佳佳的心。他慢慢地体会到，善意修补与恶意撕裂是截然不同的人生境界。如今，佳佳每年从外地回来过春节，像个孩子似的在房间里睡懒觉，醒来也许会下厨给我们显摆一下他的手艺。见此情景，夏青有一种满足感，佳佳终于回归了。所以说，幸福很像一个带虫眼儿的苹果。唯有直面、接受它的不完美，用善良和责任去弥补缺憾，才能发现幸福并感受幸福的甜蜜。

第五节　妈妈的"幸福学"

妈妈进入晚年，对生活的感悟颇多。她跟我讲，自己越老心越静。我问她为什么？她说："人，心正才能心静。妈妈一辈子把心眼儿放正，对得起所有的人，问心无愧。"妈妈又问我："你知道为什么心静很难？"我回答："人都有私心呗！"妈妈认为，那只是一方面。"人心都是肉长的，还长在左边，不是长在心口窝正中间。人生来就是偏心，为人处世哪能不偏心？要不人做事，怎么都想占便宜，缺少公平心呢？"听了妈妈这番话，我有些吃惊。妈妈接着说："许多麻烦就是这样来的。挨饿那年头，你比别人多吃一口苞米面饼子，本来饱不到哪里去，可这就是事儿。俗话说'碗边饭吃不饱人'，还被人家背后骂，衣服不等穿破也被戳破了，心怎么能静下来？这就叫'占小便宜吃大亏'。如果是光棍儿一个人过日子，一辈子不想找媳妇、生孩子，也不工作，那也就算了；如果想做个好人，想成家立业，做事儿就不能光想着占便宜，你得想着怎样给别人带来好处，在世间留下个好名声。人只有把心眼儿放正，才能在家里外头吃得开，才有福报。"

这是妈妈"幸福学"的基本内容。

妈妈用她的生活经历跟我讲道理，过去她跟爷爷奶奶、叔叔姑姑一起过大家口的日子，她和爹爹两人当家，人多日子穷，怎样才能把生活过好？妈妈认为没有什么好办法，就是把心眼儿放正了，干活儿出力当打头的，有好事儿先给别人。"你们小时候，你爹买回来一斤饼干，先送给里屋你老叔的孩子吃，你们没吃几块，妈劝你们'好汉争气、赖汉争食'，你们大眼瞪小眼不吱声，不懂爹妈为什么偏向你老叔的孩子，现在懂了吧？爹妈宁肯多吃点儿亏、多出点儿力，也要把一家人拢在一块儿。咱们家人口最多，从来不吵不打，和和气气，在老院里是独一份儿……"我问妈妈："那时日子穷，你和爹还要帮三个叔叔读书上学、结婚成家，心里怎么想的？"妈妈说："我就记住我姥爷说的一句话，'对人好就是对己好，帮人就是帮己'。怎么样？老天爷看到了我和你爹做的好事，给我积攒下了福气——你上了大学，当了干部，成了咱们老傅家最有出息的孩子，爹妈晚年跟你借光进城，过上了好生活……这都是心正换来的。你听谁说过妈妈不好吗？肯定没有。妈妈的心就是一个字儿——静。"

每个人对幸福的感受不同，对求得幸福的途径也有不同探索。不过可以肯定的是，妈妈对幸福的看法和感受，有故事，有情节，所以格外有说服力，听来使人受益。

妈妈谈到，她85岁以后，我和夏青找保姆来家里照顾她，先后请了好几个保姆。妈妈不大情愿，她感觉自己腿脚能动弹，不能当个闲人。在家收拾收拾卫生，给我们做点饭菜，活动活动筋骨，身体不容易得病。我对妈妈说："我们请来的保姆都归你领导，你干活儿比保姆还多，就是兴芹来了，也没剥夺你的劳动权和家务领导权，这不挺好吗？"妈妈笑着说："孩子，等你老了，只要能动弹，千万别找人伺候。懒人不长寿，你看看妈这一辈子就明白，吃苦就是享福。"

妈妈的人生经历，还给了我另一个启示：人不是只有成功才能感到幸福。像妈妈这样的"幸智者"，即使过着平平淡淡的日子，也可能比许多成功人士更幸福。根据妈妈的体验，人完全可以在平凡的劳作中感受生活的充实，从而使自己获得满足感和成就感。这是一种幸福的智慧和高贵的品格。妈妈履行平凡的生活责任，忠于家庭及所有亲人，在勤劳、节俭和持续的努力中把穷日子过下去，争取生活的体面和质量的提升，这难道不是一种成功吗？

妈妈说，人的福分，一半是修来的，一半是天意。人只有善良和勤劳，才能得到命运的照应。"你是妈的儿子，夏青是我的儿媳，这都是天意。妈从来没问过你是怎么找到夏青的，不也是天意吗？但凡老天爷给的好事儿，都是修行好才能得到的犒赏。"我好想给妈妈讲述认识夏青的经过，以佐证她的幸福理论，可妈妈已等不及去听那段故事了。是的，我遇见夏青只是人生旅途中的一次偶然。天知道，那次平凡的遇见多年后居然变成一生的相守。妈妈临终前送给夏青一把有百年历史的竹篦子，妈妈告诉夏青，那是她姥姥送给她的老物件，请夏青留着做个纪念，算是婆媳一场的情义，也是留给儿媳的一份"遗产"。

第二十一章 人间最值得

　　妈妈用满载情意的饭菜，凝聚亲情友情，让人感受到爱的美好，同时也为自己找到了幸福长寿的秘诀。

　　林语堂说："幸福人生，无非四件事，一是睡在自家床上；二是吃父母做的菜；三是听爱人讲情话；四是跟孩子做游戏。"小时候不懂这些道理，长大后有了生活阅历，才会有所感悟。工作、结婚、有了孩子，忽然发现离爹妈远了，吃妈妈做的饭少了，这时我才意识到，想同时拥有这四样看似简单的幸福，真是一道难题。幸福真是一边拥有，一边失去。越是平凡、熟悉的幸福，往往越不被珍惜，容易失去。

　　吃饭是家庭的头等大事。有位会做饭的妈妈，就是一份特殊的幸福，而回家吃妈妈做的饭，那叫"人间最值得"。吃妈妈做的饭，是对一生一世等你的人所能给予的最好的心灵慰藉。当你不知如何与妈妈加强联系并好好陪伴她，请记住"吃妈妈做的饭"这六个字，千方百计去抓住它不放，幸福感就会倍增。

第一节　一生一世的等待

　　我庆幸自己是改革开放后最早一批带父母进城的农村孩子，这是我为爹妈做的第一件好事。与爹妈一起生活二十年才发现，我又做了第二件好事：坚持回家吃妈妈做的饭——尤其是"母子快乐午餐"。这件事给我和爹妈带来了无尽的福分。如果说孝敬父母我还有一点儿经验，还有可炫耀的自豪，那就是我常回家吃妈妈做的饭。

　　妈妈在我身边的每天早上，都有这样的简短对话：

　　"妈，我上班走了。"

　　"中午回不回来吃饭？"

　　"回来。"

"好。"

我下楼走了，回头望去，见妈妈站在窗口，正朝我挥手；当我下班回来，妈妈也大多是站在窗口看着我，然后给我开门，微笑着说一句："我儿子回来了。"妈妈越年老，我越感觉她比过去更离不开我。我很想知道年迈的妈妈心里想什么，便试探着问："妈，过去我离家远的时候，你是不是比现在还想我？"妈妈说："孩子，你净说傻话，妈想孩子还分远近吗？远近都想啊。""我现在天天在你身边，你还用那么挂念吗？"妈妈稍作沉思，说："妈年轻时，感觉不是这样的，人是越老越想孩子。'老不歇心，少不惜力'。你离我远的时候，妈实在没办法，想叫你回家吃顿好饭，你回得来吗？现在你离我这么近，叫你回家吃饭多方便啊。你工作忙不能回来，打个电话我就不等了。"

原来，想孩子是母亲的天性，与时空距离没有任何关系；妈妈越老，越亲近儿子，越要抓紧与我保持联系。如果我下班没有按时回家，或者有几日工作外出，妈妈一定在等我打来电话。没有我的电话，她吃不好、睡不好。总之，妈妈是世上最怕和我失去联系的人，我绝对不能忘记给妈妈打电话。

记得搬进新华园时，单位给家里安装了一部分机电话。领导知道我家里有两个老人，还给了我一个非常好记的号码：678。这是我和爹妈改变联系方式具有历史意义的一件大事。安上电话的当天上午，我从办公室给妈妈打电话，妈妈兴奋地说："儿子，我听得可清楚了，像在跟前说话一样。这回你不用再给妈妈写信了……"我开心地说："妈，从现在起，有事儿你可以给我打电话……""妈能有什么事儿？我才不给你打电话，你给我打就行了。"妈妈说话算数，从不曾主动给我打过一个电话，她怕影响我的工作。妈妈在农村住的时候，我和家里无法用电话联系。那时，除了县直机关有部分电话可以直接拨号，大多数电话都是通过邮电局的话务台进行呼叫转接。记得第一次在数百公里之外给妈妈打电话时，想起了十几年前那个落后的通信时代，使得我在电话里问候妈妈时很激动：

"妈，我是兴宇！能听见我说话吗？"我拿着话筒跟家里的妈妈通话。

"你不是我儿子吗？妈听出来了，我耳朵好使。我挺好，你在哪儿呢？"妈妈兴奋地问我，她特别想知道我在什么地方出差，离家有多远。

"妈，我在北京。"

"你昨晚走的，早上就到了？"

"我都吃过早饭了，给你打个电话。"

"早饭吃什么了？"

"吃了鸡蛋、馒头、大米粥，还有鱼……"

妈妈知道我喜欢吃鱼，家里几乎顿顿有鱼吃。听到出差能吃到鱼，妈妈很高兴。

"能吃饱就好，别舍不得钱，钱是人挣的，有好体格比什么都强啊。"

"我们北京总社食堂吃得好，还免费呢。"

"你出门不用惦记家，工作要紧，没事不要打电话。"

"妈，现在打电话方便得很。"

"有电话当然好了，电话铃一响，我就知道是你打来的，赶紧跑到书房来接。"

"妈，接电话不要急，别摔了，你不接我是不会放下电话的。"

"妈有数儿，不会摔倒的。"

"我不在家，你照顾爹爹别上火着急，我后天开完会就回去。"我出差，最担心爹爹早晨上厕所这件事。如果我在家，会按时搀扶爹爹上厕所，可我一走，妈妈就费劲儿了。

"你爹的病不是急病，不用担心。早上那点事儿，我能想办法解决，你放心吧。"那年妈妈75岁，说话声音不大不小，清脆、有力，与我心有灵犀。

一次次出差，一次次给妈妈打电话，我和妈妈很快就有了默契。只要我不在家，妈妈一定会等我的电话。每次通话要结束时，我告诉妈妈"放下电话吧"，妈妈说"哎，放吧"，可她从来不会先放下电话，我再次请妈妈放下电话，她还是手持听筒。那种母子连心的感受，时刻在召唤我回到妈妈身边，以至于两次去桂林开会，我都不曾看过漓江风光。

与过去给妈妈写信相比，电话联系方便、及时多了，彼此的牵挂仿佛找到了解决办法。我出差在外，每天至少要给妈妈打两次电话，第一次是早上八点左右，妈妈吃过早饭的时候；第二次是下午五点左右，妈妈准备吃晚饭的时候。每一次打电话，响铃一般不超过三次，妈妈就会把电话接起来，好像提前等在那里。妈妈夸我"打电话的时间正好"，我会心一笑。什么叫"时间正好"？就是上班的和上学的都不在，母子可以敞开心扉聊家常。

我是个比较孝顺的儿子。只要不回家，一定打电话告诉妈妈；每天夜里，不论妈妈的脚步有多轻，我都能感觉到妈妈下地的动静；如果夜里听到妈妈连续去了两次厕所，我会立即起床，询问妈妈是不是不舒服。但是，这些真的属于表面上的体贴，离妈妈的内心还远着。

一天深夜，我听见妈妈起床了，并"咔嗒"一声打开电灯开关，我便轻手轻脚地起来，想看妈妈干什么。只见妈妈站在房门口，低下头找什么东西，然后又慢慢转过身来，随手关掉餐厅里的灯，回房间睡觉去了。我怕吓到妈妈，也悄悄回到床上。夏青问我妈妈怎么了，我说好像到门口找东西，不知道妈妈有什么心事。

这事儿过去数天后，夏青忽然说她弄明白妈妈半夜到门口找什么了。"妈妈找什么？"我问夏青。夏青告诉我："妈妈是看你的鞋子在不在，找你的鞋子。"夏青回想起来，有一天早上，妈妈醒来后问夏青："青子，兴宇昨晚是不是没回来？""回来了啊！""那门口怎么没有他的鞋子啊？""他起早开会走了……"夏青分析，只要我晚上回来比较晚，妈妈没有见到人，她就会在夜里去门口看鞋子，以此判断我是否回家了。

我给几位好友讲了这个故事，他们有感动，也有困惑。其中一个朋友说："人老糊涂啊，这事儿多简单，儿子回没回来，去问问媳妇不就得了？"他显然不懂老人的心，但让我思考：为什么妈妈想我，却从不给我打电话，只是等待？为什么妈妈明明盼望我回家吃饭，却只是问一句"回不回来"；为什么我离妈妈越近，她越想听到我的声音，看到我的身影……难道这是"人老糊涂"吗？完全不是。年迈的妈妈体能会衰减，但母爱始终是向上增长的，至死不衰，这是母爱之所以永恒的特质。而像妈妈这样既有生命长度又明智的老人，母爱的智慧深邃而丰富，常人难以想象。

冬天来了，妈妈将旧浴巾卷起来，放到我和夏青卧室的阳台门缝下面，严严地挡住从外面进来的冷风。这种细致和温馨，一定是年轻妈妈所没有的。谁说看不懂妈妈等儿看鞋的举动？那分明是母爱信念的动人姿态与内心独白——只做不说，不扰他人。我和夏青怀着敬意和感动去了解妈妈，没有说破她看鞋子的秘密。妈妈时刻保持与儿子紧密联系的意愿，是积极向上的生命态势，是活力老人的幸福追求。不过夏青还是建议，不能让妈妈太操心，办法就是将计就计，在鞋子上做手脚。从那以后，只要我出差，就会打电话告诉妈妈晚上不回家吃饭了，而夏青则在家里与我密切配合，在妈妈晚上睡觉以后，把我的一双鞋子悄悄放在房门口，并于第二天早上妈妈起床前，再把鞋子收到鞋柜里。记不清用这种方法骗过妈妈多少回，夏青感觉这办法有用。至少，妈妈半夜起来看到我的鞋子，会安心入睡。妈妈不糊涂，有时她会看穿夏青在骗她，问："兴宇出差了吧？我都好几天没看到他了。"夏青便笑着告诉妈妈："今晚就回来了。"见我回来，妈妈非常开心。她不会给我讲夏青骗她的事儿，她知道我们很爱她，心疼她。

妈妈临终前对我说："孩子，这回，妈再也不能等你了……"我伤心地告诉妈妈："妈妈，你在天堂等我，再过一些年，我去找你。"妈妈曾动情地跟亲人们讲，自她生我那一刻起，当煤油灯燎过的剪子将连接我们母子的脐带剪断，她就开始担心眼前这个瘦弱的孩子养不活；好不容易活下来、长大了，有点出息，又走远了；晚年能跟我生活在一起，她很知足，每天都惦记我，等我回家……"孩子，妈在家等你，你很少在外面吃饭，这就对了。我都快入土了，不知什么时候眼睛一闭，母子一场就到头了，我怎么能不天天想着你？妈陪你、你陪妈，到今天，咱娘俩一点儿不后悔啊！"

妈妈道出了母爱的真谛，我也从一个"等"字里，见识了母爱的本质和精髓。

第二节　与妈妈共进午餐

家有高龄老妈，我一直寻找能够鼓励和支持妈妈活得更好、更长寿的办法，但始终没有找到。后来发现，坚持与妈妈一起吃午饭，竟然是妈妈幸福快乐、健康长寿的最好办法。

妈妈生病的一天早晨，我跟妈妈打招呼要去上班。妈妈问我："中午回来吃饭吧？""回来。"第一次来我家的二姑，不知道妈妈等我共进午餐是多年的习惯，随口跟妈妈调侃道："你这小脚老太太真牛啊，儿子有工作，中午还得回来陪你吃饭，家里有这么多人陪你还不行吗？"妈妈笑着说："我儿子天天中午回来陪我，他不回来，我这顿饭吃不下去……"

那天中午下班回来，二姑告诉我："你妈十一点就不躺了，说等你回来吃饭，还跟我显摆你陪她二十多年，几乎每天中午回来吃饭，我都不大信……"我和兴芹扶着妈妈来到餐厅，妈妈坐在椅子上，正儿八经地对二姑说："二王子，像我儿子这样的少啊，城里人时兴下饭店，当个小干部，就有人请吃请喝。我儿子很少出去吃喝，他怕我孤单，知道回家陪我这个妈。嫂子有福啊！没有儿子陪我，嫂子活不到今天。一个人做饭一个人吃，哪有什么心情啊！等儿子，那是我的'支眼棍儿'，困也不困；儿子回来吃饭，是'止疼药'，身子疼也不疼，做饭有劲儿。你说怪不怪？"二姑打断妈妈的话："嫂子，你都不知道，农村爹妈花钱供孩子上大学，毕业留在城里的，没几个爹妈能借上光。像你跟儿子住楼房、穿西装，吃香的、喝辣的，中午吃饭还得叫儿子陪着，这世间能有几个？"妈妈说："当爹妈的都是这样，只要孩子过好就行了，至于孩子养不养老，哪个爹妈都说了不算，全凭孩子的心。像我儿子，他若不接我进城，我找谁说理去？我做好饭菜，他不回来吃，我还不是傻等？儿女大了，感觉爹妈说话不中听了，做的饭菜也不好吃了，我儿子可不这样……"

我心知肚明，妈妈这番话，是对母子共进午餐的最后小结，是妈妈留下的遗言。午饭后走在上班的路上，想想妈妈在厨房劳作、等我回家吃午饭的场景即将消逝，我腿脚发软，一屁股坐在有轨电车的轨道上。望着轨道旁边那条向北延伸的小道，我顿生"独坐思往昔，愁绝泪盈襟"之感。

这条将家和单位连接起来的小道，是行人走捷径踩出来的。它与电车轨道几乎平行，间距几米不等。从家出来，走过数十米长的小山坡，再往下穿过一个居民区，便踏上这条小道。沿着有轨电车线右侧的小道向北走，跨过马栏河到解放广场后，再过两三个街区，便是我的单位。正是这条小道，架起了我和妈妈共进午餐的桥梁，我将其命名为"幸福小道"。

来大连工作搬到星海街居住，最大的变化是上班远了。不像在沈阳，家和办公室都在一个院子里，中午可以回家陪妈妈一起吃饭。我和妻子上班、女儿上学，白天家里只剩下妈妈一个人，吃午饭她总是凑合。我和妻子绞尽脑汁，也找不到什么好办法来减少妈妈的孤独感。想请个保姆来家里，妈妈说她身体好好的，不要花那份钱。孝顺的难题，是妈妈对我没有诉求，我不知该怎样做。孝敬需要用心探索，要在生活中找到令父母欢心的方法。

我尝试中午回家陪妈妈吃饭。起初，单位距家五六公里远，上班要坐好几站公共汽车，还要走一段。每周有两三个中午回家，妈妈也十分开心。后来，单位搬到中山路边，我发现走有轨电车线旁边的那条小道上下班，比走马路边的人行道好多了，不仅安全，噪声和污染小，而且中午步行回家吃饭正合适，一个来回六公里，时间够用，还能锻炼身体。妈妈说："儿子，你不用担心我。中午急急忙忙走回来吃口饭，下午还得去上班，不值得，在单位吃一口多方便啊。你早晚走路上下班就行了，中午再走一个来回，多累啊！"当时，我对回家吃午饭这件事儿并没多想，只觉得这样做会减轻妈妈的孤独感。

在这条小道行走几个月，我便有了一个发现：在大城市里工作，上班的距离正好适合步行，是可遇而不可求的福分。从家到单位的距离，如果太近，比如在一个街区、一个院子，甚至是楼上楼下，可能使人懒惰；如果太远，比如步行超过两小时，这辈子可能要把许多时间花在坐车上班的路上。上班的"理想距离"，应该在五公里左右、步行一个小时左右为宜，这样既可安步当车、走路健身，又可中午下班回家吃个饭。如果家里有妈妈在等你，午餐也是妈妈做的，这种"奢侈"是不多见的，我将其定义为"母子快乐午餐"。这样的机缘和幸福，绝对属于天赐的"富贵"。

我是个幸运儿，每天中午回家与妈妈一起共进午餐，可做到生活、工作两不误。我特别感激那条无名小道，并饶有兴致地为它命名。粗略一算，我在"幸福小道"行走了十三年，与妈妈共进午餐三千多天，中午回家行走约两万公里……"哎，这几个数字太少了。"我哀叹，为孝敬而奔赴的这场"母子快乐午餐"，恍如白驹过隙，我还没来得及好好尽孝，妈妈已走到生命的尽头……

数日后，正值小雪时节，妈妈永远离去，"母子快乐午餐"成为绝响。时光流转，我庆幸在人生无法重来的情况下，为妈妈做了一件有意义的事：与妈妈共进午餐。当我再次踏上那条"幸福小道"的时候，往日的幸福快乐消失殆尽，薄薄的一层白雪，使哀伤的感觉更加浓重。回头看走过的路，"幸福小道"无疑是我留下脚印最多、走的时间最长的路，承载着我们母子满满的幸福。一个有决心孝敬父母的人，一定会在生活中找到有利于父母身心健康的最佳方式。

遗憾的是，我从没和妈妈讨论过"母子快乐午餐"对幸福的影响，甚至从没向妈妈表白过，吃妈妈做的饭菜是多么幸福。好在"幸福小道"知道，我曾用奔腾的脚步告诉它：我踏着这条小道高兴地回家，与妈妈一起享受午餐是何等重要。我十分后悔没跟妈妈说："妈妈，有你等我吃午饭，我是多么幸福和快乐。"我错过了向妈妈表白的所有机会。我们中国人的爱过于深沉，也拙于口头表达，就像我的父母一辈子没有说过"爱"这个字眼，却相濡以沫地走过了半个多世纪。我以为对父母的爱，重在实际行动，不必表白。其实我错了。对父母的爱，早点儿说出来最好，一旦错过就是遗憾。

第三节　妈妈的"事业"

我从妈妈身上看到，人在临终时段，一定会快速回忆和浏览自己一生那些幸福、快乐的时光，在生活中养成的某些重要习惯和意识，也一定会在生命终了之前再次呈现。

在妈妈陷入深度昏迷的时候，我贴在她苍白的脸上哭泣道："妈妈，妈妈，我再也吃不到你做的饭了……"不知过了多久，妈妈缓缓地苏醒过来，喃喃自语："妈给你做，用大蒸锅……我可会做了，做得可好了……"接着，妈妈又失去了意识。我和夏青听她这样说，心痛不已。次日下午，妈妈再次从昏迷中醒来，她打着手势告诉我，要到厨房去看看。我把妈妈抱到靠背椅子上坐下，推着她进了厨房。妈妈坚强地抬起头，眼神无限眷恋地从洗碗池、煤气灶、菜板、碗柜、冰箱上面一一扫过，似乎在以这样的方式，与她心爱的厨房做最后的告别。妈妈示意我把她推到餐厅，面对餐桌，她吃力地伸出左手，把手掌放在餐桌上，几根手指在桌面上不受控制地颤抖着。妈妈用十分低沉而嘶哑的语调，贴着我的耳朵断断续续地说："儿子，这回、这回、妈妈、妈妈，再不能、不能给你做饭了……"

厨房与做饭，为何成为妈妈最后的回忆和意识呢？听听妈妈自己说过的话就知道了。

妈妈说，她嫁到老傅家七十年，做饭做了七十年；她一生在厨房里干活儿的时间，比睡觉的时间还要长；从农村脏乱的外屋地，到城市漂亮的厨房，她每天花在厨房里的时间有六七个小时。妈妈漫长的"厨房人生"，充满酸甜苦辣。妈妈掌管的厨房，成了她保障几代家人温饱和健康的地方。即便过着贫穷的日子，妈妈的饭菜也传递着对生活的热爱和对家人的呵护。妈妈把自己的毕生精力，都献给了为家人做饭这项事业。妈妈就是在做饭过程中慢慢变老的，直至走到了人生终点。

这个细节，让我追忆妈妈做饭的一些往事，从中看到一种幸福：我有个会做饭的妈妈。

记得姐姐生刚子的时候，妈妈曾跟姐姐说："想让孩子不亏嘴、不得病，你这当妈的，就得好好给孩子做饭吃，不能糊弄。"可见在妈妈眼里，女人会做饭对孩子成长有着重要意义。有朋友问我为什么那么恋家？为什么不愿在外面吃饭？我会毫不犹豫地告诉他们，妈妈的饭菜是吸引我回家的"诱饵"和动力。人生最大的幸福，莫过于有个会做饭的妈妈。但事实上，有个会做饭的妈妈，远不止满足口福这点小事儿。我把妈妈做饭这件再寻常不过的家务劳动，看作是我们母子血肉联系的另一条"脐带"——它不但给我营养和健康，也深刻影响我的家庭观和价值观。

小时候，我时常听到有人称赞妈妈做饭好吃。妈妈从大铁锅里往外盛玉米粥时，我常常站在旁边，等妈妈用铁铲子从锅里抢下来的"煳嘎嘎"吃。妈妈把铁锅抢得"沙沙"作响，一块块"煳嘎嘎"随声从锅边掉下来，妈妈把它们捡起来放在手心上，揉成一个饭团子，笑着递给我。那个拳头大小的"煳嘎嘎"，是每个孩子都渴望得到的零食。我把它一口一口地嚼完，就差不多吃了个半饱。后来我发现，这软软的"煳嘎嘎"，可不是每个妈妈都能控制好火候做出来的。老院里有的婶娘做玉米粥，抢出来的"煳嘎嘎"又硬又黑，根本没法吃。

那年头，妈妈一年能做两三次豆腐脑，算是平常日子里少见的大餐；临近过年，家里杀猪吃一顿酸菜炖猪肉、血肠，那是一年中最有油水的饭菜；大年三十，妈妈一定会做黄米饭、小鸡炖蘑菇，这就是节日盛宴。我们家在老院里人口最多，但吃的却被认为是最好的。老婶说，这是因为妈妈会安排生活、做东西好吃。每到过年，老院里不少婶娘来找妈妈学习如何做豆腐脑、蒸年糕、焖黄米饭。妈妈热心，给别人家帮忙，经常忙得脚后跟打后脑勺。奶奶说，妈妈做干菜团子，比别人家做得好吃。老叔是个挺挑剔的人，但他爱吃妈妈做的饭菜。我们在一起过日子时，老叔经常耷拉着脸批评老婶："轮到你做饭，这饭菜就是没有我嫂子做得好吃，什么活儿干的……"老婶老实话少，脸红红的。妈妈急忙打圆场说："老五啊，你体谅体谅我们女人吧！你吃嫂子二十多年的饭，也该换个口味了。等你自己分灶吃饭那天，你就不挑媳妇了！"老叔以命令的口气对老婶说："你给我快点儿学！一天到晚，就那么点儿饭菜还做不好啊？"

那时农村人家的外屋地，有两口大铁锅，一口锅做饭做菜，另一口锅熬猪食。记忆中，我家的那两口大锅，只有过年时有点油水，平时天天生黄锈，分不出哪个香、哪个臭。一年到头，做饭的大锅主要是熬玉米粥，炖白菜、萝卜和土豆。妈妈说，女人在那种生活条件下，哪能做出什么好饭菜？别人夸她做的饭菜好吃，并不是她有什么好米好菜，而是她做饭比一般人用心。饭，稀饭像稀饭、干饭像干饭；菜，没有鱼肉蛋，也得尽力掂量。上学时，妈妈为了让我中午带饭有菜吃，不是煎几条晒干的小河鱼，就是用萝卜条拌几粒黄豆，偶尔带上两块豆腐干……这在同学当中，就算不错的菜了。平时吃饭，妈妈总是教导我们："是衣就遮体，是饭就充饥。饭菜不管好吃不好吃，要填饱肚子，不要挑食，不能浪费。"年幼的我，只关注香嘴美味的酸菜炖猪肉、小鸡炖蘑菇，至于妈妈做饭劳心、受累，不曾留意过。

　　妈妈进城后，对厨房现代化设施充满兴趣，不论是煤气还是微波炉，她都会用。记得刚住进新华园时，妈妈看着厨房对我说："这得多方便、多干净啊！就是炸猪腿没有农村的大锅好使。妈妈要使劲儿活，至少再给你做二十年饭……"妈妈的预言真准。后来整整二十年，她几乎每天都在给全家人做饭，成就了全家人的健康和幸福，给我留下许多美好的记忆。

　　夜深人静时侧耳细听，妈妈如厕的脚步已变得很慢很慢，妈妈已经年老了。我和妻子决定请个保姆来辅助妈妈料理家务。妈妈不同意，说人越老，越要活动身板儿，不干活儿，腿脚就更不行了。最后，我们和妈妈达成共识，只请半天保姆，下午两点后来家里打扫卫生，做一顿晚饭，让妈妈继续掌管家务大权。夏青理解妈妈，说妈妈不同意请全天保姆，除了害怕花钱，重要的是她不肯放弃做饭的权利。那是妈妈一辈子乐此不疲的事业，也是她在家里权力和地位的象征。妈妈夸夏青明事理，说如果不让她管家务、做饭，她感觉自己没用了，会失去精气神。

　　记得我曾向妈妈保证，如果中午不回家吃饭，一定打电话告诉她。但有一次，我忘了打电话，害得妈妈等了半个下午。晚上回来，妈妈心疼地问我："今天忙得连午饭都没吃吧？"这时我才猛然想起忘记给妈妈打电话了。妈妈说："打不打电话不要紧，妈知道你工作忙。"这让我更是过意不去。后来有一天，我想提前告诉妈妈不回家吃午饭，家里的电话却始终无人接听。我担心妈妈有什么事儿，心急火燎，放下工作，开车回家，发现妈妈正神情专注地站在餐桌旁边，用筛箩筛着生虫子的大米。又有一天，我打电话想告诉妈妈中午稍晚点儿回家吃饭，妈妈接起电话说："是兴宇吗？妈妈耳朵不行了，听不清你说什么，听不清啊！"往常，妈妈也有听不清的时候，她会停下来仔细听我大声说，但是这次，妈妈就是自己不停地说"我听不清啊"，把我急得在电话里大声喊："妈妈，我是兴宇……"妈妈在另一头仍是慢声慢气地说："儿子，妈妈耳朵嗡嗡地响啊，你说什么妈都听不清……"

　　我撂下电话，急忙往家赶。我开门进家喊"妈妈"，她竟然没有察觉。餐桌上的饭菜凉了，妈妈的脸色也不像寻常那样好看。吃饭时，妈妈用筷子习惯地把菜盘往我跟前推了推，悲观地说："孩子，妈这算拉倒了，怎么连电话都听不见了呢？"我劝妈妈："没事的,明天给你佩戴一个助听器就好了。""戴什么也不行了，妈就是老了。""当初叫你镶牙，你就说活不了几年，夏青带你镶牙快十年了，你不是挺享受的吗？""那时候还不算老……"蓦然发现，坚强、自信的妈妈，面对衰老的打击，也会灰心丧气。几天后，我和夏青带妈妈去佩戴进口助听器，妈妈高兴了，说："这回咱娘俩又能打电话了，我还能再给你做几年饭……"又是几年过去了，妈妈的身体和精神依然安好。妈妈知道我和夏青爱吃酸汤子，到了90岁，她依然会勇敢地站在一个小板凳上（因妈妈个子矮小），戴上汤套（专用工具），用双手握住面团，往锅里攥玉米面条。她的手腕经常留下攥汤子时被热锅烫伤的一条条疤痕。我特别担心妈妈不小心摔倒，叫她不要再做了，妈妈说："该井里死，河里死不了！只要妈妈能动弹，就攥给你们吃。"攥汤子是个技术活儿，妈妈攥出来的汤条，又细又长，非常可口，我每次至少要吃两大碗，妈妈看了很开心。

儿女想要妈妈健康长寿，一定要回家吃妈妈做的饭菜——这是鼓励高龄妈妈增强生命活力的最好办法。

其实，我对妈妈做饭的用心和难度知之甚少。偶尔，妈妈会在晚饭后喊一声："儿子，来，帮妈捞两颗酸菜……"妈妈知道我爱吃酸菜炖猪肉，每年秋天大白菜下来，她都要我买一两百斤回来，亲自动手，腌上满满一缸酸菜。但妈妈老了，挪不动压酸菜的石头。她知道自己做饭变慢了，就在头天晚上烧好一壶开水倒在暖瓶里，再把小豆泡上，这样第二天早上起来做饭就省时间。妈妈91岁那年，兴芹自愿来帮我们照顾妈妈。兴芹的到来，令妈妈开心，我和妻子也很放心。我和妈妈的午餐，也因为兴芹的加入变得丰富多彩。

那天吃午饭，兴芹很兴奋，她站起来，在我和妈妈面前不停地打着手势，说："二哥，我跟你说吧，我大娘真是太了不得了，早上我过来，我大娘就把今天中午要吃的东西预备好了，肉从冰柜里拿出来化了，土豆削好了，豆角掐出来了，蘑菇泡上了。她又想起晚上我嫂子，还有几个孩子要回来吃饭，抬起屁股就去和面，准备包饺子，说是怕忘了。我一看，这老太太的脑子太清醒了，我的脑瓜根本比不上人家。我告诉你二哥，我大娘真是活神仙！我们娘俩边干边唠，太开心了！中午不到十二点，我大娘就站在窗口望啊望啊，看见你回来了，她就叫我赶紧去开门。二哥呀，我大娘有你，你有我大娘，真是太有福了！你再看我，爹妈都不在了……"兴芹是个感情丰富的人，说着就哽咽起来，妈妈抬手示意兴芹坐下，满脸惬意随之收起，认认真真地对兴芹说："孩子，你别难过，父母都有走的那一天，要不我怎么抓紧给你二哥做饭吃……"我岔开话题问兴芹："晚上是不是包饺子？"兴芹擦了擦眼睛回我："我大娘告诉我，我嫂子喜欢吃饺子，每周至少包一回……"

兴芹陪伴妈妈三年左右，妈妈始终是厨房的领导者和做饭的急先锋。有一天，兴芹悄悄告诉我："二哥，我大娘现在等你回来吃饭和过去有些不一样。有时等急了，就告诉我赶紧给你打个电话，问问走到哪儿了。过去，我大娘等你回家，从来都是不慌不忙的，没这么着急啊！"兴芹还发现，从来不给两个女儿打电话的妈妈，有一次，突然打电话让小霞过来看她，小霞说家里忙，等她过生日再来，妈妈生气了，说："你不用来了，今年妈的生日不过了！"兴芹的描述让我不安。不久后，妈妈病倒了。病重时妈妈跟我和夏青说："妈是熟透的瓜，估计再也不能给你们做饭吃了。妈死了，你们不要想，你们的好日子在后头，你们两口子想到哪里旅游，家门一锁，不用牵挂妈了。中午你就在食堂吃饭吧，再也不用三伏天、三九天都回家陪妈吃饭了。妈感激你们待我这么好，死了没有半点儿遗憾……"我跟妈妈说："有你在家做饭，我们有多开心啊！"妈妈说："是啊，妈也没想到，到90多岁还能给你们做饭吃，哈哈！"妈妈笑了，笑得像个好人一样。

我结合自己的体验和观察，得出了一个结论：用饭菜吸引孩子，是妈妈与孩子建立紧密联系的"铰链"，也是她们普遍的生活方式。做饭——给孩子们做好吃的，是妈妈那一代母亲至死不休的行为和意识，一直会保留到她们生命的最后一刻。

我想起了妈妈说的那句话："不管什么样的人家，如果爹妈、儿女或亲戚朋友来了，连顿饭都不准备，那就不招人去。天长日久，这家就没有人气了。"对此，我深有同感。乐意给家人、亲人认真做饭的人，是值得信任和交往的。

第四节　妈妈饭菜的社交魔力

从农村到城市，从年轻到年老，妈妈对亲友的吸引力一直有增无减，是家族里名副其实的"亲善大使"。妈妈高龄时的"门下食客"，没有三百也有三十。家里人气旺，皆因妈妈的饭菜有"魔法"。这个"魔法"就四个字：热情、友善。

在缺粮缺米的年代，老院里家家户户都害怕一件事儿：来客。多一口人，多一张嘴吃饭，简直是天大的事。妈妈时常忆起，就因为吃不饱饭，兴洲和兴广两人小时候总打架，傻子殿勤三爷把自己的脑袋砸得像个血葫芦似的。然而，作为老院里人口最多家庭的主妇，妈妈的观念与众不同，穷也不失善良与风度。她说："谁家没有几门亲戚？过日子不能房笆开门、灶坑打井。穷也别怕来客，客多人气旺。"妈妈把亲戚朋友关系，看作是家庭过好日子的资源和底气。妈妈待客有两句话，从小我就背得滚瓜烂熟，第一句是："穷不要紧，哪怕把凉水烧成热水，也是一份热情。"第二句是："把好东西拿给别人吃，比自己吃了强。"对这两句大白话，儿时听得清楚，但不解其意。因为妈妈热情好客，老院里数我家来串门的客人最多，家里显得格外热闹。妈妈在招待亲友的同时，会想方设法让我们沾光解馋，这使我觉得家里来客是好事儿。

每年春节前后，农村流行走亲戚，二叔、大姑、二姑和舅舅等各家大人带着孩子，一定会来我家串门。有时家里客人多，住不下，要到国斌大爷家借宿。爹妈欢迎亲戚朋友的第一件事儿，就是尽心尽力让他们吃饱、吃好，让客人感觉心里暖和愉悦。妈妈回忆说："那时过穷日子，家里哪有什么好东西？根本谈不上吃好，但要让客人吃饱啊！"这是妈妈下厨、待客的基本原则。家里好不容易攒几个鸡蛋，本来是给老人、孩子留的，家里来客了，妈妈就拿出来炒一把韭菜，算是一盘好菜。妈妈知道正月里家里客人多，就跟我们讲，过年这几天，肉要省点儿吃，等客人来了，大家再跟着一块吃点儿。亲戚朋友来，总要吃上酸菜炖猪肉，不然叫人笑话。

生活在一个人口多、客人多的家庭，爹妈的待人之道，为我童年感受亲情和友情提供了丰富体验，至于爹妈这样做会给家庭带来什么，对生活和人生有怎样的意义，那都是后来跟爹妈一起生活才逐渐体会到的。记得爹妈领着我们盖房子时，所有的亲戚朋友、街坊近邻都抢着来帮工，不到一年工夫，四间瓦房就盖起来了。住进新房后，妈妈心怀感激地跟我们讲，咱家盖房子不是靠钱，是靠大伙儿的大情大义盖起来的。妈妈要我们记住，做人一定要善良，多帮助别人，等到你有难了，别人才能帮助你。直到这时我才多少明白一点儿，"大伙儿"的"大情大义"，一定是爹妈"把好东西拿给别人吃"换来的。

爹妈进城后，远离故乡五六百里地，但老家的一些亲戚朋友和街坊近邻，经常带着自家的农副产品，坐火车或长途客车来看望爹妈。生病的爹爹，一见到老家亲友来便激动不已，妈妈则热情招呼他们坐在自己房间的椅子或床上，面对面地唠起家常。妈妈会提起她在老家时亲朋好友的帮助，包括分家后出来盖房子，亲戚朋友和邻居的无偿帮工，还有我工作离开家以后，兴洲、兴同、兰波和徐瑞芝等人，每年帮助爹爹上山打柴、种地、收粮的辛苦。妈妈还向他们询问家族里几个长辈的身体情况，了解国海大叔、大婶的生活现状，还有兰波哥是否娶妻成家，等等。妈妈还会和亲友们聊起老院后山那些老柞树，老院门口的那口老井，还有小平子住的那个房子，以及房门口爹爹栽下的那片山楂树……妈妈沉浸在对老家的怀念之中，和亲友们时常从白天聊到深夜。浓浓的亲情、友情和乡情，时常让妈妈忘记疲劳和困倦。老家的话题，是妈妈和亲友们沟通心灵的纽带。她借助这种交流，不断了解将来要落叶归根的地方所发生的变化。

妈妈怀念老家的日子，享受与故乡亲友团聚的欢乐。妈妈知道老家人不大喜欢吃海鲜，进城后仍保持在农村时招待客人的最高礼节：黄米饭焖小豆、酸菜炖猪肉和小鸡炖蘑菇。除了这几道传统饭菜，妈妈还会煎一盘刀鱼，配上一些青菜，让客人吃得可口。妈妈跟我说："他们来看咱们，最多待两天，别让他们到外面住旅馆，叫人家笑话。咱们进城了，生活好了，不能忘了穷交情，不能冷落乡下的亲戚朋友。"妈妈的善良，深刻影响了我的为人处世，我的血液里涌动着妈妈的善良和热情，即便前妻抱怨家里成了"大车店"，我也绝不会让亲友受到冷落。我去市场买菜，把妈妈想做给客人吃的食材全部备齐，然后和妈妈一起下厨房，给那些与我喝同一口井水的父老乡亲拿酒喝，以实际行动支持妈妈。

妈妈感叹自己这辈子就是不能"断亲"，不能跟亲戚朋友没有来往。妈妈给我讲，农村人讲究，吃谁家的饭，不吃谁家的饭，心里都有一杆秤。妈妈有个见解颇为深刻，她说，日子困难的时候，谁家给你吃一顿好饭好菜，你能记住那家一辈子；谁家怠慢了你，你也能记住一辈子，甚至不再来往。做饭待客你得有真心真意，凡是来你家的客人，不是为吃美味，吃的是心情和意思。

连妈妈自己也没料到，她的善良遇见了时代进步和交通便捷，使我们家中的客人出现了前所未有的聚集。妈妈 80 岁过后，忽然间招徕数十位"门下食客"——他们是来自老家 2000 年前后大学毕业的孩子们。这些从老家考出来的孩子们，包括刚子、大伟、福伟、茂宽、琳琳和殿山等二三十人，他们的爷爷、奶奶、爸爸和妈妈，与爹妈有着几代人的密切交往。妈妈说，这些孩子是以我为榜样来大连的，也很了不起，给农村爹妈争了口气。刚来大连工作，这些孩子举目无亲，我们这个家就是他们心中最温暖的去处。每个周末，孩子们都会结伴来看妈妈。妈妈一定亲自下厨，我和夏青当助手，给这些新来的"门下食客"做好吃的。人多时餐桌坐不下，孩子们站着吃饭也欢声笑语。妈妈慈祥地说："别见外，有咱们这个家在，你们进城就有落脚的地方。"她鼓励孩子们一定要干好工作。妈妈还提醒我，要"拉他们一把"，帮他们找对象、成家、买房子。在妈妈看来，孩子们亲近她，她还能给孩子们做饭吃，这是做长辈的福气。妈妈还时常叫我召集孩子们回来吃饭，农村亲友送来的东西太多了，必须发动孩子们回家来吃掉。不知不觉，孩子们开始谈婚论嫁，婚礼都在老家举办。妈妈不顾年事已高，欣然接受邀请，先后四次回农村参加孩子们的婚礼，并送上红包祝贺。妈妈生病期间，他们经常回来探望或帮着照顾，为老人家安然离去做了许多事。

妈妈去世后，这些"门下食客"依然常来我家，我和夏青仿效妈妈的样子，给孩子们当好大家长，尽心尽力地帮助他们，扶持他们。

妈妈用饭菜传递的情意，在老家几代人心中传为佳话美谈。其中，顶数兴芹来照顾妈妈这件事儿，最令人感动——这就是"爱出者爱返，福往者福来"。

兴芹自愿来帮助我们照顾妈妈，让我和夏青万分感激，妈妈身边又多了一个她喜爱的孩子。妈妈说："兴芹啊，人老了，怎么能让别人喜欢？就得和自己喜欢的人在一起才行啊。像我这样一分钱不挣的老人，儿子没什么可说的，他不养活不行，你还乐意往大娘跟前凑，我有多高兴啊！"兴芹是二叔的三女儿，从小就受妈妈喜欢。妈妈夸奖兴芹善良、懂事、勤快，干活儿利落。兴芹则记得，小时候来大娘家住下就不想走，大娘有什么好吃的都给她。

"我小时候得到大娘的真心关爱，现在大娘老了，我愿意来帮助二哥二嫂照顾大娘，算是我对大娘的一点儿报答。"长大后的兴芹，其实跟妈妈并没有更多来往。她所记住的妈妈的好，主要是小时候每年来到妈妈身边住几日享受到的欢乐，还有她从父辈之间的交往感受到的浓厚亲情。用兴芹的话说，包括她在内的许多晚辈，虽与妈妈交往不多，但他们从小到大，听到、看到和感受到的，尽是对妈妈的崇敬和爱戴。

妈妈用满载情意的饭菜，凝聚亲情友情，让人感受到爱的美好，同时也为自己找到了幸福长寿的秘诀。

第二十二章 善终者

　　陪妈妈走过生命最后时刻，给我带来了一场感悟生死的强烈思想风暴。

妈妈对"终活"——即不活了——早有准备且安排细致。她对自己何时死去、死在哪里、身葬何处等事情,早在三十多年前就有思考和准备,并在临终前将自己的想法和安排一一细化,向我和夏青做了明确交代。我在城市生活四十多年,很少见到像妈妈这样的高龄老人,临终前有如此清醒的头脑。妈妈请求一定要死在家里,要儿女陪伴在身边,直到闭上眼睛,将其送回老家叶落归根。

对死的准备,或许是人的终极明智。只有明事理、知天命的老人,才能正视并有机会安排"终活"。妈妈看透生死,对死亡既从容淡定,又有对生活和亲人的无比眷恋。一个完美的善终者,应该就是妈妈的样子。

第一节 "终活"的预感和准备

第一次得知妈妈为自己"终活"做准备,是我接爹妈去沈阳生活的时候。

妈妈从农村家西屋炕梢搬出一个牛皮纸袋子,从里面拿出一个大大的白包袱,嘱咐我把这包东西压在搬家的 130 型小卡车最底下。"妈,这是你和我爹的棉衣啊?"我问。妈妈说:"睡觉的东西。"我当时一愣,过一会儿才反应过来妈妈说的"睡觉的东西"是什么。车到沈阳,妈妈一下车就要我看看"睡觉的东西"丢没丢,叫我先把它拿到房间里。当天晚上,妈妈打开"睡觉的东西",里面是一个大包和一个小包,她一边看一边对我说:"妈 60 岁那年就把和你爹的送老衣服做好了,不管走到哪里,你都帮妈想着,别忘了带上。人都有那一天,到时候你就不用再张罗做了……"妈妈做好的送老衣服,是两套黑色的棉衣和棉裤,还有两人各自的外套和鞋子。当时爹爹身体不好,我与妈妈谈这个话题有所顾忌。五年后爹爹去世,当我和妹妹给爹爹穿上送老衣服时，才意识到妈妈对老去的准备的确很细致。

活着时想到死是一种明智，没有什么好忌讳的。后来，我和妈妈又搬了几次家，每次妈妈都不忘先安置好自己"睡觉的东西"。搬到大连后，妈妈认为生活变好了，有条件了，走的时候要穿好点儿，便几次更新了"睡觉的东西"。有一次，夏青给妈妈买了一件红色羊绒衫，妈妈特别喜欢，说："这件衣服漂亮，我要留着最后穿。"当时，我没听懂妈妈的意思，直到有一天妈妈说她去世时要穿这件红毛衣，我才恍然大悟。妈妈说："孩子，妈妈90多岁了，死了是喜葬，我要穿这件红毛衣去见你爹……"

我敬佩妈妈准备老去的积极态度。更令我惊奇的，是妈妈对自己何时老去有相当准确的预感。妈妈在生命的最后阶段，做出一个很反常的决定：去姐姐家住些日子。妈妈曾说："人活到八九十岁这个年龄，若是不糊涂，应该知道自己什么时候走，猜也猜个差不多。"妈妈一辈子极少住女儿家，在她心里，儿子的家才是她的家。妈妈在姐姐家住了近两个月，我开车去看望她四次。每次我都想接她回家，可她总是说"再住几天"。时值金秋，姐姐家房前屋后到处摆放着玉米、大豆、地瓜和苹果等。那些日子，妈妈重温告别二十多年的农村生活，她帮姐姐烧火做饭、晾花生、扒苞米、搓谷子。妈妈告诉我，姐姐每天都给她做可口的新鲜饭菜。姐姐打开房门，从前院菜地摘下一盆西红柿和茄子，转身回来洗净就下锅。无论白天晚上，姐姐都寸步不离地守在妈妈身边。最不方便的是上厕所，姐姐特意给妈妈准备了一个简易的坐便盆。妈妈每次上厕所，姐姐都会轻轻地搂住她的腰往外走，就像照顾一个刚会走路的孩子。姐姐跟妈妈开玩笑，说："我可不敢大意，如果摔倒了，你儿子好找我算账了，我可承担不起啊。"

妈妈对我说，她离开人世，没有任何牵挂。来时两手空空，走时也不带走什么，夏青给她买的几样金银首饰，她要留给夏青，不允许将其埋进坟墓里。妈妈在即将老去时，有一种越来越强烈的意识，那就是把生命仅剩的时间，用来去做使自己感到幸福和心安的事情。具体说，就是抓紧时间与儿女和亲人们作最后的情感交流，共度爱与被爱的美好时光。这样的"终活"准备，完全是精神的分配和整理，与财产毫无关系。

2011年中秋节前两天，我惴惴不安地思忖：过去二十年来，妈妈从未离开我在外面过中秋节，我还能陪她过几个中秋节呢？心急之下，我决定开车去姐姐家看妈妈。走进姐姐家，看见躺在炕梢一动不动的妈妈，我顿时紧张起来。妈妈看上去从来没这么虚弱，中秋节那天，我将妈妈接回来送进了铁路医院。

爹妈把爱全部给了儿女，却仍对儿女常感亏欠。妈妈曾打过一次姐姐，在生命的最后时光，她不止一次提起打姐姐的遗憾和歉意，细说内心对姐姐看法转变的过程。原来，妈妈在生命最后时光去姐姐家，是为老去而做出的周密安排，是一份细腻而厚重的心意。

姐姐小时候，能感觉到妈妈不大喜欢她，妈妈也说过姐姐不像她的孩子。妈妈这辈子唯一一次打孩子，打的就是姐姐。那时姐姐在东院临时学堂读小学二年级，有人诬赖她偷吃同学的饽饽，妈妈用手掌把她的后背打紫了。"我打你姐，就因为她嘴笨。她本来没偷吃，却不张嘴说话，只知道生气……"妈妈讲，她打了姐姐就后悔了。尤其是后来，姐姐参加生产队劳动长达十年时间，帮爹妈还清了家里盖房子所欠的全部外债，这彻底改变了妈妈对姐姐的看法。从此，姐姐在妈妈心中不再是个笨孩子，而是一个勤劳肯干、体谅爹妈的好女儿。

妈妈住院期间，姐姐赶来照看。那天晚上，我们考虑到姐姐年龄大，听力有些差，不让她留在医院陪护。没想到，姐姐回到家里，站在妈妈的床边，呜呜地大哭起来。夏青劝姐姐说："姐，我们不是怕你累吗？大家轮着陪妈妈，明天晚上你再去。"姐姐一边哭一边说："我知道啊，妈从小就不喜欢我，现在有病了，她也不喜欢我伺候……"看着姐姐流泪的样子，我强烈感受到姐姐对妈妈的爱是多么深切。妈妈出院回家，姐姐自然成了妈妈追忆往事的话题之一。我当着姐姐的面问妈妈："妈，退回五十年，你还会打姐姐吗？"妈妈说："妈一辈子不打孩子，就因为打你姐一回,败坏了名声,肠子都悔青了。"这时姐姐笑着问："妈，小时候你不喜欢我，还打我一回，是不是就因为我嘴笨，学习也不好？咱家盖房子的时候，如果我不好好劳动挣工分，你能不能把我从家里赶出去呀？"妈妈听了微微一笑，用低沉的嗓音说："妈都要死了，你还记着这个过结呢？妈妈记的，可都是你的好啊。""那我也记仇，哈哈。""妈早就认错了，你还记什么仇？妈可不想把仇带到棺材里。"妈妈明白姐姐在开玩笑，姐姐也知道妈妈很爱她。妈妈有点儿激动，夸起身边的姐姐："我的傻丫头，14岁就帮她爹下地上山干活儿，自己分文不取，结婚什么也不要。没想到，傻人有傻福，她生了两个小子，都上大学有出息了……"妈妈停顿一会儿，又说："你姐老实厚道，那心眼儿才好呢，这回去你姐家，我更放心了。你姐过日子、待老人，样样都行。邻居家有大事小情，她能帮就帮，实心实意，人缘可好了。小时候我觉得她不像我的孩子，现在却越来越像我了，你说怪不怪？"

在我的印象里，这是妈妈头一回夸姐姐。妈妈这样做，不仅表达了对姐姐的爱和欣赏，也是母女深情的道别。她曾经不得意的姐姐，最后竟成了她最心爱的女儿。

以去姐姐家住一段时间的方式做最后告别，是妈妈留给姐姐的一份细腻而厚重的心意，令我和姐姐不能忘怀。

第二节　"我要死在家里"

妈妈病倒后，我把妈妈送进医院两次，第一次住了九天，第二次住了七天。这是妈妈九十四年人生仅有的两次住院记录。我的做法，严重违背了妈妈的个人意志和观念，但出于做儿子的本能，为帮助妈妈与死神对抗，我还是义无反顾地走上求医之路，祈求奇迹的发生。妈妈一点儿都不喜欢住院，她对我和夏青说得最多的一句话就是："咱们回家吧，妈住院没有用，我要死在家里……"如果不是妈妈明智地坚持这一点，她可能会在医院里去世，从而失去与亲人最后相伴的时光。

"我要死在家里"，是妈妈老去的基本意愿，也是她安排后事的重中之重。我是农村长大的孩子，对妈妈的心愿非常理解和支持。自儿时起，我就看到家族内外的农村老人，无一不是在家里老去的。妈妈一生的所有幸福都来自家庭，所以在她看来，人生在家里，老了死在家里，是自古以来最自然的事情。事实上，在二十世纪八十年代之前，农村的老人完全没有可能死在医院里。就拿老院里国常大叔来说，30多岁从树上掉下来摔坏了身体，瘫痪在床，只能躺在自家炕上忍受痛苦，医生能不能治好他的病暂且不说，家里根本没钱送他去医院。再说门房殿升大爷，他在一个冰天雪地的日子去岭前串亲戚，摔死在头道沟的山岭上，死后不但不能进入傅家祖坟，就连尸体也不能进入自家大门。我问妈妈为什么，妈妈告诉我："这是老规矩，老人得死在家里，才能进祖坟。死在外面，人和棺材都不能进家，也不能埋进祖坟。"妈妈的话，让我从小多少了解一点，人死在家里有多么重要。现在我更是明白，答应妈妈死在家里，不仅是尊重她的个人意愿，也是维护植根于妈妈内心的传统观念。

妈妈所担心的是儿媳夏青能否接受她的死法。妈妈几次跟我和夏青讲，她死了是喜葬，要我们别嫌弃，别害怕，简简单单把她送到傅家堡子四方地埋上就行了。让妈妈高兴的是，夏青乐意满足妈妈死在家里的想法，她对妈妈说："妈，只要你高兴，我和兴宇都能帮你实现。"

在我的记忆里，妈妈在农村生活时——也就是74岁之前——从没去过医院，没打过针，甚至没去过大队的卫生所。进城后，我带妈妈去辽宁中医院看头皮癣，那是她头一回走进医院。妈妈说她头上的这点儿老毛病，是生完孩子下地干活受了风。一个老中医给妈妈开了不到十块钱好大一包中草药，我每天给妈妈熬中草药水洗头，连续洗了不到一周，妈妈几十年的老毛病被根治。妈妈从此对医院有了好印象。几年后，妈妈面部中风，去一家诊所针灸约半个月，算是治病时间最长的一次。80多岁，妈妈去医院镶过牙。再后来有一天，我在家写稿子，妈妈突然坐在厕所的地上起不来了，我赶紧打电话把夏青叫回来，带妈妈去医院做了一次脑CT，那是妈妈首次使用现代化医疗设备，检查结果显示一切正常。85岁之后，妈妈时常脚疼，偶尔要吃止疼药。她还得过带状疱疹和丹毒，都没去医院，我请医生开药，找朋友或附近诊所的护士来家里输液治好的。

上述这些，大体就是妈妈这一辈子的医疗记录。像妈妈这样健康长寿的老人，都有着强烈的自我生存、自我疗愈的健康意识，无论活着还是死去，身体与灵魂都皈依自然。"我进医院，都是我儿子的意见。若依我心，我这辈子不会来医院。"妈妈住进医院穿上病号服时，跟身边的人说："我能活这么大岁数，就算了不起了。人的寿路长短是一定的，医院没有什么用啊。"这是妈妈骨子里对医院的看法。

妈妈首次住院九天，相当于做了一次全面体检。结果显示，除了白细胞很高，其他都没有问题，医生怀疑妈妈得了老年白血病。但我的好友、大连铁路医院神经科专家邓东风认为，妈妈已94岁高龄，什么样的诊断结果都不重要。老人不能输液太多，重要的是能多吃饭。而妈妈对生命的了解和把握，似乎超越医学所能到达的境界。她不断向我提出回家的恳求，说："孩子，这些检查都是白花钱。有没有病，妈自个儿还能感觉不到吗？我脑袋、身子、肚子里什么病也没有，妈就是老了，熟透的瓜，该落地了。你领我回家，我要死在家里……"在妈妈看来，那些繁杂的医疗仪器检查和化验，对她这个寿至终点的老人来说没有任何意义，都是无效治疗。长寿不靠医药，老去顺其自然，是妈妈这类老寿星与众不同的生死观念。邓医生惊叹妈妈有如此清晰的生命认知，赞同我早点儿领妈妈出院，并认为老人回家有亲人陪伴，生活较为方便，比在医院更有利于延长存活的时间。

出院那天，妈妈心情特别好。她跟接她回家的孩子们说："越老越没出息了，还住了几天医院。"妈妈一辈子从未得过大病，除了镶过几颗牙，身体其他部位都保持着原样。这样的幸福和运气，估计只有万分之一的人才会拥有。记得爹爹去世时，妈妈对我说过："你爹走的时候，身上没有一块褥疮，咱娘俩对得起他。"在妈妈生活的字典里，一辈子不去医院，有点儿小病小灾能自我疗愈，老了保持身子骨肉完整并死在家里，即善终。

回到熟悉的家，躺在自己那张洒满阳光的大床上，妈妈的精神立刻恢复了不少。"儿子，你快去张罗饭菜吧，回家我就没事儿了，这么多人得吃午饭呢。"妈妈像个好人一样对我说。"妈，还是你来做饭吧，你做饭好吃，我给你打下手吧。"我跟妈妈开玩笑。妈妈以轻松的语调回我："儿子，别说傻话了，妈伺候你的日子到头了……妈有功啊，现在该你照顾我了！"在生命到了不可逆转的紧要关头，妈妈依然如此沉稳，搞得我心慌意乱，鼻子一酸掉下眼泪。妈妈病倒虽不足半月，但她心知肚明所剩日子不多了。她最后的期望，就是让我和夏青等亲人在家里陪她度过最后的时光。妈妈说她想吃玉米粥、萝卜丝虾汤，我用高压锅做饭，兴芹做菜，一群孩子陪妈妈说话——我们就这样开始了对妈妈的临终关怀。

妈妈选择在家里安息，是真正的明智。她在生命的最后，享受到了家庭的温暖和亲人的陪伴。但是，我们儿女给予妈妈临终关怀的过程，陪伴妈妈去迎接死亡的经历，却是人间最残酷的遭遇。

妈妈从医院回家前两周，每顿能吃一小碗稀粥，病情稳定，精神状态不错。时值 2011 年国庆节，我坐在床边，与妈妈一起回忆七年前那个国庆节假期，那天下午，我和刚子，还有妹妹小霞和她儿子王成，一起扶着妈妈去登山。这座山在家附近，叫台山，又叫富国公园，海拔不过一二百米。妈妈说，她靠山住了十五年，就上去那么一次。那年妈妈 87 岁，登山时我们轮流搀扶着妈妈，妈妈只歇了两次就登到山顶。我一路给妈妈照相，留下不少照片。妈妈坐在山顶，俯瞰整个城市，无限感慨地说："这城市太大了，妈算是赶上了好时候，能看到这么好的光景。"我称赞妈妈是登到山顶的最年长者。登山回来的当天晚上，妈妈累得发烧，浑身筋骨疼痛，我很自责。妈妈说："不要紧，歇几天就好了。"是的，妈妈身体真好，三天后，当我把照片洗出来拿回家给她看时，她已经完全恢复了。想到这儿，我抱歉地对妈妈说："妈，我那时不知深浅，只觉得上山、下山不过两里地，没考虑到你是小脚，年龄大，登山不容易啊。"妈妈说："能动弹，多走走看看，心里亮堂，不后悔，现在想走也挪不动腿了。"我笑着安慰妈妈："今年国庆节，你想见的人都来陪你，你高兴吧？"妈妈说："我当然高兴，妈妈陪你五十多年了，陪不了多久了，土都埋到脖颈了……"

那个国庆节，许多亲人来探望妈妈。节后，秀清也从外地赶来，加上兴芹，组成一个护理团队，全天候照顾妈妈，对妈妈吃饭、喝水、服药、上厕所、穿衣、睡觉等给予精心陪护。妈妈说自己这辈子第一回这么无用，招来这么多人照顾自己。妈妈嘱咐四姐妹："眼下我还能自己穿衣、吃饭、上厕所，你们不用什么都帮我，等我不能动弹了再说。我可不能等到炕上拉、炕上尿再死，窝囊也把我窝囊死了。"我从商场买来一张大的折叠沙发床，方便四姐妹休息。妈妈体能越来越差，但每天坚持跟我们一起上桌吃饭，吃的还是玉米粥、芸豆炖土豆、白菜炖豆腐等家常便饭，别的不吃。妈妈说："老饭粒儿、老饭粒儿，离了饭粒儿就断气儿。我只要能吃饭，就死不了。"在妈妈的生活观念里，一碗粥，一个地瓜，远比药物更有效果。

可过了第二周，妈妈开始发高烧，健康状况一天比一天恶化。妈妈身心备受折磨，时常昏迷，几次说自己马上就要死了，要我们赶紧给她穿衣服。看到妈妈痛不欲生的样子，我感到走投无路，和家人做了商讨，决定再把妈妈送进医院。妈妈摇头不同意，我贴着她的耳朵告诉她："到医院请医生给你止痛，住几天咱就回家。""你可不能让我死在医院啊！"妈妈再次明确告诉我。

妈妈进入生命中最后一个冬天，我把她再次送进医院，那些例行的检查必不可少。妈妈问我："上次检查过了，怎么还做检查呢？"我告诉妈妈，打消炎药和营养药需要化验。医生给妈妈输液用了头孢药物，担心妈妈肺有炎症，同时还使用了氨基酸、葡萄糖和其他能量药物。11月3日上午，化验结果显示，妈妈的白细胞很高，医生建议最好做一次骨穿，以确定是不是白血病。查房时，刘教授说，骨穿很简单，不用进手术室，在处置室就做了，一旦有办法对症治疗，岂不更好？我开始也坚持不做，夏青更是站在妈妈的立场上，坚决反对骨穿。对生命的贪婪，是自酿的迷魂药。尽管骨穿确诊是徒劳的，治愈更是痴人说梦，可我还是为妈妈做了这件蠢事。4日上午十点左右，我把妈妈推进了病房处置室。隔着玻璃，我看见医生用一个小钻头钻妈妈的胯骨，然后抽了几管血。目睹妈妈疼得咬牙呻吟的样子，我的眼泪唰唰地流下来，追悔莫及，骂自己是个"糊涂虫"，给妈妈身体造成不该有的伤害。大约半个小时，骨穿结束，我和刚子、大伟进去把妈妈推出来。妈妈看到我的第一句话就说："太遭罪了……"我们把妈妈推进病房，妈妈用手按着胯骨的伤口对我说："儿子，领妈早点儿回家吧，在医院太遭罪了，医生也没本事救活我啊。"

就这样，妈妈第二次住院七天，病情毫无好转不说，我还对妈妈犯下一个愚蠢的错误。

妈妈住院期间，有两件事令人难忘：一是为夏青过生日，二是始终强调"要死在家里"。

那天，妈妈躺在病床上，有气无力地问我："明天夏青过生日，咱们回家吧，在医院怎么过？"我们每个人的生日，妈妈都记得牢牢的。我跟妈妈商量说："咱们在医院给夏青过生日，然后再回家好不好？"妈妈无奈地点点头。7日晚，我们全家人围在妈妈身边，在病房里摆满鲜花，为夏青过生日，也祝福妈妈早日回家。妈妈依偎在病床上对夏青说："青子啊，妈只能陪你过这一个生日了……"听妈妈这样说，我们都忍不住流下眼泪。这是妈妈最后一次陪伴家人过生日。

做完骨穿的那个傍晚，妈妈对我说："儿子，妈不行了，咱们回家吧。"深夜，妈妈发烧昏睡，嘴里喃喃地说："玉华，妈不行了，你别让我进你家大门，把我直接送到你爹那里去吧……"我贴着妈妈的耳朵说："妈，我是你儿子兴宇，不是玉华……"妈妈过了好久清醒过来，说："你看，妈妈90多岁，身边还躺着一个70多岁的儿子，我多有福啊！"我纠正妈妈的话："不是70多岁，是50多岁。"妈妈说："那也了不起啊，我死了没什么牵挂，你们都挺好的。"我说："妈，我还没孝敬够，你现在还不能死……"妈妈身子疼痛难忍，说："你抱我起来，给妈穿好衣服，我要死在家里……"我把妈妈抱在怀里，告诉她明天回家。此时，妈妈似乎不觉自己身处医院和黑夜之中，她想伸手揉揉眼睛看看窗外，但胳膊已无力抬起。

第三节　最后的陪伴

妈妈选择在家里老去，就是不放弃与家人在一起的最后时光。她明确告诉我、夏青和姐妹，她死在家里，免不了要麻烦我们照顾她一段日子，这是没有办法的事。我担受不起妈妈这般客气，痛心不已："妈，快别这样说，你还没麻烦过我们呢！"妈妈说："这回，不麻烦也得麻烦了。妈妈有功，你们陪我。"

妈妈为我们操劳一生，却只求我们陪她老去，我们唯一能回馈给妈妈的，就是遵从她的意愿，时刻陪伴在她身旁，给她温暖和关爱，帮她减少病痛，确保生命的尊严。

妈妈十分珍惜、享受与亲人在一起的时光。她并不在意探望的场面是否隆重、热烈，而是期待能与亲戚朋友做最后的、心与心的交流。我从未见过一个等待步入天堂的人，能像妈妈那样坚韧和沉静：能自己如厕，就不麻烦别人；能吃饭，就坐到餐桌上来；能坐起来，就绝不躺着；除了发烧疼痛难忍，几乎没有呻吟；有人来探望，多以微笑相迎；能说话聊天，就不放弃交流……她对每一位前来探望的亲朋好友，都是彬彬有礼，言行得体。有一天，我的一位朋友来看妈妈，妈妈用双手想支撑自己的身子从床上坐起来，可她已没有力气。妈妈面带微笑抱歉地说："对不起，我实在起不来了……"对他人的敬意与微笑，是妈妈永不消逝的风范。

得知妈妈生病，年近八旬的二姑和年近七旬的玉琴姐，破天荒地赶来陪妈妈住上几天；兴亚开车拉着他的七个兄弟姐妹来探望妈妈；好友王顺与妻子巧云，时常来家里陪伴妈妈聊天；妈妈的那些"门下食客"——几十个孙辈儿孩子，几乎每天都会跑过来看望她，送来各种好吃的东西。大伟和福伟还时常把自己不满周岁的孩子带来。妈妈说："我是这几个孩子的太奶啊，人活着，能见到四辈人的不多。"那些日子，家里来了不少人，有时影响妈妈休息，但妈妈知道这些人都是为她而来的，她分外开心。

可是，不管妈妈怎样坚强，她频繁发烧、日渐消瘦的现实越来越令人忧心。我担心妈妈发烧得肺炎，跟她商量："妈，我到医院给你开消炎药和营养药，请护士来家里给你打两天点滴，这样你就不那么难受了，好不好？"妈妈很顺从地点点头。妈妈不愿打针、吃药，可我总不能眼睁睁地看着妈妈遭罪啊。一天夜里，妈妈突然高烧三十九摄氏度，左脚和小腿红肿，妈妈疼得直说不想活了。我抚摸着妈妈滚烫的小腿、小脚，心疼不已。这时我突然想到，妈妈年轻时左腿迎面骨生疮数月——妈妈叫它"连疮腿"，一定是这个老病根在折磨妈妈。当天，我跟家人做了商讨，想请医生从解决妈妈的腿疼入手来根治发烧。正在这时，小霞的丈夫王世平来了，他说丹东家附近有个老太太，她的中草药止痛偏方远近闻名。那是一种外用药，专门治疗伤筋动骨及疼痛，效果奇特，就是比较贵。我像抓住了一根救命稻草一般，当即决定派刚子和大伟去丹东把这个偏方弄回来。次日早上六点多，刚子和大伟连早饭都没吃，就开车出发了。我给他们带上几块月饼和矿泉水，顺便为王世平的姐姐带上见面礼，求她姐姐在当地帮忙讨药。那是个星期天，妈妈发烧厉害，呼吸困难，全天只喝了两次米汤。我们守在妈妈床边，期待刚子和大伟早点儿带药归来。我反复安慰妈妈说，是这两只脚引起的发烧，一定想办法给她止疼。妈妈也觉得奇怪，医生说她什么病也没有，怎么就是不好呢？下午五点左右，两个孩子风尘仆仆从丹东开车回来了。我和妈妈高兴不已。妈妈稀里糊涂地问我："他们是不是走好几天了？"我告诉她是今天早上才走的。药带回来了，两小瓶，花了九百元，是刚子出的钱。我一边给妈妈涂药，一边笑着说："妈，你得两个孙子济了，不信你看，今晚你的腿就不会疼了，也不会发烧了。"妈妈说："不疼就好，死也少遭点儿罪。"给妈妈涂完药，用纱布把妈妈的腿包扎好，妈妈的精神状态立刻好多了，她开始起身喝水，还吃了一点儿蛋白粉。看到妈妈用药后退烧止痛了，我们围绕在她的身边，像庆祝一场胜利一样开心。我心想，这个来自丹东的偏方或许会治好妈妈的病。

这个偏方，对缓解妈妈腿疼起到一些作用。但好景不过三天，两小瓶绿色药液还没用完，妈妈腿上的肿痛又加剧了。那些天，开心与忧伤、幸福与痛楚时刻交织在一起，现在想起来还是一言难尽。在妈妈生命的最后一个月，我发现妈妈肚脐附近长出一个不小的肿块，用手轻轻触摸，感觉很硬，像一个瓷盘子扣在肚子里。这是妈妈生病以来，我感受到的最危险的变化。我问妈妈疼不疼，妈妈说不疼。医生朋友告诉我，妈妈随时有生命危险。从那时起，妈妈的身心加速衰竭，经常发烧、疼痛，以至于无法进食和入睡，陪在妈妈身边的四姐妹越来越感到束手无策。一天上午，我正在开会，妹妹打来电话说，妈妈朝她们四姐妹发脾气，拒绝吃药、进食和吸氧。我迅速跑回家中，在妈妈旁边坐下来安抚她："妈，吃点儿止疼药好不好？"我把药液靠近妈妈的嘴角，妈妈马上喝了一口。姐姐说："还是儿子说话好使……"大约半小时后，妈妈睡着了。几个姐妹悄悄跟我讲，妈妈多次在疼痛难忍时做出极端举动，可只要见到我，她就安静多了。我感慨不已，妈妈等我从未停止——从等电话、等鞋子、等我共进午餐，到临终前等我喂她吃药，那真是生在等，死也在等。

我的陪伴，妈妈最倚重。有好多个中午，我握着妈妈的手，躺在她身边，和她小声说话，感受她的心跳和呼吸的气息，希望她能安静地睡上一觉。看着妈妈干裂的嘴唇和疲倦苍老的神情，我想起了她年轻时的笑脸……

妈妈的呼吸一天比一天急促，夏青找她的学生买来一台制氧机，几个细心的孩子发现奶奶有痰吐不出来，赶紧买来吸痰器。有一天，妈妈出现吞咽障碍，连水都喝不下去了。姐姐抱着妈妈，妹妹给妈妈喂水。坐在一旁的果果见太姥连水都咽不下去，急得大声呼喊："太姥，喝下去！太姥，喝下去……"果果一声接一声的呼唤，给了妈妈意想不到的鼓舞。她一连喝下几口水后，转过头来看着果果流泪了。这个场景令人万分感动，我再次看到爱的力量有多神奇，亲人的陪伴有多重要。即使像妈妈这样刚强、明智的老人，其坦然赴死的主流意识，也会在身心受到折磨时发生自我冲突，并本能地发出最后的求救与呼喊——这是对生命和亲人的万般难舍。妈妈说："没死的时候，心里是难过的，死了就不难过了。"

为了让妈妈高兴，也为了减轻自己的焦虑感，那些日子我频繁到商场给妈妈买礼物。给父母买礼物，是人生一大幸事，这意味着父母健在，你有机会感受回报父母的愉悦。我买她喜欢吃的、能用得上的东西。哪怕她只吃了一口，只用了一次，我也感觉心安不少。我和亲人们给妈妈买床单、被套、睡枕、抱枕；还有用时髦材料制作的小方垫子；还买了一套白地儿、红花的毛绒翻领针织睡衣，妈妈穿上宽松舒适，温暖合身；还有毛衣、毛裤、内衣、袜子和各种进口食品。见我们不断买东西回来，妈妈说："孩子，妈都要死了，你怎么还乱花钱呢？多浪费啊！"我对妈妈说："浪费我也高兴。"

第四节 "我要穿上那件红毛衣"

妈妈准备赴死，而且一定要死在家里，这是一种强大的生命勇气；对我来说，则是从未有过的压力、焦虑和痛苦。死神是残酷无情的。国庆假期的最后一天——10月7日上午，躺在床上发高烧的妈妈，突然说她不行了，要我们赶快把她"睡觉的东西"拿来，给她把衣服穿好。看见妈妈就要死去，我像被闪电击中一样，四肢僵直，万分惊恐。妈妈真实地感到死亡来了——她心躁不安，呼吸急促，进食、饮水、吃药困难，死去的意愿十分坚定："我不能再活了！我要去见你爹了！"妈妈嘴唇青紫，说话声音颤抖。"妈妈，你不能死，我爱你、想你……"我一边给妈妈拿"睡觉的东西"，一边哭着跟妈妈说。"我不怕死啊，你别难过。我死了，你的负担就轻了。""我知道再过几十年我也会去见你，但是你走得太快了。""不到十二分你别去见我，那不是什么好地方。"我和家人一边流泪，一边给她穿衣服。"给我穿上那件红毛衣……"妈妈盯着那件红色羊绒衫说。她依偎在被褥上，竭力配合我们给她穿衣服。我们先给妈妈穿好白色的衬衣衬裤，接着穿那件红色羊绒衫和黑色裤子，最后穿上那件黑面红里的长外套。穿好衣服，妈妈一下子安静许多。她躺在床上，随时等待死神把她领走；我们在妈妈身旁静默肃立，祈祷妈妈能多活几时。我感觉自己从来没有那么紧张，心里憋得不行，忍不住哭出声来说："妈，你知道我有多爱你，你不能死啊！"所有人都哭了。妈妈睁开眼睛，望着窗外，自言自语地说："现在走，正是好时候，天不冷不热……"

"我要穿红毛衣死去"，这大约是妈妈两年前做出的安排。有一天，夏青给妈妈买回来一件红色圆领羊绒衫，让妈妈穿身上试一试。妈妈高兴地说："这件毛衣颜色好看，穿上正合适。"夏青要妈妈别脱下来，趁能动弹好好浪一浪。妈妈说她毛衣有好几件，这件先留着，等出去串门再穿。那年春节，妈妈按照惯例，把她"睡觉的东西"拿出来整理一番，说她最喜欢夏青给她买的那件红毛衣，随手把它放进去。妈妈说，这是她最后一次更新自己"睡觉的东西"。妈妈一边叫我把"睡觉的东西"重新放到衣柜的顶层，一边叮嘱我："儿子，妈活不了几年。妈不信老一套的说法，说什么死人穿红衣服不好，我这么大岁数，死了是喜葬，我要穿上那件红毛衣……"

妈妈为死亡做好所有准备和安排——包括把穿红毛衣死去这样的细节都紧紧抓在手上，人生最大的明智与圆满，莫过于此。"瓜熟蒂落"的死，应该是理想的、令人欣慰的结局。陪妈妈走过生命最后时刻，给我带来了一场感悟生死的强烈思想风暴。

等待死亡的惊悚持续几个小时，妈妈高烧退去，渐渐苏醒。"哎，我怎么又活过来了，能看见你们了？给我拿点儿水喝……"妈妈活着，我们大家兴奋极了，又能继续听她讲那过去的故事了。傍晚，妈妈神奇地从床上坐起来，要我们搀扶她到餐桌上，与大家一起吃晚饭，吃饭时还笑着说："看来我暂时还死不了。"妈妈吃了一小碗稀粥，精神顿时好起来。我搀扶妈妈回到床上时，她清醒地告诉我："这回我好了，也不脱这件红毛衣，穿几天冲一冲晦气，兴许还能多活几天。"我笑着对妈妈说："妈，你就穿它别脱下来，等我再给你买一件新的，也要红色的……"妈妈赶忙说："你可别买了，乱花钱，妈穿一件走就够了。活着你们待我好就行了，死了简简单单，别铺张浪费。"我点头同意并给妈妈讲:"妈,我本来给你订了一口板栗木大棺材,可是你已经迟到了,叫别人拿走了。"妈妈缓慢地合起手掌,轻轻拍手说:"好,我喜欢,等我晚些时候再用不更好吗?多活一天赚一天。""做棺材的人说了,你用得越晚,收钱越少;如果你活到百岁,人家免费送。""那好,我就活到百岁!"妈妈劫后余生,谈笑自若,令人感动不已。

"我要穿那件红毛衣"——或许是妈妈一生所做的最为张扬的一件事儿。我决定再给妈妈买一件红色羊绒衫。在妈妈大难不死的第二天中午,我去锦辉商城为妈妈买了一件粉红色的羊绒衫,又买了一条加厚羊毛裤。回到家里,我高兴地对妈妈说:"妈,你看我给你买什么好东西了?"妈妈嗔怪地说:"你又乱花钱,妈妈都要不行了,买这些衣服不是浪费吗?""妈,你说你喜欢不喜欢?""这个颜色真好看啊,妈喜欢……""来,妈妈,我给你换上新的。你活到百岁,我再给你买更好看的羊绒衫。"我和姐妹们扶妈妈从床上坐起来,妈妈很配合,脸上露出微笑。穿上新羊绒衫,妈妈心情明显好多了。"现在生活多好啊,要不我怎么不愿意死呢?我活得幸福啊!"

作为儿子,多给妈妈买一些好看的衣服,一定会增加她的幸福感——这是妈妈穿上新羊绒衫之后,我在下午上班路上的领悟。可晚上下班回家,发现妈妈又换上了那套粉红色的睡衣。妈妈告诉我,穿那件新羊绒衫太热了,等天冷再穿。姐妹们悄悄对我讲,妈妈喜欢这件羊绒衫,想留着去世时穿。她让姐妹们把它放好,别弄脏了。我们按照妈妈的心愿,在她生命的最后时刻,给她穿上那件新的羊绒衫。这是妈妈一辈子最风光的打扮。只有活得很幸福、很明智的高龄老人,才能拥有这般"乐死"的境界。

唯一遗憾的是,妈妈活着时,我很少想过妈妈也是女人,应当为她爱美做点儿什么。

每个清晨,妈妈从床上慢慢起身,两只小脚小心地从床边挪到地板上,穿上我从韩国带回来的那双蓝花小拖鞋,双手扒着床边站起来,走到窗口,拉开那副米老鼠印花的黄色窗帘,让晨光进入房间。然后,妈妈转过身来,轻手轻脚地走进卫生间,拧开水龙头,开始用凉水洗手、洗脸。妈妈两个手掌挤压水流,发出"嘎巴嘎巴"的脆响。夏青问我:"妈妈洗手为什么会发出这样的声音?"我解释道:"妈妈洗手也喜乐呗。"在洗脸池旁边,放着夏青用的洗面用品和化妆品,妈妈从来不用,只用香皂。夏青建议妈妈用点儿化妆品,妈妈说:"年轻时连肥皂都没有,不是也活得挺好?那年头,全家人用一个铜洗脸盆，用一条毛巾擦脸。洗脸洗头用硝灰水，过年杀猪了，自己动手做两块猪胰子，抹上去粗刺刺地能磨破脸皮，现在有香皂就够好了。人老了，擦什么都没有用。"妈妈一边洗脸，一边对着梳妆镜，往头发上抹一些凉水，把睡觉时弄得零乱的发丝理顺。用毛巾擦干脸，妈妈走回自己房间，拿起那把百年老篦子，对着窗台上的一个小镜，开始一下一下地梳头。梳几下，妈妈停下来，用手将脱落下来粘在篦子上的头发，一根一根地摘下来。梳上几分钟，妈妈稀疏的头发，像篦子齿儿一样整齐……

从喜爱漂亮拖鞋、动画图案窗帘，到执着地以凉水"美容"和"护发"，再到用百年老篦子梳理头发——这些日常的生活细节，到处可见妈妈爱生活、爱美丽的心性。直到妈妈满脸皱纹、步履蹒跚，爱美依然是她心中最闪亮的部分。

妈妈一辈子没用过化妆品，甚至连手都没擦过雪花膏。我工作挣钱时，不曾想过给妈妈买化妆品。假如我给妈妈买点儿雪花膏，她也许会听我的话，至少享受一下女人化妆的乐趣。记得妈妈过 90 岁生日，当夏青把一条金项链作为生日礼物给妈妈戴上的时候，妈妈脸上呈现出别样的欢喜。她几次低下头，用手托起项链仔细地看。那天，妈妈也是身穿红上衣，她满脸笑容对亲人们说："我儿子和儿媳对我好，你们看我这老太太多有福，什么时髦的东西都有，穿金戴银，没有比的。"这件事告诉我，不是妈妈不爱美，而是我忘了妈妈是个女人。事实上，我们每一次给妈妈买新衣服，她都很兴奋。嘴上说"别再花钱了"，心里却满是喜悦。她把新衣服转过来看、翻过去看，然后再穿上，对着小镜子和大镜子左看右看，掩饰不住女人的爱美之心。妈妈个子矮小，买不到合适的西装，夏青领着妈妈去一家裁缝店，给妈妈做了一套黑色西装，并佩戴一枚白银胸花。从此，妈妈只要出门，一定要穿上这套西装。这是妈妈一辈子穿的唯一一套西装。第一次穿上它的时候，妈妈就说："女人穿戴好，比吃得好高兴。"想起妈妈的话，我责怪自己忽视了妈妈的爱美天性。

夏青曾给妈妈做过一次面膜，没想到，妈妈的感觉超好。记得那是一个炎热的夏日，我和夏青带着妈妈、女儿和刚子去海边玩儿。夏青在海滩上陪妈妈，我和女儿、刚子下海游泳、捞海带，玩得不亦乐乎。第二天早上，夏青问妈妈："妈，昨天累了吧？""不累，什么事也没有。"妈妈说。这时，夏青突然大笑不止，把妈妈给笑蒙了。"兴宇，你快来看啊。"夏青喊我到妈妈跟前。夏青撩起妈妈鬓角上的灰白头发说："你看昨天在海边把妈晒的，脸都晒黑了，只有眼角皱纹里面是白的……"我逗妈妈："妈，你晒得像斑马了。"妈妈照照镜子，笑着说："管它黑的白的，不是病就好。妈老了，什么都不在乎，过几天颜色就褪了。"夏青告诉妈妈，等她晚上下班回来，给她做面膜，把白脸变回来。那天晚饭后，妈妈乖乖地躺在床上，享受儿媳给她做面膜。数日后，姐姐来了，妈妈跟姐姐聊起夏青给她贴面膜的事儿。她说："前些日子，夏青说我脸晒黑了，给我做了面膜。做不做面膜，妈这张老脸还指望变年轻啊，我就讲这事儿，妈一辈子没做过面膜，夏青非叫我体验一下，这都是妈的福气。你们在农村是不是没用过这东西？夏青对我用心啊！"

我以为，妈妈94岁头发还半黑，身体没有病，一定和她一辈子保持简朴、简单的生活习惯有关。然而，从贫困年代走过来的妈妈并非不爱美，只是年轻时没有爱美的条件。她要把有限的精力用来照顾孩子和家庭，要把捉襟见肘的生活资源分配到衣食住行上。而我，只是习惯于妈妈一生的简朴，忽视了她也爱美这个事实。

第五节　叶落归根

叶落归根，是妈妈的乡愁。故乡那块"巴掌大"的穷地方，有她眷恋的山水、土地和老亲近邻。妈妈进城后始终不忘老家的亲戚朋友，其思乡之情深藏着叶落归根的愿景。

妈妈进城时就跟我说，等她和爹爹老了的时候，一定要把他们送回傅家堡子，埋进四方地的祖坟。短短五年后，爹爹离去。在我和妈妈把爹爹送回老家安葬的前夜，我给兴洲哥和兴亚、兴同、兴来弟弟打了电话，他们便组织父老乡亲为爹爹入土为安做好了一切准备。那时，兴洲哥和兴同弟的父母——我的国斌大爷和大娘还健在，为爹爹操办祭祀活动的宴席，都是在国斌大爷家完成的。这件事儿令我第一次有了故乡是生命根基的感觉。我懂得了妈妈对故乡的依恋和牵挂，不仅是一种精神寄托，更是实现叶落归根不可或缺的依靠和力量。等到妈妈将要老去时，她一再叮嘱我："妈第一天死在家里，第二天你就把妈送回老家和你爹埋在一起。树高千尺，叶落归根。"妈妈对魂归故里的渴望，使我深切感到，故乡是血脉之情，故乡是骨肉之亲，故乡是生命之根，故乡是灵魂之所。

妈妈对老去唯一不愿接受的一个现实，就是火化。妈妈病重期间，多次跟我说："儿子，妈妈就是不想火化……"二姑是个急性子，跟妈妈说："嫂子，你是个聪明人。你儿子是国家干部，你不火化，违反国家政策，难道你死了还想把儿子整回家种地吗？嫂子，你聪明一世，可不能糊涂一时啊！"妈妈跟二姑说："我不想火化，倒不是有老思想，就是感觉火葬场的火炉，把人烧得太揪心了！人死了，直接埋到山沟里不是挺好吗？把我埋到四方地里，影响什么了？不比烧成灰更省钱、更省事吗？还没有污染。"夏青对妈妈说："妈，你这个要求不过分，让我和兴宇想想办法，看看行不行。""侄媳妇，你可拉倒吧！你们都是共产党员，可别干这傻事儿，看人家不告你们！"二姑对我和夏青严厉地说。妈妈没等我说话，退一步说："妈知道你是国家干部，得响应国家号召，妈不难为你。你别忘了，不管火化不火化，一定得给妈买一口板栗木的大棺材。""妈，我不是告诉过你，棺材已经做好了，你若活到100岁，人家免费送。"我郑重地告诉妈妈。妈妈说："妈活不到百岁，94岁足够好了，老傅家的妇女我最长寿。我知道，给妈花钱买棺材，你不会心疼。你爹死得仓促，没有棺材，装在那个骨灰盒里，地方太小了，连翻身都翻不过来。这回有棺材了，我和你爹都宽绰了。"妈妈这番话使我想到，我把爹爹送到妹妹家犯了大错，使安葬爹爹留下遗憾。

妈妈不再纠结火化之后嘱咐我，她的葬礼"一定要简简单单，不给别人添麻烦"。妈妈具体跟我讲："妈就你这一个儿子，咱们离老家五六百里地，你不用两头跑，别累坏身体。妈死后，你给兴洲、兴同、兴亚和兴来哥几个打个电话，傅家堡子那些叔叔、兄弟和亲朋好友，保准都来帮忙。他们在四方地把圹子提前挖好，你把妈送回去下葬就行了。妈人缘不错，这个你不用愁。可你怎么也得杀口猪，给帮忙的父老乡亲准备几顿饭菜，这是老规矩。国斌你大爷大娘都不在了，请客吃饭还得放在兴同家，就得麻烦兴同了。他们家离祖坟地近，地方大点儿，有个院儿。我约莫，怎么也得摆个二三十桌吧，来给我送葬的人不能少了。你出钱替妈妈请客答谢，这个面子咱们得要。妈妈活着时跟儿子过得挺风光，死了不讲排场，但得让别人看看我有个好儿子。你懂妈的意思……"我请妈妈放心，一定安排好这些事情。妈妈说话平静，我心波澜迭起。让我没想到的是，我刚刚离开，妈妈就跟兴芹说："我是说叶落归根、简简单单，可等我死了，你二哥还是得张罗一阵子。买棺材、下葬、请人吃饭，什么事儿都得他操心，我心疼你二哥受累啊！"妈妈去世后，兴芹将这一切告诉我。

妈妈对"终活"的安排如此精细，令我哀伤，也给我惊奇。在妈妈离开我们的前几天，也就是给我做最后一顿豆腐的那天中午，家里只有我和姐姐、妹妹。妈妈让我扶着她坐到饭桌上，叫我和姐姐、妹妹围在她身边，说自己要在糊涂之前，跟儿女们说几句话。这时候，妈妈说话已有气无力，但她就像能控制住死神一样，把握最后清醒的时机，跟我们三个儿女讲了很长一段话。

"妈这辈子过得很满足，晚年就更满意了。我嫁给你爹，他从来没有打骂过我。和你老叔分开家，我就当家。我说得对的事，他就去做，我们俩一辈子没打过仗。你爹不会干屋里的活儿，我有病他也想不到给我做口饭吃。但他聪明能干，爱老婆孩子，过日子、种地，比一般男人都强。给生产队赶了三十多年大车，队里的一个苞米粒、一捆柴火都不会往家拿的。妈生了八个孩子，就剩下你们三个'秋纽子'，没想到我儿子有出息，领我进城又活了二十年。这日子过得多好啊，粮食、鸡蛋、鱼肉吃不了，得大伙儿帮着吃。我儿子、媳妇对我好，明明我身子沉、挪不动，我也要给我儿子媳妇做饭去。你爹没我有福气，死得早点儿，也算可以，活到76岁。人，早晚都是那么回事。我死了，没有什么可挂念的。你们从小到大，爹妈都不打不骂。穷的时候尽量不让你们饿着，破旧衣服从来都给你们洗净，连补丁都不带缝歪的，穷也有个穷志气，活得像个人样。人家说老国昌的几个孩子挺本分，我就满意。你们没让爹妈多操心，每家日子都过得挺好的，这就行了。就剩下夏夏、王成没找对象，佳佳还没有孩子。什么事情都不用着急，慢慢来。妈妈年轻时就想，我将来生一堆孩子，管它穷富，哪怕住一个破房子漏风漏雨，只要家人团结和睦、健健康康，老的时候都守在我身边，就心满意足了。"妈妈一口气说到这里，我打断她的话说："妈妈，我们现在都守在你身边，你的愿望实现了。"妈妈说："妈现在什么都圆满，没有牵挂，就是和你们没过够啊！"说到这里，我们和妈妈都哽咽了。我说："妈，你活得够精彩了，我们都要向你学习。"妈妈说："是啊，全哈达碑公社，我也算活得最好的一个，到老了享这么多福，满足了。"

这是妈妈最后的人生小结，是对我们儿女最后的教诲和告别，也是妈妈"终活"的重要安排。

第六节　妈妈，安息吧

妈妈去世前的一天下午，她躺在床上，透过窗户望着落日，跟我说："儿子，妈妈是有福之人啊，现在快阴历十月底了，天气不冷不热，坟地没上冻，下葬的时候，大伙儿忙乎也不冻手。咱们住在大连有多好，回老家不远不近，开车不用半天就到了。你当年听妈的话没去深圳就对了。去深圳，爹妈死了，你想送爹妈的骨灰回老家，想回来给爹妈上个坟都困难啊。"我对妈妈说："妈，你一辈子有人缘，也有天缘……"妈妈说："妈这一辈子净做善事，积了不少德。老天爷有眼，叫我活了这么大岁数；我死的那天，它也能给我方便，不信你看吧……"

妈妈常说"老天爷有眼"。我信这句话，皆因妈妈去世时来自老天爷的一系列梦幻般的操作，那真叫"吉人自有天相"。

2011年11月20日，妈妈生命垂危。早上妈妈缓缓地睁开眼睛，见我站在她床边吃馒头，妈妈嘶哑着嗓子跟我说："你就这么吃，能吃饱吗？"听见妈妈又能说出话来，我禁不住掉下眼泪。那天中午，妈妈只喝了几口萝卜丝汤，整个人失去了活力。到了晚上，妈妈难受得无法躺下，我们轮流在床上抱着妈妈，她才能感觉舒服一点儿。夜里十点，妈妈在兴芹的怀里喃喃自语："我什么时候能好？"我贴着妈妈耳边说："妈，我给你吃药止痛……"我给妈妈吃了两片止痛药，妈妈开始昏昏欲睡。所有人都清楚，妈妈熬不过这两天了。

11月21日，周一，妈妈的状况更加糟糕。近日来在家里陪伴妈妈的我的好友王顺及妻子巧云，跟我商量妈妈的后事。好兄弟王顺是这方面的行家里手，帮我联系遗体火化、开追悼会等事情，并遵循妈妈遗嘱，对妈妈的后事做出安排。在我最难过的时候，王顺夫妇给了鼎力支持，使我有了依靠。白天，妈妈大都处于昏迷状态。夜里，我和刚子轮流抱着妈妈，到了深夜，妈妈躁动不安。她想坐起来，坐一会儿又要躺下，然后再坐起来。她闭着眼睛，在昏迷不醒的状态中，不停地扬起两只胳膊，想去抱我们。我痛苦万分，就像被吊在炼铁的高炉里烘烤一样。

22日凌晨两点，妈妈再也没有挣扎的力量了，只有微弱的呼吸，眼睛不会转动。姐姐整夜一直在哭。我贴着妈妈的脸，止不住泪水："妈，我不能没有你……"我呼唤妈妈时，她偶尔会睁开眼睛。早上，我为妈妈做了小米稀饭，给她盛了半碗米汤。可怜的妈妈再也不能吃我做的饭了，她甚至咽不下一滴水。我再次呼唤她，她艰难地睁开眼睛，然后慢慢闭上，呼吸变得越来越急促。妈妈的生命快走到尽头了。我给女儿、儿子打了电话。中午，我跑到大连晚报社，请总编辑赵振江和摄影记者高强帮忙，给妈妈放大两张遗像。

我和所有亲人守护在妈妈身旁。晚上七点多，窗外乌云密布，天色突然变黑。我把手放在妈妈的胸口上，感受她最后的心跳。我给妈妈测量血压，低压70，高压105。到晚上八点，妈妈的心脏还在跳动，但手腕的脉搏几乎感受不到了。这时，外面雷声大作，下起了大雨，我想妈妈在弥留之际，一定感受到了老天爷在为她哭泣。"明天就是小雪节气了，天上还打响雷，下大雨，这是老天爷有灵，在给大舅妈送行……"秀清的说法，给我们带来不少安慰。我说："妈妈前几天还说老天爷有眼呢！"秀清对我说："二哥，有话赶紧跟大舅妈说，现在她还能听见。"我趴在妈妈耳边哭着说："妈，你没什么大病，就是贫血。你岁数太大了，儿子救不了你。妈，我太爱你了，我们母子的缘分太深了！我永远感激你，我的好妈妈，你安心地走吧，我会永远怀念你的……"我说话妈妈听到了，她的头微微动了几下。几分钟后，妈妈心脏停止了跳动，她老人家安详地走了。我把墙上的时钟调停了，时间是八点三十五分。我们恸哭与妈妈永别，外面再次响起隆隆雷声。此时，我发现妈妈的脸色变得好看了，十几年前因面部中风受到影响的左眼神奇般地复原了。想到世上从此再无吾娘，我按捺不住内心的哀伤与冲动，想最后一次感受妈妈的体温，贴一贴妈妈那张给了我一生微笑的脸，握一握妈妈那双苍老的手……秀清过来拉我说："二哥，别把眼泪掉在大舅妈身上……"

我和亲人们把妈妈抬到客厅中央，设立简易灵堂，磕头、烧香，为妈妈披麻戴孝，彻夜守灵。我在哀伤中拿起电话，按照妈妈的嘱托，联系老家那边的亲人，落实安葬妈妈的事情。我先跟兴同通话，他安慰我："二哥，你别难过。你说巧不巧，今天咱们这里下了一场大雪，有一尺多深，你看我大婶多有福啊！老家这边的事儿不用你操心，你说怎么办就怎么办，请客吃饭就在我家，不用客气……"我感谢兴同，请他和弟媳王静多操心。至于请厨师、借餐具和杀猪、买菜这些事，全都交给兴来三弟负责。兴来在电话里对我说："二哥放心，明天半夜两点我开车去县城，把米、面、油、蔬菜和豆腐等全都拉回来，早上八点，保证把厨师和东西一块送到兴同二哥家里。上午到坟地挖圹子的人，怎么也得有二三十个，中午和晚上咱们供饭，大伙儿到兴同二哥家吃饭……"我嘱咐兴来："老三，烟酒和饭菜一定要准备好点儿，二哥要替你大娘好好答谢父老乡亲。"兴来办事准成，给了我一些建议。我打电话给兴洲哥，他是同辈里的哥哥，懂得丧葬风俗和礼节，我请他负责妈妈下葬的有关事宜。兴洲哥说："我大婶魂归故里那天，一定要隆重一点儿，应该雇一支吹喇叭的队伍，从哈达碑一直吹到祖坟。明天一早我就到坟上去，找人把圹子挖好。咱们这里下大雪了，我大婶一辈子有人缘，也有天缘！后天上午十一点前，你把我大婶骨灰送回来下葬，开车注意安全，别的事儿不用你操心。"我告诉兴洲哥，妈妈生前就说，回老家安葬要简简单单，不要麻烦人，只要入土为安就行了。妈妈要的板栗木棺材，是李元茂二哥帮我找人制作的，会准时送到坟上。咱们在坟上把我爹妈的骨灰合葬，举行一个简单的下葬仪式。兴洲哥赞成我的意见。至于兴亚，我让他明天一大早赶到兴同家，帮助接待客人。前后不到十五分钟的通话，安葬的事情全部搞定。老家父老乡亲和兄弟们的情义，让我再次感受到故乡的热忱和故乡的力量。妈妈若有感知，一定很欣慰。

就在这时，兴同给我打来电话，他说老家那边的大雪仍在下，担心后天我们开车送妈妈回老家不顺畅，若走营口大石桥这边，怕魏大岭雪深过不去；若走庄河这边，也有几个山岭雪大不好走……兴同的提醒很及时，我必须考虑送妈妈回老家的安全问题。

夜深了，我拿起平板电脑，开始为妈妈写悼词。我流着眼泪，追溯妈妈一生的功德，写了下面这段文字：

2011 年 11 月 22 日（农历十月二十七）八点三十五分，杨桂芝永远离开了她热爱的儿孙和亲人，享年 94 岁。

这位出生在辽宁岫玉之乡的农村妇女，以善良、仁爱、勤劳、智慧和坚韧的品质，赢得整个家族和所有亲人的爱戴。

作为妻子，她与赶马车的丈夫恩爱一辈子，从不吵架；作为妈妈，她教育孩子念好书、做好人；作为长嫂，她养大五个小姑小叔；作为祖母和外婆，她关心和喜爱一大群孙子们；作为一个从旧社会走过来的小脚女人，她对新社会、新国家、新生活充满感激。

她一生热爱家务劳动，以永恒的热情照顾亲人；她生活节俭，天天粗茶淡饭，保持身心康健；她意志坚强，无论中年丧子还是晚年丧夫，她都咬紧牙关，继续乐观生活。

今年中秋节病倒后，面对死亡，她告诉儿女："没有父母能陪儿女一辈子，你们孝敬我，我能活到 94 岁知足知乐。"她努力活好最后的日子，只要能吃能动，就不用别人伺候。她要求儿女在她死后，安葬简单节约，不要浪费和声张。

杨桂芝，一个平凡而伟大的女人，她无愧于好妻子、好妈妈、好奶奶、好姥姥等所有女人的角色。她对儿女及其所有亲人和朋友们做的好事，就像老家岫岩玉石矿的山泉一样，清甜地在大家的记忆中流淌。而她的优秀品德，就像无比珍贵的玉石一样，被亲人崇尚和效仿。

让我们永远怀念杨桂芝！

杨桂芝，安息吧！

11月23日上午，我们将妈妈的遗体送往殡仪馆火化，王顺为妈妈主持简短告别仪式。他诵读了我给妈妈写的悼词，并将参加追悼会、献花圈的亲朋好友名单融入其中，代表我向所有前来为妈妈送别的人表示感谢。告别仪式结束，殡仪馆那位令人尊敬的领导和长者，让我们最后看一眼妈妈。他说："这位老人的面相特别端正、安详，不需要任何整容处理。"目睹妈妈慈祥的容貌，我泣不成声。亲眼看着妈妈被烧成灰烬，真实感受妈妈说的"把人烧得太揪心了"，我撕心裂肺，彻底崩溃！

把妈妈的骨灰临时存放在殡仪馆，我和家人一起商量明天何时出发，走哪条路，才能把妈妈的骨灰平安送回老家安葬。老家，是名副其实的大山沟。山大岭大，夏季雨大，冬季雪大，雨雪时常阻断交通。连那里历史悠久的玉石矿，也被山高路远挡得不见光环。然而，对故乡的眷恋使我注意到，位于321省道、地处营口和丹东之间的老家，与我和妈妈居住的大连，有着越来越多情感的、地理的有趣关联。从大连开车回老家有两条路，一条是沿着渤海岸边的沈大高速北上，到营口大石桥出口后向东拐，走321省道；一条是沿着黄海岸边的丹大高速向东北行驶，在庄河东出口向西拐，走203省道。把两条回老家的路连接起来，大致就是整个辽东半岛的轮廓。"这个轮廓，很像一个等腰三角形。大连在辽东半岛最南端，位于这个等腰三角形顶角位置；沈大、丹大两条国家级高速公路，相当于这个等腰三角形的两条腰；丹东和营口两个城市，分别处于等腰三角形两个底角位置；而老家及祖坟，则不偏不倚，正好位于等腰三角形底边的中点。这是不是有点儿神奇？我用汽车里程表作过测量，无论走哪条路回老家，都是将近三百公里，两者相差不过五公里。"有一次，我把这个发现讲给刚子、大伟等孩子们听，他们觉得老家的地理位置真是挺有意思的。明天走哪条路送妈妈回老家，才能不被大雪阻隔呢？我顿时眼前一亮，脑子里跳出来一条极为有用的应急信息：国庆节前，连接丹大、沈大的大孤山到海城的高速公路全程开通，途经岫岩县城。"我们走大孤山，明天早上五点左右出发。"一直陪着我的几个孩子，见我有了主意，不再愁眉紧锁，安心睡觉去了。

11月24日，妈妈去世第三天的早上五点多，东方刚露鱼肚白，我们开着十几辆小汽车从大连出发，沿着黄海岸边的丹大高速行驶，送妈妈回老家安葬。李元茂二哥的头车在前面开路，大伟开车紧随其后。佳佳手捧奶奶遗像，坐在大伟旁边。我和妻子、女儿在刚子车上，我坐在副驾驶位置，手捧红布包裹的骨灰盒，将其平稳地放在怀里，如几天前在床上抱着妈妈那样小心翼翼。太阳渐渐升起，我一路给妈妈报地名，就像过去带她回老家，给她当导游一样，祈祷她平安回到老家，与别离十五年的爹爹团聚。那天，雪过天晴，高速路上焦黄的落叶，零落稀薄的雪片，在车轮下打旋飞舞，好似初冬发出的悲凉呜咽。我不断用手绢擦眼睛，不让眼泪落到妈妈的骨灰盒上。过去十几年来，每年我都会拉着妈妈回老家几次。妈妈坐车，不上厕所，不打盹，一直看着窗外的风景，感叹出门逛一逛心里亮堂堂啊。想起这些平常往事，我心潮起伏，禁不住哭出声来喊："妈妈，我再也没有机会拉你看外面的风景了……"

我不知沉浸在哀伤中多久，车子一个急转弯，刚子说："舅舅，上新高速了。"我回头看，这条刚开通的高速公路，垂直黄海岸边，转向西北，我和妈妈从未走过。几分钟后，车窗外闪过路牌，上面写着"下一出口：新农"。新农？这不是二十五年前爹爹撞坏脑袋的地方吗？瞬间，车队驶入一个长长的隧道，里面灯火通明，看不到尽头。车轮在隧道里轰鸣，犹如穿越另类时空。车驶出隧道瞬间，呼啦一下，耀眼的阳光下，天地一片洁白，眼前呈现出一个完全不同的世界。从沿海地区进入老家山区，气温明显变冷，村落、田野和连绵起伏的群山，被白雪覆盖。眼前一望无际的雪景中，有一道伸向远方的黑色线条，那是大雪覆盖的高速路经车轮碾压露出的真实容颜。它像一条黑色巨龙，划开厚厚积雪，向西北老家方向蜿蜒前行。越是接近老家，气温越低。上午八点半左右，我们从岫岩出口下高速，直奔老家祖坟。大约九点半，送葬车队抵达傅家堡子。眼前，这个群山环抱的小山村，银装素裹，一片圣洁。老家初冬这匆匆而来的第一场雪，好似老天爷送给妈妈的一份祭奠。在祖坟前面几百米长的公路两旁，有数百人站在雪地上，迎接妈妈魂归故里。他们有的燃放鞭炮，有的在四方地边上的山神庙前烧香，有的手里拿着吊唁的烧纸。

国海大婶等一帮女人聚集在路边哭泣。我和佳佳分别手捧妈妈的骨灰和遗像下车，夏青和女儿、姐姐、妹妹、刚子等其他亲人，在后面排成一列。家族里的叔叔、姑姑、兄弟姐妹、亲朋好友和街坊邻居，纷纷涌上前来安慰我们，并向妈妈表示悼念。人群中包括从沈阳专程赶来的张凤文、唐述新、王振红和赵晓明等几位好同事、好哥们，他们代表新华社来为妈妈送行，他们也都曾对爹妈有过帮助和照顾。此情此景，令我十分感动。兴洲哥领着我们往墓地走，他说："我大婶在咱们老傅家女人中活得岁数最大，人缘最好，今天来送她的人也最多。她离开傅家堡子二十多年，大伙儿都没忘她。"

到了墓地，兴洲哥指挥乡亲们拉开一个大毡布遮住太阳，我把妈妈的骨灰安放在板栗木棺材里，然后给妈妈放上枕头，盖上被子，把妈妈的手镯放在枕边，为妈妈安魂合棺，与爹爹团圆。接下来，几十位壮劳力拿起铁锹，不一会儿就把爹妈的新坟填了起来。人们在爹妈坟墓四周插满白色、黄色菊花，兴洲哥在爹妈坟头放上两张小饭桌，摆上酒肉、馒头等供品。与兴洲哥一起来的石老先生说："大雪降新坟，福禄泽后人。这老人家福大啊！""现在，我代表兴宇，向所有前来吊唁的亲朋好友表示感谢。请大家给我大婶磕头、敬酒、烧香，先从老傅家男性长辈开始……"兴洲哥站在妈妈坟头大声喊话。国柱老叔首先跪在地上给妈妈磕头，紧接着是国海、国龙、国贤、国林、国红几位叔叔跪下来给妈妈敬酒。来给妈妈送行的亲朋好友、街坊邻居有一百多人，不少人在磕头、敬酒时，眼里含着泪水，嘴里念叨着妈妈曾经的好。妈妈说过："人死了，有人说你好，给你上坟烧纸，就算没白活一回。"

妈妈离开故乡二十年，在她身故的时候，依然得到老家人发自内心的祭奠和怀念。

第二十三章　思念是世上最长的路

我将在思念父母的这条长路走下去，直到与他们团圆的那一天。

妈妈说："人想人，想死人。"小时候不解其意，兴绵哥去世，看到妈妈想得死去活来，浅浅地领会一点儿意思；直到妈妈离世，我才真正体会到想念的滋味。那种思而不见的痛苦，着实令我走过一段充满抑郁和泪水的思念历程。思念是爱，是超越生命的爱；思念是世上最长的路，就像我在微信个性签名中写下的那句话："对父母的思念，是绵延至死的情感。"

第一节　永远的想念

爹爹离去，我像遭遇一场车祸，失去了"一条腿"，体验了父母折半的伤痛，还有那种复杂的思念情绪。而妈妈去世，则使我感觉完全失去了生命中的"两条腿"，身体出现"半残"，人生没了退路。这一现实令我产生终极思念——我叫它"永远的想念"。我们终究无法对抗生老病死，母子再无重新相见的可能，这是一种无法化解的想念。

大家普遍认为，人过了"知天命"之年，对生死容易看开，如我这般思念母亲的人，并不多见。当父母老了，儿女唯有学着父母照顾长辈的样子，满怀孝心去陪伴和照顾父母安然老去，并在此过程中深入了解他们，与他们加深感情，"永远的想念"才会在心中生根发芽。无论谁跟我谈起妈妈，我都会泪水奔流，伤悲不已。"妈妈"这个平凡而伟大的称谓，因她永远离去而骤变为心中的"雷区"。有一次，刚子和大伟拉我回老家上坟，大伟在途中给他妈打电话说："妈，我和我大爷、刚哥回来了，中午到咱家吃饭……"大伟脱口而出的那个"妈"字，像一颗定时炸弹，在我心中的"雷区"引爆，顿时被炸得魂飞魄散，失去理智，在两个孩子面前失声痛哭，毫无顾忌。"妈妈"——这个从小到大感觉最亲切的称呼，居然成了我听不得、说不得的痛。

如今，我连喊一声"妈妈"的资格都没有了，这是一个多么令人心痛的现实。

人必有一死，这是自然规律。妈妈这一生，无论从寿命，还是从健康和生存质量来说，都足以令人羡慕，我应该对妈妈的"仙逝"感到欣慰。我并非贪图有妈的舒适温暖，而是心中想念妈妈的那根神经，像一匹脱缰的野马，不受自我控制地在心头奔跑。

今生再无妈妈，我不再是孩子，与妈妈永远失去联系，说话的语境和生活的场景彻底被颠覆，眼里的世界发生了天塌地陷。中午回家，一脚门里，一脚门外，我忍不住习惯地喊一声"妈妈，我回来了"，却听不到那句"我儿子回来了"。失去妈妈，心没了归宿，好似鱼儿无水，瓜儿无藤。我倚在门框上一阵眩晕，悲伤的心，无助地挣扎着。我给妈妈放好一副碗筷，然后坐到餐桌前，幻想着妈妈就坐在我的对面——这是母子十几年不变的就餐位置。我看着对面说："妈，有你在家等我，中午走路回来吃饭都有奔头；如今你走了，我这两条腿连走路的力气都没了……"我泪眼模糊，再也说不下去了。

唯有思念，让我觉得自己还活着。在熙熙攘攘的街头，我四处张望，试图从某位年长的老人身上，找到自己妈妈的影子。那天傍晚，我走进一家超市。在这里，我曾无数次给妈妈买日常用品。但眼下，店里的所有商品，对我来说都毫无价值。想到这里，我转身走出超市。人行道上，一位白发老妈妈的背影吸引了我。她手里拎着一袋子貌似很沉的东西，把身子都累歪了，我好心疼。从个头、步伐和瘦弱的体型来看，很像我的妈妈。我加快脚步，追上老妈妈，问她是否需要帮忙。老妈妈一脸慈祥，看见我就笑了："谢谢你，孩子。我住在黑石礁，要坐16路汽车。拎这些东西，还真是有点儿累。"她叫我"孩子"，是的，我没听错。自妈妈去世，除了二姑，再没有人叫过我"孩子"。眼前这个老妈妈，使我真切地听到了久违的、亲切的呼唤。我悲喜交加，眼泪夺眶而出，赶紧接过老妈妈手中的东西，和她一起朝车站走去。老妈妈瞅着我再次说道："谢谢你，孩子。"这时，她发现我在流泪，问："孩子，你怎么难过了？"我说："没什么，没什么。"我陪着老人家慢慢往前走，一边走一边聊。

"大娘，你有80岁了？"我问。

"明年就80岁了。老了，腿脚笨了。这是遇见你帮我了，不然我得歇几起儿，才能走到车站。"老妈妈回答。

"你能自己出来买东西，很了不起啊。"

"没办法，不靠自己靠谁啊？儿子在外地，姑娘家有公公婆婆。自己过也挺好的，不能动弹那天再说吧。"

"我妈妈一直跟我在一起生活，她像你一样，每天不闲着……"

"她多大岁数了？"

"94岁，刚去世……"

"孩子，你别难过，谁都有那一天。我能看出来你对妈妈好，你看你对我这个陌生的老太太都肯帮忙……"

我克制不住哀伤，难过得说不出话来，那位老妈妈也眼含热泪。我陪着老妈妈穿过马路，与她一起站在候车棚下等车。公共汽车来了，我跟老妈妈说"再见"，把东西交给她。就在老妈妈伸手接过东西的瞬间，我看到她的手很像我妈妈的手，整个手掌又瘦又小，每个手指都是弯弯的，青色凸起的血管缠绕在满是皱纹的手背上，如青铜雕塑一般。说来奇怪，因为遇见了这位老妈妈，那晚我的心颇为平静。此后，不知有多少次，寻找妈妈的冲动，驱使我神情呆滞地驻足街头，期待某个时刻，再出现一位酷似妈妈的老人。

思而不见何其惨！思念、悲伤和抑郁的情绪，像暴风雪一样在心里刮个不停，这是一种不寻常的情感体验，它让我体验到，思念和悲伤不仅是一种心情，也是一种能改变身体某些重要器官运行的力量。

在妈妈去世头三年，我完全被悲伤的情绪所控制，夜深人静的时候，当思念的潮水来袭，我的眼泪从眼角流下，"滴答滴答"地落在枕头上，我会想起妈妈说的"你对妈妈太好了，妈妈和你没过够啊"这些深情的话语，还有我和妈妈在一起的许多往事。这时，思念的潮水仿佛化作一朵朵美丽的浪花，不间断地从脑海里涌现出来。想着想着，我不知不觉屏住了呼吸，直到感觉自己呼吸停止了——真的，绝对是停止了，憋得难受，我本能地张开嘴巴，长呼一口气，才感觉自己还活着。日复一日地怀念和伤感，无数次抽泣，不知造成多少次接近窒息的状态。终于有一天，我发现自己呼吸有些困难，心跳发生了不好的变化。回家走在上坡路上，我把手放到左胸前，发现心脏先是乱跳一阵子，接着是停跳，再乱跳……这就是人们说的"久思成病"？我不知道，但一点儿没害怕。往坏处想，大不了就是死呗。说句实在话，悲伤到极致，心情真的糟糕到不想活了。

2013年12月，我和妻子陪伴女儿去海南结婚，我一边祝福女儿，一边很是疯狂地想死一把，看看死会怎么样。那种说不出的感受，在女儿婚礼上表现得淋漓尽致。我挽着女儿的手走进结婚典礼现场，然后发表祝福感言："两年前，我送走了母亲，那是我一生遭遇的最大打击。作为奶奶，她没有看见孙女今天的婚礼……当我松开女儿的手，把她交给另一个男人的时候，我的心有幸福，也同样有痛苦……"在场所有人听后都流下了眼泪，我自己更是泣不成声。身为儿子和父亲，在思念母亲时又要面对女儿出嫁，内心的复杂和矛盾令人窒息。

第二天早上，我穿上背心短裤，在三亚五星级大酒店附近的海滩上拼命奔跑，妻子吓得在后面大声喊："停下、停下！"我累得瘫倒在马路边的一棵梧桐树下，闭着眼睛摸着胸口，发现心跳好像没了，但睁开眼睛，看看自己手脚还活动自如，还活着！远处，一个穿红花裙子的女人，正在朝我跑来。我睁大眼睛看清楚，那是我的妻子夏青。她来到我跟前，嗔怪地说道："心脏不好还使劲跑，你不想活了？"我说："看看心脏到底得了什么病，能不能死？"妈妈走了，孩子结婚离开了家，思念超越了生命的价值，于是便有了随心所欲的自我摧残，以挑战这该死的心脏乱跳。

从海南回来，我感冒了，持续一个多月不好，心脏难受时，就咳嗽不停。我弄不清咳嗽与心脏有什么关系，有两个晚上，我甚至没能安静地睡上五分钟。我决定到医院检查，经过监测，结论是频发性房性早搏、阵发性房扑。我带着结论去找医生朋友邓东风，他是一位神经科医生，留学日本的医学博士，在脑血管瘤治疗方面很有名气。他建议我做一次心脏彩超和甲状腺化验，看看它们有没有器质性改变。检查结果出来后，邓医生告诉我心脏没问题，我的心脏早搏，都是因为过度"伤心"导致的。他说："'伤心'不是一个形容词，而是医学上的一个名词。人们过度思念和怀念亲人，就会有'伤心'，甚至是'心碎'的状况出现——比如，有的人会在亲人突然离世时猝死，那就是'心碎'的例证。根据我的判断，你心脏早搏就属于这种情况。"邓医生建议我少服用药物，重点是要调整好情绪。随着时间推移和情绪稳定，还有走路运动的恢复，我心脏早搏的症状有所改善。

思念的滋味，有痛苦和伤害，更有回忆和思考。妈妈活得好，走得也风光，我为什么要悲伤？为什么会那么想她？简单说，我太爱妈妈了，思念是献给妈妈特别的爱。妈妈越年迈，我对她的爱和敬佩就越增加。因为我从妈妈的老年光景里，见识到丰富多彩的生活灵感和幸福智慧，得到越来越多的人生启迪。其实，这些又都是思念的表象。思念妈妈，并非对生命的贪婪，而是母子血肉相连的情感与精神投射。当这种血肉联系因妈妈离去被撕裂，思念的神经就会疼痛发作。它像一条纽带，把生者与逝者的灵魂联系起来。思念是儿女献给天堂里父母最后的礼物，也是人类诸多情感中最崇高的那一部分。

第二节　三年十万里的思念之旅

　　安葬妈妈之后，第三天圆坟，烧"头七""二七"，直到"七七"，接着还有年三十、"烧百"和正月十五等上坟的大日子，我频繁地来到妈妈坟前，脑海里不断浮现出妈妈手拿白色塑料布，冒着大雨朝哥哥坟墓奔跑的场景。我不曾想过，四十年过去了，自己竟像妈妈一样，在深陷悲伤和绝望之时，也成了一个执着地朝坟墓奔跑的人。我头一回感悟到，中华传统丧葬习俗，蕴藏着丰富的智慧。古人建立"守孝三年"的规矩，初衷是孩子在三岁之前，是在父母的怀抱里成长的；父母离去，孩子也应为他们守孝三年，以表达对父母的感恩和缅怀。"守孝三年"看起来古板和形式化，但高度契合人性与道德的规范。做儿女的有情有义，花三年时间缅怀父母，发扬孝道，化解哀伤，一定是继承传统、净化心灵的一条正路。记得妈妈曾对我说："儿子，妈死了，希望你好好生活下去。你实在想妈妈，只能到坟茔地了。有空儿你就来看看我，不用烧纸，也不用烧香，妈知道你来了就高兴。"妈妈的提示和上坟的感受告诉我：思念，一定得花时间，通过"见面"来解决，而朝着墓地奔跑，正是生者与逝者唯一的"见面"方式。由此，我看到了妈妈当年往哥哥坟墓奔跑的真相，也为自己不断到坟地看妈妈找到了理由。

　　每次来到墓地，我大有一见消万念之感，觉得妈妈就站在我的面前。这种母子特别的"见面"方式，着实给我内心的哀伤带来缓解，为思念找到出口。在给妈妈烧过"七七"之后，每到周末，不顾风雨，不惧寒暑，在思念的驱使下，我一定要买上鲜花，开车回老家上坟。夏青、刚子和大伟担心我独自开车不安全，时常陪我一同前往。是的，浓烈的悲思使人沉沦，满眼都是悲伤。妈妈去世一个月，我的好朋友、63岁的张毅大哥突然离世；妈妈离开一百天，大姑父与世长辞；紧接着，兴芹妹妹被诊断出肺癌……这些伤心的事情，时常令我开车时泪眼婆娑。但哀思也是力量。不论路有多远，开车有多累，都不会动摇我与妈妈相见的决心和意志。到给妈妈"烧百"时，我已驾车去往坟地至少有十几次。

　　一次次沿着送妈妈魂归故里的那条新高速往返，眼前这条有形的、看得见的路，渐渐在哀思中化作一条连到远天的漫漫长路——"天堂之路"。这条几公里长的隧道刚刚开通，便在大雪封山之时为妈妈去天堂提供了便利，因此，我对它深怀感激。

来到妈妈坟前，母子的会面正式开始。会面的仪式总是很简单，我和同行的亲人，虔诚地把鲜花摆放在父母墓前，然后再一支一支地插满积雪覆盖的整个坟垛。亲人们还是不忘传统，在妈妈坟头烧纸，摆上供品。兴来弟弟无论多忙，都会陪我一起上坟，而且每次都从自家超市拿来烟花爆竹燃放。放过爆竹，我跪下给妈妈磕头，双手抚摸着土地，就像握住了妈妈的手。这时，我好像听见妈妈说："儿子，别老来看我，跑这么远多累啊，快回家吧！""不，妈妈，我要经常来看你！"

坚持不懈地沿着"天堂之路"奔跑，迎送一个又一个春夏秋冬。到妈妈去世三周年时，我驱车去祖坟祭奠妈妈百余次，行程十万里，献花万余支。夏青和亲人们担心悲伤之下的狂奔，会把我身心搞得支离破碎，但情况并非那么糟糕。思念到极致，如登山远眺，发现新境界——朝着妈妈坟墓奔跑和献花，就是对天堂里妈妈的继续陪伴，如同妈妈活着时我中午走路回家陪她吃饭一样，我只是换了一个地方，用一种特别的方式陪她。

这条"天堂之路"使我想起与妈妈共进午餐走的那条"幸福小道"。我在前面写到，在大城市工作，中午沿着那条小道往返六公里步行回家陪妈妈吃饭，是可遇而不可求的幸福；而驱车往返六百公里去四方地看妈妈，同样是天赐的幸运。蓦然回首，我再次见识了妈妈的智见。记得当年妈妈曾委婉地对我说，去深圳她不阻拦，但她和爹爹恐怕去不了。不说别的，爹爹坐飞机能不能坚持到深圳都很难说。妈妈还说，那里离老家太远，她和爹爹已年过七旬，土都埋到脖颈了，去那里死了恐怕回不来。即使把骨灰送回老家，恐怕我在年节也不能回来祭奠他们。我遵从妈妈的意愿，放弃去深圳，但当时并未意识到这个选择关乎他们晚年的生活质量。后来发现，守着爹妈不离故乡和亲戚朋友太远，竟给他们带来一份因未被"隔绝"而产生的"福利"。妈妈跟我忆起这段往事时说："人到老了，身边多几个亲人、熟人，才不会孤单。你没去深圳，妈感谢你，不然连你姐和小霞我都见不到几回，更不用说亲戚朋友来往。等你老了，刚子、大伟、福伟这一帮孩子，能经常回来看你，你就不会孤单了。"妈妈看事有远见，她怕我走远，不单单为叶落归根，更有故乡情、亲友情的维系，以及良好人际关系和熟悉生活环境的延续。这些人文因素，可以减少孤独感，有利于健康长寿。

化悲痛为力量，一定是深情思念才能达到的境界。事实上，十二年过去了，我依旧会经常带上鲜花去给妈妈上坟。手握方向盘，沿着"天堂之路"奔跑，追娘的感觉依然令我惊奇。不是我接纳了妈妈离去的现实，而是妈妈因我的追寻从未走远……

第三节 "把太姥留在家里"

悲伤与思念好比一对孪生兄弟。除了守墓之外，我一时想不出与妈妈常思常见的办法，在陷入迷茫之际，果果因思念太姥而引发的一连串天真又神奇的言行，像一篇有趣的"天堂童话"，为我缓解思念带来了新灵感，找到了新办法。

那天，我意识到果果说的"把太姥留在家里"是个好主意——因为事实正是这样：妈妈始终在我心里，她从未离家远去。我在苦苦的思念中明白，更多怀念的时光，需要在家里熬过。我立即做出决定，把妈妈的遗像置于书房窗台，将她永远留在家里。

妈妈去世几天后，我和夏青搬到妈妈房间。夏青说，妈妈住的房间是福地，我们要借光。接下来的一个晚上，刚子带着果果下楼来看我们，果果进门就问："舅爷，太姥呢？""你想太姥了？"我问。果果回答："我想太姥！"我把果果领进书房，面对妈妈的遗像告诉她："太姥在这里。"果果疑惑地看着太姥的遗像说："我是说真太姥，不是假太姥……"他转身跑到太姥的房间，一边找一边说："舅爷，太姥肯定藏在家里，咱们一起找找……"这时刚子也说："舅舅，我真的感觉姥姥一直没有离开，还在家里。"我含着眼泪把果果抱在怀里问："你找到太姥了吗？"果果说："没有，咱们看看太姥是不是在厨房做饭？"我告诉果果："太姥不在家。"果果指着床上那个用布角缝制的小被子说："那不是太姥怕我尿床铺的小被子吗？太姥在等我呢！"此时，我特想给果果讲，太姥的这个小被子，可是有许多连我都不知道的用处。妈妈60多岁时，用小霞做衣服裁剪下来的碎布角，缝制了这个一米见方的小被子。果果说那是他的尿垫儿，妈妈平时用它来盖脚，来客人时，妈妈则把它放在别人看不到的地方。妈妈悄悄对我讲，人老了，有时尿不利落，垫上这个小被子，就不会弄脏了床。我听后恍然大悟，感叹妈妈对生活细节想得如此周到。可是，果果怎么可能懂得这些事情？

果果哪会记得，他90多岁的太姥，曾不顾我和夏青的反对，多次偷偷地从二楼爬到六楼，去看襁褓中的他。妈妈生病卧床，果果走进家门，同样不顾一切地往她屋里跑，去亲吻她。"果果，太姥的脸皱皱巴巴的，你怎么不嫌弃呢？"妈妈笑着问果果。果果回答："太姥的脸好看啊！"两个相差90岁的人，每次相遇，都是紧紧地拥抱在一起。妈妈虽已离去，但灵魂依然和牵挂她的人在一起，她会感知我和果果对她的思念。

2012年1月9日，是妈妈"烧七七"的日子。1月7日早晨，刚子开车，载着三百支红玫瑰、康乃馨和菊花，带着我和夏青、女儿、果果，从大连出发去兴同家。随行的另一台车是大伟开的，里面坐着兴芹、福伟、茂宽和绍正。姐姐、小霞和秀清，还有兴亚和兴来等兄弟姐妹，早在前一天就去了兴同家，与兴同媳妇王静等一帮亲友做豆腐、杀猪、买菜，准备招待前来给妈妈"烧七七"的亲朋好友。自十五年前安葬爹爹到如今妈妈离世，国斌大爷和儿子兴同的那个家，始终是我们祭奠父母时招待宾客、汇聚家族成员沟通交流的地方。我感激国斌大爷一家人的巨大付出，还有父老乡亲们的深情厚谊，是他们给了我老家有人、故乡可栖的安稳。同时，我也享受到爹妈德高望重、泽被儿孙的恩惠。把爹妈安葬在老家，他们不孤单，我也少了惦记，多了安宁。

话归正题。那天上午，车过大孤山时，躺在我怀里一直熟睡的果果突然醒来问："舅爷，我们离太姥还有多远？"我告诉他大约七八十公里。这时，果果打开车内手扣，从里面拿出一个下有底座吸盘、上有小小屏幕的行车导航仪。他用手拧了几下连接吸盘和屏幕的旋钮，使两者成"L"状握在手里。他把导航仪那个白色塑料吸盘既当电话键盘又当麦克风，小手在上面不停地按着电话键，自言自语地读着号码："我现在给太姥打电话，23468……"他神情专注，与太姥通起了电话："太姥，我们大家看你来了，有舅爷、舅奶、爸爸，好多人呢！你听到了吧？我们离你还有七八十公里……你在那里等我们吧！"果果的举动令我十分感动和惊讶。过了一会儿，果果看见远处出现的隧道，他再次给太姥打电话："太姥，我们现在要进隧道了，爸爸说山洞里信号不好，你别着急……"我忍不住问果果："太姥在电话里跟你说了什么？"果果仰脸告诉我："太姥说，她听到我说话了，她在那里等我们，给我们做好吃的。太姥还说，她想我们了……"车进隧道，果果对行车环境的突变感到紧张，我安慰果果说："我们送太姥去天堂时，走的就是这条隧道，它很神奇……"果果听了，立即拿起电话对太姥说："太姥，我们进隧道了，这里听不见你说话，等一会儿出去就好了。"我问果果："太姥怎么说？"果果答："太姥问我走到哪儿了？离她有多远？""你马上告诉太姥，我们离她还有五十多公里，大约一个多小时到达。"果果听我这么说，一下子高兴起来，把电话举过头顶，大声说："太姥，我们还有五十多公里就到你那里了。你走了以后，我们全家都想你啊！我们给你带来了鲜花、饼干和水果，你别着急啊，我们一会儿就到了。"果果是个话不多的孩子，他跟太姥一口气说出这么多话来，我好个惊奇。车从高速公路岫岩出口驶出，果果又给太姥打电话："太姥，我们马上就要见面了……"

就这样，果果在"天堂之路"跟太姥通了五次电话。果果对太姥说的那些纯真、深切的思念话语，恰似一篇动人的"天堂童话"，引领我找到了思念的方法与灵感。给妈妈"烧七七"那天，亲戚朋友来了六十多人，果果是最小的一个，他跪下给太姥磕头的时候，嘴里念叨着，令我好生感动。

两周后的大年三十，是首个没有妈妈的春节。当天，我和刚子带着鲜花去给妈妈上坟，果果说他也想去接太姥，非要跟着去。那天很冷，我牵着果果的手，踏着厚厚的积雪走到妈妈坟前。果果献花时问我："舅爷，太姥去哪儿了？"我告诉果果："太姥去天堂了。"果果听了，指着天空瞪大眼睛说："舅爷，那我们弄一根长长的绳子，把太姥从天堂上救下来吧！"我双手抱住果果的头，难过地说："太姥就埋在这个坟垛里，里面就是天堂。"果果听了，立即弯下腰，开始用小手使劲扒雪，说："我要把太姥从雪里挖出来，接她回家……"我对果果说："我们现在就接太姥回家……"果果说："舅爷，这回我们把太姥留在家里，可以天天看见太姥。"在思念的梦幻时空中，从这个大年三十晚上开始，妈妈就回到了家里。我把妈妈的遗像庄重地矗立在书房的窗台上，周围布满盛开的鲜花，果果最先给太姥磕头。他开心地跟我说："舅爷，我们把太姥接回来住，这个太姥（指遗像里的太姥）就是真的了。"果果一对小眼睛下面长着一张小狐狸嘴，让我更觉得他说话时的表情神秘而迷人。确实，我被眼前这个童子思念太姥的神情与灵性迷住了，感动又惊喜。我学着妈妈的样子，尊重孩子看待世界的不同方式，对果果离奇的想象感同身受。

每次从坟地回到家里，我都会感觉妈妈从未离去，坟墓只埋着妈妈的骨灰，她的灵魂依然留在家里。环顾妈妈的房间，从地板到天棚，从家具到窗户，到处都能感受到妈妈的气息，我被妈妈留下的生活痕迹所包围。尤其是妈妈的床，那个薄薄的灰色毛绒被，扫床用的小笤帚，床头柜上的小镜子和百年老篦子，所有物件皆留有妈妈的印记，被妈妈赋予了生活的意义与灵光。仔细端详妈妈的遗像，仿佛我轻轻地呼唤一声"妈妈"，她就会从中走出来……

幻想中，我把果果紧紧抱在怀里，对他说："果果，你说我们把太姥留在家里，她真的就在家里，时刻陪伴着你我……"

从此，书房里的妈妈，为我的思念带来改变。比起去坟地，我有更多时间守着妈妈并和她沟通，思念变得充实和方便。与此同时，这张遗像也带给我更多的回忆与思考。"妈妈，你知道我是多么不想放大这张照片啊！"我把脸紧紧地贴在妈妈的遗像上，眼泪从妈妈的脸上流下去。这张遗像，直到妈妈生命的最后时刻，我才急忙找人快速放大、镶好的。这张照片，是爹妈来沈阳后，我请同事、好友、新华社知名摄影记者鞠鹏拍摄的。记得那天，鞠鹏兄弟特地来我家，他认真、耐心地给爹爹和妈妈分别拍了半身单人照片，还拍了爹妈的合影及我与爹妈的合影。那年，妈妈77岁。照片上的妈妈，身穿一件白色带花的翻领衬衣，外面套了一件鸡心领的黑色毛衣，表情端庄自然，目光温柔慈祥。生活的艰辛与岁月的侵蚀，虽在妈妈的脑门和嘴角刻下不少皱纹，两个鬓角的发丝也开始变白，但她几十年不变的短发和耳朵上佩戴的那对细细的金耳环，使她看上去依然年轻和健康。我从未如此端详过照片里的妈妈，她的微笑看上去那么亲切和鲜活……

妈妈活着的时候，每天为我打扫小书房，办公桌上的纸、笔、电脑和各种文件资料等，妈妈从来不动。妈妈跟亲人说："我儿子是国家干部，我一旦把什么东西给弄丢了，我这当妈的可就'粘包'了……"书房的窗口，正对着后山那条我回家常走的小路。妈妈偶尔会走进书房，透过窗口望着山的方向，看我何时回家。关于这个普通的小书房，我能想到的就这么多。直到后来，兴芹给我讲了一件事，我才知道小书房里还藏着妈妈的心事。兴芹跟我说，有一天下午，妈妈在书房里摔倒了，还险些被弄倒的衣架砸着。"二哥，你不知道吧？我大娘平时进书房，除了打扫卫生，还会去看你办公桌上我大爷的照片。""是吗？"我听了一愣。我在办公桌、山墙和衣柜形成的三维角落，分别放置了三个同样大小的相框。最外面的是女儿酷炫的照片，被挡在里面看不见的那两个相框，分别是爹妈的合影和爹爹的遗像。这三个相框，站在书房门口是看不见的。每年春节，我都会把爹爹的遗像拿出来放在窗台上，给爹爹敬上鲜花和水饺，正月十五过后再悄悄放回原处。那年春节，妈妈见我在书房里供奉爹爹，她感叹道："唉，人死如灯灭！有儿有女的人死了，到过年过节还不错，儿女们会纪念纪念……"我明白，这是妈妈对我怀念爹爹的赞许。我本想把爹爹的遗像放在家里显眼的地方，妈妈不同意，所以有意用女儿的照片挡住。在妈妈心里，爹爹是她永远不能忘怀的，她只是从来不说，更不会告诉我们她有多爱爹爹。妈妈一个人在家的时候，肯定会去书房看爹爹的照片。妈妈告诉兴芹，她在书房里摔倒，是看照片时不小心被椅子绊倒了，但妈妈没说她看的是哪一张照片。

这些回忆，是我把妈妈的遗像留在书房的重要理由，每天上班前，我会走进书房，与妈妈告别；坐在电脑前写东西，我会情不自禁地扭动椅子频繁转身，与身后微笑的妈妈对视，感觉妈妈像活着时默默看我在家里工作一样；给妈妈献花时，我仿佛听见妈妈高兴地说："儿子，你真好。这些花多漂亮啊！"我在妈妈遗像四周插满盛开的鲜花，伤悲的白菊、感恩的康乃馨、挚爱的红玫瑰，借此表达对妈妈的爱，还有悲不能抑、思不可止的想念。

思念是无法向别人表白和分享的，每个人、每个家庭的情感体验都独一无二。作为普通家庭的孩子，我把妈妈留在家里，没有任何装饰，只是在她遗像周围摆放几个插满鲜花的大花瓶。然而，这朴素的思念方式，是我找到的寄托哀思的另一条有效路径。

思念是情感的顶级历练。唯有这种历练，才能透视思念的本质。思念到最后才发现，其实是我在渴求妈妈的陪伴。

第四节　寄托哀思的"宝物"

关于花在生活中的意义和力量，我知之甚少，甚至完全没有用花去表达爱父母的意识。我第一次给妈妈送花，大约是她90岁生日的时候。据《诗经》记载，有一种名为"萱草"的花可表达思念，中国人将它称作"母亲花"。妈妈去世，我想找来一些萱草送给妈妈，但不认识它什么样。我的同事陈梦阳写过一篇考古报道，讲的是"世界第一朵花盛开在辽宁"的故事。由此我了解到，花——这一被子植物对于人类生存与生活、意识与精神的重要意义。世界万紫千红，多姿多彩，人类要感激开花植物的美好奉献。

在妈妈离世后的时光里，花是我与妈妈相见的"门票"。我也想起了妈妈与花的故事。

小时候的春天，老家山上的树木刚刚发芽，漫山遍野的映山红便点缀着群山峻岭。妈妈指着东山对我说："孩子，你上山玩也是玩，顺手拔一把映山红回来，小心别摔了！"映山红的花秆又细又脆，用力一拔，就咔嚓一声断下来，绝无藕断丝连。妈妈见我采花归来，跟我一起动手，将映山红插在房门口花椒树下的黑土里，舀几瓢水浇上去，映山红三两天内不会凋谢，吸引老院里的大人小孩都来看。住进新房子，姐姐从山上挖了几株芍药花，种在院子西边菜地的墙角。那一大簇芍药花年年扩盘、开花，妈妈嘱咐爹爹种菜时给芍药花留出点儿空间，好让芍药花恣意生长。

儿时不知妈妈心。人到中年才发现，在妈妈心里，花是给日子带来喜乐的"宝物"。妈妈进城后，房间的窗台一直养着几盆花。那年春节，亲人送来两盆盛开的蝴蝶兰，妈妈让我把花放在客厅的茶几上，留给大家欣赏。妈妈说，养花不能浇水太多，花涝了容易死。我不懂养花，跟妈妈说这花最多能开几十天，花谢了就得连盆一块儿扔了。两个月后，蝴蝶兰全部落尽，妈妈说"花开花落、日出日落是平常事"，随手把花盆悄悄搬到自己房间的窗台上，告诉我花是"宝物"，她要再养养，看看还能不能开花。妈妈把花秆干枯的部分剪掉，留下尚有绿色的部分。没想到几个月后，两盆蝴蝶兰真的再次开花了。十多株蝴蝶兰在妈妈的养护下每年至少开花两次。妈妈生病时跟姐妹们讲，她养蝴蝶兰八九年了，看它们开花，眼睛也不花了。妈妈要我好好照看，说它们还能开三五年，只是她无法陪伴这些花了。

我和夏青在厨房对面的后山坡栽下一片月季花，妈妈对这片月季花很上心。"五一"前后，月季花刚刚绽放，妈妈一定会在我有空儿时喊我："儿子，你快拿把刀，把月季花边上的那些油条枝砍一砍，它们都要把花欺死了！多好看的花啊，你得好好侍弄侍弄。花跟孩子一样，不好好照看没有好结果。""好的，妈妈，你看我的。"我拿起一把小砍刀飞速下楼，三下五除二，就将油条枝、藤蔓、杂草等植物砍倒清除，把月季花从"敌人"的重重包围中救出来。这时，一直站在厨房阳台看我干活的妈妈用清脆的嗓音喊道："儿子，行了行了，回家吧！过几天你再看，花不受欺，长得高，开得好。"我回家洗手时，妈妈跟我讲，有一天，一个老爷爷带着孙女来摘月季花，妈妈打开窗户跟他们和气地说："你们爷俩摘一朵两朵就行了，让它们这么开着多好看啊！"结果，他们一朵花没摘就离开了。妈妈为此感慨地说："你们若是不栽那些花，那一老一小谁能往这里走一走，瞅一瞅？花这东西谁都喜欢，谁看了都高兴。"

妈妈去世后的第一个"五一"，我站在厨房阳台看后山坡艳红的月季花，想起了我们母子这段美好的往事，痛惜再也感受不到昔日赏花人的关爱了。正在厨房干活的夏青提醒我说："兴宇，咱们可以剪来一些月季花，放在妈妈的遗像前；等后天回老家，再带上一些给妈妈放到坟头。"我好不惊喜地说："真是个好主意！"我当即拿着剪刀下楼，剪下一束红色和一束粉红色的月季花，插在妈妈遗像前的花瓶里。两天后，我和夏青开车回老家上坟，用一个大大的纸盒箱给妈妈带去上百朵月季花。我想，这些月季花是妈妈看着长大的，肯定与花店里买来的花有所不同。此后，连续多个"五一"，我都和夏青一起动手，采摘月季花或映山红献给妈妈，以表彰和怀念这位功劳卓著的"劳动模范"。

世上很少有比花更能表达怀念的东西。我虽不能让妈妈复活，但可以竭尽全力，在思念之路上撒满鲜花，与妈妈建立紧密联系。在学习中认识花的力量，在回忆中领悟花的意义，在思念中感知花的神奇，使我这个不辨花语、不懂花艺的人，变成了名副其实的"花痴"。即便不是冬天，我一周或十天回老家一次，也难以保证妈妈坟前的花不凋谢，但书房里的鲜花常换常新，日日芬芳。我和家人一周差不多去花店两次，不间断地给妈妈买花。我们把成捆的鲜花买回来，将菊花、康乃馨和玫瑰的长枝剪短，清理掉多余的叶子，再把鲜花插到花瓶里，浇上清水。每一朵花，都是我们对妈妈的爱和思念，都会见证妈妈活在我们心里。

去野外采花祭母，更是难忘的事情。春天里的迎春花、野桃花、樱桃花、映山红；夏天有一种小型灌木会开花，花朵酷似爆米花，白得耀眼，清香袭人；秋天里各种颜色的野菊花，在阳光下怒放，煞是好看；冬天里的橡果、松针和松果等，无一不是我们献给妈妈、表达哀思的礼物。我和家人会抓住春天和秋天上坟的机会，到老家山上采摘映山红、喇叭花和野菊花，插在妈妈的坟头。我家后山有种无名小灌木，高不过肩，枝丫细弱，宛如童指，却结满了一串串数不清的小红豆，白雪映衬下特别温馨，让我想起王维的诗句："红豆生南国，春来发几枝。愿君多采撷，此物最相思。"在妈妈离去的数个冬天里，我和夏青踏着薄薄的雪，多次到山上采撷这种灌木枝拿回家献给妈妈。

采花活动感染了果果。果果跟我一起去登山的时候，每次走到松树下，总会拾起几个松果，仰起小脸兴奋地问我："舅爷，你看这些松果好不好看？拿回家送给太姥好不好？""太姥看到你送的礼物，肯定会高兴的。"果果把自己的衣兜塞满了松果，蹦蹦跳跳地随我下山。回到家，他掏出松果，摆在太姥的遗像前，喊道："舅爷，你看我把礼物送给太姥了……"果果见我流泪了，就用小手不停地拽我的胳膊说："舅爷，你不是说太姥会高兴吗？你怎么哭了？""我被你对太姥的好感动了，想起了你和太姥之间的许多故事……"

一定是花的力量在起作用。一年、两年、三年过去了，给妈妈献花已成为日常生活的一部分。我没能做到给妈妈守孝三年，但用花向妈妈表达怀念和敬意有三年时间。那种执花思念的力量和仪式感，仿佛将我与妈妈的灵魂做了天衣无缝的连接和沟通，对我熬过悲伤难耐的时光，有着不同寻常的帮助。

第五节 "另一个老院"寄哀思

小时候，坟茔地是我害怕的地方。四方地的祖坟属于老傅家，夏天时我偶尔与小伙伴到祖坟附近的苞米地拔猪草，但对上学途中路过的另一个坟茔地，我会感到恐惧。上坟和烧纸，是农村最常见的祭奠先辈和逝者的活动。但在孩子眼里，这是他们弄不懂、也毫无兴趣的事情。大人们去上坟烧纸，有少数孩子会跟着家长去看热闹。记忆里，大概十来岁的时候，我第一次跟在爹爹身后，在年三十那天去四方地上坟。在坟地，爹爹指着眼前几个矮矮的土包告诉我，哪个坟是爷爷的，哪个坟是太爷的。他们都是我没见过的长辈，再加上没有墓碑，我也记不住。我蹲在爷爷坟前燃烧的纸堆边上烤手取暖，看着"呼啦呼啦"的火苗觉得好玩，把上坟烧纸当作迷信和儿戏。火灭了，爹爹叫我一起给爷爷磕头。几年后，我眼睁睁地失去了哥哥，又目睹妈妈朝他的坟上奔跑，开始对坟墓有了一些认知。参加工作后，过年和清明，我大都会去祖坟烧纸，还会背着妈妈到台子沟给哥哥上坟。奶奶去世与爷爷合葬在一起，祖坟地里头一回有了我亲切、具体的怀念对象，我开始意识到坟墓与我有关系。我没见过爷爷，缺少对爷孙情的感受，但奶奶亲我二十多年不能忘。从此，我不再害怕坟墓，因为那里有爱我的奶奶。

夏天我去长仙龙大泡子洗澡回家，奶奶看见我总是慈祥地笑着说："看我二孙子，脑袋像被'牛咩子'舔了似的。"奶奶嘴里叼着一根长烟斗，小心地从炕上站起来，伸手把板棚上放的小杏条笸箩拿下来，那里装着爹爹或二叔给她买的饼干。"来，小馋猫。"奶奶把几块饼干放到我手里，我好像从来没向奶奶说过一声"谢谢"，拿着饼干就塞到嘴里，生怕别人看见。后来我工作挣钱了，每次回家都会给奶奶买糕点。奶奶向邻居显摆二孙子的孝心。这是奶奶去世后那个年三十，我跟爹爹上坟时想起的一个细节。我又想，那边低头烧纸的爹爹，应该比我更想念奶奶吧？奶奶一直跟爹妈在一起生活，晚年大部分时光，是在新房子炕头那块最热乎的地方度过的。奶奶说："老年人睡热炕腿脚软乎，腰不疼。"我们一家人住老院西下屋那间草房时，奶奶时常在入睡前拍着我的小屁股逗我说："你给我过那边去，让我挨着我儿子睡。"这是我能想到的奶奶爱爹爹的一件小事。唯有爹爹才能记住更多他们母子的故事，只是他很少说出来。来上坟的路上，爹爹告诉我，奶奶去世前几天兴奋地跟他说："儿子，你有福啊，我二孙子生了个儿子，你当爷爷了……"爹爹对奶奶祝福他有孙子这个情节印象深刻，但他怀念奶奶深沉、寡言，就像他爱我一样，只做不说。

奶奶过世三年，刚刚办完离休手续的国安二叔因病去世。作为教我爱家、爱父母、爱事业的领路人，二叔是傅家祖坟父辈中最年轻的逝者。对此，我有悲伤，也有感悟。兴亚是个重感情的人，他说二叔年轻时写了一份《傅家谱书》，一式三份，给他和兴华、兴同各留一份。"那时我才6岁，我爸就想到把谱书给我保存。我爸从小看重我，可我不争气，偏偏学会了抽烟喝酒，我爸见我就生气……"我看得出来，兴亚骨子里有二叔要强的品性，怀念父亲时能反省自己。自此，兴亚浪子回头，开始积极上进，在辽东山区做蘑菇收购和出口生意，很快成了家里的顶梁柱。二婶高兴地对我说："二小子比过去出息多了。"做生意赚了钱，兴亚当起了小老板，不断跑吉林、黑龙江等地收购蘑菇，与我联系更加紧密。我把爹妈接到沈阳不久，他就西装革履的来找我，把二叔留给他的那份《傅家谱书》拿给我看。这本谱书的大小，与我日常揣在衣兜里的采访本差不多。二叔用毛笔把谱书内容写在十二张折叠的褐色宣纸上，将其用白线绳装订成一本薄薄的小册子。兴亚怕谱书年久破损，在外面套上了一个绿色塑料皮。打开这本小小的《傅家谱书》，只见二叔的毛笔小楷工整清秀，疏密有致，文如其人。开头写道："我傅家是汉族，始祖原居山东省福山县一甲二社，于清朝道光年间移居东北的辽宁省岫岩县哈达碑南瓦沟的魏大岭下北山麓定居。以后即称为傅家堡子，祖国解放后仍称为傅家堡子……从先祖爷傅存敏到东北算起，到'国'字止共六世……"这是一部令我振奋的家族简史，它使我头一回知道自己的祖先从哪里来，叫什么名字。原来，傅家人在当地至少居住、繁衍了一百五十年左右。它使老院及其建筑的历史，也变得清晰起来。二叔40岁时（1965年）写下的这本谱书，在老院具有年代感的四合院逐渐消逝之后，成了整个家族最宝贵的精神遗产。我拿着谱书激动地对兴亚说："多亏有它，不然我们可能永远不知道自己的祖先是谁。"兴亚说："我爸有文化，还有心，不像我一天光是混日子。二哥，我找人看了，咱们老傅家祖坟风水好，出人才。我爸是他那辈儿念书多、有出息的人，你是咱们这辈儿的代表。这回你牵头，我出钱，咱哥俩先把先祖爷和爷爷奶奶的碑立起来……"听兴亚这么说，我十分高兴，惭愧自己从未想过这事儿。

坐在旁边的妈妈告诉我们，那个年代到处扒坟，老傅家的祖坟也被要求铲平。大队、小队干部谁都知道这样做缺德，老傅家人多，名声也好，爹爹将计就计，带头在祖坟上面开荒种地，最后把老坟完好地保存下来。我跟兴亚商量，祖坟立碑花钱我俩分担，但要请兴洲哥加入，因为他是同辈中最年长的哥哥，与我和兴亚是一个太爷。几个月后，我们哥仁完成了为祖坟立碑的心愿。家族里一大群爷爷、叔叔和兄弟姐妹们，都夸我们干了一件大好事。我跟家族里的人讲，这要感谢国安二叔，因为他在《傅家谱书》里提出"辈辈要教育子孙后代，要饮水思源，一切莫忘伟大的中国共产党……"二叔留下的笔墨真迹，帮我们后代寻到了"根"，为家族百世慎终追远做出了贡献。

认知坟墓，就是了解生死；人之不惑，在于看透生死、通晓人与坟墓之间的关系。给祖坟立碑三年后，我发现爹爹坟上新土下沉，兴仁哥开着拖拉机拉来一车土，给爹爹的坟填土、保暖；爹爹是在玉米扬花吐穗时节去世的，在那个季节上坟，我仿佛听到爹爹在星空下给我讲玉米拔节生长的故事……这些在上坟和思念中成长、转变的经历，使得祖坟在我心中不单是祭奠的场所，也是带有温馨气息的"另一个老院"。事实上，在老院消逝之后，傅氏家族最具凝聚力的地方，或者说能够无声而有效地感召、集合和影响后代的地方，就是这块杂草丛生、看似普普通通的祖坟。我们在坟墓前纪念祖先，让敬仰、思念、回忆和忧伤得以释放，让孝道、人性、德行、尊严等得以传承，净化了心灵，丰富了情感。

我于偶然中来到世上，又必将化作一捧黑土融入大地。看懂人生结局，我更加感恩父母，对父母思念不已，不会漏掉每一个给父母上坟的日子。

跪在爹爹坟前，我深感遗憾的一件事，是爹爹走得太早。失去爹爹，就像在一场惨烈的车祸中失去了"一条腿"，有疼痛，亦有幸运。毕竟妈妈还活着，我生命中的"另一条腿"依然完好，这难道不是不幸中的万幸吗？最受打击的还是妈妈，她比我更怀念爹爹。只是妈妈总是把思念埋在心底，见我给爹上坟归来，妈妈平静地说："我孩子，你爹走了，是享福去了，咱娘俩也轻松多了。妈不难过，你也别难过，爹妈总得有一个先走，到最后都得走。你好好保养身体，妈就没有愁事，还能多活几年啊……"我对妈妈说："妈，你能活到 100 岁，等我退休回家伺候你。"我试着与妈妈提起爹爹活着的时候，他们两人每天下午轮流站在窗口，守望孙子放学回家。"你爹别的事什么都不知道，就等孙子这件事不忘。看见孙子回来了，他就'呵呵'地傻笑，流着口水告诉我'佳佳回来了'……"我接过妈妈的话荐儿说："有爹爹在，我们家多圆满啊，我们伺候他多少年都行啊。"妈妈动情地说："不管他身体怎样，你都希望有爹在，我也这么想啊。""是啊，别看爹爹不能做什么，有他天天坐在你对面，你就不觉得孤单，这个家就是完整的，你说是不是？"妈妈连连点头，说："那可不是，可是人老了终归要离开人世。孤单不孤单我不在乎，我还有儿子孙子呢，得好好活着。"

想念爹爹时，有爹的幸福与失去的痛苦混乱交织，心里像装满了一缸浑水，越用力搅拌越是不清净；回家看见妈妈还是那么精神矍铄，情绪马上安稳下来，心里的那缸浑水沉淀了——泥归泥、水归水——满足感压倒了缺失感。但是，这种满足感总是脆弱和短暂的，因为我没有妈妈悲喜不惊的沉静，岁月总是给我带来紧迫感和危机感。我注意到，周围不少年迈的夫妻，当一个去世，另一个很快就不行了。这不是什么"魔咒"，而是老人经受不起精神上的打击和孤独。所以，我唯一要做的，就是好好照顾妈妈的生活，使她健康快乐，多活几年。

事实上，没有了爹爹，妈妈的缺失感更为强烈。比如爹爹去世五周年的时候，我跟妈妈说明天要回老家一趟，妈妈一听就明白我要回老家给爹上坟，她沉思片刻说："三周年都过了，去不去都行，他活着你待他好就够了。"等我上坟回来，妈妈婉转地问我："四方地的苞米长得好不好？""有没有遭大风？""你回老家都看见谁了？"我一一告诉妈妈，但我们谁都不会提到"上坟"两个字，只在心里默默地想着同一个人。直到妈妈去世，我始终没和她谈论失去爹爹的缺失感，也没说过给爹爹上坟时的那种感受，担心搅乱妈妈的心境。令我惊叹的是，妈妈内心强大，有不念过往、不畏将来的刚强和定力，在爹爹去世后又陪伴我过了十五年好日子——那是如履薄冰的十五年，也是温暖幸福的十五年。

把妈妈和爹爹合葬之后，我对老家祖坟所蕴含的人文精神有了更加深刻的理解，我的心也完整地与这块土地紧密联系在一起。想起妈妈"年像年，节像节"的生活态度和做事风格，每次上坟我都精心准备，带上鲜花，用简单朴实的仪式感恩父母给了我生命与幸福，祝福他们在天堂里一切安好。

我将在思念父母的这条长路走下去，直到与他们团圆的那一天。

第二十四章　此情绵绵无绝期

——来自晚辈们的怀念

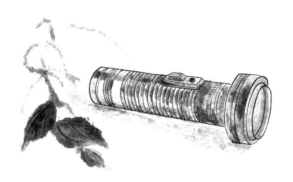

　　她没有科学知识，但不缺乏人生智慧；她没有宗教信仰，但坚守淳朴的做人之道；她没有大富大贵，但身边所围绕着的，都是因她的关爱所聚拢来的真正的亲人。

姥姥的守望

外孙 王绍刚

人世间最幸福、最幸运的事，莫过于爱你的人和你爱的人长久相伴。

从儿时起，住姥姥家便成了我生活中最欢喜的愿望。幸运的是，这个愿望在我人生的每一个阶段都变成了现实。从学前、小学、初中、高中、大学、工作、结婚到生子，我都能幸福地待在姥姥身边。在大约三十四年的时间里，我和姥姥相互陪伴——姥姥看着我长大成人，我陪伴她一天天变老——直到姥姥离去。

幼时的记忆里，好像只有姥姥、姥爷和我——我们三个人一起生活。那时，舅舅已经在外面工作了。姥姥家的房子，被围在一个方形的高墙里。院子东、西各有一块菜地，有矮墙围着。东边菜地里有一棵大杏树，每年结出很多杏子；东窗前的墙角，种了一大墩带刺的花椒树；东窗前有一个磨盘；西边菜地的墙角里，栽有两簇芍药花和灯笼花；房西头的围墙内，有一棵桃树，桃子又大又甜；正门口的右侧矮墙边，有一块半截埋在地里的磨刀石。磨刀石的表面又长又宽，中间部分凹下去很多，不知姥爷在那里磨了多少次刀具，干了多少体力活儿。

每天清晨，姥爷都会清扫庭院；姥姥在屋内做饭、扫地、擦灰，把家里打理得干干净净，开始新一天的生活。屋内的后墙壁上，挂着一面相框，相框里镶着不少黑白照片。相框下边缘的一角里，有一张黑白照片，照片上的人很像舅舅，他手里拿着一本书，端庄地坐在桌旁。记忆里我总爱看他，有时候也会问姥姥他是谁，不知刺痛了姥姥多少次。长大后才知道，那是年纪轻轻就病逝的兴绵大舅。

每逢节日，会有数不清的、我不认识的亲人来到姥姥家，他们带着白糖、罐头、大盒饼干、糕点等礼物来看望姥姥和姥爷。姥姥把他们留下来在家里吃饭、聊天，问寒问暖，也会把我介绍给他们。我实在是胆小害羞，一直躲在姥爷身后，不敢说话。长大后，姥姥、姥爷进城了，依然有好多亲戚朋友进城来看望年迈的姥姥、姥爷。后来我明白了，会有那么多人看望他们，是因为姥姥和姥爷功劳大、人缘好。他们从年轻时起，对家里家外的亲人和朋友做了太多太多的好事和贡献。

小时候我就很有口福，因为姥姥疼爱我，也很会做好吃的。那时候平常人家只有过节过年，才会吃上一顿大米饭。记得每次姥姥问我想吃什么饭时，我都会说"吃大米饭"，可能姥姥家的大米都留给我吃了。有一次，姥姥还煎了一条晶鱼给我吃。在那个年代，晶鱼好像是不太能吃到的东西，现在想想都觉得很神奇。我在姥姥家，记不清吃了多少罐头、多少大盒饼干，这都是当时小伙伴们享受不到的美食。

姥爷也疼爱我。不论白天还是晚上，我都要指挥姥爷把我抱到柜子上，翻箱倒柜，然后在柜子上面走来走去，姥爷始终扶着我。所有这些淘气，姥爷始终不厌其烦地陪着我。晚上我最喜欢和姥爷睡在一个被窝里，姥爷睡着高枕，我枕着姥爷的胳膊、抱着姥爷，现在还时常回味当时的幸福。偶尔，我也和姥姥睡一个被窝。每到冬天，天刚要黑，姥爷就会站到窗外，把姥姥用牛皮纸做成的卷帘放下来，用砖头压住，屋里一下子就黑得与世隔绝，同时也变得温暖、温馨起来。早上起床，姥爷再到窗外把帘子卷起来，让太阳透过窗户照进屋子，窗户上的玻璃也不结霜。姥爷在窗外看着炕上的我露出笑容，我也笑了。

小时候，我是姥姥和姥爷的开心果，每天都缠着姥姥和姥爷，形影不离。我想，有我陪着，姥姥和姥爷的生活充满了开心和快乐。姥爷下地犁地，有时会让我坐在弯勾犁上，一边扶着我，一边赶牛扶着犁杖向前走——可能天底下没有哪个姥爷会这样做，也没有哪个孩子享受过这份乐趣。姥爷的这份爱，我记忆犹新。姥爷常常赶马车出远门，有时候也会带上我，让我陪在他身边。还记得一次出远门回来，姥爷给我带回一只红色的小喇叭和一副塑料眼镜，这应该是我童年最好、最珍贵的玩具。

我喜欢姥爷给我讲故事，尤其喜欢听他讲沟汤温泉的神话传说。姥爷说，古时候天上有十个太阳，地上太热了，就找来一个神箭手，射掉了九个太阳，其中有一个太阳就掉在了沟汤，所以，沟汤山下就流出来热水。姥爷说沟汤温泉很烫，可以煮熟鸡蛋，这让我觉得很神奇。后来，我就磨着姥爷带我去洗一次温泉。记得那是一个很冷的冬天，姥爷领我走到玉石矿附近乘车，可是当天没有客车了，我们没有成行。

姥姥和姥爷的感情很深，我从小到大在他们身边，从未见过他们争吵或拌嘴。姥姥做一手好饭菜，不管什么时候姥爷出远门或干活，姥姥都会让姥爷吃好饭再出发。姥姥在家里安排生活，处理里里外外、大大小小的事情，姥爷一心忙于外面的农活和生产队的事务。

上学之前，我常住姥姥家，陪在他们身边，只想和他们一起生活长大。爸爸妈妈很难说服我回家，他们唯有连哄带骗，才能把我带回自己的家。上小学时，我就只能安心读书，渴望赶紧放假。只要到了寒暑假，我就出现在姥姥家，一直住到开学的前一天，才不得不回去上学。到了初中和高中，舅舅把姥姥、姥爷接到沈阳，假期或周末我就会一个人坐上火车去看姥姥和姥爷。高中毕业之前，姥爷去世，姥姥和舅舅搬到大连。高考填报志愿时，我坚定不移地报考大连的学校。一路走来，姥姥在哪里，我的目标就在哪里。也许这也是姥姥的愿望，我总能陪在她身边。上大学期间，每逢周末，我都要去舅舅家，陪姥姥住上两天，开心地吃姥姥做的饭菜，陪姥姥说话，跟姥姥睡在一张床上，仿佛又回到了童年一样。

参加工作，为了离姥姥近，舅舅帮我安排在同一栋楼里居住。每天上班，走到楼下回头能看到姥姥守在窗边望着我，目送我远去。下班时，姥姥就会打开房门，让我进屋坐下，给我拿吃的，生怕我饿着。我一边吃，一边与姥姥聊天。有时候，姥姥会给我讲她看到的窗外的人和事，有时候会问我工作的事，包括工资有没有少发。后来我结婚、有了孩子，依然跟姥姥住在同一栋楼里，姥姥每天站在家门口或窗口，迎送我们进进出出。有姥姥的守望，我感觉十分幸福。

这时候，我开始学会欣赏姥姥。勤劳是姥姥一生的修行，每天生活平淡，也要打理得井井有条、一丝不苟，这是姥姥对待日常生活的态度。收拾家和做饭，是姥姥一生的"职业"。她热爱家庭、家人、生命和生活，这一切都是从保持家里干净整洁、让亲人吃上热气腾腾美味可口的饭菜入手的。进城后姥姥即使很少出门，也要把头发和衣服整理得干干净净。直到老去，在姥姥的生活里看不到"随意"二字。

姥姥大爱无疆，善待每一位亲人朋友。每逢家里来客人，姥姥都要他们留下来，用一桌好饭好菜款待。尤其是老家的亲人来了，姥姥嘘寒问暖，关心家乡父老乡亲们的身体健康。姥姥从来不给我们讲年轻时为家庭做出多大奉献，也从不期盼她养育过的人和帮助过的人给予回报。姥姥对亲人的这种爱，默默地流淌着，像水一样清澈、宁静和包容。

长大后方才看懂，姥姥是做人的榜样，是我人生的导师。我生活和生命中的闪光点和某些长处，都是姥姥的指教和跟姥姥学来的。姥姥是贤妻良母，一辈子上孝老人，下教子女；勤俭持家，善待亲朋；甘于奉献，包容他人。小时候姥姥对我说，"眼是孬种、手是好汉"；长大后姥姥对我说，"一回生二回熟，人都是学而知之，哪有生而知之，人要走正道……"这些话，都是烂熟于心的、姥姥教育我的语录。

陪伴姥姥一起走过人生的三十四年，是我这辈子最幸运的事。如今只能在梦里和姥姥相见——我时常梦见那座熟悉的老房子，还有在屋里等我的姥姥。

小脚奶奶的生活哲理

孙子　傅　佳

我的奶奶已去世多年。每次回乡扫墓，在翻卷着纸钱灰烬的火光之中，关于奶奶的回忆片段都会纷至沓来。

也许是年过四十的人正在经历记忆的衰退。我最为清晰的记忆，并非在奶奶家度过的欢乐童年，而是她去世之后，我们送她回老家下葬时的情景——白雪覆盖的村庄大道上，十里八村的亲朋好友都在路两侧顶着寒风等待奶奶的灵车——那是我见过的最长的送葬队伍。当我看到脑子不太好用的兰波大爷跪在奶奶坟前痛哭流涕，看到当年和奶奶朝夕相处的女眷们泪流满面，我在心底第一次产生一个念头：怎样的人才会值得他们如此尊敬和悼念？

我记不得姓名的某个姑奶曾经用一句话描述奶奶：精明强干的小脚老太太。这大概是所有熟悉奶奶的乡亲们，不含主观感情却带有极高敬意的评价。奶奶在不同人的眼中呈现着不同的角色——慈母、嫂娘，近乎再生父母的大姑，对所有孙子辈儿都毫不偏私的姥姥或奶奶，温和、优雅、会讲道理的好邻居——我相信奶奶完美契合了上述全部角色。唯有如此，才能在她的一生走完之时，让所有送行者，哪怕是和她有过矛盾的人，都会只记得她的好。那一天，在老家乡亲们情真意切的哀悼之中，我才真正认识到奶奶的人格魅力。

儿时的每个春节，都是在奶奶农村家里度过的。每一次我们回家或离去，奶奶都是踩着积雪走到大门外，迎接或目送我们。那时奶奶已经年近70岁，小脚的她走在满是石子和积雪的路上，那蹒跚的身影深深地刻在了我童年的记忆里。年幼的我并不懂小脚的含义，也曾经在火炕上问奶奶为什么要裹脚，她一边揉着她的脚，一边笑着说："哎，那时候是旧社会，没办法……"奶奶还提起，父亲快出生的时候，她挺着大肚子在大年三十走家串户给老祖宗磕头。我觉得这太不近人情，就问奶奶为何要这么做，奶奶摇摇头苦笑说："那时候就是这样的。"

确实，无论是小脚，还是这些旧俗，都是奶奶这一辈女性无法抗拒的巨大苦难和沉重枷锁。然而，面对社会和时代的苦难，奶奶能做到平静、豁达和坚强地生活下去。这种淳朴和坚韧的性格，成就了她的健康长寿，也影响了我们整个家族。

奶奶是典型的农村妇女吗？在那个年代，鲜有农村妇女能够坚定不移地支持儿子上学读书，直到考上大学。大多数农村妈妈依然守着养儿防老的古训，把儿女留在自己的一亩三分地上劳作。倘若如此，我们这些孙辈的人生将会大不相同。她没有科学知识，但不缺乏人生智慧；她没有宗教信仰，但坚守淳朴的做人之道；她没有大富大贵，但身边所围绕着的，都是因她的关爱所聚拢来的真正的亲人。

我唯一的遗憾，是未能像其他儿孙一样，长期陪伴在奶奶的身边直到最后一刻。我送给奶奶唯一的礼物，是她临终前几个月，问我要的一副银手镯。不明就里的我，照她的要求买了一副带给她，心里却想，奶奶明明有金项链、金耳环、金戒指和金手镯，为什么偏要一副银手镯呢？直到后来，我看见父亲写的回忆奶奶的书稿，才明白这副银手镯是奶奶一生中仅存的执念。原来，早在二十世纪六十年代五爷娶媳妇的当天，五奶在迎亲上轿之前，说爷爷奶奶答应给的彩礼中，还有一副银手镯没给，因此拒绝上轿（接亲的马车）。在那个困难年代，农村穷人家怎能凭空变出银手镯？父亲跑回家告诉奶奶，奶奶听后一言不发，把自己手上戴着的银手镯撸下来交给父亲，让他赶快送给新娘——我的五奶。就这样，奶奶像对自己的儿子一样，帮助小叔子把媳妇娶到家里，直到五爷有了两个孩子才分家。

要知道，这副手镯可是母亲留给她的唯一遗物。我无法想象，如果那天没有奶奶的这副银手镯，有多少人的命运会因此而改变。我深明大义的小脚奶奶，用母亲唯一的遗物，成就了小叔子的人生，并在之后的半生中缄口不言，直至自己临终之前，才把这微不足道的愿望交托给孙子。可后知后觉的我，现在已无从得知奶奶看到银手镯时的心情。如果用一个词语概括奶奶的这种品质，我想近代学者辜鸿铭的原话最为合适，那就是："温良，不是温顺，更不是懦弱，而是一种力量，是一种同情和人类智慧的力量。"

从襁褓之时直到长大成家，每一段和奶奶共处的时光里，都蕴含着她深沉的爱。每每不经意地瞥见生活中常见的物事，都会勾起带有奶奶的回忆。当我看到孩子们的玩具枪，就会想起奶奶用秸秆和布条为我扎成的小手枪；看到摊贩售卖大棒骨，就会想起奶奶坐在炕头给我们演示翻转"嘎勒哈"；看到路边蛋糕店里陈列的精美蛋糕，就会想起小时候奶奶放在纸盒里不舍得吃，只等儿孙回到家里才拿出来的已经干硬的槽子糕……

奶奶对我们的爱是无条件的，但并非无边界。每年我父亲过生日的时候，奶奶都会举杯祝福："愿我儿子健康长寿，万事容易。"每次奶奶这样说时，都会有孙辈提醒她，"是万事如意，不是万事容易"，但她总是不以为意，来年照旧。岂能尽如人意，但求无愧我心。如今想来，万事如意何其难也？真的能万事容易，已经是一帆风顺的人生。这句话在外人看来，也许很平淡，但在我心中，这是很难悟出的、深刻的人生哲理。

但愿我的亲人们，都能如奶奶所祝福的一样，万事容易。

像奶奶那样认真活着

孙女　夏　夏

我总是想象，年轻时的奶奶一定是温婉可亲的小家碧玉。印象中，我第一次见到她，是在樱花纷飞的季节。她个子不高，身板单薄，一头灰白头发梳理得一丝不苟，站在树下笑眯眯地看着我。

奶奶的爱，是慈祥温暖的目光，即使岁月流转，也始终如一地守望着我的成长与幸福。天气好的日子，她会打开那扇笨重的窗户，就这样望着，等待我回家。每次我转过街角一露头，总能远远看到二楼窗台上那位头发灰白的小老太太。她抻着脖子，眼神中满是期待。显然，她已经在那里等待了很久。她一看见我，就兴奋地大力挥手，当我走到窗下，她大声振奋地说："奶奶给你开门。"然后转身消失了。奶奶的这种等待和迎接，成了我最珍贵的回忆，每次回想，都让我心头暖流涌动。

奶奶的爱，是香喷喷的黄米饭，温暖而亲切，不经意间弥漫生活的每一个角落。在奶奶的生活中，有一个不变的使命——无论生活如何变迁，她总是坚持每天为我们做饭。父亲常年回家陪她吃午餐，晚餐更是雷打不动全家人齐齐整整。即使已是90多岁高龄，她也在厨房指挥着阿姨左右开弓。尤其逢年过节，或有重要的客人，奶奶就会一边盛满黄米饭，一边感慨共产党好，让我们过上这样的好日子。在她看来，让我们吃饱吃好，不仅是一种习惯，更是一种沉甸甸的情感表达。

奶奶的爱，是悄眯眯的"同谋"。在我苦涩沉重的高中生活中，有一件小事总是让我们会心而笑。那时，父母为了让我专心学习，禁止我看电视，但奶奶理解我、心疼我，总是默默地与我站在同一阵线上。晚饭后，父母上山散步，她便朝我使个眼色，我心领神会打开了电视。奶奶趴在窗户上，担任起警戒工作。一旦看到父母出现，就会立刻通知我赶紧关掉电视去学习。她总是那么细心包容，以她独特的方式偏袒我、爱护我。

她把自己活成了一棵树，站成永恒。我常感慨，她那样小小的身体，小小的脚，竟这样积极、坚韧、顽强、豁达，风吹不倒，雨打不透。她生于民国，历经世事更迭，生育了八个子女，却先后失去了五个，中年丧子，晚年丧夫，承受了常人无法想象的痛苦。但在我们面前的她，乐观、勤劳、温和，不厌其烦地打理日常生活，眼睛里充满了对生命的渴望。

奶奶是最喜欢热闹、最喜欢孩子的。不知道是不是命运也在补偿，90多岁患病之后，得知重孙子泽儿即将问世，她又奇迹般恢复了精神，享受到了一年多四世同堂的欢乐。那期间，我们每个周末都会带着泽儿回去看望她。泽儿的可亲可爱，给她带来了实实在在的欢笑和希望。我父母也时常与我们一同去看望我的爷公和奶婆，与两位老人谈笑风生。当我的爸爸与我的爷公一起劳动时，我能感受到他失去母亲无法释怀的伤痛得到了慰藉。我曾偷偷地想，如果奶奶也能坚持活到这一天，或许一切又会不同。

幸运的是，我们都继承了奶奶的优点，像她那样认真地活着——相信天上爱我们的奶奶，完全能看到这一切。

窗边的奶奶

侄孙 王福伟

我第一次见到奶奶，大概是在 2004 年岁尾。

爸爸和我一起来到二大爷家，商议我大学毕业后找工作的事儿。那是我第一次见到奶奶和二大爷（傅兴宇）、二大妈（夏青）。那天，我们到二大爷家楼下，他出来迎接我们。到家后，二大爷亲自给我们削苹果，边吃边聊。说句实话，没去之前，我心里忐忑不安，见面聊了一会儿之后，我的顾虑打消了。奶奶、二大爷、二大妈真的没把我们当外人，让我很是感动。虽然没跟奶奶说上几句话，但她给我留下的第一印象就是干净利落、思维敏捷，是位喜欢和别人攀谈的小脚老太太。

二大爷家的奶奶，是我爸爸的大舅妈。我从二大爷那里得知，奶奶年轻时吃过不少苦，遭过不少罪。老人家先后生了八个孩子，最后剩下三个——大姑、二大爷和二姑，他们对奶奶都很孝顺。痛苦的经历和艰难的生活，造就了奶奶坚强的个性和硬朗的身子骨，她 90 多岁健康明智，从未住过医院，这不得不说是一个奇迹。

第二次见到奶奶是在 2005 年 7 月。那时我大学刚毕业，来大连去工作单位报到。二大爷到火车站接我，晚上住在他家里。那天晚上，我和奶奶睡在一张床上。睡觉之前，她和我聊了一些家常。她跟我提及了一些家里边的亲戚，问他们的身体怎么样，近况如何，我都一五一十地讲给她听，她听了很高兴。我和奶奶聊一会儿，停一会儿，有时候她就不说话了，我也不知道她在想什么。也许说得太多，有些累了，也许是想起了从前的事情，包括一些故人旧友。那一刻，我深深地感受到一位老人对家乡的眷恋之情。

第二天吃完早饭，我和二大爷一起出门。临走的时候，奶奶叮嘱我："中午回家吃饭。"当时我并未在意，以为只是一句客套话。而在接下来的岁月里，我才真正体会到这句话的分量。这句话饱含着奶奶对我这个晚辈的呵护、怜爱。我初到大连，人生地不熟，上午办完报到手续，中午紧赶慢赶回到家吃饭。奶奶看我爱吃哪个菜，就把哪个菜挪到我面前，还叮嘱我要吃饱点儿。我心里顿时暖烘烘的，刚来时的拘谨消失得无影无踪。在大连，我也有家！

在二大爷家住了几天，我搬到单位宿舍，开始了单身汉的生活。节假日或周末，我时常回奶奶家吃饭。我发现，奶奶特别勤劳，每天都做饭，收拾房间，做一些简单家务。奶奶很少外出，平日的活动空间也仅限于卧室到客厅、客厅到厨房。二大爷和二大妈把家庭的管理大权交给了她，奶奶乐此不疲，精心打理，一家人过得非常舒适。

跟奶奶聊天，她会语重心长地跟我说："要感谢共产党，现在的社会要吃什么有什么，要穿什么也都有，多好啊，旧社会想都不敢想。"奶奶是小脚老太太，在封建社会里裹过脚，她靠着那双小脚从旧社会走到新社会，一路坎坷，经历太多磨难。最让我惊奇的是，奶奶的思维没有老化，头脑依然敏捷，让人很是佩服。我每次去看她，估计我快到了，她就站在窗边等待，看见我了，就朝我挥手。走的时候，她也会站在窗边目送我离去。窗边的奶奶，守望回家的路，对我来说特别亲切，终生难忘。

奶奶家客人很多。为招待客人，奶奶早早就到厨房安排饭菜。吃什么菜，哪个菜怎么做，主食吃什么，她都安排得井井有条。吃完饭，大家在客厅闲聊娱乐，奶奶一般都会回卧室休息。如果我们有事弄不明白，就把奶奶从卧室里请出来。每次奶奶都不负众望，讲什么都有理有据、头头是道。奶奶除了干家务，平时不看电视、不听广播，唯一获得信息的渠道，就是家人和我们这些来看望她的亲戚朋友。

奶奶年近九旬，除听力稍差，身体状况很好，仍有很多黑发。2009 年 5 月 1 日，是我这一生最难忘的日子——我结束单身生活，结婚了。最让我高兴的是，奶奶和二大爷、二大妈，还有在大连的一批兄弟姐妹，都一起回老家为我见证这一幸福时刻。二大爷为我们证婚，我真的很激动。奶奶也是大山的儿女，她把全部心血奉献给家庭和孩子——包括我们这些孩子，从而使我能跟着奶奶和二大爷的脚步，在大学毕业之后进城工作。

我结婚那年，奶奶 92 岁，一上午坐了三个多小时的车，从大连赶到岫岩。一路的颠簸劳累，对她来说，的确不容易，但奶奶丝毫没有表现出疲惫的样子。奶奶与我自己的奶奶曾是一家人，奶奶还是我姥姥的姑舅表姐，她们三个人从年轻到老，始终相处融洽，情义深厚，见面自然有说不完的话。这是奶奶最后一次到我家，虽然只有两天，但她见到阔别多年的老亲戚、老邻居，心里很高兴、很知足。

奶奶每年的生日聚会，是我们这个大家庭的一大亮点，因为每年都有新的面孔出现。奶奶就像一条纽带，把我们这些原本是亲戚，却很少见面的一群人联系在一起。二大爷介绍大家互相认识的时候，都要说上一小会儿，才能把亲戚关系捋顺。每年的生日聚会，奶奶都会在大家的要求下讲几句。奶奶毫不怯场，头脑清晰，讲话富有条理。给奶奶庆祝生日，是我们这个大家庭所有人的愿望。亲人们非常高兴抽出时间，从四面八方赶来为奶奶庆生。大家吃饭聊天，互相交流，在奶奶的感召下滋养亲情。我有幸多次参加奶奶的生日聚会，看见每个人都跟奶奶很亲，都爱与她聊天，奶奶也很享受亲人们的美好祝愿。聚会总是短暂的，我会用手机录下一些场景，想起来就看看，每次看完都有新的感触。当我慢慢长大才发现，奶奶是生活中的模范。她总是这样教导我们，平平安安就是福气，平平淡淡的生活最长久。

2011年中秋节，奶奶病倒了，我和小孟领着刚满半岁的女儿回家看奶奶。奶奶看到胖乎乎的重孙女特别高兴，时不时地用手托着女儿的小下巴逗她玩。那时候女儿刚学会坐，有时会前后晃悠，奶奶把手放在女儿身后，随时准备扶一把。女儿一会儿惊奇地望着她的太奶奶，一会儿望望旁边的人，时不时地冲着太奶奶笑。看到这温馨的一幕，我忍不住拿出手机记录下来。"这孩子有福。"奶奶边说边抚摸着女儿的小脑袋。奶奶说这话是有原因的。小孟分娩时出现难产，导致大出血。经过医生的全力抢救，保住了母女俩的性命。可以说小孟是冒着生命危险生下女儿的，奶奶听说后就说我女儿有福，因为她是"踩着红地毯出来的"。每次看这段视频，先是笑，笑着笑着就会不自觉地流下眼泪，奶奶的慈祥、女儿的天真，多么温馨美好的时光，而这样的时光却不会停留。

奶奶在生命最后的几天，神志不清，丧失吞咽功能。看着病危的奶奶，我感到心酸和无助。但这位小脚奶奶如山一般刚强，像海一样柔韧，即便她连翻身都需要别人帮助，也执意要自己到卫生间去。她赢得了生命的尊严，那坚韧的意志令人肃然起敬。四面八方的亲戚朋友，都来看望奶奶，我们这一群孙辈孩子们也轮番来照料奶奶，尽一份孝心，出一份力。2011年11月22日晚，奶奶永远闭上了眼睛，享年94岁。按照她的遗愿，一切从简，叶落归根。奶奶离去的那天晚上，天上打着雷、下着雨，而老家那边下着鹅毛大雪，铺天盖地。11月份有这样的天气很不平常。奶奶回老家下葬那天，晴空万里——奶奶真像是做了神仙一样。

如今，我时常想起窗边的奶奶，怀念奶奶守望我们这些孩子回家吃饭的日子。二大爷时常教育我们，父母在的时候，对父母要好一点儿，不然就没有

481

机会了。十几年来，他每天中午步行回家陪奶奶吃饭，很少外出应酬。他说："回家陪妈妈吃饭，才是最值得的人间清福。"

奶奶给我做的红肚兜

侄孙 傅大伟

奶奶于 2011 年 11 月 22 日晚，在雪花飘飘的静谧里安详地长睡了，享年 94 岁。她把她的一生都献给了傅氏家族。写这篇文章时，我心里一直很不平静。奶奶已入土安息多年，我十分怀念她，也有很多话想对她说。

奶奶作为一个典型的农村妇女，一生勤勤恳恳，尊老爱幼，相夫教子，对整个家族的兴旺发展做出了巨大贡献。作为儿媳，她孝敬公婆；作为长嫂，她抚养小叔子长大，直到娶妻；作为母亲，她辛勤抚育孩子成长，教会他们做人的道理；作为奶奶、姥姥，她关心每个孩子的生活、工作，真心地为他们付出。作为她老人家的侄孙子，我始终珍藏着奶奶给我做的红肚兜，铭记她对我的爱。

奶奶十分关心晚辈的成长。妈妈生我的时候，家里条件有限，奶奶亲手给我做了一个红肚兜，在上面绣了五颜六色的图案，非常好看。听妈妈说，奶奶为家族和邻居做了许多好事，所以人缘特好。

2004 年我大学毕业后到大连工作，从此来到奶奶身边。从那时起，我经常到奶奶家吃饭，陪她聊天，开始更多地了解奶奶。妈妈早就跟我说过，她最敬重的人是奶奶，说奶奶为人处世，是谁都学不来的。奶奶关爱孩子，经常跟我们说："有金山银山，不如有个好孩子。"在奶奶身边七八年，我和一群兄弟姐妹们不知吃了多少奶奶做的好饭好菜，得到多少奶奶的特殊关爱……奶奶关心我们这些孩子的故事，真是几天几夜也说不完。因为有奶奶，我们来大连有了依靠，有了归宿。

我结婚时，奶奶不顾长途劳顿，回老家参加了我的婚礼。儿子多多出生后，我妈妈把那个红肚兜给多多穿上，并深情地告诉他："这是太太当年给你爸爸做的。"看着多多穿戴红肚兜那可爱的模样，我百感交集，生命的传承，爱的轮回，原来是人世间最动人的风景。现如今，多多上中学了，我依然珍藏着奶奶亲手给我绣的这个红肚兜，他是奶奶送给我的珍贵礼物。

在奶奶生病的日子里，我几乎每天陪伴在她身边，我想这是我能报答她老人家的唯一机会。

奶奶是我们家族的骄傲，也是教育我们成长的导师。她虽然没有读过书，但她知道读书的重要，所以总是鼓励我们要好好读书。这种支持，不仅影响着伯父（傅兴宇），也影响着我们孙子这一辈。在我们那个偏远的老家，教育落后，想要从穷山沟里走出来，真是不容易。记得小时候奶奶常跟我和刚哥说："好孩子，一定要用心读书，将来走出大山沟。"我把这句话铭记在心。奶奶的离去，使我深受打击，同时也让我认识到，对长辈要及时尽孝，不然就会追悔莫及。

奶奶一生勤劳，热爱生活。我记事的时候，奶奶和爷爷虽然户口跟伯父进城了，但依然在老家生活多年。奶奶上了岁数，家中并不需要她做农活，但她还是坚持种菜、养猪、养鸡。她说："这是我们农民的本分，自己种的、自己养的，吃着安心，吃着放心。"奶奶就是这样一个坚强、勤劳的人。她每年养的猪，比很多人家都肥得多。房子周围的自留地种满了蔬菜、辣椒、黄瓜、白菜、葱等应有尽有。爷爷还在家门口种了上百棵山楂树，每年秋天果实累累，十分喜人。奶奶跟伯父进城后，生活条件好了，仍然保持勤俭持家的风格。

奶奶虽然离开我们多年，但她的功德和精神始终与我们的生命紧紧地联系在一起。一提起奶奶，我总是想念，感觉她给了我无穷无尽的力量——这力量源自奶奶的教诲和关心。

忆姑奶

孙子　杨茂宽

2011年11月22日夜，随着一声罕见的冬日霹雳，慈祥可亲的姑奶离我们远去，享年94岁。

姑奶是父亲的大姑，爷爷的姐姐。她是一个善良而又聪慧的小脚老人，性格尤为刚强，她衣着朴素整洁，头发总是梳理得一丝不乱。爸爸妈妈总是说，姑奶一家对我们老杨家有着极大的恩情。父亲4岁时，我的奶奶因病去世，爷爷一个人拉扯五个孩子，生活非常艰难，姑奶一家时常接济我们。每年春冬两季，姑奶都要翻山越岭，迈着小脚，走二十多公里地来我们家，为我们全家人拆洗和缝制棉衣棉被。后来，在姑奶和姑爷的帮助下，我们家搬到离姑奶家只有一河之隔的地方。从小到大，我的棉衣棉裤，也都是姑奶用一针一线做好的。至今，我还珍藏着姑奶给我做的一双童鞋。

人生漫漫旅途，有悲有喜。当人生陷入困境、感觉无助的时候，我会想起姑奶给予的无限关爱，忆起姑奶辛劳、刚强的一生。这样的思念，让我们懂得自己要努力、要斗志昂扬地生活下去，坚信未来总是光明的。

记得姑奶很早很早就把自己老去时要穿的衣服、鞋子做好了。鞋子上绣着简约而又精致的图案，这一切都彰显这位小脚老太的勤劳和心灵手巧，还有对生命豁达通透的认知。在我们的印象中，姑奶的长寿与医院没有关系。姑奶从生病到离世，一共七十来天。在生命的最后时刻，只要还有一丁点儿力气，她就坚持自己去卫生间。她坚强的生命意志，令所有陪伴在身边的亲人肃然起敬。

姑奶离我们远去，她的健康长寿和幸福生活，很少有人能比；而她的慈祥与恩德，令我们永难忘怀。

韩云霞还依稀记得她第一次和我去二大伯家见到姑奶的情景。

那是韩云霞第一次见到小脚老人，当时还好奇姑奶的脚为什么是胖胖的。直到后来姑奶病重时才知道，因为裹脚致使血液循环不畅，所以这双小脚常年都是肿的。韩云霞戴了一个很廉价的手镯，姑奶觉得不太好看，就把她手上的猫眼石手链送给韩云霞，姑奶真是太善良了。第一次去姑奶家，韩云霞心里还挺忐忑的。当见到姑奶和二大伯一家人是如此平易近人、和蔼可亲，来时的顾虑都消失了。从二大伯家出来时，姑奶硬是塞给韩云霞三百元钱，说这是给侄孙媳妇的见面礼。

此后，我们经常去姑奶家，陪她老人家唠唠嗑。姑奶思路清晰，说起话来头头是道。每次去看姑奶，她不仅给我们拿水果、糕点吃，还一定要给我们做饭做菜，同时不忘关心我们工作怎么样，收入多少、是否够花，还有多少房贷，父母身体如何，等等。勉励我们要多学习，不要怕吃苦，要努力工作，孝顺父母，告诉我们生活会慢慢好的。我们很是佩服和感恩。2007年国庆节期间，我和韩云霞在岫岩老家举行婚礼，90岁高龄的姑奶也去了，二大伯和二大妈是我们婚礼的见证人。坐在老家的炕头上，姑奶和亲戚朋友说着笑着，满脸高兴。

时光毫不留情地从我们身边悄然溜走，许多往事都在岁月中渐渐模糊，但忆起姑奶，想起她亲切、慈祥的模样，我们不由得眼圈湿润，非常怀念。

姥姥，我想您啊

外孙女 刘琳琳

"我孩子回来啦，吃没吃饭？"每次踏进家门，姥姥都这样亲切地问我。在姥姥的观念里，填饱肚子是件大事，就怕孩子们吃不饱饭；在姥姥的心里，无论儿子、女儿，还是孙子、孙女，都是她的孩子。所以，她一见到我们这些孩子，习惯说"我孩子"。这三个字听起来特别亲切感人。姥姥希望我们每个人都能吃得饱、穿得暖，努力工作，好好生活。再听不到姥姥叫"我孩子"，是我每每想起来就会哭红眼圈的一件事情。

刚参加工作时，生活比较拮据，每次回家，姥姥总会给我拿吃的，恨不得把家里所有好吃的让我一次吃完。我身材微胖，体重始终没减下来，但在姥姥眼里怎么看怎么漂亮。她说："没胖也没瘦。俊，年轻就是俊！"每次想起姥姥的话，心里都美滋滋的。在姥姥生命的最后两三年里，我妈妈主动请缨来照顾姥姥，我回来看姥姥的次数更多了，得到不少姥姥的偏爱。

姥姥每天吃完午饭，都会在床上躺着休息一会儿，我也悄悄地躺在姥姥的身边。睡梦中，总能感觉一条毛毯轻轻地搭在身上，感觉无比温暖。说到这儿，我想起了姥姥的干净，她老人家的被褥都以素色为主，大多是白色的。姥姥特别干净，床单上一根头发都会捡起来扔进垃圾桶。对一位90多岁的老人来说，这实属不易。

姥姥勤俭节约的美德，影响着我们每个人。洗菜、刷碗等生活用水，她从来不会倒掉，收集到一个水桶里，留着冲厕所。吃芹菜从来不会把叶子扔掉，说叶子更有营养。姥姥吃惯了粗茶淡饭，从不奢侈浪费。现在生活条件好了，她也不会铺张浪费。每个走到姥姥身边的孩子，都会感受到姥姥的热情和真心。她会体贴地问我们每个人，住的地方解决了吗？吃的怎么样？工作顺利吗？等等。姥姥关心我们生活中的每一件小事，小到清清楚楚记得每个人的属相、生日和口味。餐桌上递来每一道你爱吃的菜，她都会说："多吃点儿，帮姥姥多吃点儿。"她总让我们"帮"着她吃，喜欢看我们吃饭时愉悦的表情。

姥姥离开我们多年，感觉她依然陪着我们，从未离开。我为姥姥剪头发、剪指甲的场景，仿佛就发生在昨天。我给姥姥理发，她嘱咐说："后面的头发剪剪就行了，长了杵脖子。"我给姥姥剪指甲，她说："大拇指不用剪，留着，要不干活儿不得劲。"怀念姥姥时，我依然能看到她在厨房切菜的样子；离开姥姥家走到楼下，习惯性地抬头，仿佛看见姥姥还站在窗台向我挥手……

姥姥躺在病床上，我们这些孩子的心都碎了。姥姥把一切美好、快乐都和我们分享，我们却不能分担她的痛苦，这是对我们最大的折磨。舅舅哭着说："妈妈，儿子有再大的能耐，也救不了你……"我难过地说："姥姥，我们拥有再多的爱，也无法挽留您的离去。现实真是太残酷了，人在自然规律面前真是太渺小了。"

姥姥的离去给我带来了巨大打击，我再也不能为她剪头发、剪指甲，再也无法听到她的笑声，再也不能握住她温暖的双手——这是件多么痛苦的事情。"姥姥，我想您！我们听您的话，都在努力生活，您不要担心！"这是我想对姥姥说的真心话。

姥姥的小笤帚

外孙 赵殿山

第一次到姥姥家里来，是 2009 年夏天。

姥姥屋里的一件东西，让我印象很深刻——一把扫床用的小笤帚。

姥姥说，那是从农村带来的，用了好多年了。在城市楼房里出现一把小笤帚，让我这农村来的孩子觉得很亲切。小笤帚是农村家庭用来扫炕的，是农村家居生活的象征，也是小时候犯了错，妈妈用来惩罚孩子的"刑具"。因此，小笤帚是勾起我童年记忆的一个载体。姥姥床上的这把小笤帚，四两拨千斤似的完成了城乡结合。姥姥把这农村的小笤帚带在身边，似乎给不少前来串门的农村亲友带来亲切感，也把我们这些大山里走出来的孩子带到了身边。

和姥姥聊天是一种精神的洗礼，特别是对我这样刚刚毕业步入社会的新人。面对人心冷漠、价值观念颠倒等社会现象，我心里总有恐慌和茫然。然而，和姥姥聊天，我经常能找到一些答案，有勇气去面对一切不尽人意的事情。和姥姥聊天，有一种和历史对话的感觉。她用亲身经历，讲述时代变迁、社会发展，让我了解过去和现在，感知姥姥从苦日子里走进现代城市生活的喜悦。和姥姥聊天，我知道一些我妈妈小时候的事情，还有我出生前家乡的面貌。听姥姥讲述我还没出生时家乡生活的困难，使我感受到现在所拥有的一切是多么珍贵。姥姥用自己的人生经历，给我们讲述克服艰难困苦对于生活的意义，循循善诱，教导我们努力工作、好好生活。对我们这些孩子而言，在接受来自姥姥的爱和教诲的同时，有什么理由不像她一样坚韧和自强？有什么理由不去热爱生活、热爱家庭、热爱生命？

2011 年 11 月姥姥生病住院期间，姥姥住的病房成了我们大家与她团聚的地方，包括舅妈过生日，也是在姥姥病房里一起庆贺的。那天晚上，姥姥病房一屋子人。在舅舅家里做好的饭菜，还有生日蛋糕和鲜花，都被拿到了姥姥的病房，躺在床上的姥姥十分开心。记得上一次舅妈过生日，姥姥还作为主持人首先发言，她祝舅妈身体健康、万事如意。舅舅常说"我妈走到哪里，我们的家就在哪里"，事实就是这样。

与我先后来大连的孩子，至少有我六个哥哥、三个姐姐、两个弟弟、五个妹妹和一个侄子。我们这些人有一个共同点，都是从农村考上大学，毕业以后来到姥姥身边工作的。在舅舅、舅妈的帮助下，我们一个接一个地来到大连工作。尽管工作很难找，我们这支队伍依然不断壮大。我感觉很自豪、很幸福，姥姥、舅舅和舅妈把我们这一群亲戚朋友的孩子当作自己的家人。我们这一大家子人，亲情很浓厚、很纯粹，说起来让别人羡慕不已。

我们这一大家人爱的源泉，来自姥姥，她为我们树立了榜样。我第一次来到家里的时候，她说："孩子，以后你在大连工作，经常上姥姥家来，没事儿就回来吃饭，这就是你的家。"这话让对未来充满迷茫和恐慌的我，从心里觉得自己在这个城市有了依靠。每次来姥姥家里，她都会张罗着给我们做好吃的饭菜。她对过去的事情记得很清楚，包括记得很多人的生日。姥姥病危，我眼睁睁地看着将要发生的一切，好像被钉在刑架上，让别人一刀一刀地割掉身上的肉一样痛。成长让我们收获了家庭和孩子，同时也让我们失去了心爱的亲人——这也许就是成长的代价。

如今，姥姥不在了。回家时看见那把小笤帚，我就会想起姥姥一边和我聊天，一边用它轻轻扫几下床单的情景，就好像姥姥并没有离开。她给我们的爱，深深地刻在心里。她的那把小笤帚，会在未来的日子里，为我们扫去心灵尘埃，指引方向，让爱和优良传统代代相传。

后 记

在思念与泪水中，写完《我的母亲》这本书。

死亡将我和妈妈分开十二年之久，但思念与写作，使我与妈妈保持紧密联系。为妈妈写书，让我找到了思念的方式和意义，满足了我继续孝敬的心愿；为妈妈出书，只为报答生我养我的母亲，别无他求。

妈妈是世上最平凡的女人。然而，她的人生和故事——尽管都是一些琐碎的平凡小事——令我感动不已。我庆幸自己有位高寿、明智的妈妈。如果没有她在生命最后的日子里，竭尽全力帮我回忆过往的一切，尤其是我们母子之间的经历，我是很难写出这本书来的。因此，我要永远感恩天堂里的妈妈，并把此书献给她。

我的爱人夏青，是第一个支持我为妈妈写书的人。她说："妈妈的平凡就是伟大。"有多少次，她一边看我写的初稿，一边流泪。她怀念妈妈，也被妈妈的人生所感动。是她鼓舞了我，即使悲伤也不放弃写作。写妈妈给我及家人带来了非同寻常的情感体验，就像妈妈从未离开我们。事实上，夏青是一位非常合格的"编审"，她是妈妈生活的参与者、见证者和聆听者，也是给妈妈晚年带来幸福的人。她不仅订正技术问题，也为匡正事实做了许多工作，从而助我追溯过去、再现妈妈的人生。我的一儿一女——佳佳和夏夏，还有刚子、福伟和殿山等孩子们，他们不仅拿出时间仔细阅读初稿，与我交流感受，提出不少修改建议，还满怀深情地写出了怀念奶奶或姥姥的文章，从而为本书增添不少鲜活的内容。

新华社知名记者刘欣欣，是我的领导和挚友，曾给我父母及全家人许多帮助和照顾。如今，他又不辞劳苦为本书作序，令我心怀感激。儿子为母亲写传记不算新鲜，重要的是，妈妈的善良与大爱，胜过我所知所写、难以定义。囿于本人文字水平和认知局限，本书定有不足之处，恳请读者批评指正。

作者

2024 年 7 月 29 日